Nuova Narrativa Newton

809

Titolo originale: *Pendragon*

Traduzione dall'inglese di Luca Di Maio e Daniele Ballarini
Prima edizione: novembre 2017

Roma, Casella postale 6214

ISBN 978-88-227-1159-5

www.newtoncompton.com

Realizzazione a cura di Librofficina
Stampato nel novembre 2017 presso Puntoweb s.r.l., Ariccia (Roma)
su carta prodotta con cellulose senza cloro gas provenienti
da foreste controllate, nel rispetto delle normative ambientali vigenti

James Wilde

Pendragon

Newton Compton editori

A Elizabeth, Betsy, Joe e Eve, come sempre.

Bruto! Ecco i confini della Gallia.
Un'isola circondata dal mare dell'Ovest.
Una volta terra di giganti, ora rimasti in pochi
A sbarrarti la strada o a impedire il tuo regno.
Per raggiungere quella sponda felice, usa la tua nave
Lì il fato ha stabilito di fondare una seconda Troia
E un impero con il tuo sangue reale,
Che il tempo non sconfiggerà mai, e che i confini non limiteranno.

Goffredo di Monmouth

E questi scambi intervengono tra tutte le stirpi animali: come nella staffetta col cambio del testimone.

Lucrezio

Una a una le fiaccole si spengono. Le ombre investono le grandi opere dell'uomo. Le stelle si affievoliscono. Le candele si sciolgono.

Lentamente, il mondo volta le spalle alla luce.

A Roma, senatori e soldati non si rendono ancora conto che la loro epoca sta finendo. In Gallia, re e imperatori combattono ancora la loro incessante battaglia lungo la frontiera. E in Britannia, la bella Albione, sgozzamenti e cortigiane, uomini saggi e guerrieri, conducono le loro vite come se nulla potesse mai mutare.

E invece sì. E presto.

Una nuova era sta arrivando.

Si stanno misurando i fili, tagliandoli. La trama e l'ordito, e un motivo emerge. Ma qual è il filo tessuto d'oro?

Quale conduce al Re Che Non Morrà?

Myrrdin, *Storia della Stirpe di Artù, il Re Orso*

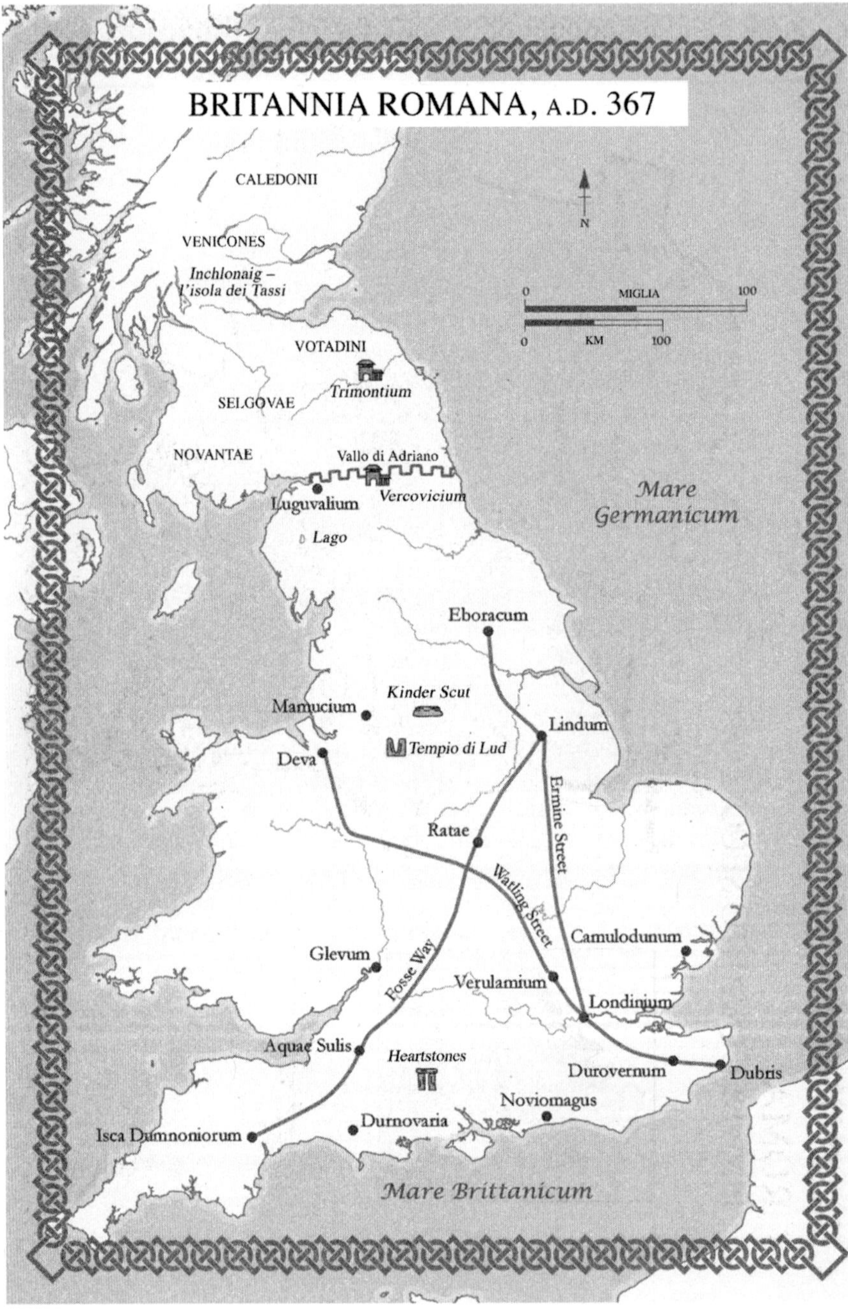
BRITANNIA ROMANA, A.D. 367
CALEDONII
N
VENICONES
Inchlonaig –
l'isola dei Tassi
0
MIGLIA
100
0
KM
100
VOTADINI
Trimontium
SELGOVAE
NOVANTAE
Vallo di Adriano
Luguvalium
Vercovicium
Mare
Germanicum
Lago
Eboracum
Mamucium
Kinder Scut
Lindum
Tempio di Lud
Deva
Ermine Street
Ratae
Watling Street
Camulodunum
Glevum
Fosse Way
Verulamium
Londinium
Aquae Sulis
Heartstones
Durovernum
Dubris
Noviomagus
Durnovaria
Isca Dumnoniorum
Mare Brittanicum

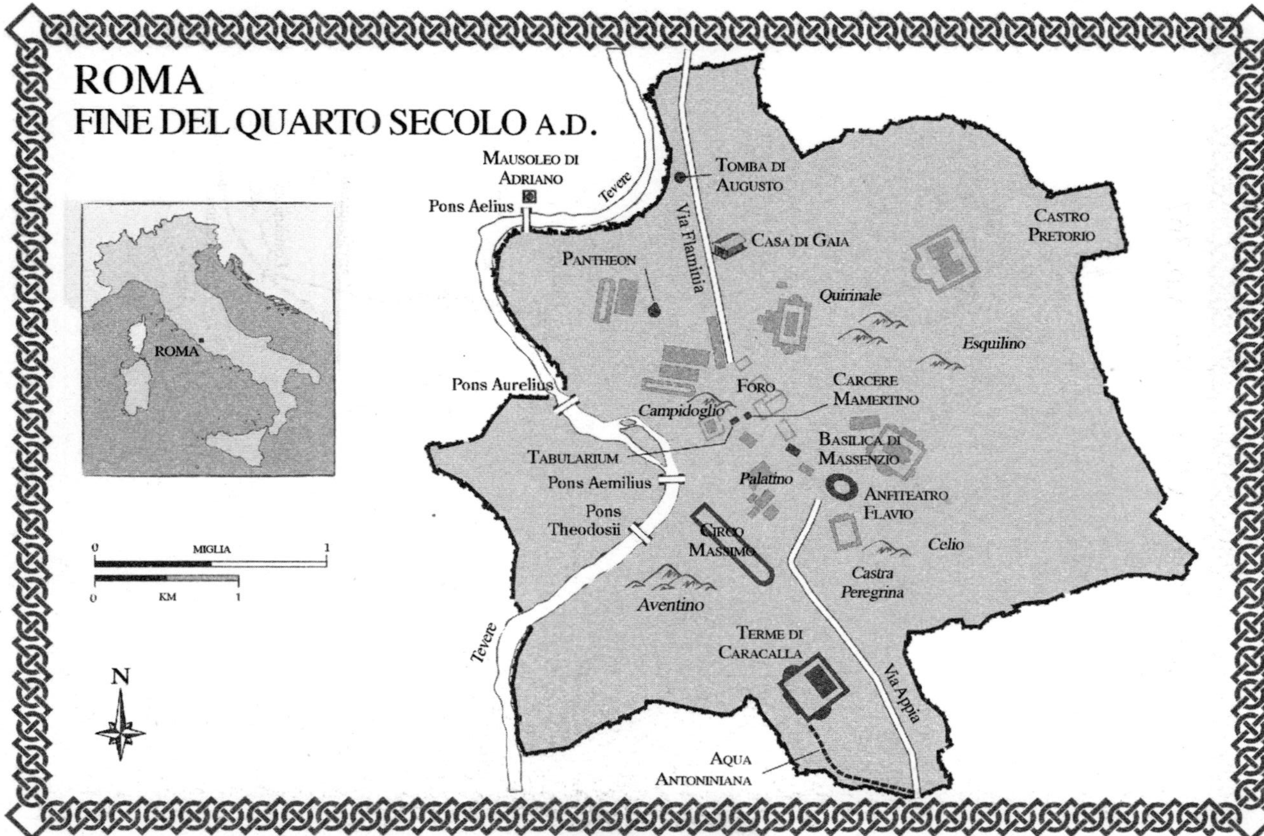
ROMA
FINE DEL QUARTO SECOLO A.D.
ROMA
MIGLIA
0
1
KM
0
1
N
Mausoleo di Adriano
Pons Aelius
Tevere
Tomba di Augusto
Via Flaminia
Casa di Gaia
Castro Pretorio
Pantheon
Quirinale
Esquilino
Pons Aurelius
Foro
Carcere Mamertino
Campidoglio
Tabularium
Basilica di Massenzio
Pons Aemilius
Palatino
Anfiteatro Flavio
Pons Theodosii
Circo Massimo
Celio
Castra Peregrina
Aventino
Tevere
Terme di Caracalla
Via Appia
Aqua Antoniniana

PARTE PRIMA
Il drago

C’era un mondo… o era solo un sogno?
Omero, *Iliade*

1
Gli *arcani*

A.D. 367, Inverno inoltrato, a nord del Vallo di Adriano, Britannia

La neve era giunta nel cuore della notte, trasformando in fantasmi le panche nere. Adesso, con la luce sottile di un nuovo giorno che striava il cielo, l'erba luccicava e il terreno era duro come il ferro, lì dove si srotolava verso la fila di alberi. In queste lande desolate e imbiancate, i Lupi Feroci si aggiravano in cerca di prede. Erano cinque, uomini spietati, ostinati, come le creature da cui avevano preso il nome e le cui pellicce indossavano sulla schiena. I padroni nell'esercito di Roma li consideravano i propri occhi e le proprie orecchie in un territorio pericoloso, dove il nemico selvaggio era sempre in agguato. Esploratori, uomini delle Terre Selvagge che vagavano per le foreste fitte e per le valli profonde al di là dei confini dell'impero, osservando tutto. *Arcani*, così li chiamavano i soldati delle guarnigioni a difesa del vallo. Coloro che si nascondevano.

Lucanus, che tutti conoscevano come il Lupo, alzò la mano e i passi rallentarono, fino a fermarsi. Gli facevano male le ossa per il freddo pungente, che penetrava persino la sua pelliccia, l'armatura di cuoio ricoperta di grasso e le brache. Si strinse di più nel mantello di lana grigia, anche se non serviva a molto. Attorno ai focolari, le persone avevano già preso a lamentarsi che l'inverno non sarebbe mai finito, come facevano a ogni stagione fredda. Magari quest'anno avevano ragione. «Che dici, Bellicus?». Il Lupo osservò il suo comandante in seconda acquattarsi. Bellicus, un consigliere saggio, talvolta ubriaco da fare schifo. Si chiedeva spesso come avrebbe fatto senza il suo amico. Probabilmente si sarebbe scoperto che non era all'altezza di prendere il posto di suo padre. Bellicus inarcò talmente tanto le spalle che ci avrebbe potuto portare un cervo, e scosse i lunghi capelli e la barba rossi, entrambi ormai striati d'argento. «Guarda qui», esclamò con voce profonda, agitando la mano verso una scia di fusti spezzati nell'erba alta. Si voltò indietro, gli occhi del colore del mare d'inverno in un viso che il violento vento del Nord aveva sferzato fino a renderlo cuoio. «Saranno stati in cinque».

Lucanus annuì soddisfatto. «Mato?».

Il più alto del gruppo flesse un corpo sinuoso come quello di un levriero. Gettando la testa all'indietro allargò le narici e inspirò. «Fumo, al di sopra del vento. Anche se ora è freddo». Accennò un ghigno, gli occhi brillavano nella luce dell'alba.

«Se i Corvi sono stati colti di sorpresa quaggiù, non faranno ritorno a casa», sbuffò Solinus. Ah, Solinus, quanta acidità in ogni parola. Lucanus si chiedeva se fosse stato così irriverente anche prima che quella cicatrice gli squarciasse il volto.

«Un po' di positività, fratello», esclamò Mato, «A volte la speranza è tutto ciò che abbiamo». Solinus inarcò un sopracciglio.

«Vediamo cosa ti offre la speranza la prossima volta che ti appelli ad Amarina nella Casa dei Desideri».

Mato rise.

Lucanus fece schioccare le dita. Ventotto estati e a volte si sentiva un vecchio. Almeno stava sempre diventando più forte, più saggio. Se voleva il rispetto di questi cinque uomini, doveva essere un buon capo, come suo padre.

«Torniamo indietro?». La voce si era quasi persa nel gemito del vento. Era il quinto uomo, Comitinus, un tipo apprensivo che però portava cautela e questo, probabilmente, gli aveva salvato la vita in più di un'occasione.

Lucanus ispezionò la fila di alberi. Nessun segno di movimento, da nessuna parte. Se c'erano nemici, erano nella foresta.

«Bellicus, Mato, con me», ordinò. «Solinus, Comitinus, restate qui a guardarci le spalle».

I tre esploratori procedevano a falcate tra l'erba che gli arrivava alle cosce. Mentre si avvicinavano agli alberi, il vento sibilava tra i rami e lì Lucanus sentì le voci degli spiriti che lo avvertivano di rallentare, di fare attenzione: la morte era in agguato. Forse persino la voce di suo padre.

Tenendo conto di quell'avvertimento, vacillò e si fermò. L'oscurità aumentava tra gli scheletri spettrali dei frassini. C'era un silenzio teso, come se l'intera foresta stesse trattenendo il respiro. Quando si sentì sicuro che potevano procedere senza rischio, alzò la mano sinistra e la mosse in avanti con uno scatto. I Lupi Feroci si inoltrarono verso gli alberi. Lucanus riusciva a sentire la traccia di fumo nell'aria. Mato aveva ragione: un fuoco aveva bruciato forte, e ora si era estinto.

Mentre gli occhi si abituavano al buio, il pensiero gli tornò a Micico, il capo dei Corvi, curvo sul focolare al forte di Banna, che si curava la ferita alla gamba che gli aveva impedito di andare al di là del vallo con i suoi fratelli. I Corvi erano un'altra delle bande degli esploratori *arcani* – c'era un'unità che stazionava a ogni forte lungo il vallo – e avevano già perso un uomo, straziato da un orso sulle colline al di là della foresta. I restanti tre erano in missione più vicino a casa, e stavano seguendo una scia di voci riguardanti una banda di guerrieri dei Pitti che minacciava di attaccare uno degli insediamenti.

A Lucanus tornò in mente la punta di preoccupazione nella voce del capo dei Corvi. I suoi uomini avrebbero dovuto essere di ritorno per il tramonto. Certo, potevano aver seguito una pista nel profondo Nord. Ma Micico era anziano ed esperto, per cui si fidava della stretta allo stomaco che avvertiva, disse. Come avrebbe potuto ignorare Lucanus la sua richiesta d'aiuto?

Drizzando la testa, il Lupo cercò di sentire il rumore dei passi sulla brina tra gli alberi. Era raro che i barbari fossero silenziosi. Il più delle volte li si poteva sentire per vasti tratti, che si muovevano rumorosamente nella vegetazione come bestiame, parlando, ridendo e cantando.

Alle orecchie gli giungeva solo il gemito del vento. Sentì le spalle rilassarsi e le dita scivolare via dall'elsa della spada. Mentre lame di luce pallida si muovevano con cautela tra le ombre, i Lupi Feroci avanzavano furtivamente verso l'estremità di una grande radura. Al centro, le ossa nere della legna carbonizzata spuntavano da un mare di cenere. I ceppi chiazzavano il terreno tutt'attorno, il legno morbido fatto a pezzi dai colpi d'ascia.

«Hanno abbattuto gli alberi per accendere questo fuoco, un grande fuoco», disse Bellicus.

«E hanno pure allargato la radura». Mato diede un'occhiata al modo in cui la vegetazione era stata battuta sotto al cielo notturno. «Non si tratta di un riparo dal freddo».

«Un raduno», esclamò Lucanus, «un consiglio. Ma perché qui, perché adesso?».

Mato entrò a grandi passi nel cerchio. «Se guardiamo bene, dovremmo essere in grado di indovinare il numero dei partecipanti. Non pochi, direi». Le parole si spensero mentre qualcosa all'estremità del falò freddo catturò la sua attenzione.

Lucanus riconobbe il modo in cui il suo fratello lupo si irrigidì, e sguainò la spada. Bellicus si avvicinò furtivamente alle collinette di cenere.

«Ecco i Corvi», esclamò.

C'erano tre corpi appesi sugli alberi, i polsi e le caviglie legati ai rami, fatti a pezzi come bestiame da mettere in pentola. Lucanus fece scorrere lo sguardo tra i resti scomposti, gambe che pendevano da un lembo di pelle, braccia sparse qua e là, arti recisi lanciati tra gli alberi.

Le teste erano state portate via. Probabilmente si trovavano su alcune picche da qualche parte, la loro magia donava potere ai vincitori.

Lucanus sentì un rivolo di sudore freddo lungo la schiena. Gli *arcani* non erano mai stati sconfitti dai barbari. Gli esploratori erano troppo capaci di infiltrarsi, nascondersi e osservare, i loro sensi erano troppo affinati per farsi cogliere alla sprovvista dagli uomini del Nord.

«Aspettate». L'avvertimento di Mato era un fruscio che quasi si perse nel gemito del vento. Accovacciato davanti a uno dei cadaveri, disegnò un cerchio in aria, sopra una ferita aperta.

Lucanus gli andò accanto, vedendo subito ciò che l'altro uomo aveva notato. «Segni di denti. Non di bestia. Ma di uomo».

Sollevando la testa, vide i resti in una luce diversa. Qua e là la carne era stata tagliata da una lama affilata. Un braccio che giaceva sulla terra fredda era stato masticato.

Il Lupo balzò in piedi, la spada appesa. Non era opera dei Pitti o degli Scoti. Non mangiavano carne umana.

«Aspettate», disse Bellicus. Lucanus si girò e lo vide accovacciarsi, con la testa inclinata e la fronte corrugata. «Se non i Pitti, allora cosa?». Il viso di Mato era di pietra, ma gli occhi guizzanti mostravano tutti gli orrori che gli danzavano per la testa.

Allora *cosa*. Non *chi*.

«Aspettate», disse ancora Bellicus, questa volta più forte. Era in piedi, indietreggiando, ispezionando i boschi.

Prima che riuscisse a esortare i compagni a rimanere calmi, Lucanus scorse ciò che Bellicus doveva aver presagito: un movimento lontano tra gli alberi. Le ombre si agitavano nella luce argentata, passando rapidamente dalla quercia al frassino e all'agrifoglio. Voltandosi piano, vide la foresta prendere vita da tutti i lati.

Silenziosa come gli *arcani*, silenziosa come una tomba.

«Via!». La voce di Lucanus volò tra i rami secchi. «Via!».

2
Falx

«Non dite niente agli altri». Lucanus lanciò un'occhiata lungo la prateria. Non c'era nulla che si muovesse sul limitare degli alberi. Respirava con più facilità: l'avevano scampata per un pelo. «Almeno per ora. Ho bisogno di tempo per parlarne con Atellus prima che Solinus se lo lasci sfuggire dopo una bevuta in taverna».

«Cosa abbiamo visto?», boccheggiò Mato, il respiro mozzato dalla corsa su per il pendio che portava al vallo.

«I Mangiatori di Morti». Bellicus scosse la testa. «Storie buone per spaventare i bambini. Così credevamo».

«Perché qui?», insisteva Mato. «Perché ora?». A questo Lucanus non sapeva rispondere.

Una quercia distrutta da un fulmine si stagliava sulla cresta davanti a loro, sola in quella prateria come un vecchio storpio che tendeva le braccia scheletriche. Lucanus spezzò una pagnotta delle provviste nella sacca che portava appesa alla vita e ne posò un pezzo tra le radici aggrovigliate. Inginocchiandosi, chinò il capo in una preghiera silenziosa. Se il dio di questo posto avesse accettato l'offerta, tutto sarebbe andato per il meglio.

Avevano sentito gli altri litigare molto prima di raggiungere la cresta e vederli. Lucanus rilassò le spalle e si stampò in faccia un sorriso. Solinus stava seguendo il passaggio di un gheppio, la cicatrice che gli squartava il viso si increspava mentre osservava il sole con gli occhi socchiusi. «Guarda quello stronzo. Vorrei essere lassù con lui, non qui con voi, insopportabili bastardi».

«Stai parlando di me, vero?». Comitinus lo fissò con aria di sfida.

«Sei un insopportabile bastardo, è vero».

Lucanus agitò il dito verso Solinus. «Cosa ti ho detto? Non lo provocare».

«Lascia che combatta le sue battaglie. Sarei ben contento di prenderlo a calci in culo».

«Sei tu quello che verrà preso a calci in culo», ringhiò Bellicus e Solinus tacque all'istante.

Mato avanzò e mise le braccia sulle spalle dei due uomini. «Fratelli, siamo tutti distrutti, e abbiamo ben poco da dimostrare. Risparmiate i vostri calci in culo per le taverne».

«Perderebbe di certo». Comitinus inarcò il sopracciglio.

Bellicus si voltò e guardò il mare di erba che ondeggiava. Lucanus osservò le spalle curve dell'amico, lo sguardo che indugiava, la tensione in ogni tratto del suo corpo, ma gli altri erano troppo presi dalla conversazione per farci caso.

«Nessuna traccia dei Corvi?», chiese Solinus. «Io ve lo dico, quei tre bastardi si stanno scaldando davanti a un fuoco, scopandosi delle Pitti».

Estrasse il coltello che usava per intagliare e cominciò a pulirsi le unghie.

«Torniamo al forte», gridò Lucanus con voce gioviale per mettere fine a quella conversazione scomoda. «Vi siete guadagnati una notte di comodità. Ne parleremo domani».

Sentì una coltellata di orgoglio mentre osservava quella banda così unita muoversi. Tutti loro avevano dato prova di sé. Avevano affrontato il proprio lupo e avevano vinto. Fradici di sangue nella luna piena.

Bellicus lo spietato. Mato il paciere. Solinus il beffardo. Comitinus l'apprensivo. Così diversi tra loro che se si fossero incontrati in un'altra vita non sarebbero mai stati amici. Ma ora erano divenuti una mente sola, un solo spirito, con il branco eterno.

Il pensiero gli tornò al giorno della propria morte e rinascita. Era diventato qualcos'altro, non lo metteva in discussione. Era una notte fredda, come questa, dieci giorni dopo la scomparsa del padre nelle Terre Selvagge, quando tutti erano sicuri che non sarebbe più tornato. Aveva seguito per ore le tracce della sua bestia nelle profondità più oscure della foresta. Si trattava di un vecchio lupo, un cacciatore esperto, la pelliccia striata d'argento, come giusto che fosse. Lucanus stava facendo un favore al branco dando una fine gloriosa al suo tempo su questa Terra e lasciando che salisse al potere un nuovo e giovane re.

Il momento era arrivato, in una radura circondata da antichi tassi attorcigliati. Il lupo era esausto, le vecchie zampe distrutte, sbuffi lunghi e vibranti. Si voltò e quegli occhi di ambra si inchiodarono ai suoi. Lucanus era sicuro di scorgere comprensione in quello sguardo, come se avesse saputo cosa sarebbe accaduto e lo avesse accettato come parte di un ciclo infinito. Il suo tempo era scaduto. Sarebbe sorto un nuovo potere.

Appagato dal sangue, Lucanus tornò a casa, nel suo letto. In un sonno esausto, sognò il grande lupo che veniva da lui dandogli il benvenuto nel branco. Solo un sogno, aveva detto ridendo la gente all'insediamento.

Però tutti quelli che venivano sottoposti a quel rito facevano lo stesso sogno.

L'oro ornava le tegole arancioni di Vercovicium. Lucanus si riparò gli occhi dalla luce abbagliante del sole basso del nuovo giorno e si alzò. Nonostante la brina splendesse ancora nelle lunghe ombre create dalle mura di pietra del forte, il verde, il marrone e il viola della campagna fluttuavano nella luce tenue.

A sud del forte, si estendeva il *vicus*, risuonavano le grida della cittadina, le risate e l'odore acre di sporcizia già denso nell'aria. Quasi due migliaia e mezzo di anime che si arrabattavano, dipendenti dalla grazia dell'esercito.

Ai margini di quell'insediamento sgangherato, terrapieni e resti di mura che quasi si perdevano tra l'erba selvaggia, le more e i sambuchi, c'era il fantasma della città vecchia, abbandonata qualche secolo prima. Lucanus aveva sentito diverse storie sul perché – incendi, pestilenze, carestie – ma pareva che nessuno sapesse cosa fosse accaduto davvero. E, in lontananza, vedeva che la Stanegate, la grande strada di pietra che percorreva quasi tutta la lunghezza del muro da ovest a est, era vuota.

I Lupi Feroci si trascinarono tra agli archi gemelli della *porta praetorium* in una tempesta di critiche e maledizioni. Una squadra di soldati, carpentieri e muratori era impegnata a puntellare un muro che stava cedendo.

Più avanti, parte dello stesso muro era già collassata in un cumulo di macerie. Lucanus fece scorrere lo sguardo tra le mattonelle mancanti, la muratura sbriciolata, i tronchi marci e, poi, su un *cornicularius* fuori dai granai, che sbraitava contro un mercante per la scarsa qualità dell'ultima partita di grano.

«L'intero forte sta crollando attorno alle nostre orecchie», borbottò Bellicus.

Molti credevano che Roma li avesse semplicemente dimenticati. Il comandante del campo, Lucius Galerias Atellus, aveva inviato ripetuti messaggi lungo le linee di rifornimento. Col tempo le sue richieste di riparazioni, approvvigionamenti migliori, paghe più puntuali, erano diventate suppliche. Gli rispondevano, a intermittenza, ma la distanza tra le risposte stava aumentando.

L'attenzione di Roma era rivolta altrove adesso, lo dicevano tutti: in Gallia, dove l'imperatore Valentino stava combattendo gli Alamanni lungo la frontiera; a est, dove l'imperatore Valente lottava contro i Goti irrequieti; e a una ribellione di non minore importanza all'interno delle mura della città stessa, dove i cristiani si scontravano tra loro in seguito alle contestazioni per l'elezione del papa. Ma gli uomini dimenticati in quest'ultimo avamposto facevano il loro dovere e reggevano le fila.

Una volta superata le prime baracche e scuderie, Lucanus e i Lupi Feroci entrarono in via Sagularis, dove i soldati della Cohors Primae Tungrorum, composta da quasi quattrocento uomini, si riunivano quando dovevano prepararsi a respingere un'incursione dei Pitti.

Rivolgendosi a Bellicus sussurrò: «Riempigli lo stomaco. Dagli tutto il vino che riescono a bere. Parleremo di quello che abbiamo visto dopo che si saranno riposati».

Bellicus annuì. «Li manderò anche ai bagni e alla Casa dei Desideri. Saranno pronti a tutto dopo una notte tra due cosce calde».

Quando i Lupi Feroci si separarono, Lucanus si diresse velocemente all'incrocio tra via Principalis e via Praetoria, infilandosi nella Principia, dove si svolgevano gli affari del forte. Prima di riuscire a entrare nel quartiere del comandante di campo, sentì chiamare il suo nome. Su una soglia Quintus Domitius Falx si guardava attorno per assicurarsi di non essere osservato. Lo chiamò furiosamente con un cenno.

Il centurione Falx: pelle chiara e lentiggini, occhi penetranti del colore del cielo invernale. Un duro, così diceva chiunque fosse sotto il suo comando, ma dalla risata facile.

Lucanus entrò in una stanza piccola e dal soffitto basso, piena di pergamene e Falx richiuse la porta dietro di sé.

Un uomo alto, simile a un insetto, corse ad attizzare il braciere. Carbo, l'*optio*, aveva la faccia di uno che aveva appena ingoiato una vespa. Lucanus si sforzò di fare un sorriso teso di saluto.

«Tieni. Assaggia». Falx mise una coppa in mano a Lucanus.

Lucanus ingoiò una boccata di vino dolce, senza dubbio appena arrivato via mare dalle valli rigogliose della Gallia, lontano un mondo da quella bevanda rozza che erano costretti a bere di solito.

«Sarebbe dovuto essere sulla strada per Vindolanda», disse Falx con un ghigno. «Ma in qualche modo le anfore sono state dimenticate qui».

Lanciò un'occhiata rapida a Carbo, e l'optio distolse lo sguardo, a disagio. «Quel bastardo di Stolo sputerà sangue quando scoprirà che gli toccherà sopportare ancora la solita acqua di fosso per il resto della primavera».

«Si fanno molti amici condividendo la buona fortuna».

Falx aggrottò la fronte come se Lucanus fosse stupido. «Condividere? Questa fortuna sarà ancora più grande quando la venderò a quelle famiglie con le borse grasse e abbastanza terra da risparmiarsi la puzza del *vicus*. Magari Menius e Amatius, eh? Metti una buona parola con quella famiglia di cui sei così amico, la prossima volta che ti godrai la loro ospitalità? Mi sa che hanno abbastanza monete per comprare un intero oceano di questo buon vino».

«E io che ci guadagno?»

«Un'anfora, ovviamente. Abbastanza per te e i tuoi uomini».

«Due».

Falx imprecò tra sé e sé. «Il vento freddo al di là del vallo ti ha indurito, Lucanus, fino a farti fare questo a un caro amico. E due sia, anche se mi ridurrai in miseria».

Lucanus annuì. Un buon affare. Era difficile trovare oggetti di lusso di questi tempi.

Il centurione si sporse e disse: «Questo non è che l'inizio di un buon periodo, ricorda queste mie parole. Ieri notte un messaggero ha portato notizia di un ricco mercante in arrivo da Roma».

«E perché mai dovrebbe venire qui?»

«Chi lo sa? Forse è confuso. Magari crede che sia una terra assolata piena di oliveti e fiori dal profumo dolce. Il punto è che è qui per affari. Con uomini di buona volontà. Come me. E te, ovviamente. È disposto a pagare una piccola fortuna in cambio del nostro aiuto».

«Cosa vuole? L'esperienza mi dice che una piccola fortuna di solito comprende qualcosa che ti fa rischiare la pelle».

Falx si strinse nelle spalle. «Siamo uomini che risolvono le situazioni, Lucanus. Qualunque cosa sia, non sarà al di sopra delle nostre capacità. Ti sto offrendo un'opportunità. Non sputare nel piatto in cui mangi. Sei dei nostri?»

«Vedremo. Prima voglio sentirlo dalla sua bocca». Fece un altro sorso di vino e decise di cambiare argomento. «Ho sentito del malumore tra alcuni degli *arcani* lungo il vallo… i Corvi… i Segugi… Dicono che non vengono pagati con puntualità. E che a volte i borselli arrivano leggeri».

Falx riempì nuovamente il calice di Lucanus per calmarlo.

«È vero che la paga a volte è un po' poca. Ne stiamo soffrendo tutti», disse. «Gli *arcani* devono aspettare il momento giusto. E sarà fatto tutto per bene».

«Non è un bel momento per fomentare la rabbia degli *arcani*. All'alba abbiamo trovato tre Corvi fatti a pezzi. E qualcuno aveva banchettato con i loro cadaveri».

Falx aggrottò la fronte. «I barbari sono bestie, ma non mangiano i morti».

«Storielle per bambini», esclamò Carbo in fondo alla stanza. «Le avventure dei Mangiatori di Morti si raccontano da quando ero piccolo. Ma non sono niente di più... racconti. Tutte le loro tracce scompaiono appena qualcuno si mette a indagare».

Lucanus guardò entrambi gli uomini. «L'ho visto con i miei occhi».

«Strano sentirlo proprio ora che gli *arcani* si lamentano della paga», disse Carbo con evidente malignità. «Quale modo migliore per dimostrare che adesso più che mai sono necessari? I Mangiatori di Morti verranno a divorare vostra nonna. Che ne dici, Falx?».

Il centurione alzò le spalle. «Magari ti sei sbagliato, Lucanus. Il morso di un lupo...».

«Non è il morso di un lupo. Mi prendi per scemo? Passo la vita in campagna, con il sole, con la pioggia, con la neve, circondato dal verso dei gufi e dalle grida dei corvi. Quando sento l'odore del vento riesco a capire se si tratta di un lupo o di una lince, anche se sono a un'ora di marcia. So distinguere un uomo e una bestia». Guardò Carbo. «E tu mi stai accusando di mentire per soldi?».

L'optio si limitò a sorridere.

Lucanus tenne a bada la propria frustrazione. «Questo atto vile è avvenuto a meno di una mezza giornata di cammino da qui». Scelse una delle pergamene dalla parete, la srotolò e indicò il luogo sulla cartina. «Qui. Chiunque sia stato, è ancora lì: abbiamo visto le tracce».

Falx osservò la cartina, riflettendo. «Non dirlo in giro. Lo sai quanto è superstiziosa la gente da queste parti. Prima i barbari, poi i fantasmi, i mostri, e poi gli dei hanno scatenato tutta la loro furia su di noi e siamo maledetti. Ci troveremmo tutti gli abitanti del *vicus* a bussare ai cancelli». Le labbra gli si contorsero e borbottò: «E anche alcuni degli uomini».

«Ascolta, è un brutto affare. Magari non sappiamo come andrà a finire questa storia. Però una cosa tanto selvaggia, disumana, un attacco agli *arcani*, così vicino al vallo, ora? Cose del genere non accadono per caso, secondo la mia esperienza. E peggiorerà solamente se non li trucidiamo ora».

Il centurione annuì. «Hai buoni argomenti. Fammi parlare con Atellus. Si può mandare qualche uomo, alcuni cavalieri, magari venti, oppure coinvolgere qualcuno di quei bastardi della compagnia di Hnaudifridi. Se il nemico è in numero maggiore, non c'è bisogno di attaccare. Un segnale che li stiamo osservando basterà, per ora. Poi decideremo la nostra prossima mossa».

Lucanus alzò la testa nel vento mentre attraversava il forte, salendo gli scalini logori che portavano dove le sentinelle tenevano d'occhio i Selvaggi. Sì, si sentiva un po' più al sicuro lì. Come poteva essere altrimenti, guardando la distanza sfocata da quella linea di pietra?

Il vallo era tutto per coloro che vivevano alla sua ombra. Per questo gli avevano fatto imparare la sua storia quando era piccolo, e sapeva ancora dire il nome di tutti i forti e la posizione di tutte le torri di guardia lungo i suoi oltre dodici chilometri.

Falx aveva detto che gli *arcani* tenevano al sicuro l'esercito, ma il vallo era il vero salvatore, ed erano passati quasi duecentocinquanta anni da quando Adriano l'aveva innalzato in quella terra desolata. Alto come quattro uomini, largo come due carrette, con un enorme fossato difensivo dietro di sé.

Che i Mangiatori di Morti lo guardino e piangano.

E lì a Vercovicium erano più al sicuro di chiunque altro. Guardò il dirupo scosceso di basalto su cui posava il vallo, lungo un chilometro e mezzo e circondato da due brughiere brulle.

Avanti c'era un vasto tratto di prateria, ripulito dagli alberi ormai da parecchio e, oltre, c'era la vasta, tetra foresta di pini, frassini e agrifogli che sembrava non finire mai. Nel lontano Nord c'era una terra di montagne con le cime innevate, colline violacee e grandi laghi, così gli avevano detto, ma era raro che gli *arcani* si avventurassero così lontano.

A ovest c'erano gli Scoti, a nord e a est i Pitti. C'erano anche alcuni Bretoni che vivevano lì, quelli che erano sfuggiti alla legge di Roma. I Votadini. I Selgovae. I Novantae. I Caledonii. Talmente tanti che i nomi si confondevano. Le tribù dei Pitti si erano unite sotto un unico re, ma le altre avevano i propri capi e le proprie regole misteriose. A volte si azzannavano tra loro, altre collaboravano. Quella tregua tesa con l'impero si indeboliva e riaffiorava, ma nessuno aveva dubbi che nei giorni a venire ci sarebbe stato del sangue.

Là fuori c'era sempre stata un'avversione profonda contro Roma e tutto quello che rappresentava. Per ora, comunque, i loro mercanti pagavano per viaggiare a sud per fare affari, e tornavano su un carro trainato da buoi al calare della notte.

Li chiamavano barbari ma non lo erano in realtà, per quanto Lucanus capiva quella parola. Avevano le proprie divinità e la propria arte, le proprie canzoni, storie e balli. Erano bravi pescatori e contadini, rispettavano le proprie donne e avevano le proprie leggi a cui si attenevano strettamente.

Suo padre gli aveva insegnato la lingua delle tribù e, durante le stagioni di viaggi con gli *arcani* oltre il vallo, lui aveva imparato i loro costumi. I Lupi Feroci facevano finta di essere mercanti e commercianti quando si avventuravano nei loro villaggi, ed erano stati sempre bene accolti. Se si fossero esposti come spie o esploratori, la faccenda sarebbe stata diversa, lo sapeva. Aveva visto più di un soldato romano prigioniero sventrato e appeso a un albero come avvertimento.

«Le guardie sul vallo vedono lontano, ma niente che abbia realmente importanza».

Non l'aveva sentita arrivare, però eccola lì. Amarina, avvolta in una mantella fine, il colore del muschio ricamato con spirali dorate. Chiunque avrebbe pensato che fosse costata solo poche monete ma Lucanus sapeva che non era così. Amarina si procurava parecchi regali. Ciuffi di capelli biondo rame spuntavano dal suo cappuccio, tirato giù per ripararsi dalle folate di vento. Occhi di smeraldo guizzavano dall'ombra. Andava e veniva a suo piacimento, persino nel forte.

«Ancora giochi di parole?»

«Come fa una donna a confondere un uomo, Lucanus?»

«Non so».

«Gli parla».

Il Lupo vide un accenno di sorriso dalle profondità del cappuccio.

«Non hai di meglio da fare che tormentarmi?»

«Trovo sempre tempo per quello. Sei il migliore per giocare, Lucanus. Gli altri si arrabbiano e se ne vanno. Tu però no, tu cerchi di *capirmi*».

Il Lupo grugnì. «Forse sono io che gioco con *te*».

Amarina guardò la landa frastagliata. Dopo un po' chiese: «Che vedi?».

Lui scosse le spalle. «I Selvaggi. Erba, alberi, palude, erica, laghi, fiumi, pietre. Quello che vedi anche tu».

«Questo muro divide due mondi. È vero, ci sono l'impero e le terre dei barbari. La civiltà e i Selvaggi. Ma è più di questo».

Lucanus ispezionò il paesaggio cercando di capire a cosa si riferisse. Amarina si sporse e gli chiuse le palpebre con il pollice e l'indice.

«Ora vedrai meglio», mormorò.

Lui vacillò per il vento e si resse per evitare di cadere.

«Due mondi, Lucanus. Il mondo degli uomini e il mondo degli dei. Noi siamo nel punto in cui si incontrano». Le parole gli giungevano come un fruscio, appena più forti del gemito della brezza. «Dei e demoni. Qui governiamo noi, per quello che possiamo. Lì... ci sono regole diverse. Perché sono come gli *arcani*, no? Il popolo segreto, coloro che si nascondono. Vivono sotto la collina e il lago, in cima alle montagne e nelle profondità delle foreste. Visti di rado, osservano sempre, ascoltano e prendono per il naso gli uomini. Tutta quest'isola prima era la loro casa, così mi hanno detto, e lo sarà ancora. Sono ovunque».

«Demoni?». Il Lupo si chiedeva se fosse un altro dei giochi della ragazza, confondergli le idee per vedere fino a che punto poteva fargli credere alle sue parole. Decise di stare al gioco. «Dove hai imparato queste cose?».

Sentiva il suo respiro sull'orecchio. «Una donna non può imparare? O è una come me che non può?».

Pensò fosse meglio non rispondere a queste domande.

«Alcuni dicono che tutti abbiamo i nostri demoni, Lucanus. Un'entità superiore che ci sorveglia. Altri dicono che i demoni sono gli strumenti degli dei sulla Terra, che realizzano i desideri divini, guidando gli uomini e le donne, ostacolandoli, distruggendoli. Sono attori del Grande Piano che nessuno di noi è in grado di vedere».

«E di che piano si tratterebbe?»

«Alzati, guarda in basso, guarda indietro, guarda avanti e lo saprai».

«Quindi non saremmo altro che ratti guidati da cani d'allevamento?»

«Qui, al confine di tutte le cose, i demoni ci hanno modellato a lungo, fratello lupo. Vercovicium è un'isola in un mare in tempesta. L'oceano fa entrare le barche di coloro che intrecciano le nostre vite; lo fanno coperti dalla notte, e se ne vanno prima delle correnti mattutine. E noi ci svegliamo, ci guardiamo attorno e non siamo più saggi. Però eseguiamo i loro ordini, niente di meno. Tenendo gli occhi aperti si possono vedere i loro segni. Così dicono persone più sagge di noi».

Gli diede una gomitata nelle costole e lui spalancò gli occhi. Stavano aprendo i cancelli. Venti uomini a cavallo si stavano preparando a entrare in quel mondo crepuscolare. Falx aveva mantenuto la parola.

«Oppure è solo così. Nessun dio, nessun demone, e tutto ciò che abbiamo per sopravvivere in battaglia è dentro di noi».

Lucanus la osservò, incapace di capire se lei credesse a questa squallida descrizione. «Mi aiuti a concentrarmi, Amarina!».

«Un buon lavoro, ben fatto».

Gli ausiliari partirono. Le loro maglie e i loro elmi splendevano nel basso sole invernale. I giavellotti spuntavano dalle guaine di cuoio legate alla sella, le spade a riposo nel fodero. Lucanus non conosceva guerrieri migliori. Chiunque fossero, i mangiatori di carne umana che giravano per queste terre selvagge dovevano stare in guardia. Gli uomini in fila cavalcarono via verso la chiazza color carbone della foresta, incontro ai demoni o ai selvaggi, incontro a qualunque cosa volessero gli dei o il Fato.

3
Catia

L'ululato veniva dall'anticamera della Mithraeum e Lucanus sobbalzò. Chiusa sotto le lastre di pietra di quella fossa tremenda, qualche povera anima stava di nuovo venendo torturata dal fuoco, dal freddo o dall'acqua. Solo i seguaci del dio del Sole Invitto sapevano cosa accadeva veramente in quel tempio di pietra, ma ascoltare quel suono feroce fece venire in mente a Lucanus modi migliori di passare la giornata.

Eppure il culto di Mitra non sembrava avere problemi a reclutare soldati dal forte. Forse si erano talmente abituati al sacrificio che non gli importava di soffrire quando chinavano il capo davanti al loro dio. Lucanus storse il naso. Un'unica divinità, dicevano. A che serviva contro tutti gli ostacoli presenti sulla strada della vita?

Il comandante Lucius Galerias Atellus arrivò dall'ingresso buio del tempio di Mitra, un uomo magro e dalla carnagione scura, i capelli ormai grigi. Sebbene Lucanus avesse sentito che era brutale in battaglia, l'età gli aveva donato una costante aria pensierosa.

«Ci hai ripensato e vuoi unirti a Mitra insieme a noi, Lucanus?», domandò.

«Non è ancora arrivata la mia ora, prefetto. Ma se sentirò qualcosa nel mio cuore, verrò a capo chino».

Gli altri adoratori stavano uscendo alla spicciolata dal tempio, avvolti nel profumo di incenso. Un uomo era nudo fino alla cintola, forse il supplicante che era stato fatto uscire dalla fossa. Era madido di sudore e il suo sguardo sembrava ancora tormentato da ciò che aveva scoperto. Sulla schiena aveva una pezza rozza dove era stato appena marchiato con il simbolo del toro.

«Ci sono dei segreti qui, Lucanus, misteri che ti farebbero girare la testa». Atellus guardò il cielo, fissando intensamente lo sguardo come se riuscisse, attraverso la volta, a vedere gli dei stessi. «Segreti nascosti in tutte le storie che ci raccontiamo. Verità superiori. Conoscenza di tutto ciò che esiste, in attesa di coloro in grado di svelarla».

«Un giorno».

Atellus annuì. «Prego che quel giorno arriverà. Abbiamo le nostre divinità e queste modellano le nostre vite. Questa chiesa di Cristo, ne hai sentito parlare?»

«Sì».

«I loro preti si sono messi con la testa e con il cuore contro Mitra. Non avranno pace finché tutto questo non sarà distrutto e il nostro dio dimenticato».

Lucanus rise. «Non distruggeranno mai Mitra. È venerato dalla notte dei tempi».

«I cristiani hanno già cominciato a costruire le loro chiese sui nostri templi. Poco alla volta, si prenderanno tutto quello che abbiamo. Qui ne siamo al riparo, così lontani da Roma. Ma arriveranno abbastanza presto, ricordati le mie parole, e anche per tutti i pagani. Gli dei che noi romani veneravamo nel passato? Verranno tutti dimenticati. I loro nomi cancellati. Sta arrivando una nuova era e non sarà un bene per quelli come noi».

Il Lupo annuì, anche se non credeva a nulla di tutto ciò.

Sentì che la voce di Atellus si induriva mentre proseguiva. «E il loro Messia, non è altro che Mitra con un altro nome. Ci ruberanno tutto».

«Il Cristo e Mitra ...?».

Atellus agitò un dito. «Mitra, nato da una vergine. Una vita di castità. Noi battezziamo i nostri seguaci, e anche loro. Noi mangiamo il pane segnato da una croce, e beviamo vino come sangue sacrificale. E pure questi cristiani. Celebriamo la nascita di Mitra il venticinque dicembre... la nascita del Sole Invitto... E ora questi dicono che il loro Cristo è nato lo stesso giorno?». Il Lupo sentì la voce incredula spezzarsi.

«Tutti i loro misteri erano prima nostri. Ricordati quello che ho detto, Lucanus, non avranno pace finché non ci avranno distrutti, cosicché potranno rivendicarli come loro».

Lucanus intravide una piccola figura familiare che lo osservava dalle ombre al lato del tempio.

«Prefetto, hai parlato con il centurione Falx?», domandò cercando di non farsi distrarre.

«Di quello che voi Lupi Feroci avete trovato nelle Terre Selvagge?». Il comandante annuì. «Corpi profanati. Uomini divorati. Non ho mai sentito una cosa del genere, in tutto il tempo in cui sono stato un soldato. Ho visto i barbari massacrare uomini in quantità... conficcare teste di donne e bambini sui pali... Ma questo no». Lucanus percepì il disgusto nella sua voce. «Ho inviato un messaggero lungo la frontiera per avvertire gli altri forti, e per capire se qualcuno di loro ha sentito qualcosa del genere».

«Hanno ucciso tre *arcani*. Mai sentito niente del genere».

«La stagione volge al termine, Lucanus. Tutto ciò che conoscevamo sta finendo. Anche questo è uno dei portenti del futuro?». Atellus guardò in alto le mura di Vercovicium. «Togliamo le pietre al nostro stesso forte per riparare le fortificazioni perché nei forzieri c'è rimasto ben poco per le ristrutturazioni, e c'è poca speranza che arriveranno altri soldi. I portoni decrepiti vengono bloccati con i tronchi. Stiamo finendo le vettovaglie e i nuovi uomini per sostenere le fila. La paga arriva tardi o non arriva affatto. E a Roma... a Roma...». Lucanus lo osservò lottare per completare il pensiero. «Abbiamo portato ordine in questo mondo». La voce di Atellus si fece malinconica mentre si voltava a guardare i campi verdi a sud. «Ma ora vedo che il cielo sta diventando nero. La notte si sta avvicinando. Oltre le frontiere dell'impero ci sono solo caos e follia. Barbari che non pensano come noi, che non danno alcun valore alle cose che per noi sono importanti, che vorrebbero vedere questo mondo civilizzato interamente ridotto in cenere e sangue. Perderemo tutto ciò che abbiamo costruito? È questa la nostra eredità?»

«Noi restiamo saldi qui nel Vercovicium, prefetto. Nessuno ci sconfiggerà».

Il comandante fece un sorriso forzato. «Quando il messaggero tornerà con le notizie, radunerò i Lupi Feroci. Scoprirai quali nuove minacce ci attendono al di là del vallo, non ho dubbi a riguardo».

Il Lupo guardò l'altro uomo allontanarsi a fatica e poi fece cenno di avvicinarsi alla figura che si nascondeva accanto al Mithraeum. Un ragazzo gli corse incontro dall'ombra. Pareva una piccola nuvola di tempesta con quei capelli neri e quegli occhi troppo scuri e intensi per un ragazzino di appena otto estati.

«Di che si tratta, Marcus?»

«Mi puoi nascondere?»

«Dagli altri ragazzi?». Marcus non era tipo da tirarsi indietro in una rissa.

«Mia madre mi sta cercando». Il ragazzo si morse le labbra, speranzoso. «Ho lavorato sodo tutta la mattina, e ora vuole che studio ancora».

«E cosa ti fa pensare che mi metterei tra te e tua madre?»

«Tu non sprecavi i giorni sui libri».
«E ora dormo nei fossati e mangio carne cruda, aspettando che la spada di un barbaro metta fine ai miei giorni».
Lucanus vide Marcus trasalire. Il ragazzino non aveva ancora compreso la vicinanza della morte, almeno non di quella delle persone a cui voleva bene. Conosceva Lucanus da tutta la vita e lo considerava uno di famiglia, sangue del suo sangue, l'uomo lo sapeva. «Vieni», disse cercando di riparare. «Puoi nasconderti da me, ma assicurati di tornare a casa prima che faccia buio. E se tua madre viene a sapere che ti ho aiutato, la spada dei barbari sarà l'ultimo dei miei problemi».

Ai margini della via principale della cittadina, una folla si agitava attorno a due uomini che si picchiavano, con il petto in fuori e nudi fino alla cintola nonostante il freddo. Una lotta. Lucanus vide il luccichio delle monete che passavano di mano in mano mentre gli astanti scommettevano sul risultato. Fuori dalla taverna, Qunavo era a quattro zampe, vomitando per lo stomaco pieno di birra. Ultimamente era sempre ubriaco e sopravviveva solo grazie alla gentilezza dei suoi vicini. Dietro di lui, Falx aveva la testa china in un'intensa conversazione con Docca, il proprietario della taverna, un uomo panciuto dalla capigliatura bionda e selvaggia. Il centurione parlava a bassa voce, sicuramente stava portando avanti qualche affare illecito. Più avanti, un gruppo di uomini organizzava gare di cani, e nelle pause da quel baccano Lucanus sentiva il suono metallico delle corde degli archi e il colpo sordo delle frecce che colpivano il bersaglio.
Mentre se ne andava, due giocatori d'azzardo appena fuori dalla folla che guardava la lotta cominciarono a prendersi a pugni. Un attimo dopo, stavano combattendo accanto a quelli in gara. Lucanus spinse Marcus nelle vie strette sul retro delle botteghe. Dall'altro lato della strada, si infilarono di nuovo nella via principale dove la sua casa confinava con la recinzione di un fetido porcile. Era poco più di una baracca: pareti di fango, vecchi tronchi e un tetto di torba.
Arrivati alla porta, Marcus spalancò gli occhi. «Sbrigati. Sta arrivando».
Lucanus vide una testa bionda sobbalzare nella calca sulla strada principale. Spinse il ragazzo dentro, al buio, e le andò incontro.
«Catia». Le fece una specie di sorriso, ignorando la sua espressione severa. Nonostante fingesse di essere una madre fredda e critica, lui conosceva la verità. Da piccoli, difficilmente loro due passavano una gior-

nata separati. Una strana coppia, a detta di tutti: lei con quella famiglia ricca e lui che studiava per diventare un fratello lupo, strisciando sulla pancia nelle Terre Selvagge. Ma lui non avrebbe mai dimenticato quella volta in cui, quando era grande da riuscire a malapena a sollevare una spada e stare nella natura da solo, non sentì suo padre avvicinarsi – un test per capire se era pronto a una vita dove una disattenzione poteva ucciderti –, e l'uomo lo aveva preso a ceffoni per dargli una lezione. Quando Catia lo aveva visto, lo aveva portato al ruscello lungo la Stanegate e gli aveva lavato il taglio sull'occhio dovuto all'anello d'argento indossato dal padre. Era un dragone con incastonato un occhio di rubino, si ricordò. Nonostante avessero sentito il padre di lei che la cercava, Catia era rimasta finché non si era assicurata che lui si fosse ripreso, cosciente che questo avrebbe comportato delle botte anche per lei.

Era un ragazzino allora, e credeva che il mondo andasse nel modo in cui lui desiderava. Adesso era più cosciente.

«Hai visto Marcus?». Catia lo guardò socchiudendo gli occhi.

«Sono appena rientrato dalle Terre Selvagge. Perché avrei...».

Catia agitò il dito per zittirlo. «Non fare giochetti con me. Sai benissimo che il ragazzo ti vede come un amico, un protettore, un maestro e un consigliere. Per questo deve studiare di più: per ficcare un po' di buon senso in quella capoccia».

Lucanus sapeva come stavano i fatti: Marcus era andato da lui perché non si fidava di suo padre. E Catia era più che consapevole dei fallimenti di suo marito. Osservò un altro livido sul viso di lei, stavolta sull'occhio sinistro. Dimenticandosi di sé, si allungò per toccarla.

Catia fece un balzo indietro come se si fosse scottata. «Non ho bisogno che tu mi protegga».

«Sorella lupo...».

«Non chiamarmi così! Non sono una bambina», e fece come per mordere, spostandolo.

«Posso sopportare un po' di sacrificio per un bene più grande».

Preso dal vortice di emozioni, Lucanus realizzò che Catia si stava dirigendo verso la sua casa solo quando lei arrivò alla porta. La raggiunse, e la trovò già al centro di quella stanza solitaria a guardarsi attorno. Con sollievo, notò che Marcus non c'era. Non c'erano letti sotto cui nascondersi, solo paglia e pagliericcio in un angolo. Il ragazzo doveva essere scappato di nuovo, per paura che la madre lo fiutasse.

«Vivi come un maiale, Lucanus». La vide allontanare il naso dai resti secchi di stufato nella pentola sul focolare freddo, dalla pietra abrasiva che stava accanto a dove dormiva, e dalla sua tunica piena di fango e di macchie di bosco risalenti all'ultima volta che era uscito dal vallo.

«Vivo come una bestia nella natura selvaggia. Che è quel che sono».

Notò una traccia di tenerezza negli occhi di lei. Era difficile che si facesse vedere negli ultimi tempi, come se questo le ricordasse duramente cosa si era persa. Una volta gli disse: «Devo diventare come le pietre per la terra». All'epoca non aveva capito cosa volesse dire. Ora credeva di saperlo.

«Sei un brav'uomo», disse distogliendo lo sguardo. «Tutti qui sono grati a te e ai Lupi Feroci. Ci fate dormire sonni tranquilli, lo sappiamo».

Sapeva che lei voleva essere gentile, eppure quelle parole suonavano offensive. *Grati*.

Catia dovette averglielo letto in faccia. Andò verso la porta e aggiunse: «Vieni a casa nostra stasera, mangia con noi. Mio padre sarebbe contento di vederti». Uscendo continuò: «E lo sarei anch'io».

Lucanus ebbe una fitta di rimpianto mentre la guardava andarsene. Lei vacillò accanto a una larga striscia di terra vicino alla bottega dello scalpellino dove un gruppo di arcieri stava conficcando le frecce in un bersaglio, il rumore che lui aveva sentito prima. Persino prima che salutassero Catia, Lucanus sapeva cosa la donna stava per fare.

Quando era ragazzina, fu proprio suo padre a insegnarle a usare l'arco, generando un bel po' di fastidio nella famiglia di lei – non era un passatempo adatto a una persona del suo rango –, e lei imparò meglio di chiunque altro. Sorrise e la vide afferrare un arco da uno degli arcieri e accoccare la sua freccia. Rimase ferma per un momento, la corda tesa, le braccia rigide, gli occhi svelti che valutavano il bersaglio. La freccia si conficcò al centro del legno. Complimenti risuonarono attorno a lei e lui vide che era arrossita e sorrideva. Si rese conto, con una punta di tristezza, che era da un pezzo che non la vedeva così viva.

Voltandosi, percepì un'ombra scurire la porta e, per un attimo, pensò che lei fosse tornata da lui. Invece era il fratello minore della donna, Aelius.

«Non prendertela», disse Aelius. «Sai benissimo che ha un'ottima ragione per essere così dura».

«Ci stavi ascoltando?»

«Io sento tutto, vedo tutto. È uno dei pochi vantaggi di essere uno che non si vede e non si sente».

Aelius aveva sedici anni, i capelli lisci e neri, la mascella quadrata. In realtà era fratellastro di Catia, anche se nessuno aveva mai accennato alla madre – una delle donne alla Casa dei Desideri, immaginava Lucanus – ma era stato cresciuto come un membro della famiglia. Voltava sempre la faccia per nascondere il lato segnato dal vaiolo che lo aveva colpito quando era bambino, eppure era il braccio destro avvizzito ciò che lo sviliva agli occhi dei più. Inutile, ciondolante, un difetto dalla nascita. E non era solo perché era menomato – aveva imparato a usare il braccio sinistro in modo efficace – ma perché si diceva che fosse stato maledetto dagli dei. Le ragazze lo ignoravano, i ragazzi lo prendevano in giro.

Per quanto fosse dotato, quel giudizio pendeva su di lui come una nuvola. Maledetto per l'eternità, diceva, pure se avesse combattuto una battaglia da eroe.

«Ti sei messo a seguire tua sorella tutta la giornata ora?»

«La stavo aiutando a cercare Marcus. Non è che io sia pieno di impegni». Aelius sollevò una sacca che gli pendeva dalla spalla. «E ho comprato un nuovo libro per la biblioteca di mio padre. Una porta attraverso cui scapperò da questo mondo per un po'».

«Ti piacciono i tuoi libri».

«Uno dei lati positivi delle ricchezze della mia famiglia. La mia vita con i libri è migliore della mia vita senza di loro». Eppure, nonostante tutte le parole, Lucanus sentiva dell'amarezza in quella voce.

Aelius girò per la capanna, esaminando il soffitto rattoppato da cui entrava la pioggia durante i temporali, e le poche cose sparse qua e là. «Beh, vivi come un imperatore, Lucanus. Una casa adatta a un eroe dell'impero».

«Le Terre Selvagge, quella è la mia casa. Il fossato è il mio letto. Il cielo, il mio soffitto».

Aelius ridacchiò tra sé e sé. «Oh, i tuoi padroni devono volerti davvero bene. Ti hanno donato… questo». Fece girare il braccio buono per indicare lo spazio circostante. «E tutto quello che tu gli dai in cambio è… tutto. I giorni della tua vita, i tuoi anni buoni, forse la pelle, e tutto per farli rimanere ricchi e al sicuro».

«Sono soddisfatto del mio pezzo di terra».

«Questa è la tua maledizione. Una vita di sacrifici consente a uomini che ti sono inferiori di saccheggiarti. Dovresti stare con Catia, lo sai».

«Il vino ti è andato alla testa». Lucanus lo sentiva dall'alito. Si accasciò sul letto di paglia, prese la pietra abrasiva e si mise a dare colpi lenti e continui sull'orlo della spada. Non gli piaceva la piega che stava prendendo la discussione.

«Se ne rendono conto tutti. Persino Amatius, ci scommetto. Ma Amatius è un uomo complicato», proseguì Aelius. Lucanus colse il sarcasmo. «È geloso, in modo irascibile. Quel segno sull'occhio? Il prezzo per un'occhiata lasciva che le aveva lanciato Magiorius il mercante, come se l'avesse richiamata lei. Però poi è orgoglioso di sfoggiare la donna più bella della zona. Una contraddizione? Non nella sua testa. Quando ce l'ha sotto braccio, è il suo valore che aumenta nel possedere qualcosa di così prezioso».

«Catia ha scelto Amatius».

«Già, già. Tutti conosciamo la nostra storia, Lupo. Una transazione. Il suo corpo per salvare la nostra famiglia dal lastrico. Una sua scelta. Persino mio padre, con tutti i suoi difetti, non le avrebbe mai chiesto una cosa del genere. Ma Catia non è una bambina piagnucolosa. C'è più fuoco nel suo cuore che nella maggior parte degli uomini che conosco. Più che nel mio, sicuramente. Però poi si è resa conto di aver acconsentito a molto più di quanto accordato nell'affare iniziale. Non ha più una sua vita. Perché ora è diventata il suo giochino».

«Non parlare così». Lucanus si concentrava sui colpi della pietra.

«Pugni», proseguì Aelius, apparentemente indifferente. «Un calcio nelle costole. Un pugno in pancia. Certe notti la prende con così tanta violenza che le urla risuonano in tutta la casa. Mio padre… tutti noi… ce ne dobbiamo stare lì ad ascoltare le sue sofferenze».

«Placa la lingua». Lucanus mise da parte la pietra e si alzò.

«Preferiresti non sentire questa verità?». Aelius non ritrattava. Anzi, avanzò, quasi con aria di sfida. Alzò la testa, sorridendo. «Preferiresti coprirti gli occhi con quella pelliccia di lupo e tornare di corsa nelle Terre Selvagge dove va tutto bene?»

«Non provocarmi. Non sono un brav'uomo».

«Oh, ma sì che lo sei, Lucanus. Lo sei eccome. Troppo bravo. Questo è il problema». Aelius si voltò, gironzolando di nuovo per la capanna. «I bimbi capiscono sempre la verità. Un'abilità che perdiamo quando la vita ci rende acidi. Però Marcus ti ritiene un grand'uomo. Ti ho visto con lui prima. Lui sa chi sei veramente».

Lucanus strinse i pugni, ma non c'era nulla che meritasse la sua frustrazione. Sapeva che ciò che Aelius aveva detto era vero e che faceva del suo meglio per fingere che non lo fosse. «Le cose stanno così. Non si possono cambiare».

«Potresti infilzare Amatius con la tua spada».

«Un omicidio?»

«È un crimine prevenire un crimine più grande?»

«Io non vedo crimini. Catia è la moglie di Amatius. Lo serve come lui meglio crede».

«Facile a dirsi, se hai il cuore di pietra». Aelius aveva uno sguardo penetrante.

Lucanus lo resse per un attimo, poi distolse il suo. «Non ammazzerò nessuno».

«Lo farei io, se potessi». Le parole di Aelius erano leggere, come se avesse chiesto un'altra coppa di vino. Sollevò il mantello per mostrare il braccio avvizzito. «Ma un solo braccio buono non basta, non con un uomo come Amatius. Una spada nella mia mano sinistra lo pungerebbe come un ago e mi cadrebbe la testa dal collo prima ancora di avere una seconda possibilità. Ovviamente c'è il veleno. Ma dove lo trovi? E come glielo do? Il fuoco? Lo cospargo di olio e gli do fuoco?».

Scosse le spalle. «Ci ho pensato parecchio ultimamente. E trovo un'unica risposta. Un uomo capace di una cosa del genere. Un grande eroe dell'impero che possa farlo senza subire poi un processo».

«Torna al tuo vino, Aelius e non ne parlare più, a meno che non voglia essere sottoposto *tu* a un processo».

«Oh, sono stato già giudicato dagli dei, che mi hanno ritenuto colpevole. Non te ne sei accorto?». Aelius ciondolò verso la porta, riposandosi un attimo contro lo stipite. «Rifletti su quello che ti ho detto, Lucanus. Ma non pensarci troppo».

Poi se ne andò.

Lucanus si lasciò ricadere sulla paglia, sentendo la stanchezza inondargli le membra. Mentre era sdraiato con le mani dietro la testa, gli occhi gli caddero su qualcosa che ciondolava nell'ombra sulla porta. Appesa a uno dei tronchi che sostenevano il tetto c'era una costruzione poco familiare: dei ramoscelli legati con l'erba che formavano una doppia croce con sopra un quadrato, infilati in una cinghia di cuoio. Piume e ossicini di animali erano incastonati nel disegno. Sembrava uno di quegli spaventapasseri che gli schiavi mettevano nei campi.

Agitato, Lucanus osservò ciò che pendeva alla fine: il teschio di un bambino con un triangolo in un cerchio incisi in nero sulla fronte.

Per un attimo fissò quell'osso oscillare delicatamente nella brezza. L'agitazione gli cresceva dentro. Chi l'aveva messo? Era un incantesimo? O una maledizione?

4
La Casa dei Desideri

Il cielo occidentale era striato di oro e viola. In campagna si stava facendo velocemente buio.

Bellicus fece un respiro profondo e forte. Dietro di sé sentiva la risata roca dei Lupi Feroci che danzavano ubriachi nel *vicus*. Non ci aveva dato dentro col vino come alcuni di loro: Comitinus sbatteva contro i muri quasi a ogni passo, ridendo; Solinus dalla lingua affilata e il sempre solare Mato chiacchieravano allegri. Lucanus aveva ragione: il vino aveva lavato via le loro preoccupazioni.

Non le sue, però. Non riusciva a dimenticare ciò che aveva visto nella radura all'alba. E la cavalleria non era ancora rientrata. Avrebbero dovuto essere dentro prima del tramonto, questi erano gli ordini.

Nelle capanne e nelle botteghe i visi fluttuavano nel fumo dei focolari mentre passavano i Lupi Feroci. Vrocata, una bella ragazza con i capelli rossi come i suoi, faceva la civettuola con i gemelli Map e Lossio. Loro riuscivano a risponderle mentre litigavano. Il vecchio Gavo stava mettendo nuove tegole sul tetto della sua casa usando il martello in quel che rimaneva della luce, mentre imprecava a gran voce a ogni colpo sbagliato. Qunavo l'ubriaco ballava una giga. Due ragazzi ridevano rincorrendo un maiale che era fuggito. Qualcuno cantava nel buio, la melodia si levava sui tetti.

Per un attimo, tutto era a posto nel mondo.

Comitinus mise un braccio ossuto sulle spalle di Bellicus: non si sarebbe mai sognato di farlo senza il vino che gli scorreva nelle vene.

«Verranno giorni migliori, fratello», farfugliò.

«Non per te, se non togli quel braccio».

Quello fece come richiesto ma il sorriso non si affievolì. «Lascia che ti parli con la mia saggezza», esclamò rivolgendo le mani al cielo.

«Argh», borbottò Solinus. «Ti preferisco quando sei uno stronzo insopportabile».

«Per apprezzare quello che abbiamo qui, un uomo deve guardare la morte negli occhi», proseguì Comitinus, imperturbabile. «Quand'ero ragazzo, caddi in un pantano e passai tre giorni e tre notti coperto fino al collo. Pensavo che fosse arrivata la fine dei miei giorni. Ancora di più quando arrivarono i ratti e provarono a mangiarmi la faccia. Ma venni salvato, fratelli, da un falco affamato che cacciò via quei vermi. La morale è...».

«C'è sempre una morale con te, bastardo lamentoso». Solinus fece dondolare un piede verso il culo del compagno.

«La morale è...», riprese Comitinus, socchiudendo gli occhi.

«Che persino un ratto pensa che non valga la pena di combattere per te», disse Solinus con un forte cenno di approvazione. «Una lezione che abbiamo imparato molto tempo fa». Mato lanciò la testa all'indietro e rise. Bellicus sapeva che ciò non avrebbe fatto altro che incoraggiare Solinus.

«La morale», Comitinus non urlò, anzi, «è che nei momenti più bui, c'è sempre speranza. Sono sprecato qui. Sprecato».

Bellicus grugnì ma, fidandosi del suo istinto, vacillò verso alcune figure che si avvicinavano nei fasci di fumo. Dal modo in cui si muovevano, le spalle basse, in equilibrio sui polpastrelli dei piedi per essere pronti a reagire all'istante, capiva che non erano umili abitanti del *vicus*.

Mato gli si avvicinò da dietro, il sorriso gli scomparve velocemente. «Gli dei devono aver deciso che ci stavamo divertendo troppo», sussurrò.

«Sono Motius e i Corvi Putrefatti».

«E che ci fanno qui, così lontani da casa?», mormorò Bellicus.

Mentre la banda di *arcani* si avvicinava, il fratello lupo si accorse che erano sporchi e inzaccherati, i capelli pieni di fango. Occhi freddi brillavano in volti resi neri dalla terra. Avevano passato parecchio tempo nelle Terre Selvagge, Bellicus lo capiva dagli sguardi. Non avevano avuto il tempo di disfarsi della bestia e tornare ai modi degli uomini.

«Lupi Feroci», disse Motius. I capelli intrecciati e legati con le perline, il lato sinistro del volto coperto da un caos di tatuaggi neri. A prima vista poteva passare per un barbaro. «Il vostro capo non è con voi?»

«Aveva da fare al forte. Cosa vi porta a Vercovicium?»

«Avevamo bisogno di fare una sosta prima della lunga marcia verso Vindolanda. E di sapere che novità ci sono, dopo che avremo mangiato e ci saremo riposati».

«Novità?»

«Su quando riceveremo le monete che ci sono state promesse tanto tempo fa». Dietro di lui, i suoi uomini cominciarono a spostarsi. Qualcuno sputò a terra. «Berrei una coppa con Lucanus per parlare di queste cose. Hanno i borselli pieni qui a Vercovicium?»

«È Lucanus quello che conta le monete. Io sono bravo solo con la spada».

«Di solito con quella che ha tra le gambe», disse Solinus. I Corvi Putrefatti rimasero torvi.

«Vi diremo quello che sappiamo», disse Bellicus, «non dubitate. Ma prima, diteci quello che sapete voi. Avete girato in lungo e in largo al di là del vallo. Avete trovato qualcosa... in cattive condizioni?»

«La campagna è vuota».

«Nessun segno di bande di guerra?».

Motius scosse la testa. «La campagna è vuota», ripeté. «Non abbiamo visto nulla per quattro giorni marciando a nord».

«Non è strano?», insistette Bellicus. «I barbari non sono mai lontani dal vallo. Anche se non si vedono, si sentono o si sente l'odore».

«Torneranno abbastanza presto. Ci sarà sempre bisogno di noi».

Bellicus avrebbe voluto dire che era l'ultimo dei suoi problemi, ma capiva che i Corvi Putrefatti erano pronti a tornare al mondo degli uomini. Con la testa bassa e gli occhi che cercavano ombre in ogni luogo, si allontanarono a grandi passi nell'oscurità crescente.

«Che banda di acidi», disse quasi tra sé e sé Mato. «Pure se avessero i borselli pieni, si lamenterebbero comunque».

All'ombra dei bagni, si affrettarono verso un gruppo disordinato di capanne attaccate tra loro che sembravano aumentare ogni volta che ci andavano. Fiorivano nuove estensioni ai lati e alle spalle. Incisa su uno stipite, una rosa rossa brillava alla luce tremolante di una torcia.

Bellicus chiuse gli occhi e inspirò il dolce profumo di spezie e lavanda.

«La Casa dei Desideri», farfugliò Comitinus. «La casa delle meraviglie».

Prima che Bellicus riuscisse a bussare sul legno, la porta si aprì e lui indietreggiò per lo stupore. Un leggero bagliore dorato formava un'aureola attorno ai capelli rossi della donna che aveva di fronte. Gli occhi color smeraldo si intonavano al colore del vestito, ma era quel sorriso familiare che mise in guardia il cuore di Bellicus.

«Ci hai prese per sorde?», esclamò lei. «Sembrava che tutti i nemici di Roma stessero marciando verso la nostra porta».

«Facci entrare», esclamò Bellicus. «Ho avuto la mia dose di mondo esterno».

Amarina piegò un dito per invitare i Lupi Feroci a entrare. Bellicus la conosceva da quattro estati ma rimaneva ancora un mistero per lui. Come signora della Casa dei Desideri, sceglieva le ragazze migliori. Erano ben nutrite e sorridevano sempre, non come quelle puttane rachitiche, penose, che trovava lungo il vallo. Ma Amarina non era mai disponibile per gli ospiti. I clienti abituali avevano imparato a non chiedere.

L'apparenza ingannava: lui stesso l'aveva vista tagliare la gola a un cliente che aveva allungato le mani su una di quelle bellezze. Le ragazze avevano buttato il corpo nella palude dietro al *vicus,* attaccato ad alcune pietre per farlo affondare. Bellicus si chiedeva quanti cadaveri giacessero lì, tutti di uomini che avevano fatto uno sgarro ad Amarina e alle sue ragazze.

«Ci stiamo tutti?», chiese.

Amarina sorrise. «C'è sempre spazio per coloro che ci tengono al sicuro. I nostri difensori, Bellicus. Siete degli imperatori qui, tutti voi». Alzò le spalle. «Inoltre, nei giorni scorsi siamo state tranquille. Pochi viandanti sulla Stanegate. Forse per il freddo».

«E novità?», domandò. «Tu senti tutto».

«Niente di rilevante. Tutto tranquillo». Mutò espressione alla luce della torcia, così rapidamente che in pochi se ne sarebbero potuti accorgere. Ma Bellicus lo notò. Stava mentendo, ne era certo, ma non capiva perché.

«Venite», disse invitandoli in una grande stanza, accogliente e calda per il fuoco che scoppiettava nel focolaio.

Le donne erano già riunite, sicuramente un ordine di Amarina quando aveva sentito quel trambusto avvicinarsi. Era una piacevole compagnia, dovette ammettere Bellicus: diverse forme, taglie, colori della pelle, capelli; qualcosa per compiacere qualsiasi tipo di uomo. Finte timide, sorridevano e battevano le ciglia, come Amarina gli aveva insegnato, perché tutti gli uomini erano dei bambini e si confondevano facilmente in presenza di donne.

Però, a volte, in quegli occhi coglieva una durezza che lo gelava. I Lupi Feroci più giovani credevano sicuramente che quelle donne erano lì per essere adorate, ma per le ragazze era lavoro e spesso un lavoro spietato. Solo uno stupido se ne sarebbe dimenticato.

Mentre i suoi fratelli sceglievano, Bellicus osservava i volti, cercando di celare il disappunto. Quando avanzò verso la prescelta, Amarina gli prese la mano e lo trattenne delicatamente.

«Perdonami», gli sussurrò all'orecchio. «Sono colpevole di provocarti».

Lo trascinò in una camera in fondo alla casa. Dentro, la luce delle candele danzava sulle forme del corpo nudo di una donna sul letto. Riccioli neri che adesso cominciavano ad avere striature argentate erano sparsi sul letto.

«Pensavi che non avessi messo da parte Galantha per te?», sussurrò Amarina. Aveva un tono caloroso e gentile come non l'aveva mai sentita prima. Scivolò fuori, chiudendo la porta dietro di sé.

Bellicus era in piedi al bordo del letto, guardando quella donna che conosceva da tanto tempo, l'unica con cui sarebbe andato a letto, fosse stato per lui. Tentò di fingere un'espressione distaccata – sapeva che avrebbe perso tutto il suo potere se lei si fosse accorta di quanto profondo era il suo legame – ma era impossibile.

Galantha diede dei colpetti sul letto accanto a lei. «Vieni a sdraiarti vicino a me. È passato troppo tempo da quando siamo stati assieme».

Bellicus si tolse le pellicce e il cuoio e salì sul letto accanto a lei. Avvolto nel suo dolce profumo, la strinse tra le grandi braccia piene di cicatrici. «Troppo», sussurrò. «Ma sappi che mentre striscio per quella campagna dura e fredda, con la morte alle calcagna, non c'è momento in cui non penso a te».

Galantha lo baciò a lungo e delicatamente e, per un attimo, lui sentì dell'amore anche in lei. O, forse, era solo stupido.

Dopo aver fatto l'amore, si crogiolarono al calore della stanza mentre il sudore si asciugava sui loro corpi. Rilassato, una volta tanto, lo sguardo di Bellicus vagava per quella stanza familiare. Aveva perso il conto di quante volte ci era stato. Ma poi si ritrovò a fissare le incisioni sul traliccio del muro in fondo. Non se ne era mai accorto prima ma, quella notte, la candela era stata sistemata in un punto che metteva in risalto i dettagli in rilievo. Era il volto di un uomo che fissava il letto e che, al posto della barba e dei capelli, aveva un groviglio di rami e foglie, come se la figura stesse sbirciando dalla fitta vegetazione del bosco.

«Cos'è?».

Galantha seguì il suo sguardo. «Niente».

«C'è sempre stato?»

«Certo». Lei si portò un dito sul naso. «Non l'hai notato perché eri perso in… qualcos'altro. Come è giusto».

Bellicus aggrottò la fronte. «La mia mente ubriaca mi dice che l'ho già visto da qualche parte, ma non riesco a capire dove».

«Shh». Galantha lo baciò, mettendolo a tacere.

Per un po', lui fluttuò nell'oscurità dietro i suoi occhi. Però poi i pensieri amari cominciarono a farsi strada dalle profondità della sua testa e si irrigidì, odiando il fatto che nemmeno lì riusciva a sfuggire.

Galantha colse la tensione nei suoi muscoli. «Che c'è?», domandò preoccupata.

«Qui senti storie da tutto l'impero».

«Gli uomini qui dicono cose che non direbbero fuori. Cose importanti e senza importanza. Bugie, storie».

«Dimmi... che hai sentito sui Mangiatori di Morti?».

Galantha corrugò la fronte. «Ho sentito qualche storia. Un marinaio, la cui nave era andata distrutta in un naufragio. Gli dei lo guardarono con gentilezza e gli mandarono delle onde per portarlo sulla spiaggia a nord. Diceva lui».

«Allora esistono? Non sono storielle per spaventare i bambini?»

«Agli uomini piace raccontare storie per farsi belli agli occhi delle donne ma questa mi è sembrata vera».

Galantha faceva scorrere le dita nei capelli di lui mentre ricordava. «Trovò rifugio presso alcune persone che parlavano una lingua strana. Al calar della notte, uscì dalla capanna per esplorare i confini del villaggio e ciò che scoprì lo fece impazzire, così giurava, e lui era un duro, uno che era stato in mare per molti anni, vedendo cose terribili. Sulle picche attorno alle mura c'erano teste umane, o quello che ne rimaneva. Accanto a loro c'erano pile di ossa, una montagna, più alte della sua testa. Ossa umane. E c'erano segni di macellazione, e tutt'attorno c'erano sacche di cuoio, e monete, pettini, anelli. Scappò per salvarsi la vita, con tutto il villaggio alle calcagna, e riuscì a fuggire soltanto gettandosi in mare da una scogliera. Così me l'ha raccontata».

Il silenzio piombò sulla stanza. I gemiti delle altre ragazze echeggiavano attraverso le pareti.

Bellicus chiuse gli occhi, soppesando ciò che aveva appreso. «Sembra una di quelle storielle che si raccontano per spaventare i bambini».

«È la verità. Ha giurato. Non ne dubiteresti se avessi visto il terrore nei suoi occhi. Mentre parlava era di nuovo lì, in quel villaggio».

«E questi Mangiatori di Morti...».

«Lui li chiamava Attacotti».

«Gli Attacotti». Bellicus ci pensò su per un lungo istante. Nella sua mente riaffiorarono storie di cui si ricordava a malapena. Gli sembrava di aver sentito di questa tribù prima, tanto tempo fa, in un posto diverso. «Ma la loro terra è lontana. Non si sarebbero mai avventurati qui, così vicini al vallo».

Bellicus sentì Galantha irrigidirsi e si rese conto di aver detto troppo.

«Li hai visti? Qui?»

«No. Ma un bravo esploratore dev'essere sempre pronto». Prima che la ragazza potesse fare altre domande, rotolò di nuovo su di lei, e ben presto fu il corpo della donna a parlare. Però la pace che aveva provato se n'era bella che andata, dietro gli occhi era di nuovo in quella radura, a guardare i cadaveri penzolanti dei suoi compagni *arcani*. Nell'aria poteva sentirne le ceneri.

Era calato il vento e la tranquillità era discesa sulla campagna buia. Lungo il vallo, la luce tremolante delle torce copriva la fila di uomini che osservavano le Terre Selvagge. Per un po' nessuno parlò. Guardavano soltanto.

Lucanus cercò di leggere l'espressione di Falx, ma era come di pietra, con la fronte che gettava ombre sugli occhi.

«Dove siete?», mormorò il centurione.

Lucanus guardò Atellus accanto a lui. Se c'era una speranza di essere rassicurati, era lì. Ma il comandante aveva la fronte corrugata. Stava sicuramente cominciando a pensare a spiegazioni per il ritardo della cavalleria. E nessuna di queste sarebbe stata plausibile. Gli ausiliari non erano partiti con l'attrezzatura per trascorrere una notte gelida nelle Terre Selvagge: tende, pellicce, provviste di base. Doveva essere una spedizione facile, toccata e fuga, una dimostrazione di forza nei confronti di qualsiasi banda di barbari in giro e un modo per raccogliere informazioni.

«E se non tornano?», domandò il Lupo.

«Manderemo altri uomini a prenderli». Atellus strinse i denti.

Lucanus sentì le spalle tendersi. Gli ausiliari erano combattenti esperti. Non c'era minaccia da parte delle tribù barbare che non potessero sconfiggere o da cui non potessero fuggire. No, Atellus, Falx e gli altri erano tormentati da timori più profondi. In testa avevano visioni di mostri che divoravano carne umana, lo sapeva, sebbene non avrebbero mai ammesso di avere dubbi così superstiziosi. Per loro, ciò che si celava là fuori nell'oceano della notte, nella natura affollata e sconfinata, non era una normale minaccia di morte.

Come se avesse letto Lucanus nel pensiero, il comandante esclamò con voce lugubre: «Non c'è crimine più disgustoso che mangiare carne umana. Chi lo fa è capace di qualsiasi orrore».

«Perché sono venuti proprio ora?», borbottò Falx.
Nessuno rispose. Falx spostava il peso da un piede all'altro.
«Aspettate», gridò uno degli uomini più avanti. «È una torcia?».
Lucanus si sporse dal parapetto. Non aveva occhi buoni come quelli di Bellicus, ma gli parve di vedere qualcosa. Sentì gli uomini attorno a sé tendersi e trattenere il respiro.
Una luce sobbalzava, un'unica stella in quella vasta baia. Si avvicinava, adesso il Lupo la distingueva.
«Sono tornati», esclamò qualcuno. Lungo la fila si mormoravano preghiere.
«Andiamo». Atellus si colpì il palmo aperto con un pugno.
Lucanus si rese conto di non riuscire a togliere gli occhi dalla luce che si stava avvicinando. Una torcia. Una sola, per venti uomini? Sentì venir meno l'euforia iniziale.
Anche Atellus doveva aver fatto la stessa considerazione. Il Lupo vide le sue spalle crollare e il sorriso sparire. Gli altri uomini lo guardavano, ma non c'erano risposte.
Poi ancora solo silenzio e quella fiamma tremolante che si avvicinava.
«Almeno è in groppa a un cavallo», grugnì Falx, valutando la velocità con cui stava avanzando.
Lucanus aggrottò la fronte. La natura di quella luce lo agitava. Ora sembrava troppo grande per essere una semplice torcia, anche se era difficile esserne certi nell'oscurità fluttuante e indistinta.
Gli uomini sul vallo sobbalzarono come se avessero avuto tutti la stessa rivelazione, e il Lupo corse giù per i gradini di pietra assieme a loro. Al cancello sbraitò per farlo aprire e invasero le Terre Selvagge.
Lucanus aveva occhi solo per quella luce che si stava avvicinando. Era *un* cavallo, uno solo. Sentiva gli zoccoli colpire il terreno ghiacciato, ma erano i versi di terrore che lanciava la bestia a fargli digrignare i denti. E, mentre la fiamma avanzava verso quel manipolo di uomini ansiosi, sentì gelarsi il sangue. Il suo timore, tutti i loro timori, confermati.
Il cavaliere andava a fuoco. Lanciava fiamme ruggenti e, nella scia, grandi volute di fumo spesso, catramoso. Anche la criniera del cavallo era stata presa, il bagliore arancione dell'inferno tremava nei suoi occhi spalancati e selvaggi. Il cavaliere doveva essere stato legato alla sella, perché non cadeva per quanto l'animale galoppasse furiosamente.
«Abbattetelo», ordinò Atellus, con la voce priva di qualsiasi emozione. «Mettete fine alla sua agonia».

5
Da qualche parte c'è un lupo che ulula

I soldati si accalcarono attorno al cavallo in fiamme. Le spade brillarono e il sangue caldo zampillò dalla sua gola. L'avevano ammazzato per pietà. Il Lupo sapeva che ognuno di quegli uomini sentiva il peso di quella morte, come se avesse perso un fratello. Gli animali della cavalleria avevano un posto speciale nei loro cuori.

Una volta caduto il destriero, i soldati corsero in avanti, gettando i mantelli sul loro compagno in fiamme per cercare di spegnere il fuoco. Lucanus sentì risalire l'acidità all'odore disgustoso di carne bruciata. Tutti capirono che era troppo tardi e che il fuoco era troppo forte per essere spento.

In silenzio, si raccolsero a semicerchio a guardare i corpi consumare.

Per un bel po' non si mosse nessuno. Venti ausiliari morti. Venti degli uomini migliori dell'impero, abbattuti da… non lo sapevano. Nessuno di loro lo sapeva.

Lucanus si voltò a guardare l'oscurità. Forse, dopotutto, Amarina aveva ragione. Oltre il vallo i demoni erano stati richiamati dagli dei per compiere il loro Grande Piano, quello che finiva con la distruzione di tutti loro.

L'erba brinata crepitava sotto i piedi mentre Lucanus si trascinava al cancello con gli altri. «Qual è la nostra prossima mossa?», chiese.

«Non possiamo non rispondere a questo attacco», disse Atellus. Alla luce delle torce lungo il vallo la bocca sembrava uno squarcio nella pietra. «Dobbiamo ritornare là fuori, con più uomini. L'intero esercito, se necessario. Questi mostri devono essere spazzati via dalla faccia della Terra». Quando il comandante si rivolse a lui, Lucanus vide che sperava di essere rassicurato. «Non hai visto segni di qualche grande forza nelle Terre Selvagge?»

«Un fuoco, forse le tracce di un consiglio. Abbiamo visto qualcuno tra gli alberi, ma non un esercito, al massimo una banda di guerrieri. Più di noi, per cui siamo scappati».

«Che aspetto avevano?», domandò Falx.

Forse stava pregando che arrivasse una descrizione diversa dalle orrende visioni che gli giravano per la testa. Il Lupo non poteva aiutarlo. «Ombre. È tutto quello che abbiamo visto».

«Ombre», ripeté il centurione, a voce bassa e tremante, come se Lucanus avesse descritto qualcosa di molto peggio.

«Quello che mi preoccupa», proseguì Atellus, «è che gli *arcani* sono stati nelle Terre Selvagge lungo tutto il vallo, eppure neanche una banda ha mai riportato qualcosa di anormale. Se qualcuno avesse visto roba del genere, i messaggeri sarebbero accorsi dagli altri forti da parecchio».

«Forse sono fantasmi», disse Falx con voce lugubre, «che si sciolgono alle prime luci dell'alba».

«Basta così», il comandante fece schioccare le dita. «Sono uomini. Barbari. I peggiori, sì, poco più di bestie selvagge. Ma sono uomini, non dubitatene. E faremo loro quello che facciamo a tutti i nostri nemici». Al cancello, si fermò e guardò indietro. «Non possiamo fare altro per stasera. Andate a occuparvi delle vostre cose. Cercate di dimenticare quello che avete visto. Domani organizzeremo una campagna per distruggere questi Mangiatori di Morti una volta per tutte. Hanno svegliato l'orso».

Se ne andò veloce nelle sue stanze. Falx continuò a fissare la notte e poi si scosse dalle sue fantasticherie. «È un brutto affare, ma andrà per il meglio. Ho già parlato con il tuo amico Amatius riguardo al vino e abbiamo trovato un accordo. Ma quando il mercante di Roma arriverà qui, ci sarà un affare ancora più grande in vista». Si toccò il naso con il dito. «Presto saremo immersi nell'oro, Lucanus, ricordati queste mie parole. Va' dai tuoi amici. Addolciscili. E ne parleremo presto».

Il centurione se ne andò tranquillo, apparentemente si era dimenticato in un attimo di tutto quello che aveva appena visto. Falx era un uomo semplice, questo era sicuro. Camminava fischiettando una delle canzoni sconce dei soldati, su una ragazza che si godeva i piaceri del meglio della legione. "Mille in una notte", la chiamavano. Lucanus aveva sempre pensato che non fosse particolarmente piacevole per nessuna delle parti.

Lucanus tremava mentre saliva il pendio lontano dal forte. Pozzanghere gelate si incrinavano sotto i suoi piedi. Prima di allontanarsi, aveva percepito un movimento con la coda dell'occhio, sembrava un corvo gigante che beccava attorno all'area paludosa da cui sgorgava piano la fonte. Era una donna, tutta fasciata di nero, la schiena curvata dagli anni. La mano si librava su chissà cosa stava cercando, poi chinò la testa verso di lui, come se l'avesse chiamata.

Lucanus scosse le spalle e continuò la sua marcia ma, quando guardò indietro, vide che lo stava ancora fissando. Rabbrividì, non era sicuro del perché. Mentre risaliva il pendio, sentiva gli occhi di lei sulla schiena e solo una volta in cima si concesse di guardarsi alle spalle. Stavolta lei non si vedeva da nessuna parte.

Lontano, nell'oscurità, un lupo ululava. Lucanus portò la testa all'indietro e rispose latrando, in segno di saluto al fratello.

Sentì un desiderio ardente di tornare nelle Terre Selvagge. La gente del mondo civilizzato non avrebbe mai potuto capire cosa voleva dire essere uno degli *arcani*. Credevano che tutto fosse così come appariva. Là fuori, gli esploratori si levavano la pelle di uomo e diventavano le bestie cui si erano votati, indossando la pelliccia, osservando con occhi d'ambra, i sensi infuocati da nuova vista, suoni e odori. Riuscivano a sentire il cuore pulsante nel terreno e il sussurrio tra i rami.

La gente civilizzata non sapeva cosa volesse dire essere vivi.

Vercovicium era una nave che veleggiava sul vasto mare notturno, con la lampada che brillava nella notte. Le sentinelle sul vallo si davano il cambio. Nuovi occhi puntati a nord, cercando di penetrare il velo nero.

Lucanus superò la lapide commemorativa al confine del terreno della famiglia di Catia. Ancora un po' e sarebbe stato confortato dal bagliore leggero delle luci ai cancelli della villa. Adesso sentiva l'odore dello stufato di pesce affumicato che bolliva nelle pentole in cucina. Dopo gli stenti del *vicus*, sarebbe stato bello riposare un po' sui giacigli importati da Roma, accecato dall'oro ovunque e respirando il profumo di lavanda e di rosa.

La villa incombeva nell'oscurità, con le due nuove ali che racchiudevano un piazzale, la fattoria e il birrificio che si stagliavano contro il cielo stellato. Non era sempre stata così grandiosa. Lucanus si ricordava di una casa che somigliava a un mendicante sudicio che andava incontro alla morte. Ma era quando la famiglia si era separata e quelli rimasti erano stati ridotti in ginocchio.

Quanta ricchezza avevano scialacquato per trasformare il posto in una reggia, così lontana dalle fredde pietre di quelle prigioni che la maggior parte delle case coloniche si trovava nel cuore? Per dimostrare che si erano ripresi, Menius, il patriarca, aveva insistito per ricostruirla nello stile romano moderno, come le ville del Sud di cui aveva sentito parlare. Aveva bagni tutti suoi e una biblioteca. Lucanus si meravigliava ancora ogni volta che ne varcava la soglia. Non c'era luogo più confortevole in tutto il Nord, ne era sicuro. La sua ombra danzava avanti a sé attraverso i cancelli. Da qualche parte lì vicino, una voce gracchiante rievocava una vecchia canzone, una melodia stucchevole che riportava in vita immagini di quand'era ragazzino, accovacciato e pieno di paura accanto al fuoco nella natura mentre i lupi ululavano in lontananza. Magari anche lui aveva sentito quella canzone.

Al centro del piazzale, un uomo anziano allungava il collo per guardare la luna spuntare da dietro una nuvola. Menius era come uno di quegli alberi sferzati dal vento aggrappati al terreno sottile degli altipiani di quella regione. Era l'uomo più duro che conosceva ma negli ultimi tempi si era un po' ammorbidito.

«Il Lupo», lo salutò l'anziano. «È passato troppo tempo da quando ci hai fatto l'onore della tua presenza nelle nostre sale». Sorprese Lucanus con un abbraccio. «Ho promesso a tuo padre che ti avrei trattato come il mio stesso sangue, e lo sei, lo sei. Sarai sempre come un figlio per me».

Lucanus percepì un tono strano nella voce di Menius, ma non riusciva a capirlo a pieno. «Le Terre Selvagge mi chiamavano. Non potevo sottrarmi».

«Le Terre Selvagge ti chiameranno sempre, fratello dei lupi». L'anziano posò un braccio fragile sulle spalle di Lucanus e lo guidò verso la villa. «La famiglia è stata fuori a cercare Marcus. Ha abbandonato i suoi compiti ed è uscito a giocare stamattina. Nessuno lo ha più visto da allora».

«Ha il fuoco nelle vene. Non mi preoccuperei ancora».

«In questo somiglia molto a te, quando avevi la sua età». Menius scrutò ancora una volta la luna e borbottò qualcosa.

Una preghiera, forse. «Quando sei entrato dal cancello, per un attimo ho creduto fosse Lucanus il Vecchio. Ogni tanto ripenso a tuo padre... più spesso da quando gli anni fanno sentire il loro forte peso su di me... Mi ricordo dei giorni passati assieme da bambini. Lo vorrei rivedere prima di morire».

«Mio padre è morto, Menius». Era la sua risposta standard. Aveva pregato spesso che un miracolo lo riportasse nella sua vita, ma era il sogno di un bambino. E se suo padre gli aveva insegnato qualcosa, era che dal momento in cui era stato in grado di sollevare una spada era un uomo.

«Hai visto il corpo? Hai visto il sangue versato sulla dura terra? No…».

«Quella mattina ho visto mio padre andare via nella nebbia, nelle Terre Selvagge, per svolgere il suo dovere di *arcano*. Se ha scelto di non ritornare da me… se ha preferito vivere solo… allora è peggio della morte. No. Sarebbe tornato da me, se avesse potuto. Ha lasciato questo mondo».

Menius sembrò sul punto di aggiungere qualcosa, ma poi ritornò in sé, sorridendo e annuendo. «Parliamo di qualcosa di più piacevole. C'è buon cibo a tavola, e vino. Falx è passato di qui. Ha raggiunto un accordo con Amatius. Immagino che l'intenzione di entrambi fosse di vedere i loro borselli gonfiarsi. Sono molto simili, quei due. Oro, oro, oro».

Lucanus non poteva negarlo. Amatius era intelligente, ma l'ingegno era largamente superato dalla furbizia e dall'avidità. Aveva sposato Catia quando lei aveva dodici anni e lui diciassette. Il matrimonio era stato il primo passo per uscire dalle miserie in cui i suoi erano caduti: l'unione con un'altra famiglia di ricchi mercanti. Entrambe le parti avevano tratto beneficio da quella situazione.

Lucanus respinse l'ondata di amarezza.

Sulla soglia udirono dei passi alle loro spalle. Catia sbucò dalla notte, con i capelli dorati che brillavano nel cerchio di luce sotto le lampade accanto alla porta. Lucanus sussultò quando vide le rughe corrugarle la fronte e la tristezza negli occhi.

«Hai trovato Marcus?», chiese.

«Mi sta punendo. So che si nasconde lì fuori…», agitò una mano verso il buio, «sperando di farmi preoccupare. E poi tornerà tutto contento quando lo stomaco gli brontolerà, pieno di avventure di magia e omicidi».

«State facendo diventare quel ragazzo un selvaggio», la riprese Menius. «Sarà la vostra rovina».

«Padre, ha otto anni. C'è ancora un mucchio di tempo per responsabilizzarsi».

«Io l'ho fatto quando ero più piccolo di lui e, di nuovo, quando ero un uomo e mio fratello mi ha rubato tutto quello che avevo. Lucanus, ti ho mai raccontato di come ho combattuto con le unghie per tirare fuori dal fango questa famiglia?»

«Gliel'hai raccontato così tante volte che probabilmente sa ripeterlo parola per parola», disse Catia con un sospiro. «Andiamo. Non voglio stare al gioco di Marcus. Gli schiavi continueranno la ricerca».

Mentre entrava nella sala più grande, i piedi di Lucanus echeggiavano sul pavimento di marmo e lui abbassò lo sguardo per ripararsi dal bagliore delle mura bianche. Dopo il silenzio e le ombre delle Terre Selvagge, questo mondo gli risultava alieno. Ma l'odore pungente dello stufato di pesce era più forte e lui ne inspirò una bella boccata.

Aelius era disteso accanto al tavolino basso, guardando gli ospiti dall'orlo del suo calice, con un sopracciglio inarcato e, Lucanus ne era certo, celando un sorriso beffardo.

«Intrattienici con le tue avventure nelle Terre Selvagge, Lupo», esclamò Aelius.

«Fa freddo. Le foreste sono buie. Ci sono cose che potrebbero mangiarti. Va bene così?»

«Rimani pure. Basta che non bevi tutto il vino», disse Aelius.

Lucanus sperava che ci fossero solo loro ma, un attimo dopo, Amatius entrò allegramente e, passando, baciò Catia sulla guancia. Quando vide Lucanus, si lanciò in avanti, incombendo su di lui con un ghigno mentre gli dava una pacca sulla spalla.

«Amico mio», salutò con enfasi.

Il Lupo fece un sorriso forzato. Dietro di sé udì la risatina vuota di Aelius.

«Falx mi ha detto che gli hai suggerito di portarmi del vino», disse. «Ti ringrazio. Faremo un buon affare». Andò al lato della stanza, versò un calice di vino e lo offrì a Lucanus.

Menius si infilò una grossa oliva in bocca, facendola girare con la lingua, per cui le parole uscivano attutite. «Faresti bene a fare attenzione con questi giochetti. Qui sopravviviamo grazie all'esercito... e a uomini come Lucanus. Se si viene a sapere che li state derubando di buon vino, e di tutte le belle cose che passano per la nostra terra, la pagheremo cara».

«Non si verrà a sapere. Inoltre, Falx ci proteggerà sempre. Lo paghiamo piuttosto bene».

Lucanus prese il vino e fece un sorso. «Solo una cosa sta a cuore a Falx... sé stesso. Non dimenticarlo».

Amatius scrollò le spalle. «E tu... anche tu ti prendi sempre cura di questa famiglia. Sei uno di noi».

«Io sono un uomo solo».

«Non a sentire Falx e gli altri soldati. Dieci uomini, dicono, dieci uomini o un lupo in trappola».

Aelius agitò il calice in aria per farlo riempire da Amatius, senza degnare l'uomo di uno sguardo. «Mi annoio», sospirò.

«Sei sempre annoiato». Catia tolse dai piedi suo marito in modo da poter riempire lei la coppa del fratello. Lucanus la guardò fissare Aelius, avvertendolo silenziosamente di non creare problemi.

«Hai vissuto in tempi di pace». Menius agitò un dito contro il figlio. «Un attacco qui, un attacco là, ma niente che ti tenga lontano dal vino. Non augurarti il tipo di emozione che si vedeva molto tempo fa».

Aelius si appoggiò sulla schiena e alzò gli occhi al cielo.

Lucanus vide Catia fissare il posto a tavola dove di solito sedeva Marcus, e avrebbe voluto consolarla. «Voglio recitare una preghiera nel tempio prima di cenare», disse. Mentre si allontanava dal tavolo gli lanciò un'occhiata.

«Vengo con te», rispose lui, interpretando lo sguardo.

La villa era silenziosa, ma sentiva le grida degli schiavi riecheggiare nella notte, mentre cercavano il ragazzo.

«A volte vorrei essere lontana un mondo da qui». Catia si strinse tra le braccia mentre superavano il grandioso mosaico di Artemis, l'orgoglio del vecchio. «Magari a Roma, con mia madre».

«Non farti sentire da tuo padre».

«Oh, non intendo con mia madre. Ma Roma…».

«Non sei felice qui?».

Un solo sguardo fu sufficiente. Si sentì stupido per averlo chiesto.

Accanto alla nicchia dove c'erano le statue di bronzo dei protettori della famiglia, Catia accese tre candele e bisbigliò delle parole ai *penates* affinché si prendessero cura del figlio. Ma non bastava, a quanto pareva. I respiri creavano vapore all'aria aperta. Lei attraversò i giardini, superò l'imponenza spettrale del mausoleo, fino al *lararium*. Nel tempio, Lucanus rabbrividì quando Catia accese una quarta candela e un mosaico brillò nell'oscurità: il *genius* librava su un serpente raccolto. Dopo un'altra preghiera, lei si voltò a guardarlo. In quello spazio chiuso, Lucanus sentiva l'odore dei petali di rosa sulla pelle di lei. Gli occhi erano pozzi neri.

«Ho paura», disse Catia, con la voce che era poco più che un mormorio.

Prima che potesse continuare, lui udì le grida risuonare per i campi.

«Oh», esclamò la ragazza. «Hanno trovato Marcus». Il sollievo le inondò il viso e scivolò fuori dall'oscurità, lasciando Lucanus fluttuare tra le domande. La raggiunse veloce nella villa, invasa da un ronzio di voci basse.

Una ventata di aria fredda penetrò nel calore dell'ipocausto. La porta del cortile era aperta sulla notte e, oltre il cerchio di luci delle lampade, Lucanus riusciva appena a intuire un gruppo di persone. La famiglia aveva abbandonato il pasto.

«Si tratta di Marcus?», chiese Catia. «È tornato?».

Quando Lucanus la raggiunse, la famiglia si divise e ora vedeva gli occhi bassi e le labbra tese. Dietro c'erano cinque soldati; davanti c'era Falx. Lanciò a Lucanus lo sguardo irritato di un uomo che pensava che non avrebbe riposato quella notte ma, quando si voltò di nuovo verso Catia, Lucanus osservò la sua espressione mutare.

Lei guardò il viso del centurione, capendo, e si portò la mano sulla bocca.

6
La pista

La torcia rombava nel vento che sferzava oltre il vallo. Lucanus si riparava contro la burrasca, serrando i pugni nel mantello svolazzante, e guardava in basso verso la donna dai capelli argentati raccolta ai suoi piedi. Si aspettava che fosse spaventata, circondata da quei soldati dal viso di pietra. Ma, sebbene un occhio fosse lattiginoso, l'altro brillava di un'intelligenza fredda e sicura.

«Ti ho vista prima, nella palude accanto alla fonte». Era il corvo che lo aveva osservato.

«Parla, vecchia strega. Di' loro quello che hai detto ai miei uomini». Falx si sporse su di lei, torvo.

La donna puntò il dito tremante contro le Terre Selvagge illuminate dalla luna, al di là del vallo. Raffiche di neve turbinavano sull'erba alta.

«Laggiù. È lì che l'ho visto. Il ragazzo».

«Da solo?», scattò Lucanus.

Lei scosse la testa e lui sentì freddo nello stomaco.

«Chi c'era con lui?»

«Non vedevo bene. Era buio accanto al vallo. Ma lo teneva per mano».

Lucanus sentiva la famiglia alle sue spalle. Catia aveva represso i singhiozzi e, per questo, lui era orgoglioso di lei, però percepiva comunque il peso dei loro timori. «Come se ne sono andati?». Guardò lungo il vallo, oltre le torri di guardia. Torce che splendevano in lontananza, soldati qua e là.

«Il cancello era aperto». Falx si scostò e guardò da un'altra parte. «Forse dopo… eh, l'incendio. Se trovo i responsabili, gli taglio le palle». Riprendendosi, il centurione si rivolse alla famiglia: «Le mie scuse».

Amatius gli agitò un dito in faccia. «Mi stai dicendo che uno di questi barbari potrebbe essersi intrufolato, aver trovato mio figlio che giocava al buio e averlo portato via? Un solo barbaro? Quando vengono, lo fanno in bande. Non si è mai sentito il contrario».

Falx scattò sopra alla vecchia. Lei si rannicchiò per ripararsi da lui. «O forse stai mentendo, no? Magari l'hai preso tu».

«No!».
«Ho sentito delle storie. Sangue per la pentola. Incantesimi sussurrati...».
Catia emise un grido.
Lucanus alzò una mano per far tacere il centurione. «Se l'avesse preso lei, sarebbe venuta da te a dirti che l'aveva visto?». Guardò verso la banda nera di alberi all'orizzonte. «Vado a cercarlo. Ora. Prima che arrivino troppo lontano».
«Va' pure, però da solo», lo mise in guardia Falx. «Potrebbe trattarsi di una trappola. Porta fuori i miei uomini o i Lupi Feroci e questi barbari bastardi ci attaccheranno. E dopo ciò che è successo prima, non possiamo permetterci rischi».
Menius si fece strada a spintoni, tremante; se per il freddo pungente o per l'emozione, Lucanus non poteva saperlo. «È una follia. Non potete abbandonare il ragazzo al suo destino».
«Manderò gli uomini a cercarlo alle prime luci del mattino», disse Falx.
Potrebbe essere troppo tardi. Tutti lo sapevano.
Lucanus si rivolse a Catia. «Parto ora e non tornerò senza Marcus».
Allontanando una lacrima, lei sorrise ma, nonostante le labbra si muovessero, non trovava le parole. Lui annuì. Non erano necessarie.
Mentre si voltava, Amatius gli afferrò il braccio. «Sei un brav'uomo. Non lo dimenticheremo mai».
Menius quasi spinse via suo genero, affacciandosi tremante. «Tuo padre sarebbe orgoglioso di te». Per Lucanus quelle parole erano una ricompensa più che sufficiente per qualunque cosa lo attendesse. Si rivolse a Falx.
«Dillo a Bellicus, ma aspetta un po'», si raccomandò. «Cercherà di seguirmi e disobbedirà a tutti gli ordini contrari. Se cercherai di fermarlo ti respingerà, e non finirà bene per nessuno dei due. Non specificare in che direzione sono andato. Ma digli che ci rivedremo presto. E Menius, porta Catia a casa e prega gli dei con tutte le preghiere che riesci a trovare nel tuo cuore. C'è ancora speranza».
Al cancello, Lucanus chinò il capo recitando la sua preghiera. Doveva credere. Che Marcus era ancora vivo. Che poteva essere salvato. Che poteva fuggire da ciò che lo tratteneva nell'oscurità, qualunque cosa fosse.
I barbari non avevano mai fatto una cosa del genere prima. Arrivavano a ondate, urlando, menando fendenti con le loro spade. Intru-

folarsi per rapire un ragazzo non era nel loro stile. Era qualcosa di nuovo e, per questo, ancora più preoccupante.

I cancelli si aprirono cigolando.

Per un attimo rimase lì, fissando l'oscurità sconfinata. Le Terre Selvagge erano state la sua casa sin da quando aveva memoria ma ora le ossa gli facevano male per un timore agghiacciante.

Un passo ancora e avrebbe varcato la soglia. Dietro di lui, il mondo degli uomini. Davanti, una campagna infestata, casa di demoni e dei e di Mangiatori di Morti.

7
Il patto

Da qualche parte un gufo urlò.

«Mi hai donato una notte di tale gioia», disse Mato mentre quel suono lugubre svaniva. Afferrò la mano di Decima e la baciò, sentendo l'odore delle strane spezie degli unguenti con cui lo aveva massaggiato.

Erano in piedi sotto la torcia dell'ingresso della Casa dei Desideri. Nonostante il freddo, la notte pareva cantare, ricca e chiara, anche se, probabilmente, era solo il suo animo romantico.

Le ciglia della donna si abbassarono. Lui le passò un dito lungo la pelle scura delle guance, ricordando di quello che gli aveva detto del suo viaggio dalle terre calde nel lontano Sud, forse dall'Africa. Si teneva stretti i suoi segreti, Decima, ma lui immaginava fosse una schiava fuggita, che magari aveva ucciso il padrone per gli abusi subiti.

«Sei un uomo gentile». L'alito caldo di lei fiorì nel suo orecchio. «Ce ne fossero come te. Credo di non averti mai visto senza un sorriso». Mentre si stringeva a lui, Mato sentì la punta dura del coltello che la donna nascondeva sotto il vestito, e sorrise. Occhi innocenti, labbra carnose e acciaio freddo: una combinazione pericolosa.

Decima gli rimboccò il mantello. «Devi coprirti o andrai incontro alla morte. Sei pelle e ossa». Fece scivolare il dito sul petto di lui. «Così alto e magro. Perché? Mi verrebbe da pensare che in battaglia ti spezzeresti in due al primo colpo!».

«Ah, ma cado bene in piedi e sono più veloce di chiunque altro. Posso sempre correre per salvarmi il collo. Correre come il vento».

La donna gli premette la punta del dito sul naso. «Non scapperesti. La tua velocità è pari solo al tuo coraggio. Ora va', prima che congeliamo entrambi. Terrò il letto in caldo per la tua prossima visita».

Si baciarono e Decima rientrò. Mato chiuse gli occhi, affondando nella gioia del momento ancora per un attimo, poi fischiò forte.

Una figura si staccò dall'oscurità tra le capanne accalcate del *vicus.*

Comitinus stava battendo i piedi e strofinandosi le mani. Un'espressione così imbronciata. Non era di buonumore ora che il fuoco del vino era scomparso.

«Perché aspetti qui al freddo? Amarina ti avrebbe fatto stare al caldo del focolare», disse Mato.

«E sentire tutti voi grugnire come porci e sbattervi sui letti da far sembrare che stia crollando il tetto?»

«È il prezzo da pagare quando si finisce troppo presto».

Comitinus arricciò il naso a quello sfottò. «Perché tratti Decima come se fosse il tuo amore? È solo una puttana. Per lei non sei altro che un sacco d'oro».

«Solo una puttana? È una donna, Comitinus, e passa le notti con uomini violenti, sporchi e puzzolenti che sbavano e la palpeggiano. Merita la nostra gentilezza, se non la nostra pietà. Preferirei strisciare su un cesso che puzza di merda piuttosto che fare il suo lavoro. Tu no?».

Il gufo urlò ancora, in alto questa volta.

Il solco che attraversava il *vicus* splendeva al chiaro di luna, il fumo dalle case gli pungeva la gola. Comitinus inclinò il capo, ascoltando le melodie da dietro le porte che superavano: i grugniti di chi faceva l'amore, il pianto di un bambino, un russare talmente forte da sembrare una bestia in cerca di preda.

Mato si fermò alzando la testa verso una distesa di stelle. Comitinus guardò attorno a lui. «Che c'è?»

«Quanta meraviglia».

Comitinus batté i piedi ancora più forte e borbottò qualcosa che Mato non riuscì a sentire.

«Quand'ero ragazzo, un dio mi parlò. Un dio o un folletto, una ninfa, una driade… un messaggero». In quel momento Mato fu riportato nel mite tepore delle foreste con le lucciole che brillavano nell'ombra, sdraiato sull'erba. «Quattordici estati fa, quando tu non eri nemmeno un bimbo. Il grande generale Magnentius si era ribellato all'imperatore Costantino, conquistando la Britannia. Conosci la tua storia?»

«Ho sentito qualcosa», rispose Comitinus, «e ne ho dimenticato di più. A che ci serve, tanto?»

«Fatti furbo, fratello, fatti furbo», lo avvertì Mato sorridendo. «I giorni andati modellano i giorni a venire. Se non conosci ciò che è stato, non sarai pronto per quello che deve ancora accadere».

Comitinus si massaggiò il polso sottile.

«Quando Magnentius venne sconfitto, fu mandato un agente in Britannia per eliminare ogni residuo di supporto. Paulus Catena era il suo nome, e tutti lo chiamavano la Catena. Ricordo di averlo visto una volta, il viso di falco, gli occhi affamati. Un uomo spietato, duro come la pietra. Ma non si manda un uomo gentile a sedare la resistenza, no?»

«La Catena», ripeté Comitinus, ricordando. «Ne ho sentito parlare. Sangue ovunque».

«Sangue ovunque. Innocenti e colpevoli, senza distinzione, uomini qualunque e nobili, inseguiti e massacrati per mandare il messaggio che nessuna resistenza sarebbe stata tollerata». Mato fece una pausa, sorpreso dall'afflusso di emozioni dopo tanto tempo dagli avvenimenti. «I suoi uomini uccisero mia sorella Aula. La trapassarono con una spada, lasciandola in strada a sanguinare. Avrebbe compiuto undici estati».

«Oh». La voce di Comitinus era acuta. Gli caddero le braccia.

«Questa vita è un fiume in corsa e noi veniamo trasportati dalla sua corrente. Pianifichiamo, creiamo i nostri sogni, e fingiamo di poterne avere il controllo. Non lo abbiamo. Una morte come quella... Non aveva fatto nulla di male, non aveva preso parte a nessuna resistenza, si era semplicemente allontanata da casa per vedere cos'era quel baccano...». Mato scosse la testa. «L'ho trovata lì, dopo che le erano passati sopra con i cavalli, e l'ho stretta tra le braccia mentre la vita si allontanava da lei. Da allora il mondo non è più lo stesso. Il sole splende, ma non è il sole. Il vento soffia, ma non è il vento. Non hanno senso».

«Mi dispiace».

Mato chiuse gli occhi ricordando. «Era la notte di mezz'estate. Ero talmente pieno di dolore che credevo avrebbe ucciso anche me. Tra gli anziani girava voce che se andavi nelle foreste in quel periodo, potevi vedere i tuoi cari che avevano attraversato la Terra dell'Estate... vederli un'ultima volta per dirgli addio e per sentire quali messaggi avevano per te. Non ci credevo, persino da ragazzo, ma ci speravo. Lo capisci? Come si può non credere ma comunque sperare? E volevo disperatamente vedere Aula un'ultima volta».

«E l'hai vista?»

«No. Non Aula. Tuttavia...». Mato cercava di trovare le parole. «Non capivo, nel mio dolore, ma c'era qualcosa di magico nell'aria. Ho avuto la sensazione che ci fosse qualcuno sugli alberi intorno a me, una folla. Ma quando aprii gli occhi, non c'era nessuno. E poi sentii quelle parole nella mia testa e nel mio cuore».

«Quali parole?». Comitinus aveva smesso di battere i piedi.

«Non so dirlo». Mato aprì gli occhi e guardò l'altro, sorridendo.

«Erano solo per me. Ma erano una verità, e mi hanno fatto guardare il mondo con occhi diversi».

«Non hai visto nulla. Hai sentito le parole *nella tua testa*. Sei pazzo».

«Il dolore fa impazzire, è vero». Forse era stato un sogno, una visione sfrenata di un ragazzo fuori di senno. Non aveva molta importanza. Era comunque una verità. «La Britannia è piena di elfi e divinità, che guardano e aspettano. Ascolta, Comitinus. Usa gli occhi. Diventa saggio. Sappi questo: siamo circondati dalla morte, ma c'è gioia ovunque».

«Mentre ero immerso fino al collo in quel cesso con i ratti che si avvicinavano, non vedevo molta gioia. Siamo esploratori, non sacerdoti».

«Siamo entrambe le cose. Viviamo ogni giorno con la morte alle calcagna. Camminiamo tra due mondi, noi fratelli lupo, come i sacerdoti. Quello degli uomini e quello delle Terre Selvagge, il mondo degli dei e della magia. Qui gli uomini non hanno il tempo di prestare attenzione a ciò che hanno attorno. Hanno fame d'oro, ma questa fame li trasforma in piombo. Noi siamo stati liberati da quella vita, fratellino. Possiamo ascoltare i sospiri del vento e le voci degli uccelli, sentire gli dei parlare tramite loro. Guardati attorno. La magia è ovunque, se solo la vedessi. Niente è come sembra. Uno saggio guarderebbe oltre la superficie e vedrebbe la verità che c'è sotto».

«Sei ancora ubriaco. O pazzo».

Un altro gufo urlò, passando su di loro, e Mato sentì un'ombra cadergli addosso. «Tre urla. È un presagio».

«Pure i presagi adesso. Sei un sacerdote o un esploratore? Deciditi, Mato. Mi farebbe piacere saperlo la prossima volta che mi guarderai le spalle nelle Terre Selvagge».

«Entrambi. Nessuno dei due». Mato guardò dalla cittadina fino alle mura del forte. Gli pizzicava il collo, un segno familiare, e l'aria era pesante, come prima di un temporale estivo. Vercovicium era calma, ma vide tre torce più del solito che si agitavano lungo il vallo.

«Andiamo», esclamò. «Devo trovare Lucanus».

Prima che Comitinus potesse rispondere, Mato stava risalendo il solco verso il forte. Si era già dimenticato del suo fratello lupo, lasciandolo indietro dopo aver attraversato i cancelli, diretto al Principia. Comitinus lo raggiunse lì, con il fiatone.

Una conversazione roca riecheggiava dalla stanza del centurione, interrotta da risate. Mato si portò un dito alle labbra e si avvicinò piano alla porta. Riconobbe la parlata di Falx e del marito di Catia. Amatius aveva la voce più acuta della maggior parte degli uomini, come se fosse sempre sul punto di ridere.

«Allora siamo d'accordo. Questo patto sigillerà la nostra fortuna», stava dicendo Falx. «Chissà se quando arriverà il grande mercante Lucius Sentius Varro, vedremo un fiume d'oro scorrere per Stanegate». Il centurione rise a lungo e forte.

«È stato a occidente a organizzarsi per rispedire la grana a Roma?», chiese Amatius.

«Sì e anche a Londinium, Verulamium, Ratae e Mamucium. Ha più ricchezze di quante ne vedresti in dieci vite, e ne vuole ancora».

«E noi siamo proprio gli uomini che lo aiuteranno a realizzare i suoi sogni».

Mato sobbalzò quando delle voci arrabbiate echeggiarono fuori dal Principia. Afferrò Comitinus e lo spinse nella stanza adiacente. Un attimo dopo, trecce, tatuaggi ed espressioni feroci varcarono la porta. Motius e i Corvi Putrefatti fecero irruzione nella sala del centurione, urlando.

Nella penombra, udì Falx sbraitare. «Siete impazziti? Potrei farvi tagliare la testa per questo».

«Ti conviene inimicarti gli *arcani*?». La voce di Motius era rotta dall'emozione. «Siamo come fantasmi. Non vedi e non senti nulla. E poi arriva la morte».

«Osate minacciarmi? Guardie!».

La mano di Mato cadde sulla spada, incerto se intervenire o meno.

«Aspetta». Era la voce di Amatius. «Cosa vi affligge?»

«Questo qui ruba i soldi destinati ai nostri borselli», esclamò Motius.

«Bugie», scattò Falx.

«Oro, vino, roba di valore... strano che tutto si perda quando passa per Vercovicium», sogghignò Motius. «Siamo stufi. Rischiamo il collo ogni giorno e per voi non siamo nulla. Ne abbiamo abbastanza!».

Mato udì il rumore di altri piedi che accorrevano. Le guardie avevano sentito il fracasso.

«È un avvertimento», ringhiò Motius. «Se non avremo ciò che ci spetta, pagherete con il sangue».

I Corvi Putrefatti si affrettarono a uscire prima che arrivassero le guardie. Nella calma seguente, Mato sentì Amatius sussurrare: «Ora più che mai abbiamo bisogno di ciò che ci offre Varro».

8
L'arrivo

«Oh!». La voce di Bellicus rimbombò sul frastuono della vita del *vicus*.

Nel lungo grembiule di cuoio, Ovincus era chino sul tavolo fuori dalla sua bottega, una carcassa mezza macellata davanti a lui, la mannaia incastonata nella carne. Stava separando le costole con le mani macchiate di rosso. Il sangue gocciolava dai bordi del tavolo nello scolo che lo portava direttamente nelle fogne.

«Sei ancora vivo, quindi?». Ovincus lanciò la testa all'indietro e rise, nonostante facesse la stessa battuta ogni volta che Bellicus tornava da un soggiorno nelle Terre Selvagge. «Immagino che cerchi Catulus». Fece un fischio e un cane saltò fuori dall'ombra della sua bottega.

Bellicus si chinò per salutarlo. L'animale corse in cerchio attorno a lui, prima di cadere sulla schiena. Era uno spaniel, piccolo, slanciato e dal pelo lungo, ma abbastanza veloce da abbattere un cervo, con i denti tanto aguzzi da lacerare la carne.

«È stato ben nutrito», disse Ovincus. «Troppo bene, con i resti del tavolo. Riportalo la prossima volta che te ne vai. C'è troppa calma senza di lui».

«Dovresti prenderti un cane tuo», gli gridò Bellicus mentre si allontanava.

«Troppo lavoro. Preferisco avere qualche visita ogni tanto».

Tornato nella sua capanna, Bellicus si accasciò sul letto e sorrise alla vista di Catulus che studiava gli odori delle pareti. «Sarai con Ovincus entro il calar della notte, e ti vizierà un altro po'», borbottò. «Ma quando torno, andiamo a caccia, te lo prometto».

Catulus fece un giro della capanna e si accasciò accanto al letto.

Bellicus si guardò i peli della barba rossa, che gli arrivava al petto. Quel colore gli faceva pensare solo all'incendio che tremava nel buio, lontano dal vallo.

«Non c'è niente di buono in me, Catulus», disse, chiudendo gli occhi. «Ho le mani sporche di sangue e un marciume nero nel cuore. Ma lo sai già. L'hai sentito centinaia di volte. Anche di più. E ora lo sentirai di nuovo».

L'incendio che bruciava nella notte. Un faro, uno di quelli che ancora illuminavano la strada da allora, più o meno quanto lui non voleva camminarci.

«Eravamo in due. Eravamo andati in esplorazione a ovest, finché non avevamo sentito l'odore del sale nell'aria. La zona era libera ed eravamo sulla via del ritorno, per cui ci accampammo su un dirupo sopra la valle del fiume e bevemmo un goccio di vino. Posso essere un bevitore feroce, Catulus. Non ne vado fiero. A volte volo con gli uccellini e ci canto pure ma, se le preoccupazioni, i dubbi e le paure mi divorano, so essere un gran bastardo. E quella notte lo fui».

Bellicus aprì gli occhi e guardò le ombre tra le travi. Le ossa gli facevano male per il freddo. Forse stava invecchiando. Fece cadere una mano, trovando la testa di Catulus, e gli grattò il pelo.

«Abbiamo litigato, io e lui, per una donna, come spesso accade. Ero un cretino all'epoca, ma comunque troppo vecchio per essere un ragazzino stupido. Avrei dovuto capirlo ma lei mi aveva rubato il cuore. E poi era più interessata a lui. La gelosia mi divorava come una malattia. Mi sa che sono impazzito per un po', eh, ragazzo? Proprio pazzo. Non è una scusante, comunque. E così eravamo seduti accanto al fuoco, bevendo e parlando, bevendo e parlando, di quella donna. E poi litigammo finché, alla fine, venimmo alle mani. Me lo ricordo... me lo ricordo...». Chiuse gli occhi, la visione di quella notte lo avvolgeva con una disgustosa familiarità. «Il mio pugno che gli fracassava il cranio, a ripetizione. Le nocche che mi si spaccavano. Il sangue che schizzava. Il suo e il mio. Per un po' rimasi perso nella rabbia. Poi gli occhi si rasserenarono».

Bellicus deglutì. Troppo forte in quella stanza fredda e immobile.

«Non riuscivo a riconoscere quello che mi si agitava davanti. Il volto dell'uomo che avevo chiamato amico... miglior amico, per molti anni... era una maschera di sangue. Non so se avrebbe superato la notte... forse no. Però poi ha vacillato all'indietro, oltre il dirupo». Bellicus rimase in silenzio per un momento lungo. «Sono sceso aggrappandomi alla roccia, ma era troppo buio per vedere qualcosa. Eppure, ho cercato sulle sponde del fiume fino all'alba, tastando, ma non c'era speranza. Era finito in acqua ed era stato portato via. Il mattino seguente trovai tracce di sangue sulle pietre in fondo al fiume. Lo avevo ucciso, Catulus. Ho ucciso il mio miglior amico».

Il cane si scuoteva, annusando in aria.

«Ho ucciso il padre di Lucanus. E sono troppo codardo per confessare questo mio peccato all'uomo che ora è il mio capo. Ecco cosa sono diventato: un'ombra, un mezzo uomo che va incontro alla morte zoppicando, consumato dalle proprie debolezze. Ho fatto quello che potevo per essere il padre che Lucanus aveva perso, ma non basta. Non sarà mai abbastanza. E ora se ne è andato nelle Terre Selvagge da solo e potremmo non rivederlo mai più». Bellicus chiuse gli occhi, ascoltando il rumore sordo del sangue nella testa. «Hai già sentito questa storia, Catulus. La sentirai ancora».

Dopo un lungo momento, si rimise in piedi e prese la sacca di monete coperta da una pietra davanti al focolare. Mentre si chinava sotto lo stipite, sentì Catulus saltellargli alle caviglie finché non uscì sul *vicus*.

Sul solco accanto alla taverna, incontrò Elsia la vedova, fuori casa con l'abito sporco di farina, il viso tirato come sempre da quando le era morto il marito. Bellicus le spinse una moneta nella mano mentre passava.

«Grazie» gli gridò lei. Sentì la voce rompersi.

«Torna ai fornelli, vecchia moglie», gli gridò in tutta risposta, nel caso lei avesse pensato di raggiungerlo per ringraziarlo ulteriormente.

Bellicus fece cadere un'altra moneta in grembo a un mendicante che aveva perso una gamba in battaglia contro i barbari, e una terza andò a una giovane coppia – non conosceva i loro nomi – che aveva avuto un neonato appena una settimana prima.

Il padre rimase scioccato, portando la moneta alla luce. «Perché?»

«Ho la pancia piena, ho tutto il vino e la birra che un uomo può volere: che me ne faccio dell'oro?», grugnì Bellicus evitando il loro sguardo. «Mi rende solo una preda per i ladri e mi riempie casa di cose che non ho il tempo di usare».

Mentre avanzava, Comitinus lo raggiunse chiamando il suo nome. «Abbiamo visite», esclamò il giovane. «Tre carri e uomini a cavallo che arrivano da ovest lungo Stanegate».

«Quel mercante che Falx e Amatius erano così intenzionati a incontrare?»

«Probabile. Chi altro si avventurerebbe in questa landa desolata? Se non hai meglio da fare, guardiamolo arrivare».

Un gruppetto si era già radunato nella parte meridionale del *vicus*. Bellicus vide Mato appollaiato su una pietra, con il viso rivolto al sole. Solinus era in piedi accanto a lui, un sopracciglio inarcato in modo ironico mentre guardava in lontananza.

Bellicus osservò la *rhedae* del mercante avvicinarsi lungo Stanegate, i colpi degli zoccoli che rimbombavano nell'aria frizzante. L'ampia strada di pietra era diversa da tutte le altre di cui aveva sentito parlare, girava attorno a colline e collinette piuttosto che arare il percorso come una freccia per il paesaggio. Partendo a sud del forte, si diramava dal fiume incrociando Corstopitum a oriente e Luguvalium a occidente.

Alla biforcazione, i cavalieri rallentarono il passo e girarono verso il forte.

Bellicus sentì il profumo di fiori nella brezza. Amarina e alcune donne della Casa dei Desideri gli andarono incontro ancheggiando, l'oro, gli smeraldi e l'ocra dei loro vestiti migliori splendidi in quel paesaggio fangoso. Amarina aveva un aspetto regale, pensò Bellicus. Aveva il mento alto e ignorava gli sguardi degli uomini, come se osservasse il mondo da dietro le palpebre semiaperte. Le altre donne seguivano la sua scia, sussurrando l'un l'altra e ridacchiando da dietro le mani.

«Andate a salutare i nuovi clienti?», chiese Bellicus quando Amarina gli fu accanto.

«Vado dove c'è l'oro». Un pallido sorriso le apparve sulle labbra, ma aveva gli occhi da rapace mentre guardava avvicinarsi i nuovi arrivati. «E ho sentito dire che c'è oro in quantità lì».

«È facile separare gli uomini e le loro ricchezze quando ci sono di mezzo le donne».

«Hai una bassa opinione di noi».

«No, solo un'opinione veritiera. Siete il massimo della viltà quando avete una sola cosa in mente».

Bellicus rifletté un attimo e poi annuì. «Vero. Siamo bestie spietate, carri di lussuria».

Le altre donne si pavoneggiavano, arricciandosi i capelli e togliendosi le sbavature di rossetto. Scelsero la posizione migliore per presentarsi e attesero.

«Mi sono chiesto spesso», disse a bassa voce Bellicus, «cosa fa diventare una puttana una donna intelligente come te».

«Mio padre mi ha stuprata quand'ero bambina».

Bellicus la scrutò, aggrottando la fronte per quello che aveva sentito, ma il viso di Amarina rimase tranquillo come una piscina.

«Una sola volta, però. Gli ho versato il piombo fuso nell'orecchio mentre dormiva. Questo mise fine alla cosa».

Ora lui la fissava, ma lei teneva lo sguardo fisso sui carri che avanzavano. Prima che lui potesse farle altre domande, furono travolti dal tuonare degli zoccoli e dal cigolio delle ruote. La carovana procedette rumorosamente fino ad arrestarsi e i cavalieri scesero, stiracchiandosi dopo la lunga cavalcata. Portavano tutti spadini e indossavano elmi e corazze sotto i mantelli di lana marrone.

Il carro principale era una casa con le ruote, l'oro che circondava il tetto bruciava nel sole. I due *rhedae* dietro di lui erano più piccoli e semplici, sicuramente carichi di provviste.

Uno degli assistenti spalancò le porte del carro in testa e mise una scatola di legno ai suoi piedi.

Bellicus aspettava, intrigato. Attorno a lui tutti gli occhi erano concentrati su quella porta aperta.

Il carro cigolò sull'asse, piegandosi su un lato. Un uomo enorme e corpulento apparve all'orizzonte, le gambe e le braccia sembravano troppo piccole per quella pancia così grossa, la toga bianca splendeva nella luce mattutina, come se fosse stato un sacerdote nel tempio. Una leggera barba nera sulle guance e un ciuffo di capelli che pendeva dalla testa pelata. Vacillò in cima agli scalini, poi si mosse pesantemente verso il terreno. L'aiutante gli offrì il braccio, ma il mercante agitò una mano per respingerlo, l'oro scintillava da tutti gli anelli su quelle dita grassocce.

Voltandosi lentamente, studiò quel paesaggio desolato, il sobborgo, il forte più in là. Il viso rimase di pietra, la bocca un taglio rosa in mezzo a quel pelo ispido. Non sembrava un uomo che amava molto la vita, pensò Bellicus.

Un nano con la schiena curva e la faccia che sembrava una candela sciolta, vacillò nella *rheda*, dietro di lui, socchiudendo gli occhi per la luce. Era vestito come un bretone, con brache strette sotto una tunica dorata e nera. Dietro la testa aveva un cappello frigio conico, fatto di cuoio morbido, che Bellicus aveva visto addosso a qualcuno dei seguaci di Mitra.

Senza guardarsi attorno, Varro schioccò le dita e il nano gli corse accanto, ispezionando i volti della folla raccolta, probabilmente soppesandoli uno a uno. Scrutò Amarina dalla testa ai piedi e poi spostò quello sguardo da lucertola su Bellicus. Si guardarono negli occhi per un lungo momento, il gigante e il nano, misurandosi. Ma Bellicus non riusciva a capire cosa passasse per la mente di quell'omino.

«Guarda». Una gomitata. Mato si era alzato dalla sua sedia rocciosa.

Bellicus seguì lo sguardo dell'altro. Amatius stava avanzando dal *vicus* con Catia accanto a sé. Un ampio ghigno gli deformava il volto e gli occhi brillavano come se potessero già vedere l'oro. Catia guardava in basso, il volto di cenere.

Amatius salutò Varro con una pacca sulla spalla. Scambiarono alcune parole, poi Amatius spinse Catia in avanti, verso il ricco mercante. Lei chinò la testa, educata persino allora. Il nano le danzava attorno, sollevandole l'orlo della gonna per sbirciare sotto. Amatius e Varro ridevano mentre Catia tirava a sé il vestito.

«Il nano è uno degli *scurrae*, giusto?», disse Amarina. «Non li ho mai trovati divertenti».

«Pare che rivelino grandi verità», mormorò Comitinus. «Gli dei hanno donato loro la saggezza per riparare a quei corpi maledetti».

«E questo cos'è?». Amarina stava guardando l'ultimo carro.

Bellicus seguì il suo sguardo. Uno schiavo stava andando verso le porte del carro in coda con pane e un po' d'acqua o, più probabilmente, vino. Le porte di quella *rheda* erano state sigillate con una corda.

Lo schiavo rimosse la chiusura ed entrò con le vettovaglie.

«Un mistero», mormorò Amarina. «Pare che Varro il mercante abbia un prigioniero.

9
Corvus e Pavo

Frontiera settentrionale, Gallia.

Blocchi di granito piovevano dal cielo. Pini volanti andavano in frantumi mentre i missili distruggevano le foreste bloccate dalla neve. Gli incendi imperversavano e la terra tremava sotto i guerrieri Alamanni ululanti che scappavano da quell'attacco furioso: poteva essere la fine del mondo.

Ma non per Lucius Aurelius Corvus. Costrinse il suo cavallo a oltrepassare una coltre di fumo acre, ridendo; sembrava un pazzo.

Gli onagri avevano lanciato colpi per un'ora e i fiocchi carbonizzati e le scintille brillanti volavano nella neve. Sebbene il soldato della cavalleria romana fosse molto lontano dalla linea del nemico e avesse le stesse probabilità dei barbari in fuga di venire colpito da una pietra, affondò i talloni nelle cosce del cavallo. Era troppo tardi ormai per tornare indietro.

Durante la schermaglia, si era portato sul fianco e, mentre gli altri fendevano gli Alamanni con le loro lunghe spade piatte, lui inseguiva un barbaro nella foresta. La sua preda era ancora avanti, da qualche parte alla fine della scia di impronte che stava seguendo.

Lontano dal fuoco che impazzava, il vento gelido gli tagliava la faccia, eppure lui storceva il naso per il sudore che lo inondava sotto la maglia, la tunica e i pantaloni di cuoio. Sudore di paura. Come aveva potuto dimenticare il rischio di un attacco nemico nel rimanere isolato dai suoi fratelli? Ma la spinta di quel senso di pericolo era anche inebriante. Viveva per momenti simili.

Guardandosi indietro, vide che gli erano cadute delle borse. Solo il suo amico e socio cospiratore stava cavalcando con lui. «Finiamo qui e torniamo al sicuro», gli gridò.

Tiberius Annaeus Pavo si spinse accanto a lui. Più piccolo e tarchiato del compagno, era piegato sulla sella, le mani enormi aggrappate alle redini. Corvus annuì, contento di avere l'altro al suo fianco, come succedeva quasi sempre, che stessero combattendo o banchettando, vicino colpo dopo colpo, bevuta dopo bevuta.

«Assapora questo momento. Dopo ti proclameranno eroe», gli disse Pavo.

«Se solo mia madre la vedesse così», grugnì Corvus. «Potrei tornare con una montagna d'oro e lei penserebbe comunque che ci ha messo mano mio fratello».

«Ah, Ruga. Una meraviglia. Alto, bello e saggio. Gli spettano così tanti onori», lo provocò Pavo.

«E tu sei solo un infimo soldato, tagliato per il lavoro sporco».

«Vero. Tutto vero. Niente da dire».

Corvus guidava il cavallo attraverso la neve, scacciando le urla lontane e i rombi dell'assalto. Gli ultimi mesi erano stati pesanti. Mentre Valente, l'imperatore d'oriente, stava sedando la rivolta del traditore Procopio, a occidente non c'erano state che guerre contro i re alamanni. Erano una banda selvaggia di tribù vagamente collegate tra loro – i Lentiensi, i Retovari, i Brisigavi, i Bucinobanti – ma combattevano come se fossero una sola mente.

Ricordava che andava a letto ogni notte fradicio di sangue. La prima volta che li aveva visti ammassati tra gli alberi, con i capelli tinti di rosso per la battaglia, per lo più ubriachi, che sbraitavano giuramenti ai loro dei pagani, capì che la minaccia era più grande di quanto credeva la maggior parte dell'esercito.

Corvus scosse la testa, ma il monito di sua madre risuonava ancora: tutto ciò per cui abbiamo combattuto può essere strappato via in un batter d'occhio. Dobbiamo lottare senza sosta per mettere le mani sul nostro premio.

Gli Alamanni avevano imparato una lezione importante: soltanto se erano unite le tribù avevano la forza di sconfiggere l'esercito romano. Ed erano ben organizzati. Quella fredda mattina, quando il primo schieramento era emerso dalla nebbia, il suo amico Theodosius gli aveva raccontato ciò che aveva saputo dal padre, il generale. C'erano due re superiori che sorvegliavano il territorio, e molti re inferiori e, sotto di loro, dei principi che governavano i distretti più piccoli, i pagi. Ogni pagus forniva mille combattenti. Mille! Roma aveva sottostimato i barbari per troppo tempo. A quegli uomini selvaggi della foresta serviva solo una cosa, cominciare ad agire assieme.

E così fu. Due estati prima, dopo la semina, attaccarono la Gallia. L'esercito fu sconfitto.

Colpa di Valentino, l'imperatore d'occidente, un capo nuovo e arrogante, questo dissero gli Alamanni. Non gli aveva fatto i tradizionali doni, e i re avevano bisogno di quell'oro per pagare le truppe. Una vittoria era stata sufficiente a fargli ritenere che Valentino non fosse granché come capo militare. Assieme potevano vincere altre battaglie.

Passato un anno, invasero la Gallia con tre grandi eserciti e molti gruppi tribali più piccoli che subodorarono una possibilità a loro finora sconosciuta. Le battaglie si erano susseguite.

Corvus poteva contare le ferite sulle braccia e sulle gambe, ognuna era il segno di una battaglia in cui la sua vita era stata in bilico. C'erano stati momenti in cui aveva pensato che i combattimenti non sarebbero mai finiti. Ma, alla fine, avevano dichiarato la vittoria e gli Alamanni avevano pagato un prezzo altissimo. Migliaia di morti; il cielo nero di corvi che banchettavano sui resti.

Ma non poteva finire lì.

Valentino approvò, come tutti loro, che i barbari dovessero essere puniti in modo tale da non fargli prendere mai più in considerazione l'idea di attaccare l'impero. Erano stati fatti dei piani di invasione. Corvus lo sapeva e anche gli Alamanni.

Le scaramucce lungo il confine, come questa, erano aumentate. Presto sarebbe giunto il momento.

Corvus si spinse in alto sul suo cavallo, guardando attraverso il fumo e i turbini di fiocchi di neve.

«Non è il momento di perdersi nella foresta. Moriremmo di freddo e di fame».

«Senza contare l'essere catturati dal nemico e farsi tagliare le palle, o venire restituiti a Theodosius il Vecchio dopo il pagamento di un riscatto, come una schiava», aggiunse Pavo.

«Le seccature da affrontare quando si combatte per un bene superiore».

Corvus si portò un po' più avanti e poi si fermò. «E questo cos'è?». Si pulì gli occhi dai pungenti fiocchi di neve.

Scendendo a terra, seguì le tracce fino a un intreccio di impronte intorno alla punta di una roccia che spuntava da un cumulo di neve. Spazzò via il mucchietto bianco, scoprendo una pietra segnaletica con inciso un viso di uomo che spuntava dalle foglie.

«Un segno», mormorò. «Lo conosco».

Mentre analizzava l'immagine incisa, risuonò un grido. Corvus scattò ed estrasse la spada, tenendola di lato. Un attimo dopo un grumo di sangue apparve nel bianco. Il guerriero alemanno che stava seguendo avanzava nelle raffiche di neve, con la spada gocciolante davanti a sé, i capelli rossi stagliati in quel mondo bianco e nero. Stava trascinando una donna, forse sulla ventina, per il polso.

Una criniera selvaggia di capelli biondi, arruffati e unti, il viso e le braccia striate di sporcizia. Tracce di lacrime tagliavano il sudiciume sulle guance. Anche se lurida e indomita, era di una bellezza pura, pensò Corvus. Occhi grandi, labbra carnose, mascella delicata. Lavata e sistemata, a Roma sarebbe potuta passare per una nobildonna.

Corvus lanciò un'occhiata a Pavo e fece un cenno del capo, poi i piedi volarono nella neve. Vide gli occhi del barbaro spalancarsi e venire attraversati da una strana traccia di incomprensione mentre si rendeva conto del soldato romano che stava per saltargli addosso. Il guerriero aprì la bocca per parlare ma, prima che potesse uscirne un suono, Corvus gli trafisse lo stomaco con la spada.

La donna si liberò e corse via.

Mentre il combattente alemanno si accasciava tra gli schizzi sulla neve vergine, Corvus allungò il collo verso l'amico. «Beh, ora non possiamo più tornare».

Corvus seguì le piccole impronte sulla cima di una cresta, da cui guardò giù verso una capanna così sgangherata da sembrare poco più che una pila di rami ammucchiati contro un albero. Due corpi giacevano nel nevischio rossastro accanto alla capanna, una vecchia strega e una donna grassa dai capelli grigi. L'uomo comprese le lacrime che aveva visto sul viso della ragazza più giovane.

Scendendo per il pendio, aprì quella che immaginava fosse una porta ed entrò nella capanna. I tizzoni erano ancora rossi in un cerchio di pietre al centro del pavimento di terra battuta, eppure Corvus aveva i brividi: dentro faceva freddo come fuori. Arricciò il naso per il forte odore di spezie strane che senza dubbio proveniva dalle numerose pentole di argilla lungo la parete, poi gli occhi gli caddero sulla giovane donna rannicchiata in un angolo e si dimenticò di tutto il resto.

«Non avere paura», disse. «Sono qui per aiutarti».

Lei aveva gli occhi selvaggi e le labbra scoprivano i denti mentre la mano si avvicinava piano a una pila di stracci. Sicuramente un'arma nascosta.

Inginocchiandosi, lui la guardò attraverso il filo di fumo che saliva dal carbone caldo. «Non voglio farti del male».

Lei gli lanciò giusto un'occhiata, ancora piena di lacrime.

«Le tue sorelle sono morte».
«Ammazzate». La donna sputò sui tizzoni.
«Mi spiace per la tua sofferenza», disse Corvus. «Non posso fare niente per ciò che è perso, ma potrei portare un po' di luce nei tuoi giorni».
«Tu? Un bastardo romano?»
«È stato un romano a uccidere i tuoi cari?».
Gli occhi chiusi. Una lacrima isolata le rigò il voltò.
«Non puoi rimanere qui».
«Non c'è altro posto per me».
Corvus sostenne i suoi occhi pallidi. «Non devi per forza rimanere da sola».
Lei deglutì. «Non tradirò nessuno».
«Né te lo chiederei. Sono un uomo d'onore e sono bravo a giudicare le persone. Anche se ci siamo appena conosciuti, capisco che anche tu sei una persona d'onore». Fece quel suo sorriso vincitore e vide che questo le tirò fuori un barlume di reazione, nonostante non lo volesse.
Lei socchiuse gli occhi. «Sei cristiano?»
«Sono seguace di Mitra. Ma abbiamo molto in comune, io e te. Dobbiamo nascondere il nostro vero io. I cristiani verranno per entrambi, prima o poi». Allungò entrambe le mani. «Propongo un'alleanza. Pari. Amici. Come ti chiami?»
«Hecate».
«Bene, Hecate, ascolta il mio giuramento. La guerra sta arrivando da queste parti, ma io ti proteggerò al costo della mia stessa vita. Ti nutrirò bene e ti darò tutto l'oro di cui hai bisogno, così potrai...», guardò la miseria intorno a loro, «costruirti una capanna più grande...».
«Non ho bisogno di nulla».
Non poteva lasciarla lì, lo sapeva. Aveva delle responsabilità. «Allora vieni con me, troveremo un punto di incontro e capiremo cosa fare per sistemare le cose».
«E dove andremmo?»
«A Roma». Quando gli occhi di lei si illuminarono di paura, lui si affrettò ad aggiungere: «Ho fatto un giuramento: ti proteggerò. E se a un certo punto dovessi decidere che le nostre strade dovranno dividersi, ti riporterò qui».
La guardò fare i suoi conti, ma sapeva che non poteva rifiutare. Doveva essere consapevole che sarebbe stata dura sopravvivere da sola in quel luogo desolato.

Dopo che Hecate ebbe dato il suo assenso con un cenno del capo, Corvus la lasciò a prendere quello di cui aveva bisogno, anche se non vedeva nulla che valesse la pena di portare, e si affrettò a raggiungere Pavo sul pendio. L'amico era appoggiato a un frassino, sembrava annoiato.

«Va' avanti tu», disse Corvus, «e assicurati che non ci siano nemici in agguato».

«Oh, bene. Tu a cavallo con una donna che ti abbraccia e che preme i suoi seni sulla tua schiena, e a me tocca fare da bersaglio per le lance e le spade».

Corvus sospirò. «Se ti offrissi un bicchiere per ogni volta che ti lamenti non saresti più sobrio per il resto dei tuoi giorni».

Pavo fece un ghigno. «Un bicchiere. Potrebbe andare bene, per iniziare». Quando la donna li raggiunse, lui montò sul cavallo e si rimise in marcia verso la direzione da cui erano venuti.

Le mura di Reims spuntavano dalla tempesta di neve. Era notte e le torce sul cancello ruggivano nel vento. Corvus contrasse il volto gelato, rompendo la brina sulle sopracciglia. Un po' di calore, finalmente, vino cotto, agnello arrosto.

D'estate, la verde Gallia era abbastanza piacevole, un mosaico di foreste e di pianure erbose. Ma, nella morsa dell'inverno, era l'inferno in Terra. Nel viaggio dalla frontiera, il vento era stato forte e la neve tagliente come un coltello. Ci erano voluti cinque giorni, cinque brutti giorni, mendicando nei villaggi che superavano un posto accanto al fuoco e qualsiasi cibo si potesse conservare.

Avvolta in un mantello spesso, Hecate lo abbracciava stretta contro la sua schiena. La testa sballottolava sulla sua spalla. Dormiva. All'inizio del viaggio era stata in silenzio, sospettosa. Corvus era sicuro che avesse un coltello da qualche parte: la sentiva scavare tra le pieghe dei vestiti ogni volta che si irrigidiva. Ma viaggiando assieme, soprattutto nel cuore dell'inverno, due persone trovavano abbastanza velocemente un punto di incontro. Lei non voleva dirgli nulla di sé: erano i suoi segreti, lo sapeva. Ma avevano parlato di piccole cose: la leggerezza della neve, il suono che i corvi facevano negli alberi stecchiti, come delle vecchie arrabbiate, i volti che vedevano nelle nuvole. Una volta lei aveva persino riso.

Le guardie aprirono i cancelli e lui si trovò immediatamente a ingoiare l'odore di cibo marcio, salsa di pesce, merda, fumo e altre decine e decine di essenze. Hecate gridò. Non aveva mai lasciato la foresta prima di allora, e questa città caotica era strana e terrificante. Centinaia di migliaia di persone trovavano rifugio dietro quelle mura, o almeno così gli avevano detto, e ogni giorno ne arrivavano di nuove, ora che c'erano Valentino e la corte. Era stata la casa dei Remi, una volta, i quali avevano dimostrato a lungo la loro fedeltà a Roma, venendo ottimamente ricompensati per questo.

«Che cos'è questo posto?», piagnucolò lei.

«Andrà tutto bene», mormorò lui mentre la aiutava a scendere da cavallo fuori dalla taverna. Si sentì soddisfatto nel constatare che la sua voce pareva tranquillizzarla un po', nonostante lanciasse ancora occhiatacce.

«Non mi piace», disse piano lei. «Non riesco a sentire il vento tra i rami e quest'odore mi disgusta». Si massaggiò la pancia.

«Mio fratello gestisce una stanza qui, sarai al sicuro».

Gli lanciò un'occhiataccia. «So badare a me stessa». Un'altra volta la mano tra le pieghe del mantello.

«Non ne dubito. Ma sarei un ospite penoso se non ti offrissi qualche piccola comodità».

Lei scosse le spalle, fingendo di non essere interessata. Lui aveva deciso che gli piaceva la sua indifferenza; che gli piaceva lei, pure, per i suoi modi selvaggi.

«Il proprietario ti sorveglierà per assicurarsi che non ti metta nei guai», proseguì. «Non aprire la porta, comunque. E sta' alla larga dalle donne: sono più pericolose degli uomini qui». Fece un inchino, che parve sorprenderla. «Riposati. Ci aspetta un lungo viaggio».

Quando lei fu al sicuro nella sua stanza, lui uscì nella notte fredda per raggiungere Pavo, che lo stava aspettando.

L'amico batteva i piedi e le mani per tenersi caldo. «Hai altre punizioni da infliggermi, o posso ordinare il vino?»

«Tra poco. Prima devo vedere mio fratello».

«Non aspettarti nessuna lode».

«Non ho bisogno di montarmi la testa. Un lavoro ben fatto è abbastanza».

«Bugiardo».

Corvus e Pavo procedevano sguazzando nel fango misto a neve, superarono quel miscuglio di case e botteghe, e arrivarono al centro di Reims, dove il grande palazzo in pietra dell'amministrazione svettava sui tetti circostanti. Lampade a olio erano ancora accese in molte finestre.

Valentino e i suoi consiglieri più anziani avevano preso buona parte della struttura da quando la corte era stata trasferita in città mentre pianificavano la distruzione degli Alamanni.

«Buona fortuna», gli disse Pavo sulla porta. «Meglio che io non sia nei paraggi mentre parli con quell'esaltato di tuo fratello. Peggiorerebbe solo le cose. Domandagli di tutti quei piani misteriosi che lui e tua madre sembrano tramare». Rise. «O, magari, preferisci sprecare il fiato in altro modo».

«Sei simpatico, Pavo. Se solo la tua abilità come soldato fosse pari al tuo intelletto e alla tua bocca».

«Sbrigati, ti prego. Se non ti muovi, finirà il vino». Pavo fece un ghigno, ma aggiunse un cenno silenzioso di sostegno.

Corvus salì rumorosamente le scale. Al primo piano sentì delle voci e, attraverso una porta aperta, vide un gruppo di uomini chini su delle mappe. L'imperatore era lì, che camminava per la stanza. Valentino era un uomo alto e sulla fine della cinquantina, dalle guance incavate e dalle rughe premature. Corvus pensò che avesse un aspetto malato. Tenersi in equilibrio tra le richieste dell'impero d'occidente e il bisogno di aiutare il fratello minore Valente con le sue tribolazioni a oriente aveva il suo prezzo.

Un uomo dall'espressione severa stava conficcando la punta del dito su una mappa per sostenere il suo punto di vista. L'imperatore aveva valutato le linee guida fornite da Flavius Iulius Theodosius il Vecchio, e lo aveva nominato maestro dei cavalieri. Corvus aveva sentito da molti che era un bravo stratega. Sarebbe arrivato persino ancora più in alto.

«Ti credevo morto».

Corvus si voltò e vide Theodosius il Giovane rimanere a bocca aperta. In quella luce, notò come l'amico assomigliasse al padre, con quel viso lungo, gli occhi sporgenti e i capelli rasati e rossicci.

Almeno non aveva ancora sviluppato l'espressione sempre severa del Vecchio. Sarebbe arrivata: *Questa* è *la religione per voi o, almeno, per questo particolare tipo di famiglia.*

«Duro a morire. Ormai lo dovresti sapere». Corvus non aveva bisogno di guardare per sapere che l'altro uomo stava stringendo il crocefisso che portava quasi dappertutto.

Theodosius gli fece cenno di allontanarsi dalla porta, in modo da non essere visti. «Credevo che solo tuo fratello sarebbe partito per Roma con me».

«Credi che mi perderei la possibilità di una vita civilizzata? Ho avuto la Gallia sotto le unghie per troppo tempo». Corvus stava pensando al buon vino, al buon cibo e alle donne che di giorno non curavano i maiali.

L'altro annuì con entusiasmo. «C'è un nuovo insegnante in chiesa, così dice mio padre. Ha fatto in modo che possiamo sedere con lui e ascoltare le sue parole sagge sugli insegnamenti del signore».

«Eccitante», rispose Corvus. «Riesco a stento a contenermi».

«Le strade sono piene di sangue versato, ho sentito. Nonostante Damasus sia stato eletto papa, il suo rivale Ursino non vuole rinunciare alla sua pretesa. I loro seguaci si combattono ogni giorno».

Corvus si era un attimo distratto dalla conversazione ma si riprese e disse ciò che sperava fosse la cosa giusta. «Capisco che debba essere difficile».

«Lo è. Lo è. Prego per entrambe le parti. Non dobbiamo permettere uno scisma. I cristiani devono resistere, assieme. Dove andremo a finire, altrimenti?»

«Esatto. Divisi, mi viene da pensare».

«Se una casa è divisa in sé stessa, quella casa non può reggersi. Il vangelo di Marco. Ma lo sai, ovviamente».

«Certo. Ora, se puoi scusarmi, devo dire un paio di preghiere e trovare mio fratello per organizzarci per domani».

Theodosius fece un inchino profondo, una strana formalità tra soldati, pensò Corvus, e poi se ne andò via di fretta, con più entusiasmo di quanto ne potesse provare chiunque a quell'ora della notte.

Corvus vacillò lungo il corridoio fino alla stanza dove sapeva che il fratello stava lavorando, crucciandosi e tramando, nonostante l'ora tarda.

La camera era piena di pergamene e lui ne inspirò l'odore di terreno in quell'atmosfera asciutta, polverosa. Su un podium, Servius Aurelius Ruga era chino su una di quelle, alla luce di una lampada a olio. Sebbene avesse solo un anno più di lui, fili d'argento gli splendevano tra i capelli neri e le rughe tessevano i suoi occhi. Il prezzo che aveva pagato per il peso delle responsabilità, come non si stancava mai di dire alla gente quando commentavano l'aspetto giovanile di Corvus.

Alzò lo sguardo ed emise un grugnito dal fondo della gola che poteva essere una specie di forma di saluto.

«Diventerai cieco a furia di leggere a questa luce», esclamò Corvus.

«C'è del lavoro da fare. C'è sempre lavoro da fare. Non capiresti, ovviamente. Perché dovrei aspettarmelo?»

«Il lavoro per Valentino, o per la famiglia?». Corvus si aggirò attorno al podium, vagando con lo sguardo per vedere se ci fosse un'anfora di vino lasciata lì accidentalmente.

«Per la famiglia. In questo momento è di cruciale importanza».

Corvus scosse le spalle. «Ti aiuterei se mi mettessi a parte di questi piccoli segreti che condividi con nostra madre».

«Tu?», sbuffò Ruga. «Si tratta di cose serie, e meno sai meglio è. Non possiamo permetterci che spifferi tutto in una taverna qualsiasi».

Come previsto. Ruga era quello serio, festeggiato dalla nascita e indirizzato verso le vette. Corvus era sempre e soltanto il secondo figlio, con tutto quello che comportava. Non era abbastanza meritevole. Buono per il lavoro sporco, niente di più. Non se ne faceva più di tanto un problema. Aveva una vita troppo bella per farlo.

«Ho salvato una donna dalle grinfie del nemico», disse, agitando con noncuranza i papiri.

«Una donna?»

«Una donna molto speciale. Una di tre sorelle».

Ruga drizzò la testa. «E perché non me l'hai detto?»

«L'ho appena fatto».

Suo fratello fece un altro rumore strano con la gola, un sibilo, come un serpente. Condanna? Pesantezza? Corvus non ne era sicuro. «Una di tre sorelle», ripeté Ruga, con voce calma.

«Non c'era motivo di lasciarla lì».

Ruga fissò la fiamma nella lampada, perso nei propri pensieri.

«È di buon cuore», continuò Corvus. «Non mi azzarderei a dire gentile, ma abbastanza gradevole da poter stare in giro».

«Allora è la moglie che fa per me».

Corvus si irrigidì. «Non è così che si trova la compagna del tuo cuore, fratello».

«Cuore? Una moglie deve servirmi… Una moglie così. Chi se ne frega del cuore?»

«Ah. Potrebbe non essere al corrente di questa parte dell'accordo».

«Non ha voce in capitolo».

«Penso che avrebbe qualcosa da ridire».

«Niente da aggiungere». Ruga riavvolse la pergamena e la mise da parte. «Me la cederai. La sposerò, con onore, e lei avrà tutto quello che desidera dalla vita. Persino il rango». Strinse le labbra. «E una moglie così farà al caso mio per salire di grado nell'ordine di Mitra. È più di un semplice rituale. Ovviamente non lo capiresti mai».

Corvus si accigliò, non era sicuro di quello che stava sentendo. «Le ho promesso che se non era contenta dell'accordo l'avrei riportata a casa».

«Hai fatto una stupidaggine». Ruga prese la lampada e si avviò verso la porta. Senza voltarsi, aggiunse: «Qualunque cosa riservi il futuro, non lascerà Roma. I suoi giorni da donna libera sono finiti».

10
Spietato è giusto

A nord del vallo di Adriano

Le Terre Selvagge erano prive di uomini come Lucanus non le aveva mai viste.

Nessun cacciatore o commerciante che si muoveva tra gli insediamenti. Niente fumo nella brezza. Nessuna eco di voci dure in lontananza. Era come se fosse solo al mondo e i barbari fossero stati spazzati via, distrutti, spinti nel Nord sepolto dalla neve dal giudizio di divinità inferocite.

Camminava da cinque giorni, e il manto erboso non c'era già da parecchio, ingoiato dalla foresta sconfinata. In quell'altro mondo, immobile, scuro e misterioso, sentiva solo i suoi piedi scricchiolare sulla brina, oltre alle grida dei corvi.

Più si addentrava, più avvertiva la vicinanza degli dei, o dei demoni, o di entrambi. Se la prendeva con Amarina per avergli messo questo pensiero in testa. Ma ora era sicuro che stessero comunicando con lui tramite dei segni, se solo avesse potuto comprendere il loro linguaggio. Cinque uccelli avevano osservato il suo passaggio dai rami, i primi quattro erano corvi, l'ultimo una gazza. Cinque ossa erano state sparse sul suo sentiero, quattro teschi di uccelli e uno di volpe. E altri esempi simili, così tanti che aveva perso il conto. Sempre quattro uguali e uno diverso. Cinque volti nascosti nella corteccia mangiata dei tronchi, cinque rocce che fuoriuscivano dalla terra gelata. Cinque ruscelli che aveva dovuto attraversare. Gli si drizzavano i peli sul collo ma non riusciva ancora a capire cosa gli stessero dicendo.

Quella parte della foresta era un groviglio denso di alberi antichi.

Tronchi troppo spessi che nemmeno tre uomini sarebbero riusciti ad abbracciare. Dita mangiate di radici sulla terra dura. Muri di spine e agrifoglio. Riusciva giusto a muoversi instabile su solchi stretti tracciati da cervi o lupi per farsi strada.

Però poteva vedere la scia lasciata dalla sua preda più chiaramente che mai, dato che l'aveva scoperta pochi attimi dopo che aveva superato il vallo. Erba schiacciata, ramoscelli spezzati, foglie e terriccio girati. Chiunque avesse preso Marcus, non aveva fatto nessun tentativo di coprire le loro tracce. Forse Falx aveva ragione e questa era una trappola per allontanare l'esercito. Eppure, come poteva guardare in faccia Catia? Mentre si faceva strada attraverso un banco di felce marrone, gli si drizzarono i peli sul collo. Si girò su se stesso, cercando tra gli alberi. Non si muoveva nulla. Stava cominciando ad avere paura della sua stessa ombra? Non si era mai avventurato così all'interno in questa parte della foresta e non poteva scrollarsi di dosso la luna nera che sembrava lo stesse soffocando, come se filtrasse dal terreno.

Al di là della felce, arrivò in un'area dove si ergevano affioramenti di rocce tra gli alberi, gettando strane forme al limite della sua visuale. Lucanus rallentò il passo.

Annusò il vento e gli parve di sentire il sudore del ragazzo e un fetore più acre, simile all'aceto. C'era qualcosa, ne era sicuro. Gli occhi lanciavano occhiate dappertutto, il Lupo avanzava.

Cinque passi più in là, la terra cedette sotto di lui. Una coperta di rami intrecciati e zolle, e lui cadde in fondo a un fosso.

Per un attimo trattenne la rabbia per essersi fatto catturare come un pivello e guardò in alto verso il quadrato di cielo grigio, il petto gli bruciava lì dove gli si era mozzato il respiro. Almeno non era una trappola fatta bene. Poteva arrampicarsi e uscire, ritagliandosi degli appigli nella terra dura.

Tuttavia, mentre gli occhi si abituavano al buio, vide un tunnel nella profonda oscurità davanti a sé. Annusò gli odori catturati dalle correnti d'aria: erbe e spezie, un pizzico di fumo di legno e quel fetore simile all'aceto come di muschio umano.

Lucanus avanzò piano lungo il cunicolo, accovacciato sotto le grandi radici degli alberi sovrastanti, che gli afferravano i capelli come nemici nascosti.

L'oscurità divenne grigia poi, più avanti, si ritrovò a socchiudere gli occhi nella chiara luce del giorno, anche se non era molta, in una serie di camere scavate nel terreno, ognuna con una tenda di edera. In quella che riusciva a vedere, la luce arrivava da una piccola apertura sopra a un focolare di ceneri grigie. Erba asciutta, giunchi sparsi qua e là sul pavimento; le pareti visibili tra l'edera erano una massa di radici intrecciate e terra compatta.

Lucanus entrò con passo felpato. Puntò la spada, muovendola da sinistra a destra, pronto per gli attacchi che potevano arrivare da una delle altre camere. Sentiva l'odore di rosmarino, timo e altro che non riconosceva propagarsi da mucchietti di erbe essiccate che pendevano da ganci fissati al basso soffitto. Anfore ammucchiate lungo le pareti. Sollevò il coperchio di una e arretrò per il forte tanfo.

Chi mai sceglierebbe di vivere qui, nella parte più proibitiva della foresta, lontano da ogni comodità umana?

Spaventato, cominciò a esaminare più da vicino le pareti di radici, non capendo cosa avesse attirato la sua attenzione. Ispezionò quel mosaico di ombre e di luci finché lo sguardo non si posò su due piccoli rialzi a forma di mandorla nel terreno marrone, tra la rete di tuberi. Si sporse nell'oscurità, cercando di vedere di più.

Gli occhi si aprirono di scatto.

Un'apparizione urlante sbucò dal groviglio di radici, una giovane donna, i capelli erano una criniera selvaggia di riccioli luridi. Nuda, la pelle era incrostata da quella terra marrone che l'aveva camuffata. Strisce di carbone la ricoprivano, aiutandola a nascondersi al buio, e tra le crepe nel fango si scorgevano tatuaggi a spirale sulla pelle pallida.

Scioccato, Lucanus fece a malapena in tempo a sollevare la spada.

La donna spiegò la mano destra all'altezza del volto di lui, un mucchietto di polvere bianca nel suo palmo aperto. Lo soffiò su di lui con un sol colpo e lui fece una smorfia a causa di quel sapore amaro mentre la nuvola gli riempiva la bocca e il naso.

Un attimo dopo cadde sul pavimento di fango, le braccia e le gambe come pietra. Un terrore freddo gli mordeva il cuore. Era morto eppure era ancora vivo, incapace di alzare un dito sebbene potesse vedere e sentire.

Il volto della donna sul suo. Ora sorrideva, gli occhi del colore di una volta di foresta.

«Sorelle», chiamò.

Lucanus udì il suono delle tende di edera tirate all'indietro e di piedi che si avvicinavano leggeri. Colei che lo aveva attaccato si fece di lato, svelando altre due donne, entrambe nude. Avevano la pelle ricoperta dallo stesso miscuglio di fango, carbone e tatuaggi, i capelli incrostati con terra e foglie secche. Una era bassa e grassa, più avanti con l'età, con i capelli che cominciavano a diventare grigi. L'altra era quella strega avvizzita che aveva incontrato al vallo.

Il cuore gli batteva forte. Una trappola, ovviamente. Ma come aveva fatto ad arrivare qui prima di lui?

«Lucanus, il Lupo», sussurrò la più giovane delle tre. Lui percepì un umorismo macabro in quegli occhi.

Le domande gli affollavano il cervello, ma non riusciva a muovere la bocca. La donna premette un dito sporco di terra sulle labbra per fermare la sua lotta.

«Il mio nome è Hecate». Indicò la strega. «E anche il suo». E poi la terza donna. «E il suo pure. E le nostre figlie si chiameranno Hecate, e anche le loro figlie. In questo modo si tesseranno la trama e l'ordito».

Il Lupo sentì il freddo arrivargli alle ossa. Stava morendo?

Lei si sporse, avvicinandosi, con l'alito caldo sull'orecchio. «Vorresti essere re, Lucanus?», sussurrò. «Potresti se lo volessi. Vorresti essere il guerriero che protegge il sangue del re? Anche quello. Anche quello».

Scorgeva le altre donne intorno a lui. La strega aveva preso ciò che sembrava essere un gomitolo e la madre la stava aiutando a misurarlo. Per qualche motivo che non riusciva a spiegarsi, Lucanus fu turbato da quella visione. Scomparve dalla sua vista quando la più giovane si mise a cavalcioni su di lui, strusciando l'inguine contro il suo. Si piegò verso il suo viso, con i seni che gli grattavano il petto.

«Oggi voleremo, Lucanus, e mentre volteggeremo nel cielo, ti canteremo le nostre canzoni. Ascolterai la profezia e vedrai la strada, se sceglierai di percorrerla.

Si chinò ancora di più, la lingua rosa piegata all'infuori, e gli leccò lentamente il viso, dal mento alla fronte. «Non temere, fratello. Oggi non siamo qui per fare del male, a te o a chiunque altro. Il ragazzo è ancora vivo. Ma devi fare altra strada per trovarlo».

La megera si inginocchiò accanto a lui. Con la coda dell'occhio, Lucanus riusciva a vedere la lunghezza del filo che tendeva tra le mani. «C'è la trama, l'ordito e tutto il resto, Lupo.

Una trama, nascosta a tutti tranne a coloro che volano. Tiriamo un filo qui, un altro lì, e poi...». Guardò entrambe le sorelle e fece un ghigno con i pochi denti che aveva.

Lucanus sentì un formicolio nelle gambe. Quale che fosse l'incantesimo che queste donne gli avevano lanciato, stava cominciando a sparire. Presto avrebbe potuto far assaggiare loro la sua spada. Allora gli avrebbero detto cosa avevano fatto a Marcus.

La madre afferrò una piccola anfora. Togliendo la copertura, la agitò davanti agli occhi di Lucanus, in modo da mostrargli il contenuto: una pasta cremosa bianca.

La donna più giovane era sdraiata sul suo corpo, premendo. La punta del naso quasi sfiorava la sua. «Siamo sagge. E la nostra saggezza viene da tempi antichi. Molta è stata dimenticata ora, Lupo. Ma teniamo bene i nostri segreti, e li rinnoviamo ogni stagione. Conserviamo i nomi antichi che uomini come te non conoscono più. Beltane. Samhain. Udiamo i mormorii delle antiche divinità. Cernunnos. Lui è nelle profondità della foresta che ulula contro gli uomini. Sentirai ancora il suo nome».

A Lucanus girava la testa. Non comprendeva quelle parole più di quanto non comprendesse il perché era stato scelto per ascoltarle. Ma ora il sangue pompava e sentiva il fuoco nel cuore. Presto.

La giovane infilò la mano nell'anfora della madre e raschiò un calice di pasta bianca. Lo portò sotto il naso di Lucanus. Se avesse potuto fuggire da quel fetore acre, lo avrebbe fatto.

«Questa è la nostra magia», sussurrò. «Questo è ciò che ci consente di volare. Il nostro segreto». Si passò la lingua sulle labbra incrostate. «Grasso di agnello. Erbe colte al chiaro di luna. Il sangue di un corvo. E un'altra cosa: il corpo del fungo epigeo colto nel mese di sangue e seccato, e poi bollito. Questo è il segreto che abbiamo custodito da quando il primo uomo ha camminato sotto le stelle, il segreto del frutto e del suolo. È così che parliamo con gli dei. Non solo qui in Britannia, Lupo. In tutto il mondo. Persino i sacerdoti del nuovo Cristo lo usano, nelle terre calde del Sud, quando vogliono appellarsi al re sole».

Con l'altra mano gli aprì la bocca e lui sentì un'ondata di repulsione al tocco di quelle dita luride sulle labbra. Il viso di lei gli sembrava ruotare. Aveva le pupille dilatate e nere, gli occhi folli. Era lo sguardo di chi aveva visto cose che lui non si sognava nemmeno, che aveva pensieri che non poteva indovinare. Imperscrutabile, incomprensibile. Per un attimo non fu nemmeno sicuro che fosse una donna quella che gli era sdraiata addosso.

«Mangiare il fungo va bene. Bere il suo sudore va bene. Ma lasciarlo in ammollo, è la cosa migliore». Ficcandogli la crema in bocca, gliela spalmò dentro la guancia, poi premette le labbra contro le sue, un bacio di saluto. «Ma pure così ci vuole troppo tempo. Abbiamo un modo migliore, Lupo. Cavalcheremo molto e, sebbene tu sia partito per primo, ti raggiungeremo volando e vedremo il mondo come lo vedono gli dei».

Il corpo della donna uscì dalla sua vista. Lucanus sentiva la vita ritornare piano dentro di lui, ma la testa girava con altre sensazioni. La bocca cominciò a pizzicare e sentiva il sapore di ferro. Tutti i suoni nella stanza rimbombavano forte, echeggiando. Lo strascicare dei piedi sul pavimento. Lo schioccare delle labbra. E aveva la vista annebbiata.

In quella confusione, osservò le tre donne reggere le scope che una di loro aveva preso da un angolo. Stavano spalmando la pasta bianca sulle estremità del legno.

Lo spirito di Lucanus lo stava attraversando, o così si immaginava, arrivando in testa e poi uscendo dal cranio, e in alto attraverso il soffitto terroso della camera e le radici aggrovigliate, fin dentro la foresta. E ancora più su, superando i rami più alti degli alberi, fino al cielo. E, sebbene un attimo prima fosse giorno, ora stava volando sotto la vasta volta della notte. Le stelle brillavano fredde. La luna piena illuminava la foresta fino alle montagne in lontananza.

Nell'euforia, gli balenò un pensiero: era tutto un sogno causato dalla pozione? Ma anche quel pensiero morì mentre veniva preso dal vento che ruggiva accanto alle orecchie e dalla sensazione di librarsi. Si sentiva come se avesse potuto volare sempre più in alto, fino a raggiungere gli stessi dei.

Gli sembrava di non essere più solo. Con la coda dell'occhio, vedeva le tre donne roteargli attorno, i ciuffi selvaggi nel vento. Per quanto provasse, non riusciva a guardarle direttamente.

«Dove stiamo andando?», gridò. Non aveva paura. Era ubriaco, estasiato.

«Potremmo andare fino al grande oceano nero e camminare sulle sue sponde». La voce della megera gli giunse alle orecchie fluttuando. «E andare a trovare coloro che hanno superato le Terre d'Estate prima di noi».

«Non ora, non ora». Era la madre che parlava. «Dobbiamo mostrare al Lupo la strada che ha davanti».

«La profezia». La voce della più giovane risuonò chiara come una campana.

«Sì, la profezia».

«Verrà un re che guiderà il popolo e unificherà questa terra. Un re nato dal fuoco. Nel momento di maggior bisogno, combatterà e condurrà. E non morirà mai».

Lucanus sentiva il sangue pompargli nelle tempie. Aveva già sentito quella profezia. Una storia, una storia antichissima.

«Sono io quel re?», gridò al di sopra di quella confusione.

«Una specie». La più giovane lo superò. «Condurrai e combatterai e compirai un grande sacrificio. E quando sarà il momento, cadrai. Ma il re vivrà, l'unico vero re».

«Ucciderai chiunque cercherà di bloccarti la strada», proseguì la madre. «Pure se sono tuoi amici».

«La guerra sta arrivando. Una guerra che tingerà di rosso questa terra per centinaia di anni», gridò la più giovane. «La Britannia brucerà, Lucanus. Le volterai le spalle? O abbraccerai il destino che ti hanno riservato gli dei?».

La madre lo superò fischiando nel vento. Quando parlò aveva uno strano sibilo nella voce. «Per percorrere quesssta ssstrada, devi abbandonare i tuoi padroni... i tuoi doveri. Il tuo compito ora è ciò che deve venire per passsssare».

«Siete traditrici».

«Sì». Rispose la strega. «Roma non ci comanda. Non ci inchineremo mai davanti all'imperatore».

«Allora siete dalla parte dei barbari».

«Le tribù combattono le loro battaglie, ma raramente si vedono dopo la fine del giorno».

«Ma voi sì».

«Sarai il figlio di tuo padre, Lupo? Salverai la donna che ami?», chiese la più giovane.

Come facevano a sapere così tanto di lui? «Non riuscirete a farmi tradire i miei padroni o uccidere i miei conoscenti».

Le donne risero tra loro, un suono che sembrò tintinnare un po' troppo a lungo. «Le parole mutano il mondo», esclamò la madre quando ebbero finito.

«Di' a un uomo che sarà re e lui potrà benissimo diventarlo».

E poi lui si mosse di scatto, con le convulsioni come se avesse avuto la malaria. L'acidità gli bruciava la gola. Quando gli si chiarì la vista, era sdraiato sul pavimento, dove si trovava prima di volare nel cielo notturno, se mai fosse accaduto davvero. Una sottile luce grigia cadeva da un buco sopra di lui. Stava facendo buio. Quanto era stato sotto l'effetto dell'incantesimo, non sapeva dirlo.

Le tre donne nude erano accovacciate attorno a lui, facendo l'occhiolino con gli occhi pallidi, sorrisi beati sulle labbra. Come se fossero una persona sola, girarono la testa verso di lui. A lui vennero i brividi per quello sguardo dell'altro mondo.

«È vero tutto quello che mi avete detto? La profezia, la guerra, il mio ruolo in tutto questo?»

«Sì». La più giovane si dondolava in avanti tenendosi in equilibrio sulla punta dei piedi.

Lucanus rabbrividì, rendendosi conto che la vita era tornata a pieno nelle sue membra. Avrebbe potuto estrarre la spada e, minacciandole, sciogliere la lingua alle donne. Eppure gli era passata la voglia di esercitare la sua forza in questo luogo. Qualsiasi cosa fosse quell'incantesimo, lo aveva cambiato. Lo sentiva, come se qualcuno gli avesse piantato un seme in testa. Con l'arrivo della luce, stava cominciando a crescere.

«Il ragazzo è stato rapito per attirarmi qui? Come facevate a sapere che sarei andato io a cercarlo?»

«Sappiamo tutto, Lupo.»

«Perché sono stato scelto?»

«Perché proprio tu?». Risero all'unisono, proprio come quando stavano volando. «Ci saranno sangue, fuoco e molte cose finiranno. È troppo tardi per tornare indietro».

Lucanus si sentiva nauseato e confuso. «Il ragazzo», gracchiò. «Dov'è?»

«Più avanti, sulla strada che devi percorrere», rispose la madre. «Hai ancora il potere di salvarlo».

«Se non l'avete preso voi, allora chi?».

La madre sorrise. La strega sorrise. La ragazza si scuoteva accovacciata accanto a lui. Aveva il piccolo pugno chiuso. Quando lo aprì, c'era un mucchietto di polvere, grigio questa volta.

«Ora devi dormire», sussurrò.

Gettò la polvere in faccia a Lucanus. Lui tossì e farfugliò, e gli finì in gola. Gli arrivò il profumo di rose melense e dolci. Si sentì molto pesante.

Nel dormiveglia, udì una voce parlare, ma non riusciva a capire quale delle donne fosse o se, magari, stessero parlando tutte assieme.

«Hai conosciuto la compagnia delle donne», disse la voce. «Ma ora devi trovare la compagnia degli uomini. Ora devi trovare coloro che creano i re».

11
La banda di guerrieri

Lucanus si svegliò nell'alba fredda. Il suo fiato creava nuvolette di fumo e il corpo era una tomba. Circondato dal canto degli uccelli, sbirciò il cielo argentato tra i rami, chiedendosi se fosse stato tutto un sogno.

Ma lì, girandosi lentamente nella brezza, c'era qualcosa di molto vero: ramoscelli legati in una doppia croce con sopra un quadrato, decorato con piume e ossa. Un segnale che collegava il posto al momento in cui Marcus era svanito dalla sua capanna. Ma non era certo di cosa significasse.

Mettendosi seduto, guardò il solco che andava a nordest. Se quelle donne lo avevano lasciato qui, allora quella era di sicuro la via che si aspettavano avrebbe preso.

«Scappa».

Sobbalzò per quell'esortazione nell'immobilità. Una voce maschile, bassa e rombante.

«Scappa. O morirai».

Saltando in piedi, Lucanus girò su sé stesso, ma, chiunque fosse, era nascosto tra gli alberi.

«Scappa! Stanno arrivando!». Un mugghiare lugubre fluttuò per la foresta. Nonostante fosse semicongelato, Lucanus sentì i brividi corrergli nelle vene. Conosceva troppo bene quel suono e il pericolo che preannunciava: uno dei corni che le bande di guerra degli Scoti usavano per comunicare nelle Terre Selvagge prive di sentieri.

Con il cuore che batteva all'impazzata, si gettò lungo il solco. Ora sentiva guaire i cani da caccia addestrati dai guerrieri per abbattere i cervi. Ma quelle carogne riuscivano pure a fiutare l'odore delle prede umane.

Corse finché non intravide un mare di falaschi accanto a un pantano vicino a un ruscello. Inginocchiandosi, spaccò la crosta ghiacciata. Una folata di marcio e umido gli invase il naso. Immerse entrambe le mani nel fango gelido, estrasse due pezzi di quello schifo e si spalmò la poltiglia puzzolente in faccia, sui capelli. Poi si rimise a correre.

I suoi inseguitori si stavano avvicinando, lo sentiva dai corni. Gli bruciavano le gambe e sapeva che non sarebbe riuscito a sfuggirgli, non dopo la notte che aveva passato. Gli rimaneva un'unica speranza.

Nell'ultimo istante possibile, strisciò dietro a un albero caduto. Un attimo dopo stava respirando l'odore muschiato di sudore, pelo umido e carne. Se non si fosse cosparso di quel fango disgustoso, i barbari avrebbero fiutato lui.

Alcune figure sbucarono dall'oscurità tra i tronchi. Sembravano orsi, pensò Lucanus, appesantiti dalla pelliccia e dal cuoio, con criniere selvagge, nere come le ali del corvo o rosso fulgido. Mantelli di lana grigia gli svolazzavano attorno. I guerrieri avevano la testa bassa, gli occhi formavano una pozza nell'ombra. All'inizio gli sembrò di osservare una processione di morti, con quei teschi. Però, mentre si avvicinavano, capì che l'impressione era dovuta ai tatuaggi neri sui loro volti. Il nero che cerchiava gli occhi, il nero sugli zigomi e tra il naso e le labbra.

Il suono dei colpi e dei fendenti riecheggiò in quella quiete e si rese conto che alcuni di loro stavano tagliando il sottobosco.

Cercando.

Era stato troppo sicuro di sé, ora lo sapeva. Mentre seguiva le tracce di Marcus, i barbari avevano seguito le sue.

Lucanus tastò l'impugnatura della sua spada. Sarebbe stata pressoché inutile in un faccia a faccia con questi nemici armati di tutto punto. Alcuni di loro portavano spade larghe progettate per squartare e pugnalare, altri reggevano nella mano destra asce dalla punta quadrata.

Mettendosi sulla pancia, scivolò sotto l'albero caduto, superò file di funghi color crema e si fece strada strisciando in un solco sotto un rovo di more. Le spine si impigliavano nella pelliccia di lupo e gli laceravano la pelle scoperta sul dorso della mano sinistra. Sentiva l'odore del sangue, come anche i suoi fratelli nella natura sarebbero stati in grado di fare. Ma i sensi di questi Scoti non erano affinati come i suoi, o come quelli dei lupi. Si spostavano all'interno delle Terre Selvagge, ma non ne facevano parte come lui. Ma i cani, invece?

Una volta accomodatosi nel suo nido di erica, il respiro si calmò. La guancia stretta contro la terra fredda, la pelliccia grigia e il fango incrostato gli permettevano di scomparire in quel mondo marrone e verde scuro. Ascoltava il battito del suo cuore. Aveva paura ed era un bene: gli avrebbe messo il fuoco nel sangue se avesse dovuto difendersi per l'ultima volta.

Sarebbe morto da combattente, non come una carogna frustata.
Il bosco scricchiolava nelle vicinanze. Un fischio risuonò alla distanza di una lancia.
Chiudendo forte gli occhi, Lucanus pensò a Marcus ed ebbe un'ondata di disperazione al pensiero che non ci sarebbe stato nessuno a riportare il ragazzo a casa.
E poi pensò a Catia e al suo rimpianto, ancora un po' più forte.
Per un minuto non ci furono grida di allarme e lui si mosse, aprendo appena le palpebre. Dal reticolato di rovi, vedeva i guerrieri superarlo, a passo lento e fermo, con le teste che si giravano mentre cercavano nella foresta.
Se l'avesse fatta franca, non avrebbe più commesso questo errore.
I guaiti risuonavano, avvicinandosi, e udì i colpi delle zampe sulla terra dura. Due cani fulvi a pelo lungo saltellavano davanti al suo nascondiglio. Erano bastardi pelle e ossa, con la pancia vuota. I padroni li tenevano affamati, bramosi di una ricompensa. Il Lupo li guardò annusare in aria, poi premere il naso sul terreno, come se stessero seguendo un sentiero invisibile e tortuoso. Si avvicinavano sempre più.
Abbaiarono e due uomini accorsero, le loro grida e i loro fischi fomentavano i cani a cercare.
I barbari cominciarono a menare fendenti nel sottobosco nelle vicinanze.
Lucanus chiuse le dita intorno all'elsa della spada. Era pronto.
Ma, poi, quando uno dei cani cominciò a raspare a solo una spada di distanza da dove si trovava, uno degli uomini fischiò di nuovo e gli animali saltellarono via. I guerrieri Scoti seguirono i loro cani, grugnendo mentre questi scavavano un sentiero tra i rovi.
Il fango puzzolente aveva fatto il suo dovere. Lucanus inspirò forte nei polmoni in fiamme.
Le forme scure si allontanarono lentamente, fino a essere inghiottite dagli alberi.
Proprio quando la speranza cominciava a farsi strada in lui, sentì marciare due guerrieri col passo pesante. Lucanus vide un paio di stivali e dei pantaloni di lana. Uno degli uomini era smilzo, l'altro più grande, come un orso. Quest'ultimo aveva una guaina con incise delle spirali di oro splendente collegate tra loro, uno dei lavori più eleganti che il Lupo avesse mai visto. Indicava un certo rango. Era il capo?
«Che dici, Erca?», chiese il più piccolo nella lingua dei Scoti. La voce era un po' stridula e con un pizzico di malignità nelle parole.

«Continua a dargli la caccia, per ora», disse con voce profonda l'uomo più grosso. «Dubito che un esploratore si avventurerebbe così a nord. Magari un mendicante. O un ladro in fuga. Ma se è un esploratore, dobbiamo avere la sua testa. Non dobbiamo permettergli di ritornare al vallo».

Lucanus era sconcertato dalla forza delle parole che stava ascoltando. Era vero, gli Scoti davano la caccia agli esploratori come ai cervi. Ma questo caso sembrava avere una certa importanza.

Quando i due uomini si allontanarono, lui si spinse su per guardare meglio. Erca era indubbiamente un uomo grosso, addirittura di una testa più alto di Bellicus. I capelli neri e selvaggi erano legati in piccole trecce dentro le quali erano incastonati teschi di topi e uccelli. Un debole suono metallico echeggiava a ogni passo pesante. Prima che riuscisse a vedere altro, i guerrieri scomparvero nell'oscurità.

Quando fu sicuro che se ne fossero andati, uscì dal muro di erica, succhiandosi il sangue dai graffi. Questa volta gli dei erano stati gentili ma doveva essere più cauto.

«In guardia».

Un'altra voce maschile frusciò dall'oscurità della foresta, più aspra di quella di prima. Di nuovo, Lucanus cercò inutilmente tra gli alberi, poi si fermò un attimo prima di rispondere. Piegò la testa e ascoltò.

Alle sue spalle sentiva un respiro affannato e il rumore dei piedi sul sottobosco.

Vicino a un biancospino c'era un giovane barbaro che correva, la massa di riccioli biondi in aria. Un ritardatario che si affrettava a raggiungere il resto dei suoi fratelli guerrieri. Lucanus lo vide rimanere a bocca aperta mentre cercava di capire chi fosse lo straniero che si trovava davanti. Poi gli occhi si fecero duri e la bocca si mosse. Un grido di allarme gli si stava formando in gola.

Il Lupo si gettò sul barbaro, coprendogli la bocca. Caddero in un mare di felce color ruggine. Sotto di lui, il guerriero opponeva resistenza agitandosi, quei suoni di soffocamento vibravano contro il palmo diventando sempre più intensi. Lucanus sentiva l'odore del sudore, il fetore di carne cruda che emanava.

Guardò negli occhi il suo nemico, e ci fu un attimo di tacita comprensione tra i due. C'era un solo finale possibile. Il Lupo non poteva lasciarlo fuggire e dare l'allarme.

Con la mano libera, estrasse il pugnale e lo passò sotto la mascella del suo avversario. Sangue caldo sprizzò tra le sue dita. Tenne lo sguardo su quei due occhi azzurri finché non si spensero.

Si tirò su, pulendosi il palmo della mano tremante sulla bocca. Quanto ci avrebbero messo gli altri barbari a rendersi conto che mancava un ritardatario? Un giorno? E poi un altro ancora per tornare e scoprire il corpo.

Poi gli sarebbero stati alle calcagna e non avrebbero avuto pace finché non l'avrebbero scovato per vendicarsi.

«I miei ringraziamenti», disse a chiunque lo avesse avvertito, ma rispose solo il silenzio.

Vagò finché la foresta non divenne meno folta. Appoggiato contro un pino appiccicaticcio di resina dall'odore dolce, osservava una pianura erbosa. Colline ondulate arrivavano fino al cielo calante, tre picchi uno accanto all'altro, con le cime che splendevano bianche nei dardi di luce sottile che riuscivano a superare quella coltre di nuvole.

Aveva fatto i suoi rilevamenti. Ai piedi della collina più grande e sulle sponde di un fiume tortuoso era situato il vecchio forte Trimontium abbandonato molto tempo prima, quando l'esercito si era ritirato. Socchiuse gli occhi, trovando i bastioni e i resti della torre segnaletica, adesso poco più che un moncherino.

I barbari avevano cercato di insediarsi lì più di una volta, aveva sentito dire. Ricordò che suo padre gli raccontava che quel posto era infestato. Le voci echeggiavano dalle viscere della terra, fiamme blu si agitavano sugli stagni vicino al fiume, e si diceva che nelle notti senza luna tra gli alberi nei dirupi più bassi camminassero i morti.

Era lì che si sarebbe riposato.

12
Il nano

La fiamma della candela si accese con un guizzo. Mentre le ombre fuggivano dal tempio, Catia vide apparire il dio della casa. Guardiano del focolare, camminatore di frontiera, il Laro era forse la sua ultima speranza.

«Ti prego», sussurrò, nuotando nel profumo del dolce incenso della ciotola d'argento, «riporta Marcus da me».

Pose il pane azzimo e le olive verdi sul piatto delle offerte. Dopo un attimo di silenzio, aggiunse: «Riporta anche Lucanus. Sorvegliali entrambi. Tienili al sicuro».

Sentì una fitta di senso di colpa. Per quanto fosse dura la sua vita matrimoniale, le sembrava ancora di stare tradendo il marito, nonostante ci fossero momenti in cui si perdeva in fantasie di punizione e, sì, persino di omicidio a sangue freddo. Il tocco delle dita callose di Amatius sulla sua pelle liscia la faceva stare male. Le sue piccole labbra che la sfioravano, il tracciato della lingua piena di saliva sulle sue guance, sui suoi seni, sulla sua pancia, tutto questo le faceva venire il voltastomaco.

I pugni, in un modo perverso, erano un tormento minore. Ferivano solo il suo corpo, e il dolore e i lividi sparivano. A ogni colpo il suo disprezzo si rafforzava, e le dava la forza di continuare a combattere.

Mormorò una parola di ringraziamento e uscì nel mattino freddo.

Il giardino era stato inghiottito dal bianco, i fantasmi dei sentieri, dei letti e delle siepi in attesa di sollevarsi. Ritrovando un sorriso, guardò il cielo grigio. Era il suo periodo dell'anno preferito, quando l'aria era affilata come un coltello e la terra come l'acciaio. In giornate come quella, il padre la chiamava la Regina dell'Inverno, con una risata delicata e un barlume negli occhi. Era un soprannome più affettuoso di sorella lupo, che era stato usato tanto per ferire quanto per celebrare la sua eredità.

«Catia? Catia?».

Trasalì al suono della voce di Amatius e si accovacciò dietro a un cespuglio di gelsi. Suo marito si aggirava nel retro della villa, con lo sguardo torvo che nascondeva dietro un sorriso gioviale ogni volta che incontrava qualcuno.

I cani erano al suo fianco. Lei digrignò i denti mentre li guardava correre. Agli schiavi diceva che li portava a sgranchirsi le gambe. Ma lei sapeva che, se non lo vedeva nessuno, il marito non avrebbe esitato a scagliarli contro di lei per sottometterla. Era scappata da lui in più di un'occasione per non cedere ai suoi pugni ed era molto veloce, forse quanto Mato. Amatius aveva imparato presto che i cani erano l'unico modo per non perdere il suo potere. Lei non teneva più il conto di quanti morsi aveva dovuto curare.

Poteva risparmiarsi tutta questa pena e questo dolore se gli avesse concesso di riportarla a casa. Ma vuoi mettere tormentarlo? Era come una vittoria, per quanto piccola.

Si avvicinò alla porta nel muro del giardino, aprì uno spiraglio e, assicuratasi che fosse sicuro, uscì e camminò veloce per il sentiero che portava al sobborgo, mentre i suoi talloni formavano pennacchi di neve.

Poco dopo la sua nascita, nell'inverno più freddo che si fosse mai visto da quelle parti da molti anni, era scomparsa dal suo lettino. Alcuni soldati erano stati trascinati di malavoglia fuori dalle baracche in quella notte tremenda per aiutare nelle ricerche. I vicini le avevano raccontato che erano accanto ai cancelli e avevano visto un fiume di fuoco uscire dal forte, esplodere in una costellazione di stelle arancioni e volare nel *vicus*, lungo i solchi e fino al vallo.

Un neonato non sarebbe potuto sopravvivere in quel freddo intenso. Poi vennero trovate delle tracce che conducevano nelle Terre Selvagge e l'ultimo barlume di speranza si spense.

Per tre giorni le ricerche si erano spinte nelle valli profonde e nelle fitte foreste di pini, fino ai villaggi, chiedendo di voci riguardanti un bambino rapito, o un neonato inatteso, o qualsiasi altra cosa. Proprio quando stavano per darsi per vinti, una campana risuonò nella vasta foresta, così voleva la leggenda. Cinque rintocchi. Gli uomini avevano freddo e fame, erano esausti e determinati a tornare al forte. Ma il loro capo era convinto che quei rintocchi fossero un segnale degli dei.

Proseguirono fino a incontrare un branco di lupi che circondava una mamma che allattava i cuccioli. Ed eccola lì. Persino tanti anni dopo, lei sorrideva ancora di meraviglia quando ascoltava quella storia miracolosa. La sorella lupo, tenuta al caldo e nutrita da un branco di lupi nell'inverno rigido.

Anche i soldati dovevano averlo visto come una specie di benedizione degli dei. A detta di tutti, combatterono come demoni contro il branco selvaggio per riprendere la bambina. Morirono tre uomini quel giorno.

Rimanevano ancora così tanti misteri, che ora non avrebbero mai trovato risposta. Chi l'aveva presa e perché poi era stata abbandonata?

E un'altra cosa, quella che la turbava di più. Quando era stata riportata dai genitori, videro che era stata marchiata a fuoco sulla schiena, un drago cerchiato che mangiava la propria coda.

Catia si allungò per toccarsi la scapola sinistra. Crescendo, la bruciatura si era distorta, ma nella ferita ne rimaneva ancora lo spettro. Nessuno sapeva cosa volesse dire, né perché un'azione così crudele fosse stata inflitta a una bambina. Ma lei l'aveva sempre preso come un marchio di un destino segreto, un segno che lei era speciale.

Sobbalzò a quel pensiero. Alla fine, non era diventata altro che proprietà di Amatius. Le sembrava il più grande tradimento di tutti.

Un vessillo scarlatto blasonato con un falco ad ali spiegate svolazzava su una grande tenda color ambra. Poteva trattarsi solo di Varro il mercante, pensò Catia. Un falò bruciava al centro del campo. Alcuni schiavi vagavano, ma pareva che tutti gli altri uomini fossero in una delle dieci tende più piccole, al caldo.

Lo sguardo superò l'insediamento, fino al cielo blu e oltre. Aveva sentito storie della lontana Roma da altri viandanti.

Con l'occhio della mente riusciva a vedere le brughiere verdi e viola, superava gli highland sferzati dal vento e il mare zaffiro, fino ad arrivare alla città di marmo splendente, ai grandi monumenti e alle torri altissime. La maestosa aquila dorata bruciava nel sole. Sentiva i discorsi di uomini acculturati, che dibattevano saggiamente, e il marciare di eserciti immensi che tenevano al sicuro l'impero.

C'era un mondo in cui le donne potevano ottenere rispetto e potere e non essere trattate come bestie nei campi. Dove era sua madre.

A volte si chiedeva se le emozioni amare sorte quando era stata rapita fossero state responsabili dei contrasti tra sua madre e suo padre. Se in qualche modo la donna fosse responsabile per quello che era successo. Per il suo atroce destino.

«Se fossi in te, non mi avventurerei oltre».

Catia sobbalzò sentendo quella voce all'altezza del suo gomito e guardò in basso verso il nano che l'aveva tormentata quando era arrivato Varro. Il cappello conico frigio era spinto indietro.

«Non mi è consentito di andare a trovare i nostri nuovi ospiti?».

Facendo cenno di seguirlo, il nano saltellò via. Quando trovò un posto riparato, disse: «Non volevo spaventarti». Si tolse il cappello agitandolo tra le mani. «Povero diavolo. Io mi vedo come un... gigante tra gli uomini. Un guerriero nelle retrovie. Altri... solo come un ratto che si ciba di carogne». Fece cascare la testa come se fosse stato colpito dal peso della tristezza. «Sono innocuo, guarda». Fece un balletto, prendendo a calci nuvole di neve e concludendo con un inchino profondo.

«Il mio padrone mi chiama buffone. Bucco il buffone».

Catia rispose all'inchino. Il nano l'aveva irritata la prima volta che lo aveva visto, ma aveva capito che stava facendo una sviolinata al padrone e ad Amatius. Ora sembrava abbastanza disponibile. «Perché non sei accanto al fuoco, al caldo?»

«Una vita triste, una vita triste. Ma no. Non devo affliggerti». Poi: «Ma se insisti. Il mio padrone mi vuole duro. Per affrontare le difficoltà della vita. E così mi picchia. Mattina, sera e notte. Mi picchia per farmi piangere come un bambino. Come un bambino, signora. Di quelli che hanno fame. Un bel fuoco nell'inverno rigido? Ti rammollisce. Devo essere duro. Duro». Si prese a schiaffi la guancia, e un'altra volta. Divenne rossa.

Catia sentì un'ondata di pietà per quella povera anima. «Ti aiuterei, se potessi».

«Ho una scia di miseria. È la mia maledizione. Oh, quanto mi odio». Grandi lacrime gli scorrevano sulle guance.

«Per favore, no», supplicò lei.

Bucco si asciugò gli occhi con la mano. «Quanta gentilezza mi stai dimostrando. Una mano in soccorso a un uomo che annega. Che gentilezza! Mi canta il cuore. Vedi?». Si portò le dita agli angoli della bocca, allargandoli a mostrare un sorriso felice. «Perché mai una donna così gentile viene a visitare un posto tanto disgustoso?»

«È una strada lunga da Roma», disse lei, guardando oltre la testa del nano e riordinando i pensieri. Una cosa l'aveva trascinata lì, una conversazione sottovoce che aveva sentito il giorno in cui era arrivato il mercante.

«In una direzione. Non nell'altra».

«Come?»

«Uomini e donne vogliono le stesse cose. Qui e là. Ovunque. Potere. Oro. Per usarli».

Catia arrossì. «Il tuo padrone sta costruendo un impero. Desidera fare accordi con chiunque qui lungo il vallo, sento dire».

«Sì, e anche di più».

«Di più?».

Bucco scosse le spalle. «Vuole sempre di più. Più cibo, più oro, più donne».

«Ieri mattina l'ho sentito chiedere dei ragazzi a mio marito. Mi chiedo cosa volesse». Sperava che Varro avesse sentito qualcosa su Marcus. Un pettegolezzo, una voce, qualunque cosa che potesse allontanare quella disperazione.

«Non per il suo letto. No, no. Non sono di suo gusto. Ragazze. Donne! Rose in fiore. Grandi cosce. Baci di miele. Va a finire bene? Non sempre. Molto raramente. Alcune piangono, altre sanguinano. Altre muoiono».

Catia provò repulsione ma non si sentì sorpresa. Osservò Bucco picchiettarsi il mento, facendo la parte di chi riflette. «Ragazzi furbi, ragazzi timidi. Ragazzi coraggiosi, ragazzi codardi. Che rubano o che combattono. È dal ragazzo che capiamo l'uomo. Ne hai uno? Un ragazzo?».

Catia trasalì. La preoccupazione per Marcus riaffiorò e lei deglutì.

«Ti ho intristito?»

«Il mio ragazzo è stato portato al di là del vallo dai barbari».

Si sforzò di sorridere. «Ma me lo riporteranno. Non ho dubbi».

Bucco chinò la testa. «Che bestia che sono. Smuovere una tale tristezza in te». Cominciò a battersi il petto.

Preoccupata, Catia gli porse una mano. «Per favore. Non incolparti».

Vide il nano guardarla di sottecchi. «Grazie al Signore. Oh, grazie a Lui. Ma che povero diavolo che sono, comunque. Portatore di miseria. A ogni parola». Fece una pausa. «Ti stai chiedendo se il mio padrone ne sa qualcosa? Qualcosa su tuo figlio? Se fosse, non me l'ha detto. Ma glielo chiederò».

Catia rabbrividì, non solo per il freddo. Ma c'era una speranza, seppur piccola. Tornò alla villa, pronta ad affrontare qualsiasi cosa la attendesse.

A casa, Catia si accasciò su una *sella* con i gomiti sulle ginocchia e la testa tra le mani. Dopo un po' prese un ago e si mise a cucire la spirale sul petto del suo vestito nuovo. Le dita scivolavano lungo la seta elegante importata dall'oriente che il mercante aveva trasportato solo tre giorni prima. C'era stato un tempo in cui non avrebbe mai immaginato di avere un tessuto così lussuoso sulla pelle. C'era tanto benessere in quella casa, eppure lei non si sentiva bene.

Attorno a lei le ombre si allungavano. Pensò di chiamare uno degli schiavi per accendere le lampade, ma la crescente oscurità era un luogo in cui nascondersi da tutto ciò che la assaliva.

Una figura apparve sulla soglia e lei sobbalzò.

Amatius si portò al centro della stanza. Sorrideva, con le braccia spalancate, come un marito amorevole che saluta la moglie. «Un bacio», mormorò. «E poi gli affari».

«Affari?»

«Ti porto da Varro il mercante».

«E che ho a che vedere con lui?».

Amatius sorrise, quel sorriso pieno d'odio che lei conosceva bene, crudele e freddo. «Perché gli interessi del marito sono anche interessi della moglie, no?».

Catia non rispose.

Amatius aveva in mano il suo mantello, e glielo gettò ai piedi. «Mettilo».

Fu presa da un'ondata di pesantezza. «Fa molto freddo fuori ed è quasi notte. Non sarebbe meglio condurre i tuoi affari di giorno?»

«Forse non mi sono spiegato», disse lui guardandola. «L'affare è concluso. Ora bisogna pagare».

Catia si accigliò, cercando di capire il senso di quello che le stava dicendo. Prima che potesse giungere a una conclusione lui le afferrò i polsi facendola alzare. Lei urlò, senza volerlo.

«Con questo sigilleremo la nostra fortuna». Parve vedere la confusione negli occhi di lei, perché scosse la testa con evidente disprezzo. «Sei tu il pagamento, scrofa ritardata. Tu. Una notte con Varro il mercante, che farà di te quello che vuole. E domani il nostro affare sarà concluso».

Mentre realizzava, il terrore le invase il cuore. Suo marito era veramente capace di questo? Certo che sì.

Un'ombra apparve sulla porta: suo fratello Aelius. Per un attimo pensò che sarebbe accorso a salvarla. Ma come avrebbe potuto? Amatius lo avrebbe percosso fino a metterlo in ginocchio. Scivolò via prima di essere visto e lei si sentì sollevata che almeno lui fosse in salvo.

«Non vorrei portarti da Varro piena di lividi», disse il marito. «Ma, in un modo o nell'altro, ci andrai».

13
Il serpente

Le luci tremavano accendendosi lungo il *vicus* e un vento ululante minacciava altra neve. Superate le modeste abitazioni, il silenzio pendeva sull'accampamento di Varro e solo i tizzoni brillavano nel fuoco al centro del cerchio. Catia vedeva le ombre spostarsi lungo i tessuti delle tende. Dalle entrate aperte, le lame di luce delle lampade a olio si imprimevano sulla neve sporca e sciolta.

Amatius la spinse nella grande tenda color ambra chiamando Varro. Il mercante gli disse con voce profonda di entrare.

All'interno, un braciere sibilava, con il carbone rosso, e Catia non riusciva a respirare a causa dell'incenso speziato che il mercante utilizzava per coprire il puzzo acre del fuoco. Lenzuola di seta si agitavano nelle correnti d'aria, dividendo la tenda in ambienti più piccoli. Lei sobbalzò quando Amatius le batté una mano tra le scapole per guidarla tra quelle stanze, superando montagne di cuscini, fino al cuore della tenda dove c'era un letto basso. Catia cercò di non guardarlo.

Varro si alzò in piedi affannato, la sua grande mole tappezzata da una toga bianca come quelle che indossavano i mercanti provenienti dall'Africa. Sotto ondeggiavano rotoli di carne. Mentre avanzava dondolando verso di loro, si infilava in bocca delle olive nere, prese da una ciotolina che teneva tra le dita grassocce della mano sinistra.

In un angolo, Bucco il buffone era accovacciato su uno sgabello, il viso deforme rabbuiato da uno sguardo corrucciato: un bambino messo in castigo dalla madre.

Varro consegnò la ciotola al nano e si voltò verso i suoi ospiti. Aveva un ampio sorriso, ma Catia pensava a quanto fossero freddi quegli occhi.

«Amatius», esclamò. «E la bella Catia».

Lo sguardo del mercante scivolò oltre il marito e lei ebbe i brividi mentre saliva e scendeva lungo il suo corpo, godendosi tutte le sue forme. Poi le afferrò la mano e ne baciò il palmo. Le labbra indugiarono un attimo di troppo.

Catia guardava dritta avanti a sé, senza degnarlo nemmeno di un'occhiata. Non si sarebbe lasciata intimorire, qualunque cosa la attendesse. Le dita del marito frugarono nel mantello facendolo cadere a terra. Aveva insistito affinché indossasse il suo vestito più elegante, seta del lontano oriente, tinta dell'ambra della tenda del mercante.

Varro agitò le dita e Bucco si affrettò a versare una coppa di vino. La porse ad Amatius con un inchino profondo.

«Grandi sorsi, lasciarsi andare. Meraviglia e pazzia vi invitano».

Amatius prese il vino e agitò una mano per sbarazzarsi del buffone. «Abbiamo molto di cui discutere. Un futuro roseo». Un'avidità grassa ungeva le sue parole. Catia si sentì disgustata.

«Sì, è così», rispose il mercante. «Ma non questa notte. Questa notte è per il vino, per il piacere». Scrutò il nano. «E anche per altro, se gli dei vogliono».

Bucco alzò una mano. «Gli dei stanno sorridendo. La loro luce splende. Gloria. Rivelazione. Ossa deformi, ossa di nano. Ma lo sentono, profondamente. Sì, proprio così».

Catia vide il marito corrugare la fronte. Non aveva idea di cosa stesse dicendo quell'uomo. E nemmeno lei, ma non aveva importanza. Quella notte si sarebbe conclusa comunque nello stesso modo.

Si guardò attorno nella tenda, cercando qualcosa con cui avrebbe potuto combattere il mercante. Non si sarebbe arresa volontariamente, a costo della sua stessa vita. Ma non c'era nulla e lei era troppo minuta per respingere una montagna come Varro.

Il mercante spinse la coppa sulle labbra di Amatius. «Bevi», disse, «e sparisci».

Disgustata com'era, Catia non poté comunque evitare di sorridere a quella richiesta.

«Non temere», proseguì il mercante. «Il nostro affare rimane. Tu e quel soldato ritardato sarete i miei unici agenti qui nel Nord. Come prezzo avrei chiesto un forziere d'oro. Ma mi hai portato qualcosa che vale molto di più».

Con la coda dell'occhio, Catia vide il ghigno furbetto di Amatius mentre riconsegnava la coppa vuota a Bucco. «Allora ci rivedremo domattina per celebrare il sorgere di una nuova alba».

Catia vide il marito uscire attraverso le pieghe di seta, sapendo che stava pensando solo che aveva ottenuto ciò che voleva. Piegò le dita come artigli, aspettando il momento. «Non voglio stare qui», annunciò, «e tu faresti meglio a lasciarmi andare».

«Tuo marito dice il contrario». Varro versò un'altra coppa di vino e gliela offrì.

Catia non si mosse per prenderlo.
Spostandosi più velocemente di qualunque altro uomo di quella stazza lei avesse mai visto, gettò la coppa di lato e si gettò su di lei. Le dita tozze scavarono nella delicata seta del suo vestito, strappandoglielo di dosso.
Lei gridò e afferrò l'abito per coprirsi, ma Varro si stava ancora muovendo. Le afferrò le spalle e la voltò.
«Guarda, Bucco, guarda», esclamò. «L'abbiamo trovata».
Catia si strinse tra le braccia, aspettandosi un altro attacco, ma Varro pareva stremato. Affannato per lo sforzo, levò le dita dalle spalle di lei e fece un passo indietro.
«L'Uroboro». La voce del mercante sibilò di gioia. Lo sentì seguire il rilievo rosa del marchio che aveva sulla schiena ed ebbe un sussulto, però c'era quasi tenerezza nel suo tocco. «Il drago che mangia la sua stessa coda. Qui… qui… l'eterno ritorno. La fenice che rinasce sempre. Per quanto tempo l'ho cercata? Quante donne distrutte? Quanti penosi fallimenti?». Fu sorpresa nel sentirlo reprimere un singhiozzo, e si tirò via del suo tocco.
«Mettimi le zampe addosso e ti ammazzo».
«Sei stata marchiata, sorellina. Dagli dei, o dai loro agenti. Sei diventata parte di qualcosa più grande. Il Grande Piano. Il ciclo di tutti i cieli. La rinascita!».
Varro si allontanò da lei, fregandosi le mani. Lei vide che gli brillavano gli occhi mentre girava per la tenda.
«La ferita risale a quando ero bambina», disse.
«Sì, certo. Ascolta, Bucco. Ascolta».
«Giorni difficili. Ferro e fuoco. Un bambino che piange. Il fetore della carne bruciata. Ma, poi… una nuova era!».
Catia guardò il mercante e il nano, pensando per un attimo che fossero entrambi pazzi. «Come facevi a sapere di questo marchio?»
«Sono più di un semplice mercante, figliola. Bucco?».
Il nano cercò tra una pila di sacche di cuoio in un angolo e tornò con una spilla. «Per chiudere il vestito», disse inchinandosi.
Catia gliela strappò e chiuse la spallina lacera. «E allora cosa sei?»
«Ci sono tre mondi. Presta attenzione perché i numeri sono importanti. Tutto ciò che esiste è costruito su di loro, e i numeri dispari sono i più potenti». Il mercante alzò un dito alla volta. «Tre mondi. Il mondo degli uomini che tutti noi vediamo. Poi c'è il mondo segreto degli uomini, quello sotto le cose che conosci. Ha una sua storia… la

storia vera... e le sue regole. È solo per gli illuminati. Lì trovi le vere ragioni per cui tutto accade, le guerre, i crimini, l'ascesa e il declino degli imperatori, l'ascesa e la caduta delle religioni. Tutto viene deciso in quel mondo di segreti. La maggior parte delle persone non è saggia. Bada ai propri affari pensando di sapere benissimo il perché degli avvenimenti. E invece no. E la storia di quel mondo non viene mai messa per iscritto. Nessuno potrà mai scoprirla. Ma i custodi di questi segreti sono tutt'intorno a te e non li riconoscerai mai».

«E il terzo mondo?»

«È il mondo degli dei».

Bucco portò una coppa di vino al padrone. Varro continuò a esaminare Catia da dietro il bicchiere mentre beveva.

«Io sono uno in cerca della saggezza del secondo mondo. Trovando i segreti si scopre la strada verso il potere. Potere e ricchezze. Cerco di capire come trasformare il piombo in oro».

«Bah. Storielle per bambini e stolti che vorrebbero che il mondo non fosse com'è».

Varro rise. «Ma il piombo, piombo non è e l'oro, oro non è. Questo è uno dei segreti di quel mondo, figliola. Ci sono due facce per ogni cosa. Ciò che sembra in superficie e ciò che è davvero, sotto».

«Allora il piombo cos'è?»

«Il piombo è un uomo. Tuo marito, diciamo. O quel centurione, Falx. O io».

«E l'oro?»

«L'illuminato. Colui che ha appreso la saggezza degli dei. È un gran segreto e questa sera ti è stato concesso di venirne a conoscenza. È il tuo primo passo verso il secondo mondo. La ricerca per trasformare il piombo in oro è la chiave per il secondo mondo». Tese entrambe le mani. «Io sono un uomo umile. Tutto ciò che so a riguardo l'ho imparato nella lontana Alessandria, sotto quel sole cocente, dagli insegnamenti di Cleopatra l'Alchimista, una delle quattro grandi donne di questo mondo. Non Cleopatra la regina, quella che è morta per l'aspide nel seno, no. Questa Cleopatra è molto più grande. Sul suo sigillo c'è scritto: "Il divino è celato all'uomo per la saggezza del Signore". Vero, tutto vero».

Catia si chiedeva se, lasciando parlare il mercante, anche tutta la notte se necessario, sarebbe riuscita a sfuggire al destino che lui aveva pianificato per lei. E, una volta sorto il sole, avrebbe urlato talmente forte da far accorrere tutto il *vicus* in suo aiuto.

«Come facevi a sapere di questo?», ripeté, toccandosi la scapola sinistra.

«L'Uroboro, il serpente che si mangia la coda, è un sigillo. Il serpente... il drago! Un segno che ha un significato importante e che è conosciuto in tutto il mondo. Per i barbari selvaggi del freddo Nord è il dio serpente Jörmungandr, capace di avvolgere il mondo. Per Platone e i saggi greci è il primo essere vivente, la scintilla eterna. Lo stesso, per i mulatti d'oriente. Tutto ciò che esiste, gli uomini e gli dei, assieme, in un circolo infinito. Nascita, morte e rinascita. Distruzione e creazione. L'alternarsi delle stagioni». A Varro brillavano gli occhi mentre raccontava ciò che sapeva, un luccichio che per Catia conteneva follia o una passione che consumava tutto. «Stiamo cercando una donna marchiata da questo sigillo da quando abbiamo messo piede su questa fredda isola, vero, Bucco?»

«Tremando di notte. Il freddo nelle ossa. I piedi doloranti. Lunghi chilometri. Però ora siamo arrivati alla fine del viaggio». Il nano danzò, dando calci in aria.

«State mentendo. Solo la mia famiglia sapeva di questo marchio», scattò Catia.

«Solo la tua famiglia lo sapeva. Ma di una donna marchiata con l'Uroboro, di questo si è parlato per lunghe stagioni.

Il segno del drago». Varro prese un mantello pesante, foderato di pelliccia e se lo mise sulle spalle. «Hai fatto bene a vivere la tua vita in questo posto assurdo, così lontano dalla civiltà, evitando ogni indagine. Ma ora quel tempo è passato».

Indicò il mantello di Catia lì dove Amatius l'aveva gettato. Lei comprese che voleva lo indossasse e lo cercò a tentoni, ma sentiva che i pensieri le correvano troppo velocemente. Come faceva a credere anche a una sola parola del mercante? Eppure sembrava accettarlo del tutto.

«Dove stiamo andando?», chiese lei mentre si gettava il mantello sulle spalle.

«Devo esserne sicuro», rispose Varro. «È una questione talmente importante che non c'è spazio per gli errori».

Bucco danzava davanti a loro, reggendo i pannelli di seta per farli passare. Fuori, nella luce del crepuscolo, Varro faceva strada verso i carri sulle creste grigie di neve gelata e ghiaccio, tenendosi abbastanza vicino da poterla afferrare se avesse tentato di scappare. Cosa c'era di così importante per lui? Come era possibile che uomini da un altro mondo la stessero cercando? Si sentì emozionata da quelle domande e ciò la confondeva. Adesso voleva… aveva bisogno di… saperne di più.

«Sei ancora restio a svelare i tuoi segreti?», esclamò.

Il mercante grugnì. «Me li sono guadagnati a caro prezzo. Un uomo come me non ne sarebbe mai stato edotto. Ho dovuto combattere per racimolare quel poco di conoscenza che ho. È costata parecchio oro. E sangue. Ma un nuovo potere sorgerà, così ci dicono, e io lo stringerò tra le mie mani».

«E chi no?», ridacchiò Bucco. «Essere piombo o oro. Che scelta!».

«Chi custodisce questi segreti?», chiese lei.

«Sacerdoti. Veggenti. Uomini saggi, donne sagge. La Mitra parla ad alta voce di questi misteri nei suoi templi. Anche i sacerdoti di Giove e Apollo, e i sacerdoti dei barbari. Persino i cristiani ne hanno appreso un paio di cose, furbi come sono». Varro portò la sua mole oltre il carro grande e quelli con i rifornimenti, fino a raggiungere l'ultimo. Catia lo guardò, confusa. Le porte del retro erano chiuse con una corda, ma né il mercante né il nano accennarono ad aprirle.

«Sporgiti», disse Varro. Mise l'orecchio contro il legno. Un attimo dopo Catia eseguì gli ordini, chiedendosi cosa avrebbe dovuto sentire. Il nano imitò il mercante. Che visione bizzarra, erano, pensò lei. Nella notte fredda, loro tre appoggiati alla porta di un carro.

«Alzati», abbaiò Varro. «Vorrei delle parole».

Catia sobbalzò. Il carro si agitò e lei udì un suono che si trascinava, come se qualcuno si stesse alzando sulle assi dall'altra parte della porta.

«Parlo». Era una voce maschile, bassa, gutturale e debole.

«Abbiamo una donna con la schiena marchiata con l'Uroboro», disse con voce profonda Varro.

«Ha già avuto un bambino?»

«Un maschio. Timido, intelligente», scandì il nano.

«Come ha avuto il marchio?»

«Diglielo».

Catia sentì il mercante strattonarla più forte del necessario. Era una cosa privata, qualcosa di cui parlava raramente, ma percepiva che Varro non avrebbe ammesso nessun dissenso. Almeno, una volta raccontato, magari avrebbe potuto avere qualche spiegazione.

«Quand'ero bambina, venni rapita da casa. Portata fuori dal vallo, nelle Terre Selvagge. Mi temevano morta ma fui ritrovata tre giorni dopo, protetta da un branco di lupi, con addosso il marchio».

Seguì un lungo silenzio. Catia sentiva Varro agitarsi. Ma poi la voce mormorò, così bassa che quasi si perse nel lamento del vento: «È lei».

Catia rabbrividì, anche se non sapeva perché. Varro applaudì.

«Ce l'abbiamo fatta, Bucco», sussurrò. «Ora il destino è nostro».

Afferrò il braccio di Catia e la tirò via dal carro. «Ora», disse, «berremo un po' di vino assieme. E poi vedrò quali piaceri hai da offrire».

14
I vecchi dei

Mentre Lucanus attraversava la golena nella luce morente, scie di nebbia cominciavano ad allungarsi tra gli alberi sui dirupi delle colline alberate avanti a sé. Adesso, all'estremità del fiume, non vedeva a più di cinque spade davanti a sé. Per un po' si trascinò lungo la riva, finché non trovò un ponte abbastanza largo da poter essere attraversato da un uomo, giusto qualche tronco, alcuni dei quali marci, altri mancanti. Mettendo un piede avanti all'altro si fece strada piano sopra le acque lente.

Dall'altra parte, le rovine delle mura del forte spuntavano dalle nuvole in movimento. Trimontium era stato abbandonato da molto tempo, durante la ritirata dell'esercito. Scavalcò le pietre e i mattoni caduti sul terreno ghiacciato, ricordandosi di quando il padre gli diceva che, negli anni, gli Scoti avevano provato a costruire tre villaggi lì. I fantasmi li avevano scacciati.

Chiudendo la mano attorno al teschio di corvo che gli pendeva da un laccio di cuoio al collo, mormorò una preghiera e si avviò a tentoni per le decrepite mura esterne. All'interno, vide lo spettro del forte emergere dalla nebbia. Pezzi di mura, aree annerite dove una volta c'erano i fuochi, pietre rotte che celavano l'ipocausto, frammenti di mosaici, forme misteriose che non rivelavano alcunché di ciò che avevano rappresentato un tempo.

Lucanus si fece strada, arrivando al centro di Trimontium.

Si sistemò in un angolo di ciò che un tempo era stata una stanza, e si accovacciò, in ascolto. Gli venne la pelle d'oca per la sensazione di essere osservato. La mente gli stava giocando brutti scherzi, si disse.

Si immaginò come sarebbe apparso a qualcuno che avesse avuto il coraggio di avvicinarsi, coperto di fango grigio da capo a piedi, gli occhi bianchi spalancati nel viso incrostato. Doveva sembrare una specie di fantasma uscito scavando dalla fossa. Ridacchiò, godendosi l'ironia dopo le difficoltà. Avventurarsi in quel posto infestato sarebbe servito da lezione a coloro che gli davano la caccia. Una volta raccolta tutta la legna che era riuscito a trovare nei dintorni, prese la pietra focaia e iniziò a fare delle scintille. Ben presto, si stava sfregando le mani davanti a un piccolo fuoco, quasi sopraffatto dalla gioia mentre il ghiaccio allentava la morsa sulle sue ossa. Non riusciva a ricordare se avesse mai sentito così freddo. Quando si sentì di nuovo le dita, masticò un po' di carne di cervo da una carcassa che aveva trovato al lato del solco, e il brontolio nel suo stomaco si placò.

Per un po', si lasciò andare.

Il calore del fuoco scoppiettante gli tirava fuori i pensieri. Il volto di Catia fluttuava davanti al suo occhio interiore, e poi i tratti severi del padre. Li aveva persi entrambi, seppur in modo diverso. Aveva le palpebre pesanti. Però sapeva di avere i sensi dei suoi fratelli lupi. Il rumore di un passo a un tiro di lancia lo avrebbe fatto balzare in piedi all'istante, con la spada in mano.

Piombò la notte.

Le fiamme tremarono basse e Lucanus alzò la testa. Scioccato, indietreggiò contro i resti della parete.

C'era un uomo seduto dall'altro lato del fuoco.

Alzandosi in piedi, il Lupo estrasse la spada. «Un solo movimento e ti squarto. Chi sei e cosa vuoi?».

Il fumo si diradò e Lucanus capì che non si trovava davanti a un guerriero barbaro. L'uomo indossava solo una semplice veste marrone sotto un grande mantello aperto sulle spalle, i capelli neri e ricci, legati con laccetti di cuoio. Naso aquilino, viso sottile, occhi neri che brillavano di intelligenza. Un tatuaggio con un serpente nero gli andava dallo zigomo alla mascella.

Il Lupo lo guardò dalla testa ai piedi, ma non vide armi se non un lungo bastone a terra accanto a lui.

«Mi chiamo Myrrdin». Lucanus percepì ironia nella voce. «Era il nome di mio padre, e di suo padre prima di lui. E sarà quello di mio figlio, e di tutti i figli fino alla fine del mondo. Che cosa voglio? Incontrarti, Lucanus il Lupo».

«Pare che tutti nelle Terre Selvagge sappiano chi sono».

«E per una buona ragione».

Puntò la spada. «Basta segreti o scioglilingua. Se sei parte di questo complotto per trascinarmi al Nord, dillo subito».

«Rinfodera la spada. Non c'è bisogno di minacciarmi». Era un ordine ma quello straniero lo faceva sembrare una frecciatina tra vecchi amici.

Lucanus esaminò per un momento il volto che aveva davanti e poi, soddisfatto, mise via l'arma e si sedette. «Rivoglio il ragazzo, illeso».

«Non gli è stato torto un capello. Né lo sarà».
«E allora portamelo e mettiamo fine a questa cosa».
«Non ce l'ho io».
Lucanus digrignò i denti. Era troppo stanco e aveva troppo freddo per questi giochetti. «Dove si trova?»
«Al Nord».
«Quindi vuoi che vada in un posto pieno di nemici? Mi vuoi morto?»
«Sai benissimo che non è vero».
La legna scoppiettava e una doccia di scintille vorticò in alto. «Mi stai prendendo per il naso, come se fossi un bambino».
«E lo sei. Un bambino sa poco e ha molto da imparare». Lucanus vide Myrrdin lasciarsi andare all'indietro, rilassandosi un poco. «È stata una buona scelta», aggiunse annuendo. «Hai seguito il ragazzo. Era il primo test».
Lucanus grugnì. «Chiunque l'avrebbe seguito».
«Nel cuore delle terre del nemico? Dove la morte è a un soffio?». Myrrdin scosse lentamente la testa. «La maggior parte l'avrebbe lasciato al suo destino».
«Perché fate questi giochetti?». Lucanus scrutò lo straniero. Magari poteva prendere la spada e fargli un paio di tagli per sapere la verità.
«Giochetti? È una cosa seria. Niente accade per caso, Lupo, ricordatelo. Mai niente, da nessuna parte, accade per caso. C'è sempre una mano invisibile dietro».
Lucanus vide un debole sorriso sulle labbra di Myrrdin.
Sembrava si stesse godendo queste provocazioni, come due guerrieri che girano in cerchio, valutando i punti di forza e le debolezze dell'altro. Però le armi erano le parole.
«La tua vita non ha importanza. Né la mia», disse l'altro. «Questo gioco è più grande di tutti noi».
«Sulla strada ho incontrato tre donne. Streghe. Mi hanno fatto un incantesimo, facendomi volare. Però non so dire se è stato solo un sogno. Ma parlavano di una profezia, di guerra e del sangue dei re».
«Quelle tre guidano le vite. Uno pensa di scegliere il proprio cammino, ma loro sono furbe. Modellano le cose come vogliono».
«E tu?».
Myrrdin alzò le spalle.
«Mi hanno ordinato di cercare la compagnia degli uomini... coloro che creano i re. Sei uno di loro?».
L'altro annuì. «Nei tempi andati, io e i miei fratelli esercitavamo il

nostro potere su tutto il paese e oltre. Sceglievamo i re. Parlavamo con gli dei. I vecchi dei, che vegliano ancora, che ascoltano ancora le nostre preghiere, che guidano ancora le nostre mani».

Lucanus si sforzò di ricordarsi il nome che gli aveva detto la più giovane delle donne. «Cernunnos?»

«È uno. Cernunnos si trova nelle profondità della foresta e ulula agli uomini». Sorrise e il Lupo si sentì ribollire di rabbia. «Hai la memoria corta. Conosci solo ciò che hai vissuto. Ma c'erano altri dei qui prima che i romani portassero i loro. E non se ne sono andati. Sono ancora venerati, in segreto, lontano dagli occhi degli invasori. Nei villaggi, nei boschi. Se sei saggio e attento, trovi i loro altari lungo il grande vallo. Qui nelle Terre Selvagge e anche accanto a te. Sono persone umili. Ma incidono gli altari nella lingua dei romani, facendo del loro meglio. *Dibus veteribus*. Ai vecchi dei. Se avessi la testa, scoveresti questi segni, Lucanus, e verresti a conoscenza di un altro mondo, un mondo più antico che si cela dietro quello che vedi attorno a te».

«E tu fai parte di questo mondo più antico?»

«Già. Tu sei uno degli *arcani*. E anche noi, a modo nostro».

Col piede, Myrrdin spinse un ceppo più dentro alle fiamme, provocando ancora una volta una pioggia di scintille. Il Lupo ascoltò il fuoco scoppiettare, ma la nebbia che premeva forte attorno a loro attutiva il suono.

«Lascia che ti racconti una storia. In modo che tu sappia chi siamo, il potere che esercitavamo e quello che esercitiamo ancora, nell'ombra. Una storia di un'epoca lontana. Di prima che nascesse tuo padre, di prima che i romani arrivassero su quest'isola. Quando i tuoi simili giravano liberi e non eravate costretti a baciare i piedi a nessun padrone».

Lucanus non vedeva una minaccia nel volto di fronte a lui, ma non si fidava di nessuno, non in questo mondo dall'altra parte del vallo. Fece scivolare le dita vicino alla spada, pronto a colpire se necessario. «Dimmi, allora. Chi siete, creatori di re?»

«Druidi eravamo e druidi siamo».

Il Lupo corrugò la fronte. Aveva sentito quel nome da qualche parte, una volta. «Sacerdoti?»

«Sì, sacerdoti e qualcosa di più. Ci chiamavano i sacerdoti dei boschi. Insegnanti. Guide. Saggi. Conosciamo il movimento delle stelle, le piante curative, e leggiamo i segni di ciò che avverrà nel volo dei corvi. Parliamo con gli dei e loro parlano con noi. Eravamo qui quando i primi uomini camminarono su questa terra e ci siamo ancora. Siamo ovunque, in ogni zona della Britannia e dell'Hibernia, e oltre. Quando i romani vennero tra noi con le loro spade, tornammo nelle foreste, dove si trovavano i nostri boschi sacri: nella natura selvaggia, sulle cime delle montagne, nelle brughiere. Diventammo fantasmi tra gli alberi, parlando solo con coloro di cui ci fidavamo».

«Perché vi nascondete?»

«Dopo l'invasione, i romani non avrebbero avuto pace finché non avrebbero estirpato il cuore di ciò che hanno trovato qui. Schiacciato la resistenza e ucciso tutti i druidi. Sapevano che non avremmo mai chinato il capo davanti a loro. I re delle tribù terranno sempre conto delle nostre parole. I guerrieri combatteranno sempre. Sarà una ribellione infinita».

Lucanus sentì che la voce di Myrrdin si induriva. C'era un profondo disgusto, opprimente e reso ancora più duro dalle molte stagioni passate.

«I romani marciarono a nord e a ovest, esplorando l'isola che era il nostro cuore e la nostra testa. Per noi era sacra. Ynys Môn, perché ci era stata donata dagli dei e loro venivano da noi nei nostri boschi. E lì c'era la nostra scuola, dove i ragazzi imparavano da noi la grande saggezza, in modo da seguire le nostre orme. Quando ci giunse voce che l'esercito stava marciando su Ynys Môn, preparammo la difesa come meglio potemmo. Ma conoscevamo la potenza di quei romani: spade, giavellotti, cavalli e armature. Sapevamo che avrebbe potuto essere la nostra ultima mossa. E così inviammo i più saggi e i più forti sulle colline e nelle foreste, dove potevano tenere in vita la nostra saggezza e passarla al nuovo sangue. Le nostre usanze non sarebbero morte. I sacerdoti dei boschi avrebbero continuato a vivere. Ma avrebbero dovuto attendere l'attimo propizio: essere forti, rimanere nascosti fino al momento giusto per tornare».

«I tuoi fratelli hanno opposto resistenza all'esercito?». Lucanus guardò l'uomo dalla testa ai piedi, perplesso.

«Gli uomini combattono per ciò che gli infiamma il cuore, anche fino alla morte». Fece un respiro profondo. «Abbiamo atteso sulla spiaggia di Ynys Môn, sapendo che il nostro tempo stava giungendo alla fine. Sacerdoti del bosco, guerrieri, uomini, donne e bambini. Urlammo agli dei affinché mandassero temporali per distruggere i nostri nemici, ma ci sono momenti in cui gli uomini devono essere soli per essere messi alla prova. Guardammo i romani attraversare le acque con le loro imbarcazioni dal fondo piatto, con i cavalli che gli nuotavano accanto».

«Fu un massacro». Lucanus udì la propria voce quasi scomparire sotto il crepitare del fuoco.

«Nonostante avessimo combattuto più duramente che mai, ogni uomo, donna e bambino venne ucciso. Le sabbie di Ynys Môn divennero rosse; si dice che ancora oggi, alla luna piena, sono vermiglie. E i romani presero i corpi dei nostri coraggiosi fratelli e sorelle, li ammucchiarono e gli diedero fuoco. Poi si riscaldarono le mani sulle fiamme, ridendo».

Lucanus vide la testa di Myrrdin cadere in avanti fin quasi a toccare il petto con il mento. Comprese quel dolore e provò un attimo di pietà per coloro che avevano perso la vita.

«Non volevamo altro che essere lasciati in pace. Insegnare, condurre, mangiare, bere, ascoltare il vento tra gli alberi e sentire l'erba sotto i nostri piedi. Non eravamo una minaccia per Roma». Myrrdin aveva la voce bassa e pesante.

«E quelli che fuggirono sulle colline e nelle foreste?»

«I romani ci credevano tutti morti. Furono sciocchi. Eravamo qui da talmente tanto tempo… in ogni villaggio, in ogni parte di questa terra… Avevamo il potere nelle nostre mani, e guidavamo e indirizzavamo ogni uomo, donna o bambino che viveva e camminava qui. Come potevano pensare di annientarci in un'unica battaglia? Eppure capivamo che non eravamo al sicuro mentre i romani facevano il pugno duro. Ma siamo pazienti. Sappiamo aspettare, e pianificare».

«Come tutti, apprezzo le belle storie, raccontate bene attorno a un fuoco in una notte buia. Ma che cosa c'entro con questo?»

«La ruota della vita gira piano, Lupo, però gira. Tutto cambia. E ora la vecchia stagione sta passando e una nuova sta sorgendo davanti ai nostri occhi». Myrrdin si sporse in avanti verso di lui, le fiamme danzavano nelle sue pupille. La tristezza era passata e adesso era pieno di fuoco e furia. «Gli dei chiameranno molti uomini e donne a fare la loro parte. Le sorelle wyrd stanno già tirando i fili. E tu, Lucanus, sei stato chiamato ad aiutare a dare forma a ciò che verrà».

«Non voglio partecipare a niente di tutto questo».

«Ci aspettavamo che avresti rifiutato». Myrrdin sorrise, socchiuse gli occhi. «Pensi di avere scelta? La trama e l'ordito di ogni cosa sono decisi dagli dei, non dagli uomini. O vorresti sfidare gli dei?»

«Io…». Le parole gli morirono in gola. Sapeva benissimo cosa accadeva agli uomini che voltavano la faccia agli dei.

«Il potere di Roma sta scemando. Lo devi sapere. Col tempo saranno richiesti nuovi capi in questa terra. Ma ci saranno fuoco, guerra, spargimento di sangue e sofferenza per lunghe stagioni prima che emerga il nuovo re. Il re scelto dagli dei. Il re che non morirà mai». Fece una pausa e il Lupo vide comparirgli un sorriso sulle labbra. «Il Drago, Lucanus», sussurrò. «Il Drago si solleverà».

«È questa la profezia?»

«La profezia è chiara. Molte stagioni passeranno prima che nasca il re che non morirà. Ma la sua linea di sangue… il sangue reale… dev'essere protetto se vogliamo tornare alla grandezza. Non vuoi grandezza per il tuo popolo, Lucanus? Non vuoi essere parte di questa nuova era che sta sorgendo? Essere uno dei guardiani?»

«I guardiani del sangue reale?»

«La discendenza del re deve essere tenuta al sicuro. Ci sono pericoli ovunque e molti che non vogliono vedere questa grandezza sorgere».

Lucanus arricciò il naso. Profezie, magia e la volontà degli dei. Non era un mondo che conosceva. Era un uomo semplice, a cui piaceva avere la pancia piena e il vino nella coppa.

«E dove si troverebbe questo sangue reale?»

«In un bambino, Lucanus. In un bambino che diventerà un uomo, che genererà un altro bambino e così via, finché non sorgerà il nuovo figlio».

«In un bambino, dici?». Il Lupo si sentiva persino più turbato adesso, come se la nebbia che li copriva si stesse lentamente diramando per rivelare un altro mondo, a lui estraneo. «Marcus?».

Vide la bocca di Myrrdin curvarsi in un sorriso. «Abbiamo bisogno di un guardiano che possa tenere al sicuro il suo sangue. Un uomo che segua questo bambino nei pericoli più grandi, senza pensare a sé stesso».

«Marcus ha sangue reale? No. Non può essere vero. Sua madre…».

«…Catia…».

Lucanus rimase senza fiato. Da quanto tempo li stavano osservando, tramando? «…Suo padre… sono persone semplici, non reali. Pieni d'oro ma comunque non più importanti di me e te».

«Non più grandi di te», lo corresse Myrrdin con un sorriso. «Gli dei decidono chi sarà il re che non morirà. E la scelta è stata fatta».

Lontano nella foresta, oltre la golena del grande fiume, i fratelli lupo stavano ululando. Lucanus avrebbe voluto correre con loro per i boschi e le brughiere, tornare alla vita semplice che conosceva. «E volete che usi la spada contro chiunque voglia fare del male a Marcus?

Anche se si tratta di un mio padrone, di un mio amico? Un uomo, da solo? Non durerei a lungo».

«Te l'ho detto, Lucanus. Coloro che si nascondono osservano e vedono tutto. Proprio come voi *arcani*. Cammina con noi e sarai al sicuro, e lo sarà chiunque cammini con te».

«Potete proteggermi?»

«Siamo ovunque. Ovunque gli uomini si affidino agli dei, o al cuore. Anche nella nuova chiesa di Cristo, ci siamo. Ci riconoscerai dal marchio di Cernunnos. Ciò che è antico sarà ancora nuovo».

«Di che marchio si tratta?»

«Un volto, circondato da foglie e rami. Cernunnos vive nel cuore della foresta, e nel vento, nelle grida di una bestia. Nella luna, nei laghi, nei fiumi e nell'oceano immenso».

Lucanus sentì i suoi propositi rafforzarsi. Queste persone nascoste avevano i loro piani, era chiaro, e non ci avrebbero pensato due volte a mentirgli per incoraggiarlo a fare il loro lavoro. «Dove si trova il ragazzo?»

«Va' a nordovest, fino a un grande lago che sembra quasi un mare. Lì devi fare un'offerta agli dei. E, se è una buona offerta, sarai ricompensato».

«Con?»

«Una spada. Un'arma potente, benedetta dallo stesso Cernunnos. Una spada che spazzerà via i tuoi nemici e che unirà i tuoi alleati. Che si farà strada nelle mani del re che non morirà».

«Lì troverò Marcus?»

«Ti starà aspettando quando arriverai. Il sentiero inizia a nord da qui. È segnalato da pietre e, se guardi con attenzione, vedrai il viso di Cernunnos osservarti da dietro la roccia».

In piedi, Lucanus puntò la spada contro l'altro uomo. «Tornerò con il ragazzo, ma non voglio essere parte di questi complotti. Trovatevi un altro buffone per i vostri giochetti. E presta attenzione alle mie parole: se mi intralciate... se viene fatto del male al ragazzo... ti taglio la testa».

Myrrdin si alzò, appoggiandosi al bastone. Perché Lucanus non vedeva delusione o rabbia su quel volto? Solo un debole sorriso?

Con un inchino, il sacerdote si girò allontanandosi dal fuoco. Fu inghiottito dalla nebbia, e poi solo silenzio.

15
Fantasmi nella notte

«È un bel momento per tradire». Mato si voltò verso la luna piena e sorrise. Queste erano le sue notti preferite: il mondo trasformato dalla neve e dai raggi di luna.

«Probabilmente quando ci legheranno e taglieranno le palle, starai guardando meravigliato il volo degli uccelli». Bellicus sbucò alle sue spalle. Il cane era accucciato ai piedi del padrone, osservando quel manipolo di uomini. «Il tradimento non è una scusa per la tua poesia».

«Ci sono meraviglie ovunque, fratello, se solo aprissi gli occhi».

Mato scrutò gli altri Lupi Feroci. Avevano volti sicuri ma quello che vedeva nei loro occhi era tensione, lo sapeva. Eppure che scelta avevano? Quando Aelius si era precipitato nella taverna per raccontare loro di Catia, tutti sapevano cosa Lucanus si sarebbe aspettato da loro.

«È stata tua la bella idea di portare il cane?». Nel chiaro di luna la cicatrice a forma di croce sul viso di Solinus era ancora più pronunciata. «Se abbaia attirerà ogni spada della zona».

«Catulus si comporta meglio di te», rispose Bellicus. «Ti ho visto mangiare. Un maiale che grufola per le mele».

«Lasciate che vi parli con la mia saggezza per una notte così», cominciò Comitinus.

Tutti brontolarono.

«Come volete», grugnì lui, gli occhi erano pozze di ombre vuote. Mato pensò che in quella luce così marcata il viso gli assomigliava ancora di più a un teschio. «Se non avete voglia di imparare, bene così. Finiamola qui e andiamo. Più tempo perdiamo, più aumentano le possibilità di farci catturare».

Come un solo uomo, i Lupi Feroci uscirono dalla copertura del *vicus*. Nell'accampamento il fuoco era un alone di ceneri fredde e un chiacchiericcio basso veniva dalle tende dove riposavano le guardie e gli schiavi.

Mato procedeva svelto lungo le creste di fanghiglia congelata, i fratelli accanto a lui. All'ingresso della grande tenda color ambra, Bellicus picchiettò le spalle di Solinus e Comitinus per dirgli di continuare a sorvegliare. Erano i combattenti migliori tra loro e, se non altro, avrebbero fermato le guardie di Varro. E sarebbero riusciti a non litigare qui fuori. Entrambi estrassero la spada e si voltarono verso l'accampamento.

Mato tirò la tenda per far entrare Bellicus. Attraversata la soglia, inalarono il dolce incenso ma, sotto, sentivano il sudore acre, e la pelle madida per quel calore fastidioso. Tende di seta si agitavano nella brezza. Mato si sporse, ascoltando la voce soddisfatta di un uomo all'interno della tenda. Varro, molto probabilmente, stava ordinando a qualcuno – Catia? – di togliersi i vestiti o altrimenti glieli avrebbe strappati di dosso.

C'era ancora tempo.

Estraendo la spada, Mato si spinse oltre la prima tenda di seta.

Il nano era accovacciato su uno sgabello davanti a loro, gli occhi spalancati per lo choc. Prima che potesse urlare, Bellicus portò la punta della spada sulla gola del buffone. Mato gli si accovacciò davanti, ghignando, e si portò un dito sulle labbra. Bucco annuì.

Mato piegò le dita e il nano scese dallo sgabello, voltandosi. Bellicus lo spingeva in avanti con la spada.

Risuonò un lamento lugubre.

Il fratello lupo scattò attraverso le ultime tende.

Alla luce delle lampade a olio, Varro era accasciato su un mucchio di cuscini, con lo sguardo fisso su Catia. Lei gli era addosso, furiosa, i pugni chiusi, e Mato vide il sangue scorrere dal naso del mercante.

Ridacchiò. «Questo lupo ha le zanne, mercante. Attento a cosa gli metti vicino alla bocca».

«Dovrei tagliarti la gola ora», ringhiò Bellicus.

«Osi minacciarmi?», esclamò arrogante Varro. «Sono un onorevole ospite di Lucius Galerias Atellus. Quando saprà che avete alzato le armi su di me, vi farà uccidere».

Bellicus avanzò agitando la spada in faccia al mercante, muovendola da un lato all'altro. «Funziona così. Noi prendiamo la donna. Non tenterai di fermarci. Non darai l'allarme. Se sentiamo la minaccia del passo di una guardia alle nostre spalle, torniamo, ti facciamo a pezzetti e li do in pasto al mio cane».

«Pensate di poter sfuggire?». Varro si alzò sui gomiti. Catia gli rivolse un'occhiataccia e lui ritornò giù.

Mato sospirò. «Per come la vedo io, ti conviene. Ti risparmi di farti tagliare le palle appena lei le trova sotto questi rotoli di lardo». Porse una mano a Catia; la ragazza stava ancora guardando in cagnesco il mercante e in quel momento nessuno di loro metteva in dubbio che l'avrebbe fatto. «Non perdi la faccia», proseguì Mato. «Puoi ancora andare a testa alta esercitando tutto il potere che ritieni meriti il tuo rango. Ne uscirai bene, non ne dubito. L'accondiscendenza di questa donna è l'accordo che Falx e Amatius hanno raggiunto con te, ne sono certo. E non avranno altra scelta che tornare strisciando, supplicando per un nuovo accordo. A quel punto potrai chiedere tutto l'oro che vuoi».

Mato riusciva a vedere Varro pesare le parole. Una cosa andava a favore dei Lupi Feroci: era un mercante, non un guerriero, e sapeva riconoscere un buon affare. Un attimo dopo, brontolò: «Ho avuto tutto ciò che mi serviva da lei. Prendetevela». Aggiunse: «Non chiamatela vittoria. Non andrà a finire bene».

«Come tutto», grugnì Bellicus. «Ma prima datemi qualche giorno per bere, così muoio contento».

Catia passò sulle gambe divaricate di Varro e raccolse il mantello. Mentre superava Mato sussurrò: «I miei ringraziamenti. Non sarei riuscita a trattenerlo a lungo».

«Modesta», gli rispose lui mormorando. «Avrei scommesso una moneta buona che avresti avuto la meglio».

Catulus era seduto con le zampe anteriori sul petto del nano. Al fischio di Bellicus, seguì il padrone, dopodiché Catia e gli altri si affrettarono nella notte fredda. Solo quando si ritrovarono a camminare malfermi nel caos del *vicus* qualcuno ruppe il silenzio.

«Varro ha ragione», disse Bellicus. «Se pensiamo di poterci lasciare questa storia alle spalle, siamo tutti storditi dalla birra».

«Avremmo potuto ucciderlo», rifletté Solinus. «E anche il nano, per sicurezza».

Mato gli diede una pacca sulla spalla. «Siamo persone civili, non barbari. Non uccidiamo senza un buon motivo. Un uomo svelto con la lingua vince più battaglie di uno svelto con la spada».

«Vi ringrazio tutti», disse Catia. «Pensavo di non avere più amici, invece ora...». Mato la vide trattenere l'emozione, e lei guardò dall'altra parte per non farla trasparire.

«Sì, beh, Lucanus ci avrebbe presi a calci da qui a Roma se ti fosse accaduto qualcosa», borbottò Bellicus, allontanando la pelliccia di lupo e passandosi una mano tra i capelli luridi.

«Ho un'idea. Stiamocene qui a parlare come se stessimo andando in taverna mentre quel grassone bastardo manda i suoi uomini a cercarci», disse Solinus.

«Ha ragione», fece Mato a Catia. «Dobbiamo portarti al sicuro».

«Se mi portate a casa...». Deglutì, cercando di trovare le parole adatte. «Se mi portate a casa, sarò di nuovo da Varro prima dell'alba».

Tutti loro sapevano cosa intendeva. «Siamo i Lupi Feroci», disse Mato con un ghigno. «Pensi che ci saremmo avventurati senza un piano?».

16
Una stanzetta buia

«E cosa dovrei farci con questo?». Decima agitò lo straccio zuppo di sangue.

Amarina arricciò il naso. «Non si può salvare. Brucialo».

«Tutto qui?», chiese Galantha. «Presto non ci saranno più stracci».

«Ha perso veramente parecchio sangue», rispose Decima alzando le spalle. «Ma, comunque, gran parte di quel sangue veniva da un'unica parte del corpo». Strizzò lo straccio e lo gettò tra le fiamme del focolare. L'odore dell'acqua di rose e di lavanda soffocò nella puzza di bruciato.

Amarina studiava la donna di colore mentre tornava da loro ancheggiando. «Devi lavare anche quel vestito elegante, prima che si macchi». Uno schizzo aveva sfregiato la parte davanti fino all'orlo.

Decima guardò in basso e storse la bocca. «Come una ragazzina, il primo giorno».

Un martellare tuonò alla porta. Le tre donne sobbalzarono e poi fecero tutte una smorfia per quella reazione. Si stavano comportando davvero come ragazzine al primo giorno.

«È ancora in camera tua?», domandò Amarina.

Decima annuì.

«Vieni. Ti aiuto». Galantha agitò i riccioli neri, tracce d'argento brillavano alla luce dell'unica lampada a olio.

Quando le due donne sparirono nelle profonde ombre che sempre avvolgevano la Casa dei Desideri, Amarina fece un bel respiro. A volte si chiedeva se ci fossero modi migliori per guadagnarsi da vivere.

I clienti affezionati capivano le regole della casa e si comportavano di conseguenza. Ma gli stranieri... in ogni gruppo ce n'era sempre uno che pensava che le loro monete gli dessero il diritto di essere gli imperatori di tutto ciò che vedevano.

Con una mano chiusa sul manico del pugnale nascosto nel vestito, fece il sorriso più accogliente che aveva e spalancò la porta.

«Sento odore di guai», disse con l'espressione più tesa dopo aver visto chi c'era sulla soglia.

«Bella accoglienza», esclamò Bellicus.

Mato ghignava, come se le leggesse nel pensiero. I due uomini si misero di fianco alla donna che pareva piacere così tanto a Lucanus, solo gli dei sapevano perché. Amarina si sporse, guardandosi attorno. Erano soli. Questo era un bene. Con quella faccenda in sospeso nell'altra stanza, meno occhi indiscreti c'erano, meglio era.

«Nessun visitatore della Casa dei Desideri viene mai mandato via. Nemmeno i mendicanti, i cani con le pulci e i barbari. Finché hanno i soldi che servono».

Quando i tre visitatori furono entrati, Amarina chiuse la porta e ci si appoggiò. Incrociò le braccia e studiò i loro volti.

«Ma che onore», esclamò, con lo sguardo sulla donna.

Catia socchiuse gli occhi. «*Questo* è il santuario? Preferirei andarmene nelle Terre Selvagge».

Amarina fece per aprire di nuovo la porta. Mato la bloccò con una mano. «Non ci sogneremmo nemmeno di chiederti un favore. Sei una donna d'affari. Bellicus?».

Il lupo dai capelli rossi estrasse un portamonete di cuoio da sotto il mantello, facendolo tintinnare.

Amarina lo scrutò, poi lo prese, soppesandolo nel palmo della mano. «Che cosa mi state chiedendo?»

«Nascondila. Almeno finché Varro e i suoi uomini non se ne saranno andati. Nessuno deve sapere che è qui». Mato fece una pausa. «Né i parenti… né il marito… nessuno».

Amarina aveva visto i lividi di Catia – chi non ne aveva nel *vicus*? – e tutti conoscevano il vero volto di Amatius. «Varro?»

«Non aspetta altro che metterle le mani addosso», disse Bellicus.

«Se assomiglia ai suoi uomini, hai fatto bene a fuggire.

Stanotte è venuto uno di loro. Abbiamo dovuto trattarlo come si deve».

Bellicus e Mato trasalirono.

Amarina scrutò Catia. «Nascondersi non è una soluzione, lo sapete, no? Quando il mercante partirà ci sarà ancora un prezzo da pagare».

Catia non disse nulla.

«Puoi portare qui tuo marito. Lo tratteremo con tutta l'ospitalità che merita».

«Magari un'altra notte», rispose Mato. *Cercando di sviare la discussione da quel bastardo del marito*, pensò Amarina. Ah, Mato, sempre a proteggere i deboli e i feriti.

Mentre accarezzava il pelo sulla testa di Catulus, scrutava Catia da sotto le palpebre. La giovane non era una ragazzina impaurita che correva dietro al suo uomo ubbidendo a tutto ciò che le veniva ordinato. Aveva il fuoco nelle vene: Lucanus non l'avrebbe tenuta così in considerazione altrimenti.

Cosa la spingeva allora? Oro? Amarina l'avrebbe capito, sebbene questa donna che la guardava dall'alto in basso non sarebbe stata contenta di essere paragonata a una delle residenti della Casa dei Desideri.

«Affare fatto», esclamò. «La terrò al sicuro. E, se qualcuno lo chiede, non ho visto lei e nemmeno voi. Sapete già cosa dire?»

«Eravamo ubriachi nel *vicus* e l'abbiamo vista scappare dalle avances di Varro e dei suoi uomini», disse Bellicus. «Ci ha pagato bene e l'abbiamo spedita dai suoi parenti per metterla al sicuro».

«Una bugia piuttosto solida. E indubbiamente Varro avrà altro di cui discutere in mattinata». Amarina sorrise, godendosi lo sguardo confuso della donna a quel suo commento criptico. Aprì la porta, agitando la mano per spingere i due uomini a uscire.

Dopodiché, si rivolse a Catia. «Hai dei buoni amici».

«Lo so».

«Io non sono tua amica. Ma sarai trattata come una regina mentre sei qui».

«Chiedo solo un posto dove nascondermi e un po' di cibo. Le tue ragazze sono fidate?»

«Affiderei loro la mia vita, e io non mi fido facilmente. Vedrai che saranno come sorelle, anche se ti faranno a pezzi con la lingua se avrai la puzza sotto il naso».

Catia alzò le spalle. «Sono stata allattata dai lupi, non sarei in grado di comportarmi da regina».

Amarina guardò di traverso la sua ospite. Non era l'unica a cui piacevano i commenti criptici. «Bene. Vieni con me». Ancheggiò per la Casa dei Desideri, superando stanze che risuonavano di grida di piacere e una che era in silenzio.

Lontano dall'ingresso principale, sollevò un angolo di un drappo decorato con stelle e spirali, svelando un'altra porta.

«Nel caso che qualche marito debba nascondersi dalla moglie, o le ragazze da qualche ubriaco», spiegò Amarina.

Aprì la porta e le due donne entrarono in una stanza piccola e buia. Amarina accese una lampada a olio e le ombre danzarono via da un mucchio di pellicce e poco altro. Guardò l'altra arricciare il naso per l'odore simile all'aceto di sudore stantio.

«Non è granché e la usiamo di rado», disse.

«Basterà». Catia fece un respiro profondo che vibrò forte. «I miei ringraziamenti».

Amarina vide le spalle della ragazza accasciarsi, come se il peso di quella brutta situazione le fosse caduto addosso. Annuì – che altro c'era da dire? – e se ne andò ad aiutare Decima e Galantha a pulire. Più tardi, era seduta con una coppa di vino a contare l'oro che le aveva dato Bellicus; poi sollevò una pietra dal pavimento, mettendo i suoi guadagni nello spazio al di sotto. C'era una piccola fortuna lì, ma non era abbastanza. Non lo sarebbe mai stato.

Il mondo stava sparendo nell'oscurità e li aspettava una lunga notte, questo è quello che si diceva nei posti di potere. Eppure la donna aveva l'intelligenza e il fuoco nelle vene, e gli uomini avrebbero sempre avuto bisogno di pagare per due cosce calde e il piacere di un amore senza responsabilità.

Prese una ciotola di stufato freddo e un po' di vino dalla cucina e tornò nella stanza segreta. Catia era sdraiata sulla pelliccia, fissando il soffitto.

«A volte devi riempirti lo stomaco per tirarti su». Amarina mise la ciotola e il vino dove la donna poteva raggiungerli.

«Quanti uomini hai ucciso?», domandò Catia dal nulla.

Amarina capì a cosa aveva pensato. «Non tengo il conto.

Come non tengo il conto dei pasti che ho mangiato». Fece una pausa. «Gli uomini non sono il problema. Le persone che vogliono il potere e che fanno di tutto per averlo, loro sono il problema. Uomini. Donne». Scosse le spalle. «La maggior parte della gente è contenta con quello che ha. La loro valuta è la gentilezza».

Catia le studiava il volto. «Mi conforta un po'. Non sei come ti immaginavo».

«Una puttana non può essere saggia?»

«Una donna saggia sceglierebbe di essere una puttana?»

«Dai per scontato che si possa scegliere».

«Allora cosa ti ha portato a seguire questa strada?»

«Sono stata rapita dai pirati nel mio villaggio da ragazzina. L'intera nave se l'è spassata con me, continuamente. Un centinaio di volte a testa. Una notte, mentre erano ormeggiati a largo e gli uomini dormivano sul ponte, feci cadere un braciere incendiando la nave. Nuotai fino alla spiaggia e rimasi lì a guardarli morire tra le fiamme. Una ragazza sola, senza parenti... che avresti fatto?».

Catia non sapeva cosa rispondere.

«Sei scappata dalle avances viscide di Varro?». Amarina si sedette sul mucchio di pellicce.

«Per un pelo». Esitò, guardandosi le mani. «Ma questa notte non si trattava solo delle brame di quel lumacone».

«Cioè?»

«Oh, era pronto a profanarmi. Nessun dubbio. Ma solo alla fine, dopo tutto il resto». Amarina osservò Catia fissare il vuoto. Sembrava stesse parlando a se stessa, cercando di trovare un senso a ciò che le era accaduto. «Mi ha detto che sono speciale».

«Tutti gli uomini lo dicono. È il cazzo che parla».

«No. Dice che ha girato la Britannia cercando una donna con il marchio di un drago».

Amarina recepì l'informazione. «E tu ce l'hai?».

Catia si girò appena verso di lei e abbassò la spallina del vestito. Amarina si sporse e fece scorrere le dita sulla cicatrice distorta. Il cerchio prese vita alla luce della lampada a olio. Un serpente che si mangiava la coda, non ci si poteva sbagliare.

«Me l'hanno fatto quando ero bambina. Varro lo ha chiamato l'Uroboro».

«Nascita e rinascita», rifletté Amarina.

Catia la fissò. «Lo conosci?»

«Non sono una piccola fonte di sorprese?».

Catia la fulminò con lo sguardo. «Non fare giochetti con me. Ne ho la testa piena di essere comandata a bacchetta da chiunque incontri».

Amarina le rimise a posto la spallina. «Esistono storie. Vecchie storie. Raccontate da donne sagge che vivono nelle foreste. Come tutte le vecchie storie, cambiano a seconda di chi le racconta. Alcuni dicono una cosa, alcuni un'altra. Ma questo...». Picchiettò sulla spalla di Catia. «È sempre stato segno di qualcosa di grande. Del piano degli dei, forse. Il marchio del grande architetto che costruisce il tempio del mondo. E anche i piani degli uomini. Sembrerebbe che tu sia stata scelta».

Catia sollevò le ginocchia, abbracciandole. «Scelta per cosa?».

Amarina si appoggiò al muro, valutando i vantaggi di questa scoperta. «Ci sono segreti ovunque, nascosti dietro ciò che conosciamo. Hai sentito la gente cantare del re Barleycorn quando porta il raccolto?»

«Certo. Cantano della mietitura e della birra fatta con il raccolto».

«Sì, e di altro. È una vecchia canzone. Molto vecchia. Sofferenza, morte e resurrezione...».

«La mietitura, la maltazione, la nuova crescita in primavera, quando tutto ricomincia».

Amarina sorrise. «E siamo tutti riportati in vita bevendo il sangue di re Barleycorn». Fece una pausa, ripescando le parole dalle profondità della sua memoria. «C'è una storia tramandata da molto tempo, antica come la canzone. Sulla venuta del re che non morirà. I seguaci di Cristo hanno una storia simile, mi dicono. Sofferenza, morte e resurrezione. Il Messia, lo chiamano. Colui che ritornerà per unificare la gente e salvare il paese. I seguaci di Mitra dicono lo stesso. E...», rise silenziosamente, «tutti. È una vecchia, vecchia storia. La raccontano tutti».

«E che c'entra con me?»

«Il re che non morirà è spesso chiamato il Drago». Picchiettò di nuovo sulla scapola di Catia. «Sofferenza, morte e resurrezione: il cerchio non si chiude mai».

Catia scosse la testa. Finora aveva condotto una vita semplice e faceva fatica ad accettare ciò che stava sentendo. Amarina se ne accorse. «Varro ha chiesto di mio figlio», sospirò.

«Ho il cuore duro. Quando sento queste vecchie storie, non penso ci sia un salvatore che ci condurrà tutti in una terra di vino e miele. Penso che chiunque possegga il re governi il paese. Queste persone affamate di potere, quelle di cui abbiamo appena parlato... credo siano impazienti di trovare questo re, vero o immaginario che sia. Anche un re immaginario ha potere, se il suo nome viene lodato abbastanza. Prendi tuo figlio e nascondetevi, questo è il mio consiglio».

Amarina pensò che Catia stesse per sentirsi male. «Mio figlio è stato rapito. Portato al di là del vallo da... non so chi. Lucanus è andato a cercarlo». Chinò la testa e mormorò una preghiera che Amarina non riuscì a sentire.

«Hai ragione. Sono una puttana. Non so nulla. Non fare caso a me». Amarina si alzò e si diresse alla porta. «Mi dispiace per tuo figlio. Se c'è un uomo che può riportarlo, quello è Lucanus, lo sai».

Prima dell'alba, svegliò le ragazze e, assieme, seppellirono il cadavere nella palude, attaccando dei sassi al corpo per tenerlo giù. Dopodiché finirono il lavoro lasciando un segno che gli avrebbe indicato la via: non era un Uroboro. Poi tornarono di fretta alla luce dei focolari a preparare nuovi profumi e incensi. Ben presto i letti avrebbero ripreso a cigolare. Amarina mandò cibo e birra nella stanza segreta e poi si avventurò nel mattino freddo.

Sorrise quando il baccano dell'accampamento raggiunse le sue orecchie, molto prima che vedesse la piccola folla radunata ai margini delle tende e dei carri. Si fece strada, mettendosi accanto ai Lupi Feroci. Mato e Bellicus la scrutarono ma non dissero nulla.

Varro si stava ancora chiudendo il mantello quando uscì di corsa dalla tenda, con Bucco e una delle guardie che si affrettavano dietro di lui. Andò fino al suo carro, esaminò ciò che aveva attirato quell'attenzione e poi tornò dalla folla. «Cos'è?», tuonò.

Amarina aguzzò lo sguardo, analizzando il moncherino di carne inchiodato al *rheda*. «Direi che sembrerebbe un cazzo, se fosse più grande».

Varro grugnì, un suono animalesco, e fece un passo in avanti. Le dita piegate come se avesse voluto strangolarla. «Puttana. Questa è opera tua».

Lei inarcò un sopracciglio, il volto imperturbabile, sapendo perfettamente che questo lo avrebbe solo fatto infuriare di più.

Prima che il mercante potesse avanzare, Bellicus e Mato si misero davanti a lei.

«Indietro», ordinò Mato, sollevando una mano.

«Difenderesti pure questa vacca?».

Amarina scostò i due fratelli lupo. «Non ho bisogno di protezione».

«Uno dei miei uomini è morto. Pagherai per questo».

«Morto, dici? Non lo sapevo. Tutto quello che so è che uno dei tuoi uomini ieri notte si è dimostrato poco più che una bestia nella Casa dei Desideri e l'abbiamo mandato via».

Sorrise mentre il mercante le agitava un dito contro. «Parlerò con Atellus. Non scamperai al processo».

Dalla Stanegate arrivò un rimbombare di zoccoli e Amarina si voltò per guardare un gruppo di forse trenta uomini che galoppavano sulla strada di pietra per poi deviare verso il forte. L'espressione furiosa di Varro mutò in un sorriso. Quando si concentrò di nuovo su di lui, Amarina vide qualcosa che la turbava in quegli occhi. Sornioni, alludenti a una vittoria.

Allontanò la sua enorme figura dalla folla, fino alla Stanegate, dove attese di incontrare i cavalieri.

«Che succede?», borbottò Bellicus.

«Se mi costringi a scommettere, direi che Varro ha richiesto più spade al suo servizio ieri notte». Rispose Amarina.

«Sono più di quante gli servano», mormorò Mato. «Sta mettendo su un esercito».

17
La città degli dei

Roma splendeva nella rosea luce dell'alba. Sulle mura, le montagne di marmo guardavano giù, silenziose ed eteree, pronte a portarti in cielo o ad abbatterti. Corvus avanzava sul suo cavallo, sopraffatto da quella vista.

«Ti ricordi le storie che ascoltavamo inginocchiati davanti alle nostre madri in Britannia?». Udì un raro tono triste nella voce di Pavo. I giorni della loro infanzia erano sfocati ora, e quella fredda terra nient'altro che chiazze color marrone e verdi, solo un tempo indefinito prima che sua madre e suo padre lo spedissero in oriente.

«Romolo e Remo», rifletté Pavo. Si sporse in avanti oltre il collo del cavallo, la bassa statura enfatizzata dalle spalle curve. «I gemelli, allattati dalla lupa. Venivano dalla natura e trasformarono i loro sogni nelle pietre con cui è costruito questo posto».

Corvus si voltò a guardare il fratello, Ruga, appollaiato sulla panca del carro, indifferente a quella vista. «Una storiella», esclamò.

«C'è una verità in ogni storia. Una lezione da imparare».

«E cosa dovrei imparare da Romolo e Remo?».

Adesso Pavo aveva un ghigno. Corvus conosceva quella smorfia: stava a significare che qualsiasi parola fosse uscita dalla bocca dell'amico, sottintendeva molto altro. «Parecchie, ma per ora consideriamo solo la lupa».

«La lupa?»

«Che fa un lupo? Perché in tutte le storie che ho sentito ti porta nella foresta dove affronti le tue più grandi paure. Il lupo li ha già conquistati. Impara dal lupo e anche tu potrai conquistarli».

«In bocca a chiunque altro, queste sarebbero parole sagge».

Ridendo, Pavo continuò a cavalcare.

Corvus affondò i talloni nel cavallo, desideroso di arrivare. Il viaggio dalla Gallia era stato sfiancante. Gli alti mari invernali avevano quasi mandato in frantumi le navi. Però, arrivati alla foce del Tevere e ormeggiato a Ostia, era spuntato il sole, la brezza era diventata più calda e sembrava essere tutto a posto nel mondo. Partendo dal porto, avevano cavalcato di notte, con Hecate che dormiva nel retro del carro.

«Stai di nuovo pensando a quella strega?». Sentì addosso gli occhi di Pavo.
«È così evidente?»
«Per me sì».
«Mi conosci troppo bene». Corvus si morse il labbro. «Mi fa pena. Non so esattamente cosa abbia in mente Ruga per lei, ma non sarà bello. È già stato...». Si mangiò l'ultima parola, incapace di dire qualcosa di brutto sul fratello.
Pavo concluse la frase: «Un serpente in mezzo all'erba?».
Corvus alzò le spalle. «Ama tramare. Ho la testa piena di domande».
«Potresti chiederglielo, ovviamente, se volessi essere scacciato come una mosca, come sempre».
«Posso convivere con i suoi intrighi, basta che non coinvolgano nessuno».
«Ma stavolta ci sta trascinando la strega», disse Pavo annuendo. «E lei è innocente, una ragazza di campagna con il fango sotto le unghie, non abituata a voi intelligentoni di città».
«E sono stato io ad attirarla qui», sospirò Corvus.
«Beh, è da un pezzo che hai deciso di fare il bastardo con tutti quelli che ti incrociano». Pavo si riparò gli occhi dal sole, calcolando la distanza dall'ingresso.
«Avrei dovuto saperlo che non potevo aspettarmi comprensione da parte tua».
L'amico grugnì. «L'avrai quando te la sarai guadagnata». Continuò a cavalcare.
«Ecco, ora mi sento addirittura peggio», mormorò tra sé e sé Corvus.
«I sette colli di Roma». Theodosius il giovane gli era arrivato accanto cavalcando, allungando il collo. «Nella Bibbia è scritto che sette è il numero della perfezione e della completezza». Il soldato sollevò l'elmo, asciugando il sudore che gli colava dai capelli rossicci.
«Sette lupi», mormorò Corvus, «di questo ho bisogno». Lanciò un'occhiata all'amico e disse: «Starai traboccando di gioia, fuggire da quelle foreste ghiacciate e tornare alla civiltà. Almeno qui non dovrai staccarti il muco congelato dalle labbra quando ti svegli la mattina».
«Sono contentissimo e la prima cosa che farò, una volta in città, sarà andare in chiesa e pregare per la nostra buona sorte. Vieni con me?»
«Magari dopo. Prima devo andare da mia madre. Ruga le ha fatto arrivare la notizia e ci starà aspettando. Forse sarà addirittura contenta di sapere che sono ancora vivo».

Theodosius rise. «Sei scaltro, amico. Il mondo sarebbe più buio senza di te». Diede una pacca alla sacca di cuoio che pendeva ai lati del cavallo. «Ci vorrà tempo. Preparare le linee di rifornimenti per la campagna contro gli Alamanni non sarà semplice, con così tante richieste in tutto l'impero».

Più tempo ci vuole, meglio è, pensò Corvus. Settimane di negoziazioni sarebbero anche state noiose ma gli avrebbero fornito il tempo necessario per scoprire i veri piani del fratello per Hecate.

La Via Aurelia li condusse direttamente al Pons Aemilius. Corvus si riparò gli occhi dal riflesso delle acque del Tevere, mentre faceva avanzare il cavallo sul ponte, superando lenti carretti e mercanti carichi di balle. La città stava iniziando a vivere. Le strade risuonavano di voci, i fischi di chiamata e risposta tra mastri e apprendisti, ragazzi che si aggiravano in cerca di viveri per l'affare del giorno. Corvus si fece strada nella calca crescente, ai piedi del colle Palatino, lungo le colonne di marmo color crema e i portici che reggevano il cielo blu.

Alla fine del foro, reso piccolo dal vertiginoso arco di Septimius Severus, lanciò una moneta a un ragazzo affinché desse da bere ai cavalli. Quando si guardò attorno, Pavo si era perso nella folla che macinava, giocava d'azzardo, discuteva o andava a caccia di cibo. Theodosius lo raggiunse subito, mentre cercava la sua conversazione con Dio.

Ruga e il conducente si sgranchivano le gambe, intanto Corvus reggeva con entrambe le mani quella di Hecate che scendeva dal retro del carro. Vide gli occhi di lei spalancarsi per la paura o per la meraviglia. Una vita passata nella foresta non l'aveva preparata alla confusione di Reims, figuriamoci alla vastità di Roma. Questo ammasso di vite, questo stufato di odori asfissianti, questo covo di vizi, feroce, selvaggio.

«Non sapevo ci fossero così tante persone al mondo». Si coprì le orecchie per il baccano. Stupefatta, alzò il collo per guardare le enormi costruzioni di pietra che circondavano il foro, il tempio del Divus Iulius e l'arco di Augusto, fino alle grandi mura bianche della basilica di Massenzio, una meraviglia per chiunque, l'edificio più grande dell'impero. Rimase a bocca aperta, con le mani che le cadevano piano.

«Se può aiutare, non ce ne sono molte che valga la pena di conoscere», rispose lui.

Gli occhi di lei lanciavano occhiate sull'incessante attività del foro. «Non mi piacerà mai qui».

Corvus ebbe un sussulto. «Ci prenderemo cura di te durante il soggiorno», disse raddolcendo la voce.

Lei lo guardò e lui fu contento di vedere un po' di calore nel suo volto. Si sentiva responsabile per lei. Forse anche di più, ma non ne era sicuro. Non era un tipo riflessivo, Corvus.

«Tuo fratello è una persona scontrosa». Lei lanciò un'occhiata a Ruga. «Non ti assomiglia affatto».

«Sotto quel volto di pietra c'è della gentilezza». *Spero.* A essere sinceri, neanche lui l'aveva mai vista.

«Tu sei gentile».

Lui ebbe di nuovo un sussulto, questa volta per l'onestà di quelle parole. «Non si parla così a Roma», esclamò, beffardo.

«In questa città tutti indossano una maschera. La verità non viene detta facilmente».

«Non esprimete quello che provate?»

«No, di solito no».

«Perché?».

Lui ci pensò un attimo. «Sopravvivenza».

«Nella foresta dobbiamo uccidere per sopravvivere. Bestie, per nutrirci, uomini che vogliono prendere ciò che è nostro».

«Ho molto da imparare da te, ora lo capisco».

«Allora tieni le orecchie aperte e io ti insegnerò». Si girò di profilo, ma lui la vedeva osservarlo con la coda dell'occhio e con un debole sorriso sulle labbra.

«Corvus. Smettila di farfugliare. Portala qui». Ruga lo stava guardando torvo, facendogli cenno.

Corvus sospirò. Mentre camminavano, sentiva il calore delle guance di Hecate che si sporgeva verso di lui. «Dove stiamo andando?», sussurrò.

«Da nostra madre. Viene qui ogni giorno per curare i suoi affari».

«E vostra madre mi accoglierà bene?»

«Certo. Gaia ha un gran cuore».

Si fecero strada nella calca verso la basilica di Massenzio. Corvus sentì la madre prima ancora di vederla, la voce melliflua che sovrastava il mormorio del foro. Girava tra gli uomini, in un elegante vestito ocra, slanciata, bella pure con tutte quelle rughe sul volto e l'argento nei capelli. Toccava un braccio a qualcuno, guardava negli occhi qualcun altro. Risate.

«È una regina?», domandò Hecate.

«Nella sua testa».
Uno degli uomini catturati nell'orbita di Gaia, incrociò lo sguardo di Corvus. Gnaeus Calidus Severus. Una volta visto, non te lo dimentichi più. Lo chiamavano l'Appeso. La testa perennemente contorta in un angolo, il risultato di un'impiccagione non riuscita in seguito a un'imboscata nelle campagne al di là delle mura cittadine, secondo alcuni opera di rivali che lo ritenevano responsabile di un affare andato male. Spiccava in mezzo agli altri attorno a lui, magro come un chiodo, le guance scavate, gli occhi a palla e una ciocca di capelli bianchi che gli pendeva sulla fronte.
Quando Severus lo riconobbe, Corvus vide gli occhi della madre girarsi verso di loro. Chiacchierava sorridente, affascinante, allontanando il proprio pubblico senza che nemmeno una volta quegli uomini si rendessero conto di stare venendo liquidati.
Non appena li raggiunse, strinse Ruga al petto a lungo, per poi sussurrargli qualcosa all'orecchio. Sempre prima Ruga.
Finito con lui, Corvus le rispose al sorriso. Lei gli prese la mascella tra le mani, guardandolo negli occhi. «Figlio mio. Figlio mio bellissimo», sussurrò. «Sei tornato da me».
«Madre. Stai ancora tormentando Roma?»
«Oh, Corvus». Una risata silenziosa, ma lui notò che l'attenzione di lei stava già passando oltre. Squadrò la compagna dei figli da capo a piedi. «E tu. Ma guarda». Un sorriso dolce, accogliente.
«Sono Hecate».
«Ma certo». Gaia si allungò ad accarezzare una ciocca di capelli sulla fronte della ragazza. Hecate scattò all'indietro. «Lasciami fare».
La ragazza lo guardò per capire che fare e lui annuì. Con evidente riluttanza, rimase ferma mentre madre dei due giovani le passava le dita tra i capelli, le pizzicava le guance. «Sei bella», esclamò Gaia. «Sei la benvenuta a casa nostra, come una figlia».
Un barlume di sollievo negli occhi di Hecate.
«Una volta anche noi eravamo stranieri a Roma, e facevamo affidamento sulla gentilezza altrui», proseguì Gaia, con la voce calda.
«Sarai al sicuro qui, ben nutrita e curata, non dubitarne».
Corvus fu contento di vedere la reazione della madre, anche se non si aspettava niente di diverso. Almeno avrebbe potuto smorzare i piani di Ruga.
Dall'altra parte del foro risuonò un grido. Corvus si voltò, cercando di guardare oltre le teste che si muovevano per capire quale fosse la

causa di quel disturbo. Mercanti che litigavano sui prezzi, forse, o, magari, una discussione tra amici finita male.

Eppure non accennava a finire e, in un attimo, sentì quel grido feroce passare di bocca in bocca fino a divenire un'onda che investì tutta la grande piazza.

«Cos'è?», esclamò Hecate, spaventata.

Prima che lui capisse cosa rispondere, la folla in preda al panico li travolse e lui girò su se stesso, la marea di corpi lo trascinava con sé. Nella confusione, vide gli occhi spaventati di Hecate e di sua madre, inorridita, poi entrambe sparirono tra i flutti.

«Hecate», urlò Corvus in quel temporale di grida. Sentì che lo sollevavano, facendolo girare e spazzandolo via. Finalmente riuscì a liberare le braccia e a gettarsi fuori. Corpi che spingevano a destra e a manca, si ritagliò uno spazio dove poteva rimanere fermo.

Dall'altra parte del foro, adesso riusciva a vedere cinquanta uomini o più che indossavano tracolle viola e agitavano randelli. Teste spaccate, sangue che schizzava. Una furia gelida splendeva su quei volti, la stessa che aveva visto nei nemici pronti a morire sul campo di battaglia.

Afferrò il braccio di un uomo terrorizzato, costringendolo a fermarsi. «Chi sono?».

L'uomo si dimenò, faticando per liberarsi. Quando guardò indietro verso la carneficina, tremò. «I seguaci dell'antipapa Ursino, l'arcivescovo che ha perso le elezioni. Non si arrenderanno».

Corvus lo lasciò andare e si gettò di nuovo nel flusso di persone in fuga. Non molto lontano, Ruga afferrava il braccio della madre, tirandola via dagli scontri, per trascinarla verso la basilica di Massenzio. Buon vecchio Ruga. Più tardi sarebbe stato ricoperto di gratitudine.

Lui si spingeva avanti, verso il suono di ossa rotte, urla e bastonate. Da ogni lato, uomini e donne, giovani e vecchi, si accasciavano sulle pietre insanguinate su cui cadevano, venendo calpestate dalla folla.

Più avanti vide gli uomini dell'antipapa sistemarsi su tre lati; fanatici dagli occhi di ghiaccio che inneggiavano a Ursino a ogni passo. Sostenendo l'impatto dell'attacco, un gruppo più piccolo spingeva in avanti, forse erano i seguaci del papa eletto. Che follia era mai questa? Cristiani contro cristiani nel cuore di Roma?

E poi intravide Hecate, accovacciata a quattro zampe, che si guardava attorno confusa. Il sangue le usciva da un taglio sulla fronte.

Avanti a lei, la fila di fanatici avanzava, come contadini che battevano il raccolto per scacciare i ratti.

Corvus si gettò in avanti, riparando la strega dai colpi dei bastoni con il proprio corpo. Piovevano randellate e bruciava di dolore. Quasi ridotto in ginocchio, agganciò un braccio attorno alla vita di Hecate e la trascinò via.

Lontani dalla battaglia, lei cadde tra le sue braccia. Cosa aveva visto sul volto di lei quando lo aveva guardato? Gratitudine? Forse persino affetto? Non se lo aspettava.

«Vieni», le sussurrò all'orecchio. «Dobbiamo metterci al riparo».

Afferrandole il polso, la tirò su per i gradini della basilica di Massenzio, fino alla navata centrale. Le grida del foro echeggiavano sul soffitto a volta sopra di loro.

Accanto all'abside occidentale, c'erano Ruga e sua madre accovacciati assieme ad altri rifugiati terrorizzati. Corvus si inginocchiò accanto a loro. «Se osano irrompere qui, li combatterò meglio che potrò. Scappate dalla porta su via dell'Impero».

«Non puoi sacrificarti», disse Hecate, con la voce colma di paura.

«Corvus è un guerriero», esclamò Ruga. «È questa la sua vita».

Il fratello aveva ragione, come sempre. Questo era il suo valore.

Gaia lo guardava negli occhi, mentre Ruga la trascinava via. Corvus sentì una frustrazione familiare mentre guardava i tre sparire dalla porta su Via dell'Imperatore, e lasciarlo solo.

Quando non udì più i rumori della battaglia, uscì. Uomini e donne in pozze di sangue, i gemiti formavano un'unica esalazione.

Pavo era seduto sugli scalini, a prendere il sole.

«Sei sopravvissuto allora», esclamò Corvus.

«Come sempre, no?».

Si lasciò cadere accanto all'amico. I seguaci dell'antipapa se l'erano squagliata prima di poter essere chiamati ad affrontare le conseguenze delle loro azioni.

«In caso avessi intenzione di chiederlo, anche mia madre e mio fratello l'hanno scampata».

«Non mi piacciono molto i tuoi parenti, lo sai».

«A essere sinceri, piacciono a pochi».

«Vero». Pavo chiuse gli occhi, crogiolandosi al sole.

Per un lungo istante Corvus osservò i gabbiani volare in cerchio nel cielo blu al di sopra delle accecanti pietre bianche dei templi.

«Sono un uomo semplice, come saprai», disse, «e non molto portato per le preoccupazioni o per le riflessioni profonde».
«Ma?»
«Sono in pensiero per la nostra nuova amica».
Pavo si voltò verso di lui. Corvus riconobbe il significato del suo sorriso. L'amico era la sua coscienza, lo era sempre stato, e diceva cose che lui non avrebbe mai considerato. «Non ti fidi del tuo stesso sangue?»
«Mi fido di mia madre».
«Ah, se solo ti avesse dato l'attenzione e l'affetto che ti meriti davvero, invece di deviarlo tutto su tuo fratello, il figlio preferito».
«Me ne sono fatto una ragione».
«È qui che ti sbagli. Dovresti essere arrabbiato. Hai sacrificato così tanto, combattuto così tanto per la tua famiglia da quando è morto tuo padre. Ti spetta un riconoscimento, e un po' di gratitudine».
Corvus ebbe un fremito. Perché mai erano fuggiti dalla Britannia? Se fossero rimasti a casa, niente di tutto questo sarebbe accaduto. Per un attimo stava di nuovo reggendosi alla ringhiera di quella nave sul mare nero nel cuore della notte, le fiamme nel braciere che si agitavano nella burrasca. Bagnato di brina, vide il padre cadere, vide una mano disperata allungarsi prima di essere risucchiata dagli abissi.
«Non voglio pensare a mio padre».
«Allora pensa alla strega». Pavo mise le mani dietro la testa, appoggiandosi sulla schiena. Sempre rilassato. Niente sembrava turbarlo. Era uno dei motivi per cui a Corvus piaceva così tanto. Fin da bambini, Pavo c'era sempre stato, guidandolo, aiutandolo nei momenti difficili, non chiedendo mai nulla in cambio.
«Sembra essere di buon cuore. Tutti abbiamo sentito storie sulla Compagnia delle Donne, di come abitano le foreste, rivivendo giorni lontani e divinità dimenticate da tutti. Cospirando. Tessendo incantesimi che stregano gli uomini onesti. Agenti del destino. Che maledicono, odiano e modellano… a che scopo?». Corvus scosse le spalle. «Eppure ora ne ho conosciuta una. E capisco che sono donne come tutte le altre».
«Hai visto gli occhi di Ruga?», disse l'amico, con quel tono furbetto.
Corvus non si guardò attorno.
«Sono blu. Come i miei».
«Il modo in cui guardava Hecate. Lussuria, niente di più».
«Ruga ha in serbo qualche piano per lei, lo sai».
«Anche. Ma rispondi a questa domanda: la *merita*? Hai visto come ti

guarda Hecate? Io ci vedo una possibilità. Quante volte ti sei rimesso alla volontà di tuo fratello? Lui si è fatto strada perché tu sei troppo gentile, troppo pensieroso. Non hai mai chiesto ciò che ti spetta di diritto. Vuoi continuare per questa strada?»

«Ruga è mio fratello. Non ho intenzione di combattere contro di lui».

Pavo alzò le spalle. «Allora vincerà ancora. E a te non rimarrà niente. Di nuovo».

Corvus sentì qualcosa agitarsi dentro. Gli piaceva Hecate. Non voleva vederla soffrire. Ma che poteva fare?

Notò una strana figura sbucare dalla luce del sole e venirgli incontro. Gnaeus Calidus Severus, l'Appeso, si fermò davanti a loro. Corvus si sentì agitato per quello sguardo che lo scrutava, c'era qualcosa nell'angolo degli occhi, sopra al collo storto.

«Severus. Stai bene?»

«Bene, come ci si aspetta che stia». Guardò le donne e gli uomini attorno a lui che si pulivano il sangue dalla faccia. «Cristiani che combattono tra loro. Però presto ci sarà un vincitore, e allora tutti torneranno a badare ai propri affari. Non saranno contenti finché non ci avranno distrutti. E siamo rimasti in pochi, lo sai». Sospirò. «Un tempo il culto del *Sol Invictus* andava dalle lande gelide del Nord fino alle terre calde del lontano oriente. E ora guardaci. Una setta terrorizzata, che si aggrappa a ciò che aveva. Ora siamo i *chryfii*, coloro che si nascondono, proprio come i pagani seguaci delle divinità dei sacerdoti delle foreste. E ben presto i cristiani distruggeranno anche ogni loro traccia. Siamo in guerra. Mi segui?»

«Sì, padre», disse Corvus. Padre. Sacerdote. Saggio. Aveva qualche sospetto sulle intenzioni di Ruga, o davvero vedeva l'acclamato fratello come un seguace di Mitra pieno di senso del dovere?

«Bene. Allora sappi che non è epoca per i deboli di cuore. Solo il coraggio vincerà». L'Appeso si guardò ancora attorno per assicurarsi che nessuno li stesse ascoltando e aggiunse: «È la nostra ultima disperata battaglia, Lucius Aurelius Corvus. Le prossime settimane decideranno chi sopravvivrà, e chi soccomberà».

Sentì qualcosa in quelle parole che gli fece drizzare il collo. Lanciò un'occhiata a Pavo, che annuì; l'aveva sentita anche lui.

«Complotti, padre?».

L'Appeso diede voce ai suoi pensieri. «A breve, tuo fratello ascenderà. Io sarò lì per portarlo in alto. Poi, forse, potremmo discutere di quello che verrà».

Corvus si fece animo e chiese: «Che verrà, padre?».
Severus voltò la testa in modo da avere il volto all'ombra. «C'è un errore che i nostri imperatori e i nostri generali hanno commesso da quando è stata fondata Roma su questi sette colli. Ciò che viene allontanato dalla luce non muore. Si nasconde nell'ombra, aspettando il momento giusto per poter risorgere».
«Un mondo segreto? Di che parli?»
«Molti sono arroganti nel credere che il sole splenda su tutti. Ma c'è così tanto nascosto agli occhi degli uomini». Severus giunse le mani davanti a lui. «Siamo persone civili, Corvus, e i nostri saggi mettono per iscritto quello che facciamo affinché venga ricordato. Anche i greci lo facevano, e i persiani...». Lasciò che le parole svanissero. «Ma c'è così tanto che non è scritto. In centinaia di anni non ce ne sarà più traccia e, quindi, la gente penserà che non sia mai esistito. Che c'era solo ciò che hanno registrato gli scribi. Però coloro che non scrivono la propria storia sono i più saggi di tutti, perché vivranno in eterno». Mosse la testa, un inchino, pensò Corvus, ma quel collo deforme lo rendeva difficile da capire. «Alcuni di questi segreti saranno svelati a tempo debito, Corvus, e il mondo cambierà a causa loro». E se ne andò, barcollando per il foro, superando i feriti. Corvus non sapeva bene perché, ma le parole di Severus lo avevano profondamente turbato. Si immaginava grandi poteri muoversi nell'oscurità, cose di cui non aveva idea e di cui forse non l'avrebbe avuta mai. In quel momento, si sentiva insignificante e forse anche un po' snervato. Non gli piaceva sentirsi così. *Un mondo segreto, celato agli occhi degli uomini.*
«Avevo intenzione di ammazzare il tempo qui a Roma con le donne e con il vino», disse, «ma ora penso che sarebbe più saggio alzare qualche pietra per vedere cosa striscia sotto».
«Vuoi saperne di più dei piani di tuo fratello?», riflettè Pavo.
«Non avrebbe senso chiederlo a lui. Non mi dice niente, nemmeno quando dice che lo sta facendo».
«Furbo. Gli uomini che hanno la conoscenza sono potenti. Potrebbero addirittura diventare i figli preferiti». L'amico ridacchiò alla sua stessa battuta. «Il figlio invincibile».
«Più sappiamo, più possibilità abbiamo di tenere Hecate al sicuro», rispose Corvus, rifiutandosi di dare spago allo scherno dell'amico.
«Una donna bisognosa di protezione», disse Pavo. «Pare che abbiamo l'inizio di una storia».

18
Il lago

Caledonia, lontano dal Vallo di Adriano

Il respiro morente del barbaro esalava piano. Lucanus aveva stretto un braccio da dietro attorno al petto del suo nemico, con l'altra mano gli stava conficcando la punta del coltello dentro la gola. Fece scivolare a terra la sentinella.

Qui, nei territori scoti, questo guerriero non si sarebbe mai aspettato di incontrare un nemico aggirarsi da solo e in silenzio per la foresta sconfinata. E così era perso nelle sue fantasticherie, guardando i riflessi argentati e rosa dell'alba sulla placida superficie del lago, quando Lucanus era apparso come un fantasma dagli alberi alle sue spalle.

Il mattino era silenzioso, c'era a stento la brezza tra i rami. Banchi perlati di nebbia avanzavano lenti verso l'acqua. Lucanus strisciò fino al bordo della piattaforma di erba a macchia e guardò giù una discesa a precipizio che dava sul vasto specchio d'acqua che gli aveva descritto Myrrdin. Un mare interno, aveva detto il sacerdote dei boschi, e aveva ragione. L'acqua sembrava acciaio pulito che rifletteva il cielo blu. Avrebbe potuto tuffarcisi e volare come un uccello. Dall'altra parte del lago si estendevano colline ripide, pendii pieni di pini, come le foreste che aveva attraversato negli ultimi cinque giorni.

Non si muoveva niente. Nessun segno di dove potesse trovarsi Marcus. Ma non voleva dire che fosse da solo. Da quando aveva lasciato le rovine di Trimontium, aveva passato ogni ora da sveglio a superare piano i suoi nemici. Esploratori vagavano per le foreste. Sentinelle tenevano d'occhio i fiumi e gli incroci.

Bande di guerra si scontravano nel territorio, con i corni che suonavano.

Fino a quel momento era riuscito a non farsi scoprire. Le ombre delle fitte foreste lo avevano avvolto e solo tre esploratori erano caduti sotto la sua spada. Ma quella scia di sangue sarebbe stata comunque sufficiente a portare da lui gli Scoti in cerca di vendetta, prima o poi. Non poteva permettersi di perdere tempo: qualche minuto per seguire le tracce di un cervo lungo l'acqua, e una spessa nebbia era scesa sul lago. Si sforzava di ascoltare ma, a parte le onde leggere, nessun altro suono gli giungeva alle orecchie, nemmeno le grida lugubri dei gabbiani. Poteva essere solo al mondo.

Scegliendo una direzione a caso, avanzò cauto sulle pietre scivolose della riva che dava a est. Dopo più di un'ora di ricerche infruttuose, sentì drizzarsi i peli sul collo ed estrasse la spada. Stavano comparendo delle macchie indistinte nella nebbia tra gli alberi, figure che prendevano forma, silenziose, come fantasmi. Lucanus le vide muoversi verso di lui giù per il pendio, la nebbia rotolava via dai loro piedi. Non c'era urgenza nei loro movimenti. Proprio quando erano sul punto di emergere dalla nebbia, si fermarono, avvolti dai banchi bianchi. Nonostante i visi fossero rimasti nascosti, Lucanus riusciva a sentire il loro sguardo implacabile su di lui. Uno degli stranieri continuò a camminare. A ogni passo, la nebbia si allontanava da lui finché Lucanus non si rese conto di stare guardando Myrrdin. Non aveva idea di come il sacerdote avesse fatto a stare al passo con lui. In quanto *arcani*, era un esploratore esperto, abituato a lunghe marce veloci nella natura, fermandosi a stento per riposare. Eppure il druido sembrava fresco, come se si fosse svegliato dopo aver dormito comodamente a casa sua.

Lucanus agitò la spada contro il saggio. «Altri giochetti?»

«Siamo qui per renderti omaggio, Lupo, io e i miei fratelli».

«Ho detto che non voglio fare parte del vostro complotto».

«Parli, parli eppure eccoti qui, ed eccoci». Myrrdin si appoggiò al bastone e lo guardò dalla testa ai piedi.

«Dov'è il ragazzo?»

«Qui. Ti sta aspettando».

«Non farmi arrabbiare ancora di più. Hai messo a repentaglio la vita del ragazzo e la mia. Se dovesse accadere qualcosa a Marcus prima che lo restituisca alla madre, ti scoverò e ti ucciderò».

«Credi di avere potere qui, Lupo?». Il sacerdote dei boschi sorrideva, col tono ironico, ma Lucanus lo guardava negli occhi che erano come due capocchie di spillo. «Pensi di potermi minacciare e farla franca? Sei entrato in un nuovo territorio ora. Qui la tua spada non ha senso. Ti trovi davanti alla forza che ha guidato gli uomini di quest'isola dall'alba dei tempi». Sollevò una mano come se stesse cogliendo una mela da un albero, chiudendo leggermente le dita. «La tua vita può essere distrutta in un attimo».

«Pensi che non sia mai stato minacciato? Dammi il ragazzo e me ne vado».

«Prima devi fare quello che ti ho chiesto all'ombra delle Tre Colline».

Lucanus scosse la testa cercando di sfrondare quella conversazione dallo schifo che aveva in testa. Tutto ciò su cui si era concentrato negli ultimi giorni era stato sopravvivere, il freddo, la fame; e quanto ancora gli avrebbero retto le gambe in quella foresta sconfinata. «Un'offerta, avevi detto. Dovrei fare un'offerta qui sul lago. Propiziatoria». Digrignò i denti, la frustrazione aumentava.

«Non sei stato sordo alle mie parole, dunque. Ho difficoltà a capire cosa passa e cosa rimbalza su quel tuo cranio spesso».

«E che dovrei offrire agli dei? Un mantello macchiato di fango?»

«La tua spada, Lupo. È la cosa più preziosa che hai, giusto? Gli dei ti guarderanno sicuramente con affetto dopo una simile offerta».

«Sei pazzo? E io cosa uso in battaglia?». Riaffiorò un altro frammento di memoria e annuì. «Ah, giusto. Gli dei mi daranno una spada magica». Rise, senza divertimento. «Stai sprecando il mio tempo con storielle per bambini, Myrrdin. No, credo che andrò per la mia strada. Continuo a cercare il ragazzo». Agitò la spada. «Tornatene nella foresta, nel tuo nascondiglio».

«Non c'è tempo, Lucanus. I tuoi nemici sono proprio oltre la collina alle mie spalle. Un'orda di Scoti, con la vendetta nel cuore contro l'uomo che ha ucciso i loro amici».

«Stai mentendo. Sono a un giorno da qui».

«Vediamo tutto, Lucanus. Gli Scoti non avevano bisogno di seguire il sentiero, come te. Conoscono strade più veloci nella natura. Saranno qui a breve. E allora sarai morto, e anche il ragazzo».

Il Lupo sentì un ascesso di rabbia. Puntando la spada, si avvicinò veloce al druido.

«Uccidimi pure, se vuoi», esclamò Myrrdin, «anche se non posso dire che sia una prospettiva che mi riempia di gioia. Ma non ti dirò dove si trova il ragazzo».

Lucanus gettò la testa all'indietro ed emise un ruggito. «Gli dei non potrebbero darmi torto se ti staccassi la testa e la gettassi nel lago».

«Qui?», domandò Lucanus. Guardò accigliato un molo che spuntava dalla riva rocciosa, sembrava antico, con i tronchi scheggiati e pieni di crepe, con alcune tavole in frantumi.

«Arriva alla fine, recita la preghiera e fa' la tua offerta».

«Pregare il tuo dio?». Lucanus udì l'esitazione nella sua voce. «Cernunnos?»

«Ci sono molte divinità, Lupo. Alcune le conosci con un altro nome». Con la coda dell'occhio Lucanus vide l'altro uomo contrarre le labbra, riflettendo. «Recita la tua preghiera per Lugh. È nel suo tempio che dovrai avventurarli, e faresti meglio a guadagnarti il suo favore».

«Lugh». Lucanus ripeté la parola, ma suonava strana sulle sue labbra.

«È uno dei suoi nomi. I romani lo chiamano Mercurio. Lo conosci, no?».

Lucanus scrutò l'altro uomo.

Myrrdin annuì. «Bene. Lugh è il dio del sole e del cielo. Cammina nelle pieghe tra questo e l'altro mondo, e gli piacciono i giochi. Procedi attento sotto il suo sguardo: fa scherzetti anche ai più devoti. Facciamo un banchetto in suo onore quando la stagione è calda e il raccolto sta per iniziare. Lughnasadh. Nell'antichità, lo facevano tutte le tribù per festeggiare e prepararsi ai mesi freddi. Ma ora...». Lucanus sentì per un istante una nota di tristezza nella sua voce. «Tutte le stagioni passano, e tornerà anche il suo momento».

Lucanus annuì. Si era appellato a molte divinità. Alcune ascoltavano, altre avevano poco tempo per gli uomini. Sarebbe stato un bene vedere se questo nuovo dio... questo vecchio dio... lo avrebbe aiutato nel momento in cui veniva messo alla prova.

La nebbia era risalita ai lati della collina e lui vedeva chiaramente il vasto lago. Calmo e immobile com'era, lui comprese perché il sacerdote dei boschi lo considerasse un tempio, costruito dagli dei e non dagli uomini.

Si affrettò lungo il molo, sentendo le assi sotto i piedi. Nonostante i dubbi, resse e, arrivato all'estremità, Lucanus estrasse la spada.

Per un attimo rigirò l'arma tra le mani. Era un folle a credere a Myrrdin? E se non c'era una grande spada sotto le acque e gli sarebbe rimasto solo il coltello per difendere sé – e Marcus – nella lunga camminata di ritorno a Vercovicium?

Ma il tempo era poco, e non aveva altra possibilità. Sollevando la spada sulla testa, esclamò: «Ecco la mia offerta, grande Lugh. La mia spada, l'arma di un guerriero, l'oggetto che mi è più caro. La dono a te. E prego affinché tu mi faccia ritornare sano e salvo, con Marcus al mio fianco». Abbassò la voce fino a essere poco più che un mormorio. «E riporta Catia da me». Sentì una fitta di senso di colpa nel pronunciare quelle parole, ma era troppo tardi.

Scagliò la spada. Questa girò su se stessa, l'acciaio brillante, e lui guardò il prezioso oggetto finire nelle acque grigie. Le increspature luccicanti gli andarono incontro. Attese finché fosse di nuovo tutto calmo e tornò da Myrrdin.

«Ho fatto ciò che mi hai chiesto. Non farmi passare per scemo».

«Sei saggio», rispose il druido. «Più di quanto sembri».

Prima che Lucanus potesse offendersi, Myrrdin camminò verso nord, lungo le rive. Lucanus lo osservò avanzare per un attimo, poi decise che magari doveva seguirlo.

La nebbia andava e veniva, dita pallide che sondavano i margini del lago. Quando il sacerdote dei boschi si fermò, indicò l'acqua. Lucanus seguì l'indicazione e vide un'isola avvolta nella foschia. Era lunga e stretta, tre collinette basse ricoperte di biancospino ed erba alta. Al centro, i tronchi di due tassi svettavano con orgoglio.

«È Inchlonaig», disse Myrrdin.

A Lucanus sembrava strana, con quei due tassi.

Myrrdin lo vide guardare. «Vuoi sapere un segreto?».

Il Lupo annuì.

«Due tassi, è un segno».

«Di che?»

«I tassi indicano i luoghi in cui il mondo si assottiglia. Luoghi benedetti dagli dei. Vedi come si piegano assieme, uno accanto all'altro? Non ti sembra una porta?».

Socchiudendo gli occhi tra i raggi perlati, Lucanus dovette dargli ragione. I tronchi spessi e mangiati, vecchi come nessun'altra cosa in quella terra; il modo in cui i rami si incontravano nella parte superiore. Poteva immaginare di camminare in mezzo agli alberi ed entrare… dove?

«Già, è una porta», proseguì Myrrdin, «che conduce nella Terra dell'Estate Perenne».

«Stiamo andando nella Terra d'Estate?». Pur non volendolo, Lucanus si sentì a disagio.

Il sacerdote dei boschi rise. «Non è un posto adatto agli uomini. Ma su quell'isola troveremo quello che gli dei vogliono donarti».

Spostando la felce morta che arrivava quasi fino all'acqua, Myrrdin scoprì una piccola imbarcazione circolare. Pellame stagionato era stato steso lungo una cornice di legno di frassino. Sul fondo c'era un remo.

«Spostala tu», ordinò Myrrdin.

Lucanus trascinò la barca sui ciottoli e poi in acqua. Ci salirono, e il Lupo allungò le braccia per tenersi saldo mentre l'imbarcazione ondeggiava. Era meno stabile di quelle dal fondo piatto a cui era abituato, ed era sicuro che si sarebbe ribaltata mandandoli a fondo.

Quando entrambi si furono seduti, emise un respiro teso mentre l'imbarcazione si fermava. Con colpi lenti e sicuri, prima da un lato e poi dall'altro, il sacerdote dei boschi remò verso l'isola.

Scese la calma su di loro. Lucanus ascoltava i colpi del remo nell'acqua e sentì una pace fugace.

«Laghi, fiumi, oceani, colline, monti, sono questi i posti assottigliati dove chi ha coraggio può passare tra questo mondo e quello degli dei». La voce di Myrrdin usciva calma e bassa. «E dove gli dei, quando ne sentono il bisogno, possono viaggiare nel mondo degli uomini».

«Hai incontrato gli dei?»

«È da tanto che mancano. Ma torneranno».

Lucanus osservava l'isola spuntare dalla nebbia avvolgente, uno squarcio nel mondo bianco.

«Nei tempi andati, la gente veniva qui a fare offerte.

Se gli dei erano contenti, erano gentili con il donatore».

Lucanus gettò un'occhiata al lato dell'imbarcazione. Per un attimo credette di aver visto un volto osservarlo dalle profondità grigie, ma era solo il suo riflesso.

Raggiunta l'isola, si gettò nelle acque basse e tirò la barca sulla riva rocciosa, poi rimase fermo un momento, ascoltando. Non c'erano uccelli che cantavano. Lo trovò strano e inquietante. C'era una strana atmosfera, come la pesantezza prima della tempesta o, forse, era solo la mente che gli giocava degli scherzi dopo tutte quelle chiacchiere del sacerdote.

Myrrdin si incamminò sui sassi, facendo un cenno. Lucanus lo seguì fino a un dito di pietra che terminava in acqua. Alla fine era stato eretto un cumulo di pietre. Ci si accovacciò davanti, con le dita che percorrevano le linee incise in superficie. Il volto di un uomo che spuntava da un cerchio di edera e rami.

«Qui è dove scoprirai se Lugh ha risposto alla tua chiamata». Myrrdin agitò un braccio, indicando l'acqua al di là del cumulo di pietre. «Tuffati nelle profondità, Lupo. Cerca l'arma dei re. Se c'è, Lugh ti ci farà cadere lo sguardo».

«E se non c'è?»

«Prendi il ragazzo e te ne torni alla tua vita. La nostra ricerca del Pendragon proseguirà».

Lucanus avrebbe voluto chiedere cosa significasse quella parola strana – non l'aveva mai sentita prima –, ma gli occhi erano presi dalla calma superficie del lago. «L'acqua è troppo fredda. Il sonno caldo mi richiamerà e, prima ancora di rendermene conto, mi ritroverò nella Terra dell'Estate».

«La saggezza arriva solo quando si cammina vicino alla morte. Gli dei non regalano doni ai deboli di cuore».

Lucanus sentì la mano di Myrrdin sulla spalla, e il sacerdote si chinò, sussurrando: «Metti un piede nella soglia della Terra dell'Estate, Lupo. Scopri il tuo destino».

19
La spada

Mentre le acque grigie si richiudevano su di lui, il freddo intenso colpì Lucanus come una botta in testa data con il lato piatto della spada. Poi si immerse nelle profondità, nell'oscurità, al limite della Terra dell'Estate.

Nella sua mente apparvero dei volti. Suo padre, Bellicus. Ma soprattutto Catia. Pregava per rivederla prima di essere preso.

L'oscurità gli girava attorno. Fiocchi di torba si aggiungevano al buio, ma lui proseguiva con bracciate forti e scandite, fidandosi dei propri sensi. Arrivato alla riva, il fondo scomparve piano e, ben presto, stava scavando nel fango con le dita.

Guardandosi attorno, riusciva a scorgere appena gli oggetti sepolti quasi del tutto nel limo. Mentre avanzava, il cerchio di uno scudo mezzo seppellito emergeva dall'oscurità, il legno marcio e cadente. Protuberanze e rialzi nel fango svelavano il luogo in cui riposavano offerte ormai perdute, la cui vera natura si poteva solo intuire dalla loro forma.

Nuotando più in fondo che poteva, passava le dita sul fondale. Le unghie colpirono qualcosa di duro e spuntò un calice. A guardarlo sembrava oro, coperto di gioielli. C'erano molte ricchezze laggiù. Ma appartenevano agli dei. Rubare avrebbe sicuramente comportato la dannazione eterna.

Gli facevano male le ossa per il freddo. Aveva già visto uomini reclamati dal sonno caldo, nei mari d'occidente e nelle nevi delle Terre Selvagge, uomini che non erano abituati al sacrificio come lo erano gli *arcani*. Però, sebbene sapesse di essere più forte della maggior parte delle persone, sentiva già la sua luce affievolirsi.

Torna indietro, lo intimava una voce nella testa. *Dichiara il fallimento. Prendi Marcus e vattene.*

Ma ora voleva quella spada, forse più di qualunque altra cosa avesse mai desiderato.

Continuò a nuotare, nonostante le membra sembrassero di pietra e gli bruciasse il petto. Più avanti c'era un'area ancora più scura dove scompariva il fondale del lago e sull'orlo di quell'abisso… qualcosa.

Lucanus socchiuse gli occhi cercando di capirne la forma nell'oscurità. Una lancia, pensò, gettata dal tumulo di pietre, la punta conficcata nel fango.

Ma no. Aveva una forma irregolare.

Altre due bracciate e sentì un'ondata di incredulità.

Un braccio spuntava dal limo, spolpato fino all'osso dagli anni e dai pesci, con le dita ancora chiuse attorno all'elsa di una spada. Nonostante il resto del corpo fosse sepolto in quella schifezza marrone, la spada si stagliava in avanti verso la luce e la vita. Le alghe si agitavano dalla lama come stendardi in testa a una banda di guerrieri.

I riflessi del sole rimbalzavano nell'acqua attorno a lei, come se fosse un fuoco di segnalazione acceso dagli dei solo per lui.

Sicuro che fosse il premio che desiderava?

Afferrò la lama e tirò, ma il proprietario stringeva.

Lucanus arretrò, la testa gli pulsava per il panico. Questo Lugh era lo scherzo finale di quel farabutto, spingerlo a un passo dalla vittoria, solo per strappargli la vita per aver osato prendere un tale dono?

Però poi un frammento d'oro luccicò in un raggio di sole e lui vide un filo sottile che legava l'elsa della spada a quel polso ossuto. Altro filo si attorcigliava attorno al braccio, verso il gomito e oltre. Era opera degli uomini, non degli dei. Gli girava la testa, l'oscurità cominciava a chiudergli la vista, dita calde si avvicinavano piano al suo cuore. Sentiva sussurrii cullarlo, e i colpi lenti di un tamburo lontano.

Sto perdendo la vita, pensò, sorpreso che non gliene importasse poi tanto.

Strappò la spada, liberandola. Il filò si spezzò. Le ossa del braccio caddero, fluttuando sul limo.

Poi risalì in superficie, il corpo freddo come una pietra, la luce solo una punta di spillo al centro della sua vista.

L'odore di fumo di legna. Il crepitare di un fuoco.

Mentre riemergeva dall'oscurità, tornato nel mondo degli uomini, Lucanus sentì il calore invadergli le membra. Tirò e la lana del mantello di Myrrdin era grezza contro le sue braccia. L'odore di terriccio e incenso gli riempì le narici.

«Non sono morto, allora», mormorò.

Il sacerdote dei boschi lo guardò da dietro il naso. «In te c'è più di quanto sembri alla prima occhiata, a quanto pare».

Il Lupo si spinse per alzarsi. Aveva la testa come uno stufato rimasto troppo a lungo nella pentola. Guardandosi attorno vide che la nebbia era scomparsa e che un sole invernale faceva brillare debolmente il lago, come piombo fuso.

«Non possiamo riposarci qui. I nemici arriveranno presto».

«Vero. A volte si sentono le loro urla di caccia in lontananza. Ma nemmeno io ho trovato un modo per far correre come un cervo un uomo mezzo morto».

«Quindi? Rimaniamo a combattere un esercito?»

«Noi? Combatti pure, se ti va. Io non ho ancora perso il senno». Myrrdin gettò altra legna nel fuoco.

Lucanus si trascinò in piedi. Vacillò, le gambe quasi non gli reggevano. Lampi di luce gli annebbiarono la vista e l'oscurità si richiuse di nuovo su di lui.

Sentì sulla spalla una mano che lo teneva fermo. «Prenditi il tempo necessario. Ritrova le forze. Sei un *arcani*, Lupo. Hai l'intelligenza e la furtività per fonderti con il territorio. Se gli dei sono dalla tua parte, tornerai indietro facendoti strada tra i barbari, indipendentemente da quanti ce ne siano tra qui e casa tua».

Un pensiero si accese debole dentro di lui. «Il ragazzo», esclamò Lucanus. «Marcus».

«Al momento opportuno. Hai rispettato la tua parte dell'affare. Ti darò quello che desideri, tra pochissimo. Però prima guarda ciò che ha reclamato».

Myrrdin fece scorrere una mano. A terra, sulla pelliccia di lupo fradicia di Lucanus, c'era la spada che aveva riportato dal confine della Terra dell'Estate. Il sacerdote dei boschi l'aveva ripulita dalle alghe e doveva averci perso del tempo. Ora la lama aveva la lucentezza marroncina del bronzo, non come le spade di ferro a cui era abituato Lucanus. Una lama più affilata, un'arma che non si sarebbe rotta o piegata tanto facilmente in battaglia. Riusciva appena a intravedere alcune incisioni sottili sulla lama, ma non aveva idea di cosa significassero quegli strani simboli.

L'elsa era intarsiata d'oro, il pomo era la testa di un drago. Si trattava sicuramente di un'arma molto antica, la spada degli dei, una spada di re, come gli aveva detto il sacerdote.

«Che vedi?», domandò Myrrdin.

«Una spada», rispose, come se l'altro fosse un pazzo.

Il sacerdote dei boschi annuì. «Bene. Questo dovrebbe vedere un guerriero».

Prendendo l'arma, il Lupo la soppesò, girandola in modo che i deboli raggi di sole splendessero lungo il filo della lama. «Non è niente di che», disse alzando le spalle. Pure se le parole gli uscirono da bocca, sapeva che non lo pensava.

«Guarda meglio. Molti uomini vorrebbero stringere quest'arma e ognuno di loro ci vedrebbe una cosa diversa. Ha un nome. Caledfwlch».

«E come nome non è un granché».

«Eppure è quello che è: un dono degli dei. Con questa spada intaglierai i giorni a venire, Lucanus, i tuoi e quelli di tutti. Tieni». Myrrdin scomparve tra i biancospini dietro il fuoco, tornando con un fodero di cuoio. Glielo porse. Era di buona fattura, con su cucito un motivo di spirali intrecciate. «Dove l'hai preso?»

«Ci stiamo preparando a questo momento da molte stagioni. Credi che oggi fosse un giorno come tutti gli altri? Sei stato formato, guidato, e ciò che ti è accaduto è stato formato e guidato. Abbiamo atteso a lungo, Lucanus, ma ora la ruota sta girando».

Il Lupo ebbe un brivido lungo la schiena. Non gli piaceva il pensiero che la sua vita non gli apparteneva e che dei, streghe e questi sacerdoti dei boschi lo muovessero come una pedina. Si guardò attorno, aspettandosi quasi di vedere le tre donne tra gli alberi agitare le mani tirando i fili del suo destino.

«Adesso», scattò. «Sono pronto. Il ragazzo».

Myrrdin annuì. Lucanus lo seguì vacillando su un sentiero tortuoso in mezzo al fitto biancospino. La strada portava sulla collinetta centrale dell'isola, fino a raggiungere i due tassi che oscillavano davanti a Lucanus. Sembravano proprio vecchi, pensò lui mentre si avvicinava, i tronchi talmente larghi che due uomini sarebbero a malapena riusciti ad abbracciarli.

«Mi vorresti far attraversare la porta che dà sull'altro mondo?». Tentò di nascondere il tremore nella voce. Le storie che aveva sentito attorno al focolare lo tormentavano ancora. Uomini spinti dagli dei in una terra dove giravano su se stessi danzando una notte intera, per poi scoprire che era passato un secolo nella loro patria e che tutto quello che conoscevano non esisteva più.

«Se gli dei vogliono che li raggiunga lì, ti chiameranno». Il sacerdote dei boschi si appoggiava al bastone mentre saliva il pendio. «Anche se non credo che sarebbe per la tua eloquenza».

Lucanus grugnì. Gli parve di percepire Myrrdin sorridere, sebbene gli stesse dando le spalle.

In cima, i tassi si agitavano nella brezza leggera. Il Lupo si guardò attorno. Erano le grida dei nemici in arrivo che sentiva? O forse erano solo gli uccelli.

Scrutando lo spazio tra i tassi come se Lugh potesse arrivare danzando per rapirlo, Lucanus seguì il sacerdote che fece il giro verso l'altra parte. Quando vide la piccola figura stesa sotto gli alberi, si dimenticò immediatamente di tutte le preoccupazioni. Facendosi strada tra i rami, si lasciò cadere accanto a Marcus.

All'inizio pensò che il ragazzo fosse morto. Si vedeva solo il viso tra le pieghe del mantello, ma la pelle era come la neve, e il petto si gonfiava a malapena.

Ma poi Marcus aprì gli occhi e sorrise. «Lucanus. Ho fatto un sogno assurdo».

«Stai bene?». Mise una mano sulla fronte del ragazzo. Era fredda, non aveva la febbre e Lucanus si domandò se il sacerdote non gli avesse somministrato una pozione che gli avesse fatto perdere il senno.

Marcus si mise a sedere, e per poco non colpì i rami con la testa. «Dove mi trovo?»

«Molto lontano da casa. Ma presto ti riporteremo da tua madre. Se Myrrdin la smette con i giochetti».

«Chi è Myrrdin?».

Lucanus indicò dietro di sé con il pollice. Ma quando vide lo sguardo perso di Marcus, si voltò rendendosi conto che erano soli. Strisciando da sotto i rami, si alzò in piedi sulla cima esaminando l'isola. Il sacerdote dei boschi era svanito, come se non fosse mai stato lì.

20
La battaglia persa e vinta

Vercovicium

C'era solo silenzio all'alba.

Nessun saluto tra *camerati*, nessuna risata, nessun martello contro l'incudine, nessun fischio dei mastri verso gli apprendisti, nessun canto di madri, nessun richiamo di chiurlo da parte degli allevatori di maiali.

Amarina tremava, e non solo per il freddo, anche se non sapeva bene il perché. Riflettendo su quella quiete innaturale, faceva rumore con gli zoccoli mentre camminava su spirali di fango ghiacciato in direzione del *vicus*. Aveva deciso di spendere un po' delle monete guadagnate faticosamente in un gioiello d'argento, magari una spilla, una di quelle importate da Roma e lavorata con una delicatezza che non avrebbe mai trovato in quella sua patria crudele. C'erano delle ricompense in questa vita, se avevi il borsello pieno. Beni che ti riscaldavano il cuore nelle notti gelide.

Ma, mentre si avvicinava all'ingresso di un vicolo che andava dalla taverna al venditore di candele, vide una quantità crescente di capi chinati, circa venti. Nuvolette di alito che uscivano, ma nessuno che si muoveva o parlava.

Facendosi strada tra i copri stretti, arrivò in prima fila e si fermò un attimo per realizzare quello che stava vedendo.

C'era un corpo sulla terra dura e sulle creste di ghiaccio, il terzo in altrettante notti. Una grande macchia marrone lo circondava laddove il sangue caldo era arrivato a terra, gelando. Non aveva la testa e la carne attorno alla ferita cruda pareva essere stata masticata.

«Cosa vogliono da noi?», mormorò qualcuno.

«Come fanno ad andare e venire come gli pare?», chiese un altro.

«Non possono essere uomini». Quest'ultima voce era poco più che un sussurro.

Demoni, pensò Amarina.

Comprendeva la disperazione che sentiva in quelle voci. Si stavano chiedendo chi sarebbe stato il prossimo, e come sarebbe andata a finire.

Rumore di passi e di metallo echeggiava dal forte. Amarina si voltò e vide Atellus, Falx e altri otto uomini arrivare scendendo il pendio. Il comandante aveva il volto cupo come un tuono.

I cittadini fecero passare i soldati e Falx si accovacciò accanto al corpo. Amarina vide la sua espressione bovina piena di confusione mentre cercava con lo sguardo la testa mancante e, poi, il volto abbattersi ulteriormente quando si rese conto che l'avevano presa.

«Prima in una delle ville, poi nei campi e ora qui, nel cuore del *vicus*», esclamò Atellus, con la mascella serrata.

Sempre più vicini.

Il comandante grugnì. «Stanno mettendo alla prova le nostre difese e la nostra risolutezza».

«E hanno avuto la risposta», disse Amarina.

Le persone attorno si allontanarono. Atellus e altri la osservarono, distogliendo lo sguardo quando capirono chi aveva parlato.

«Ti sbagli, non avremo pace finché non avremo scovato questi barbari mostrandogli le conseguenze di averci sfidato», disse il comandante. «Se arrivassero in tanti, ci sarebbero più morti di così. No, possiamo ritenerci soddisfatti che siano stati solo alcuni esploratori, magari persino uno solo».

«Uno è stato abbastanza per questa povera anima. Come hanno fatto a superare il vallo e tutti gli uomini che ci sono sopra?», insistette Amarina. Forse era arrivato il momento per lei di trasferirsi in un posto più sicuro, dove gli uomini erano felici di pagare per qualche lavoretto a due mani invece di preoccuparsi di tenere la testa sulle spalle.

Atellus non aveva risposte. Piegò le dita e due dei suoi uomini presero il cadavere per le braccia e lo trascinarono via.

Mentre i soldati tornavano al forte, Amarina li vide fermarsi per scambiare un paio di parole con Mato, che veniva dalla direzione opposta. Aveva la testa bassa, sicuramente spossato per un'altra notte in missione nelle Terre Selvagge.

«Vedo un uomo che ha bisogno di essere confortato», gli gridò lei.

«Gli uomini ne hanno sempre bisogno. Se potessimo scegliere come impiegare il nostro tempo non ci sarebbe altro che conforto», disse Mato con un sorriso che gli illuminava il viso.

«Infatti vi cresce la barba, ma non crescete mai. Se non fosse per le donne, dove sareste?».

Guardandosi attorno per essere sicuro di non essere sentito, Mato sussurrò: «Come sta Catia?»

«Bene come può esserlo un prigioniero», alzò le spalle. «Anche se adesso le fa male, questo la rafforzerà».

«Parli con il cuore».

Amarina annuì. «Mia madre e mio padre sono stati uccisi dai cani. Sono sopravvissuta nella foresta, cibandomi di radici e foglie finché un mercante gentile non mi ha salvata».

Mato alzò un sopracciglio e fece un ghigno.

«Sei un uomo saggio, Mato. Non dovresti passare la vita nelle Terre Selvagge».

«E dove sarebbero i miei fratelli senza la mia saggezza?».

Un frastuono irruppe nella quiete mattutina. Amarina si voltò e vide alcuni uomini che picchiavano sulle porte, strillando domande a chiunque trovassero.

«Le guardie di Varro», mormorò Mato.

Dietro di loro, Amatius era a testa china a conversare con chiunque incontrava per strada.

«Il mercante cerca Catia». Amarina guardò gli uomini proseguire metodicamente tra le botteghe e le capanne.

«Perché tutto questo sforzo per una donna? Ha la casa piena di altre più vogliose».

«C'è qualcosa di più che dove infilare il cazzo la notte. Qui c'è una ragnatela più grande di quanto io o te possiamo capire, e Varro è il ragno grasso che sta al centro».

Le guardie si fecero strada a calci in mezzo a una covata di galline, spaventando un ragazzino seduto sulla porta, che scoppiò a piangere; gli uomini proseguirono senza considerarlo.

«Lasciatemi in pace!». Elsia la vedova rifuggiva da tre guardie che la riempivano di domande.

«Statela a sentire», gridò Mato. Amarina lo vide marciare verso i tre uomini, con le braccia spalancate. «La giornata è fredda, ma bella, amici. Godiamoci la mattinata, non roviniamola con parole rozze».

«Non sono affari tuoi», disse una delle guardie.

Estrasse lo spadino, puntandolo verso Mato. «Ma se vuoi una rissa, saremo felici di unirci. Tutti e tre».

«Non sono molto bravo a combattere. Con la spada sono come un ubriaco con un braccio solo», rispose Mato, sempre sorridendo.

«Allora vattene», esclamò la guardia. «Prima che sia costretto a darti una lezione».

Amarina si fece avanti. «Io sono brava con la spada».

La guardia la osservò dalla testa ai piedi. «Ah. La puttana. Tu saresti brava a maneggiarla, la spada». Gli altri uomini risero.

«Meglio una puttana che un uomo senza cazzo».

La guardia fece un ghigno di disprezzo. «Io ce l'ho, il cazzo».

«Per ora». Amarina resse lo sguardo della guardia.

«Questi numeri non vanno bene».

La donna guardò indietro verso la voce possente. Bellicus spuntò facendo scrocchiare le nocche, il cane Catulus alle calcagna. Fece un occhiolino a Elsia la vedova, la quale sorrise raggiante al suo salvatore, poi si sporse verso la guardia che aveva parlato, che fece un passo indietro ora che aveva perso il suo vantaggio.

«Niente combattimenti. Niente sangue». Dal nulla il nano si mise a danzare tra i due uomini. «Siamo ospiti qui. Disonorare il nome del padrone? Ti ricompenserà per questo? No, io dico di no». Bucco si voltò verso Bellicus e fece un passo indietro, piegando il collo all'insù. «Testa tra le nuvole. Salve. Salveeee». Piegò le mani attorno alla bocca urlando «Riesci. A. Sentirmi?».

La tensione era rotta, le guardie grugnirono e se ne andarono.

«Hai delle qualità», esclamò Amarina.

«Non direi, domina. No. Ma gli uomini imparano. Rendere grandi le piccole cose che hai». Il nano scrutò le guardie che si stavano allontanando e, quando fu certo che erano troppo lontane per sentirli, si rivolse di nuovo agli altri. «Salvatemi, persone gentili, salvatemi», supplicò. «Ho un padrone crudele. Mi picchia forte e tanto. Portatemi con voi, fratelli e sorella. Nascondetemi, come la bella Catia. Salvatemi la pelle. E io vi mostrerò come salvarvi la vostra».

Amarina fece un sorriso stretto e duro, sapendo che il nano le avrebbe letto nel pensiero. Nessuno lo avrebbe salvato.

Il vento del Nord gemeva tra l'erba, macchiato di neve, e una luna calante rendeva il ghiaccio argentato. Col cappuccio tirato fino agli occhi, Amarina si allontanava veloce da Vercovicium. Lontano dietro di lei, le torce sui cancelli del forte erano poco più che stelle tremanti nella distante penombra della notte.

Avvertì una rabbia lenta che doveva sfogare, non dovuta a Varro o a uno dei suoi uomini. No, era la sensazione di sentire la terra sotto i piedi venire meno ciò che la infastidiva. Aveva lavorato duro per guadagnarsi un po' di sicurezza e non voleva farsela strappare. Ora però gli intrighi si muovevano in cerchio nell'oscurità e persone molto più importanti di lei stavano giocando a giochi che le avrebbero distrutto la vita, come se lei non fosse niente.

Quando raggiunse la Fonte di Sangue – chiamata così perché l'acqua usciva con una tinta arrugginita – girò verso sud e fece la salita che portava all'altura. Lì, sulla cima piatta, al centro di una vasta area di manto erboso bruciato, c'era la Pietra della Nascita, un dente di granito seghettato, chiazzato di licheni e sferzato dagli elementi. Lontano, nel buio, lo circondavano altre sei pietre, più piccole, che le arrivavano agli stinchi invece che alla vita come quella più grande. Vecchie storie dicevano che erano sei guerrieri e il loro re, tramutati in pietra dopo aver sfidato gli dei.

Amarina passò le dita sulla superficie ruvida della roccia, ripensando ad altre notti come quella.

Diede un colpo alla pietra focaia e la torcia che aveva portato si accese.

Non sapeva da quanto fosse lì, ma aveva il corpo intorpidito come la pietra alle sue spalle. Per un po' pensò che non ci sarebbe stata risposta alla sua chiamata: le sorelle wyrd erano lunatiche e misteriose. Poi però scorse un movimento nel buio.

Amarina sollevò la torcia. La luce che si agitava illuminò tre donne in attesa.

«Hecate», esclamò.

«Sì», risposero.

Erano sempre state strane, ma Amarina non si aspettava di più da donne che passavano la vita nelle Terre Selvagge, in compagnia di lupi, corvi e volpi. Mangiavano i funghi, lasciando volare i pensieri, facevano bollire pentole di erbe e radici che gli distorcevano la mente. Parlavano con gli dei e con i demoni, e questi rispondevano. La pazzia era una loro vecchia amica. Ma erano anche sagge, con una sapienza tramandata da madre a figlia, sin dai primi giorni.

Erano a conoscenza di segreti che lei poteva solo sognarsi.

«Che vuoi, sorella?».

Dalla voce più dolce, Amarina capì che era la più piccola a parlare. «L'Uroboro, sorella. Il drago che si mangia la coda. Conoscete questo segno e ciò che significa?»

«Sì. La stagione sta cambiando. Ciò che era sarà ancora».

«Sta accadendo ora?», scandì Amarina. «Come predetto, come auspicato… da voi… dai sacerdoti dei boschi. Adesso, non nei giorni a venire?».

Il vento infuriava e la torcia ruggiva. Il mantello di Amarina menava colpi attorno a lei.

«I sussurri al di là del vallo sono cresciuti fino a diventare un grido», rispose la più giovane delle tre. «Troppo del nostro sangue è stato versato. Ma ora è di nuovo il nostro turno. Ci hanno detto che il Drago sta sorgendo, e che la notizia sta girando, al di là del vallo, in Hibernia, Gallia, ovunque. Il Drago sta sorgendo, capisci?»

«Non può essere vero». Amarina tese una mano alle tre figure avvolte dalla notte dall'altre parte della luce della torcia. «Ho sentito queste vecchie storie talmente tante volte. Sono storie per calmare i bambini».

«Ce l'hanno detto», ripeté la seconda delle donne, la voce più dura. «E adesso tutti i nemici di Roma hanno una speranza. Perché, se il Drago è tra noi, non saremo più schiacciati come quella notte a Ynys Môn».

Conspiratio. Quella parola romana le girava in testa. I pensieri di Amarina tornarono alla sua infanzia, i rami che la colpivano in volto mentre correva per la foresta per sfuggire ai soldati. Quando le figure nascoste tra gli alberi avevano massacrato gli uomini alle sue spalle, offrendole un nascondiglio, aveva capito subito che le vecchie tradizioni non erano mai scomparse. Erano ancora lì, nelle Terre Selvagge e nei boschi, in tutte le terre che Roma aveva conquistato, una resistenza che sopravviveva su vecchie promesse e preghiere ad antiche divinità, in attesa di risorgere, nonostante fossero passati secoli dalla loro sconfitta.

Scosse la testa. «No. È una follia». Quanti erano i sacerdoti dei boschi e le donne sagge che si aggrappavano ancora alle loro credenze? Una manciata qua e là. Chi li avrebbe ascoltati? «Questo... questo re che ci state promettendo da così tanto tempo... pensate possa sfidare Roma? Un uomo?», chiese.

«Roma sarà bella che andata per allora». Questa volta era la più anziana a parlare, la voce gracchiava per il catarro. «Il Re Orso troverà un mondo purificato dal fuoco, e lo ricostruirà».

«Il momento è ora», proseguì la più giovane. «Roma è in difficoltà, e sta perdendo il suo potere. Se non ora, quando?»

«E che potere avete? Se sfiderete Roma, verrete schiacciati».

«Sono arrivati gli Attacotti, sorella».

Quella parola pendeva nell'oscurità e ad Amarina vennero i brividi.

Per lunghi momenti si sentiva solo l'ululato del vento. Amarina socchiuse gli occhi per assicurarsi che le tre donne non se la fossero squagliata nella notte.

«Va' a casa a prepararti», disse alla fine la più giovane. «Tutto ciò che conosci sarà bruciato. La morte è in arrivo e solo il Re Orso potrà condurti fuori dalla lunga notte».

PARTE SECONDA
La caduta

Facile è la discesa nell'Averno: notte e giorno è aperta la porta dell'oscura Dite, ma ritrarre il passo ed uscire all'aria superna, questo è il problema, qui sta l'impresa.

Virgilio, *Eneide*

21
La caccia

Il corno gemette per la foresta. Un altro rispose, più vicino. Avanti, un'ondata di eco, l'uomo e il ragazzo correvano, come facevano da un giorno e mezzo ormai.

«Sono molto vicini?». Marcus frenò le lacrime sbattendo le palpebre, lacrime di paura o per lo sforzo, Lucanus non sapeva dirlo con certezza.

«Abbastanza vicini. Non voltarti».

Il Lupo avanzava aprendosi la strada con le mani su per una salita ripida, su radici che serpeggiavano, sotto le dita pronte ad afferrarlo dei rami bassi. Cercava di tenere alto l'umore del ragazzo, ma Marcus non era stupido. Sapeva perfettamente di cosa erano capaci i barbari alle loro spalle. Vide che gli tremavano le mani mentre si sollevava, e il tremore gli tormentava anche le gambe. Lo sfinimento stava arrivando. Contravvenendo ai propri ordini, lui guardò indietro e vide un movimento nella penombra tra gli alberi. Più vicino adesso. Era solo una questione di tempo ma li avrebbero catturati.

Arrivati su un altopiano, Lucanus afferrò Marcus per le spalle e lo guardò negli occhi. «Ora dobbiamo usare il cervello», disse con affanno.

Sotto i rami di un abete, le piogge primaverili, scendendo dalla collina, avevano scavato un fosso. Ciuffi di erba gialla lo circondavano. Lucanus spinse dentro il ragazzo, poi gli si buttò sopra, e coprì entrambi con la pelliccia di lupo. Pregava che nessuno li avrebbe visti al buio.

Per un po' non accadde nulla. La pelle rifioriva per il calore del corpo sotto di lui e per i battiti di un cuoricino contro il suo petto.

Mormorò un'altra preghiera, a Lugh, a Cernunnos, a qualunque divinità potesse essere in ascolto.

Un ramo si spezzò e lui quasi si mosse.

Piedi calpestavano il terreno gelido. Un grido, il rimbombo di una risposta. Poi un respiro affannato, così forte che sarebbe potuto trovarglisi all'altezza del gomito.

Lucanus si irrigidì. Gli sembrò un'eternità, e le orecchie gli bruciavano al suono di quel respiro irregolare. Stava per cadergli addosso una mano pesante, ne era sicuro.

Nel momento in cui pensò che il petto gli sarebbe esploso, quel suono aspro svanì. Prendendo una boccata di aria fredda, rilassò i muscoli e sentì il ragazzo rilassarsi sotto di lui. Un attimo di tregua. Sentiva ancora le bande da guerra avanzare tutt'attorno. Non distingueva più il giorno e la notte. Un momento era sulla barchetta allontanandosi dall'isola con i tassi con Marcus dietro, e quello dopo c'erano i barbari che si gettavano sulle rive rocciose del lago e non c'era stato nient'altro da fare che scappare, nascondersi e pregare, mentre si facevano strada tra le fila nemiche.

Perché il sacerdote dei boschi li aveva abbandonati? Era un'altra prova? Il Lupo digrignò i denti. Era stufo di domande e intrighi, di essere spinto a ballare una danza che poteva costargli la vita.

Nonostante ribollisse di rabbia, cominciò a rendersi conto che adesso c'era solo silenzio. Sollevando la testa, scrutò oltre il fossato.

«Senti qualcosa?», sussurrò Marcus.

«No, ma non è un buon segno. Non sento gli uccelli, e dovrebbero essere in piena attività se i barbari fossero abbastanza lontani da non essere una minaccia. Sii forte. Presto».

«Non ho paura».

Lucanus fece un sorriso rigido. Era orgoglioso di quel ragazzo. Era forte e intelligente, non temeva un po' di sacrificio, diversamente da molti dei figli viziati dei ricchi mercanti. C'era molto di Catia in lui, e ne avrebbe avuto bisogno nei prossimi giorni.

«Magari ti insegno un po' dei trucchi degli *Arcani*, ma non devi dirli a tuo padre», sussurrò.

«Perché?»

«Vuole che tu diventi un uomo dalle mani lisce, che legge, scrive e conduce una vita delicata. Ed è una buona cosa. Chi mai vorrebbe strisciare nel fango, masticando radici e carne cruda come una bestia?»

«Io voglio fare quello che fai tu, Lucanus».

«No», esclamò fermo. «Ti insegnerò qualcosa... trucchi che ti possono aiutare a stare al sicuro in caso di pericolo. Ma se ti incoraggiassi a diventare un *arcani*, tua madre mi picchierebbe a morte con la mia stessa spada».

Il ragazzo ridacchiò.

In quel momento era facile dimenticare che tutto era cambiato. Pure se fossero sopravvissuti a quell'ordalia, non sarebbero comunque più tornati alla pace del Vercovicium, non il ragazzo che aveva il sangue dei re, non l'uomo incaricato di difenderlo. Se aveva imparato qualcosa su re e imperatori, era che la morte era sempre un passo da loro.

Il sole stava già scivolando verso ovest quando i raggi inclinati che oltrepassavano le chiome cominciarono a spegnersi uno alla volta. Lucanus tese il collo per guardare attraverso i rami alti. Si stavano formando dei nuvoloni. Presto prese a nevicare, all'inizio solo alcuni grandi fiocchi, poi i turbini si fecero più spessi e veloci e un manto bianco scese sulla foresta.

Il Lupo guardò indietro, le impronte che lo seguivano lungo il sentiero, e sentì una stretta in petto. Era come se gli dei stessero cospirando contro di loro.

Accanto a lui, Marcus vacillava, con le gambe esauste. Lucanus lo afferrò prima che cadesse e si preoccupò perché il ragazzo aveva le mani pietrificate. «Ecco», disse, togliendosi il mantello per avvolgerlo su di lui.

«Sono abbastanza caldo», protestò Marcus, scrutando le braccia nude del Lupo.

«Hai un animo coraggioso, ma farà ancora più freddo quando calerà la notte. Ho la pelle più dura della tua e sono abituato a stare fuori in inverno. Il sangue dei lupi mi scorre nelle vene, lo sai. Inoltre, se morirai di freddo, mi toccherà portarti in braccio».

Il ragazzo annuì, affondando tra le pieghe. Per quanto fosse coraggioso, Lucanus vide comunque del sollievo nei suoi occhi. Marcus era troppo giovane per questi sacrifici. Era un miracolo che fosse sopravvissuto finora, e c'erano ancora parecchi chilometri da fare, nel freddo pungente, con il pochissimo cibo della foresta, inseguiti dagli instancabili barbari.

Quando l'ultima luce sparì, la neve li afferrò per le caviglie e lo scricchiolio dei loro piedi avanzava in battiti regolari, troppo forti in quella quiete. Lucanus si appoggiò a un tronco per dare a Marcus la possibilità di riprendere fiato e, nel conseguente silenzio, chinò la testa ad ascoltare.

Non appena il vento tra i rami cessò, sentì delle voci basse, da qualche parte più avanti.

«Aspetta qui», sussurrò.

Camminava piano tra gli alberi seguendo quella conversazione gutturale. Scoppi di risate roche intervallavano i discorsi. Questi uomini non stavano cercando di nascondersi. Scosse i fiocchi di neve pungenti e vide una luce che brillava lontano, un fuoco, un'altra banda di guerrieri accampata. Quanti di quei bastardi erano in giro per i boschi? Non dovevano starsene a casa accanto al focolare con le loro donne?

Lucanus si avvicinò più che poté. Accovacciato dietro a un abete, vide forse cinquanta uomini con la pelliccia e il cuoio, chini su tre fuochi. Le narici gli si arricciarono all'odore dolce e appiccicoso della carne di cervo arrostito, e lo stomaco gli brontolò in tutta risposta.

Soddisfatti, gli Scoti si erano sistemati per la notte, e lui seguì le proprie orme per tornare indietro attraverso gli alberi. Però, arrivato al posto dove aveva lasciato il ragazzo, il cuore cominciò a battergli all'impazzata e si mise a vorticare.

«Marcus», sibilò, combattendo il panico.

«Qui».

Il ragazzo gli stava sorridendo dai rami sulla sua testa.

Lucanus gli agitò un dito contro. «Mi hai fatto spaventare».

«Il grande Lucanus non avrebbe trovato un nascondiglio per stare al sicuro?».

Quel ragazzo continuava a sorprenderlo. Un combattente, un sopravvissuto. Forse il sangue dei re scorreva *davvero* nelle sue vene.

Una volta tirato giù Marcus, Lucanus lo sollevò e se lo mise sulle spalle per poi avanzare chino nella tormenta di neve.

«Facciamo una strada diversa?», chiese il ragazzo.

«I barbari ci stanno bloccando la strada e potrebbero esserci delle sentinelle ai loro fianchi. Non mi va di perdere altro tempo, ma dobbiamo andare verso ovest, finché non sarà sicuro aggirarli».

Lucanus inveì sottovoce. Avrebbe voluto accamparsi, accendere un fuoco per riscaldarsi, ma ora non poteva rischiare. Dovevano continuare ad andare, mettere un po' di spazio tra loro e i loro nemici.

Dopo un po' sentì la testa di Marcus accasciarsi sulla sua spalla e il corpo del ragazzo diventare molle. Il respiro si fece regolare, intervallato da un russare basso.

A Lucanus pulsavano le orecchie per l'ululato del vento ma, quando la tormenta calò giusto per un attimo, gli parve di aver sentito qualcosa alle sue spalle. Si voltò per ascoltare, e gli si gelò il sangue.

Un ululato si diffuse tra gli alberi, il suono degli Scoti che fomentavano la frenesia di caccia. Fischi acuti ovunque.

Avevano scoperto le sue tracce nella neve.

Lucanus si mise a correre. Marcus si svegliò per quel movimento improvviso.

«Che c'è?». La voce ispessita dal sonno.

«I nemici ci sono addosso. Prega gli dei. Abbiamo bisogno del loro aiuto».

«Ti rallento». Nonostante Lucanus cercasse di evitarlo, il ragazzo gli scese da dosso.

«No. Hai le gambe stanche…».

«Sono forte. Posso correre come te».

Quando raggiunsero un torrente che scendeva dall'altopiano, afferrò il ragazzo e lo tiro a sé. «Seguimi», sussurrò.

Entrò in acqua. Un attimo dopo, sentì Marcus dietro di lui.

«Non riusciranno a seguire le nostre impronte qui», disse il ragazzo, capendo.

«Ci darà un po' di tempo. Ma i barbari non sono scemi. Quando non vedranno più le nostre impronte nella nave, capiranno velocemente dove siamo andati».

Usciti dal torrente e ripreso il tragitto a ovest, udì delle grida perplesse nell'abisso della notte. Un attimo dopo, gli ululati e i fischi ripresero.

«Guarda», disse Marcus affannato dopo un'ulteriore corsa.

Quando Lucanus alzò lo sguardo, seguì dove indicava il braccio del ragazzo e vide fiamme danzare tra gli alberi davanti a loro. Torce.

«Un'altra banda di guerrieri?», chiese senza fiato. Doveva essere così. Quelli dietro di loro non sarebbero mai potuti arrivare a precederli in così poco tempo.

Lucanus deviò dal sentiero su cui erano, ascoltando gli ululati e i fischi che sparivano quando il vento impazzava, per poi ritornare ancora più forti. Erano cervi, inseguiti da cacciatori esperti.

«Che facciamo?».

Lucanus sentì un tremore nella voce del ragazzo. «Scappiamo, per ora. Magari più avanti troviamo un posto dove nasconderci».

Salirono scivolando su un pendio che finiva nel buio. Una valle. Tirando su il ragazzo, Lucanus gettò entrambi; rotolarono per il pendio, un mare di felce contro le gambe. I fiocchi di neve gli bruciavano gli occhi. Un albero spuntò dal buio e lui deviò all'ultimo momento, con i rami che gli graffiavano la faccia mentre passava a gran velocità.

Poi si precipitarono in fondo alla valle, discese ripide sui tre lati. Lucanus rimise in piedi Marcus e si immerse nell'oscurità seguendo l'unica via che gli si apriva davanti.

Gli ululati e i fischi si erano spenti e c'era solo il rumore dei loro passi sul terreno bianco. In qualche modo, quel silenzio opprimente era persino peggio.

Quando gli abeti cominciarono a diminuire, Lucanus pensò di poter prendere un sentiero che spariva nella notte. Un'altra strada secondaria? Questo gli avrebbe consentito di spostarsi più velocemente dei guerrieri che cercavano di stare al passo con loro sull'altipiano. Il vento sferzò una tempesta lungo la valle stretta e lunga, e lui rallentò il passo, insicuro.

«E se ce ne fossero altri che aspettano più avanti?», domandò Marcus, comprendendo l'esitazione di Lucanus.

«Li combatterò. Ho una spada magica adesso».

«Una spada magica?»

«Sì. Un dono degli dei, per cui non temere per me. Qualsiasi cosa succeda, tu devi continuare a correre. Non aspettare. Non voltarti. Ti troverò».

Sentiva addosso gli occhi del ragazzo mentre parlava. Marcus era sveglio. Capiva che era una bugia.

«Corri fino a che non trovi un villaggio», insistette Lucanus. «A un ragazzo come te daranno cibo, e un posto dove stare al caldo. Poi prosegui. Guarda dove sorge il sole e segnati il suo percorso nel cielo. Dirigiti a sud. Presto arriverai al vallo, se non ti avrò trovato per allora».

«Non guarderò indietro». La voce di Marcus gli volò incontro, piena di determinazione. In qualche modo lo faceva sentire peggio.

E poi gli crollò il mondo sotto i piedi, esattamente come era già successo.

Lucanus cadde sulla terra dura, senza fiato, e guardava in alto verso un quadratino più luminoso dell'oscurità che aveva attorno, con i fiocchi di neve che l'attraversavano. Per la seconda volta era finito in una fossa coperta di rami e torba, ancora più nascosta per la neve, un vecchio trucco di cacciatori. Aveva l'affanno per l'ansia.

Gli Scoti lo avevano spinto dove volevano che fosse, sapendo benissimo che avrebbe proseguito per la foresta, per una questione di velocità.

Un'ombra apparve sul bordo del quadrato. Marcus che lo guardava.

«Corri», urlò. «Scappa ora. E che gli dei siano con te».

Il ragazzo fuggì e il rumore dei piedi in corsa riecheggiò nella fossa.

Lucanus si mise la testa tra le mani, ma solo per un attimo. Poi era di nuovo in piedi, cercando di arrampicarsi. Una vana speranza: i barbari avevano scavato bene la trappola. Le pareti erano lisce, la terra talmente gelata che non poteva nemmeno scavarsi un appiglio con le unghie.

«Che abbiamo qui? Un ratto?».

La luce delle torce si muoveva attorno alla buca, e in quel bagliore arancione poteva vedere un uomo chino sull'orlo della fossa, che sorrideva con le fiamme che gli ballavano negli occhi. Era Erca, il guerriero che sembrava un orso che Lucanus aveva visto dal suo nascondiglio nella foresta quando la banda di guerrieri lo aveva superato.

«Sono un viandante, perso nella foresta», cominciò a dire Lucanus, nella lingua degli Scoti.

Erca gli agitò un dito contro. «Potresti benissimo esserti perso tra i boschi, perché sei lontano da casa. Ma li conosco quelli come te. Ne sento la puzza a un giorno di marcia di distanza. C'è il sangue della mia gente su di te».

Lucanus guardò quel viso e vide la sua sicurezza. A che serviva mentire? Doveva affrontare il proprio destino da uomo.

«Prega i tuoi dei romani», proseguì Erca. «I tuoi giorni finiscono qui».

22
L'accampamento

Lucanus sbatté le palpebre e aprì gli occhi. Un sentiero inzaccherato si muoveva sotto di lui. I suoni arrivavano veloci. Le urla degli uccelli. Il rumore dei passi e gli sbuffi dei cavalli, gocce pesanti dai rami. Scosse la testa, sentendo che stava riprendendo i sensi. Dai lampi di agonia nelle giunture si rese conto di essere appeso a faccia in giù, con i polsi e le caviglie legati sopra di lui.

Piegando il collo, socchiuse gli occhi nella luce che filtrava dagli alberi. Tra i lampi, si figurò un guerriero scoto a ogni estremità del ramo a cui era stato incordato. Uno dei due lo vide guardare e rise. «Ah, bastardo di un romano. Adesso sai come si sente una carcassa di cervo».

Il Lupo lo guardò in cagnesco, celando l'amarezza per essersi lasciato catturare, ma questo li fece solamente ridere più forte.

Sentì riaffiorare i ricordi. Quella prima notte era poco più che un'immagine indistinta. Dopo che i nemici lo avevano issato fuori dalla fossa, l'avevano picchiato con tanta furia che aveva perso i sensi. Dopodiché era entrato e uscito da uno stato di veglia, preso in una ragnatela di dolori. Si ricordò del sangue che gli copriva talmente tanto gli occhi che a malapena riusciva a sforzarsi per aprirli, della saliva che usciva dalle labbra screpolate.

A un certo punto, aveva masticato carne di cervo mentre era sdraiato sulla terra fredda, dietro uno dei fuochi, ogni pezzo infilato a forza tra le labbra. Attraverso il fumo, vedeva coloro che l'avevano catturato nel bagliore arancione delle fiamme, chini come orsi nelle pellicce e nel cuoio, con la barba e i capelli selvaggi. Ogni tanto incrociava quegli occhi di carbone e sentiva un freddo fortissimo.

Lo stavano tenendo in vita solo per sottoporlo a un'agonia peggiore, lo sapeva.

Una mano lo afferrò per i capelli, tirandogli su la testa, e vide la faccia larga di Erca, con cicatrici qua e là. Al capo degli Scoti brillavano gli occhi.

«Ancora vivo? Bene», disse con la sua voce profonda. «Ci tornerai utile, almeno per un po'».

«Dove mi state portando?». Lucanus sobbalzò quando sentì la propria voce, così roca che era poco più di un sussurro. Lo avevano trasformato nel fantasma di ciò che era.

«Presto vedrai una cosa che nessuno della tua razza ha mai visto». Un sorriso furbetto.

Il barbaro lasciò cadere la testa di Lucanus. Attraverso le palpebre, il Lupo vide il suo aguzzino portarsi alla testa di quella colonna di uomini. Stavano viaggiando su un sentiero largo e ben tenuto nella foresta, verso ovest, così gli diceva la luce che si spostava. Una banda da guerra, trenta uomini circa.

Colori e luci affioravano dal buio perenne della foresta e, quando Lucanus aguzzò lo sguardo in avanti, pensò che gli alberi stavano diminuendo. Dopo un po', il sentiero superò i ceppi che mostravano i segni delle asce. Il sottobosco era stato sgomberato. Nel naso aveva il dolce fumo di legna dei falò di rami e cespugli spenti.

Gli occhi di Lucanus soffrirono il passaggio improvviso tra le ombre della foresta e la luce forte. Quando riuscì a guardare di nuovo, vide erba ondulata a ogni lato e inspirò l'odore di carne di cervo arrostita e il fetore di terra emanato da un gran numero di persone radunate in un unico posto. I colpi dei martelli e delle asce risuonavano in lontananza, accompagnati da un coro roco. Voci forti che chiamavano dall'inizio della colonna.

«Aspettate».

Erca tornò verso di lui, che ciondolò fino a fermarsi.

«Sollevatelo. Fategli vedere cosa lo attende».

I due uomini issarono il palo e Lucanus emise un grido quando le spalle si storsero. Una volta che la nebbia dovuta al dolore scomparve dai suoi occhi, guardò una brulicante città di tende, che riempiva un bacino che arrivava fino a una fila di collinette all'orizzonte. Sotto una spessa coltre di fumo, molti fuochi splendevano rossi. Quel martellio che aveva sentito veniva dalle fucine, le narici gli bruciavano per l'odore acre delle fornaci. A un'altra folata di vento, respirò il muschio dei cavalli e vide che un lato dell'accampamento era chiuso da una recinzione: c'erano più selle di quante ne avesse viste in tutta la sua vita. Ragazzi giravano lanciando manciate di paglia.

«Che ne pensi del nostro raduno, romano?», gli mormorò Erca all'orecchio. Estrasse il coltello lungo, si sporse e Lucanus sentì stringersi i lacci. Prima le gambe gli penzolarono libere, poi i polsi, e poi rotolò in avanti, nel fango, troppo debole per sostenere il suo stesso peso. I barbari accanto a lui ridevano, e aveva le guance in fiamme.

«Striscia a quattro zampe nel nostro accampamento, in modo che tutti vedano il cane che sei», esclamò Erca, «oppure alzati e cammina da uomo».

Lucanus si fece coraggio contro il dolore fortissimo che sentiva alle caviglie e ai fianchi. Una rabbia gelida gli congelava il cuore: l'orgoglio era tutto ciò che gli era rimasto e non l'avrebbe perso facilmente. Spingendo per alzarsi in piedi, vacillò per un attimo. I barbari lo osservavano, e ridevano ancora. Un passo, poi un altro.

Il Lupo trattenne il dolore e si incamminò verso il suo destino.

Ai margini dell'accampamento, una testa in putrefazione su un palo guardava in basso su due sentinelle che si riscaldavano le mani su un fuoco. Lucanus le superò e raggiunse il punto in cui pulsava la vita, con le orecchie che gli ronzavano per i colpi di martello, i guaiti dei cani, le conversazioni sbraitate in lingue che a stento riconosceva, e poi non riusciva a respirare per i miasmi di merda e piscio e fumo, carne arrosto e l'odore forte di ferro bruciato.

Volti apparivano accanto a lui e, in quel vortice, ci vollero alcuni momenti prima che si rendesse conto di cosa stava osservando. Tatuaggi strani, la pelle più scura che avesse mai visto, molti pallidi come la neve con i capelli biondi, lunghi e ricci, spade curvate, lame lunghe e piatte, asce piccole e larghe, guerrieri alti e magri con occhi a forma di oliva, uomini tarchiati con la barba nera che gli arrivava quasi alla vita.

Sentiva i loro occhi bruciare su di lui mentre passava, le loro risate stridenti, e capiva il loro sfottò nonostante non riconoscesse tutte le parole.

Erca doveva aver notato la sua espressione stupita o, forse, la stava aspettando, visto che fece un passo in avanti, esclamando: «Capisci adesso, cane?». Agitò le dita davanti agli occhi del suo prigioniero. Lucanus notò il suo sorriso furbetto.

«Un esercito?». In tutto il suo vagare a nord del vallo, non aveva mai sentito di così tante tribù provenienti da terre remote, radunate in un unico posto.

Erca rise. «Non è un esercito. Non è altro che un consiglio, l'ultimo di tanti, dove finalmente si giungerà a un accordo. Le divergenze sono state superate. Ogni tanto ci sono stati uomini che si puntavano la spada alla gola, però adesso siamo tutti amici». Ridacchiò e si sfregò le mani.

«Chi sono?».

Erca indicò diversi guerrieri bardati, mentre camminava. «Gli Scoti li conosci. E anche i Pitti, quei bastardi selvaggi e tatuati. Abbiamo i Sassoni dalla Germania. Gli Alamanni dalla Gallia. E gli Attacotti».

Lucanus aggrottò la fronte.

«Mai sentiti».

«Incontrerai gli Attacotti. Molto presto».

Il Lupo si guardò attorno, non capacitandosi ancora che questi popoli truci avessero in qualche modo trovato una causa comune. «Se credi che Roma vi permetterà di stringere alleanze...».

«Roma non ha voce in capitolo su questo, e su nient'altro. Ha fatto il suo tempo».

Lucanus sbuffò. «Mi giunge nuova».

Erca lo spinse, poi si girò dall'altra parte, alzando le braccia in segno di saluto mentre molti barbari si muovevano lenti e pesanti tra la folla per abbracciarlo. Il Lupo li osservava dargli pacche sulle spalle e ruggire complimenti: un altro coniglio in pentola, un divertimento per le picche e le spade, da schernire e umiliare.

Lucanus si girò dall'altra parte, studiando la folla che si aggirava tra le tende. Adesso vedeva che si trattava soprattutto di Scoti e Pitti. C'erano pochi degli altri gruppi in giro, probabilmente delegati, inviati dalle tribù per stringere gli accordi.

Vicino, due cani si azzuffavano, scattando e ringhiando. Un capannello di uomini faceva baccano, agitando i pugni e staccando l'oro dai bracciali che avevano sulle braccia, per scommettere. Dietro di loro, altri lottavano e altri ancora combattevano con le spade, tra le grida dei sostenitori.

Troppi guerrieri. Impossibile scappare.

Mentre lo sguardo vagava sulla tendopoli, notò un manipolo di uomini arrivare verso di lui. Pitti, a giudicare dall'aspetto, la pelle chiara macchiata da tatuaggi neri di spirali, cerchi e stelle. Aveva sentito talmente tante storie su questo popolo: che erano quelli che avevano innalzato i cerchi di pietre e tumuli cosparsi nel paesaggio; che erano venuti via mare dalle terre calde quando il mondo era giovane; che una volta erano Sciti, Baschi o Caldei.

Tutto quello che sapeva era che erano gli ultimi guerrieri che avrebbe voluto affrontare in battaglia. Erano delle bestie, piene di rancore verso Roma. Una volta ne aveva visto uno massacrare un legionario, nonostante il Pitto fosse sventrato e avesse perso il braccio sinistro.

Pesino dopo morto gli occhi parevano ardere d'odio. Una volta Atellus gli aveva detto che la marina dei Pitti era temibile al pari del loro esercito. Erano nati per combattere e uccidere, sulla terra o in mare.

Quando i Pitti si fermarono davanti a lui, Lucanus ne fissò uno al centro che spiccava sugli altri. Aveva la testa avvolta da pezzi di tessuto luridi. Gli occhi del colore del cielo invernale bruciavano all'ombra delle orbite e Lucanus si sentiva come se lo stessero aprendo, giudicando in ogni parte di lui.

Erca si sporse in avanti e sussurrò coprendosi con la mano: «Questo è Arrist, il re del Sud. Il re del Nord ha inviato degli uomini al posto suo. Non farti nemico Arrist, ti do un consiglio gratis».

«Che è successo alla sua faccia?», mormorò il Lupo, incapace di spezzare quello sguardo di ghiaccio.

«La carne è stata bruciata, così dicono almeno, fino all'osso. Ha dato la caccia al responsabile per sette giorni e sette notti, facendolo a pezzettini della grandezza del mio pollice, per farli poi mangiare alla moglie». Alzò le spalle. «Così dicono».

Si rivolse a un uomo basso con la faccia da topo, pochi denti e capelli unti. «Prendi questo bastardo romano», esclamò. «Scopriremo quello che sa, in un modo o nell'altro».

Lucanus si sentì afferrare da mani forti, per poi essere trascinato tra la folla.

23
I Mangiatori di Morti

Lucanus corse dentro la sala e cadde sul pavimento. Per un attimo rimase con la faccia contro la terra fredda, ascoltando i passi delle due guardie che lo avevano gettato e maledicendosi in silenzio per non avere la forza di contrattaccare. Un'ombra gli cadde addosso, e alzò lo sguardo sull'uomo dalla faccia da topo.

«Sono Logen. Logen del Cuore del Fuoco». Aveva la voce sottile e stridula.

«Cuore del Fuoco?», ripeté Lucanus, guardandosi attorno. La sala era poco più che file di ceppi in una cornice formata da tre tronchi legati tra loro, il doppio della sua altezza. Un attizza fuoco dall'altro lato.

Con un sorriso dai denti mancanti, l'uomo allungò il braccio sinistro. La carne attorno al gomito era un ammasso di cicatrici. Poi aprì le dita della mano, svelando una bruciatura a forma di cerchio con dentro una croce.

«Un uomo aveva scommesso che non ero abbastanza coraggioso da infilare la mano nel cuore del fuoco e trovare l'amuleto che aveva buttato». Mise il palmo vicino alla faccia del Lupo. «Questo è il segno dell'amuleto, con cui sono stato marchiato. Ho preso l'oro di quell'uomo. E poi l'ho ucciso piantandogli un coltello in gola. Credi che saresti capace di sopportare un tale dolore solo per una scommessa? Lo scopriremo stanotte».

Attraversò la sala con due guardie che, a capo chino, mormoravano tra loro gettando occhiate occasionali al prigioniero. Qualunque cosa avessero organizzato, Lucanus non era più padrone del suo destino.

Piuttosto, ripensò a tutto quello che aveva visto nell'accampamento, chiedendosi ancora cosa significasse questa nuova alleanza. Era improbabile che sarebbe vissuto abbastanza da scoprirlo.

Le sue tre guardie si guardarono attorno a causa di un rumore che veniva dall'esterno e, un attimo dopo, entrò Erca, pulendosi il grasso dalla bocca con il dorso della mano. Nella sinistra aveva Caledfwlch.

«Un bel fodero, ma la spada non è un granché. Vecchia. È il meglio che sai fare, bastardo romano? Il tuo esercito è così a corto di soldi e di scorte che dovete affidarvi alle armi dei vostri nonni?». Gettò la spada in un angolo, aggirandosi attorno alla sua preda. «Lucanus», disse, ripassando il nome che aveva imparato non molto dopo essere partito per l'accampamento con il suo prigioniero. «Il Lupo». Curvò le spalle larghe, scosse la testa enorme, ricordando l'orso a cui somigliava, poi fece scrocchiare le dita. «Arriviamo al dunque. Ho molti affari da sbrigare stanotte e non ho tempo per una pulce come te».

«Risparmierai tempo uccidendomi. Non ti dirò nulla».

«Parlerai. Lo fanno tutti alla fine. La vera domanda è: hai qualcosa di rilevante da dire? Scommetto di no. Abbiamo appreso tutto quello che ci serviva sul vostro esercito, i suoi giri, le debolezze e i punti di forza. Soprattutto le debolezze».

Lucanus rise in silenzio. Gli *arcani* avevano girato le Terre Selvagge in lungo e largo lungo il vallo. Tutti si sarebbero accorti se i barbari si fossero avvicinati tanto da riuscire a spiare.

Erca sorrise, leggendo negli occhi il suo prigioniero. «Sono tante le cose che non sai, Lupo».

«Quante volte i tuoi uomini sono stati attaccati? Quanto sangue dev'essere ancora versato prima che accettiate che non siete in grado di sconfiggere la possente Roma?»

«Non sempre ciò che è stato sarà così in futuro». Erca agitò le dita della mano destra e Logen e le due guardie avanzarono.

Lucanus si fece forza.

«Perché ti sei avventurato tanto a nord?». Erca si accovacciò, dondolando sui talloni mentre studiava il suo prigioniero. «Che cosa avevi sentito dei nostri affari? Cosa speravi di trovare?».

Il Lupo si limitò a fare un ghigno.

Dopo aver preso i loro stivali e i loro pugni, si leccò il sangue fresco dalle labbra.

«State sprecando il vostro tempo». Aveva la voce ancora roca, con le parole gracchianti. «Se avessi voluto scoprire a che giochi stavate giocando, avrei portato i miei uomini con me».

«È più semplice avventurarsi così lontano per un uomo solo rispetto a dieci».

«Stavo cercando un ragazzo. È stato rapito da casa e portato a nord». Non aveva importanza che avesse detto la verità. Marcus era morto o, se gli dei erano scesi a portarlo al sicuro, era troppo lontano perché quest'uomo gli facesse male.

Erca sbuffò. «Un ragazzo. Ora so che menti».
«Non salveresti un bambino?»
«Non rischierei il collo, a meno che non abbia un valore per me. Era tuo figlio?».
Lucanus scosse la testa.
«Addentrandoti così tanto nella nostra terra, da solo, dovevi saperlo che le possibilità di tornare erano poche. E mi dici che l'hai fatto per un bambino che non era nemmeno tuo? Mi prendi per scemo?». Guardandolo torvo, lo tirò in piedi.
Ai Moirai piaceva ridere. Lucanus aveva detto la verità e ora sarebbe stato punito per questo.
Logen piegò le dita della mano bruciata. «Lascialo a noi. Gli estorceremo la verità molto velocemente».
Lucanus osservò Erca andare avanti e indietro, poi lanciare un'occhiata a Logen. «No. Ho bisogno di te nel consiglio con i Sassoni. Sei l'unico che riesce a cavare un po' di senso da quel vecchio che capisce la loro lingua. Continuate a sorvegliarlo», disse alle due guardie prima di rivolgersi di nuovo al Lupo. «Avresti fatto meglio a dirmi tutto qui. Ciò che accadrà ora è solo colpa tua».
Erca e Logen uscirono a grandi passi dalla sala, nell'accampamento immerso nel sole. Lucanus li guardò uscire, cercando di non rimuginare sul significato di quelle ultime parole.

Il Lupo emerse da un sogno di streghe e druidi e Marcus morto nella neve, con gli occhi ciechi che fissavano i corvi che volavano in cerchio. La notte era arrivata e sentiva canzoni, risa e brindisi risuonare lungo l'accampamento. Sdraiato su un fianco, vide passare le due guardie. La luce arancione danzava ovunque, il cielo vivo con migliaia di scintille che splendevano come lucciole dai falò ben attizzati.
Sentì l'odore della carne di cervo arrostita, e lo stomaco brontolò. Un banchetto. Una celebrazione.
Un attimo dopo, arrivò Logen. «Portatelo dentro», ordinò alle due guardie l'uomo con la faccia da topo.
Mani agganciarono le sue ascelle e fu alzato a metà, trascinato nella notte. Dopo un percorso tortuoso tra le tende, venne sbattuto a terra accanto a un grande fuoco al centro dell'accampamento, le fiamme alte come tre uomini. Si guardò attorno, file su file di volti splendenti che sparivano nell'oscurità. Alcuni dei guerrieri stavano masticando pezzi di carne, con i succhi che gli colavano nella barba. Altri be-

vevano vino o birra da ciotole di legno, alzando immediatamente il recipiente per farselo riempire di nuovo da uno degli uomini che si muoveva tra la folla con il pellame.

Quando lo videro, i barbari alzarono i pugni e ringhiarono la loro approvazione. Le due guardie lo rimisero in piedi e gli tirarono le braccia dietro la schiena.

«Non hai ancora paura, cane romano?». Erca fece un passo in avanti. Le ombre gli danzavano sul volto.

«Mi sono rassegnato quando mi hai catturato in quella fossa. Sapevo che non sarei vissuto per vedere molte nuove albe».

«Non è la morte che dovrebbe riempirti di paura. Ma come morirai».

Erca guardò alla sua sinistra e fece un cenno. Aiutandosi con un bastone, un uomo si avvicinò al bagliore del fuoco. All'inizio Lucanus credette fosse Myrrdin, la stessa tunica, la stessa testa altezzosa. Ma questo era pelato, con capelli bianchi ai lati e dietro, il volto segnato da una mappa di anni di privazioni. Tatuaggi a spirale, ora sbiaditi in un grigio montagna, scendevano a cascata sui suoi lineamenti sinistri.

Un altro druido, pensò il Lupo. Doveva esserlo.

«Parla, Hadrun delle Colline», ordinò Erca. «Fa' sentire a questo cane romano quello che mi hai detto al tramonto».

«La profezia?»

«Sì, la profezia».

Hadrun volse lo sguardo sul prigioniero e gracchiò: «La stagione volge al termine, e tutto deve cambiare».

Lucanus sentiva gli occhi di Erca su di lui, ma era rapito da quelle parole familiari.

«Questa è l'ora predetta dall'inizio dei tempi, l'ora in cui inizierà a sorgere il vero potere su questa terra. Nei giorni che verranno, nascerà un grande re, un re che non morirà. Tutto cadrà sotto la sua spada. I ricchi del mondo gli conferiranno onorificenze, e potere mai visto prima. Unificherà tutti coloro che hanno sofferto su quest'isola e li condurrà in un'era d'oro».

«E chiunque sia dalla parte di questo re, avrà parte del suo potere», irruppe Erca. Una quiete era caduta sulla folla, disturbata solo dallo scoppiettare del fuoco.

«Sì», rispose Hadrun.

«E perché dovremmo curarcene ora, sacerdote dei boschi, visto che questo re non è ancora nato?». Erca girava attorno al fuoco, scomparendo alla vista di Lucanus dietro le fiamme saltellanti.

«La sua linea di sangue sta sorgendo adesso dal mare di uomini, pronta a prendere il proprio posto al comando». Il vecchio alzò la voce, gracchiando. «Il sangue dei re è qui, in questa epoca, in fondo a un calice. E quel calice è un bambino. Crescerà e avrà un figlio che avrà un figlio e, quando sarà il momento, nascerà il grande re. Il Re Orso».

Il Lupo vide Erca spuntare dall'altro lato del fuoco. Le fiamme danzavano negli occhi dello scoto mentre fissava il prigioniero. «Quando mi hai detto che stavi dando la caccia a un bambino ho creduto che mi stessi mentendo, bastardo romano. Quale uomo rischierebbe tutto per venire nella nostra terra per una cosa simile?». Il barbaro spalancò le braccia. «Ma ora capisco. A un rischio deve corrispondere un premio di valore, e quale premio più grande di questo? È questa la verità dietro la tua ricerca, romano bastardo?».

Lucanus guardò Hadrun, poi si sforzò di fare un'espressione vuota, cercando di nascondere la confusione che provava. A che gioco stavano giocando questi sacerdoti dei boschi? Prima gli dicevano che doveva essere il protettore della linea di sangue, e ora rivelavano tutto ai suoi nemici peggiori? Si sentiva male a essersi fidato di Myrrdin.

«Era il figlio di un amico, nient'altro». Parole che riuscivano a essere sia verità che bugia.

Erca sbuffò. «Anche io giocherei a questo gioco. Quel ragazzo, cresciuto dagli Scoti... e suo figlio, e il figlio di suo figlio... nessuno oserebbe più sfidarci».

«Roma vi sfiderà».

«Non credo».

«Stai sprecando il fiato. Il ragazzo è morto e il re con lui. Ci hai pensato tu, quando mi hai catturato in quella fossa? Credi che un ragazzo possa sopravvivere d'inverno nelle Terre Selvagge?»

«Non da solo. Ma se c'erano i tuoi alleati, in attesa di riprendere il ragazzo...».

«Sono venuto da solo».

«Uno dei grandi *arcani* mica può essere così stupido?». Lucanus vide Erca scuotere lentamente la testa e, quando il capo dei barbari si portò le mani alla bocca, urlando: «Oh!», capì che il suo destino era stato sigillato.

Si guardò attorno e vide dei movimenti nell'oscurità lontana, oltre il cerchio di vita attorno al fuoco. Stava venendo qualcuno.

«Li conosco quelli come te, romano bastardo». Erca fece un passo arrivando davanti a lui. «Gli *arcani* sono duri come pietre di montagna. Vivere nelle Terre Selvagge in inverno è fuori dalla portata della maggior parte degli uomini, già, anche di guerrieri esperti. Ma voi affrontate le privazioni come affrontate la gioia. Questo lo so. Non scioglierai la lingua volontariamente. I miei uomini potrebbero tentare e ci riuscirebbero, ma ci vorrebbe troppo tempo, fino a spezzarti le ossa e riusciresti a malapena a parlare. Perché sprecare questo tempo quando qui ci sono uomini molto più abili in queste cose?».

Lucanus distolse lo sguardo dal barbaro e si concentrò su quel movimento nell'oscurità. Adesso vedeva molte figure farsi strada tra gli uomini accovacciati a terra. Nonostante non fossero altro che ombre, una sensazione agghiacciante gli cresceva nello stomaco.

Uno a uno, si sistemarono nella luce tremolante, dieci di loro, di un bianco splendente, come i fantasmi che camminavano tra le tombe a mezzanotte. Le teste erano teschi, con solo buchi neri al posto degli occhi.

Lucanus li fissava, la pelle d'oca. *Demoni*, pensò.

Ma mentre si avvicinavano si sentì riempire di sollievo. Erano uomini, dopotutto, nudi fino alla vita, con i corpi incrostati di cenere e il carbone attorno agli occhi e agli zigomi per ricordare il teschio sotto la pelle.

«Ammirate i re sacerdoti degli Attacotti», gridò Erca al di sopra del tuonare del fuoco.

Quegli occhi che lo fissavano lo rapivano e, in quelle loro profondità nere, finalmente capì. «I Mangiatori di Morti».

Il pensiero gli volò a quella radura dove doveva essersi tenuto l'ultimo consiglio, e ai corpi semiconsumati dei Corvi.

«Che cosa siete?», mormorò Lucanus.

«Stai sprecando il fiato. Non capiscono la tua lingua, né la mia o una qualunque delle nostre, e solo un uomo qui parla la loro». Erca gli mise una mano sulla spalla e agitò un dito verso quella banda spaventosa. «Non sono come te o come me, Lupo. La loro casa è lontana da qui e sono rimasti uguali a se stessi lì, isolati dal mondo esterno. Adorano strane divinità, e le pregano da altari fatti di ossa dei loro nemici. Ragionano anche in modo strano, e hanno molti segreti. Mangiando la carne di un uomo, ne rubano la forza, questo è quello che credono. Un tempo tutti gli uomini erano così, dicono, ma ora solo gli Attacotti sono ancora legati a queste vecchie credenze».

Lucanus li osservò da capo a piedi. La pelle di pergamena pendeva sottile dalle ossa. «Non sono niente di che», esclamò con espressione sprezzante.

«Non fidarti dei tuoi occhi. Non esistono guerrieri più feroci in battaglia, nemmeno i Pitti. E sono più di questo, molto di più. Voi *arcani* siete bravi battitori. Gli Attacotti sono meglio. Cacciatori silenziosi, loro. Non puoi sapere come sono finché non ti sono addosso, e a quel punto è troppo tardi. Mi hanno detto che non temono la morte: l'accolgono. Credono che quando muoiono il loro spirito continui a vivere. Questo li rende forti».

Lucanus guardò gli Attacotti rilassare le spalle e sporgersi sui calcagni. Non gli ricordavano altro che un branco di lupi che si preparavano ad attaccare un agnello messo all'angolo.

«Sì, sono i Mangiatori di Morti». La voce di Erca fluttuò da qualche parte dietro di lui. «Eppure sono molto più di questo. Sono anche Mangiatori di Vivi».

Il guerriero più vicino fece un balzo in avanti, con la mano sinistra scompigliò i capelli di Lucanus strattonandogli la testa di lato. Il Lupo intravide una lama, un coltello lungo, con la punta tagliata male.

La visuale era occupata da quella faccia bianco cenere. Larghi occhi cerchiati di nero. Le labbra nere che scoprivano denti gialli. Sentì una folata di alito disgustoso che sapeva di carne.

E poi quello spettro spaventoso cominciò a seghettare.

Lucanus ululò fino a infiammarsi la gola, ma nelle orecchie gli risuonava solo il chiasso della folla. Il sangue schizzò nella sua visuale, invadendola. Il dolore gli perforava il cranio.

Annaspò. Quando la visuale fu sgombra, osservò l'immagine sfocata del guerriero degli Attacotti fare un passo indietro, reggendo in alto il suo premio. Lucanus sbatté gli occhi per togliere il sangue. Il premio. Pallido. Stretto tra pollice e indice.

Il suo orecchio sinistro.

Il guerriero degli Attacotti fece scivolare quel boccone in bocca, masticando la cartilagine e la carne, forte, poi ingoiò. Ancora chiasso roboante, con i barbari che giravano menando pugni in aria.

E questa fu l'ultima cosa che Lucanus vide.

24
La fossa di sangue

Roma

Frammenti d'oro splendevano sulla superficie dell'acqua. Quando Corvus chiuse la porta, la torcia sul muro brillava fioca e quelle macchioline di luce scorrevano in una costellazione lungo il soffitto a volta delle terme di Caracalla, alto sulla sua testa. Le vaste *thermae*, le seconde per grandezza a Roma, erano sempre deserte a quell'ora della notte; le botteghe a nord del muro erano ferme, le biblioteche ai lati occidentali e orientali tacevano.

«Dov'è la sentinella?», sussurrò.

«Perché sussurri?». Pavo sollevò un sopracciglio. «Te lo giuro, ultimamente hai paura della tua ombra».

«C'è solo una cosa che mi spaventa: ascoltare ancora le chiacchiere di un omino dalla bocca larga».

Con una risatina, Pavo agitò il mantello, facendo uscire un braccio per accompagnare l'amico avanti.

Corvus faceva strada lungo il *frigidarium*. Attraverso le porte davanti a sé, vedeva la luna fluttuare nell'acqua. Nella *natatio* a cielo aperto, durante il giorno gli specchi di bronzo in alto rifrangevano i raggi del sole dentro la piscina.

I suoi passi raggiunsero le mura fino agli spazi nell'ombra in alto, dove rallentarono per un po'.

«In passato non saremmo dovuti entrare di soppiatto come ladri», sospirò.

Arrivati a una porta, si fermò. Era trascorso un po' di tempo dall'ultima volta che era stato in quel posto, ma gli pareva di ricordare che questa fosse la strada.

Superò la *palestrae* – i campi che puzzavano ancora di sudore per le gare di pugilato e le lotte della giornata – fino ad arrivare a un'altra porta che dava su una stretta scalinata. In fondo alle scale, si ritrovarono in un labirinto di tunnel dove si facevano le riparazioni dell'ipocausto che riscaldava i bagni, con una rete di tubi che trasportava l'acqua dall'acquedotto Aqua Antoniniana.

«Ecco», mormorò Pavo alle sue spalle.

La porta era più piccola delle altre che avevano superato, il legno era sbiadito e crepato dal tempo. Corvus batté il pugno tre volte e sentì un grugnito grave come risposta dall'altro lato.

Umettandosi le labbra esclamò: «Vengo con la testa e gli occhi bassi, in ammirazione del *Sol Invictus*».

La porta si aprì.

La bestia era già lì.

Corvus sentì il muschio pesante che era nell'aria e, quando le voci svanirono, fu sicuro di sentire uno sbuffo di alito caldo.

Per un attimo rimase sulla soglia del mondo sotterraneo, adattandosi al caldo e all'oscurità. Due torce tremolavano sulle pareti di fronte, ma le ombre parevano avere il potere di ingoiare la luce. Solo un piccolo cerchio splendeva attorno alla fossa di sangue.

Entrando, i talloni sbattevano sul sostrato roccioso, che portava ancora i segni di dove i suoi predecessori avevano scavato il sotterraneo.

Nonostante le pareti fossero state ricoperte, alcune delle stanze adiacenti sembravano poco più che una caverna, ed era giusto, perché erano nate dalla terra e arrivavano al cielo.

Spinse all'indietro la testa, come se potesse vedere attraverso il soffitto, attraverso i bagni, fino al cielo notturno dove splendeva la costellazione di Perseo. Perseo che uccideva il toro, Taurus, mentre le stelle si muovevano. Questo luogo era stato scelto con cura proprio per quella ragione: linee tracciate, angoli calcolati, mappato e divinato.

Nella penombra si muovevano le sagome. Gruppetti di uomini, alcuni in piedi altri seduti su panche di pietra lungo le pareti. Anche se non ne vedeva i volti, Corvus sapeva chi fossero molti di loro. I fedeli che chinavano il capo nelle chiese in superficie sarebbero rimasti sorpresi se avessero saputo i nomi di quelli che si trascinavano là sotto coperti dalla notte. Grandi uomini ancora attaccati a certezze del passato, soldati, macellai e fabbri fermi nel credere che questo posto fosse un faro che indicasse la via che portava ai giorni a venire. In questa confraternita tutti erano uguali.

La bestia sbuffò ancora più forte, con l'esalazione che rotolò per le caverne segrete arrivando nell'oscurità profonda. Le voci si affievolivano, diventando silenzio.

Corvus guardò Pavo negli occhi. Fuori, si pavoneggiavano e si atteggiavano, ma lì vedeva che il suo amico era in soggezione come lui.

Ai bordi del cerchio di luce, guardò in alto, verso il soffitto, pittato di blu e chiazzato di stelle per corrispondere al cielo notturno di sopra. Chi non sarebbe rimasto colpito dal più grande Mithraeum di Roma, nonché il secondo di tutto l'impero? Qui si erano fatti giuramenti, e sacrifici, che avevano modellato il volto del mondo.

Quei giorni erano andati. Ci avevano pensato i cristiani. Nonostante i suoi compagni qui adesso dovessero tenere i loro segreti lontani dalla luce, aveva avuto la sensazione che alcuni di loro, magari tra questi anche suo fratello, pensassero ancora che ci fosse la speranza di un'ultima possibilità di sistemare le cose.

«Tutto bene».

La voce rimbombò nell'oscurità e a Corvus si drizzarono i peli del collo. Attorno a lui, cresceva il silenzio.

Corvus aguzzò lo sguardo nella penombra per osservare l'altare in fondo a quel luogo claustrofobico, un sarcofago nella cui parte anteriore era incisa l'immagine di Mitra che ammazzava il toro. Riusciva appena a indovinare le nicchie ai lati, una che conteneva il busto di Sol, l'altra con la statua di Mitra *petra generix*, il loro dio nato dalla roccia.

«Tutto bene», risuonò ancora la voce, stavolta più vicina.

Una figura andò davanti all'altare, tirando giù il cappuccio.

Gnaeus Calidus Severus, l'Appeso, piegò piano il collo deforme, in modo da poter far cadere lo sguardo su tutti i presenti.

«Saluti,p», rispose la congregazione a una sola voce.

Corvus rifletté su quanto appariva imponente adesso quest'uomo deforme. Severus indossava il mantello di Mitra, nero come il cielo notturno, con le stelle e i segni dello Zodiaco che splendevano d'oro sulla schiena. In testa aveva un cappuccio rosso, al dito l'anello che gli iniziati avrebbero baciato e, nell'altra mano, il bastone del pastore, perché loro erano il suo gregge e lui li guidava.

«Qui facciamo una mappa del passaggio dell'anima», intonò Severus, «da questo mondo all'aldilà, come il Sole Invincibile che viaggia dall'orizzonte all'orizzonte infinito. C'è un penitente che vuole fare il suo viaggio prima di me?».

Corvus si guardò intorno, finché non vide il fratello in piedi dall'altro lato della fossa di sangue, coperto da un cappuccio e un mantello.

«Sì», annunciò Corvus.

«Di' il suo nome».
«Servius Aurelius Ruga».
«C'è un Soldato fedele che voglia offrire il penitente per il giudizio?»
«Sì», ripeté Corvus.
«Di' il suo nome».
«Lucius Aurelius Corvus».
«Porta il penitente».

Corvus afferrò la mano di suo fratello e lo portò davanti a Severus. Dopo che Ruga si fu tolto di dosso il mantello per rimanere nudo davanti al sacerdote, due teodofori marciarono da entrambi i lati per accendere un'altra fiamma sull'altare. Le ombre furono spazzate via.

«Qui ci avvicineremo al grande mistero, che solo gli illuminati tra noi possono conoscere in pieno», proseguì Severus. «Qui, l'anima di fratello Ruga scenderà nell'oscurità, fino al mondo sotterraneo e, quando emergerà dalla terra, sarà rinato».

La bestia sbuffò così forte che Corvus quasi scattò, temendo che fosse dietro di lui. Sentiva che il cuore gli batteva forte, nonostante sapesse cosa stesse per accadere.

Severus alzò le braccia, in modo da avere le mani sulle loro teste. «Fratello Ruga ha reso noto il suo desiderio di ascendere ai sette cieli e ritornare dove è nata la sua anima. Siamo tutti testimoni?».

Gli uomini avvolti da quel buio opprimente dissero in coro: «Sì».

Corvus vide che Severus aveva qualcosa in mano che spinse in bocca a Ruga, sotto la lingua. Era parte del rito, lo sapeva, ma cosa fosse era uno dei grandi misteri. Ruga masticò e ingoiò.

«Fa' il prossimo passo, fratello».

Ruga si inginocchiò, chinando il capo.

Corvus spinse via una fitta di frustrazione. *Dovrei esserci io al posto suo.*

Pavo gli aveva detto proprio questo dopo ognuno dei riti. Sospirando, contava i sette gradi di iniziazione, uno per ogni passo attraverso i sette cieli. Questo era il sesto per Ruga, l'Heliodromus, il Corriere del Sole.

Per essere un Corriere del Sole, bisognava aver visto il sole ed essere cresciuti vicini a lui... Corvus sospirò ancora. Ruga era sull'orlo della vera illuminazione, mentre lui aveva ottenuto solo il grado basso di Soldato.

Severus alzò le mani su quelle stelle dipinte e Corvus sentì che la voce gli tremava per l'emozione. «Contiamo su Mitra onnipotente, nato dalla Vergine. Mitra, che si incarnerà nel corpo di un uomo, un salvatore che ci condurrà fuori dall'oscurità. Mitra che vivrà nel sangue degli uomini».

Sul pavimento in pietra accanto a sé, Ruga aveva le convulsioni. Corvus osservò la testa del fratello piegarsi all'indietro e rimase scioccato nel vedere gli occhi prosciugati da ogni colore, talmente larghe erano le pupille.

«Attorno alla Madre, ci hanno raccontato, i serpenti alati si attorcigliarono», proseguì Severus, la voce cominciava a bollire. «I grandi serpenti, nati dalla terra, che portavano con sé saggezza. I grandi serpenti che volavano da questo mondo al cielo. Che annunciavano il re dei re, il grande Mitra fatto di carne. Il Drago».

Corvus rabbrividì.

Ruga era ai suoi piedi, stretto al suo corpo, con i segni sulla pelle e tracciando linee di sangue.

Adesso Corvus cominciava ad avere la nausea. Il tono di voce dell'Appeso che saliva e scendeva, le parole, il caldo, il buio. Gli girava la testa. Non credeva sarebbe stato così colpito.

Severus sbatté il bastone contro il pavimento. «I nostri insegnamenti devono rimanere segreti, rivelati soltanto agli iniziati. Ma qui, sappiamo. Sappiamo. Dobbiamo morire per rinascere. Però una volta rinati, sotto Mitra, possiamo risorgere per raggiungere il segreto finale».

Corvus aprì gli occhi. Il fratello era a quattro zampe, vomitando. Deglutì ed ebbe dei conati mentre quella puzza acida gli riempiva il naso.

A mente sgombra, udì il suono di ali o, forse, era solo la sua mente.

«Il corvo, il corriere del sole, è arrivato», tuonò Severus. «È ora».

Corvus si scosse. Questo era il momento. Mise in piedi il fratello e lo trascinò da un lato, nonostante la testa di Ruga ciondolasse e il vomito gli uscisse ancora da bocca.

Quel muschio inebriante riempiva l'aria. Sentì la bestia sbuffare e pestare con gli zoccoli, e avvicinarsi; e poi, finalmente, vide la sua enorme massa nelle ombre.

Due Soldati trascinavano il grande toro fuori dalla caverna adiacente. Lo avevano portato nel tempio per la strada segreta, Corvus lo sapeva, e gli avevano dato quel preparato di erbe che lo avrebbe tenuto docile, almeno per un po'.

«Tutto ha due facce. Questo toro è il nostro io inferiore e dev'essere ammazzato per raggiungere le vette». Il sacerdote fece un cenno col capo a Corvus. «Questa è l'ordalia che va affrontata sulla strada per l'illuminazione».

Suo fratello era fiacco, le gambe molli ma, in qualche modo, Corvus riuscì a trascinarlo in avanti e a spingerlo nella fossa di sangue. Pensò solo che gli ricordava una tomba. Ruga che muore... andato.

Osservava, pensava e cercava di capire i propri sentimenti.

I due Soldati issarono il toro sul limite della fossa. Severus fece un passo in avanti e ficcò un coltello nel collo della bestia.

Il sangue caldo sgorgò, cadendo nella fossa, attorno a Ruga, infradiciandolo. Se ne stava lì sdraiato, calmo adesso, mentre quello spesso liquido cremisi inondava la buca, gli finiva sul volto, gli riempiva gli occhi.

Semiannegato nell'essenza di vita della bestia, cominciò a balbettare e a soffocare.

«Nella lingua che ci è stata tramandata da Est, Sole e Amore sono la stessa cosa». Severus faceva di tutto tranne che urlare sopra i lamenti della bestia.

«E qui impariamo il più grande dei misteri: l'Amore muove tutto ciò che è sotto al cielo e oltre. L'amore è tutto. Il Sole Invitto, amore invitto».

Il toro si accasciò quando le gambe furono troppo deboli per sostenerlo. Morendo, proprio mentre Ruga stava ottenendo nuova vita.

Corvus osservava, interrogandosi.

Corvus crollò su una delle panche, sommerso dalla puzza di ferro del sangue e soffocando per il caldo dei bracieri, eco morenti del respiro rombante del toro.

Si sentiva male, ma sapeva che qualcosa quella notte lo aveva cambiato, anche se non sapeva bene cosa.

Per un po' rimase con gli occhi chiusi, ascoltando la voce rassicurante di Severus, che parlava di Mitra, e la speranza dei giorni futuri. Quando li riaprì, la bestia era stata portata via e anche Ruga non c'era più.

Immerso in quelle file di uomini in estasi, trovò Pavo in fondo, appoggiato al muro con le braccia incrociate.

«Grazie a Mitra sei ancora qui». Diede una pacca sulla spalla dell'amico e vide che stava tremando.

«Il vecchio Severus ha messo su un bello spettacolo, glielo concedo».

«Non sei scosso?»

«Non sono molto ambizioso, ma questo...». Pavo si pulì la bocca con il dorso della mano, con gli occhi sulla fossa di sangue che splendeva alla luce delle torce. «Ho sentito qualcosa dentro di me. Ho sentito... Mitra».

«Sì, anch'io».

«Dovevi esserci tu là, fratello. Ne sei più degno. Ci sono troppe persone che tramano contro di te».

Corvus fece un passo indietro, scuotendo la testa. «Lo dici tu... l'hai sempre detto, ma...».

«Immagina se fossi un Corriere del Sole», disse Pavo, interrompendolo. «Credi che tuo fratello sia migliore di te?»

«Forse».

«Bugiardo».

Il suono dei tavoli di legno che venivano trascinati davanti alle panche riecheggiò nel tempio, seguito da brindisi ad alto volume. Corvus si girò e vide Ruga superare l'altare, sorridendo. Si era pulito dal sangue e indossava un'antica tunica cremisi, del colore del sole, del fuoco e del sangue.

Corvus afferrò di nuovo la spalla dell'amico, chinandosi a sussurrare: «Devo sedere accanto a Ruga durante il banchetto. Sono la sua mano destra. Ma ho bisogno dei tuoi consigli, amico mio. Possiamo parlare più tardi?».

Pavo annuì. Afferrò il polso di Corvus, trattenendolo per un po', un legame di fiducia che prescindeva gli anni.

Preso posto alla lunga tavolata, Corvus si immerse nel buonumore dei fedeli. Ruga era seduto accanto a lui e, per una volta, suo fratello pareva guardarlo in modo gentile. Faceva lunghe risate forti, dandogli pacche sulle spalle.

In una delle altre caverne, il toro era stato macellato e l'aroma di carne arrostita si diffondeva nel tempio. Quando furono serviti i luccicanti pezzi di carne per il pasto sacro, Corvus sentì sparire i suoi dubbi.

Severus portò un'anfora a tavola. Sistemò una coppa d'argento davanti a Ruga, versò il vino, poi spezzò il pane. «Questo vino è amore», esclamò. «Bevilo profondamente. Poi prendi questo pane, perché non è solo pane. È il corpo di Mitra. Mangialo e sarai purificato e trasformato».

Quando Ruga si allungò per prendere il pane, un suono simile a un tuono risuonò nelle camere. *Bum, bum, bum.* Urla, attutite delle pareti, e tutt'attorno gli accoliti saltavano in piedi, con i volti tesi.

Corvus ansimò, stordito da quella folla improvvisa e dal rumore.
Mentre balzava in piedi, Severus lo afferrò per le spalle e gracchiò: «Siamo spacciati».

Come se fossero stati un'unica persona, i fedeli corsero alla porta. «Tenetela chiusa», gridò qualcuno. Nelle pause del battere tremendo dall'altra parte, Corvus sentiva voci arrabbiate. Intravide Pavo tra i corpi che si affrettavano. L'amico stava muovendo le labbra senza emettere suoni nella penombra crescente.
Prima che potesse riuscire a capire cosa stesse dicendo, Ruga gli afferrò il braccio, il volto distorto dal panico crescente. «I cristiani ci hanno trovato», sibilò.
«Non stiamo facendo nulla di male».
«Sei un pazzo». Ruga superò Severus, quasi buttandolo a terra, e scomparve nelle ombre dietro l'altare.
Una botta rimbombò, poi un'altra e poi quella vecchia porta andò in frantumi. Una folla costrinse i difensori ad arretrare, colpendoli in volto con i randelli.
In quel vortice di uomini che combattevano, Corvus scorse un viso familiare, il suo amico Theodosius, che brandiva un randello, con il viso freddo come una tomba.
Era sempre stato devoto come ogni cristiano che Corvus aveva conosciuto, ma questo?
Pavo era accanto a lui. «Se ti vede, è tutto finito... per te... per tua madre, tuo fratello. E Hecate... conosci bene Theodosius.
Che farebbe se scoprisse che la tua famiglia dà rifugio a una strega?».
Per un attimo Corvus esitò, non sapendo bene se rischiare tutto per aiutare i suoi fratelli nel tempio. Poi lo sguardo gli cadde su Severus, grondante di sangue e terrorizzato, e capì cosa doveva fare.
Gettandosi oltre il tavolo, afferrò il braccio del sacerdote. «Dobbiamo uscire da qui, padre».
«Dobbiamo...».
«Non c'è nulla che possiamo fare, lo sai. Ma devi salvarti, per il bene di tutti noi».
Severus annuì, capendo.
«C'è un'altra uscita? Da dove hanno portato il toro?»
«Da questa parte». L'Appeso seguì le orme di Ruga nell'oscurità.
Mentre Corvus lo seguiva, Pavo sbuffava dietro di lui. «Sembra che tuo fratello si sia salvato il collo. Non mi aspettavo niente di diverso».

I tre si immersero nel buio. Corvus si mise più vicino a Severus. Non vedeva nulla, ma il sacerdote conosceva la strada ciecamente.

«Va' avanti», sussurrò Pavo. «Ti guardo le spalle. Ma se ne usciamo vivi, dobbiamo fare un discorsetto io e te».

Corvus e Severus irruppero dalla porta dietro i bagni e corsero all'ombra dello svettante acquedotto. Corsero lungo i grandi archi, a sud verso l'ingresso dell'Appia, finché Corvus non sentì Severus dirgli affannando di fermarsi. Al buio sotto uno degli archi, la coppia si appoggiò a una pietra, riprendendo fiato. Corvus ascoltava, ma non sentiva rumori di inseguimento.

Severus rabbrividì. «Il tempio è perduto».

«Che faranno?»

«Lo riempiranno di terra e pietre in modo che non ci possiamo più scendere, come hanno fatto con tutti gli altri templi».

«Ma abbiamo il diritto...».

«Non ai loro occhi. Questo è solo l'inizio. Avevo qualche speranza che l'imperatore Giuliano tentasse di ravvivare la nostra fortuna. Ma appena ha cominciato a fallire, i cristiani hanno preso il sopravvento. Non se lo lasceranno sfuggire».

Corvus ripensò a quello sguardo crudele negli occhi di Theodosius, quella determinazione fredda. Se persino il figlio di uno dei consiglieri più fidati di Valentino guidava un attacco come questo, allora le persecuzioni potevano solo peggiorare.

Il sacerdote parve sapere cosa stava pensando. «Sia Valentino sia Valente hanno ben altro a cui pensare per preoccuparsi delle guerre religiose. Valentino ha lasciato che la battaglia tra papa e antipapa si trascinasse perché spera che esploderà e morirà. Ma un giorno avremo un imperatore che purificherà Roma da tutti coloro che non seguono il cammino cristiano, ricordati queste parole».

Severus si massaggiò il collo deforme e Corvus percepì che c'era molto di più dietro la storia della sua disabilità che una semplice discussione tra rivali in affari.

«Già hanno distrutto i nostri templi, e tutti i templi pagani in cui si imbattono lungo l'impero, e ci costruiscono sopra le loro chiese, e trasformano i vecchi dei nei loro santi. Sono furbi questi cristiani. Rubano ciò che non è loro e se ne appropriano». Corvus trasalì per la risata vuota dell'altro.

«Ma perché?»

«Chiunque racconti la storia migliore avrà in mano il potere».

Corvus pensò che il sorrisetto dell'altro fosse molto amaro. Quello di un uomo che stava combattendo una guerra che sapeva di stare perdendo, ma senza capire perché.

Severus si alzò e fece un respiro profondo. «Basta così. I brutti pensieri non ci porteranno da nessuna parte. Non ti ho ringraziato per avermi salvato la vita».

«Ho fatto ciò che potevo, nulla di più».

L'Appeso annuì, sorridendo. «Siamo tutti grati a tua madre».

«Che c'entra mia madre con questo?»

«È venuta da noi con un'offerta d'oro quando il nostro tempio era caduto preda delle manovre cristiane per negarci i nostri diritti». Strinse le labbra al ricordo. «E mi ha detto che aveva sentito qualcosa... dei pettegolezzi... una sorta di conoscenza nascosta che aveva scoperto in Britannia... sull'incarnazione di Mitra». Severus scacciò via i suoi pensieri con un gesto della mano. «Tua madre è una donna dai molti segreti. Tutto ciò che posso dirti è che prima di morire, tuo padre accettò la luce del *Sol Invictus* e tua madre desiderava aiutarci per lui. Ha donato te e tuo fratello al servizio del Sole Invitto, e dona molto alla nostra causa. Però, a volte, mi chiedo se non stia giocando tutto un altro gioco, di quelli che nessuno di noi riesce a vedere».

Corvus annuì. «Sono solo un semplice soldato. Non so nulla dei piani di mia madre».

Severus rifletté un attimo. «C'era un uomo che serviva tua madre. Titus Didius Strabo. Venne dalla Britannia con lei, l'aiutò a salvarsi quando tuo padre si perse in mare, se non sbaglio. Te lo ricordi?».

Corvus si figurò un uomo rude con il volto che sembrava selce spaccata. «Penso di sì».

«Una volta l'ho visto spezzare il braccio a un uomo che aveva tentato di afferrare la mano di tua madre mentre lei attraversava il foro. Dopo un po', lei non ebbe più bisogno di lui e lui lasciò il posto. Le ultime notizie che ne ho è che lavorava in una taverna nei pressi della porta del Pincio, buttando in strada gli ubriachi. Lui potrebbe sapere bene cosa ha scoperto in Britannia tua madre e quali sono i suoi piani. E se c'è uno a cui si può sciogliere la lingua con un po' d'oro, questo è lui. Nel caso ti interessi».

«Grazie. Padre».

Corvus guardò attorno all'arco e vide una figura solitaria avvicinarsi lungo la strada. Pavo lo stava cercando. Ora dovevano lasciar perdere le bevute per festeggiare la fuga. Avevano del lavoro da fare.

25
Una voce nel buio

La notte era piena di fuoco e furia.

Nella confusione dovuta al dolore, Lucanus sentì delle mani afferrarlo e trascinarlo via dal calore. Udì la voce roca nella testa come se stesse risalendo da acque profonde.

«Ti ci vorrà un po' per capire cosa hai perso e ciò che devi ancora perdere», disse Erca. «Poi tornerai qui e vedremo se ti si è sciolta la lingua. In caso contrario, gli Attacotti troveranno un altro boccone. E un altro. E di più, finché non rimarrà più nulla».

Poi quelle mani lo tirarono attraverso le tende svolazzanti. Vedeva le scintille turbinare nella brezza. Sentiva i brindisi dei guerrieri, come se un'enorme bestia stesse ruggendo per la voglia di sangue.

Il mondo divenne sfocato.

Neanche il tempo di raggiungere la sala di legno e già stava rotolando sulla terra fredda. Sbattendo le palpebre per togliersi il sangue incrostato, soffocò il dolore che gli ronzava nel cranio e guardò Logen e le due guardie, delle ombre contro la luce arancione del fuoco.

«Legategli i piedi», ordinò l'uomo dalla faccia da topo.

Mentre i barbari gli legavano le caviglie, Logen si chinò su di lui. «La notte è lunga ma non hai molto tempo. Sta' qui. Senti i battiti di dove prima c'era il tuo orecchio. Ingoia quel dolore e impara. Poi scegli se parlare per salvare quello che rimane di te».

I tre uomini se ne andarono nell'oscurità. Lucanus si afflosciò, desiderando che la terra lo inghiottisse.

Dietro gli occhi gli fluttuavano i volti bianchi e terrificanti degli Attacotti e sapeva che non c'era speranza. Anche se gli avesse detto tutto ciò che sapeva, l'avrebbero offerto in pasto ai Mangiatori di Morti. Sentì stringersi lo stomaco. Erca aveva ragione. La morte non lo spaventava, ma morire così... mangiato vivo... era un orrore che non riusciva a contemplare.

«Rendiamo grazie agli dei».

Lucanus sobbalzò per quel sussurro che veniva dal buio alle sue spalle. Rotolò dall'altro lato e sibilò: «Chi c'è?».

All'inizio pensò che stesse vedendo uno spettro. Una piccola figura si staccò dal buio strisciando accanto a lui. Solo quando la luce del fuoco lontano raggiunse il volto, vide che si trattava di Marcus. Inizialmente non riusciva a comprendere cosa avesse davanti: una visione dovuta al dolore, una visita venuta a guidarlo nell'aldilà? Le labbra si muovevano ma non usciva suono.

Il ragazzo sorrise. «Pensavo che non ti avrei mai più rivisto».

«Sei vivo», gracchiò il Lupo.

«Ti ho disobbedito, Lucanus». La bocca di Marcus assunse un'espressione triste. «Quando ho visto che venivi picchiato e portato via, ho capito che non potevo abbandonarti. Vi ho seguiti. Ecco». Estrasse un coltello da qualche parte e cominciò a tagliare i lacci di Lucanus.

«Come hai fatto a sopravvivere?»

«Sono veloce. E furbo. Mi sono intrufolato nell'accampamento dei barbari di notte, mentre viaggiavano lungo la strada. Ho rubato il cibo e questo coltello. E quando dormivano, dormivo anch'io, accanto al fuoco morente. Ma con un occhio aperto, come mi hai insegnato tu».

«Bravo ragazzo». Lucanus riusciva a malapena a credere a ciò che stava sentendo. Quando i lacci ai polsi caddero, afferrò il coltello e tagliò la corda alle caviglie. Una volta libero, passò una mano nei capelli di Marcus, poi lo tirò a sé e lo abbracciò forte. «Sei un bravo ragazzo», ripeté Lucanus, «e tua madre sarebbe fiera di te. Io sono fiero di te ma ora dobbiamo sbrigarci prima che ci scoprano».

Sì alzò, vacillando per un attimo.

«Sei debole», disse Marcus.

«Le forze mi hanno abbandonato». Nel buio e con i capelli davanti, il ragazzo non vedeva che gli mancava un orecchio. Lucanus afferrò le spalle di Marcus. «E questa volta devi giurarmelo. Se cado, correrai da solo. Sanno di te ora. Conoscono il tuo valore…».

«Il mio valore?».

Il Lupo agitò una mano per metterlo a tacere. «Se cado, non dovrò essere salvato. Capito? Sarò morto in un attimo. Tu devi salvarti. Giura».

Un attimo dopo il ragazzo rispose: «Lo giuro».

«Bene. Ora seguimi».

Con uno scatto, Lucanus prese la sua pelliccia di lupo che era in un angolo. Quando la posò su di sé, sentì bruciare più forte il fuoco che aveva in petto, e lo spirito del suo fratello lupo entrò in lui. Immediatamente era più forte, più coraggioso. Con un'occhiata alla luce del fuoco alle sue spalle, si avvicinò furtivamente al retro della sala, facendo segno al ragazzo di seguirlo.

Lo sguardo gli cadde su Caledfwlch, nell'ombra dove Erca l'aveva gettata. Era stato tentato di lasciarla lì e di sputarci sopra mentre passava. Credeva a qualcosa di quello che gli aveva raccontato Myrrdin? Ma avrebbe solamente fatto un dispetto a se stesso. Aveva bisogno di un'arma. La prese e legò il fodero alla vita.

«È un buon momento», mormorò. «Tutti si stanno godendo il banchetto. Però presto verranno a cercarmi. Dobbiamo essere svelti».

Il ragazzo annuì. In quel momento Lucanus riusciva a credere che il sangue di un grande re scorresse nelle vene di Marcus. Sentì un'ondata di orgoglio, poi lo spinse fuori nella notte.

Corsero per l'accampamento, tenendosi bassi e tesi ad ascoltare qualsiasi rumore di inseguimento nel baccano di canti e risa.

Arrivati al posto dove erano rinchiusi i cavalli, si portò un dito alle labbra per mettere in guardia Marcus. I destrieri sbuffavano e battevano i piedi, percependo qualcuno che non conoscevano. Avanzando piano, Lucanus emise quel suono basso dalla gola che sapeva li avrebbe calmati, sussurrando parole di conforto.

Ne scelse uno, uno stallone nero, e gli strofinò il collo finché non fu pronto, poi gli salì in groppa. Stringendo la tunica di Marcus, lo sollevò sistemandolo dietro di sé.

«Tieniti stretto», sussurrò. «Quando supereremo i confini dell'accampamento, cavalcherò forte».

Con la testa che gli fischiava ancora per il dolore e la mancanza di cibo, affondò i talloni e guidò il cavallo via dalle tende verso la strada che portava a est.

Quando il sentiero cominciò a risalire i confini della foresta, Lucanus guardò indietro dove il cielo splendeva arancione per il fuoco dell'accampamento. Ora, a una certa distanza, vedeva i fuochi più piccoli agitarsi nella vasta conca della notte che rivelavano la vastità di questo raduno di barbari, e sentì un terrore crescente all'idea di ciò che questo preannunciava per i giorni a venire.

Prima che potesse chiedersi cosa avessero in mente le tribù con quella loro causa comune, risuonò un grido. Passò di bocca in bocca, diventando subito forte, e i festeggiamenti e il fuoco si spensero. Per un attimo sentì solo il mormorio del vento tra i rami, e poi il boato pieno di voglia di vendetta, permeato di furia.

Lucanus colpì i fianchi del cavallo. Gli zoccoli colpivano forte la terra dura e si sentì innalzare, la brezza gli strappava i capelli. Nel buio della foresta, non avrebbero potuto cavalcare a quella velocità per il timore di essere colpiti da un ramo. Ma c'erano ancora molti chilometri da fare prima di essere al sicuro e quei barbari avrebbero rischiato tutto per catturarli.

Lucanus sentì le braccia di Marcus attorno a sé e la testa premuta contro la schiena. Doveva trovare un modo per sopravvivere, per il bene del ragazzo, e per quelli che a casa non si rendevano conto di cosa li aspettava nel freddo Nord.

26
Volo

L'ululato si spandeva per la foresta, riecheggiando ancora e ancora. Adesso i barbari erano lupi, fomentati dall'odore di sangue.

Lucanus strinse le braccia sul collo del cavallo, con la testa che ciondolava contro la criniera. Per due giorni non fecero più che brevi dormite lungo la strada, con le pance vuote, e la sete placata solo dalle acque salmastre delle pozzanghere. Aveva evitato i tragitti più usati per paura che vi fossero appostati i nemici, piuttosto si insinuarono in un mondo di ombre e luce verde scuro. Al calare della notte, fluttuavano in un abisso.

Sbatteva le palpebre. Le poche chiazze di luce sottile macchiavano il pavimento della foresta e la semioscurità spingeva da tutti i lati. Avrebbe potuto dormire profondamente e a lungo, dormire per il resto dei suoi giorni.

«Scotti. Riesco a stento a toccarti».

Lucanus deglutì, ma pareva non essergli rimasta idratazione in gola. Si era quasi scordato che c'era il ragazzo, attaccato alla schiena. Però, ovviamente, era per questo che i loro nemici stavano correndo così veloci.

Chiunque fosse stato il padrone del sangue reale, sarebbe stato il padrone di quella terra.

«No», rispose. «Ho freddo adesso» e, mentre lo diceva aveva i brividi come se un colpo d'aria gelida gli fosse arrivato dalle montagne settentrionali.

Marcus gli asciugò la fronte. «Stai sudando».

«La fatica fa sudare».

«Stai male, Lucanus. Quando non sto bene, mia madre mi avvolge sempre tra le coperte e mi fa sedere accanto al fuoco. "Suda via il veleno", dice».

«Tua madre non è qui». Persino mentre lo diceva, Lucanus vedeva Catia nella sua mente, in piedi sul vallo, pregando per il ritorno del figlio. Contava su di lui.

Si raddrizzò, usando la poca forza rimastagli nelle povere membra.

Cosa poteva dire al ragazzo, che probabilmente stava morendo? La ferita sulla testa era rimasta esposta alle intemperie. Ben presto la carne attorno avrebbe puzzato di mele marce mentre la malattia lo mangiava fino a far rimanere solo un marciume nero. Aveva assistito a quel genere di morte terribile più di una volta, e qui non c'erano medici che potessero salvarlo.

La notte arrivò pesantemente. Tutto scomparve veloce e si sentì sprofondare.

Sii forte, Lucanus. Sii Forte.

La corteccia gli grattava la schiena e aveva le narici piene dell'odore dolce della resina appiccicosa. Le dita scavavano la terra su cui era seduto e, attraverso le palpebre pesanti, guardava una luce confusa tra gli alberi. Sembrava che fosse quell'ora tranquilla del tramonto, quella che Mato amava così tanto.

Una luce stava danzando in quell'oscurità, pareva una fiamma, ma con una lucentezza da zaffiro. La osservava serpeggiare verso di lui dal fondo della foresta. Inizialmente pensò che sembrava un fiume di fuoco, poi una strada tortuosa: non tipo quelle costruite da Roma, ma come i sentieri sinuosi del passato.

«A quel tempo strisciavamo come serpenti», gli aveva detto qualcuno. Non riusciva a ricordarsi chi.

Dove l'avrebbe portato questa strada?

Forme grigie volteggiavano tra gli alberi da entrambi i lati di quello splendore zaffiro. Gradualmente, alcune si solidificavano, prendevano forma. Altre rimanevano simili alla nebbia, scomparendo quando ci posava sopra lo sguardo.

Fantasmi, pensò. *Demoni*. E poi: *Sto morendo*. La malattia gli divorava i pensieri, facendoli a pezzettini.

Dietro le forme nebulose, altre figure attendevano al limitare dell'oscurità che avvolgeva il resto della foresta. Gli parve di vedere una donna, vestita di nero, con i capelli neri, circondata da corvi che giravano in cerchio senza sosta. Un uomo che splendeva d'oro, come il sole, come Catia. Un altro che sembrava composto dalla foresta stessa, corteccia, foglie, edera e agrifoglio.

Sto morendo.

I pensieri filavano via. Una processione, un re e una regina con la loro corte, e lo guardavano con tanta tristezza che sentì le lacrime pungergli gli occhi. C'erano anche Bellicus, Mato e gli altri Lupi Feroci, e suo padre, nonostante il volto fosse indistinto. Un orso li seguiva, camminando come un uomo, gli occhi vitrei che guizzavano dello stesso fuoco blu. L'orso trasportava la sua spada, Caledfwlch.

«È mia», disse.

«È tua e mia», brontolò l'orso.

Tutti loro se ne andarono nell'oscurità, rimase solo una figura, una sentinella che osservava in silenzio. Sembrava stesse giudicando, pensò Lucanus.

Era un guerriero con l'elmo che gli copriva tutta la faccia, un lungo scudo e una grande spada che teneva nella mano destra, indicando la terra. L'armatura, le sue armi, tutto verde, quel verde profondo della foresta sconfinata.

«Chi sei?», gracchiò Lucanus.

Il guerriero non rispose. Giudicava e basta.

Sii forte, Lucanus. Sii forte.

Si svegliò di soprassalto e si rese conto di non essere più seduto ai piedi di un albero, se mai lo era stato. La terra ghiacciata gli gelava la guancia e inspirò un odore di argilla, misto a sudore e a un profumo speziato che gli era familiare, sebbene non riuscisse a ricordare dove l'avesse già sentito.

«La morte era vicina, Lupo. Ti avevamo quasi perso». Una voce di donna, una donna che conosceva. L'alito gli riscaldava l'orecchio.

«Catia?», mormorò.

Risate. Le voci di tre donne, unite come se fossero una.

«Dov'è Marcus?»

«Non lontano», gli sussurrò la donna più vicina.

«Ti cerca», aggiunse una voce più vecchia.

Lucanus rabbrividì mentre dita sottili esploravano lì dove una volta c'era il suo orecchio. La pelle gli pizzicò al tocco di qualcosa di freddo e bagnato e inspirò l'aroma pungente di erbe e di grasso d'agnello. Un attimo dopo, la ferita cominciò a bruciargli e si alzò di scatto. Una mano fredda lo spinse giù.

«Serve a combattere la malattia», disse la donna. «Lascialo lì finché non starai meglio».

Adesso Lucanus sentiva un odore ricco, dolce e capì che la donna gli stava ricoprendo la ferita di miele, per chiuderla.

«Vivrò?», domandò, non del tutto sicuro se stesse accadendo davvero o se fosse uno dei sogni di cui era stato vittima.

«Se gli dei vorranno».
«I barbari…».
«I tuoi nemici vagano nella notte, ma hanno perso traccia del tuo odore. Seguono il tuo cavallo, e lui è bello che andato. Devi continuare il viaggio a piedi, a meno che la morte non ti reclami prima».
«Devo riportare Marcus da Catia», gracchiò, quasi a sé stesso.
Percepì che la donna si stava chinando, quasi come se stesse per baciarlo. Era talmente buio che non riusciva a vederla nonostante fosse vicina, ma la pelle lo riscaldava. «Devi preparare la strada per il Re Orso», sussurrò.
Qualcosa gli fu spinta in mano e le dita accarezzarono il cuoio morbido, una borsa forse.
«La febbre tornerà presto», mormorò lei. «Quando sarà, mastica queste foglie. Ti daranno la forza di cui hai bisogno, e anche di più».
Mentre parlava, la voce si allontanava da lui. «Da qui in poi sarai solo, Lupo. Non possiamo vegliare su di te. Vivere o morire da adesso sta a te. Ma, se sopravvivi, sarai cambiato. La morte cambia chiunque, Lucanus. Li conduce nell'oro. È questo il segreto che nessuno racconta, ma che è stato raccontato a te».
Scavando nelle poche forze rimastegli, si sollevò sui gomiti guardandosi attorno ma, nonostante fosse troppo buio per vedere, era sicuro che se ne fossero andate.
Un attimo dopo udì una voce chiamare il suo nome.
«Qui», gracchiò.
Passi pesanti e Marcus si accasciò accanto a lui.
«Sono andato in cerca di cibo e non riuscivo a trovare la strada per tornare da te, e non rispondevi». La voce del ragazzo era rotta dall'emozione.
«Va tutto bene adesso», lo confortò Lucanus, pregando che fosse la verità. «Riposa un po', giusto un po'. Ci aspetta una lunga marcia».

27
Cambia la stagione

«Non può essere vero». Solinus storse il naso. «Falx è un bastardo, ma nemmeno lui ruberebbe oro dalla borsa dei suoi uomini».

«Negli ultimi anni sei sempre stato ubriaco? Falx venderebbe anche sua madre», sbuffò Comitinus. I due uomini si beccavano da quando i Lupi Feroci avevano lasciato il rifugio per dirigersi al forte.

Mato stava perlustrando le distese verdi e ondulate in quella striscia di terra tra il vallo e la cupa foresta sterminata. Allorché la luna spuntò piano da dietro le nuvole, tratti di nero e d'argento occuparono il vuoto paesaggio, e il suo cuore si mise a battere forte. «Godetevi questo momento, fratelli. Almeno qui regna la pace».

Comitinus puntò un dito contro Solinus, ignorando la sollecitazione di Mato. «Il carro che portava i salari da Londinium è stato derubato sulla Stanegate, questo è risaputo. I ladri avevano la faccia coperta da stracci per non farsi identificare. E Falx ha bisogno di soldi per concludere l'affare con Varro, il mercante».

Solinus si grattò la cicatrice che aveva sul volto. «Se fosse vero e gli uomini lo scoprissero, appenderebbero Falx alle mura. È tanto che nessuno riceve la paga, e...».

«Siamo qui per fare il nostro mestiere», intervenne bruscamente Bellicus. «Fareste meglio a rimanere concentrati». Si accovacciò, posando la punta delle dita sul terreno erboso.

Mortificato, Comitinus frizionò i polsi ossuti nonostante il calore primaverile. «Mi sa che gli Attacotti sono tornati da dove venivano. Sarà meglio rientrare ai nostri letti».

Solinus annusò il vento. «Sei bravo solo a piagnucolare, ma stavolta hai ragione, benché mi dispiaccia dirlo. Se quei cannibali fossero accampati da queste parti, ce ne sarebbero le tracce. Stiamo sprecando tempo».

Un gufo svolazzò sopra di loro, emettendo il suo lugubre verso. Mato ne osservò il profilo mentre si allontanava. «Nessuno perde tempo in una notte come questa». Si accorse che Bellicus era diventato taciturno. L'uomo dalla barba rossa era ancora accovacciato sul prato. «Cosa c'è, fratello?», gli chiese.

«Qualcuno è passato prima di noi. Vedi? Qui, e qui. Direi che erano in quattro, forse cinque. Non hanno provato a cancellare le orme».

Solinus si accucciò al suo fianco. «Hai ragione, coglioni!».

Mato si rivolse a Comitinus, che aveva la vista più acuta di tutti. «Tu cosa vedi?».

Comitinus scosse la testa. «Per il momento, niente. Forse sono già arrivati agli alberi. Quando ero ragazzo...».

«Basta con le tue storielle», grugnì Solinus. «Cosa vuoi dire, che gli Attacotti sono venuti a casa tua e hanno deciso che eri troppo magro e immangiabile?».

Comitinus sollevò un sopracciglio. «Se non ti interessa saperlo, perdi qualcosa. La prossima volta che vedrai la morte in faccia, te ne pentirai».

Solinus tacque per un attimo di riflessione, poi disse: «Forza, sputa».

«Troppo tardi», replicò Comitinus voltandogli le spalle.

Mato sospirò. A volte gli sembrava di aver a che fare con dei bambini. «Non abbiamo altra scelta», disse rizzandosi in piedi. «Seguiremo le tracce. Ma occorrerà stare attenti. Se sono gli Attacotti, sarà meglio non avvicinarsi troppo. A meno di non voler fare la fine dei Corvi».

«Sopravvivere per portare notizie al forte», affermò Comitinus. «È la cosa più saggia».

Mentre Bellicus incedeva a lunghi passi, Mato correva basso sotto la brezza per raggiungerlo, sentendo che gli altri Lupi Feroci erano alle sue calcagna.

Al limitare del bosco, Bellicus alzò una mano per segnalare loro di fermarsi: si arrestarono per un istante ascoltando lo stridio dei gufi e scrutando l'oscurità tra gli alberi. Era cessato il vento e prevaleva il sereno, ma Mato avvertì che gli pizzicava il collo dall'inquietudine. La percepivano tutti, lui lo sapeva; era un istinto che avevano sviluppato dopo anni di vita nelle Terre Selvagge.

Fiutò di nuovo l'aria. «Sudore». La sua voce era un sussurro, eppure pareva che avesse gridato.

Comitinus si scostò la pelle di lupo dal viso. «Dovremmo fare marcia indietro».

«Impossibile», esclamò Bellicus con voce ferma. «Almeno finché non lo sapremo con certezza».

«Ti lamenti come un neonato», aggiunse Solinus assestando una pedata nel sedere a Comitinus, che si tolse di torno imprecando. «Il sentiero è libero. Se lo seguiamo con attenzione, li vedremo prima che ci vedano loro».

«Ma se quei bastardi si voltano e ci avvistano coi loro occhi demoniaci, ce la diamo a gambe». Bellicus si spinse tra gli alberi.

Nel bosco esisteva un altro mondo, fatto di ombre e immobilità. Talvolta Mato apprezzava questa calma, così lontana dai venti impetuosi delle praterie. Ma non stasera. Sembrava che trattenessero il respiro tutte le Terre Selvagge.

Mentre i Lupi Feroci si aprivano a ventaglio confondendosi tra le piante, Mato scivolò verso il fianco destro. Lanciando uno sguardo ai fratelli, annuì: se occhi vigili li avessero intravisti, avrebbero pensato che fossero animali in cerca di preda.

Silenzio.

Mato tenne lo sguardo fisso su Bellicus, in attesa di un segnale da parte del capo. Con gli occhi sul sentiero, quest'ultimo continuava a strisciare in avanti. Adesso l'odore dei corpi caldi era più forte. Chiunque fosse nei dintorni, non sarebbe stato distante.

Si accigliò. Se si fosse trattato di una banda di guerrieri, avrebbero dovuto esserci altri segni. Voci, il rumore dei passi.

Lontano, in mezzo al bosco, si stagliò una figura, proprio al centro di una radura rischiarata dalla luna. Mato s'irrigidì. L'uomo guardava verso di loro, sembrava aspettarli.

I Lupi Feroci si spostavano con cautela tra querce e biancospini, poi si fermarono. Mato scambiò un cenno con Bellicus. Attesero ancora un attimo, per vedere cosa sarebbe successo.

Più lo fissava e più Mato capiva che il profilo di quell'uomo gli era familiare. Anche Bellicus doveva essersene accorto, dato che si espose, uscendo dal riparo di un frassino. Mato osservò il loro capo che, avvicinandosi, assumeva la posizione eretta, prima di alzare una mano per richiamare i fratelli dal loro nascondiglio.

Al margine della radura, Mato rilassò le spalle e trasse un sospiro. Motius, appartenente ai Corvi Putrefatti, ricambiò il sorriso, mostrando chiaramente sotto la luce lunare la nera spirale del tatuaggio sulla guancia sinistra.

«Fratelli», berciò a mo' di saluto.

«Sei lontano dai tuoi terreni», notò Bellicus.

Il Corvo si oscurò. «Siamo stati mandati qui a Banna da Blaesus, sulle orme degli esploratori degli Scoti. Non ve l'hanno detto?»

«Atellus non lo ha menzionato». Bellicus si guardava attorno. «Dove sono gli altri?»

«In perlustrazione. Una vecchia di un villaggio a est ci ha rivelato che anche gli Attacotti sono stati visti nelle vicinanze. Finora non abbiamo rilevato impronte».

«Ci hai sentito arrivare?», intervenne Mato. «In tal caso, siamo *arcani* con poche scusanti».

Motius sorrise. «Ho buone orecchie».

«Ma hai lasciato tracce visibili», aggiunse Mato. «Non è roba da Corvi Putrefatti». Avvertì il mutare dell'atteggiamento da parte dei suoi fratelli, che giunsero alla stessa conclusione. Il sorriso di Motius s'indurì. Pure lui se ne era reso conto.

Il Corvo sollevò la mano destra.

Mato arretrò bruscamente, sentendo che il cuore gli batteva forte, pur non sapendone il motivo. Aveva gli occhi infuocati, intuiva un movimento sopra di sé.

I Corvi Putrefatti saltarono giù dai rami più bassi. Una volta piombati a terra, sfoderarono le spade corte e si misero a correre. Mato restò a bocca aperta, cercando di dare un senso a ciò cui assisteva. I fratelli li stavano forse aggredendo?

Dopodiché Bellicus sbraitò l'ordine di scappare, prendendo di nuovo la direzione della prateria, mentre gli altri Lupi Feroci se la battevano dietro agli alberi, da tutte le parti.

Che razza di tradimento è questo? I suoi pensieri confusi lo disorientavano. Erano fratelli, con un vincolo saldatosi per anni e anni. *Perché... perché?*

Quindi i suoi piedi colpirono forte il terreno nella foresta, mentre la mente vagava impaurita e il cuore gli palpitava in petto.

Quando stava per uscire dal folto degli alberi, udì la voce di Motius che squillava: «Tutte le cose giungono alla fine, Lupi Feroci. La stagione è cambiata».

Mato correva nella prateria ed ebbe un senso di sollievo non appena vide dietro di sé Bellicus, Solinus e Comitinus che scattavano tra collinette e piccole valli. Con Motius alla loro testa, i Corvi Putrefatti stavano uscendo dal bosco e li inseguivano.

Il mondo era impazzito. A Mato girava la testa, però non rallentò la fuga finché non vide la luce delle torce che guizzava lungo il vallo, segno che ormai potevano ritenersi al sicuro. Solo allora ebbe l'ardire di voltarsi. Essendosi indubbiamente accorti di aver perso l'occasione, i Corvi avevano mollato la presa e si erano dileguati nella notte.

«I Corvi ci hanno attirato per ucciderci», sbottò Solinus.

«È insensato… i nostri fratelli… *arcani*…». Rendendosi conto di cominciare a vaneggiare, Comitinus tornò in sé.

«Sono sempre sbronzi di aceto, quei bastardi dei Corvi», aggiunse Solinus serrando i pugni. «Si rodono per il fatto di non venire pagati a scadenza, brontolano, cavillano e incolpano gli altri. Se ne fregano di tutto, tranne che dei loro porci comodi». Faceva smorfie, come se immaginasse di conficcare i denti nella gola di Motius. «Per una borsa di denaro sarebbero capaci di ammazzarsi tra loro».

Mato notò che Bellicus stava scrutando nel buio, come se fosse perso nei suoi pensieri. «Cosa c'è, fratello?».

Lui esitò. «Tutti sanno che il confine è difendibile solo grazie all'opera degli *arcani*. Ma siamo trattati con rispetto? No, ci trattano da cani, ci lanciano le briciole per tenerci buoni. Non ci ricompensano mai in tempo. È concepibile che un uomo si irriti, che si chieda quali siano i suoi veri amici».

«Parli come se fossi ubriaco», commentò Solinus. «Facci capire il senso».

«E se avessero trovato un lavoro migliore? Uno che gli procura una buona paga, versata alla scadenza pattuita?».

Mato vide che Solinus non era più sconcertato, anzi, si stava preoccupando. Volse lo sguardo verso Comitinus, ed entrambi spalancarono contemporaneamente gli occhi.

«Intendi dire che i Corvi stanno prendendo il salario dai nostri nemici?», domandò Mato.

«Hanno aiutato gli Attacotti ad attraversare il vallo verso sud. Hanno corrotto le guardie?», intervenne Solinus, sempre più eccitato. «Bastardi, maledetti bastardi».

«Non oserebbero», disse Comitinus scuotendo la testa. «O no?»

«Ci hanno venduto, ne sono certo. A Vercovicium siamo stati tutti venduti», dedusse Bellicus.

Mato camminava su e giù, cercava di riordinare i pensieri. «Ci hanno adescato… Perché lo hanno fatto se non per ucciderci? Non che abbiano qualcosa contro di noi, ma perché… siamo *arcani*, e vediamo ogni cosa. E sentiamo ogni…». Si fermò di botto, come se gli fosse venuta un'altra idea, più importante. «E se i Corvi non fossero soli? Se gli esploratori su tutta la lunghezza del vallo fossero pagati dai barbari e mentissero all'esercito, non sapremmo cosa succede davvero a Nord».

Bellicus si guardò attorno. «Cosa intendeva dire Motius con la frase: "La stagione è cambiata"?».

Poco dopo arrivarono di corsa al vallo. Al più vicino punto di attraversamento, solo un soldato li accolse con la faccia imbronciata, pronunciando appena una parola mentre apriva la porta con la manovella. Sulla strada verso il forte, Mato si guardò le spalle, ma ormai il vallo appariva deserto.

Approssimandosi a Vercovicium, i Lupi udirono un vociare nella notte.

«Sacri numi», esclamò Bellicus. «Sono impazziti tutti?».

Gruppi di soldati si aggiravano tra le baracche, gridavano dalla rabbia. Dal loro volto arrossato e dallo sguardo torbido, Mato capì che molti avevano bevuto, eppure quello era solo un segno dei guai in corso, non la vera causa.

«Dov'è la nostra paga?», urlava qualcuno.

«Vino buono? Cibo che non sia avariato?»

«I rinforzi che abbiamo sollecitato mesi fa?», cianciava un altro.

«Questo posto ci sta crollando addosso».

«Roma ci ha abbandonato».

Mato scorse Atellus in mezzo alla folla. Stava abbaiando degli ordini, aveva la faccia paonazza, ma non lo ascoltava nessuno.

Bellicus decise di fendere la calca per andare a scuotere il braccio del comandante. Nel baccano, Mato sentì il suo amico che gridava qualcosa a proposito dei Corvi e della loro minaccia, però Atellus lo spingeva via per ripetere gli ordini concitati ai suoi uomini.

«Sono sull'orlo della rivolta», opinò Comitinus guardandosi attorno. «Sta crollando tutto a pezzi».

Mato guardava sopra le teste, oltre le baracche. «Chi presidia le porte… le mura?».

Mentre lui proferiva queste parole, una stella apparve nel cielo sulle Terre Selvagge. Mato ne osservò l'arco e comprese subito che non si trattava di un segno divino. Era invece un presagio, sebbene di origine terrena.

La freccia infuocata illuminò il cielo a nord, quindi cadde sulla Terra.

Mato si affrettò sui gradini che conducevano in cima al vallo. Ormai sentiva che le grida furiose dei soldati si smorzavano in un mormorio lamentoso.

Scrutando con gli occhi socchiusi tra le folate di vento, si appoggiò al parapetto e fissò il buio notturno.

«Non vedo nulla», borbottò Bellicus.

Mato continuava a scandagliare. Dopo qualche istante indicò un punto indefinito nell'oscurità. «Ecco, guarda lì».

La foresta si stava muovendo. E con lei le colline, i prati, tutte le Terre Selvagge. Un subbuglio, una sollevazione.

Di fianco a lui, Bellicus scuoteva la testa incredulo. «Cosa sto vedendo?»

«I barbari», sentenziò Mato.

Ce n'erano migliaia e migliaia che sciamavano da ogni parte per infliggere loro la punizione finale.

28
La caduta

«Corri, Marcus, corri». Lucanus afferrò il ragazzo per mano e lo trascinò con tale forza da sollevargli quasi i piedi da terra.

Erano a metà strada, tra le pianure davanti al profilo del vallo che si stagliava sotto il cielo stellato, quando la freccia infuocata accese la notte. Il Lupo si permise un ultimo sguardo alle spalle, ma desiderò non averlo fatto. Un mare di fiamme si stendeva dal vallone oscuro fin dove poteva arrivare la vista, con le torce sollevate che avanzavano verso sud.

Vacillò di fronte a questo panorama terrorizzante, cercando di stimare le dimensioni di tale esercito.

Ora capiva il significato del consiglio che si teneva quando lo avevano preso prigioniero. Scoti, Pitti, Attacotti, i messi di tante tribù oltre le alture, tutti convenuti per pianificare quest'assalto, talmente nutrito da poter schiacciare immediatamente le forze imperiali.

Tremava la terra e nelle sue orecchie risuonava il doloroso baccano delle grida di battaglia.

«Cosa c'è, Lucanus? Che sta succedendo?». La voce di Marcus era incrinata dalla paura.

«Continua a correre», urlò il Lupo. «Non guardare indietro. Presto saremo salvi».

Sebbene il cuore stesse per scoppiargli, non poteva permettersi di fallire, ora che si trovavano quasi alla meta, dopo essere scampato alla morte per un pelo.

I suoi piedi volavano sull'erba, e lui ringraziò dentro di sé il sacchetto di erbe delle tre donne che gli aveva messo il fuoco negli arti.

«Non riusciremo ad arrivare alla porta», esclamò Marcus. Lucanus si accorse che il ragazzo non ce la faceva più. Il lungo viaggio esigeva il suo prezzo.

«Non ti lascerò. Se sarà necessario, combatterò contro tutti». Lucanus prese il ragazzo tra le braccia mentre erano inghiottiti dal chiasso dell'esercito. Si avvicinavano sempre più al forte, e sembrava che il mondo stesse per finire.

Tentò di mantenere lo sguardo sulle torce che bruciavano sulla porta, ormai a portata di mano, ma poi perse coraggio vedendo che, lungo il vallo, non c'era nessun soldato di guardia, e nemmeno a presidio delle mura. Erano già fuggiti tutti per il terrore?

Nessuno poteva aprire la porta. Non c'erano vie di fuga.

Lucanus accantonò le paure, non poteva permettere che Marcus se ne accorgesse.

Superarono confusamente l'ultimo tratto. Tra il turbinio delle torce davanti alla porta, fece scendere il ragazzo e gli nascose la faccia sul proprio petto per impedirgli di scorgere cosa succedeva alle loro spalle. Estrasse la spada e iniziò a battere con l'impugnatura contro il legno, urlando a squarciagola, ma il baccano dell'orda vanificava tutti gli sforzi.

La porta rimaneva chiusa. Nessuno li aveva uditi, oppure non c'era nessuno.

Lucanus era in preda alla disperazione, non per se stesso, ma per Marcus e per ciò che sarebbe successo al ragazzo se fosse caduto nelle mani dei barbari.

Stringendolo al petto, appoggiò la schiena alla porta e impugnò la spada, ben sapendo che non sarebbe servito a niente.

Una distesa infinita di fuoco, un esercito incalcolabilmente numeroso, il mondo intero che tremava negli spasimi dell'agonia.

Lucanus barcollò all'indietro non appena la porta si aprì. Fu afferrato da alcune mani, che lo sostennero. Qualcuno gli strappò Marcus dal petto e lo portò via. La porta si richiuse subito con un forte rumore. La grande sbarra al suo interno recuperò la sua posizione di chiusura.

Il Lupo allontanò le mani da sé, con i pensieri ancora fissi sulla situazione fuori dal vallo, in attesa di venire annientato dall'ondata di ferro, tra spade e lance.

«Sei al sicuro», ringhiò qualcuno sopra il fragore esterno. «Sei salvo, Lucanus».

Gli apparvero i volti tutt'attorno: Bellicus, Solinus, Comitinus, Mato, che tenevano stretto Marcus.

«Brutto bastardo. Gli dei ti sorridono». L'Orso lo sollevò per stringerlo in un abbraccio da far incrinare le costole.

La porta rimbombava, strappandoli alla loro gioia, dopodiché alcuni corpi colpirono di nuovo il legno, che ormai appariva troppo fragile.

«Alle mura», gridò Lucanus. «Dobbiamo respingerli». Capì quanto fossero futili le sue parole non appena gli uscirono di bocca.

Mato posò a terra Marcus. «Corri verso la Casa dei Desideri e chiedi di tua madre. Lei ti metterà in salvo».

«No», disse Lucanus. «Il ragazzo deve stare sempre al mio fianco».

Vide lo sguardo perplesso dei fratelli lupi, ma non c'era tempo per le spiegazioni.

Dentro il forte, Lucanus lasciò Marcus accoccolato ai piedi dei gradini e si arrampicò in cima alle mura. Atellus stava marciando avanti e indietro per sbraitare i suoi ordini. Sebbene mostrasse ai suoi uomini una faccia determinata, il Lupo intravedeva i lampi di smarrimento di un capo che vede avvicinarsi la fine.

I soldati sciamavano lungo il vallo, occupando la posizione da cui opporre resistenza, mentre i Lupi Feroci passavano tra loro. Più di una volta Lucanus notò la paura che rendeva cinerei i lineamenti degli uomini che, sbirciando oltre il parapetto, si accorgevano delle reali dimensioni di ciò che dovevano affrontare.

Lo stesso senso di disperazione lo faceva rabbrividire non appena guardava in basso. Il mare dei barbari si gonfiava e si abbatteva contro la porta, le loro facce erano stravolte dalla furia, i ruggiti si fondevano in un terribile muggito di rabbia: gli artigli della bestia immane erano pronti a schiacciarli.

L'avanguardia dell'esercito si passava le scale, che finivano schiantate sulla pietra, una dopo l'altra. Atellus ringhiò i suoi comandi per respingere gli invasori e gli uomini raddoppiarono le forze, con le spade già sguainate.

Bellicus lo afferrò per un braccio. «Non abbiamo speranza di vincere».

«Quale altra scelta abbiamo?», rimbeccò il comandante. «Lottare o morire».

Mentre i barbari cominciavano la scalata, il cielo si arrossò ancor di più. Mille frecce infuocate sibilavano nell'aria.

Lucanus si buttò a terra, con Bellicus di fianco a sé. Le frecce infilzarono il petto dei soldati che avevano reagito troppo lentamente, si conficcarono nelle loro facce, mentre le tuniche e i capelli prendevano fuoco. I colpiti lanciavano urla, agitandosi lungo le mura, barcollando tra i commilitoni, contagiandoli col fuoco. Alcuni precipitavano all'indietro, spiaccicandosi sul terreno in un mare color oro e arancione.

Con un tonante grido di guerra, Lucanus si rimise in piedi. Un Pitto dalla testa rasata si prodigava con rapidi fendenti sulla cima del vallo, agitando la lama per aprirsi una via e scavalcare il muro.

Con la coda dell'occhio, il Lupo vide la stessa scena che si verificava lungo tutto il perimetro delle difese.

Uscì di scatto dalla portata di quella lama, coi talloni traballanti sull'orlo. Poi raccolse i sensi e fissò quella faccia logorata dalle intemperie. Intuì il lupo che era nel nemico, uno che avrebbe combattuto alla morte con zanne e artigli se fosse stato messo all'angolo.

Mentre il guerriero rasato posava una gamba al di qua del muro, Lucanus estrasse Caledfwlch. Sprizzarono scintille nel momento in cui il ferro cozzò contro il bronzo.

Adesso era il momento migliore, pensava, prima che il barbaro potesse assestarsi bene. Mentre il nemico cercava il suo equilibrio, Lucanus infierì con le sue stoccate, poi conficcò l'arma nella gola dell'uomo.

Il trauma illuminò quegli occhi, ma solo per un attimo. Il Pitto si toccò il collo, col sangue che si spargeva mentre lui retrocedeva, abbandonando il muro e la scala prima di piombare sul mare dei guerrieri sottostanti.

Lucanus si girò in fretta. Bellicus stava estraendo la spada gocciolante dal proprio nemico, quindi gettò il corpo esanime oltre il parapetto con un urlo di trionfo. Però vide che Mato barcollava sotto una grandinata di colpi: lui non era un bravo spadaccino. Il Lupo si fiondò con la sua lama, piantandola nella pancia del nemico. Bellicus diede una spallata al guerriero e lo scaraventò di sotto.

Mato si pulì il dorso della mano tremante sulle labbra. «Vi ringrazio tutti e due», disse affannato.

Ma non c'era tempo.

Altre frecce infiammate rischiaravano la notte. S'inginocchiarono tutti e, quando si rialzarono, nuove facce si sporgevano dalle mura.

Mentre sbudellava il terzo nemico, Lucanus sbirciò lungo il camminamento e sentì freddarsi il sangue. Stavano cominciando a esserci dei vuoti tra le linee. I soldati erano caduti scompostamente a terra, in un lago di sangue. Altri pencolavano sull'orlo delle mura, ma già il fluido vitale li stava abbandonando.

Più avanti sulle mura, un groviglio di Pitti sferrava fendenti e colpi larghi, uno dietro l'altro. Altri barbari salivano dalla scala per unirsi agli invasori, moltiplicandone il numero.

«Questa è una pazzia», strillò Bellicus. «I barbari possono permettersi di perdere tanti uomini, anche dieci o cinquanta, per ognuno di noi che uccidono».

Lucanus non poteva contraddirlo. Era solo questione di tempo, ma sarebbero stati sicuramente travolti.

Più avanti sul vallo, una colonna di fiamme ardeva verso il cielo. I soldati che si trovavano da quella parte strepitavano qualcosa che lui non era in grado di udire; riusciva però a sentire l'odore appiccicoso della pece in mezzo al fuoco.

«Hanno incendiato la porta», berciò Comitinus. «Le stanno facendo ardere tutte».

Lucanus lanciò un'occhiata giù per i gradini e vide Marcus acquattato tra le ombre. «Non ha senso aspettare qui la morte», disse rivolgendosi ai fratelli. «È in ballo un destino più grande».

I loro volti confusi si corrugarono, ma quando lui si lanciò verso i gradini lo seguirono senza domandare altro.

Una volta in basso, il Lupo prese Marcus per un braccio. «Vieni, troveremo tua madre e scapperemo».

Il ragazzo nascose per un attimo la faccia sul petto di Lucanus, quindi balzarono via tra le baracche. Non erano soli. I soldati che avevano lasciato le loro postazioni correvano da tutte le parti. Ormai era solo questione di tempo. Mentre loro si affrettavano alle porte del forte, lui sentì Atellus che ordinava concitatamente la ritirata.

Un istante dopo, gli uomini balzavano giù dai camminamenti per scendere precipitosi i gradini.

I barbari si issarono sulle mura, gongolanti e agitando le spade in aria come se ne avessero preso possesso.

Lucanus incoraggiò i suoi uomini a seguirlo. Rimaneva solo una flebile speranza.

Le porte vennero travolte, crollarono sotto lembi di fiamme e piogge di scintille, cosa che eccitò ulteriormente gli invasori, portandoli a una vera frenesia. Dopodiché l'orda si riversò dentro, pareva un torrente infinito.

Era caduta Vercovicium.

29
L'ora finale

Mato scattò verso l'atmosfera spettrale del *vicus*, dove pallidi fantasmi fissavano atterriti il bagliore arancione che saliva dalle mura.

«Correte», ringhiò al di sopra del baccano. «Scappate».

Facce incredule si voltarono verso di lui, che intuiva in quegli occhi sbalorditi solo una domanda: come mai non erano al sicuro con una guarnigione di soldati esperti a difenderli?

«È troppo tardi», si limitò a urlare Mato. «Per la prima volta da due secoli abbiamo perso il vallo».

Rimasero tutti stupiti, a bocca aperta. Un bimbo in braccio si mise a frignare, i ragazzini singhiozzavano, i vecchi proferivano oscenità e inveivano contro il cielo, ma tutto si perdeva tra strepiti furiosi.

Mato agitò le braccia, li esortò a fuggire, e loro si scossero dallo stupore quando videro i soldati darsela a gambe e gettare via le armature. Quando il fiume di ferro e morte cominciò a defluire dal forte, quelle espressioni confuse si mutarono in paura. Solo allora pensarono davvero di scappare.

Ma a quel punto era troppo tardi.

L'ondata di panico coinvolse Mato e lo attirò in un *maelstrom* di corpi che si urtavano, intontendolo con le grida. Allora si dimenò per sottrarsi alla calca, anche se l'ondata lo riversò in strada, scagliandolo contro le persone appesantite dai pochi beni preziosi che, a loro avviso, non potevano abbandonare.

Infine, una mano lo ghermì per un braccio e lo strappò a quella furia. Era Lucanus che teneva Marcus in braccio.

Mato voleva protestare, urlare le sue paure, dire che era un esploratore, non un guerriero, ma si vergognava troppo di ammetterlo. Sembrava che il Lupo lo capisse. Lo fissò negli occhi, comunicandogli tacitamente il suo sostegno, un riguardo che Mato non avrebbe dimenticato.

«È una follia», gridò Lucanus. «Ma se siamo destinati a sopravvivere, lo faremo l'uno di fianco all'altro».

Aprendosi una via nella mischia, il capo si ritagliò un varco affinché

Mato potesse trascinarsi verso il bordo della strada. Lì c'erano Bellicus, Solinus e Comitinus armati di spada, curvi e sconvolti dalla furia.

Mato seguì il loro sguardo e vide i Pitti e gli Scoti che invadevano i dintorni del *vicus*, falciando senza esitazioni uomini, donne e bambini, giovani e vecchi.

Una lama tagliò a fette il cranio di una vecchia. Un'altra si conficcò nel petto di un ragazzo. Una famiglia intera ruzzolò sotto ai piedi dei fuggitivi. Mato era sbalordito. Quei barbari non erano interessati alla vittoria militare; covavano odio da troppo tempo, tanto che per loro qualsiasi persona a sud del vallo era un nemico.

«Dobbiamo salvarli», disse ricacciando indietro le lacrime.

Lucanus lo prese di nuovo per un braccio, stavolta con maggiore forza. «Guarda quanti sono», aveva la voce rotta. «Non possiamo fare niente contro di loro».

Accorgendosi delle dimensioni di quell'esercito, Mato sentì un riflusso acido in gola. Non riusciva a vedere neanche un pezzo di terreno tra il *vicus* e il vallo, solo un oceano di teste e spade, tra il bagliore delle fiamme arancioni. Altri invasori violavano le porte, arrivavano in continuazione.

Poco distante, i gemelli Map e Lossio crollarono a terra, con le lame che infierivano sulle loro schiene, e subito dopo una spada abbatté Vrocata, il loro amore, così che la relazione a tre non sarebbe mai stata risolta. Mato strepitava, poi filò via, non voleva che Lucanus notasse la sua disperazione. Amici, vicini, tutti quelli che conosceva: era tutto perduto.

«Salviamo i pochi che possiamo, poi fuggiamo», gridò il Lupo. Inebetito, Mato si sentì trascinare lontano dai corpi maciullati, verso la Casa dei Desideri.

Si rifece vivo Bellicus. «Andate», disse volgendosi in direzione opposta. «Vi ritroverò». Quindi cominciò ad aprirsi un varco tra la folla in fuga.

«Dove stai andando, folle?», esclamò Solinus, afferrandolo per un braccio e tirandolo a sé. L'Orso si divincolò. Solinus insistette fino a perdere la voce, ma ormai l'altro era confuso tra la folla.

Catia non riusciva più a trattenersi. Spalancò la porta della stanza nascosta e scrutò fuori, sebbene Amarina le avesse raccomandato di non farlo mai. Però era da parecchio tempo che udiva il chiasso della battaglia e gli schiamazzi riecheggianti dalle mura.

Le ragazze di Amarina correvano impazzite per la casa, raccogliendo bracciate intere di bei vestiti e gioielli, oltre alle monete che avevano risparmiato.

«Cosa sta succedendo?», esclamò Catia.

Le donne mostrarono un'espressione vacua, senza rispondere. Ognuna aveva le sue preoccupazioni.

Rendendosi conto del loro panico, lei andò verso il corridoio. «Dov'è Amarina?», chiese, e siccome nessuna rispondeva, afferrò il braccio di Decima.

La donna dalla pelle scura la guardò in cagnesco, poi tagliò corto: «Nelle sue stanze». Si liberò dalla stretta e corse via.

Catia si fiondò per il corridoio. Non riusciva ancora a immaginare cosa provocasse tutto quel rumore, eppure le ragazze erano terrorizzate come non aveva mai visto, e di solito non c'era niente che le spaventasse.

Aprì con forza la porta e scoprì Amarina che riponeva le monete in una borsa di cuoio, nel nascondiglio sotto il pavimento. La donna la guardò torva, come se stesse per venire derubata. Estrasse con la mano una lama che teneva chissà dove.

«Non voglio il tuo oro», esclamò Catia. «Dimmi cosa succede».

«I barbari hanno superato il vallo. Hanno un esercito. Sono più numerosi di quanto pensassi». Amarina pose le sue ultime monete nella borsa e si alzò. «Se rimani qui, morirai. Altrimenti fuggi».

Catia volse subito i suoi pensieri al padre e a Aelius, perfino ad Amatius. «Devo andare dalla mia famiglia…».

«Allora vacci. Non farmi perdere tempo». Amarina la scansò.

«Dovremmo rimanere insieme…», abbozzò Catia.

«Mi stai solo rallentando. Va' per la tua strada».

La donna dai capelli fulvi uscì dalla stanza, le altre si unirono a lei affrettandosi verso la porta. Catia le seguì. Non si sarebbe fatta dire da Amarina ciò che doveva fare.

Le donne, otto in tutto, si tuffarono nella notte.

Catia inorridì per il rumore e le urla assordanti. Soffocava a causa del fumo e sentiva le ceneri perfino sulla lingua. Un fiume di guerrieri ondeggiava nel *vicus*, talmente denso che lei non riusciva ad attraversarlo. La gente scappava terrorizzata. Gli scontri, gli innocenti tranciati mentre fuggivano.

Amarina era basita. Nemmeno lei si sarebbe aspettata quella pazzia, Catia lo vedeva bene.

«E adesso?», gridò Galantha. «Non ce la faremo mai ad arrivare alla Stanegate».

Prima che Amarina potesse replicare, una banda di Scoti si diresse verso di loro. Ridevano, con gli occhi accesi dall'incendio, e piombarono sulle donne come un sol uomo.

Alcune ragazze strillarono. Nella loro paura, erano troppo lente. Catia vide gli aggressori ghermirle infoiati, prima di gettarle a terra per stuprarle. I barbari le montarono come bestie.

Catia pensò che Amarina volesse fuggire. Invece si lanciò in avanti, con la freddezza sul viso.

La sua lama sgozzò l'uomo più vicino. Mentre questi barcollava all'indietro, cercando di tamponare il sangue, lei gli rubò la spada e la scagliò a Catia.

«Hai l'occasione di dimostrare che mi sbaglio», disse. «Combatti!».

Catia prese la spada. Nel momento in cui l'ebbe tra le mani, si sovvenne di tutte le volte in cui, da ragazza, si era esercitata con Lucanus. Non era un'ottima spadaccina, ma era capace comunque di far male.

Un barbaro la assalì, ghignando della sua pretesa di maneggiare la spada. Lei affondò il colpo e, sebbene fosse imprecisa, la lama gli trapassò un braccio, aprendo uno squarcio. Lui filò via sconvolto dal dolore.

Decima e Galantha brandivano i coltelli e tagliavano l'aria, sputavano come gatti selvatici, e mentre le quattro donne avanzavano gli Scoti si ritiravano imprecando. Volevano un bottino facile, non erano pronti a lottare per la ricompensa.

Quando Catia e Amarina accorsero in loro aiuto, due delle ragazze erano già morte. Gli irosi Scoti si apprestavano a colpire le altre due, che ancora piangevano con le braccia tese in cerca d'aiuto. Vedendo il terrore nei loro occhi, a Catia venne la nausea. Ma non c'era niente da fare per salvarle dalla massa dei corpi, un vero calderone.

«Adesso che si fa?». La voce di Decima tremava perché lei, guardandosi attorno, non scorgeva via di scampo.

«Là». Amarina puntò il dito verso un gruppo di soldati che, a colpi di fendenti, cacciava gli invasori che osavano avvicinarsi, sembrava che non avessero timore della forza che li stava schiacciando. Li guidava Atellus, insanguinato e pazzo di furore; al suo fianco compariva Falx, il centurione, che gli guardava le spalle. «Mettiamoci sotto la loro protezione», propose Amarina. «È il minimo che possono fare dopo tutti i piaceri che gli abbiamo dato».

Tuttavia, mentre le quattro donne si precipitavano verso di loro, Catia sentì che Falx ordinava qualcosa ai suoi uomini, anche se le parole si perdevano tra il cozzare dell'acciaio; dopodiché vide che lui se la svignava con sei dei suoi sottoposti. Era sbigottita. Erano meno della metà di quel gruppo, ma così avevano sguarnito il centro della difesa ben organizzata.

L'espressione di Atellus evidenziò tutto il suo stupore, prima di indurirsi nella forzata accettazione. Gettando all'indietro la testa, ruggì come un orso messo all'angolo, un'ulteriore dimostrazione di sfida; quindi le spade degli Scoti sferzarono il loro colpo.

Catia capì che le altre donne s'irrigidivano e si chiese se anche loro sentivano freddo come lei, ora che era svanita anche l'ultima, tenue speranza.

Le teste degli uomini si voltarono verso di loro, gli occhi rilucevano per una fame nauseante che lei conosceva fin troppo bene.

Un passo avanti, poi un altro. Cinque, dieci, altri ancora.

Bellicus irruppe tra la follia del cieco terrore, gli dolevano le orecchie per le urla che sentiva. Veniva sballottato dai corpi, e nel frattempo fiutava sudore, piscio e merda, odore tipico di ogni campo di battaglia. Non avrebbe dovuto essere lì, nel *vicus*, la sicurezza della casa. Lui guardò furtivo il mare di teste che gremivano le strade, tutti i poveri diavoli che s'incanalavano oltre le capanne e i laboratori, nel tentativo disperato di raggiungere l'aperta campagna.

Ma poi cosa?

Imprecando, si fece largo a lato della folla e aprì con un calcio la porta del commerciante di vino. Prima di tuffarsi dentro, lanciò un'occhiata al pendio verso il forte. Oltre lo schermo delle fiamme, si delineava il massacro indiscriminato. Gli veniva il vomito. Era come vedere i maiali scannati per la festa del sanguinaccio.

Si affrettò ad aggirare le anfore, respirando l'odore del vino aspro, prima di uscire dal retro. Calpestò mucchi di verdura marcia e pezzi di vasellame rotto. I topi scappavano tra i suoi piedi; poi proseguì al buio, più velocemente di quanto avrebbe fatto se fosse rimasto tra la folla impazzita.

Mentre inciampava nell'oscurità, da uno stretto vicolo volse lo sguardo verso il massacro sulla strada. Inquadrata nel bagliore di quel rettangolo, tra le fiamme guizzanti, c'era Elsia, la vedova, scompostamente riversa nel fango. I piedi dei fuggitivi le sfioravano la faccia mentre lei tendeva una mano, singhiozzando e chiedendo disperatamente aiuto. Elsia, colei che aveva aiutato tante volte, regalandole una monetina dopo la morte del marito. Povera vedova solitaria!

Si presentò all'improvviso un Pitto, nudo fino alla cintola, col corpo annerito dai tatuaggi.

Il barbaro brandì la spada e le spaccò la testa in due.

Bellicus soffocò il suo dolore.

Pazzia, pazzia.

Superò l'officina del fabbro e uscì dall'altra parte della strada, ma dovette fermarsi sbandando. Ovincus era in piedi davanti al suo negozio, con una mannaia in mano e un'accetta nell'altra. Aveva ancora addosso il grembiule sporco di sangue.

Quando vide Bellicus, lo salutò, come se fosse una giornata normale, con un cenno della testa calva illuminata dal fuoco arancione.

«È caduta Vercovicium», esclamò Bellicus. «Vattene da qui».

«Per fare cosa? Morire di fame? Essere inseguito come le bestie che squarto sul mio tavolo?». Gli occhi di Ovincus brillavano, e Bellicus capì che aveva scelto il suo destino.

Il Lupo Feroce avvertì una fitta al cuore. Erano amici da tanti anni, e non sapeva immaginare di vivere senza rivederlo più. Comunque, Ovincus aveva deciso come morire, e ciò rientrava nel suo diritto di uomo. Non meritava niente di meno.

Bellicus gli diede un colpetto sulla spalla. «Mi mancherai, fratello. Portane via molti con te».

Ovincus ghignò. «Con un colpo solo posso staccare la testa di un ariete. Vedrai come gli piacerà». Si guardò attorno. «Il tuo cane è nel retro. Prenditene cura. Quel bastardo mi mancherà». Un altro breve sorriso, stavolta con una sfumatura di tristezza; quindi gli voltò la schiena, quasi a dire che non ci sarebbero stati altri teneri commiati.

Bellicus osservò Ovincus per un momento mentre se ne stava impalato come una sentinella: la sua figura si riverberava nel bagliore delle mura; dopodiché rientrò nell'area insanguinata del suo laboratorio.

«Catulus», chiamò con un fischio. Il cane balzò fuori verso di lui dimenando la coda. Bellicus fu sorpreso dal conato d'affetto nei suoi confronti.

«Bravo», disse. «Bravo ragazzo, fratello lupo».

Lucanus scattò fino alla porta della Casa dei Desideri. Lì vicino si erano avventurati ancora pochi guerrieri dell'esercito invasore, e i Lupi Feroci erano riusciti a passare inosservati.

Posando Marcus a terra, il Lupo fece irruzione a testa bassa, chiamando il nome di Catia, ma gli rispondeva solo l'eco, quindi incontrò porte aperte e stanze saccheggiate. Soffocando la paura crescente, uscì in fretta e fissò il buio della notte.

«Dove sarà andata?», chiese Mato, e Lucanus non poté far altro che scuotere la testa in segno di impotenza.

«Laggiù», gridò Comitinus tra le tenebre, e mentre si dirigeva verso di lui Lucanus udì insulti e risate poco più avanti.

Poté allora vedere un gruppo di quattro guerrieri avvolti nelle pellicce che, correndo dalle terme verso il luogo in cui sorgevano i templi, inseguivano quattro donne. Nel buio, non distingueva le facce, ma quando una voce lanciò un insulto capì che si trattava di Amarina.

Abbassando la testa, il Lupo avanzò a grandi balzi, consapevole che i fratelli lo avrebbero spalleggiato. Ficcò la spada nel fianco del primo guerriero che incontrò, pareva un Sassone, e gli altri Lupi Feroci infierirono sul resto, osservando nel frattempo con sorpresa i gesti di due delle donne. Catia e Amarina brandivano le lame con goffaggine, benché la loro ferocia compensasse la mancanza di perizia.

Lucanus avvertì un senso di sollievo non appena vide Catia torreggiante sui corpi a terra. Quante volte l'aveva sognata durante il lungo viaggio a nord, senza mai credere davvero di poterla rivedere da vivo! Non poteva evitare di rallegrarsi, anche se in qualche modo riuscì a trattenersi.

«Mamma». Marcus si tuffò nelle braccia materne, e Catia si abbassò in ginocchio, col corpo scosso da muti singhiozzi.

Dopo un momento, Marcus si liberò dalla stretta, come se fosse stato assente per giocare con gli amici, e volse lo sguardo indietro. «Mi ha salvato Lucanus», disse semplicemente.

Catia alzò gli occhi pieni di lacrime verso il fratello lupo, che lesse la gratitudine (e forse perfino l'amore) sul suo volto, tanto da commuoversi. Lei cercò le parole per ringraziarlo, ma era solo capace di annuire e inghiottire la saliva.

Amarina la agganciò sotto l'ascella e la aiutò a rimettersi in piedi. «Tutti bravi amici, è bello ritrovarsi. Ma adesso meglio mettere le ali ai piedi, o preferite aspettare finché non ci punzecchiano con una spada?»

«Devo... salvare la mia famiglia», disse Catia, quasi scusandosi, pensò Lucanus.

«Avete i cavalli... ed è un bene. Ne avremo bisogno per avere una possibilità di scamparla», replicò lui.

Tenendo stretta la mano di Marcus, Catia partì lungo il sentiero in direzione della villa, insieme a Solinus, Comitinus e le altre donne.

Prima che potesse unirsi a loro anche il Lupo, Mato lo fermò prendendogli un braccio. «Non posso partire senza Bellicus».

Lucanus sostenne lo sguardo dell'amico. Sapevano entrambi che l'Orso non sarebbe probabilmente scampato al massacro in corso nel *vicus*, sotto di loro. «I barbari volgeranno presto l'attenzione alle ville. Se aspetti qui…».

Mato lo interruppe per non udire altre parole. «Bellicus», disse ancora, come se ciò fosse una spiegazione sufficiente. «Non posso abbandonarlo».

Lucanus assentì. «Attenderemo il più a lungo possibile». Quindi si girò e seguì il sentiero già imboccato dagli altri. Quando guardò dietro di sé, notò una figura solitaria che osservava la distruzione di tutto quello che aveva conosciuto.

La villa era buia, avvolta nel silenzio.

«Andate a prendere i cavalli», ordinò Lucanus ai fratelli lupi. Mentre le donne si tenevano in disparte, sbirciando tra le tenebre qualora qualche barbaro si fosse già spinto fin lì, lui stesso penetrò nei cancelli.

I mercanti avevano costruito le loro ville abbastanza lontano dal *vicus* per sfuggire agli afrori di una cittadina indaffarata, ma lui era in grado di percepire il fumo e le ceneri portati dalla brezza. I rumori della carneficina assomigliavano al sordo brontolare di una belva appesantita dal sonno dopo un pasto di carne insanguinata.

«Uscite», urlò. «Altrimenti morirete nascosti sotto i vostri letti».

Lo raggiunse Catia. «Avranno paura. Lascia che ci provi io».

Quando lei uscì finalmente dalla villa, facendo un cenno, la seguivano Amatius, che aveva l'aria di un cane bastonato, ed Aelius, al cui braccio valido si aggrappava Menius. Il vecchio era un'ombra grigia, sembrava in punto di morte, pensò Lucanus.

Al rumore degli zoccoli, il Lupo si voltò e disse brusco a Comitinus: «Mettiti di guardia». Gli si strinse il cuore mentre gli altri attaccavano un cavallo a un carro aperto, e si trattenne dal diramare l'ordine di procedere in fretta.

Quando risuonò un fischio dalla porta più vicina, Lucanus accorse da Comitinus, che gli indicò la fila di torce che avanzavano sul sentiero, verso la villa. Il Lupo riusciva a udire le voci, le lingue dure, cadenzate e gutturali dei barbari.

«Fate presto», disse. «Stanno arrivando».

Si girò di scatto al rumore di uno scalpiccio fuori dalle mura della villa. Comitinus estrasse la spada, ma un attimo dopo Mato e Bellicus entrarono dal cancello, con Catulus alle calcagna. I due uomini si piegarono su se stessi, con le mani appoggiate sulle ginocchia per riprendere fiato.

«Sono in trenta», gracchiò Mato, indicando con la mano dietro di sé. «Forse di più».

Mentre Lucanus tornava in fretta nel cortile, Amarina si alzava le gonne per recarsi dove Solinus e la famiglia stavano finendo di attaccare il carro. «Dobbiamo andare via subito», ribadì. «C'è un esercito appena fuori dalla porta. Lasciamo indietro chiunque possa rallentarci».

«Sei compresa nel novero?», berciò Aelius.

«Io sarò la prima a uscire, ragazzino».

Aelius e Lucanus sollevarono Menius, posandolo nella parte posteriore del carro. Catia, Marcus, Decima e Galantha si arrampicarono di fianco a lui. Lucanus accennò ad Amarina di unirsi a loro.

«So cavalcare», disse lei, saltando con facilità sulla groppa di un cavallo.

A bordo del carro, Amatius, il *mulio*, maneggiava la frusta e Lucanus afferrava il lato della *rheda* che rotolava fragorosamente dal cortile. Aelius e i Lupi Feroci salirono sui cavalli residui e uscirono dal cancello.

Cosa avrebbe riservato loro il futuro?

Quando fu certo di aver messo una distanza sufficiente tra loro e gli invasori, Lucanus alzò la mano per ordinare l'alt.

La villa era già incendiata. Ovunque volgesse lo sguardo, vedeva incendi che illuminavano l'abisso dell'oscurità. In lontananza, a est e a ovest, il cielo si colorava di un arancione cupo.

«Vercovicium era una parte del tutto», disse Bellicus al suo fianco. «Scommetto che hanno attaccato su tutta la lunghezza del vallo». Raggomitolato su se stesso, Catulus ringhiava come se capisse ogni parola.

Vicino ai fuochi attorno al forte, Lucanus osservava il profilo di quelli che sciamavano come da un formicaio disturbato. Altri uscivano dalle porte a nord.

«Scoti, Pitti, Attacotti, Alamanni, Sassoni. Alcuni non li conosco neppure». La voce di Mato era forzata. «Tutti insieme? Una cosa inaudita».

«Da quanto tempo lo progettavano?», domandò Bellicus.

«Hai ragione, non abbiamo mai visto niente di simile», commentò Lucanus. «Quest'esercito... Le sue dimensioni... Barbari che si odiano da sempre... Non finirà qui, ne sono sicuro».

Si chiedeva fino a che punto fossero coinvolti in ciò i sacerdoti dei boschi. Faceva tutto parte del loro Grande Piano? Cacciare l'impero affinché il nuovo messia, il re che non muore, potesse rivendicare quella terra? Il loro re, la loro voce nel suo orecchio, la loro mano sulla sua spalla. Se questo era vero, il sangue di tutti gli innocenti sparso quella notte ricadeva sulle loro mani.

Guardò in fondo al carro, dove Catia stringeva il figlio al seno, cullandolo con una cantilena. Forse attorno a loro il mondo stava finendo, ma lei era persa nella gioia per aver ritrovato Marcus.

Adesso Catia, Marcus e tutti gli altri erano inestricabilmente legati da quel massacro. I sacerdoti dei boschi, Erca e tutti i suoi uomini avrebbero cercato quel ragazzo.

Non ci poteva essere requie.

30
La fuga

Bellicus intagliò la punta di un ramo per farne una lancia e guardò in alto. Era appollaiato su un tronco caduto, circondato da schegge lignee arricciate. «Solinus verrà con me. Se troveremo un cervo o un cinghiale, meglio. Sennò, un uccello o un pesce, nel caso qui vicino vi sia dell'acqua. Se neanche questo, dovremo accontentarci di vermi e insetti finché non troveremo qualcosa che ci dia la forza».

«Non allontanarti troppo», lo avvisò Lucanus. «Non sappiamo con quale rapidità i barbari si stanno spingendo a sud, e da queste parti potrebbero esserci dei tagliagole. Anche se non troverebbero granché da rubare».

Osservò l'accampamento, una piccola radura nella foresta, poco distante dal sentiero dove tenevano la *rheda*. Comitinus soffiava sulle scintille, in un nido di rametti ed erba secca, mentre Catia e la sua famiglia giacevano nei pressi cercando di dormire. Avevano viaggiato per la notte intera, sempre in direzione sud. Quando le prime luci illuminarono le facce tirate e i corpi tremanti, Lucanus decise che si potevano permettere di riposare un po', così da recuperare le forze.

Amarina, Decima e Galantha erano crollate ai piedi di una quercia nodosa, avvolte in mantelli pesanti, con la faccia affondata nel cappuccio. Si erano addossate l'una contro l'altra e sussurravano, su cosa lui non avrebbe saputo dire.

Dopo che Solinus e Bellicus erano andati a perlustrare tra olmi e frassini, Lucanus si era accucciato al margine della radura, inspirando gli odori di un mondo che si stava aprendo a una nuova vita. Quando alzò lo sguardo, vide che Catia lo osservava. Gli sorrise e si avvicinò.

Sedendosi, gli prese la mano, una cosa che non avrebbe mai osato fare a Vercovicium. «Grazie», disse. «Grazie mille».

«Per me, Marcus è come un figlio. E tu...». Lasciò che le parole svanissero, timoroso di dire qualcosa di cui si sarebbe pentito. Guardandola attraverso il fuoco, scorse Amatius che, nel tentativo di dormire, aveva la guancia posata sulla fredda terra, benché gli occhi fossero ancora aperti e vigili. Lucanus sottrasse delicatamente la mano da quella di lei.

«Tuo marito», disse senza muovere le labbra.

Si accorse del turbamento di Catia. «Sì, è mio marito, ma tutto è cambiato. Siamo qui, adesso non abbiamo niente. Siamo mendicanti sulla terra. Non sono costretta a chinare la testa davanti a lui per assicurarmi che mio padre riceva quel che merita». Sollevò i suoi occhi rotondi. «Se si azzarda a mettere di nuovo le mani su di me, gliela farò pagare cara, per tutte le volte che lo ha fatto in passato. Basta, non accadrà più».

Lucanus fu contento di notare il tono di sfida nella voce di lei. «Lo sai quanto mi faceva male vederti soffrire tanto».

Catia annuì, sorridendo di nuovo. Lui non ricordava l'ultima volta in cui aveva visto quella gioia sulla sua faccia. Che strano che capitasse ora, mentre stavano scappando per salvarsi e tutto ciò che avevano conosciuto stava bruciando attorno a loro.

Poco dopo, notò che Catia si accigliava dicendo: «Ci sono tante cose di cui dobbiamo parlare».

«Anch'io devo dirti molte cose. Su Marcus, sul perché lo hanno rapito... sui giorni che verranno... Giuro che non crederai al destino che gli dei gli hanno riservato...».

Lei premette l'indice sulle labbra per indurlo a tacere, le si spalancarono gli occhi. «Lo conosci?»

«*Tu* lo conosci?»

«A Vercovicium è venuto un mercante... Varro. Aveva viaggiato fin da Roma per trovarmi e raccontarmi una storia risalente a tanto tempo fa, una profezia, presumo, secondo cui un giorno ci sarebbe stata una donna contrassegnata dal simbolo dell'Uroboro, il drago che si mangia la coda. Lo sai, vero?».

Lo sapeva. Dall'infanzia avevano parlato spesso del tipo di persona che avrebbe marchiato un bimbo con quel segno, e perché.

«Varro era consapevole in qualche modo che questa donna era in vita, da qualche parte sul vallo. Lei... io... ho un destino speciale, mi ha detto».

Lucanus meditò per un attimo su queste parole prima di rispondere. «Streghe e sacerdoti dei boschi, non ci si può fidare di loro. Donne e uomini che hanno passato troppo tempo in solitudine nelle Terre Selvagge. Dopo un po', si diventa pazzi; la pazzia dei boschi, noi *arcani* la chiamiamo così». Fece spallucce. «Loro affermano che è la saggezza degli dei, i quali si esprimono per mezzo degli alberi, dei venti e dei laghi profondi. Però anche loro parlano di questa profezia. Non so se c'è una parte di verità, eppure loro ci credono, e sembra che qualsiasi cosa facciano sia diretta a un unico fine: far avverare la profezia». Aggrottò la fronte, cercando di dare un senso a quello che aveva sentito dire. «Io sono un uomo semplice, non so leggere né scrivere. E quando discutevano di queste cose... di segni e portenti... pareva che parlassero di una cosa ma ne intendessero un'altra».

«*Tutto ha due facce, ciò che appare in superficie e ciò che è la verità sottostante*. Questo mi ha detto Varro». Lucanus la vide sussultare. In qualche modo doveva essere un ricordo problematico.

«E niente accade per caso».

«Il drago sulla mia schiena non è un drago. È il segno di una... rinascita, non so bene di cosa».

«Delle antiche divinità. Dei vecchi costumi. Risalenti al tempo che i romani spazzarono via invadendo la Britannia. I sacerdoti dei boschi lo progettano da allora... Si sono sempre preparati per il momento stabilito dalla profezia in cui tutto sarebbe stato di nuovo rettificato. E lo farà un uomo, il re che non morirà».

Catia rivolse lo sguardo di nuovo verso il fuoco, vicino al quale dormiva il suo Marcus. Adesso erano chiusi anche gli occhi di Amatius. «Marcus?»

«Suo figlio, o il figlio di suo figlio. Lui ha sangue reale». Sentì la propria voce affievolirsi e resistette all'impulso di accarezzarle i capelli. «Anche tu. Sei stata prescelta, sorella lupo. Gli dei hanno ravvisato in te la grandezza. Sei il calice in cui sono riposte le nostre speranze».

Gli occhi di Catia brillavano, e lui ne era felice. «È un bellissimo destino. Grande. Salvare tutti... Condurli fuori dall'oscurità», sussurrò lei.

«Un ottimo destino».

«E tu hai un ruolo in tutto questo?»

«Gli dei hanno riservato un compito anche per me». Estrasse dal fodero Caledfwlch quel tanto che bastava per mostrarle i segni sulla lama, rivelandole come ne fosse entrato in possesso. «Sono il guardiano del sangue reale, così mi ha detto Myrrdin. Marcus non deve subire alcun danno, allora il seme germoglierà e la profezia seguirà il suo corso».

«Quindi, dovrai restare con noi».

«Per tutto il tempo necessario».

Per qualche istante ci furono soltanto il crepitare del fuoco e i canti degli uccelli. A Lucanus piacevano questi rumori. Si rendeva conto che li ascoltava anche Catia, pur non sapendo immaginarne i pensieri.

«Ora ci saranno dei pericoli», proseguì. «In precedenza, tu e Marcus passavate inosservati. Adesso gli uomini che detengono il potere hanno saputo di voi e vogliono entrare nella vostra benevolenza, poiché chiunque acceda al re...».

«Governa la terra». Catia si morse un labbro, cominciava a preoccuparsi.

«Non voglio spaventarti, ma è giusto che tu sappia queste cose per prepararti in anticipo. I barbari sanno di Marcus e del suo valore, e non si placheranno finché non lo trovano».

«Anche Varro, se è riuscito a scampare da Vercovicium, lo starà cercando». La donna rifletteva mordendosi le unghie.

«Chissà quanti altri vorrebbero rivendicare te e tuo figlio...».

«Ma ovunque sia la nostra direzione, non ci conosce nessuno».

«Per il momento. Questa però è una storia che accende i cuori e le menti. Ci sarà un passaparola. Presto tutti sapranno della donna col segno del drago e del figlio che genererà il re concesso dagli dei».

Catia strappò le zolle che spuntavano tra le radici arboree. «Tante scelte, molti pericoli». Quando risollevò lo sguardo, le brillavano di nuovo gli occhi. «Sono contenta di averti con me. Non saprei sopportare da sola questo fardello».

Dopo che tutti si furono svegliati, ognuno si recò a turno a un torrente scoperto da Mato per spegnere la sete e togliersi dalla faccia la polvere della strada. L'acqua era un coltello freddo che lavava via le paure.

Tornato al campo, Menius si sdraiò, fissando i rami col viso cinereo. Catia si chinò su di lui, pulendogli il sudore dalla fronte con una striscia di tessuto strappata dall'orlo del proprio vestito.

Si guardò attorno e con gli occhi invocò Lucanus.

Lui le si acquattò vicino. «Come sta?»

«Gli scotta la fronte. Ha le labbra secche». Si allontanò leggermente affinché il padre non la potesse udire e mormorò: «Sta morendo? Spero proprio di no».

«Lascia che ti aiuti». Amarina era in piedi dietro il Lupo.

«Cosa puoi fare?», disse bruscamente Catia.

«Se vuoi, posso rimanere qui a parlare mentre il vecchio s'indebolisce».

Catia esitò, poi si spostò per permetterle di inginocchiarsi di fianco all'uomo. Lei gli posò una mano sulla fronte, poi gli sollevò le palpebre per scoprire la sclera ingiallita. Per qualche istante gli agitò le mani sopra la faccia e il collo, mentre Lucanus notava quanto fosse concentrata.

Una volta che ebbe finito, estrasse un borsello di cuoio dalle pieghe del suo vestito e vi cercò dentro una manciata di foglie rinsecchite. «Di regola le si dovrebbe lasciare per una notte in acqua stagnante. Ma non possiamo aspettare. Gli si sta offuscando la vista».

Prese a spingere le foglie tra le labbra di Menius, e Catia le afferrò il polso.

«Non voglio mica avvelenarlo!».

Lucanus vide che Catia cercava di leggere nel volto dell'altra donna, prima di allentare la presa. «Lo farà stare meglio?»

«Aiuterà ad abbassare la febbre. Per il momento è il meglio che si possa sperare». Notò che Amarina adocchiava Catia, intenerendosi leggermente alla vista della sua preoccupazione. «Quando saremo sulla strada, cercherò altre erbe capaci di attenuare la sua malattia». Era una sorta di gentilezza, anche se Lucanus sapeva che lei non lo avrebbe mai ammesso.

Catia tornò a inginocchiarsi per badare al padre e Amarina si allontanò.

Lucanus la seguì. «Dove hai imparato queste cose?»

«Qui e là».

«Hai molti segreti, Amarina».

«Tutti hanno dei segreti, Lupo».

«Eppure, le uniche donne che conosco versate in quest'arte sono le sapienti che vivono nei boschi».

«Tutte le donne sono sagge, Lucanus. Faresti meglio a ricordarlo». Gli lanciò un sorriso, uno di quelli che celano più di quanto rivelino, e s'incamminò verso il luogo ombreggiato dove Mato stava facendo ridere Decima.

Quando il Lupo volse le spalle, Amatius lo aspettava. «Fa' attenzione, quella donna è indegna di fiducia».

«Amarina gioca con le parole e con gli stupidi. Ma la conosco da quando è arrivata a Vercovicium, e sono un buon giudice. Le affiderei la mia vita».

«Allora sei uno stupido». Amatius strinse i pugni. Era sempre stato abile a nascondere i propri sentimenti, e questo determinava il suo successo negli affari, ma ora sembrava dominato dalla rabbia. «Un'altra cosa, Lucanus». Tentò di abbozzare un sorriso, benché gli tremasse la voce, il che rendeva ancora più evidente la sua mancanza di sincerità. «Amo mia moglie. La amo più della vita stessa. E se qualcuno si intromettesse tra noi due, lo ucciderei».

«Tutti sanno che siete sposati, Amatius. Non hai motivo di preoccuparti».

Il Lupo se ne andò prima che si potesse aggiungere altro.

Bellicus e Solinus accorsero nella radura con le lance da cui colava sangue, benché Lucanus non vedesse alcuna preda commestibile.

«Venite», esclamò Bellicus con un cenno.

Alla sfumatura di ammonimento nella sua voce, tutti eccetto Menius e Marcus seguirono i due uomini nel folto del bosco. La pista serpeggiava tra macchie di felci e biancospini punteggiate da nuovi germogli verdi.

Lucanus percepì nell'aria l'odore ferroso del sangue, ma era solo la carcassa di un cinghiale, senza dubbio la preda di Bellicus e Solinus. O perlomeno pensava così.

Ma poi i due Lupi si arrestarono davanti a un frassino, e lui si accorse che c'era dell'altro. Ai piedi del tronco erano stesi tre corpi, apparentemente sezionati da spade o asce, mentre mezzo braccio, una gamba e la parte superiore di un cranio erano sparpagliati nei dintorni. Ciascun uomo aveva un arco e portava una faretra. «Cacciatori», mormorò.

Non appena s'inginocchiò per esaminare i cadaveri, si rese però conto di ciò che aveva inquietato davvero i suoi compagni. Segni di morsi deturpavano la carne pallida dei due uccisi.

«Gli Attacotti», commentò.

«I barbari si muovono ancora verso sud?», intervenne Galantha.

Bellicus si passò una mano tra i capelli rossi. «Molto più di questo».

Lucanus si alzò e tese l'orecchio a coppa. «Nessun rumore di un esercito in marcia. Questi sono pochi uomini, forse esploratori. Gli Attacotti si muovono furtivamente, lo sappiamo dal modo in cui sono arrivati a Vercovicium. Però...». Guardò Catia. «Forse ci stanno dando la caccia».

«Non abbiamo oro. Perché quei barbari dovrebbero interessarsi a una manciata di romani in fuga?», chiese Amarina.

«Sia come sia, dovremmo prestare ascolto all'ammonimento di Lucanus. Meglio non correre rischi», concluse Catia.

Quando fissò i suoi fratelli, il Lupo intuì dai loro occhi socchiusi che sapevano che c'era qualcosa che lui non gli aveva rivelato. «Di questo parleremo più tardi», disse. «Adesso dobbiamo agire come se ci dessero la caccia senza quartiere. Bellicus, Solinus, affrettatevi verso il campo. Montate la guardia a Marcus e Menius».

«Di passaggio raccoglieremo il cinghiale», esclamò Bellicus. «Un po' di carne nello stomaco non sarà inopportuna».

Lucanus sentì la mano di Catia soffermarsi per un attimo sul suo braccio mentre lo superava, prima di fermarsi davanti alla zona cosparsa di sangue. Guardò per un momento i cadaveri, poi raccolse un arco e una faretra.

«Questi sono miei. Voglio essere utile durante il cammino».

«Un arco», si stupì Amatius. «Non saprai mai tenderlo, tanto meno scoccare una freccia». Lucanus sentiva il disprezzo nella sua voce, ma Catia fingeva di non accorgersene, o forse non ascoltava nemmeno più il marito.

Lei si avvicinò al Lupo, mettendosi a tracolla la faretra di cuoio. «Ricordi quando eravamo piccoli e lanciavamo dardi alla vecchia quercia? Tuo padre era un bravo maestro».

«E mi diede uno schiaffo in testa perché con l'arco eri migliore di me».

«Con la spada eri più bravo tu».

Lucanus si strinse nelle spalle. «Non di molto, sorella lupo». Notò che, a queste parole, Amatius s'irrigidiva. Ma mentre si girava per chiarire, il marito di Catia stava già riprendendo la direzione del campo.

31
Sulle tracce del drago

Roma

Sulle rive del fiume un gruppetto di bambini rideva scioccamente e scagliava sassi al cadavere galleggiante. Tra un rumoroso battere d'ali, i gabbiani banchettavano sui resti venuti a galla; poi volarono una volta in cerchio e tornarono a stormo. Altri missili, altri garriti e il ciclo ricominciava.

«Un altro poveraccio giustiziato sulle scale Gemonie». Corvus si proteggeva gli occhi dal riverbero del Tevere. «Passiamo la vita a lottare e faticare, e finiamo come cibo per volatili».

Pavo faceva schioccare le nocche delle sue mani enormi. «Se lo vuoi sapere, le belle morti non esistono».

Corvus guardò oltre il Tabularium, verso la facciata tetra del carcere Mamertino. Probabilmente quella era stata l'ultima immagine che aveva visto il morto prima di finire nell'acqua del fiume. «Una cosa è certa. In una città fondata da uomini svezzati da una lupa, non ci si può permettere di essere agnelli».

«Allora ti consiglio di dotarti in fretta delle zanne».

Sospirando, Corvus scese lungo la scalinata di pietra sul fiume. Rimbombava il rumore dei martelli, e il suo naso si colmò del contrasto profumato tra pece e legno appena tagliato. Poco più avanti sull'argine, riusciva a vedere la loro meta: il piccolo cantiere di un costruttore di barche, che eseguiva riparazioni su scialuppe e altre imbarcazioni in grado di navigare sul Tevere, al di fuori della città.

Aveva trascorso giornate intere in cerca dell'uomo di cui gli aveva accennato Severus, colui che una volta aveva lavorato per sua madre. Aveva posto domande ai tavernieri sospettosi vicino alla porta Pinciana, convincendoli di non essere un pubblicano o un uomo che covava rancori; e aveva seguito le lugubri vie dei quartieri dove i manovali trovavano lavoro per pochi soldi.

Nessun altro sarebbe stato tanto tenace, ma lui era uno che non si lasciava facilmente scoraggiare. I segreti della sua famiglia lo stimolavano a proseguire.

«Stai pensando di nuovo a quella strega», lo rimproverò Pavo. «Te lo leggo in faccia».

«Mi do pena per lei».

«Parli da ubriaco. Sappiamo tutti e due che ti piacerebbe tenerla per mano e rotolarti insieme a lei nei campi di grano».

Corvus sospirò ancora.

«Eh? Non ti è mai frullato per la testa questo pensiero?»

«Non sono un ragazzo che brama ancora il primo amore».

Pavo sbuffò. «Devo sbagliarmi di grosso, ovviamente». Piombò un lungo silenzio, e quando guardò il suo amico, Corvus vide che si era fatto serissimo. «Non voglio ferirti, lo sai. Ma tuo fratello...».

«Smettila di evocare mio fratello».

«Non ce la faccio. Lui se ne infischia di te».

«Basta». Corvus sentiva montare la rabbia. Ce l'aveva con l'amico perché riesumava cose che avrebbe preferito ignorare. E con se stesso perché sapeva che quel che diceva Pavo era vero.

«Parlerò da solo col nostro uomo», disse.

«Allora ti aspetto. Mi godrò il sole, darò fastidio ai bambini. Starò qui e sarò la tua coscienza».

Corvus mosse a grandi passi verso l'argine del luccicante Tevere, girandosi solo una volta. Pavo era un'ombra confusa sotto l'accecante luce solare che inondava la parete di pietra contro cui si appoggiava.

Mentre veniva sommerso dal rumore dei martelli nel cantiere navale, ripensava a quanto si fossero allontanati da lui la madre e il fratello, da quando era stato saccheggiato il tempio. Ruga aveva cominciato a vagare con la faccia di chi era stato punto da un'ape, aggredendo chiunque gli si avvicinasse. Tuttavia, era la madre a preoccuparlo di più. Ogni volta che lei era triste o sofferente, lui si sentiva depresso, come se ne fosse responsabile. Era sempre stato così, fin da quando era bambino. E ora lei pareva continuamente sul punto di piangere. Restava seduta per ore nella sua stanza, uscendo solo quando iniziava a far buio per consultarsi con Ruga. E la loro conversazione finiva sempre quando si avvicinava Corvus. Anche questo lo feriva.

Schivando i mucchi di zavorra, osservò i costruttori di barche che segavano il legno fresco e stendevano le pelli ad asciugare. Uno di loro attirò la sua attenzione, il suo volto gli era familiare, benché l'immagine nella sua mente apparisse molto più giovane: non aveva i lineamenti rugosi come le scogliere battute dagli elementi o i capelli più grigi che neri. Stava mescolando un barile di pece con l'entusiasmo di chi era stato informato che avrebbero dato in pasto i suoi testicoli al cane del cantiere non appena avesse finito il lavoro.

«Titus Didius Strabo».

L'uomo lo guardò, contraendo subito le spalle. Uno abituato a mettersi sulla difensiva, pensò Corvus.

«Ci ho impiegato molto a trovarti». S'inchinò, cercando di metterlo a suo agio. «Ti ricordi di me?».

Strabo rimpicciolì gli occhi per scrutare lo sconosciuto dall'alto in basso. Scosse lentamente la testa e riprese a mescolare.

«Una volta lavoravi per mia madre, Gaia...».

L'uomo s'irrigidì. Corvus vi intravide la rabbia, o il sospetto? Forse un'offesa ricevuta?

Dopo qualche attimo, Strabo borbottò: «Tu eri quello bizzarro».

«Sì, se con questo vuoi dire che avevo intelligenza, fascino, coraggio e spirito di avventura».

«Perché sei qui? Avevamo un patto. Io non mi sono rimangiato la parola».

«Un patto? Mia madre ti pagava?»

«Non abbastanza».

Corvus si guardò attorno. «Scommetto che è acqua passata».

Un piccola contrazione del labbro superiore di Strabo, che però tacque.

«Non ti piacerebbe qualche moneta?». Corvus fece tintinnare la sua scarsella.

L'uomo la guardò con desiderio, incapace di nascondere il suo interesse. «Cosa vuoi?»

«Sapere quello che sai. Su mia madre, mio fratello e il tempo che hai passato con noi».

Strabo prese l'otre appeso all'anca e tracannò alcuni sorsi. Il vino rosso gli colava dall'angolo della bocca. Si pulì col dorso della mano e buttò la testa all'indietro, indicando che dovevano spostarsi dietro un mucchio di legname, dove non li avrebbe uditi nessuno. Lingua lunga, facile da comprare. Strabo si sedette al buio ma teneva lo sguardo vigile.

Corvus si appollaiò su un ceppo tagliato a metà. «In Britannia, lavoravi per mia madre e mio padre?».

L'altro ammiccò. «Sì, ma non per tua madre e suo marito».

Mentre Corvus tentava di afferrare il gioco di parole, Strabo strofinava le dita. Allora Corvus gli gettò la scarsella e lo vide ispezionarne il contenuto. L'uomo pareva soddisfatto.

«A Vercovicium tua madre era sposata con un altro. Si chiamava Menius. Lui la trascurava, diceva lei. Troppo debole, troppo…». Agitò una mano in aria. «Chissà. Lei si mise con suo fratello».

Corvus ebbe un attimo di sconcerto. La notizia era inaspettata. Lui non voleva pensare alla madre in quella maniera. «Non può essere vero».

Strabo ridacchiò. «Sei sicuro di volere altre informazioni?».

Pur essendo sempre più a disagio, Corvus annuì per esortarlo a proseguire.

«Allora lavoravo per tuo padre. Uomo di fatica, quando ne aveva bisogno, un po' di caccia. Montava tua madre già da tempo quando lei lasciò Menius». Strinse le spalle. «Può darsi che sia il vero padre della tua sorellastra. O sorella. Oppure… le famiglie, vero?».

Stavolta Corvus restò a bocca aperta, non sapeva celare il trauma.

«Non ti hanno parlato di lei, come vedo. Si chiama Catia. Scommetto che tua madre non ti ha detto nemmeno che rubò tutto al suo vecchio marito quando scappò con suo fratello. L'oro, i commerci, gli schiavi: gli ha portato via ogni cosa, a parte un fazzoletto di terra. Appena da rimettersi in piedi o morire di fame».

«Non ci posso credere».

Strabo lo fissò per un momento, poi aggiunse: «Ma c'è anche di peggio».

Corvus entrò di soppiatto nella vecchia casa sulla via Flaminia, acquistata dalla madre coi soldi di suo padre quando era arrivata a Roma. Gaia era seduta in camera sua, guardava dalla finestra i tetti dalle tegole arancioni che cuocevano al sole. Ebbe un sussulto non appena lui entrò.

«Che succede?», esordì cercando di intuire il senso della sua espressione. «Si tratta di Ruga?»

«Ruga non c'entra». Dimenticò la stizza per il fatto che la prima cosa che veniva in mente a quella donna era sempre il fratello.

«Che c'è, tesoro? Vieni a sedere vicino a me». Gli fece un cenno, invitandolo quasi ad accoccolarsi tra le sue gambe, come soleva fare quando era ragazzino.

Invece lui incedeva a grandi passi nella stanza, osservandola bene. «Ti ricordi di Titus Didius Strabo? Lui ti rammenta molto bene».

Le sparì subito il sorriso. «Strabo è…», le morirono le parole in gola.

«Ho una sorella. Perché non me l'hai detto?».

Vide che scostava i capelli dal viso, ricomponendosi per prendere tempo. «Quel che è stato è stato. Mi fa troppo male pensare a quella povera bambina… a ciò che ho perso. E non voglio nemmeno che tu soffra, tanto non potrai mai vederla. Suo padre non lo permetterebbe».

Corvus s'inumidì le labbra. «Mi perdonerai se ho qualche difficoltà a capire il tuo dolore, mamma. Strabo mi ha appena rivelato che gli ordinasti di abbandonare la mia sorellina ancora piccola nelle lande desolate affinché crepasse. Tua figlia….».

Le si riempirono gli occhi di lacrime. «Una bugia».

«Davvero?»

«Ci sono tante altre cose in ballo».

«Parlamene».

«Non posso, non posso». Chinò la testa, coprendosi il viso con le mani, per dolore o per vergogna, non avrebbe saputo dire. «Nulla è come appare», mormorò lei tra le dita.

«Volevi che morisse?». Il suo sussurro era quasi inavvertibile a causa del fracasso delle voci e dei carri che transitavano fuori.

Gaia si diresse verso di lui, tendendogli le braccia. «Puoi pensare questo di me? Dopo tutto l'amore che ti ho dato? Ti ho protetto dalle tempeste della vita, ti ho regalato tutti i baci e gli abbracci che sa dare una madre, ti ho accarezzato i capelli e cullato tra le mie braccia ogni volta che eri triste».

Corvus indietreggiò e sembrò che la cosa la ferisse più del resto. «Strabo mi ha detto che la salvò un branco di lupi. La svezzò una lupa. Un atto divino, disse, una maledizione nei tuoi confronti. Dopodiché non hai potuto più vivere a Vercovicium. Sei scappata con mio… mio padre a Banna, poi qui a Roma, perché avevi troppa paura di abitare ancora in Britannia». Non riuscì a ferirla ulteriormente, dicendo come avesse nel frattempo derubato il marito, lasciandolo al verde.

Lei si voltò verso la finestra. «Sì, avevo paura. A Banna, quando nasceste tu e tuo fratello, e quella notte quando fuggimmo per mare». Una pausa. «Paura, anche qui».

«Di che cosa?».

La donna scrollò il capo, ancora senza guardare il figlio. «Meno ne sai e meglio è».

«Non hai bisogno di tanti riguardi. Adesso posso proteggerti».

Gaia lo fissò di nuovo, con un sorriso malinconico. «Lotterò sempre per tenerti al sicuro. Eri un bambino talmente inquieto».

«Se il babbo fosse qui…».

«Tuo padre era un uomo violento, crudele. Mi possedeva con forza, ogni volta». Colmò la distanza da lui nella stanza. «Se adesso vogliamo dire la verità, mi devi ascoltare fino in fondo…».

Corvus sollevò una mano per fermarla.

«Lo sapevi, una volta ci hai visti. Avevi sentito i miei strilli, e lo hai trovato sopra di me, sul pavimento. E ti sei dato da fare per difendermi, amore. Ma eri troppo piccolo e fragile».

«Non ricordo».

«È normale. Nessun bambino ricorderebbe la madre in una simile condizione. Ma una parte di te non se l'è mai scordato, tesoro mio».

Corvus scosse la testa, non voleva evocare le visioni suggerite da sua madre. «Basta, mi stai dicendo queste cose per distrarmi».

«No, amore mio, no. Te le racconto perché sono la verità, per quanto dura. Quale figlio giudicherebbe il padre come un bruto che violenta la moglie? Tu stesso sei nato da un amplesso simile. La tua nascita mi ha ricompensato per quel dolore e quella sofferenza; un figlio meraviglioso, su cui ho riversato tutto il mio amore, come su Ruga…».

Ruga. Corvus si scostò ancora di più da lei. «Solo Ruga ha avuto tutto il tuo amore, tutte le occasioni migliori, lo ricordo bene».

«No, amore mio, no». Gaia gli posò una mano sulla guancia, come aveva fatto tante volte quando era piccolo. Lui si sottrasse e la allontanò con la mano, poi pentendosene. Era così impaurita, come se pensasse che il figlio fosse il padre in procinto di aggredirla.

«Mi spiace…», provò a dire Corvus.

Lei gli voltò le spalle, con la mano sulla bocca, trattenendo le lacrime.

«I piani che stavi architettando con Ruga…».

«Sei troppo delicato per accollarti anche questo», lo bloccò lei con voce gracidante.

Corvus soffocò un sorriso. Quante volte era tornato dalla prima linea, inzuppato di sangue alamanno? «Delicato, come no? Un fiorellino. Ma ne ho abbastanza di essere tenuto al di là del muro dietro cui vi riparate tu e Ruga».

«Nessun muro, tesoro». Cercò ancora di accarezzarlo sulla guancia, ma lui si ritrasse. Aveva la bocca secca e non gli piaceva come la madre lo faceva sentire, come se in quella situazione fosse lui nel torto.

«Non voglio più essere escluso dai tuoi piani. Voglio…».

Fu colpito dalla tristezza che notò negli occhi di lei, e il resto delle sue parole gli si strozzò in gola.

Gaia sospirò. «Devi *fidarti* di me». Un sorriso familiare. «Ti ho mai mentito?».

Corvus negò con la testa. Si allontanò, prese a guardare fuori, verso i tetti bagnati dal sole. «Un giorno, vedrò mia sorella», mormorò tra sé, cercando di immaginare come fosse. Quando si voltò, disse: «Per il momento, una sola domanda. Che parte ha Hecate in tutto questo?».

Sembrava che la madre soppesasse per un attimo la risposta da dare. «Ricordi Varro, il mercante? Certo che te ne ricordi, quell'uomo cattivo. Mi ha rubato qualcosa di grande importanza. Per un certo periodo, mi parve tutto perduto. Non riuscivo a scorgere il futuro, quale strada prendere. Ma adesso Hecate può forse essere d'aiuto».

«In che modo? Ruga dice...».

«Lascia stare quello che dice tuo fratello». Lui si accorse di essere guardato in faccia, e lei si lasciò sfuggire un sorriso e annuì. «Sappi che le voglio già bene come a una figlia. Non hai motivo di premurarti. Si prenderanno cura di lei. Sei un bravo ragazzo, so che ti preoccupi. Tu pensi sempre agli altri». Allungò una mano per accarezzargli una gota. «Devi fidarti di me. E non parliamone più».

Voci furiose rimbombavano sopra i tetti delle dimore dei romani più abbienti. Mentre si affrettava lungo le vie, Corvus si rese conto che provenivano dal luogo verso cui si dirigeva, i *castra peregrina*, l'accampamento situato sul colle Celio e riservato ai militi delle province distaccati nella capitale. La caserma era un vecchio edificio, anche se il comandante lo teneva in buone condizioni, come monumento dei giorni gloriosi dell'impero.

Corvus si spinse lungo le mura, ormai diventate color del miele nel tardo sole pomeridiano, e superò le guardie che stazionavano sulla porta, avvicinandosi a quella che sembrava una violenta scaramuccia tra due gruppi di soldati.

Da quando era tornato dalla Gallia, si era soffermato anche troppo spesso nel cortile di questa caserma mentre Theodosius sbrigava gli affari dell'imperatore Valentiniano, garantendo i rifornimenti per la progettata invasione nel territorio degli Alamanni dal confine gallico. Il luogo era considerato la sede dei *frumentarii*, gli ex approvvigionatori di grano che viaggiavano in lungo e in largo per l'impero e fungevano da spie o agenti segreti.

E lì, in mezzo a quel trambusto, c'era il suo amico, che fissava un *magister* dal naso a becco che lo sovrastava di una buona testa. Theodosius mostrava come sempre un'espressione impassibile, apparentemente calma. Ma Corvus riconobbe quegli occhi appuntiti come spilli e sapeva che, dentro di sé, il suo amico era sul punto di perdere la pazienza.

«Cedi, ti dico». L'uomo dal naso a becco portò la mano all'impugnatura della spada, un gesto istintivo, Corvus ne era certo, eppure l'atmosfera era quanto mai tesa.

S'intromise tra i due uomini. L'avversario di Theodosius lo guardò dall'alto, corrugando la fronte.

«Chi sei?»

«Un uomo saggio e pacifico; un amico in tempo di difficoltà...».

«Uno a cui piace discorrere».

«Giusto. Parlare è sempre meglio che combattere». Corvus abbassò la mano all'impugnatura della spada, quasi a dimostrare che esistevano delle alternative.

Pareva che la sua intrusione avesse attenuato l'acredine dello scontro. L'uomo dal naso adunco brontolò e fece un passo indietro. Rivolgendosi a Theodosius, disse: «Non è finita qui, lo sai bene».

«Come ha detto il mio amico, ne riparleremo e troveremo una soluzione».

«Non facciamo altro che discutere. Sono stanco di quest'andazzo». L'uomo dal naso a becco se ne andò impettito, quindi anche il gruppo dei soldati che lo spalleggiavano si sciolse, allontanandosi a passo di marcia.

«Per essere un uomo che elogia tanto la pace, ti crei un sacco di nemici», disse Corvus.

Theodosius fece spallucce. «È un messo dell'imperatore Valente. Il suo padrone ha bisogno di vettovaglie per la campagna contro i Goti e lo ha mandato qui per procurarsi qualcosa di più rispetto a ciò che hanno in Oriente».

«Ma le nostre necessità sono superiori».

«Alcuni Goti hanno accettato sinceramente il Cristo, ma non tutti, comunque. Valente vuole dimostrare loro fino a che punto si sbagliano. È una buona causa. Ha già sostituito Sallustius come prefetto del pretorio, ed è pronto ad aggredire i Tervingi». Theodosius sospirò. «Però hai ragione. Non possiamo permetterci di distribuire troppo. Valentiniano non mi perdonerebbe mai, tanto meno mio padre. Non ho nessuna voglia di altri calci nel sedere».

«Perciò, altre chiacchiere».

Theodosius ghignò. «Lo so che ti annoiano. Non riesco a dimenticare che sei un pazzo a cui piace assaltare il nemico, ridendo perfino quando scagli frecce a destra e a manca. Hai bisogno dell'eccitazione della battaglia».

«Mi piace pensare di valere più di questo».

«È vero, sei eclettico. Comunque, un buon amico. Ti ringrazio per essere intervenuto in mio aiuto e avermi salvato da me stesso. Per quanto preghi, non riesco mai a soffocare la rabbia che mi rugge dentro».

Corvus esaminò il cortile in cerca di suo fratello. Ruga doveva essere da quelle parti, durante la giornata non si spostava mai di molto.

«Siamo tutti schiavi di ciò che nascondiamo dentro di noi», disse con aria distratta.

Theodosius lo guidò al riparo delle mura. «È vero; Dio stabilisce i piani per questo mondo ma gli uomini lotteranno sempre, con se stessi o con gli altri, per realizzare la sua concezione. Questa guerra tra il nuovo papa e l'antipapa mi fa soffrire. Se vogliamo portare la luce nel mondo, noi cristiani dobbiamo essere uniti. Invece, sembra che questa controversia dipenda più dal potere che dal resto».

«Uomini che si scannano per il potere. Non c'è niente di nuovo».

«Ma qui si tratta di uomini di Dio».

Colse nella voce dell'amico una sfumatura strana e si accorse di non aver prestato abbastanza attenzione mentre parlava della sua religione.

«Hai saputo dell'attacco al tempio di Mitra, sotto le terme di Caracalla?».

Theodosius osservava i gabbiani scendere in picchiata dal cielo azzurro, fingendo di non dar peso alla propria domanda, ma Corvus la sapeva più lunga. Aveva già inciampato nelle trappole del suo amico.

«Le terme? No».

«Dicono che ti hanno visto nei dintorni».

Corvus sentì il sudore colargli giù per la schiena. «Se da quelle parti ci sono delle bettole, probabilmente è vero. Di solito mi si trova di notte a vagare per le strade».

«Meno vino, amico mio. Offusca la visione divina». Theodosius lo studiò per un attimo. Qualunque cosa avesse notato in lui, pareva soddisfatto. Infatti, gli assestò un colpetto sulla schiena. «Ultimamente ci parliamo poco. Andiamo a pregare insieme, domani, e poi mangeremo qualcosa. Riesumeremo le giornate di gloria, da vecchi commilitoni».

«Tu hai la gloria davanti a te, se tuo padre saprà imporsi. Ma andrà benone. Pregheremo e poi mangeremo insieme». *E farò del mio meglio per non strozzarmi.*

Avvistò Ruga che usciva da una serie di uffici. Theodosius seguì il suo sguardo.

«Hai un amore per la vita che manca a tuo fratello. È troppo tetro».

«Uno di noi due dev'essere serio».

Lasciando l'amico, attraversò il cortile. I ragazzi che lavoravano per caricare e trasportare roba chiamarono il suo nome e lui lanciò alcune monete con un sorriso. Si azzuffarono nella polvere per raccattarle.

Ruga lo aspettava davanti all'ultimo edificio. Sembrava che lo inseguisse qualcuno, pensò Corvus.

«Perché non corri al centro del cortile per proclamare il tuo amore per il Sole Invincibile?», disse Corvus mentre si abbracciavano.

«Smettila di scherzare», ribatté Ruga. «Sei stupido? Non vedi come vanno le cose? I pochi di noi che ancora seguono Mitra vengono additati e messi alla berlina. Ci tradiscono i nostri amici! Non trasgrediamo nessuna legge. Ma i cristiani più zelanti se ne infischiano. Nuocere agli infedeli lo ritengono un segno della loro fede, e le autorità chiudono un occhio quando ci picchiano, ci rovinano e… peggio ancora».

«Ti preoccupi troppo».

Ruga lo fulminò con gli occhi. «Sei più pazzo di quel che credevo. In quelle cruente sommosse, i cristiani si sono perfino uccisi tra loro. Qui non si tratta solo di delazioni contro di noi. Potremmo perdere anche la vita».

«Devi essere più forte. Scappare per la paura non farà che peggiorare la situazione». Come mai sua madre aveva riposto tanta fiducia in un vigliacco simile?, pensò. «Ci sono tante cose di cui dobbiamo parlare».

Adesso Ruga lo guardò con sospetto.

«Ho parlato con la mamma a proposito del tuo piano…».

«Non sono affari tuoi».

«Non c'è bisogno di litigare per questo…».

«Allora tieni la bocca chiusa».

Mentre il fratello si stava voltando per andarsene, Corvus lo afferrò per un braccio, un po' più rudemente di quanto intendesse.

Ruga era torvo. «Vuoi colpirmi, adesso?».

Corvus allentò la presa. «Sono preoccupato, la mamma è spaventata».

«I nostri piani hanno assunto una brutta piega. Non è niente, troveremo una strada nuova».

«Lascia che ti aiuti. Sono un bravo spadaccino, e so tirare con l'arco». *Tu invece no.*

«È una cosa che non ti riguarda».
«Che significa? Vuoi tenere la gloria per te soltanto?»
«Non si tratta di gloria. La mamma ha scelto me per una buona ragione».
Corvus avvertì il calore salirgli al collo. «Forse ha scelto il fratello sbagliato».
«Ha scelto bene».
La sua irritazione si fece ancor più bruciante mentre Ruga lo guardava dall'alto in basso con disprezzo.
«Tu? Tu bevi troppo, tu...». Qualsiasi cosa volesse dire, Ruga si liberò dalla presa e stava per andarsene. «Lasciami ora, altrimenti potrei dire qualcosa di cui mi pentirò».
Corvus manteneva la sua posizione. «Non è finita qui».
Ruga si mosse di scatto, incapace di trattenere l'ira. Portò la faccia davanti a quella di Corvus fino a colmargli la vista. «Non piaci a nessuno, fratello. Nessuno si fida di te». Le sue labbra sputazzavano saliva. «Non a me, non alla mamma. Nemmeno a Hecate. Lasciaci in pace. Questa è una faccenda per uomini adulti».
Filò via e Corvus lo vide scomparire nella vita brulicante della caserma.

Quando fece capolino sui gradini che portavano al buio scantinato, Corvus percepì fetore di stantio nella corrente umida che saliva dal basso. Nessuno avrebbe dovuto abitare in un luogo simile.
«Ci sei?», azzardò.
«Sì».
Udendo la voce di Hecate, scese nell'oscurità. Le aveva offerto la propria stanza, ma la strega aveva insistito, dicendo che in quel brutto scantinato stava comoda. Le ricordava la sua casa, fredda e piena di ombre.
Giunto sul lastricato, si guardò attorno e vide una piccola fiamma che tremolava in un angolo. Lì poté odorare altri profumi, più gradevoli, dovuti alle erbe e alle spezie che Hecate aveva chiesto per eseguire chissà quali rituali riteneva necessari.
Nelle tante ore che aveva trascorso con lei, l'aveva sentita lamentarsi poche volte. Senza le sue sorelle decedute, era stata sola e alla deriva, e lì c'erano persone che si occupavano di lei, o almeno lo credeva.
Quando i suoi occhi si abituarono al buio, Corvus notò una figura che si alzava e percorreva il pavimento per andare da lui. All'inizio,

immaginò che fosse sua madre, aveva la stessa faccia e lo stesso profilo, invece era Hecate. Gli sorrideva. Suo fratello non diceva la verità, era un bugiardo. Eppure, il dubbio gli era ronzato in testa.

«Volevo essere certo che hai tutto quanto ti serve», esclamò.

«Sei gentile». Lei si guardò attorno. «Mi accontento di poco, però…».

«Cosa?»

«Anche tua madre è gentile. Mi porta al foro, mi compra dei regali e mi dà cibo buono. Tuttavia…». Sentì una certa malinconia nella sua voce. «Mi sa che questo non è il posto adatto a me».

«Devi rimanerci». Aveva parlato con maggior forza di quanto volesse e notò la sorpresa negli occhi di lei. «È bello averti qui. Con chi altro parlerei?». Sorrise per alleggerire l'atmosfera.

«Tuo fratello mi ha chiesto di essere sua sposa».

Corvus s'irrigidì facendo un balzo all'indietro. Ovviamente, se lo aspettava, ma Ruga e la madre non gliene avevano mai accennato. Altro segno che lo escludevano da tutto. Ciononostante, intuiva dagli occhi bassi di lei che quel matrimonio non le garbava. «Gli hai già dato la tua risposta?»

«Non ancora».

«Prendi il tuo tempo prima di rispondere. È un tuo diritto. Ci penserò sopra».

Vide che la ragazza si accigliava, ma se ne andò prima che potesse porgli qualche altra domanda.

Fuori, sotto gli ultimi raggi di sole, Corvus si affrettò per le strade in cerca di Pavo. Era stufo di tutti gli interrogativi che gli frullavano in testa. Immaginava grandi cose, forse pericolose, le vedeva quasi davanti agli occhi.

Trovò l'amico proprio dove pensava che fosse, al tavolaccio di una taverna, di fianco alla finestra, a osservare il tramonto. Ordinò del vino e si volse verso Pavo, che lo stava già guardando, benevolmente sorpreso. «Hai l'aria di chi sta per crollare da un momento all'altro. Che ti succede: sei arrabbiato, sconcertato, deluso? Forse geloso?»

«Tutto questo e altro ancora», ammise Corvus. «Sai sempre offrirmi buoni consigli, ma perlopiù li ignoro».

«Magari saggi. Molti li leggo nei fondi di una tazza».

«Ho bisogno di parole sagge, adesso. Sei pronto?».

Pavo alzò il suo bicchiere, gli brillavano gli occhi. «Allora siediti. Dobbiamo parlare di tante cose».

32
Sopravvissuti

I Lupi Feroci proseguirono a sud per tre settimane e Mato notò che il suo spirito ne traeva giovamento. Lucanus li aveva guidati lungo una strada tortuosa, tra le foreste e le alture battute dai venti, evitando la via da Luguvalium a Mamucium, o quella per Eboracum. Anche se non avevano incontrato nessuno, a volte avevano udito le grida portate dal vento e sentito sulla lingua il gusto della cenere.

In seguito, giunsero in una regione di montagne dalle cime viola e dalle valli profonde, dove i laghi scintillanti riflettevano le nuvole che si spostavano nel cielo azzurro. Le giornate erano calde, il sole scottava forte. Ogni albero era in pieno rigoglio e in terra sbocciavano i fiori che profumavano il loro passaggio. Cantavano gli uccelli e le farfalle svolazzavano sui prati.

Mentre sostavano sulla vetta di una collina, a ridosso di uno dei laghi più grandi che avessero visto fino a quel momento, Mato volse la faccia al sole e chiuse gli occhi. Lì prevaleva la pace, benché intorno ci fosse la guerra. Ecco perché apparteneva agli *arcani*. Per essere nel cuore pulsante della regione.

Qui poteva ancora udire la voce della sorella. Qui la sua esistenza era ancora significativa.

«Gente». Bellicus era al suo fianco, fiutava l'aria. «Fumo e merda».

«Preferirei evitare qualsiasi incontro. Ma scommetto che gli altri vorrebbero sentire voci nuove. Qualche notizia, un po' di consolazione».

«Ho un gran desiderio di buon vino. Magari anche di birra scadente. E se potessimo chiedere degli otri, non dovremo più andare in cerca di acqua fresca ogni volta che ci spostiamo». Bellicus lanciò un'occhiata al punto in cui gli altri si erano adagiati sull'erba per crogiolarsi al sole. «In verità, non sarebbe male attenuare le lamentele di quelli che viaggiano con noi. Forza, facciamolo».

La pista serpeggiava sulle pendici di un'altura, superando alcune cime usurate dagli elementi, dove i blocchi di granito spuntavano dal suolo, per arrivare alle distese erbose dei pendii inferiori e alla vallata lussureggiante. Al riparo dal vento, la pelle di Mato bruciava al sole, e le zanzare ronzavano pigramente tra la vegetazione. Dopo un inverno che pareva infinito, l'estate non sarebbe potuta arrivare troppo in fretta.

Sulle rive del grande lago, i cavalieri smontarono e condussero i cavalli lungo le sponde sassose. Doppiarono un lembo di terra, e apparve alla vista un insediamento: un molo che si spingeva sullo specchio d'acqua, a cui erano ormeggiate diverse barche; alcune capanne sparse lungo la linea costiera. Mato scorse il cortiletto di un costruttore di imbarcazioni. Nonostante le piccole dimensioni del luogo, riusciva a percepire l'inconfondibile palpitare della vita, altrettanto chiassoso di quando Vercovicium dava il peggio di sé.

Perplesso, continuò a camminare e, mentre si approssimava ai margini dell'insediamento, fu colpito dal numero dei rifugi che si addossavano sotto la volta della vegetazione. Sembrava che quelle capanne fossero spuntate nell'arco di un giorno, con basse pareti in mattoni di fango e tetti di rami intrecciati che avrebbero offerto scarso riparo in caso di piogge o acquazzoni. Gruppetti di persone si tenevano stretti intorno a piccoli fuochi e, mentre le teste si voltavano per osservare chi arrivasse, Mato rimase inebetito dal fatto che alcuni non erano altro che pelle e ossa, avevano palpebre pesanti e guance incavate. Perlopiù, i bambini piangevano.

«Fame», disse. «Povertà».

«Povere anime. Probabilmente fuggono dalle battaglie». Mato avvertiva lo sgomento nella voce di Catia.

«Qui non troveremo molto di quello di cui abbiamo bisogno», aggiunse Bellicus.

Sei uomini uscirono stancamente dal campo e si allinearono sulla riva del lago. Mato osservò quegli sguardi torvi e accigliati. Solo uno di loro aveva una spada. Dalla cintura degli altri pendevano le asce.

«Cosa siete venuti a fare?». La faccia dell'uomo che parlò era solcata dalle rughe, i suoi capelli erano lunghi e venati di grigio. Aveva il naso adunco e occhi scuri che lo facevano assomigliare a un falcone affamato.

«Lo stesso di tutta quell'altra gente, immagino». Lucanus indicò con la mano l'insediamento nel bosco. «Scappiamo per salvarci la vita».

«Qui non abbiamo niente per voi», disse colui che pareva il capo. «Non possiamo sfamarvi. Non abbiamo abbastanza cibo nemmeno per noi. Siamo stati quasi spazzati nel torrente, e ogni giorno arrivano nuove persone».

«Chiediamo soltanto un paio di notti. Non vogliamo restare a lungo».

Mato sorrise, tenendo basse le sue armi. «Siamo gente amichevole».

Il capo allungò gli occhi dietro di lui, dove gli altri aspettavano sul carro. «Donne, un bambino», meditò.

«E un vecchio. È stato male, ancora soffre. Sarebbe cortese concedergli alcune notti di riposo affinché recuperi la salute, al sicuro», disse Mato.

Uno degli altri uomini lo schernì: «Credi che qui sia al sicuro?».

Il capo soppesò la richiesta. Mato vide che osservava accuratamente i Lupi Feroci, che la sua attenzione si soffermava soprattutto sulle spade. Accigliato, stese la mano e strofinò tra pollice e indice la pelle di lupo di Lucanus. «Chi siete?»

«*Arcani*», replicò il Lupo.

«Uomini da battaglia?»

«Esploratori».

«Ma appartenete all'esercito? Sapete usare queste armi?». Mato vide che al capo brillavano gli occhi.

Lucanus tacque.

«Il mio nome è Kunaris». Gli porse la mano aperta. «Abbiamo contadini e fabbri, mercanti e mendicanti. Ma nessuno che possa difenderci. Se promettete di usare le armi a nostro vantaggio, siete i benvenuti e potrete rimanere per tutto il tempo che volete. E se dimostrate il vostro valore, nel caso ci fossero alimenti supplementari saranno vostri».

Mato scrutò Lucanus. Sembrava un buon accordo. Invece il suo capo era incerto.

«Difendervi da che cosa?», domandò Lucanus.

L'accampamento sembrava infinito.

Mato fu preso dalla disperazione alla vista delle facce di quegli affamati, persone abbattute che si tenevano strette tra loro davanti all'entrata dei tuguri. La maggioranza aveva solo un panno sporco e imbrattato sulla schiena. Un pargoletto che elemosinava qualcosa da mettere sotto i denti gli apparve davanti, e Mato si dispiacque di non avere neanche una briciola da offrirgli. Alcuni erano talmente indeboliti da non potersi muovere. Altri tossivano, avvolti in tuniche zuppe di sudore, coricati su un fianco.

«Speranza, ecco di cosa ha bisogno questa gente», disse. «Un segnale. Dappertutto si stanno spegnendo le luci».

«Si prospetta una guerra che farà spargere sangue per un secolo. Questo mi hanno predetto le tre donne sapienti nelle Terre Selvagge». Lucanus studiava la desolazione di quel mondo indistinto sotto le fronde degli alberi. «Ecco perché c'è bisogno del re che non muore. Del salvatore. Di modo che liberi questa gente dall'oscurità e le dia speranza».

«Dunque, ancora credi a quel che ti hanno detto le donne? E il sacerdote dei boschi?».

Mato si accorse che il suo amico aggrottava la fronte. Il Lupo non prendeva alla leggera le responsabilità. Quando aveva rivelato loro ciò che aveva appreso a nord del vallo circa il destino riservato a Marcus, tutti avevano avuto difficoltà a credergli. Ma ciascun Lupo Feroce si fidava di lui più che di chiunque altro, e lui aveva raccontato la storia con tale passione che non seppero contraddirlo. Tutti avevano promesso di stare dalla parte del Lupo.

«Questi poveri bastardi», borbottò Bellicus. «Hanno bisogno di un salvatore oggi, non tra cento anni».

Solinus scrocchiava le nocche. «Tutti abbiamo bisogno di un redentore, ma al momento attuale loro sono ridotti ai minimi termini. Se però riusciamo a tenere lontane dal campo le aggressioni notturne che li preoccupano tanto, avranno almeno il tempo di cacciare e coltivare la terra».

Ormai da tre giorni arrivavano estranei in piena notte che rapivano ogni volta un uomo o una donna. Le urla della vittima svegliavano i rifugiati, che vedevano le figure spettrali scomparire nel buio. Non mancavano le superstizioni su questi eventi, dato che si svolgevano ai margini dell'insediamento principale. Ma Kunaris era un uomo concreto, non fu difficile accorgersene. Era convinto che si trattasse di una banda di barbari, e Lucanus era persuaso che ne sapesse perfino il nome.

«Non siamo guerrieri», mise le mani avanti Mato. «Sapere quale parte della spada infilzare in un uomo potrebbe non essere sufficiente».

«Non lo è se sono gli Attacotti». Comitinus si guardò attorno come se i Mangiatori di Morti fossero alle sue spalle, proprio in quel momento. Mato notò che rabbrividiva involontariamente.

«Li si può sconfiggere, al pari di qualunque altro nemico», precisò Lucanus. «Li ho fissati negli occhi».

«Dovremmo affrontarli qui, mi chiedo? Oppure sarà meglio fuggire per tenere Marcus lontano da occhi indiscreti?», opinò Comitinus.

«Questa gente ha bisogno di noi», tagliò corto Lucanus. «Non possiamo abbandonarli».

Catulus stava fiutando un mucchio di immondizia dietro una capanna. Bellicus lanciò un fischio e il cane accorse.

«Avremmo più cibo a disposizione se non dovessimo riempire anche la pancia di quel segugio», abbozzò Solinus.

«Merita un pasto quanto te», disse Bellicus guardandolo in tralice. «Forse anche più lauto, a mio parere».

Solinus scoppiò a ridere. «Adesso valgo meno di un cane. Posso dire di aver sentito tutto nella vita».

Mato si ringalluzzì al suono di quella risata. Ultimamente c'erano state poche occasioni di divertimento.

Superando l'ultimo tugurio, Lucanus si arrestò e misurò con gli occhi il perimetro dell'accampamento. Davanti a sé, il bosco costeggiava la fiancata della valle, era verde, scuro e profondo.

«Com'è possibile difendere questo posto?», continuò Comitinus. «È molto vasto, e noi siamo solo in cinque».

«Potresti rimanere fermo a uggiolare tutto il tempo come fai di solito», intervenne Solinus. «Questo li terrebbe sicuramente lontani».

«Ci serve un muro». Lucanus tracciò con l'indice una linea in aria. «E fossati per rallentare l'avanzata del nemico».

«Ci vorranno dei giorni», eccepì Bellicus.

«E molti sono troppo deboli per dare una mano», precisò Comitinus.

«Vero, ma qualcuno è in forze», disse Mato. «Scegliendo gli uomini migliori, collaboreremo per trovare una soluzione».

Lucanus annuì. «Certo, collaborare. Il capo dovrà assumere la direzione. Chiunque venga qui pensa solo a se stesso. Ma se alcuni lavorano alla costruzione delle difese, gli altri potranno uscire a caccia o a pesca, così tutti avranno da mangiare...».

Mato indicò il pendio. Dalle ombre usciva barcollando una figura, pareva un soldato, sebbene non avesse elmo o scudo.

«Sta arrivando l'esercito?», disse Mato speranzoso quando l'uomo gli fu vicino.

Il volto raggrinzito del soldato era sporco di polvere. «Battuti ovunque. I forti bruciano. Chi non è morto sta scappando. Nessuno di noi era pronto a questo».

«I barbari si stanno ancora spingendo a Sud?», domandò Lucanus.

«Hanno travolto tutto il vallo». Il soldato si appoggiò a un albero, recuperava fiato. «Sono scappato prima della carneficina. Non mi vergogno ad ammetterlo. Ho salvato la pelle. Lungo il cammino mi sono imbattuto in altri nella stessa situazione. Parlavano di messaggeri che facevano la spola da un forte all'altro, informando che la costa era infestata dalle navi dei barbari, sia a Est che a Ovest. Ci attaccano anche dal mare, hanno coalizzato le forze per distruggerci».

Comitinus si rivolse agli altri Lupi Feroci. «Non verrà nessuno a salvarci».

«Potrei morire stanotte. Ma non c'è maniera migliore di passare le ultime ore della vita». Mato si rovesciò supino asciugando il sudore dalla fronte.

«Gli dei non ti vogliono ancora».

Si poggiò sul palmo della mano a coppa per occhieggiare Decima stesa sul fianco, con la testa puntellata su un braccio. Le sue labbra si aprirono a un sorriso timido, ma era l'espressione consapevole negli occhi di lei che gli faceva battere il cuore. Non ne aveva mai abbastanza dell'amore di quella donna.

Si baciò i polpastrelli, con cui andò a toccare le labbra di lei. «Questa vita sarebbe più dura senza di te».

Il sorriso di Decima si allargò a dismisura, le si vedevano i denti bianchi, che spiccavano rispetto alla pelle scura. Gliel'avevano detto centinaia di uomini, lui lo sapeva. Eppure, le sue parole non erano per questo meno vere.

Sapendo cosa sarebbe successo nei tempi cupi, i Lupi Feroci si erano appartati per un po'. Ognuno se ne stava per le sue per far pace coi propri pensieri, per bere fino in fondo quello che poteva offrire la vita, e forse per capire le ragioni per le quali stavano rischiando la pelle. Lucanus era un ottimo capo. Sapeva che tutti avevano bisogno di questo tempo di riflessione.

«Stiamo entrando in un mondo terribile. Non vedo tante comodità nei giorni a venire. E mi preoccupo per te», disse Mato.

«Sono brava a sbrigarmela da sola».

Lui sorrise. «Non ne dubito. Tuttavia, ormai non valgono più le leggi umane, c'è solo la legge del più forte». Fece una pausa, selezionando bene le parole. «Se vuoi la mia spada al tuo servizio, te la offro. Dobbiamo proteggere le persone che ci piacciono, ora più che mai».

Decima gli scostò i capelli dal viso. «Mi piaci tanto, Mato. Sei un brav'uomo, dal cuore generoso. Se accetto la tua offerta, in cambio ti darò ogni notte il mio calore. È un buon patto. Ma devi sapere che non potrò mai amarti. Non posso amare nessuno. È una cosa che non ho dentro di me, mi manca questa parte».

«Ne sei sicura?».

Assentì. «È il cruccio della prostituta».

«Comunque, non ti ho chiesto amore o i tuoi servizi. Ti offro la protezione della mia spada senza aspettarmi nessuna ricompensa».

Decima si rotolò verso di lui e lo abbracciò. «Se potessi amare un uomo, amerei solo te», disse piano mentre si staccava. «Ma anche essere amici così è un bene impagabile».

Quando Decima si recò al lago per lavarsi, Mato andò a cercare il Lupo. Dovevano organizzarsi bene per la notte se volevano vedere le luci dell'alba.

Bellicus stava lanciando un bastone per Catulus, e gli indicò un tratto nascosto ai margini dell'accampamento. Mato si mosse furtivamente tra querce e frassini, e a un certo punto udì dei gemiti: al riparo di un biancospino, scorse Lucanus che giaceva con Catia, il ritmo del loro amplesso era lento e tenero, forse per non attirare attenzioni sgradite. Mato si ritrasse e tornò sui suoi passi, contento di non essere stato visto dalla coppia.

Si affrettò e rientrare nel campo, accorgendosi di non essere sorpreso, dentro di sé. Non c'era uomo o donna in tutta Vercovicium che non pensasse che Catia e Lucanus dovessero stare insieme, lo sapevano tutti. Eppure, lui era a disagio per averlo scoperto.

Le sue paure vennero confermate non appena avvistò Amatius che incedeva a grandi passi fuori dal campo, con la faccia stravolta. «Hai visto mia moglie?», gli chiese.

«Sì, poco fa, vicino al lago».

Amatius si voltò e, dopo una leggera esitazione, annuì e grugnì: «Benissimo».

Mato stette a guardarlo mentre spariva dietro il pendio. Amatius intuiva qualcosa di male, ne era certo. Non ne sarebbe uscito alcun bene.

Largo e rosso, il sole scivolò sotto l'orizzonte e sui boschi cadde il crepuscolo. Gli uccelli smisero pian piano di cantare e si diffuse un'immobilità che non arrecava nessun senso di pace.

Sui focolari si attizzava il fuoco e il fumo si spargeva tra gli alberi: i pochi che si erano riforniti cominciarono a mangiare qualcosa. Mato passeggiava lungo lo specchio d'acqua, voleva godersi gli ultimi istanti di pace. Trovò Lucanus che fissava la crescente oscurità tra gli alberi.

«Sei pronto?», gli chiese il Lupo.

«Sì, ma prima una parola». Si guardò attorno per assicurarsi che nessuno li sentisse. «Non è facile dirtelo, ma ti ho visto insieme a Catia, fratello».

Lucanus distolse lo sguardo, per imbarazzo o per irritazione. Mato non avrebbe saputo distinguere.

«È stato un caso», continuò, «e se è capitato a me, poteva succedere anche ad Amatius. Fa' come credi, ovviamente, non ti giudico. Non posso negare che Catia stia molto meglio con te che con un uomo che prima picchia e poi riflette. Ma ti scongiuro di fare attenzione. Quest'affare potrebbe dividerci, proprio mentre abbiamo bisogno di stare uniti il più possibile».

«Non serve dirlo a me». Mato colse il tono sferzante ma sapeva che il suo amico se ne sarebbe pentito. «Io uso sempre enorme attenzione».

«Se potessi...».

«Basta così. È una questione che riguarda me e Catia. Hai capito?».

Mato annuì.

Lucanus si guardò attorno, come se si aspettasse di essere osservato da Amatius. Quando si voltò, Mato vide la sua preoccupazione. Seguì lo sguardo dell'amico e notò qualcuno che usciva dai boschi per dirigersi verso di loro, come aveva fatto in precedenza il soldato. Però sembrava che Lucanus riconoscesse il nuovo arrivato.

Pareva quasi che il buio inquadrasse la figura, pensò Mato, come se si stesse plasmando dall'aria stessa. Quanto più si avvicinava, tanto più assumeva forma e consistenza: Mato vide così un uomo avvolto in un mantello che procedeva appoggiandosi a un bastone. Riccioli di capelli corvini circondavano un volto sottile, dal naso adunco. All'inizio credette che la parte sinistra di quei lineamenti fosse stata bruciata. Ma non appena l'uomo fu più vicino, si accorse che c'era un tatuaggio nero, una spirale che diventava un serpente alato che si torceva, sotto la linea della mandibola.

«Myrrdin», sussurrò Lucanus.

Era dunque lui, il sacerdote dei boschi che aveva menzionato il capo, quello di cui non era certo se fosse amico o nemico.

«Come hai fatto a trovarmi?», domandò Lucanus quando il druido fu davanti a loro.

«Sei sotto osservazione, Lupo». Un sorriso si insinuò sulle labbra del sacerdote dei boschi. «Lo sei sempre».

33
Un solo grido

Le torce lungo il perimetro presero vita l'una dopo l'altra e una serie barcollante di luci marciò tra il caos delle capanne e l'infinita oscurità.

Lucanus annusò l'odore della pece del costruttore di barche che spiraleggiava tra il fumo denso, mentre cercava di vedere i volti dei pochi uomini abbastanza forti o coraggiosi da tenere la linea. Il bagliore dei tizzoni brillava però in occhi troppo larghi, timorosi di battere le ciglia, desiderosi solamente di scrutare nel cupo del bosco. Per non perdersi nemmeno il più piccolo movimento. Forse i difensori immaginavano orrori mille volte peggiori di quelli che li aspettavano.

I Lupi Feroci controllavano la schiera, cercavano di tenerne alto lo spirito. C'erano contadini, mercanti e fabbri, e reggevano soltanto lance rozzamente intagliate. A parte l'unico soldato, non c'era un guerriero esperto tra loro.

Però Lucanus sapeva che la vivacità di Mato rincuorava sempre tutti. Il messaggio era chiaro: abbiamo già combattuto contro quei bastardi e li abbiamo sconfitti. Una menzogna raccontata bene era di per sé un'arma molto potente.

Lucanus sentì il disagio del sudore che gli colava lungo la schiena, come punture di spillo. Quella gente era meno che preparata. Non sapeva neanche cosa gli sarebbe stato chiesto. E lui era parimenti impreparato a guidare degli innocenti verso la morte. Qui, ogni vita perduta sarebbe stata una macchia per se stesso.

Bellicus lo affrontò deciso. «Non possiamo fare meglio di così».

«C'è anche Aelius?»

«Sì, benché abbia solo un braccio buono per brandire la lancia. Un ragazzo audace».

«Amatius?».

L'Orso arricciò il naso. «Ha deciso di rimanere sul lago con le donne, il bambino e il vecchio. Vuole essere l'ultima linea difensiva, proteggerli nel peggiore dei casi. Almeno dice così».

Lucanus si strinse nelle spalle. «Meglio là che di malavoglia qui, quando saremo assaliti dal nemico».

«Sei ancora convinto che sia la decisione giusta?»

«Tu cosa credi?». Tentò di leggere sul volto dell'amico, ma le ombre saltellanti occultavano più di quanto rivelassero.

«Penso che tu sia più saggio di me, nonostante i tuoi anni. E credo che tu abbia un buon cuore. Io sono un bastardo inaffidabile, che non fa mai la cosa giusta». Esitò. «Tuo padre sarebbe orgoglioso».

A queste parole, Lucanus trasalì. Non era certo che fossero vere.

Bellicus fece una pausa, sembrava cercasse la cosa opportuna da dire. «Quando tutto questo sarà finito, dovremo parlare ancora. Di tanto tempo fa».

C'era un'espressione nei suoi occhi, forse di tristezza o preoccupazione. Lucanus si sentì ancor più a disagio al pensiero di cosa essa celasse. «Non disturbarmi con le cose del passato. Voglio solo sapere dell'oggi o dei giorni venturi».

Bellicus lo scrutò per un attimo, quindi assentì.

«Sorveglia bene», lo esortò il Lupo. «Non sarò in pace finché non avrò detto il fatto suo a quel bastardo del sacerdote dei boschi».

Trovò Myrrdin che si scaldava le mani presso un falò, in attesa dei preparativi.

«Tu stai dalla parte dei barbari», lo investì passandogli accanto.

«Tanti saluti a te».

«Non irritarmi, druido. Questo è un avvertimento, sono tentato di farti assaggiare la mia lama».

Myrrdin fece spallucce, imperterrito. «Scoti e Pitti ci hanno offerto rifugio. Ma lo stesso hanno fatto tante tribù, in tutto il mondo. Noi percorriamo la nostra strada».

«Ho visto uno della vostra razza nel campo in cui si teneva il consiglio di guerra. Riferiva a tutti il grande valore di Marcus». Lucanus fece una smorfia nel tentativo di trattenere la rabbia, ma dopo tutte le miserie che aveva dovuto tollerare, causate dal suo incontro con quest'uomo e i suoi alleati, gli sembrava di non essere più capace di controllarsi.

«Mentirei se dicessi di non conoscere le loro intenzioni, o che non li abbiamo guidati. Ma non siamo i loro sovrani. Noi siamo sacerdoti. Loro seguono la loro strada». Myrrdin gli tese la mano come gesto di riconciliazione. «E, detto tra noi, non vedono più in là del loro naso. Attaccare. Uccidere. Saccheggiare. Stuprare». Sospirò, scosse la testa. «Un momento di riflessione, l'ascolto di un buon consiglio, non sarebbero una cattiva idea».

«Tu la fai semplice. Ma adesso quei bastardi danno la caccia al ragazzo per rivendicare il premio che sigillerà la loro vittoria. Sei stato tu a fare questo. Tu con le tue parole, col tuo vaticinio sui re».

«Le tue parole sono una coltellata al cuore», si rammaricò Myrrdin, premendosi una mano sul petto. «Adesso ascoltami bene. Sono un alleato e, se vuoi, un amico. E se non ci fossero Erca e i suoi signori della guerra, ci sarebbe qualcun altro. Tu vedi solo ciò che hai davanti alla punta del naso. Invece, queste storie sulla profezia e sul re che non muore sono come un pesce che nuota sott'acqua da lunghi anni, lentamente, e che lentamente risale alla superficie. Dalla Caledonia a Roma, e oltre, il mormorio giunge alle orecchie, si sollevano gli occhi per guardare fino a qui, ai limiti dell'impero. Oggi… domani… nei giorni a venire, verranno per il ragazzo. Ormai, è finito il tempo della pace per lui».

Lucanus soppesò queste frasi, sentiva sbollire parte della sua rabbia quanto più riconosceva la grandezza di quello che Myrrdin gli raccontava.

«Ci sono molti popoli che necessitano di un nuovo redentore, Lupo», aggiunse il druido con voce più suadente. «I cristiani hanno avuto il loro, e stanno prendendo il potere ovunque. Hanno visto tutti come le parole di Cristo, voce e mano del loro Dio, abbiano piegato alla loro volontà re e imperatori. Si sta combattendo una guerra, in cui però non si usano spade o lance. Il potere detenuto a lungo sta cambiando. Tramonta il sole su sogni e speranze. E gli uomini disperati faranno qualsiasi cosa per mantenere… o rivendicare… il potere».

«Ho capito», disse il Lupo. «Un ragazzo innocente è uno strumento nella lotta tra coloro che non hanno alcun riguardo per lui, per la sua vita, e per la vita di quelli che gli vogliono bene. Dimmi quindi perché sei qui, adesso. Per causare altri guai? Per portare via Marcus? Per posare le tue mani bacate su questo grande premio?»

«Sono qui per salvare la vita del ragazzo. E quella della madre, e anche la tua, se posso».

«Ho la sensazione che tu mi stia prendendo per il naso per sviarmi».

«Vero».

Lucanus s'indispettì per la schiettezza di Myrrdin.

«Chi dice che il mio piano non sia anche nel tuo interesse?», aggiunse il sacerdote dei boschi.

«Spiegamelo, sarò io stesso il giudice».

«La sapienza appresa dall'uomo che segue la sua strada è preferibile rispetto alla conoscenza svelata da un maestro. Ci sono occasioni in cui devi vedere coi tuoi occhi per sapere cosa è corretto. E se sei deciso a tenere gli occhi serrati, non accadrà mai. Quindi, devi farti guidare lungo la via. Finché non sarai pronto per vedere».

Lucanus si aggirava attorno al fuoco, scrutando minuziosamente, come un falco, l'altro uomo. «Sostieni di sorvegliarmi sempre. Com'è possibile? Quanti ce ne sono come te, della tua razza... druidi... streghe...?»

«Della mia razza? Non siamo mica tutti uguali, Lupo. Non esiste un grande esercito nascosto. Ci sono alleati, amici, nemici che vogliono la medesima cosa. Però abbiamo occhi e orecchi dappertutto. Tanto nelle città straripanti di persone quanto nelle foreste. Il popolo della foresta si nasconde da tempo. Ha imparato a essere furtivo, a osservare e ascoltare. Per molti anni la sua esistenza è dipesa dal rendersi invisibile, da quando i romani hanno versato sangue sulle sponde di Ynys Môn. Hai sempre avuto qualcuno alle tue spalle dacché hai lasciato l'isola con i tassi».

«Perché?»

«Perché hai dimostrato di essere il nostro veicolo verso i giorni futuri, e la nuova realizzazione dei nostri sogni». Lucanus avvertì il tono leggero di quelle parole e sospettò ancora di essere preso in giro.

«Fa' il tuo lavoro», disse Myrrdin. «Lascia che Caledfwlch sia vera e piena del suo potere divino. Ascolta il grido di Cernunnos nella foresta. Senti la luce di Lugh scendere su di te per illuminarti. Sgomina i tuoi nemici e vivi per vedere la nuova alba. La gente di questa terra ora conta su di te».

Durante la vigilia, vicino alle torce, tacquero tutti. Ogni volto era girato verso il muro del buio. Alle loro spalle echeggiavano i pianti dei bambini e i lamenti dei malati, memento costante del motivo per cui combattevano.

Lucanus passò in rassegna gli uomini. Vide nei loro occhi guizzanti che la sua presenza era per loro qualcosa di rassicurante, come se si fidassero che li avrebbe guidati bene. Annuì a sua volta, cercando di fugare i propri dubbi o perlomeno di cancellarli dal volto.

Aelius reggeva la lancia con la mano valida. Non si ubriacava da giorni, e per un po' si era ridotto come un cane affamato. Ma ora i suoi occhi erano limpidi, sembrava diventato un uomo migliore. Forse aveva paura, ma non lo si sarebbe detto. Una cosa positiva.

Bellicus si stagliava al centro delle difese, la sua lunga ombra torreggiava sul pendio. «Forse non verranno», disse con voce bassa e cavernosa. «Magari si sono spostati altrove per affliggere qualche altro disgraziato».

«Forse».

La notte avanzava.

Mentre gli occhi si appesantivano e le spalle iniziavano ad afflosciarsi, Lucanus vide che Bellicus s'irrigidiva. L'Orso aveva udito un rumore, oppure fiutato una traccia insolita nella brezza fresca. Si piegò in avanti, schermando la vista dalla luce delle torce.

«Cosa vedi?», sussurrò Lucanus.

«Non siamo soli».

Il Lupo si sentì pizzicare la nuca. All'inizio, ci fu soltanto il buio immane. Fissando a lungo nel vuoto, gli si offuscò la vista, ma poi colse un movimento impercettibile.

Si udivano gemiti sibilanti, alti e bassi, come di un neonato che piange, o i versi di un accoppiamento tra volpi. Risposero i lamenti lungo la linea difensiva. Lucanus comprendeva bene i timori dei suoi uomini. Quel rumore sarebbe potuto provenire da una tomba, una lagna ossessiva per ciò che si trovava dall'altra parte della morte.

Sfoderò Caledfwlch. Bellicus prese la sua lama.

E giunsero dal profondo della notte: pelli spettrali, teste come crani, occhi pallidi che spiccavano da polle nere.

«Sono uomini», disse il Lupo alla triste banda di difensori. «Semplicemente uomini». A quelli che già potevano vederli, sembrava una pietosa bugia.

Mentre gli Attacotti si avvicinavano, lui si rese conto che il loro pallore mortale derivava dalle ceneri incrostate e l'impressione di putrefazione dal carbone che imbrattava gli zigomi fino a cerchiare gli occhi. Ma i suoi uomini avrebbero saputo vedere oltre le loro paure?

«I fantasmi hanno forse bisogno di armi?», esclamò più forte.

Questi Attacotti brandivano lunghe spade, apparentemente bronzee, e alla luce tremolante delle torce gli sembrò di scorgere dei segni sulle lame, analoghi agli strani simboli impressi sulla sua Caledfwlch. Non avevano scudi o armature. Ogni guerriero indossava solamente una cintura di pelle per appendervi il fodero, oltre a un panno per coprire l'inguine.

Ne contò una ventina, la stessa cifra dei suoi difensori.

Quel grido lamentoso risuonò ancora, e il Lupo trasalì. Lo producevano in qualche modo in gola, senza muovere le labbra, il che contribuiva ulteriormente all'aspetto ultraterreno che emanavano.

All'inizio si muovevano sugli avampiedi, con le spalle basse e la testa ciondolante da un lato all'altro, a tal punto fendevano lentamente il guado. Poi emersero coi fianchi dall'acqua. Alla rapidità del loro attacco, Lucanus si sentì mozzare il respiro: prima erano tra gli alberi, il momento dopo incombevano sulla linea difensiva, e due gruppetti di tre guerrieri sguainarono la spada all'unisono.

Un uomo dei suoi barcollò all'indietro con la testa mozzata a metà, schizzava il sangue a fiotti. Un altro cadde al margine della linea. Già due morti e loro non avevano neanche fatto in tempo a mettere mano alle armi.

«Combattere!», esortò. «Teniamoli a bada».

I due gruppetti di Attacotti si ritirarono altrettanto rapidamente di come avevano attaccato, ma altri avanzarono di corsa in diversi punti lungo la linea difensiva. Stavolta i Lupi Feroci erano pronti. Solinus si frappose alla squadra dei nemici, Comitinus accorse per respingerne un'altra.

Volendo imitarli, gli uomini attorno a loro due infierivano ripetutamente coi colpi delle loro spade. Gli Attacotti retrocedettero.

Questo schema si ripeté più volte. Gli spettrali guerrieri attaccavano furiosi, percuotevano con colpi veloci e precisi, quindi si ritiravano.

Lucanus si aggrappò temporaneamente alla speranza di poter logorare gli aggressori, ma poi un altro difensore crollò tra spruzzi rossastri: il soldato che si era unito al loro campo poco prima, uno dei pochi esperti in battaglia.

Allora prese a fiondarsi avanti e indietro lungo la linea, gettandosi nella mischia ogni qualvolta gli Attacotti si riversavano all'attacco. Caledfwlch sventagliava a destra e a manca, colpì la spalla di un guerriero, facendo scorrere il sangue tra le ceneri che lo impallidivano. Una piccola ricompensa per l'orecchio mozzato, pensò, ma il suo cuore esultò ugualmente.

Gli dolevano le gambe per il gran correre. Le difese erano indistinte. Vedeva solo facce spettrali, occhi penetranti e spade nemiche. Quando le lame si scontravano, volavano le scintille. Il suo braccio destro avvertiva tutta la fatica.

Uscendo affaticato da un altro scontro, sentì che Bellicus gli urlava: «Non puoi vincere la battaglia da solo. Se cerchi di salvarci tutti, quando sarai sfinito finirai per perdere la vita».

Il suo amico aveva ragione, lo sapeva. Ma non riusciva a starsene fermo se era consapevole di offrire il suo piccolo aiuto per salvare una vita.

Alla fine, Mato lo afferrò per un braccio e lo strattonò per indurlo a fermarsi. Gli disse sorridendo: «Resta al mio fianco, fratello. Lo sai che combatto come un bambino. Mi serve la tua spada magica, altrimenti perderò la testa».

Lucanus annuì. Sebbene intuisse l'intento di Mato, era troppo stanco per opporsi. Ormai gli Attacotti li soverchiavano numericamente e, invece di stancarsi, pareva che le vittime li esaltassero in un frenetico parossismo.

«Possiamo resistere», disse Mato, come se potesse leggere nei pensieri del suo capo.

Gli erano appena uscite le parole di bocca che uno dei bianchi guerrieri gli si parò davanti, con la spada già pronta ad affettarlo.

Sembrò che il tempo si fosse fermato mentre il Lupo assisteva alla scena dell'amico diretto verso la morte. Il battito del cuore gli rombava in testa.

Quando la spada iniziò a incidere, una freccia si conficcò nell'occhio destro del guerriero.

Questi vacillò all'indietro, mollando la presa della sua lama. Benché afferrasse il dardo infilzato nell'orbita oculare, nemmeno un suono usciva dalle sue labbra.

Non sono uomini, non possono esserlo, pensò Lucanus, ancorché sapesse che non era vero.

Mentre tentava di capire cosa stesse accadendo, sibilò un'altra freccia che andò a forare la schiena di un guerriero in ritirata, il quale si schiantò con la faccia al suolo. Due suoi compagni accorsero in aiuto, lo presero per le braccia e lo trascinarono nel buio.

Lucanus si riprese e, girandosi, cercò il volto dell'arciere.

Dietro di lui c'era Catia, con un altro dardo già nella cocca. Teneva un occhio chiuso, l'altro mirava lungo l'asta della freccia: era di nuovo pronta a scoccare da qualsiasi varco si aprisse tra le difese.

Lucanus la esortò ad allontanarsi dalla mischia, lei invece lo fulminò con uno sguardo così fiero da indurlo al silenzio.

Un'altra freccia colpì la spalla di uno degli Attacotti.

Bellicus lo guardò e sollevò un sopracciglio. Lucanus annuì.

«Sorella lupo», esclamò contento.

«Fratello lupo», riecheggiò lei. La gioia eccitata della sua voce gli fece battere il cuore ancora più forte: non la sentiva da quando lei era bambina.

Mentre si spostava in fretta lungo la linea difensiva, sollecitando gli uomini a tenere duro, sentì un grido d'allarme sul fianco più lontano. Arrivato sul posto, vide Aelius che urlava e indicava il nemico.

Due Attacotti erano avvinghiati a un uomo che agitava furiosamente le braccia e che avevano strappato dalla linea difensiva, trascinandolo via dalla luce delle torce per portarlo nel buio. La faccia del prigioniero era contorta dal terrore, ma Lucanus lo riconobbe: in precedenza, nello stesso giorno, i suoi lineamenti erano stati illuminati dalla felicità perché sua moglie aveva partorito un bambino.

Il Lupo si scosse dal suo stupore. Agguantando una torcia, si gettò all'inseguimento tra le tenebre più fitte.

Le ombre si dileguarono dalla portata della sua torcia. Quasi si attendeva di vedere, con gli occhi inceneriti contro il riflesso arancione, una banda di quei fantomatici guerrieri che balzava tra gli alberi per andare a ghermirlo, e invece era apparentemente solo. Gli Attacotti erano scomparsi come nulla nella notte.

Poco dopo, risuonò un solo grido terrorizzante. Sembrava che non finisse mai, raggiunse un'altezza straziante, poi si spezzò all'improvviso.

34
Il calice

Quando la prima luce rosea dell'alba filtrò tra gli alberi, Catia accarezzava la testa di Marcus di fianco al fuoco guardando Amatius incedere nervosamente ai margini del campo. Intuiva i suoi sguardi furtivi verso di lei, ma non incrociarono mai gli occhi.

In seguito, se lo trovò all'improvviso davanti a sé. «Una donna con l'arco», disse. «Mi hai coperto di vergogna, e ti sei svergognata. Nemmeno i barbari permettono alle femmine di combattere».

«E tu ci fai vergognare tutti con la tua viltà. Nascondersi anziché rischiare la vita, come...». Si bloccò prima di pronunciare il nome di Lucanus. Ma la faccia del marito arrossiva di rabbia lo stesso, quasi che se l'aspettasse.

Avanzò verso di lei a pugni stretti, come aveva fatto decine o centinaia di volte. Adesso però Catia scostò Marcus e scattò in piedi. «Stendi la mano su di me e sarà l'ultima cosa che farai».

Amatius rimase a bocca aperta come un merluzzo. Superato lentamente il trauma, assunse un atteggiamento minaccioso, con occhi fiammeggianti, senza dubbio riflettendo se, colpendola sotto gli occhi dei suoi famigliari, avrebbe potuto cavarsela. Aelius era già in piedi, con la lancia in mano, digrignava i denti.

«Per favore», implorò Marcus, abbracciando la madre alla vita. «Non litigate».

«Hai visto?», disse Amatius. «Hai svegliato il ragazzo e lo hai spaventato. Sei proprio una madre degenerata». Girò sui talloni, accennando al figlio di seguirlo. «Vieni, allontanati da tua madre. Lei pensa solo a sé».

Se ne andò prima che Catia potesse replicare, da codardo qual era sempre stato. Marcus gli saltellò dietro, asciugandosi le lacrime mentre correva.

«Quanto tempo resteremo qui?», domandò Catia.

Lucanus stazionava presso la linea delle torce, controllando alcuni uomini che scavavano una lunga trincea. Erano provvisti di pochi badili, così che alcuni erano costretti a solcare con pali appuntiti il terreno, che poi raccoglievano a mani nude. I detriti venivano quindi accumulati lungo il perimetro per l'erezione di un muro, che comunque era lungi dal poter essere considerato una difesa efficace.

Il Lupo scosse la testa. «Non a lungo. Non saprei. Questa gente ha bisogno di noi, non posso abbandonarli». Si sforzò di sorriderle. «Neanche tu li abbandoneresti, immagino».

Catia notò l'evidente stanchezza di Lucanus. Occhi cerchiati, nuove rughe sulla fronte e attorno alla bocca. Certo, non aveva dormito, ma sapeva che era il peso della responsabilità a logorarlo. Eppure, non si era lagnato una sola volta. Sentì uno slancio d'amore per lui e desiderò mostrargli affetto, prodigarsi in qualche modo, perché lo meritava. Ma Amatius era all'erta da qualche parte, ne era sicura, e il suo lato crudele avrebbe provocato altri guai se avesse deciso di vendicarsi, come avrebbe fatto senz'altro.

«Sei un brav'uomo», gli sussurrò.

Lasciando che gli scavatori continuassero l'opera, i due scesero dalla collina. Lei lo prese per mano e lo attirò dietro un cespuglio di agrifogli, dove sapeva che nessuno li avrebbe scoperti; quindi gli gettò le braccia al collo e lo baciò con passione. Si sentiva una donna che moriva di fame a cui offrivano finalmente un pasto. Si infiammò in un attimo e le venne voglia di buttarlo sulla schiena, di cavalcarlo subito, se avesse potuto.

«Dobbiamo fare attenzione», mormorò Lucanus quando fu liberato dall'abbraccio.

«Lo so». Appoggiò la guancia sul petto di lui. «A volte sono paralizzata dal senso di colpa. Tante morti e cose orribili, eppure sono felice che sia scomparso anche il mondo in cui vivevo. Felice. Quanto sono egoista!».

«Non conducevi una bella vita».

«Avevo amici. Un padre e un fratello che mi volevano bene. E un figlio che per me significava più di ogni altra cosa. Questo è molto più di quanto tanti possano sperare di avere. Su di me incombeva solo una nube nera».

«Non sminuirla».

Chiuse gli occhi per un attimo, un solo attimo, godendosi l'odore del corpo di Lucanus, e sognando di come avrebbero potuto essere le cose.

Camminarono a una spada di distanza, proseguirono la discesa del pendio fino alla stretta linea dei ciottoli, sulle sponde del lago. Myrrdin era appoggiato al suo bastone, osservava Decima, Amarina e Galantha che fendevano l'acqua bassa coi vestiti rialzati alle cosce. Le tre donne ridevano e chiacchieravano, indifferenti a quello sguardo, abituate a farsi ammirare dagli uomini.

«Salve, sorella», disse il sacerdote dei boschi ad Amarina mentre passava.

Lei continuò a sguazzare senza incrociare i suoi occhi. «Non ti conosco».

«Ma, a vederla, io riconosco una figlia della luna».

Sebbene Amarina lo ignorasse, Catia capì che era stato toccato un nervo scoperto. Il sacerdote dei boschi si voltò verso di lei e s'inchinò. «Il Calice», disse. «Un onore».

«Il Calice?»

«Tu sei il recipiente che contiene il sangue regale».

Come aveva detto Lucanus. Si sentì turbata davanti a quegli occhi scuri che la scrutavano, però alzò il mento e cercò di fingere indifferenza. «Ho molte domande per te. Perché sono stata scelta? Chi mi ha portato nei boschi quando ero piccola? Chi mi ha lasciato coi lupi, e come mai sapevano che non sarei stata divorata? Chi mi ha marchiato...».

Myrrdin alzò una mano. «Ci sarà una risposta per tutto. A tempo debito».

«Non sprecare fiato», sospirò Lucanus. «Ti prenderà in giro, promettendoti di spiegarti tutto, e quando avrà finito e saranno state scambiate tante parole, ti ritroverai all'inizio, senza sapere più di quanto sapevi prima».

«Sono offeso», disse il sacerdote dei boschi. «Davvero».

«Niente giochetti», esclamò Catia. «Voglio solo tenere mio figlio al sicuro».

«E allora abbiamo le stesse intenzioni».

«Lucanus mi ha detto che ci sono molte persone che vorrebbero mettere le mani su Marcus».

«Molte delle quali non hanno la mia magia. Sono...», oscillò le mani mentre pensava, «sgradevoli».

«Pericolose», intervenne Lucanus. «Persone che farebbero di tutto per acquisire potere».

Myrrdin annuì.

«Allora ci serve un santuario», ne dedusse Catia. «Un posto dove possiamo stare lontani dalle spie».

«La tua razza ha trascorso secoli a nascondersi, druido», disse il Lupo. «Mi sa che sei bravo in queste cose».

Myrrdin si strinse nelle spalle. «Posti simili ce ne sono tanti… Ma questo mondo sta cambiando. Trasferimenti di potere, e nessuno può prevedere quando finirà, e dove saremo al sicuro».

«Quindi, che fare?». Catia tentò di nascondere il tono preoccupato.

«Per un certo periodo saremo come foglie al vento. Ma se riponete fiducia in me, vi guiderò io».

Catia spostò lo sguardo da Myrrdin a Lucanus.

«E ci proteggerai dai tagliagole che vogliono rapire Marcus ogni volta che muoviamo un passo?», chiese il Lupo.

«Questo è tuo compito tuo, Lucanus. Ecco perché sei qui».

Gli attacchi si ripresentarono tutte le notti.

Ogni sera, quando Lucanus prendeva posto al centro della linea difensiva, Catia elevava preghiere per la sua salvezza, e ogni mattina lei stessa attestava i segni di quelle lunghe ore sul suo viso. Si struggeva nel vedere che non era più l'uomo spensierato di una volta, e le si spezzava il cuore per le sofferenze che lui doveva certamente sopportare.

C'erano dei morti, brave persone abbattute dai barbari. All'alba, le loro mogli li piangevano e i loro figli singhiozzavano. Non doveva andare così. Avevano conosciuto la pace per troppo tempo.

«Si spengono le luci», diceva Bellicus, e lei non poteva far altro che pensare che avesse ragione: ormai stava prevalendo una profonda oscurità che avrebbe inghiottito tutto quanto conoscevano. Voleva solo abbracciare forte Marcus, tenerlo stretto a sé e scappare con Lucanus verso l'alba, sperando di strappare un minimo di felicità in mezzo a tutte le disgrazie.

Tuttavia, il muro di terra stava diventando più alto, rafforzato da tronchi d'albero, e la rete dei fossati si stava ampliando; alcune trincee erano piene di arpioni su cui rimanevano impigliati i barbari incauti che si avventuravano troppo. Lucanus supervisionava ogni giorno i lavori, schiacciando brevi pisolini quando poteva. Catia era inorgoglita dagli sguardi di ammirazione che lo seguivano, vedendo che tutti riconoscevano la vera natura del suo uomo.

Alla terza aurora, lui le disse che la minaccia non proveniva più soltanto dagli Attacotti: la notte prima aveva visto anche Pitti e Scoti. Non troppo numerosi, ammise, ma comunque sufficienti per rafforzare il nemico. In tal caso, restavano poche speranze con quell'accozzaglia di difensori inesperti...

Catia non disponeva più di frecce, quindi aveva incaricato un uomo di prepararne altre, così presto avrebbe avuto una faretra irta di dardi ben impennati.

Ma forse sarebbe stato troppo tardi.

Mentre si rigirava nel sonno agitato, Catia udì un grido abominevole. Si fiondò fuori dalla capanna dove Amatius dormiva sodo e si arrampicò sul pendio, verso la linea difensiva, trascinandosi dietro Marcus.

Al di là delle torce incastrate nel muro, sette uomini si erano fermati tra le ombre tremolanti. Non erano barbari, pensò lei, anche se mostravano tatuaggi sul volto.

«Chi è quello?», disse indicano colui che sembrava il capo.

Mato si sporse verso Catia e sussurrò: «Si chiama Motius, e sono *arcani* come noi. I Corvi Putrefatti. È a causa loro se ci troviamo in questa penosa situazione».

Lucanus appoggiava un piede sul muro, si rivolgeva ai traditori. Catia notò la freddezza della sua espressione e la profondità del suo disprezzo.

«Siamo una fratellanza, Motius», stava dicendo. «Siamo stati forgiati alla vita nelle Terre Selvagge. Siamo vincolati dal sangue. E tu hai sacrificato ogni cosa per avere qualche monetina in mano?»

«Sei cieco, fratello, del resto lo sei sempre stato. Ti sei fidato troppo. I nostri ufficiali paganti se ne fregavano di noi. Non si preoccupavano che vivessimo o meno. Combattevamo per niente. Morivamo per niente. Qui sono io l'uomo d'onore. Rappresento l'orgoglio degli *arcani*. Tu... sei solo un leccapiedi».

Catia vide Lucanus fare un passo indietro. Avrebbe voluto correre da lui, calmarlo come lei sapeva fare. «Parli di onore», disse con voce forzata. «Ma noi non vorremmo mai che muoia un innocente. Non saremmo mai disposti a sacrificare i nostri fratelli. Menti a te stesso quanto vuoi, ma è un fatto che hai accettato l'oro dei barbari a tuo esclusivo vantaggio. Ti arricchirai sulla pelle della gente che una volta ti annoverava tra gli amici».

Motius strinse le spalle. «Possiamo cavillare su questo fino alla fine del mondo, Lupo. Ma adesso devo compiere una missione. Vogliamo il ragazzo e non daremo tregua finché non lo avremo».

Catia avvertì un nodo allo stomaco.

Lucanus non era affatto pronto a cedere. Lei lo sapeva. «Combatti per l'oro?», disse lui. «Noi lottiamo per qualcosa di più grande. Non prevarrai».

Motius ammiccò in modo compiaciuto. «Il mio messaggio non è per te, fratello. È per quei poveretti che si sacrificano senza sapere la verità per cui muoiono».

Catia lo vide compiere un passo avanti e distogliere l'attenzione da Lucanus per rivolgersi alla folla che si era raccolta.

«Tenete qui un ragazzo». La sua voce risuonò decisa tra la folla immobile e silenziosa. «Un ragazzo protetto dall'uomo in cui avete riposto fiducia. Consegnatelo a noi e vi lasceremo in pace. Dateci il fanciullo e vi prometto sulla mia parola che ce ne andremo senza torcervi un capello. Altrimenti...». Fece spallucce. «Stanno arrivando dei rinforzi e sarete travolti, sterminati».

Catia percepì un irrigidimento nella gente che la attorniava. Mentre si guardava attorno, vide le teste che si voltavano verso di lei, e gli sguardi s'indurivano; stavano valutando la situazione, la soppesavano.

Cingendo Marcus ancora più forte al suo fianco, lei si aprì la via tra i rifugiati e se ne andò.

35
Pendragon

«Mi lascerete parlare?», domandò Lucanus.

I residenti nell'accampamento erano disposti in cerchio. Tenevano la testa bassa, avevano ascoltato Kunaris, il loro capo, che li aveva invitati a non calpestare il proprio onore. Bene, aveva pensato Bellicus; non tutti, lì, erano dei bastardi smidollati.

«Che bisogno abbiamo di ascoltare lui?», vociò qualcuno.

Kunaris si scosse e lo fulminò con lo sguardo. «Chiunque abbia rischiato la vita per noi si è guadagnato il diritto di essere ascoltato».

Mentre il Lupo entrava in mezzo al cerchio, Bellicus si meravigliava della disinvoltura del suo amico. Non era il Lucanus che aveva conosciuto. Era cresciuto nel suo ruolo.

«Qui siamo in molti a essere forestieri». La voce del Lupo svettava sopra il canto degli uccelli. «Ma un uomo lo si conosce quando lo si guarda negli occhi. E spero che tutti coloro che mi hanno incontrato abbiano visto cosa ho nel cuore, e sappiano che dico sempre la verità».

Alcune espressioni di approvazione circolarono tra le persone riunite.

«Una banda di guerrieri barbarici si sta dirigendo contro di noi anche adesso che parlamentiamo», continuò Lucanus. «Molti di voi hanno visto cosa sono in grado di fare. Non sono tipi da mostrare pietà, nemmeno per gli innocenti. Abbiamo aspettato qui che l'esercito venisse a salvarci, ma non possiamo più attendere. Occorre fare una scelta, adesso. Lo sapete che consegnare il ragazzo non è la cosa giusta. Quando lo avranno, i barbari non vi lasceranno in pace. Verranno a prendere il vostro oro, o le vostre donne, e dietro di sé non lasceranno che viva nulla.

«Se vogliamo sopravvivere in questi tempi cupi, dobbiamo serrare le fila, stare uniti». La sua voce diventava sempre più forte e acuta. «Questo è l'unico modo. L'unico che abbiamo. È necessario essere coraggiosi. Impavidi di fronte al nemico. Questa è la sola maniera per sperare di tornare in possesso di quanto ci è stato tolto. Se saremo codardi, quando arriverà l'esercito a cacciare i barbari al di là del vallo, forse recupereremo le nostre case e il nostro lavoro; forse avremo abbastanza cibo da non crepare più di fame e abbastanza vino da risollevare lo spirito. Ma allorché guarderemo nei nostri cuori, sapremo di aver perso qualcosa di insostituibile. Quel vuoto ci tormenterà fino alla fine dei nostri giorni, quando saremo sul letto di morte. Non potremo mai dimenticare di essere stati sorpresi in difetto. Per noi, non ci sarà pace».

Bellicus vide che alcune teste si abbassavano. Vergogna. Bene.

«Possiamo a malapena respingere quelli che ci attaccano ora», opinò qualcuno. «Che speranze abbiamo quando arriverà il grosso dei guerrieri?»

«Ecco quello che propongo», rispose Lucanus. «Non consegneremo il ragazzo. Stanotte resteremo qui a combattere come sempre. E domani aspetteremo che la banda dei barbari sia abbastanza vicina che percepiranno nell'aria l'odore del nostro sudore. Allora i miei uomini usciranno di qui. Condurremo i guerrieri molto lontano. E continueremo a farli allontanare finché non avranno le gambe talmente spossate da non stare in piedi e non avranno vagato tanto da non riuscire a ritrovare la strada per tornare verso di voi, neppure se avessero la forza di provarci».

Bellicus grugnì. Quello era un piano eccessivamente rischioso. Non avrebbero mai potuto permettersi di essere così avanti rispetto al nemico da fargli perdere la via del ritorno e da impedirgli di tornare sui propri passi. Inoltre, se i barbari fossero rimasti alle loro calcagna, sarebbero potute andare storte tante cose: una pista cieca, che non conduceva da nessuna parte; un cavallo che si spezzava una gamba; un'altra banda di guerrieri che avrebbe tagliato la via di fuga… Era una scommessa azzardata, foriera di disastri.

Vide che Solinus aggrottava le sopracciglia. Anche lui era consapevole degli eventuali pericoli e sapeva che le possibilità di scamparla erano limitate. Comitinus invece sorrideva, sollevato dall'idea di fare tutto il possibile per aiutare quella gente.

Bellicus si accorse che il volto dei rifugiati cominciava a rischiararsi: i dubbi e le paure si trasformarono gradualmente in cordialità, poi in onesta gratitudine. Risuonarono acclamazioni, che divennero sempre più infuocate e contagiose.

Ghignò per la sorpresa che andò a illuminare il volto di Lucanus, e per il suo disagio mentre cercava imbarazzato di uscire dal cerchio prima che Kunaris lo riportasse al centro per sommergerlo di ringraziamenti.

«Talvolta vorrei avere per capo un bastardo», disse Solinus sospirando. «La nostra vita sarebbe di gran lunga più agevole».

La luce dell'alba penetrava tra le piante, scacciando il buio della notte. Sul lago si accumulava la foschia. I boschi erano calmi e pacifici, avevano cominciato a cantare solo le prime, poche allodole.

Bellicus si allungò facendo scrocchiare le ossa. Era la prima volta, da quando erano arrivati al campo, che non c'erano stati attacchi notturni. Motius e la sua banda di traditori aspettavano l'occasione giusta, consapevoli di non dover rischiare altre vite, dato che i loro rinforzi erano vicini.

L'Orso osservò Myrrdin aggirarsi nel campo, uno spettro nella luce aurorale, per svegliare la gente dal sonno, sussurrando parole dolci mentre le teste uscivano dai tuguri. Occhi cisposi si guardavano attorno, poi guizzavano verso il lago non appena capivano le frasi pronunciate dal sacerdote dei boschi. Uno dopo l'altro i rifugiati strisciarono fuori nella luce ancora incerta.

Lucanus stava arrivando con Catia, avevano le teste reclinate insieme e un brutto cipiglio. Bellicus era al corrente della loro difficile conversazione.

«Diglielo», lo supplicò Catia quando furono vicini. «Non puoi abbandonarci. Dobbiamo venire con voi».

«Lo farete, ma non ora», disse Bellicus cercando di mantenere la voce bassa per blandirla. «Se venite adesso con noi, metterete a repentaglio le nostre vite. Dobbiamo essere pronti a cavalcare a lungo, se necessario anche a combattere. Voi ci rallentereste».

Catia strinse i pugni lungo i fianchi. «E chi si presume che difenderà Marcus?».

Bellicus sorrise. «Ho visto una donna con un arco che compiva meraviglie nell'ammazzare i barbari», disse.

Lei si voltò verso Lucanus, puntandogli un dito in faccia. «Spetta a te proteggerlo. A te. Lo hai promesso».

«Porteremo fuori strada quelli che vogliono sequestrarlo». La voce del Lupo era tranquilla. «In seguito, potrai usare un cavallo e ci incontreremo sul cammino».

«Dove?»

«Te lo dirà Myrrdin».

«Cosa succederà se prima incontriamo ladri e tagliagole? Me lo sai dire? Cosa succederà se incontriamo altri ceffi che vogliono mettere le mani su Marcus? Le tante persone di cui mi hai parlato?».

Lucanus esitò, voleva scegliere le parole. Bellicus sapeva che quella sarebbe stata la cosa più ardua da dire, per il suo amico.

«Dovrai svelare ad Amatius il destino riservato a suo figlio».

«Mai!», esclamò Catia con occhi di brace.

«Stammi a sentire bene», proseguì Lucanus. «Metti da parte quelli che sono i vostri rapporti. Come ho fatto io, dimenticando ciò che provo per tuo marito. È per il bene di Marcus».

Bellicus si accorse che la determinazione di Catia cedeva.

«Anche se Amatius non capirà, Marcus è pur sempre suo figlio. Non c'è uomo migliore di un padre per proteggere il figlio».

«Dagli retta», intervenne Bellicus. «Ciò che dice è vero. Questa è la maniera migliore per tenere al sicuro Marcus e tutti voi. Se non agiamo così...».

«Basta», lo interruppe Catia. «Se non accetto, ve la prenderete tutti con me, sommergendomi di parole».

«Facciamo così quando non possiamo usare la spada», commentò Bellicus con un cenno di assenso.

«Dovete promettere che farete il possibile per tornare da me... da noi...». Bellicus vide che si rivolgeva a lui, ma in realtà queste parole erano dirette a Lucanus.

«Hai la mia parola», disse il Lupo.

Arrivò Myrrdin a grandi passi agitando il bastone verso di loro. «È l'ora». Prima che potessero reagire, si voltò e scese lungo la collinetta che portava al lago.

«Che significa?», chiese Lucanus.

«Seguilo, fratello. Risolviamo questa cosa», disse Bellicus. Se la svignò prima che Lucanus potesse aprire bocca e seguì il druido lungo il pendio.

Sulle sponde lacustri, Myrrdin sollevò la testa e guardò dall'alto i Lupi Feroci, Amarina, Decima, Galantha e i rifugiati in uscita dal campo che si raccoglievano silenziosamente a semicerchio. Quando giunse Lucanus, il gruppo si divise. Bellicus stese una mano per indicare all'amico di affiancarsi al druido.

Il Lupo si guardò attorno sconcertato.

Lungo le acque placide correva un basso muretto bianco, con un tocco di rosa sulla parte superiore. Regnava la pace, e perfino la pelle di Bellicus era accapponata dall'emozione.

Dopodiché, Myrrdin picchiò col bastone sulle pietre e uno stormo di gabbiani prese il volo in uno stridore assordante.

Dopo che il lugubre rumore cessò, il druido lanciò di nuovo un'occhiata alla gente che si era assemblata. «Alcuni di voi sanno qualcosa dei sacerdoti dei boschi. Ciò che eravamo una volta per i popoli di questa terra. Custodi. Uomini di saggezza. La voce degli dei e i modellatori di ogni cosa. E quel che eravamo una volta lo saremo di nuovo. La stagione è cambiata, fratelli e sorelle. Il vecchio mondo è in rapida decadenza. Sorge l'alba di un nuovo mondo, ma un nuovo mondo che è di gran lunga più antico. Un mondo migliore».

Myrrdin sapeva catturare l'attenzione, Bellicus se ne rendeva perfettamente conto. Per la prima volta, l'Orso intuì la vera natura di quell'uomo, almeno in parte.

«Ancora non intravedete quest'alba dorata», proseguì il druido. «Siamo infatti circondati dalle tenebre, in attesa che sorga il sole. Ci sono sofferenze, spargimenti di sangue, e ci sarà la guerra, come capita sempre quando si alternano i cicli». Fece un cenno al Lupo.

Quando Lucanus scosse la testa indietreggiando un po', Bellicus si pose al suo fianco come aveva promesso a Myrrdin di fare. «Assecondalo sempre, senza lamentarti», sussurrò all'orecchio dell'amico. «Dopo ti spiego; per il momento, molto dipende da questo». Vide con sollievo nei suoi occhi che il Lupo si fidava. Lucanus fece un passo avanti.

«Tanto tempo fa, i sacerdoti dei boschi designavano i sovrani», disse Myrrdin. «E in tempi come questi, avevamo anche un altro compito. Nominare il comandante che avrebbe sconfitto i nemici in battaglia, quello prescelto dagli stessi dei affinché guidasse il popolo verso la luce della nuova alba». La sua voce saliva, toccando una corda sensibile in tutti coloro che lo ascoltavano. «Questo condottiero si chiama Pendragon, la Testa del Drago».

Bellicus notò che l'espressione di Lucanus s'illuminava di comprensione. Il Lupo assottigliò gli occhi in direzione del suo amico, formulando un epiteto. L'Orso sorrise e annuì, ricambiandolo come si fa tra amici.

«È ora che sorga il Drago. Occorre completare di nuovo il cerchio», tuonò il druido. Estrasse da sotto il mantello qualcosa che luccicava nella luce mattutina. Tra la folla riunita si propagò un'esclamazione di meraviglia. Era strabiliato perfino Bellicus. Stavolta Myrrdin lo aveva colto con la guardia abbassata.

Il sacerdote dei boschi alzò il gioiello di modo che continuasse a scintillare per l'esposizione alla luce: un grande anello aureo, o una corona, pensò Bellicus, un serpente alato e sinuoso che si mangiava la coda, con occhi di rubino che brillavano come se fosse vivo. E l'Orso fu ancora stupito di sentire dentro di sé una vampata d'orgoglio nel momento in cui Myrrdin pose la corona sulla testa di Lucanus.

«Acclamiamo la Testa del Drago!», esortò il druido. «Acclamiamo Lucanus. Il Primo e l'Ultimo, il Sempiterno. Il Pendragon».

Un grido di approvazione risuonò dalla folla. Mentre osservava l'assemblea, Bellicus vide che la cerimonia aveva conquistato il cuore di tutti. Brillavano gli occhi, le facce erano esultanti.

Speranza.

PARTE TERZA
Il buio

Datemi una leva e solleverò il mondo.
Archimede

36
La Morrigan

Una palla di fumo nero saliva contro il sole, e il mondo si oscurò.

Sull'altura, Lucanus si sollevò sul suo destriero per contemplare il paesaggio infernale costituito dai villaggi incendiati.

«È peggio di quanto temessimo». L'ululato del vento soffocava quasi la voce di Mato.

«I barbari non hanno avuto pace». Il volto di Comitinus era raggrinzito. «Non ci saremmo mai aspettati... era impensabile... Non si sono accontentati di travolgere il vallo».

«Perché avrebbero dovuto?», grugnì Bellicus. «Sarebbe stata una vendetta di poco conto per i lunghi anni in cui hanno masticato amaro, dopo tutte le battaglie perse. E una volta che si sono accorti di quanto fosse facile la vittoria, hanno sfruttato l'occasione fino in fondo».

Solinus annuì. «Andare avanti, spingersi sempre più a Sud. Ma fin dove? Fino a Londinium? Fino al mare? Fino alle mura di Roma?»

«Il loro esercito è enorme. Ma basta per occupare tutta la Britannia?», chiese Mato.

Lucanus avvertì un'ansia interiore, un'angoscia al centro dello stomaco. «Era il loro piano fin dall'inizio... La flotta dei Sassoni che colpiva dalla costa orientale, forse anche da quella occidentale...».

«Le tenaglie del fabbro», disse Bellicus. «Hanno spremuto via la vita dall'esercito. Sapete bene quanto me come i soldati si fossero impigriti, si lamentavano sempre per le candele finite, le tuniche infestate dai pidocchi e il vino inacidito. Non sorvegliavano più l'orizzonte. Non facevano più attenzione. Erano troppo sicuri che nessuno avrebbe osato attaccarli».

Tutti tacquero a lungo, osservando quegli incendi devastanti.

Lucanus piantò i talloni nei fianchi del cavallo, che si mosse a passi lenti, senza neppure darsi al piccolo galoppo. Che scopo aveva tutto ciò? Scappare di gran lena dall'inferno, o gettarsi nelle sue fauci: contava poco.

Per un lasso di tempo avevano osato sperare.

Avevano lasciato il campo sul lungolago quando il rumore degli zoccoli della banda dei guerrieri tradì il loro avvicinarsi dalla parte del bosco. Lucanus rammentò l'ultima occhiata che aveva scambiato con Catia mentre Myrrdin si metteva alla testa del gruppo che si allontanava dallo specchio d'acqua, chiedendosi se l'avrebbe rivista ancora. Ma ormai battevano la via tra gli alberi, costeggiando il luogo ove si erano accampati gli Attacotti e i Corvi Putrefatti per adescarli, ma non abbastanza da consentirgli di capire che Marcus non era con loro.

E da allora c'era stato poco tempo per mangiare, dormire e riflettere. Avevano percorso velocemente a cavallo le vallate in mezzo alle ripide alture, superato colline sferzate dal vento e laghi scintillanti, assicurandosi sempre che il cammino fosse libero. Mato sfrondava i passaggi più impenetrabili. Conducevano i cavalli lungo distese sterminate di alta vegetazione, di modo che il procedere assomigliasse a una freccia diretta al suo bersaglio. Guadarono il letto fangoso dei ruscelli.

Motius e i suoi uomini avrebbero avuto sospetti su un percorso talmente ovvio, ma Lucanus sperava che lo attribuissero alla loro disperazione, al timore di venire intercettati.

Funzionò. Talora rallentavano a sufficienza per accertarsi di non perdere gli inseguitori, però lo strepito dei guerrieri alle loro spalle non scemava mai.

Quando furono sicuri che Myrrdin e gli altri ebbero avuto il tempo necessario per rendersi irrintracciabili, puntarono verso terreni più rocciosi e poi cavalcarono sui pascoli delle vallate affinché il vento non portasse il tanfo del loro sudore. Mato e Solinus galopparono in direzione opposta per tracciare piste false e poi condussero i loro destrieri oltre le secche dei corsi d'acqua per cancellare ogni traccia.

Non sarebbe bastato per ingannare gli *arcani*. I Corvi Putrefatti erano troppo abili sia nell'arte di nascondere le impronte sia in quella di seguirle. Comunque, Lucanus aveva sperato di guadagnare tempo sufficiente per trovare un forte ben munito o una legione già pronta a respingere gli invasori.

Ora, osservando le distruzioni da ogni parte, non ne era più tanto sicuro.

Il corpo era riverso ai lati del sentiero, infilzato su un arpione, chiaro ammonimento per chiunque si avvicinasse: quella era la terra dei morti.

Un corvo era appollaiato sulla testa, si stava cibando di un occhio. L'altro era stato già oggetto di un pasto. Era un uomo, Lucanus distingueva almeno questo, ma le guance e le labbra erano state sbocconcellate, tanto che restava soltanto una smorfia ossuta. Un braccio era stato mozzato. I vestiti erano poco più che stracci, inzuppati dalla pioggia dell'ultima nottata. Un poveraccio, quindi, uno che non avrebbe potuto rappresentare una minaccia per i barbari. Non era bastato per salvarlo.

Già infestato dalle uova delle mosche, il cadavere puzzava di marcio. Comitinus lo ispezionò coprendosi il naso e la bocca. «Presto non ci sarà niente per cui valga la pena di combattere».

Lungo il sentiero, altre vittime accoglievano gli ospiti. I Lupi Feroci proseguirono al galoppo, guardando dritto davanti a sé. Ovunque arrivassero, attestavano l'esito dei massacri. Percorsero al passo i dintorni di un villaggio, poco più di una decina di case che circondavano un prato dove beccavano un paio di galline. Prevaleva il silenzio, come c'era da aspettarsi.

Anziché alzare la voce per sovrastare l'orribile gracchiare dei corvi, stimolato dalla carogna lasciata per il pasto, Lucanus mosse la mano in direzione dell'insediamento. Mato smontò da cavallo e si diresse verso la baracca più vicina. Se ne allontanò subito, disgustato, senza nemmeno curiosare dentro, col dorso della mano appiccicato alla bocca.

Ciascun tugurio induceva una reazione analoga, e alla fine del giro lui tornò a fatica verso i cavalli, scuotendo la testa. «Tutti morti», gracidò. «Le donne violentate. I bambini passati a fil di spada. Un neonato squartato in due. Gli uomini con le mani e i piedi amputati… senza occhi… massacrati mentre erano ancora vivi, lo si deduce dal sangue schizzato sulle pareti».

«Dove possiamo andare?», chiese Comitinus ponendo l'interrogativo che nessuno di loro aveva ancora avuto l'ardire di formulare. «Dove troveremo asilo?»

«L'esercito si sarà ritirato… da qualche parte», replicò Solinus. «Dobbiamo soltanto scoprire dove».

Una volta lasciato il villaggio alle spalle, rosicchiarono qualche tozzo di pane raffermo che Bellicus aveva trovato in una delle capanne. Lungo l'orizzonte, scoppiò uno schiamazzo e un fulmine illuminò i villaggi in fiamme. Fischiava il vento, era molto freddo per quella stagione, e abbassarono la testa per evitarlo il più possibile. Ma non venne a piovere, e ne furono grati.

Quando sbucò di nuovo il sole dalle nubi basse e dal fumo alla deriva, Lucanus si accorse di quanto fossero stati fortunati. Giunsero all'altura nei pressi del luogo dove avevano convenuto di riunirsi con gli altri, una dorsale di sterpaglie e rocce marroni che conduceva a sud, fredda e poco riparata, ma perfetta per loro.

«Myrrdin aveva ragione a sostenere che questa è la via verso la salvezza», disse Bellicus seguendo lo sguardo di Lucanus.

Dove le colline si appiattivano sul crinale delle rocce, avvistarono i manipoli dei guerrieri che si dirigevano a sud. Sulla loro scia si stendevano i villaggi distrutti e incendiati.

«Lui conosce bene questa terra», disse il Lupo. «Malgrado i suoi difetti, possiede una saggezza e una conoscenza che risale a tanti anni fa».

«Forse alcuni barbari si sono avventurati fin qui. Lo attesta il macello fatto in quel villaggio. Ma scommetto che sulle colline hanno trovato talmente poco da uccidere o depredare da indurli a tornare in maggioranza dove c'erano bottini più appetitosi».

«Chiunque scappi dalle terre settentrionali seguirà probabilmente questo stesso sentiero, se ha sale in zucca». Lucanus fissava in lontananza, pur non sapendo calcolare fin dove si spingesse quell'altopiano prima di trovarsi di nuovo in mezzo agli invasori.

«L'esercito avrà una brutta gatta da pelare se vuole ricacciarli al di là del vallo», esclamò Mato.

«Infatti. Ma adesso i Britanni hanno il loro capo», aggiunse sorridendo Solinus. «Il grande Pendragon si metterà alla testa dell'esercito che spedirà all'inferno i barbari».

«Dove hai messo la corona, Lucanus?». Senza voltare gli occhi, il Lupo capì che era stato Comitinus a sbeffeggiarlo. «Facci vedere la corona. Quel bel gioiello dorato».

Lucanus occhieggiò Bellicus. Il suo amico ammiccava benevolo. «Siete tutti dei lerci», disse il Lupo. «Cercherò di scordarmi delle vostre beffe quando sarete in ginocchio a implorare pietà dalla Testa del Drago».

Sulla brughiera brontolava un tuono. Le nuvole grigie si abbassavano e il vento era sferzante, anche se mancavano i segni di un temporale.

«Questo luogo è lugubre», ringhiò Bellicus, desolato per il paesaggio poco interessante.

Dietro di loro, a nord, c'erano le eriche più alte. Tutt'attorno, le erbe gialle arrivavano fino all'altopiano dove non c'erano alberi che spezzassero la monotonia del panorama; dacché viaggiavano in quelle lande battute dal vento, non erano mai passati in una terra così vuota. Tuttavia, Lucanus poteva già avvistare in lontananza i primi sedimenti di carbone nelle arenarie, le rupi che gli era stato detto di aspettarsi.

«Un luogo poco adatto all'uomo», rispose. «Ecco perché Myrrdin lo ha scelto per il nostro incontro. Poche possibilità per occhi indiscreti, o bande di ladroni».

Il tuono rombava sempre più. Ora il Lupo vedeva una massa di spruzzi bianchi che spuntavano dalle rocce, al margine delle rupi dove la terra cedeva il posto a strapiombi che provocavano le vertigini.

Alzò la testa stanca per ammirare i pascoli che si stendevano a perdita d'occhio nel nebbioso Sud. Non c'erano incendi, né cappe di fumo. Provò un senso di sollievo.

«Forse i barbari sono giunti al limite delle loro ambizioni», notò Mato.

«Oppure riprendono fiato e recuperano le forze», replicò Solinus. «Le battaglie campali devono ancora venire. Non hanno fretta di gettarsi nell'agone».

Il rumore assordante proveniva dalla cascata d'acqua che precipitava sulle arenarie e finiva di agitarsi più sotto, nei meandri di un fiume. Soffiava il vento di ponente che spazzolava verticalmente gli spruzzi dall'orlo della cascata, come se il mondo si fosse capovolto.

«Myrrdin dice che questa cascata si chiama Kinder Scut», disse Lucanus. Era un ottimo punto di riferimento, che metteva in secondo piano qualsiasi altro luogo avesse visto nei pressi del vallo.

Smontando da cavallo, ordinò con un cenno ai suoi fratelli di andare in cerca di eventuali segni da cui desumere che Catia e gli altri erano già arrivati lì. Quando tornarono, le loro facce scure gli preannunciarono la risposta.

Bellicus lo rincuorò con un colpetto sulla spalla. «È una cavalcata impegnativa, e poi hanno con sé un vecchio».

«Avrebbero dovuto essere già qui, lo sai».

Il suo amico annuì lentamente, con espressione afflitta. «Non possiamo restare. Non ci sono rifugi».

Siccome si stava incamminando per andarsene, Lucanus lo seguì e a un certo punto si fermò. Girandosi lentamente, gridò il nome di Catia con tutta la voce che aveva.

I Lupi Feroci si adoperarono per calmarlo, sapendo molto bene che il suo urlo poteva viaggiare per chilometri.

Lui invocò di nuovo il nome della donna, più e più volte.

«Non potete cavalcare meno veloci?». Myrrdin apparve dal nulla ad appena due lanci d'asta di distanza, col suo mantello svolazzante.

Lucanus ne fu visibilmente confortato.

Il campo era situato in una conca invisibile per chiunque guardasse anche tutta la brughiera. Cespugli neri di ginestrone erano raggruppati ai lati e Lucanus inspirò il dolce profumo che emanava dai fiori gialli mentre si dirigeva dove pascevano i cavalli, di fianco al carro. Menius era seduto vicino a una ruota, stava sorseggiando da un otre. Inginocchiata presso di lui c'era Amarina, che senza dubbio lo curava anche con delle erbe in suo possesso. Amatius stava trasportando una bracciata di torba, prefigurando già il bivacco, mentre Aelius penava a infilare un ramo nella carcassa di un volatile da arrostire. Decima e Galantha erano inginocchiate al suo fianco.

Non appena vide Catia che teneva Marcus per mano, Lucanus si trattenne dal correre giù per la collina. Poterono soltanto sorridersi a vicenda. Lui distolse lo sguardo dalla donna dopo un istante, sapendo che si sarebbe comportata nello stesso modo.

Amatius lo sorvegliava, glielo si leggeva in faccia. Gelosia, rancore, forse perfino odio e ripugnanza. La loro sopravvivenza non era una gioia per lui, questo era innegabile.

«Riposatevi e mangiate», disse Myrrdin, «poi vi dirò quante possibilità avete di vedere le nevi dell'inverno».

Mentre il cielo a ovest si screziava di rosa, Lucanus si pulì il grasso dalla bocca e gettò le ossa nel bivacco.

«Vieni». Myrrdin lo superò e continuò a camminare come se Lucanus fosse Catulus che l'avrebbe seguito secondo la sua volontà.

In effetti, era come un cane, poiché non vedeva altra scelta se non quella di obbedire al druido.

Le tenebre cominciavano ad avvolgere rapidamente la brughiera come una marea montante. Dopo un po', arrivarono a un laghetto limpido che rifletteva le nuvole in rapido passaggio. Lucanus meditava profondamente.

«In questa terra ci sono siti che sono sempre stati ricchi di forza divina», disse Myrrdin. «Qui il mondo ultraterreno è a un sussurro di distanza. Alcuni sostengono che un uomo stolto può vagare nelle Terre dell'Estate e nessuno lo vedrà più».

«Ho già sentito queste storie». Lucanus fissava il laghetto. *Come l'isola dei tassi.*

«I sacerdoti dei boschi sono i custodi di questi siti fin dai primi tempi. Nelle nostre scuole, è la prima cosa che si insegna a un novizio.

Dove si trovano. Perché occorre essere cauti quando ci si trova nelle vicinanze. Il modo in cui ci infiammano lo spirito e favoriscono il nostro rinnovamento».

Bordeggiò le sponde del laghetto, fissava le acque tremolanti.

Il sole andava a morire e cominciava a prevalere il buio.

«Sappiamo che qui nella brughiera vive una ninfa. Ogni giorno lei si bagna in questo laghetto», proseguì. «Se un uomo la incontra in questo sito, nella notte giusta, quando le stelle sono allineate e c'è il plenilunio, lei lo condurrà in una grotta a grande profondità e lì lo renderà immortale».

«Tu conosci tante storie, druido. Mi chiedo quante siano vere e quante facciano parte dell'incantesimo che ordisci per piegare la gente alla tua volontà».

«Sono tutte vere, Lupo. A modo loro».

Lucanus digrignò i denti. Decise per il momento di stare al gioco, e dopo un attimo di riflessione disse: «È vero, come nell'oro ci può essere dell'oro o un uomo può diventare saggio. Un drago può essere un drago o un uomo può rinascere...».

«Oppure un'idea può rinascere. Una modalità di vita. Bene. Non sei testone come sembri».

Le nuvole si diradarono e apparve la luna. Mentre osservava la brughiera, Lucanus trasalì. Nella luce sottile, scorse una figura che si stagliava all'orizzonte, sotto il cielo stellato, e li guardava. Se ne andò non appena lui la vide, eppure aveva certi aspetti familiari, anche se non avrebbe saputo spiegarne il motivo.

Afferrò il braccio di Myrrdin. «Non siamo soli», mormorò.

Il sacerdote dei boschi si strinse nelle spalle. «Non siamo mai soli».

Lucanus scrutò l'oscuro paesaggio ma, quando si accorse che non c'erano segni di movimento, decise che forse se l'era sognato. «Perché mi hai portato qui?»

«Vuoi essere reso immortale, come gli amanti della ninfa, Lupo?»

«Mi basta una vita».

«Sei già morto una volta e sei rinato, nelle acque fredde del lago dove hai trovato la tua spada».

«Non sono mai morto».

«Il tuo corpo non è morto».

«Altri indovinelli? Un giorno, cadrò nel sonno al suono della tua voce e non mi sveglierò più».

Il druido stese la mano sinistra. «Tutto quello che ti è accaduto ti ha portato in questo posto, adesso. Una cosa conduce a un'altra, poi a un'altra ancora, e così via, e solo gli dei sanno dove comincia tutto. C'è un modello, la trama e l'ordito, ma noi vediamo soltanto i fili che ci circondano».

Il Lupo vide che l'altra mano di Myrrdin spariva sotto il mantello e, per un momento, pensò che il druido l'avesse portato lì per ammazzarlo con una coltellata nella pancia, così da dissanguarlo e sacrificarlo agli antichi dei che tanto riveriva. Ma, quando estrasse la mano, teneva una verga di nocciolo che agitò verso le acque ferme.

«L'uomo che eri se n'è andato da un pezzo», disse. «Abbiamo evocato la luce splendente di Lugh. Ora dobbiamo volgere gli occhi al buio. Prepararci alla guerra. Adesso bisogna convocare la Morrigan».

Lucanus credette di sentire un battito d'ali, ma era solamente il vento nelle sue orecchie. «Un'altra divinità delle tue?»

«La Regina dei Fantasmi non ci ha mai lasciati, Lupo. Pure lei è una sorella, e come Hecate è triplice. Badb, Macha e Nemain. Nel caso la incontrassi, non guardarla in faccia, poiché ti toglierebbe il senno e verresti ucciso all'istante. La Morrigan è il destino in ogni sua forma. In forma di corvo, vola sui campi di battaglia, predicendo chi sarà ucciso. Essa fa scendere la notte sul giorno, e l'inverno alla fine dell'estate. È la tempesta, l'ombra e il sangue». Myrrdin chinò la testa e borbottò qualcos'altro, ma le parole vennero portate via dal vento.

Lucanus rabbrividì, per il freddo, forse.

Quando risollevò lo sguardo, la faccia del druido era tesa, i suoi occhi erano carboni ardenti, posseduti da un'ossessione. «Tutti la conoscono. In Hibernia la chiamano Morrigan, come noi. Ma possiede anche altri nomi. È la stessa cosa. Tre in uno. Adesso, se durante i tuoi viaggi vedi un corvo, è la Morrigan che osserva il tuo cammino. Quando vedi una cornacchia che si ciba di carogne, è la Morrigan. Lei è con te, Lupo, ora e sempre. E ne apprezzerai la forza al tuo interno ogni volta che sfodererai Caledfwlch: ne sentirai l'urlo assetato di sangue e morte, e il suo fuoco ti renderà un re guerriero, pronto per ciò che deve accadere».

«E cosa deve accadere?»

«La guerra. Una guerra di cui questa terra non ha mai visto uguali».

«Io ho solo quattro fratelli lupo, tutto qua. Come posso battermi in guerra?».

Myrrdin ripose la verga di nocciolo nelle pieghe del suo mantello. «Se non scendi in guerra, sarai distrutto con tutto ciò che ami. Gli dei lo hanno già decretato».

Lucanus avvertì il montare della rabbia. «Combatterò per Catia, per Marcus, per i miei fratelli. Non mi sono mai espresso altrimenti. Ma senza un esercito? Tu sei matto, sacerdote dei boschi».

«Forse è vero». Il druido raccolse acqua col palmo della mano e se la strofinò sulla fronte. «Però tu non sei più soltanto Lucanus il Lupo. Ora sei Pendragon, e questo è un titolo che da tanto tempo ha un certo peso su quest'isola».

Lucanus sentì di nuovo gli occhi su di sé e fece per scappare, ma ormai era troppo buio e non si vedeva lontano. Tutto quel parlare della Morrigan lo aveva turbato, ne era certo, eppure si chiedeva ancora quali alleati segreti potesse avere il druido.

«Ormai non ci sono più posti per fuggire, per nascondersi», disse Myrrdin.

«Credi di essere la mano degli dei», sbottò Lucanus. «Tu e la tua razza fate i vostri piani e ritenete di realizzare le vostre speranze solo grazie alla forza di volontà. Ma non è possibile. Lo dimostrano i fatti. Non potete esercitare alcun potere sull'orda barbarica. Loro fanno come gli pare. Non avete previsto la loro invasione, la distruzione di tutto quello che trovano. Ammettilo».

Myrrdin si strinse nelle spalle, senza negarlo.

«Quante vite avete rovinato con la vostra arroganza? Quante ne avete devastate, e per nulla? Solo perché immaginavate che alla fine tutto avrebbe quadrato, come nei vostri desideri. Qualsiasi uomo o guerriero... sa che è il fato a decidere queste cose». Percepiva il furore della propria ira.

«Sia come sia. Qualunque speranza di scappare, di nascondersi è ormai stata eliminata. A cosa serve essere re di una terra se non c'è terra da governare? Devi lottare per essa, Lucanus. Devi guidare un'armata, e morire se è necessario, per salvare tutto quanto esiste a beneficio del sangue reale».

«Te lo chiedo di nuovo, druido: in che modo?»

«Ho diffuso la parola ai quattro angoli», continuò Myrrdin. «I vecchi nomi... le antiche tribù... sopravvivono ancora. Alcune ricordano tuttora ciò che fu, e che sarà di nuovo. E se ricordano davvero, e rispondono, ci sarà un consiglio di guerra alle Heartstones, e può darsi che appaia per magia il tuo esercito».

«E se non ricordano, se non rispondono?»

«Allora morirai, Lupo. E morirà la tua donna. E il ragazzo verrà rapito. E così perirà anche il sogno che condividiamo».

37
Vecchi amici

Ali nere oscuravano il sole. I verdi prati erano macchiati dalle ombre delle mangiacarogne, che emettevano strilli laceranti, capaci di attutire ogni altro suono. Corvi e cornacchie. La Morrigan era presente per attestare gli effetti della guerra.

Dalla densa nebbia di fumo che si spostava nel paesaggio riluceva l'arancione smorto degli incendi, e l'aria puzzava di sangue e di bruciato.

Amarina era inginocchiata nel folto di un boschetto, osservava il passaggio della processione, con la gola così stretta da ritenere di non poter più respirare.

I barbari torreggiavano sulla groppa di stalloni poderosi, con le lance strette nell'incavo del gomito o con le spade in mano. Facce simili a pietra scolpita, occhi di brace, capelli arruffati che si delineavano alla luce delle case incendiate. Donne seminude, sporche di fuliggine e coperte di lividi li seguivano, incespicando e tenendo stretta la mano ai bambini. Si guardavano attorno, attonite per quello che era successo. Gli uomini, sanguinanti e conciati male, tenevano la testa bassa, erano così disperati da dare l'impressione di poter crollare da un momento all'altro.

Amarina soffocò il senso di compassione che riteneva di aver perso da tanto tempo.

I guerrieri pungolavano sporadicamente i prigionieri con le loro armi per costringerli a camminare più in fretta, o solo per divertirsi, dopodiché scoppiavano in fragorose risate.

Gli invasori stavano schiavizzando gli sconfitti.

Amarina era nauseata dalle depravazioni inflitte a quei poveretti, e dire che nella sua vita ne aveva sopportate, di cose orribili. Vide alcuni volti talmente segnati dalla disperazione che, secondo lei, soltanto la morte li avrebbe salvati.

Da quando erano scesi da Kinder Scut in quella terra devastata, non aveva visto altro: fumo e fuoco, cornacchie che banchettavano sui cadaveri, e i sopravvissuti che venivano legati, obbligati a servire i nuovi padroni.

Avevano percorso una terra lussureggiante di foreste dense, di prati e ruscelli impetuosi, seguendo i sentieri delle ripide valli ombreggiate. Avevano creduto per un lasso di tempo di superare furtivamente le orde aggirando gli insediamenti, ma si erano accorti in fretta che il numero dei guerrieri si stava ingrossando giorno dopo giorno, dato che ne affluivano molti altri da est e da ovest. Adesso erano intrappolati, la strada verso sud era bloccata dai barbari irrefrenabili, talmente dominati dall'istinto sanguinario che sembrava non volessero fermarsi, se non dopo aver cancellato ogni traccia di civiltà da quella terra.

Lo sguardo di Amarina si posò su una bimba che forse aveva visto solo sette estati. Nuda e imbrattata di fango, aveva capelli biondi che le scendevano in lunghe spirali unte ai lati della faccia terrorizzata. La donna la guardò, avvinta da una serie di ricordi, e per un attimo pensò di essere travolta dalla disperazione per quella povera anima. Quali speranze le erano rimaste? Quali speranze per ognuno di loro?

Arrivarono due destrieri. Sul primo c'era un uomo dalla zazzera nera, con una treccia decorata da crani di topi e di volatili. Al suo fianco c'era il ceffo autocompiaciuto che le era familiare: Motius, il Corvo Putrefatto.

L'uomo con la treccia sbraitava ordini in una lingua che Amarina non capiva; era il capo, immaginò lei. Due dei suoi sottoposti smontarono da cavallo e trascinarono fuori uno degli schiavi, obbligandolo a inginocchiarsi. Il capo smontò e puntò la spada contro il prigioniero.

Amarina ebbe un tuffo al cuore non appena vide che si trattava del boscaiolo che avevano incontrato nella macchia un paio di giorni prima.

I cavalli erano nervosi, come se intuissero lo spargimento di sangue che stava per avvenire. Gli uomini che li montavano tiravano le redini per tenerli sotto controllo, ma anche loro bramavano già il sangue. Amarina se ne accorse dalle espressioni truci, dalle smorfie, da come drizzavano la testa, e li odiò per questo.

Mentre il capo lo interrogava nella sua lingua dai suoni gutturali, il prigioniero tremava. Sembrava che Motius traducesse le parole in frasi che lo schiavo era in grado di capire.

Qualsiasi cosa lui comprendesse, lo Scoto gli conficcò la lama nella carne, provocandogli un rantolo. Il barbaro esitò per un attimo, poi scosse la testa e affondò il colpo.

Amarina sentì che qualcuno le sfiorava il braccio, trasalì ed emise un grido soffocato.

Di fianco a lei c'era Mato, che si portava l'indice sulle labbra. Mosse rapidamente la mano per esortarla a filare via, e insieme serpeggiarono tra un mare di felci. Ai margini della vallata, nascosti dalla folta boscaglia, Lucanus e Bellicus erano piegati su se stessi, ingobbiti nell'attesa.

«Stava osservando la banda di guerrieri», disse Mato.

«Non allontanarti più da sola», intimò il Lupo.

«Mi stai dando un ordine?», replicò lei. «Pensavo che fossi più saggio».

«Stai sprecando fiato. Lei farà sempre quello che le pare», grugnì Bellicus, anche se ad Amarina sembrò di cogliere una sfumatura di ammirazione nella sua voce.

«Ho visto un barbaro, uno dei loro capi, credo», raccontò lei, descrivendo la scena cui aveva assistito.

«Si chiama Erca», spiegò Lucanus. «È il più bastardo di tutti».

«Non dici una bugia. Erano presenti anche Motius e i Corvi Putrefatti. Interrogavano il boscaiolo che abbiamo incontrato. Poi lo hanno ucciso. Ci stanno cercando, è indubbio».

Il Lupo digrignò i denti. «Lo sapevamo che non ci avrebbero dato tregua. Ora che i barbari hanno soppresso ogni resistenza ai loro attacchi, per Erca non c'è niente di più importante».

«Cosa facciamo adesso?», chiese Mato. «Da qui non è possibile proseguire a sud. E per ogni ora che attendiamo senza muoverci si stringe il cerchio attorno a noi».

«Erca non è uno stupido», commentò Lucanus. «Sa che il nostro esercito, o ciò che ne resta, si compatterà da qualche parte più a sud. Fullofaudes si starà probabilmente apprestando allo scontro. Se non lo fa, non è degno del titolo di *Dux Britanniarum*. Non dobbiamo far altro che rientrare oltre la linea difensiva che sta allestendo, lì dove si attesta l'esercito per la battaglia definitiva».

«Più facile a dirsi che a farsi», borbottò Bellicus.

Amarina pensò che non si potesse essere più sconsolati di così, ma all'improvviso sentì le membra talmente pesanti da volersi soltanto coricare. «Sono stufa di parole», disse. «In questi giorni sono sommersa di chiacchiere. Torniamo dagli altri con un piano che ci salverà davvero».

Piombarono giù dalle ripidi pendici, zigzagando tra gli alberi, finché non raggiunsero il fondovalle. Qui seguirono il corso di un torrente argentato, quindi trovarono il posto in cui si erano accampati gli altri, al riparo di un affioramento roccioso che garantiva una copertura sufficiente.

Da quel rifugio umido, Myrrdin li vide avvicinarsi. Amarina si rese conto che il druido poteva interpretare le loro espressioni: in genere lui aveva un largo sorriso, ma ora il suo volto pareva di pietra.

«Abbiamo la via bloccata», lo informò Lucanus. «È indispensabile scovarne un'altra, se rimaniamo qui moriremo».

Mentre scendevano la ripida vallata del ruscello Nero, Lucanus pensò di udire il richiamo del tempio. Era il vento tra i rami o erano i sussurri seducenti degli antichi dei?

Erano trascorsi cinque giorni da quando avevano visto l'orda fare prigionieri, cinque lunghi giorni in cui avevano strisciato nella densa boscaglia in direzione sudovest. Stanchi, prudenti, avevano litigato e si erano rimbeccati a vicenda. Ma Myrrdin li aveva incitati a proseguire, promettendo un rifugio e un alleato. E il Lupo dovette ammettere che la decisione era stata corretta. Il fumo si allontanava. Il clamore dei massacri svaniva, lasciando il posto al canto degli uccelli.

Schiacciando, o scacciando, le zanzare grosse, Amarina si lamentava per la mancanza di qualsiasi segno della loro meta. Il druido si limitava a sorridere. Ma adesso Lucanus riusciva a scorgerla, o almeno pensava: era un posto celato agli occhi di tutti, tranne che a quelli che lo cercavano.

Nella foresta più fitta, c'era una fessura incisa nella roccia, larga come un uomo, resa invisibile da erba, muschio e altra vegetazione. I gradini scolpiti nella pietra scomparivano nel buio più freddo.

«Che specie di tempio è questo?», domandò Amarina con voce stranamente flebile.

«La gente di queste regioni lo chiama tempio di Lud, secondo il loro idioma», precisò Myrrdin. «Ma il vero nome è tempio di Lugh. Qui, nei tempi andati, il dio veniva adorato nelle viscere della terra. Ci abita anche Cernunnos. Adesso però è la sede del Signore delle Foreste».

I cavalieri smontarono, abbandonando il carro di lato. Il druido salì su quei gradini e fece un gesto con il dito a Lucanus per chiedergli di seguirlo. Insieme scrutarono giù nell'oscurità.

Al Lupo venne la pelle d'oca, anche se non avrebbe saputo dirne la ragione. «Cosa c'è laggiù?», disse.

«Il tuo destino».

«L'alleato di cui parlavi?»

«Forse».

Lucanus gli lanciò un'occhiataccia. «Altri giochetti?»

«Qui non si scherza, Lupo». La voce del druido era smorzata, quasi timorosa, pensò Lucanus.

Con la punta del suo bastone, il sacerdote dei boschi disegnò un cerchio sul suolo polveroso.

«Devi scendere e avventurarti da solo», disse. «Tieni la testa bassa e il cuore aperto. Cernunnos giudicherà se sei degno».

«E se non lo sono?»

«Non ti vedremo più».

Lucanus fissò il buio che si apriva sotto di sé, avvertendo il battito accelerato del cuore. Un attimo dopo, appoggiò un piede sul primo scalino, si arrestò per saggiare l'oscurità e se stesso, quindi scese lentamente.

Gli scottava il collo per l'azione del sole, ma sentì raggelarsi subito nel momento in cui scomparve la luce e il freddo vuoto lo inghiottì. Il rumore dei suoi passi riecheggiava dalle pareti di pietra; l'odore dell'aria umida, del suolo melmoso, della vegetazione e della fredda pietra gli riempiva il naso.

Scese ancora, un passo dopo l'altro, e i suoi occhi gli dissero gradualmente che le tenebre erano meno fitte di quanto credesse. Una volta arrivato in fondo, si sentì pizzicare la pelle in modo diverso.

Fu meravigliato nello scoprire un mondo dominato dal verde. La luce che filtrava dal muschio e dalle piante che coprivano le nude pareti di pietra dipingeva il rifugio con un colore smeraldino. Sollevò la testa e si accorse che la fessura, il tempio, raggiungeva l'altezza di dieci uomini.

Frescura. Silenzio. Rabbrividiva per la maestosità di questo santuario. Un vero tempio.

«Questo è uno dei siti più antichi», la voce di Myrrdin echeggiava fino a lui. «E in tutti questi luoghi arcaici si possono udire gli dei, e si può parlare con loro, se la voce è giusta».

Al centro del tempio, erano state ammucchiate pietre lisce, sulle quali figuravano ossa, fiori secchi, erbe e tozzi di pane che avevano assunto la consistenza dei sassi. Un altare.

Essendosi dileguata l'oscurità, Lucanus capì di essere solo nel tempio lungo e stretto, benché avvertisse qualcosa svanire nell'aria, come se molto recentemente ci fosse stata una presenza. Inspirò a fondo, lasciando che la rigidità abbandonasse le sue spalle e che la sacralità del luogo penetrasse in lui, pur accorgendosi di aver inconsciamente fatto scivolare le dita sull'impugnatura della spada.

Allungando le mani, graffiò con le unghie le ruvidi pareti di pietra mentre procedeva lungo la fessura. Mani ignote vi avevano scarabocchiato delle immagini, alcune delle quali scolorite dal tempo: si chinò in avanti e socchiuse gli occhi. I suoi polpastrelli rintracciarono il debole profilo di una scrittura: rune, simili a quelle impresse su Caledfwlch; e intorno a quei messaggi illeggibili di epoche antichissime, alcuni disegni. Ne seguì i contorni e rimase senza fiato quando si accorse che proseguivano più in alto della sua testa, molto più in alto di quanto potesse arrivare un uomo. Vide nuvole che scagliavano lampi e saette, e qualcosa di analogo a un verro con setole spinose; il volto di un uomo formato da rami e foglie; spade e accette, tori, corvi e serpi, e due figure di diverse dimensioni, che interpretò come un uomo e un ragazzo. Quest'ultimo pareva meglio definito.

Si strinse nelle spalle. L'opera di mani oziose, graffiti realizzati ai bagliori del fuoco durante le lunghe notti, forse. Eppure, intuiva un senso di reverenza nelle linee precise e delicate di quei disegni, un lavoro che esprimeva un significato certo per coloro che lo avevano compiuto con grande fatica, ma che ovviamente gli sfuggiva.

Posizionandosi al centro del tempio, osservò di nuovo lo squarcio smeraldino verso l'alto, dove barbigli di luce solare penetravano tra la vegetazione. «Signore delle Foreste», mormorò. «Dove sei?».

Scuotendosi dalla fantasticheria, si diresse alla base dei gradini ed esclamò forte: «Qui non c'è nessuno!».

Poco dopo, udì passi esitanti incedere faticosamente verso di lui.

«Dov'è quest'alleato?», disse quando gli altri ebbero raggiunto il fondo e stavano fissando il tempio a bocca aperta.

Myrrdin camminava lungo la stretta fessura guardandosi attorno. «Adesso non è qui, ma verrà. E gli chiederò solennemente aiuto. Questo è il momento più pericoloso, per tutti noi e per ciò che speriamo di conseguire. Se l'orda barbarica non trova ostacoli, sarà tutto perduto».

«Non solo i tuoi piani, o la vita di quelli che sono qui, sacerdote dei boschi. Non dimenticarlo. Non si tratta di un esercito di conquista analogo a quelli che abbiamo conosciuto nei tempi andati. Il massacro dell'intera popolazione che vive in Britannia non si fermerà, e coloro che sopravviveranno saranno ridotti in schiavitù. Quando fece vela per queste plaghe, Roma non sparse una simile marea di sangue».

Il druido socchiuse gli occhi. «Tu dici. I sacerdoti dei boschi non sarebbero d'accordo».

Lucanus annuì. «Può darsi. Ma adesso tutto quanto abbiamo conosciuto corre il rischio di andare perduto».

«Sì, questa è una guerra che determinerà il fato di tutti quelli che vivono qui. Però dobbiamo raggiungere le Heartstones senza farci uccidere né catturare, e iniziare a formare un esercito. Non possiamo farlo da soli».

Lucanus sollevò la testa di modo che gli altri non potessero vedere i suoi dubbi. L'esercito era frammentato, forse già travolto, e la possibilità che potessero assemblare una forza militare da un'accozzaglia di contadini e pigri mercanti eccedeva ogni suo sogno. Ma gli altri avevano bisogno di sperare se si voleva mantenerne alto l'animo e l'umore. «Allora andiamo a trovare questo Signore delle Foreste», disse.

«Se non è qui, sarà al richiamo di Cernunnos, poiché oggi è il giorno di Beltane, la festa del fuoco. Sta arrivando l'estate».

Nel tempio di Lud calava l'oscurità. Myrrdin chiese della legna per accendere un fuoco e, quando scese il crepuscolo, Lucanus aveva già aiutato gli altri a prepararlo di fianco alla fessura. Tutti dovevano adoperarsi, su questo il druido aveva insistito molto. Mentre le fiamme crepitavano, il sacerdote dei boschi si mise dietro le vampe e stese le braccia in alto; il Lupo osservava la sua ombra allungarsi sulle pareti rocciose, come se salissero verso il cielo.

«Invochiamo Lugh», disse Myrrdin, la cui voce rimbalzava dalle pietre. «Invochiamo Cernunnos. Mentre gira la ruota dell'anno, e la terra regala la sua abbondanza, volgiamo i visi al sole e rendiamo grazie per tutto ciò che sarà».

Il druido disse tante altre cose, ma Lucanus si ritrovò a pensare che gli dei, i demoni e il Fato dirigevano gli uomini come cani che giocano con una tana di topi.

Si riscosse dai suoi pensieri quando il druido ordinò: «Raccogliete le torce, poi camminate attorno al falò mentre il sole attraversa il cielo. Tu, Lupo, per ultimo».

Lucanus vide che si mossero per prime Amarina, Decima e Galantha, le quali raccolsero i pezzi lignei scelti in precedenza e si avviarono in fila indiana verso il fuoco. Affondarono le torce nel cuore dorato e, quando si furono accese, le tre donne andarono ai piedi dei gradini di pietra e attesero. Le seguirono Catia e Marcus, poi Aelius, il torvo Amatius, Menius sostenuto da Solinus e Comitinus, quindi Mato e Bellicus. Infine, si mosse anche lui.

Myrrdin gli posò una mano sulla spalla e s'inclinò. «Il Drago nasce dal fuoco», sussurrò, «e voi rinascerete finalmente in questa Beltane. Vi svelerò alcuni dei maggiori segreti».

Aprì il palmo della mano e Lucanus notò una sorta di corteccia raggrinzita. Sentì sapore di ferro quando il druido gliela ficcò in bocca e gli ordinò: «Masticala!».

Lui masticò e la inghiottì. «Che cos'è?»

«La carne dello sgabello del rospo».

«Dobbiamo volare? È quello che mi avevano dato le streghe».

Myrrdin sorrise. «Non volare. Incontreremo gli dei e vedremo i demoni. Questo è il segreto, Lucanus. Questo imparano i nostri novizi. Non solo le streghe e i sacerdoti dei boschi. Il fungo magico è sacro per tutti, nel mondo intero. In ogni religione. Mitra. I greci. I sacerdoti di Roma. Nei loro luoghi santi, nelle loro case del mistero, dove tengono stretti al petto i loro segreti, conosciuti solo dagli iniziati, ingeriscono questo fungo. Fa parte dei riti. E in quest'isola di Albione, sappiamo che esso è sacro fin da quando apparvero i primi uomini. Coloro che eressero le pietre. Ora ti sottoporrai al rituale di Beltane, così che possa avviarsi la prossima fase del tuo viaggio».

«E se non volessi ascoltare gli dei?»

«Ne sarai trasformato, Lupo. L'uomo che eri deve morire affinché dalle ceneri possa sorgere il Drago. Hai già la corona dell'Uroboro, ma adesso devi diventare il Pendragon».

«Allora affrettiamoci. Ho una guerra da combattere». Lucanus calò la torcia tra le fiamme.

«Hai ancora tante cose da apprendere. Non è solo per stanotte, lo devi fare tutti i giorni. Il fungo magico e il Pendragon sono uniti, interconnessi. In battaglia, esso ti renderà un grande guerriero. Non avrai paura di niente. Avrai la forza di cento uomini. Non ti stancherai. E nelle notti più scure, e ce ne saranno tante, esso ti renderà saggio».

Myrrdin gli diede una strizzatina alla spalla. Il Lupo avvertì qualcosa di onesto in quel tocco, il primo da parte del druido. Un segno di preoccupazione? O di pietà?

«La voce degli dei può terrorizzare un uomo», disse. «Ma non temere, sarò al tuo fianco. Sempre, da adesso in poi. Anche noi siamo legati».

Pareva che Myrrdin palpitasse, che le sue parole si contorcessero. Che il crepitare del fuoco turbinasse attorno a loro. Fissando lungo la fessura, Lucanus pensò che ciascuna torcia retta dagli amici bruciasse ormai come ferro fuso nella fucina di un fabbro.

«Ogni cosa porta alla successiva, Lucanus. Ricordalo sempre». Sembrava che queste parole fossero sospese su di lui, come se non le avesse pronunciate nessuno. «Non esiste alcuna scelta umana che non produca conseguenze nei giorni a venire». Un sussurro potente come un grido.

Sentì una mano sul suo braccio: Myrrdin lo allontanò dal falò, e dagli altri, per guidarlo in cima agli scalini. All'entrata, vide i fiori gialli della festa di Beltane che Catia e Marcus avevano raccolto in precedenza e disposto secondo le direttive del druido. Essi oscillavano nell'oscurità.

«Segui il sentiero a spirale», mormorò Myrrdin. «Questa è la vita, e questa è la morte, tra loro unite, e che non cessano mai. E alla fine tu sarai rinnovato, pronto per ciò che deve avvenire».

«Dov'è il nostro alleato?», disse Lucanus distraendosi.

«Ti osserva, Lupo. Ti sta sempre osservando».

La notte era più tiepida di quanto si aspettasse, la foresta era piena di profumi che non aveva mai sentito. Si guardò attorno meravigliato. Le torce tremolavano tra gli alberi, come lucciole danzanti nel buio.

«Vedi, Lupo», bisbigliò Myrrdin. «Ammira la maestosità».

Lo fece.

Non sapeva da quanto tempo fosse lì. A un certo punto, Myrrdin doveva averlo lasciato, poiché si ritrovò solo. Credette di vedere figure avvolte nell'edera che emergevano dai tronchi e lo osservavano con occhi scintillanti di fuoco smeraldino. Nella notte incedeva una processione di donne e uomini dalla pelle lucidamente dorata, una corte intera guidata da un re e una regina. Una parte di sé era sicura di averli sempre visti, fin da quando era bambino, mentre stava per addormentarsi, nei boschi selvaggi e sulle vette di montagna. Altri sogni. Altri sogni?

Lucanus entrò nel sentiero a spirale.

Una voce bisbigliò: «Solo il Re Orso può salvarti».

Si voltò di scatto, ma non c'era nessuno.

Sta arrivando la guerra. Questa voce era nella sua testa. *Presto, molto presto. Sangue e morte.*

Risuonò un grido. Correva di bocca in bocca, cresceva d'intensità. All'inizio, Lucanus credette che anche quello fosse nella sua testa. Ma poi svanì l'effetto delle ultime particelle del fungo magico e gli tornò il senno. Le torce stavano muovendosi impazzite.

Avvertì una stretta al cuore, pur non sapendo nulla.

Catia correva tra gli alberi e, vedendolo, andò a ghermirlo per un braccio. Lucanus la fissò negli occhi spalancati.

«Marcus», esclamò con voce che si arrochiva, quasi che temesse di parlare. «È sparito».

«Dove stiamo andando?», chiese il ragazzo.

Amarina gli strinse più forte la mano di modo che non potesse divincolarsi. Si stava affrettando nei boschi con tale furia da trascinarlo senza quasi fargli toccare a terra; sentendo che il cuore le batteva forte in petto, inspirò a fondo per costringersi a rimanere calma. Aveva un buon vantaggio. Gli altri erano persi dietro ai riti di Beltane e, quando si fossero accorti che loro due si erano dileguati, non avrebbero saputo in quale direzione.

«Non vuoi che tua madre muoia, vero?», disse più crudamente di quanto volesse.

«No!».

«Allora, possiamo salvarla noi due, insieme... anche tuo padre... tuo nonno e tuo zio. Oltre a Lucanus e tutti gli altri». *Decima, Galantha.*

«Ma, non capisco». Le sue parole perplesse diventavano un grido, e già gli si riempivano gli occhi di lacrime.

Imprecando sottovoce, Amarina si fermò di botto. Si accovacciò, si mise all'altezza del ragazzo e gli pose le mani sulle spalle, fissandolo negli occhi con un'affettuosità di cui era maestra per professione.

«In te scorre sangue reale», mormorò. «Genererai un re, un grande sovrano, che non morirà mai e salverà la vita di tutti... di tutti quelli che soffrono. Hai visto ciò che hanno combinato i barbari, vero?».

Marcus annuì.

«Hai visto le disgrazie, le sofferenze e i morti. Tu potrai fermarli. Potrai contribuire a salvare tutti».

Gli si allargarono gli occhi.

Amarina soffocò un sospiro. Si stava perfino convincendo da sola. «Ma non potrai più comportarti da bambino. Ora devi essere come il re che diventerai, e lo sai che i re fanno sacrifici... grandi sacrifici. Per salvare le vite. Puoi farlo. È nei tuoi poteri».

«Voglio tornare dalla mamma». Aveva ricominciato a piangere.

«Quando eri piccolo, più giovane, tuo padre ti ha raccontato le storie dei grandi eroi... dei re? Con le spade per battersi contro i giganti».

«È stato Lucanus a parlarmene».

«Lucanus, certo. Ricordati di quelle storie. Quello che facevano gli eroi, perché adesso tu sei un eroe».

Amarina si accorse che lui cedeva leggermente. Bastava. Lo trascinò ancora con sé, ascoltando eventuali rumori di inseguimento, ma la foresta era tranquilla e silenziosa.

Contro il fianco le sbatteva la sacca che, in precedenza, aveva nascosto sotto un cespuglio di agrifoglio; conteneva qualche provvista che aveva sottratto senza farsene accorgere. Non era molto, ma sarebbe stata sufficiente.

Non era sleale, da parte sua. Lo faceva per il bene di tutti, perché nessun altro era abbastanza audace da farlo.

Avrebbe rintracciato Erca, il capo dei barbari, e avrebbe contrattato la loro vita in cambio del ragazzo. Lui sarebbe stato messo al sicuro, era troppo prezioso e non sarebbe stato certamente danneggiato. Una volta conseguito il suo obiettivo, Erca si sarebbe disinteressato agli altri, che sarebbero stati liberi di andare per la loro strada.

E se l'avessero presa come schiava, o perfino ammazzata (le si rivoltava lo stomaco), tanto peggio. Per una volta, avrebbe fatto del bene, almeno.

Scappare, continuare a nascondersi, finché il destino non li avrebbe raggiunti, come capitava sempre: che tipo di vita era quella? Lei aveva già trascorso tanti di quei giorni a fuggire per celarsi agli altri da non voler assolutamente infliggere una tale sorte a nessuno.

Si arrampicò su una balza, lungo gli argini fangosi di un ruscello, mentre nell'aria si spandeva il tanfo dell'aglio selvatico. Si era abituata a vedere anche nelle tenebre notturne, eppure avrebbe preferito avere con sé una torcia.

«Voglio tornare indietro», disse piagnucolando Marcus.

«È troppo tardi», lo redarguì. «Se provi ad andartene da solo, ti smarrirai e i cinghiali ti divoreranno. Ti sgranocchieranno le ossa e nessuno saprà mai che sei morto».

Percepì un movimento davanti a sé, ma reagì troppo lentamente. Un figura incombeva su di lei, le sue mani la presero e la scaraventarono a terra.

«La puttana». Un tono da umorismo nero.

Amarina alzò lo sguardo e riconobbe un volto noto. Il centurione Falx la dominava dall'alto, con ancora addosso l'armatura. Dietro di lui vide la cerchia dei suoi soldati più fidati a Vercovicium, gli uomini induriti, i bugiardi e i ladri. Non sapeva cosa pensare, o meglio aveva troppi pensieri che le frullavano in testa, non riusciva a dare un senso a quel che vedeva, lì nella foresta più fitta, a tanta distanza dal vallo. Le tornarono allora in mente le parole del druido, pronunciate tante volte da essere diventate una formula magica: niente succede per caso.

«Già», disse Falx come se le leggesse nella mente. Si abbassò, mostrando un sorriso trionfante sulle labbra. «È da giorni che vi seguiamo, baldracca, aspettando l'occasione per procurarci quello che vogliamo. Stanotte doveva essere quella giusta, ma ci hai risparmiato una battaglia».

«Cosa volete?», inveì lei.

«Il ragazzo, ovviamente. Al mondo non vi è nulla di più prezioso. Lo prendiamo subito. Perquisitela», disse ai suoi uomini. «Queste puttane sono una razza infida. Avrà sicuramente un coltello addosso».

Amarina strisciava al suolo, incerta se scappare o difendersi con le unghie.

Ma il centurione si limitò a estrarre la spada, puntandogliela contro la gola. «La tua vita, però, non vale niente. Non dimenticarlo».

38
Gli incroci

«Perché Amarina avrebbe dovuto rapire il ragazzo?», protestò Galantha. «Per me, non c'è senso».

«Tu lo sai, il motivo», disse Amatius guardandola in cagnesco. Bellicus s'irrigidì, pronto ad agire se il pusillanime avesse osato alzare una mano. «Voi puttane vi muovete solo se c'è da guadagnare dell'oro», continuò il marito di Catia. «Vuole vendere Marcus per arricchirsi».

«Amarina non farebbe mai una cosa simile», s'infervorò Decima. «Lei ha un cuore generoso».

Amatius si rivolse alle due prostitute mostrando un pugno minaccioso. «Non avremmo mai dovuto prendervi con noi, brutte troie traditrici. Mio figlio sta pagando il prezzo della nostra debolezza».

Prima che potesse muoversi Bellicus, Lucanus si precipitò davanti all'altro uomo. «Lasciale stare. Loro non sono colpevoli».

«Sono tutte della stessa stoffa».

«Anche secondo me Amarina ha un buon cuore».

«Già. Ti piacciono le femmine, vero?». Amatius inveì contro Lucanus, faccia a faccia.

Bellicus vide che il suo amico socchiudeva gli occhi, intuendo bene il senso recondito di quelle parole.

«Se non altro, ho il coraggio di difendere le *mie* donne», ringhiò il Lupo. «E farò quel che serve per salvare Marcus. Io non ho paura».

Amatius s'incollerì ma, prima che potesse sfogarsi, Catia s'intromise tra i due rivali, con occhi fiammeggianti che bloccarono entrambi. «Basta. Dobbiamo ritrovare Marcus, nient'altro conta».

«Non credo che Amarina venderebbe il fanciullo per interesse personale», brontolò Bellicus rivolto a tutti gli altri. «Negli ultimi giorni, la tenevo sotto controllo; non è più la donna di una volta. Il massacro perpetrato dall'orda barbarica ha influito su di lei, proprio come su di noi. Ma quando fa i suoi calcoli è dura, fredda con un lago ghiacciato, e se ritiene che consegnare Marcus salvi altre vite, non mi stupirei che si sia attivata in questo senso».

«Non ha il diritto di fare una scelta di questo genere», protestò Aelius.

Myrrdin picchiò il bastone contro il terreno. «Qui non si tratta soltanto del ragazzo», tuonò. «Lei sta tradendo tutti quelli che moriranno in futuro se non ci sarà un re capace di condurli fuori dalle tenebre».

Prima che potesse ricominciare la discussione, Mato arrivò nel cerchio delle torce. «Ho scoperto le loro tracce», disse trafelato. «Amarina si sta dirigendo verso il luogo dal quale siamo venuti».

«Dai barbari», la voce di Amatius era gelida.

Lucanus prese con forza una delle torce. «Marcus la rallenta. Se siamo veloci, possiamo acchiapparli prima che corrano qualche pericolo».

«Aspetta», esclamò Catia. Scese dai gradini della fessura e riemerse poco dopo con arco e faretra.

Nessun Lupo Feroce ebbe da ridire sulla sua decisione di unirsi a loro; si era guadagnata il suo posto.

Amatius rimase indifferente. Mentre si scostava per dirigersi verso il tempio di Lud, Bellicus lo agganciò a un braccio. «Il mio amico è un brav'uomo, a volte fin troppo gentile. Io invece sono un bastardo. Ho ucciso uomini migliori di te senza pensarci due volte. Se alzi la mano contro una delle donne che restano qui, ti spezzo in due».

Amatius si divincolò con forza, ma Bellicus capì che dietro il suo gesto di sfida c'era inquietudine. Bene.

Bellicus fischiò e il suo cane gli sgambettò vicino. «Forza, Catulus. Andiamo a caccia».

Dopodiché si lanciò freneticamente dietro agli altri, tra gli alberi, seguendo con gli occhi la torcia che danzava lontano, unica luce solitaria tra le tenebre.

Amarina sprofondò nella buca, con la guancia arrossata dal ceffone ricevuto. Alzò lo sguardo verso i soldati che ridevano di lei e, stringendo i pugni, conficcò le unghie nella pelle. Se avesse avuto il coltello... Non avrebbero riso quando gli sarebbe colato il sangue dai testicoli.

Falx le si avvicinò offrendole una mano per rialzarsi. «Ti avevo avvisato», disse. «Se decidevi di unirti a noi e ci avessi rallentato, avresti ricevuto un manrovescio per indurti a mulinare i piedi». La sollevò con uno strattone. «Ti avevo dato la possibilità di andartene. Avresti dovuto coglierla».

«Il ragazzo è sotto la mia responsabilità».

I soldati scoppiarono di nuovo in fragorose risate. Come se lei avesse potuto far qualcosa per la sicurezza di Marcus... Si sentiva ribollire il sangue, ma riuscì a reprimere i sentimenti: solo a mente fredda avrebbe individuato un'occasione per scappare.

Il centurione fece spallucce. «Per il momento fa' come ti pare. Ma sappi che non sarai privilegiata perché lui ha bisogno di una madre».

Lei volse lo sguardo su Marcus, che si trovava nelle mani dei soldati. Aveva un'espressione tormentata, anche se non era abbastanza grande da giudicarla per quel che aveva fatto. Quella fiducia sarebbe presto scomparsa in lui, pensò Amarina con amarezza.

«Non ti è bastato rubare il salario dei tuoi uomini a Vercovicium? Adesso vuoi rimpinguare la tua borsa con le sofferenze di un fanciullo».

Il centurione la fulminò con gli occhi.

«Tutto quello che avevo l'ho perso con la caduta del forte». Amarina era contenta di aver toccato un nervo scoperto, per quanto relativo solo ai soldi.

Falx le assestò uno spintone e tutti ripresero il cammino. Poco dopo, lei scorse una luce tremolante tra gli alberi e si preoccupò subito. Non erano forse lontani da dove aveva visto l'orda la volta precedente?

Nella mezzaluna della radura, stazionavano tre carri e cinque uomini accigliati di fianco alle ruote, occupati in una discussione a bassa voce. Poco lontano era piantata una grande tenda color ambra, da cui proveniva la luce che aveva intravisto.

Al rumore del loro arrivo, un profilo imponente si stagliò davanti all'entrata della tenda. Era Varro, il mercante.

«Da Vercovicium fin qui mi hai servito bene, Falx, ma ora dobbiamo separarci».

Amarina vide che il mercante consegnava al centurione una sacca di cuoio piena di monete. Falx la fece tintinnare con occhi avidi, quindi si voltò per rassicurare i suoi uomini. «La giusta paga».

«Ve la siete meritata». Varro arruffò i capelli di Marcus.

Falx strizzò l'occhio in direzione della prostituta, che soffocò il desiderio di cavarglielo. «Sono il primo ad ammettere che tu e la tua banda di derelitti ci avete fatto girare a vuoto per un po', brutta puttana, e ci sono stati dei momenti in cui credevamo che ci foste sfuggiti. Ma quelli che vi avevano visto non vi avevano dimenticato, ed è stato facile sciogliere le lingue».

«Che farai adesso, Falx?», domandò Varro.

Il centurione passò in rapida rassegna i suoi uomini. Erano un gruppo eterogeneo, pensò Amarina: uomini forzuti, duri e dallo sguardo impassibile, che se la sarebbero cavata in ogni situazione. «C'è sempre qualcuno disposto a pagare per una buona spada e braccia possenti», disse lui ghignando. «Forse i barbari ci hanno favorito. Ho guadagnato di più dalla caduta del forte di quanto abbia mai fatto sotto le insegne dell'Aquila». Tintinnò ancora le monete e si mosse per confondersi di nuovo tra i suoi uomini. Risero tutti come asini per un commento che non giunse all'orecchio di Amarina.

Mentre il centurione e i suoi seguaci sparivano nel bosco, Varro schioccò le dita e i suoi uomini si alzarono in fretta per obbedirgli. «Preparatevi. Partiremo presto».

Amarina si voltò per ripercorrere mentalmente il sentiero donde erano venuti, sperando che Lucanus e gli altri avessero scoperto le tracce e fossero ormai vicini. Di tutti gli errori che aveva compiuto nella vita, quello era stato di gran lunga il peggiore.

Bucco, il nano, ballava all'esterno della tenda, si allungava e tendeva una mano per pizzicare il naso di Marcus.

«Lascialo stare», esclamò Amarina, tirando a sé il ragazzo e abbracciandolo al petto.

Bucco sollevò un sopracciglio. «Una nuova mamma. Facilmente infiammabile, come la vecchia».

Lei gli mostrò i denti, ma si rivolse a Varro. «Dove stiamo andando?», chiese.

«Ti ho già visto, non è vero?». Il mercante aggrottava la fronte. «A Vercovicium».

«È la meretrice», disse il nano. «La regina delle sgualdrine».

«Sarò la regina che ti taglia le palle».

Bucco si prese la faccia con entrambe le mani e ruzzolò all'indietro.

«Portate il ragazzo nella tenda», ordinò Varro. «Dategli un po' di pane. Anche un po' di vino. Riempitegli la pancia. Avrà certamente fame». Quando se ne furono andati, si girò verso Amarina. «Non ho bisogno di te. Vattene».

La donna riesumò il suo sorriso più accattivante e parlò con voce smielata. «Non hai bisogno di una femmina?».

Il suo fascino non aveva perso niente dell'antica potenza. Varro si inumidì le labbra. «Cosa offri in cambio?»

«Be', mi occuperò di Marcus. Lui ha bisogno di una madre. Lo fareste tu o il nano?».

Il mercante annuì, stava riflettendo. «E saresti anche una compagna compiacente, immagino. È da tanto che non giaccio con una donna».

Amarina gli lanciò uno dei suoi sguardi. «Non sarai deluso».

Mentre pensava a come procurare le peggiori sofferenze al viscido mercante, osservava gli uomini che attaccavano i cavalli ai carri. Poi, quando lui ebbe abbassato la guardia, gli domandò: «Ma c'è un posto sicuro, per noi?»

«Non qui». Varro si stropicciava le mani, folle di piacere per aver finalmente realizzato i desideri del suo cuore. «La Britannia è ormai perduta. Una terra di morti, mi pare, da quanto ho visto. È finito il tempo della luce, d'ora in avanti solo buio. Ma al di là del mare?». Ammiccò ad Amarina.

«Potrai condurci fuori dalla Britannia?»

«Ho una nave in attesa. Sulla costa meridionale, dove l'orda dei barbari non è ancora arrivata. Per il momento, hanno fermato l'avanzata, così mi dicono, sulla linea tra Viroconium e Durobrivae. Naturalmente, l'Est è perduto. Sono sbarcati a migliaia, con le navi». Agitò le dita grassocce. «Non sono mica scemi, i barbari. Sanno di dover radunare le forze, riposare, accumulare rifornimenti. Questo ci ha dato un po' di tempo… non troppo, ma sufficiente. Falx mi ha indicato la via da prendere per evitare qualsiasi attacco. Presto saremo in viaggio, senza lasciare tracce del nostro passaggio».

Amarina seguì Varro nella tenda, così vicina che il suo alito gli arrossava il collo. Il suo piccolo sforzo lo rendeva ansimante. Lei si guardò attorno, consapevole che sarebbe stato futile sperare di trovare lì un coltello da usare in seguito. Le guardie di Varro lo servivano nello spazio ristretto, recandogli balle, cuscini e scrigni riccamente intagliati, mentre Marcus era accovacciato di fianco a Bucco, rideva per gli scherzi del buffone e rosicchiava un pezzo di focaccia.

«Che ne sarà di lui?», chiese Amarina.

Varro lo osservava. Sorrise in una maniera che inquietò la donna. «Prima o poi sorgerà il Drago. Si chiuderà e si rinnoverà il cerchio. Ma fino ad allora il ragazzo dovrà venire tenuto al riparo di ogni male. Non avrà contatti con nessun altro finché non arriverà il tempo in cui dovrà riprodursi, e dopo aver generato un figlio non servirà più a niente. Da adulto, ci sarebbe sempre il pericolo che pretenda la sua indipendenza, e non abbiamo nulla da guadagnare a rischiare che cada in mano altrui; ci sarebbero rivalità nelle infinite rivendicazioni circa la vera linea di discendenza». Amarina avvertì i suoi occhi da lucertola su di sé. «Questo ti preoccupa?»

«Il fatto che trascorra l'adolescenza da prigioniero, dopodiché la sua vita sarà terminata?»

«Sì».
«Io sono una puttana», disse sorridendo. «Non ho cuore».
Lui assentì, ma lei comprese che non era persuaso. Avrebbe dovuto impegnarsi parecchio per non suscitare sospetti che le avrebbero ostacolato i tentativi di fuga. Vedendo un'anfora e due boccali su un tavolino quadrato, versò del vino, mettendone uno nelle mani del mercante e tenendo l'altro per sé.
«Ma se Marcus non sarà il re, cosa ci guadagni?», lo interrogò con aria incuriosita. «Sarai morto da un pezzo quando la sua progenie siederà su un trono».
Varro sorseggiava il vino. «Sei solo una troia. Non potevo aspettarmi che tu capissi».
«Allora, spiegami». Gli sorrise dall'orlo del suo boccale.
«Col ragazzo nelle mie mani, potrò domandare qualsiasi cosa. Lui è infatti la chiave per tutto quanto dovrà avvenire. Così, è altrettanto prezioso del re in persona». Mosse troppo il boccale, e fece cadere del vino. «Per gestire il potere, non è necessario possederlo. Basta dirigere la mano che lo detiene».
Amarina pensò alle miserie che si stavano preparando per Marcus e ne ebbe compassione, pur non mostrandola in volto. «Io so poco», disse scrollando le spalle, «ma l'esperienza mi dice che una persona, quando ha una cosa che desidera anche un altro, deve passare la vita a difenderla. Sei pronto a una vita di battaglie?»
«Ci sono tanti uomini che cercano il ragazzo, è vero. Tra coloro che sono consapevoli di queste cose, si sta diffondendo di giorno in giorno la voce del salvatore venturo. Quando la gente desidera con ardore un re promesso dagli dei affinché la liberi dalle miserie terrene, è naturale che questi racconti volino di bocca in bocca». Annuì. «Molti vorranno sequestrarlo, lo so. Ma non sarò solo».
«Hai degli alleati?».
Varro fece una smorfia compiaciuta. «In ogni paese, in ogni villaggio, dalle plaghe più settentrionali dell'impero fino a quelle orientali, e ancora oltre. Avrai sentito parlare di Mitra anche nelle terre fredde e poco soleggiate che definisci la tua dimora...».
Lei aggrottò la fronte, fingendo ignoranza. Ma ovviamente lo conosceva, sapeva della religione professata da alcuni soldati. Eppure, era agonizzante, lo dicevano tutti. «Cosa c'entra Marcus con Mitra? Questa profezia del salvatore... ne ho sentito parlare... Non è un redentore nato da Mitra?».

Varro scolò il vino e allontanò da sé il boccale. La sua felicità per aver trovato ciò che cercava da tanto tempo gli aveva sciolto la lingua.

«A ogni dio si accompagna la storia di un re che guiderà i seguaci alla gioia eterna. E anche se non ci fosse, tali seguaci ci crederebbero lo stesso. Specialmente gli adepti di Mitra. Ora il nostro imperatore è un cristiano, anche se non è sempre stato così. Una volta, un uomo poteva adorare qualsiasi divinità preferisse. Presto ci verrà detto che è falso ogni dio tranne quello preferito dall'imperatore, e lo dovremo rinnegare. Dopo lunghi anni di persecuzione, i cristiani presagiscono già il trionfo, e come tutti quelli che hanno sofferto vogliono la vittoria, non l'eguaglianza. Distruggono i templi, puniscono i seguaci, li obbligano a nascondersi, come abbiamo fatto noi una volta coi sacerdoti dei boschi. Ma queste cose non muoiono. Non muore la fede in un dio che ha brillato per epoche intere. *Sol Invictus*. Il Sole Invincibile. I fedeli di Mitra sono adirati, amareggiati. Tengono la testa bassa perché vedono scomparire tutto quello in cui credevano. Adesso continueranno le loro pratiche religiose in segreto. Non riescono a vedere una via d'uscita, anche perché l'imperatore è contro di loro. Ma se avessero un re capace di guidarli… se avessero *fiducia* in un re…». Gli brillavano gli occhi.

Amarina guardò Marcus che rideva innocentemente, e intravide la strada degli ardui giorni che lui aveva davanti a sé. Stavolta probabilmente glielo si leggeva in volto, perché Varro le diede questa spiegazione: «I druidi vogliono il tuo ragazzo. Lo stesso vale per i fedeli di Mitra e per qualsiasi uomo che punti al potere. Queste profezie tendono a catturare il cuore e la mente, se un uomo è abbastanza disperato. Ma non è finita qui. Se lo trovano i cristiani, credi che tollereranno in vita un rivale del loro messia? No, meglio che lui resti con me, almeno per qualche altro annetto, piuttosto che qualcuno metta precocemente fine ai suoi giorni».

Bucco volle accelerare la questione. «Diglielo», lo implorò con voce allegra. «Diglielo adesso».

Amarina rimase sconcertata, non sapeva a cosa si riferisse il nano.

«Sì». Il mercante si colpì il palmo della mano con un pugno. «È giusto che sappia. Così si rode dentro. Quel bastardo mi ha fatto faticare tanto per questa vittoria».

Si fiondò fuori dalla tenda, talmente rapido come forse non era mai stato, pensò Amarina. Lo seguì mentre attraversava il campo per andare a colpire col suo pugno la fiancata del terzo carro.

«Lo tengo io, mi hai sentito? Lui è con me, come ho sempre detto che sarebbe stato». Si avvertiva un tono trionfale nella sua voce.

Curiosa, la donna tese l'orecchio. Udì una risposta roca, ma non era abbastanza vicina per comprendere le parole.

Quindi Varro fece marcia indietro. «Venite», ordinò alle sue guardie. «Più veloci, forza. Voglio partire prima dell'aurora».

Amarina si scosse da un sogno in acque profonde. Si era ritrovata sotto le onde travolgenti, nel buio più gelido, col sole troppo alto, sempre al di fuori della sua portata.

Si sforzò per un attimo di ricordare dove si trovasse, finché sentì il tremendo russare di Varro e vide il suo profilo corpulento in fondo al carro. Il buffone era raggomitolato di fianco a lui, come un cane. Spuntava l'alba, la luce sottile filtrava dai lembi sul retro.

Poco dopo aver smontato l'accampamento ed essere partiti, il rullio del veicolo l'aveva cullata e riaddormentata. Aveva le ossa stanche, era oberata di preoccupazioni e aveva accettato con piacere una dose ulteriore di riposo. Ma ora il ritmo pesante la irritava. Era troppo lento e ogni sobbalzo si ripercuoteva in lei. La pista nella foresta era irregolare, piena di buche, molto diversa dalle rettilinee strade consolari. Procedevano al passo per timore di rompere un assale o distruggere una delle ruote chiodate.

Marcus era adagiato di fianco a lei. All'inizio, Amarina credeva che dormisse, ma non appena si mosse lui alzò lo sguardo. Nella penombra, gli luccicavano le guance bagnate dalle lacrime. Lei si rese conto che quella doveva essere un'ordalia, per il ragazzo, benché lui non avesse nemmeno idea del fato che lo aspettava. Sottratto alle braccia materne, a una madre che in quel momento doveva sentirsi sicuramente in colpa, e poi trasportato da sconosciuti verso una meta ignota, senza alcuna spiegazione.

Gli passò un braccio sulla spalla, quasi inconsciamente. «Hai tutto l'occorrente per essere un eroe. Me ne rendo conto ora».

S'illuminarono gli occhi del ragazzo.

«Non ce la passiamo bene con questo ipocrita, ma dobbiamo prendere tempo», gli sussurrò. «Quando verrà il momento, ti farò un segno. Hai capito?».

Marcus annuì, poi la sorprese abbracciandola.

«Ehi», disse lei tenendo le braccia allungate nell'aria, incerta sul da farsi. Dopo un istante, lo allontanò da sé.

Ormai del tutto sveglio, lui strisciò sul fondo traballante della *rheda* e spiò da dietro i lembi. Amarina intravide uno squarcio del fitto bosco ombreggiato, mentre la pista fangosa assumeva il lustro dell'albeggiare.

Poco dopo, Marcus si rivolse di nuovo a lei sussurrando: «Ci sta seguendo qualcuno».

Le balzò il cuore in petto e avvertì un senso di sollievo. Lucanus, di sicuro. Strisciò di fianco a Marcus e guardò fuori, già stava architettando qualcosa. Erano sull'ultimo carro e viaggiavano così lentamente che al momento giusto avrebbe potuto scaricare il ragazzo dal retro e saltare giù dietro di lui.

Fece capolino e scrutò attentamente tra gli alberi: vi era del movimento, non c'erano dubbi. Una forma pallida, piedi veloci, capaci di tenere il passo pesante dei carri. *Mato.*

Con occhiate furtive, si convinse di vedere gli altri lupi che lo seguivano. Aspettavano l'occasione per l'assalto.

Si rivolse a Marcus sorridendo e portandosi l'indice alle labbra. Lui annuì.

Varro e il buffone russavano e si contorcevano ancora nel sonno. Era il momento perfetto. Portandosi con cautela dietro il ragazzo, lo prese sotto le ascelle, preparandosi a lanciarlo al lato del carro quando i fratelli lupi avrebbero fatto la loro mossa.

Seguì i movimenti dell'uomo indistinto tra la boscaglia e, quando le sembrò che fosse pronto per l'assalto, sollevò Marcus.

La figura si spostò rapidamente verso il retro della *rheda*.

Amarina rinculò inorridita, lasciando che Marcus crollasse rumorosamente sulle tavole del carro. Quando lui gridò, vide che il mercante e il buffone si svegliarono di botto, anche se adesso questa era l'ultima delle sue preoccupazioni.

Il guerriero degli Attacotti si muoveva con l'agilità e la forza di un lupo in caccia. La faccia bianca e il petto incrostato di cenere spiccavano nella prima luce mattutina, mentre gli occhi cerchiati di nero fissavano Amarina.

Non ci sarebbe stata pietà, era evidente.

Ogni passo lo avvicinava all'obiettivo. Un coltello a lama corta gli luccicava in mano. I carri sbatacchiavano, i conducenti erano ignari di tutto.

Amarina lanciò un grido, ma la sua voce si perse sotto il rumore degli zoccoli e il fracasso delle ruote.

«Fate qualcosa», udì che Varro gridava con voce lancinante.

Bucco scattò di fianco a lei, che percepì il suo tremore.

Voltandosi, afferrò uno dei forzieri in cui il mercante teneva i beni più preziosi e con un movimento svelto lo scagliò dal retro. Il cassone colpì il guerriero direttamente al petto e lo atterrò sulla schiena.

Un ordine rauco provenne dalla testa dei tre carri sulla strada, che rallentarono gradualmente.

«Continuate a correre», squittì il buffone.

Varro cercò di avanzare a tentoni, ma il rullio delle tavole gli fece perdere l'equilibrio e il suo corpo enorme si ribaltò tra gli ululati.

Quando si fermò sbandando, il carro si rovesciò e Amarina si accorse che si era adagiato al margine della pista, a livello del sottobosco. I cavalli battevano gli zoccoli e nitrivano, intuivano la minaccia.

«Non possiamo rimanere qui», mormorò il buffone nel suo orecchio. «Forza, sotto la *rheda*».

Futile, pensò lei. Tuttavia, mentre Bucco scendeva a terra, fece uscire dal carro anche Marcus e si gettò dietro a loro. Tutti e tre si spostarono al riparo del carro, e nel frattempo Varro si lamentava ancora sopra le loro teste.

Osservando la scena da sotto i carri, intravide che la strada in lontananza era bloccata da una squadra di cavalieri. Poi, il fondo del carro sopra di lei iniziò a tremare, dopodiché apparve dal bordo un paio di gambe incerte: era Varro che provava a depositare la sua mole sul sentiero fangoso. Il buffone la prese per un braccio e le sussurrò in un orecchio: «Non possiamo rimanere qui. Vieni».

«Perché dovrei fidarmi di te?», sibilò.

Bucco fissava le gambe del suo padrone e lei vide un'ombra sulla sua faccia. Lui s'indurì, esprimeva un odio sconfinato, pensò la donna, quindi estrasse un coltello affilato da sotto la tunica e tagliò netto.

La lama recise i tendini dietro le caviglie di Varro. Incapace di sostenere il proprio peso, questi crollò a faccia in giù, lanciando urla che squarciarono la mattinata silenziosa.

Amarina fu terrorizzata dalla velocità e slealtà dell'atto, ma solo per un attimo. Bucco zigzagava già nel sottobosco di fianco al carro e si allontanava rapidamente. Lei spinse Marcus in avanti e li seguì entrambi.

Nella penombra della foresta, osò guardarsi alle spalle. Una dozzina di barbari stavano sulle loro cavalcature, fermi di fronte ai carri. Non erano Attacotti, da quanto poteva vedere. Sembrava che uno di loro fosse il capo degli Scoti con cui aveva progettato di scendere a patti, quello che Lucanus chiamava Erca. Ma colui che attirò la sua attenzione era l'uomo di fianco. Evidentemente, Falx aveva venduto Marcus a Varro, e adesso aveva venduto Varro e Marcus a Erca.

Mentre il mercante cercava di risollevarsi, tuttora ululando, gli Attacotti si scagliarono dai boschi e lo aggredirono. Le sue urla laceranti risuonavano così forte che Amarina non riusciva a sopportarle.

Continuò a scappare. Probabilmente il suo movimento venne avvistato da uno degli aggressori poiché riecheggiò un grido, ma lei non si voltò.

Il rumore dei piedi che, correndo, schiacciavano gli arbusti la inseguiva ancora.

39
Breve come ogni sogno

Il miagolio si ripercuoteva nella tranquilla mattina. Lucanus alzò una mano per indurre gli altri a fermarsi e poter ascoltare in silenzio.

«Non ho mai sentito una bestia o un uccello emettere un verso simile», notò Bellicus.

Il Lupo guardò il sentiero illuminato dal sole fin dove curvava a sinistra, scomparendo tra gli alberi. Nel calore primaverile, tutto era immobile.

Gli colava il sudore sulla nuca, anche se aveva i sensi allertati fin da quando, con Catia e gli altri Lupi Feroci, si era allontanato dal tempio di Lud. Le tracce erano state chiare: evidentemente, Amarina si era premurata più della velocità che di celare il cammino. Ma poi erano arrivati in un luogo calpestato da piedi pesanti, da uomini, e doveva essersi verificato uno scontro.

Non sapeva se Amarina avesse voluto intenzionalmente consegnare il ragazzo a quella gente. Forse era stata sorpresa dai ladri o dai tagliagole. Ma era stato invaso dalla pietà quando alla luce delle torce aveva visto Catia impallidire: aveva la faccia prosciugata di sangue. A suo merito, andava detto che non aveva dato voce ai propri timori, chinando soltanto il capo e cercando di mantenere il passo per tutto il tempo.

Lucanus sfoderò la spada. Anche gli altri estrassero le armi, laddove Catia prese una freccia dalla faretra e sistemò la cocca sull'arco.

Mentre percorrevano la curva del sentiero, Lucanus si accucciò in attesa. C'erano tre carri che bloccavano la via, e i cavalli che li avevano tirati se n'erano andati da tempo.

Mato indicò il punto in cui alcuni cadaveri erano sparsi ai lati della pista, se ne contavano cinque.

Lucanus volse per un attimo lo sguardo in direzione degli alberi. Poi strisciò tra le pozze di sangue che si stavano essiccando al sole, arrestandosi dietro i poveri resti. Tutti tranciati dalle spade.

Solinus saettava attorno ai carri. Tornò e disse: «Nessun segno del ragazzo né di Amarina».

Lucanus osservò Catia e fu contento di notare il suo sollievo, per quanto effimero.

«Allora, dove?», chiese la donna. «Sono questi gli uomini incontrati da Marcus e Amarina?».

Si risentì il miagolio, acuto e lacerante, intermittente, che terminava con una vibrazione prolungata, pareva un'agonia.

I Lupi Feroci si guardavano reciprocamente, poi Lucanus rintracciò il lugubre suono nel bosco.

Un uomo corpulento era appeso al ramo più basso di una quercia enorme: pendeva da una corda unta che gli avevano legato al torso e sotto le ascelle. Zanzare grosse e gonfie gli ronzavano attorno, formando delle nubi sulla sua testa, vorticando via non appena riprendeva il miagolio. Il cigolio gli usciva penosamente dalle labbra, cioè da dove c'erano le labbra.

Gli erano stati scuoiati la testa e il petto, la tunica ridotta in stracci e gocciolante di sangue gli pendeva dalla cintola. Lucanus osservava il roteare della bianca sclera su quella maschera scarlatta, sembrava l'agonia di un pazzo.

«Ma... questo è Varro, il mercante», sbottò Comitinus.

A quel punto Lucanus capì che l'amico ci aveva azzeccato. Elaborò in fretta le informazioni, il suo cervello era in fiamme. «Marcus e Amarina sono stati portati qui, secondo o contro la loro volontà, non saprei. Varro era disposto a pagare qualunque prezzo pur di mettere le mani sul ragazzo».

«E poi lui e la sua banda sono stati aggrediti», grugnì Bellicus.

«Ci sono tanti affamati che vagano da queste parti», suggerì Mato.

Lucanus allungò una mano verso l'uomo appeso. «Uomini affamati farebbero una cosa del genere?». Si rivolse a Bellicus e aggiunse: «Risparmiagli i suoi tormenti».

Bellicus alzò la lama e fece un passo in avanti. Dietro di lui, Catulus emise un lungo uggiolio.

Una freccia devastò con un colpo sordo la faccia del mercante, che smise subito di miagolare. Con viso impassibile, Catia si allontanò dal gruppo dirigendosi verso i carri.

«Seguite le tracce». La sua voce era cristallina, forte e temeraria.

All'altezza dei carri, si fermò a riflettere. Lucanus la vide camminare lungo la linea, colpendo coi palmi il lato di ciascuno di essi. Dal terzo uscì un richiamo attutito.

Lucanus accorse e slacciò i legacci dei teli posteriori. Li spalancò ma balzò subito all'indietro per il forte puzzo di merda, piscio e sudore.

Nel lato più distante giaceva una figura sulle assi. Come quando si era trovato di fronte alla forma scuoiata di Varro, Lucanus ebbe difficoltà a capire ciò che gli si parava davanti.

Era un uomo... ma non proprio. Gli mancavano braccia e gambe, mozzate a livello del torso, il moncone amputato era coperto di stracci sporchi. Ci si meravigliava che non avesse ceduto alla morte, per emorragia o putrefazione lenta. Era magrissimo, le guance apparivano incavate, e la sua pelle tradiva il fatto che non aveva visto il sole da tempo. I capelli grigi erano arruffati e intrecciati. Lucanus lo fissava con orrore, e il poveraccio sollevò la testa ricambiandolo con occhi cisposi.

I tatuaggi annerivano il collo dell'uomo e continuavano sotto la tunica insozzata. Lucanus salì sul carro e domandò: «Sei un sacerdote dei boschi?»

«Sì. Mi chiamo Vercingetorix». La sua voce assomigliava a un coltello che raschiava il legno, e Lucanus colse un accento a lui ignoto.

«Dov'è la tua casa?»

«Una volta, in Gallia. Appartengo ai Celti, e sempre apparterrò alla mia razza, indipendentemente da chi comandi sulla terra. Ora questa è la sola casa che mai conoscerò».

«Chi ti ha fatto questo?»

«Varro, il mercante. Pensava fosse il modo migliore per impedirmi di scappare».

Lucanus era nauseato da quella barbarie. Era altrettanto atroce di ciò che Erca e i suoi uomini infliggevano alle loro vittime.

Mato si arrampicò di fianco a loro, prese la nuca dell'uomo tra le mani e avvicinò un otre d'acqua alle sue labbra. Quando ebbe finito, il druido gracchiò: «La mia casa...». Ruotava gli occhi all'indietro, tanto che Lucanus poteva vedere solo il bianco della sclera. «Abitavo nella grande foresta, vicino a un fiume larghissimo. Non visto, ignoto ai romani, come vivono tutti i sacerdoti dei boschi. Però servivo il popolo dei boschi... lo consigliavo... lo guarivo. Noi sacerdoti siamo sempre al servizio altrui. È il nostro mestiere, ce lo hanno dato gli dei. La nostra sapienza non andrà perduta. È viva... un serpente... un serpente che non finisce mai... e la tramanderemo ai nostri figli».

Il Lupo pensò che la mente dell'uomo andasse alla deriva, ma poi vide che lo fissava con occhi grigi particolarmente penetranti. «Sono stato catturato. Una banda di bastardi romani mi venne a cercare. Venticinque torturati... e morti... Uomini e donne li condussero alla mia porta. Erano al soldo degli altri... di quelli che volevano carpire tutti i segreti che ho nel cranio. Fui condotto a Roma e rinchiuso al buio coi topi. Picchiato ogni giorno, ridotto alla fame e bastonato. Ma non rivelai tutto quel che sapevo… solo il minimo per tenermi in vita». Gli si spezzò la voce e soffocò un singhiozzo. «Poi sussurrarono qualcosa a Varro su di me, e una sera lui venne col suo buffone per requisirmi. Così, si prese i miei arti, e allora parlai… spiattellai tutti i miei segreti… infransi la mia promessa…».

Aveva gli occhi gonfi di lacrime. Lucanus avvertì un senso di pietà, per cui mise una mano sulla spalla del druido. «Chiunque si sarebbe comportato così. Sei un uomo coraggioso, Vercingetorix».

«Non angustiarti», mormorò piano Mato. «Il padrone è morto. Il buffone è fuggito, ma lo scoveremo…».

Gli si accesero gli occhi. «No, ti sbagli. Il padrone non è Varro, bensì il folle. È un mostro iniettato di sangue che non si ferma davanti a niente pur di aumentare il suo potere».

«Ho detto alla madre del ragazzo che lo avrei aiutato, se possibile», esclamò Bucco. «Ora Mitra ha messo questa opportunità nelle mie mani».

Amarina osservò il nano sguazzare lungo la corrente con Marcus che lo seguiva da presso. «Cosa ci guadagni?», chiese lei. «A meno che non ci venda anche tu».

«Sono un uomo fisicamente di poco conto, ma ho un cuore generoso. Varro mi picchiava tutti i giorni. Mi vessava e rendeva la mia vita un tormento. Gli obbedivo solo per evitare altri lividi. Ma adesso ho la possibilità di riscattarmi».

Amarina volse lo sguardo tra gli alberi, contenta che fosse cessato da tempo il rumore dei barbari che li inseguivano. Il pazzo era astuto, questo glielo riconosceva. Li aveva guidati su un sentiero tortuoso il più velocemente possibile, tenuto conto delle forze nelle loro gambe. Avevano strisciato sotto rovi e cespugli che strappavano i capelli e graffiavano il collo, si erano inerpicati su rocce in cui la terra era scivolata via dopo le piogge abbondanti, e per un certo lasso di tempo si erano riposati sui rami superiori di una quercia.

Non erano ancora in salvo, lei lo sapeva. I barbari avrebbero continuato la ricerca, li avrebbero perseguiti fino a ottenere quello che volevano. E volevano Marcus.

Quanto le rincresceva di aver deciso di consegnare il ragazzo ai barbari in cambio della salvezza per sé e i suoi amici! Riteneva di essere saggia, ma alla fine era stata più folle del nano. Certo, la disperazione l'aveva condotta a quel punto, e anche la paura; era da tempo che non provava paura. Per questo si odiava, imprecava contro se stessa. Erca non sarebbe mai sceso a patti: avrebbe sequestrato il ragazzo e i suoi uomini l'avrebbero stuprata, quindi uccisa. Si asciugò una lacrima, nata dall'avversione per se stessa. Anni e anni di prudenza e determinazione, dopodiché aveva buttato tutto al vento in un momento di stupidità. E la cosa avrebbe potuto costare un prezzo esorbitante a lei e al ragazzo.

«Dove ci stai portando?», domandò al buffone.

«Qui non siamo sicuri da nessuna parte. Varro ha una nave in attesa, con l'equipaggio già pagato. Dovremmo sfruttare questa possibilità. Bisogna trovare dei cavalli da rubare, qualcosa da mangiare, e presto sarà tutto finito».

«No», replicò lei. «Devo restituire il ragazzo alla madre. *È mio dovere* fare ammenda».

Bucco le lanciò uno sguardo obliquo. «Preferisci cadere nelle mani dei barbari?»

«Per il momento si sono fermati. Lo diceva anche Varro. C'è solo questo manipolo di guerrieri. Se siamo accorti, saremo in grado di aggirarli per tornare dagli altri, al tempio di Lud».

Bucco saltò fuori dal torrente e cominciò ad arrampicarsi su un argine ripido, fino a un crinale di biancospini. Allungò una mano per aiutare Marcus a mettersi al suo fianco.

«Facile da dire, difficile da fare. Scappiamo verso la costa e, quando saremo al sicuro, potremo ripensarci».

Amarina afferrò l'altro polso di Marcus. «No», disse. «Bisogna decidere adesso».

Il buffone trattenne Marcus per un attimo, come se volesse strapparglielo, ma poi lo lasciò. Si abbandonò sull'argine.

«Hai il fuoco dentro di te», disse.

Amarina diffidava. C'era qualcosa che la inquietava. Rifletté per un attimo e poi capì. «Le tue parole... il modo in cui parli. È cambiato».

Bucco sorrise. «Abbiamo tutti tante facce, e un buffone ne deve avere più degli altri».

«Marcus, vieni qui», esortò lei. «Ho deciso, caro il mio buffone. Io e il ragazzo rischieremo da soli. Tu andrai per la tua strada».

Bucco ricorse al cuore. «Tu mi offendi. Volteresti le spalle a chi ti stende la mano in amicizia?»

«Ho deciso per il meglio».
Si tolse il copricapo davanti a lei. «Allora ci separiamo qui. Una cosa. Un bacio sulla mano?».
Fece un passo in avanti, e Amarina fu sorpresa di sentirsi prendere la mano, ma gli poteva concedere quel momento. Gli dei sapevano che lei aveva sopportato ben altri oltraggi. Lui le baciò il dorso della mano, indugiando solo per un attimo.
Poi si alzò, e quando lo guardò negli occhi lei ebbe uno scorcio sull'abisso della mente e del cuore di Bucco. Un coltello era scivolato rapido nella mano del nano, come quando aveva colpito Varro.
E allora iniziò a pugnalare, senza sosta, e Amarina non riuscì nemmeno a lanciare un grido da quanto era stupefatta. Il sangue le scorreva via, le braccia si agitavano nel vuoto, quindi cadde all'indietro.
Il buio le offuscò la visione laterale.
Crollò sul suolo fangoso di fianco al torrente, sentendo il fuoco che le scorreva nelle vene. Riusciva a udire le urla di Marcus, e il nano che gridava, poi vide che questi trascinava il ragazzo verso uno stretto sentiero, oltre i biancospini, dopodiché seppe che tutto era perduto.

40
Vecchie cornacchie

Roma

«Che succede?».

Corvus attraversò come una furia il cortile del campo degli stranieri. La convocazione da parte del suo amico gli era giunta da meno di un'ora e gli era parsa urgente. Sotto il sole bollente di mezzogiorno, presso le baracche della caserma lo salutavano facce nuove, uomini imperlati di sudore e imbrattati con la polvere della strada. Mentre i ragazzi conducevano i cavalli sfiancati all'acqua, Theodosius camminava tra loro, chino in una fitta conversazione.

Non appena vide Corvus, lo raggiunse. «Messaggeri dall'imperatore a Reims», disse indicando con un cenno del capo i nuovi arrivati.

«Guai lungo la frontiera?»

«Così. Gli Alamanni sono al corrente dei nostri piani d'attacco. I capi tribù hanno inviato i loro messi a Valentiniano. Chiedono un trattato di pace. Sono disperati, più o meno. Sanno che non possono spuntarla». Theodosius si strinse nelle spalle. «Tranne forse Macranius. Si è offerto di reclutare un contingente militare tra i suoi. Una mossa saggia».

Corvus studiava le facce tese degli stanchi messaggeri. «C'è dell'altro».

Il suo amico annuì. «L'imperatore non ha più contatti con la Britannia».

«Ha perso i contatti? Forse quel posto dimenticato dagli dei è affondato sotto le onde?»

«Non sono arrivati i messi che dovevano arrivare. E i messaggeri inviati non sono tornati».

«Cosa significa?»

«Per il momento, i consiglieri che possono giungere all'orecchio dell'imperatore, incluso mio padre, non sono arrivati a un accordo. Valentiniano ha spedito un gruppo di uomini fidati per apprendere la verità». Theodosius indicò di nuovo i messaggeri con lo sguardo. «Ma dobbiamo prepararci a rientrare in Gallia e aspettare là le notizie in arrivo. Se sono negative, ci sarà bisogno di tutti noi». Corvus si accorse di essere rimasto a bocca aperta, poiché l'amico gli diede un colpetto sulla spalla. «Ci siamo trovati bene a Roma, così lontani dalle miserie del fronte, dal freddo e dall'umidità. Ma il dovere ci chiama».

«Lo so. E ringrazio tuo padre per averci lasciato qui tra le comodità mentre allestivi i preparativi per le vie di rifornimento». Corvus s'interruppe per scegliere bene le parole. «Inoltre credo di essere pronto a tornare in Gallia. Ci starò più sicuro».

Theodosius aggrottò la fronte. «Questo non è da te. Hai qualche problema qui?»

«Non posso dire niente. È il mio fardello».

«Apriti», insistette Theodosius. «Sono preoccupato per te, amico mio».

«Mi fido di te, non ci sono dubbi. Ma sei l'unico», mentì Corvus. «Mi ci vuole molto per mettermi in allarme, lo sai, ma ammetto di essere preoccupato anch'io». Cercava di scegliere le parole adatte per dire qualcosa senza rivelare troppo. «Sembra che mi sia fatto dei nemici. Dura da credere, lo so». Forzò un sorriso poco convincente, lo sapeva. «Ho scoperto troppe cose, soprattutto per caso. Ci sono... complotti, segreti. E c'è gente che farebbe di tutto per assicurarsi che non apra bocca».

«Pensi di essere in pericolo?». Corvus vide che la faccia dell'amico si offuscava. Nonostante i tanti difetti, Theodosius era un uomo leale.

«Roma è stata fondata col sangue, caro amico», rispose sapendo di essere criptico. «Romolo uccise Remo perché non concordavano sul luogo di fondazione della città. Romolo aveva appreso i metodi dei lupi. Al contrario di Remo, che ne pagò le conseguenze».

Se ne andò mentre Theodosius tentava di dare un senso a ciò che aveva ascoltato.

Il sole era al tramonto, e il Tevere era un fiume di sangue quando Corvus incedette a grandi passi lungo la via Flaminia. Pavo lo stava aspettando fuori di casa. Il suo amico aveva un aspetto furtivo, sbirciava su e giù per la strada come se dovesse arrivare da un momento all'altro un attacco.

«Sembri tranquillo», disse quasi con irritazione.

«Mi sono messo in pace con me stesso».

«È dura per un uomo con una madre che riversa il suo amore e le sue attenzioni al fratello, e con un fratello che gli ruberebbe tutto, compresa la donna di cui va pazzo».

Corvus sentì una stretta al cuore. «Ne abbiamo già parlato, vecchia cornacchia».

«Solo per accertarmi che non s'indebolisca la tua determinazione».

«Non mi perdoneresti mai se lo facessi».

Pavo annuì con l'ombra di un sorriso. «Mi do pena per il tuo interesse, vecchia cornacchia. Lo sai. Stiamo insieme da una vita, siamo amici per la pelle, sempre uniti nelle avversità».

A Corvus parve di intravedere un velo di tristezza sul volto dell'amico. «Non ti preoccupare», lo confortò. «Avremo anche nemici dappertutto, ma ne usciamo sempre indenni».

«Direi con profitto. Nessun bisogno di impaurirsi». Pavo fece spallucce. «Il vigliacco sono io».

«Tu sei il più forte».

Pavo scoppiò a ridere. «Mai avuta la sensazione che tutti siano contro di te?». Si guardò alle spalle con aria insicura. «A volte vedo muoversi delle ombre...».

«Andrà tutto bene. Ripetilo con me».

«Andrà tutto bene».

Corvus annuì. «Dài, è ora di catturare il drago».

Ruga camminava nella stanza come un lupo in gabbia. Diventò torvo quando vide Corvus affacciarsi alla porta. Un odio sconfinato. Possibile che suo fratello lo detestasse fino a quel punto?

«Dov'è Hecate?»

«Dove non potrai trovarla».

Ruga gli si avvicinò coi pugni serrati. Corvus difese la posizione, spingendolo con le mani aperte ai fianchi per dimostrare che non costituiva una minaccia, anche se non era certo che il fratello non l'avrebbe atterrato.

«Non vorrai mica rovinare le cose», sibilò Ruga. «Tu le rovini sempre, ma non stavolta...».

«Lo so che credi che ci sia tanto in gioco, al punto che faresti di tutto, non voglio nemmeno immaginarlo...».

«Eccoti». Lanciò uno sputo, e il fratello gli puntò contro un dito.

«...Ma non voglio pensare che tu possa farle del male, o ingannarla, spezzarle il cuore. Merita molto più di quello che minacci di fare nei suoi confronti».

Ruga sbuffò. «Valla a prendere e ti perdonerò ogni cosa».

«So che progetti di sposarla domani. Una lunga strada per insinuarti tra le sue gambe».

«Non sai di cosa parli».

«Sono al corrente del Drago».
Ruga lo fissò.
«Che si suppone sia una sorta di salvatore. Mitra incarnato in un uomo. Tu, fratello. Questo è il piano che covate da tempo tu e la mamma. Questo Drago guiderà i poveri e i derelitti del mondo per sottrarli all'oscurità. Ma la cosa che so meglio di tutte è che la sua protezione non va lasciata nelle tue mani».
«E di chi altro?», sogghignò Ruga. «Le tue?»
«Ho i miei difetti, è vero. Mi piace il vino. Mi viene da ridere come un matto quando gli altri hanno una faccia da funerale». Corvus coprì la distanza fino alla finestra e si mise a guardare la linea che arrossava l'orizzonte. Sentì che il fratello si muoveva alle sue spalle, ma non si voltò. Sperava di mettere Ruga a suo agio mostrandogli la schiena. «Anch'io ho dei valori, sebbene non mi piaccia sbandierarli. Troppo modesto, direbbe Pavo».
Ruga sbuffò di nuovo, questa volta con maggiore sprezzo.
Affievolendosi ulteriormente la luce, Corvus prese una pietra focaia e accese la lampada a olio. Il buio aveva conquistato gli angoli della stanza. «Siamo sempre stati diversi, io e te. Non lo dico per ferirti, ma tu credi di voler bene alla mamma più di me, e non è vero, poi pensi a te stesso più che agli altri».
«E tu a chi pensi? A questa strega che sembra averti incantato? A Pavo, il tuo vecchissimo amico?». Ruga rideva.
Corvus si ribellò. «A rischio di rovinare la reputazione per cui ho lottato tanto, direi che voglio soprattutto fare del bene, in questo mondo. Ti sembra...», agitò una mano, cercando l'aggettivo giusto, «infantile? Una debolezza?»
«Non sei un uomo complicato, questo è sicuro».
«Perché ti faccio schifo, fratello?»
«Lo sai bene», disse brusco Ruga.
«Vorrei saperlo. Per me, è sempre stato un mistero. E mi fa male, lo ammetto. Ho sempre pensato bene di te».
«Non è solo che non mi piaci. Ti odio. Ecco, l'ho detto. Mi ero ripromesso di tenere a freno la lingua, per amore della mamma. Malgrado tutto, ti ha sempre considerato con affetto. Ma ormai è fatta». Ruga avanzò fremente verso di lui. «Le ragioni sono numerose, sarebbe difficile elencarle. Ma soprattutto ce n'è una, lo sai qual è? Ti pesa così poco sulla coscienza che non ci pensi mai? Può essere vero?»
«Ma dimmelo».

Scuotendo la testa per l'incredulità, Ruga si arrestò a un palmo di distanza dalla faccia del fratello. I suoi connotati erano stravolti dalla rabbia. «Hai ucciso nostro padre. Lo hai buttato in mare durante una burrasca. Ecco perché ti odio. Eri solo un ragazzo ma già capace di assassinare un brav'uomo».

«No».

«Non ricordi il tuo tradimento? O stai mentendo? O menti a te stesso? Ti ho visto».

«Cadde».

Ruga esitò.

«Era buio, la nave virava, e in quella notte tutti temevamo di affondare. A prescindere da quello che ritieni di aver visto, lui è caduto».

«Sei mio fratello, e per questo mi sono sempre sforzato di volerti bene. Ma uno che è capace di uccidere il padre sarebbe capace di ogni cosa. Non sono mai stato sicuro di potermi fidare di te, Corvus».

«Su questo hai ragione».

Ruga ebbe un sussulto per l'ammissione. Non era certo che il fratello non scherzasse.

«Ho intenzione di salvare il Drago, fratello. Dove tu faresti solo del male, io farò tutto nel modo giusto».

Lesto come una serpe, estrasse la spada e tranciò la mano destra di Ruga.

La violenta sorpresa durò un attimo. Dopodiché l'uomo indietreggiò urlando. Il sangue spruzzava ovunque. Corvus ne aveva visto tanto sui campi di battaglia, ma qui pareva un torrente. Vide il fratello crollare sul pavimento; tremava, guardava il soffitto, forse fino al cielo, e ogni convulsione favoriva altri zampilli della linfa vitale. Attorno a lui si formò una chiazza scura, al cui confronto la sua pelle era bianca come la neve.

Corvus si affacciò alla finestra e urlò: «Venite, venite subito!».

Udì piedi pesanti che salivano le scale, e poco dopo nella stanza irruppero sei uomini. Non ne riconobbe nessuno. Essi assimilarono la scena in un istante, non espressero alcun giudizio e, senza profferire motto, anzi quasi fingendo che Corvus fosse assente, afferrarono la tunica di Ruga e trascinarono via dalla stanza il suo corpo sofferente. Una macchia scura colorava il marmo chiaro e scompariva nel nulla.

Corvus tremava. Inspirando a fondo, chiuse gli occhi, ma non riusciva a vedere altro che il fratello con lo sguardo fisso nel vuoto. Sapeva che Ruga non sarebbe sopravvissuto all'abbondante perdita di sangue. Però aveva già accettato l'idea che i cristiani non avrebbero tentato di salvargli la vita. Il corpo del fratello sarebbe stato ritrovato l'indomani al di fuori delle mura cittadine.

Echeggiarono altri passi, stavolta di una sola persona. Vide Theodosius camminare alla luce fioca della lampada.

«Mi ha aggredito». Pensò che la sua voce fosse vacua e inespressiva.

«Ti avevo avvisato. I fedeli di Mitra sono inaffidabili. Sono i cani del loro demonio».

«Mio fratello...».

Theodosius gli accarezzò una spalla. Corvus lo guardò in faccia e vi rintracciò compassione, perfino pietà. «È triste perdere un uomo come Ruga, però si era rivoltato contro Dio. Non temere di aver fatto una cosa sbagliata. So che per te sarà dura. Specie nei prossimi giorni. Quando tua madre ti guarderà in faccia. Un peso che schianterebbe uomini meno forti di te. Ma ce la farai, Corvus, come sempre. E stavolta ci sarò io ad aiutarti. Sappi solo che hai servito bene il nostro Dio».

Corvus tracannò l'ultimo sorso di vino. La taverna era indecente, puzzava di aceto e sudore, anche se a lui piaceva così. Si trovava bene in quel postaccio dove tra le ombre sgattaiolavano ladri, tagliagole e tutta la feccia che frequentava i bassifondi di Roma. Nessuno gli poneva mai domande, lì non c'era bisogno di pensare e riflettere.

«Nessun rimpianto?».

Tranne Pavo. Il suo amico gli era seduto di fronte, ne vedeva appena i contorni perché una lampada sola doveva bastare per tutta la taverna. Corvus non riusciva a leggergli in volto, pur sperando, qualora avesse potuto farlo, di rintracciarvi segni di rassicurazione.

«Sarei bugiardo se dicessi di non averne».

«Era la cosa giusta da fare. Tutto sommato, si sarebbe giunti alla decisione: o tu o lui».

«Lo so». Meditò di ordinare altro vino, ma sapeva che stava soltanto rimandando le conseguenze inevitabili della sua azione.

«Adesso sei libero», proseguì Pavo con voce bassa e calma. «Per tutta la vita sei stato il secondo figlio. I tuoi successi non venivano riconosciuti, le tue abilità venivano ignorate. Ti si negava l'amore e l'affetto che avrebbero dovuto spettarti. So che non la vedresti mai così, o che se lo facessi non ne proveresti mai rancore, né ti roderesti per l'amarezza. Ma da amico posso dirti che meritavi di più. Ruga ti ha sempre messo i bastoni tra le ruote. Sussurrava all'orecchio di tua madre, la allontanava da te. E adesso, con la questione del Drago, avrebbe trovato la maniera di volgerla a suo vantaggio. Cosa sarebbe successo allora? Pensa ai danni che ne sarebbero derivati per uomini e donne perbene».

Corvus fissava il fondo del boccale. Non provava assolutamente niente, e questo lo sconcertava. In seguito, superato il trauma, avrebbe sentito qualcosa, ne era certo, ma ora era vuoto. E non era più in grado di immaginare la strada futura.

«È cambiato tutto», borbottò.

«Sì, ma in meglio. Mi stai ascoltando?».

Corvus scostò il boccale e si fece coraggio.

«I cristiani raccontano la loro storia di un redentore. Theodosius te ne ha parlato?», continuò Pavo.

«Molte volte, e a lungo».

«Gesù Cristo venne mandato da Dio, suo padre, per riscattare i peccati di tutti gli uomini. Ora i fedeli attendono il suo ritorno affinché mantenga le sue promesse e si compiano le profezie che lo riguardano».

Rammentava i lunghi discorsi di Theodosius nelle fredde notti sul confine gallico. «Il Credo niceno, sottoscritto da tutti i saggi una quarantina di anni fa. "E di nuovo verrà nella gloria per giudicare i vivi e i morti, e il suo regno non avrà fine"».

«Almeno lo ascoltavi bene». Pavo si piegò in avanti, gli scintillavano gli occhi alla luce dorata della lampada. «Ma io sostengo che questo mondo è così duro, amico mio, che tutti gli uomini hanno bisogno di un salvatore. Nel tempio di Mitra si sentono le stesse parole che hai citato. Ovunque la gente preghi gli dei, si narra della seconda venuta di un salvatore che la condurrà fuori dalle tenebre».

«Cosa stai cianciando?»

«L'ho detto. Tutti gli uomini hanno bisogno di un redentore. Anche tu».

«Dunque… tu sei il mio salvatore?»

«Non pretenderei mai una cosa del genere». Anche se Pavo era di nuovo arretrato nell'ombra, Corvus ne intuiva il ghigno. «Se però rifletti abbastanza sulle mie parole, capirai che mi riferisco al *bisogno,* non al salvatore in sé. Tuo fratello avrebbe negato il Drago alla gente, le avrebbe rifiutato la cosa di cui ha tanta necessità. Tu invece gliela concederai. Farai un gran bene, e ti sarà riconosciuto lo sforzo, così che tutte le ricompense che ti sono state negate verranno definitivamente a te».

«Ma io non lo faccio per me stesso», replicò Corvus. Si sentiva a disagio, pur non sapendone il motivo.

«Sicuro. Tu sei il salvatore del salvatore», spiegò Pavo con tono falso, leggermente ironico. «Sei pronto?».

Il sussulto dei singhiozzi riecheggiava in tutta la casa buia. Corvus si sporse sulla soglia, ascoltò gli echi che colmavano lo spazio vuoto, che da quel momento sarebbe stato ancor più vuoto.

Gaia era piegata su uno sgabello all'angolo della camera di Ruga. Era stata spenta la lampada, ma dalla finestra penetrava la luce lunare, che rischiarava a giorno. La donna fissava la macchia nera sul pavimento dove non arrivava il fascio argenteo.

Quando lui entrò, lo guardò con occhi cerchiati di rosso. In quel chiaroscuro, la pelle di lei sembrava un campo ghiacciato. «È finita», disse rocamente.

Corvus notò la stranezza. Non "lui se n'è andato", o "mi hanno strappato il mio figlio amatissimo".

È finita.

«Non è finita», ribatté.

Distolse lo sguardo da lui, con la stessa noncuranza che gli aveva riservato da sempre, l'atteggiamento con cui voleva dirgli: "Sei solo un bambino, troppo ingenuo, non sai nulla degli affari dei grandi".

«Non ti preoccupare per Hecate. Alloggia in una taverna qui vicino. Vado a prenderla domattina».

Ora lo osservava di nuovo, e lui scorse sul viso della madre tutti i suoi calcoli. «Cos'è successo, tesoro?». Appena un sussurro. Poi: «Cos'hai fatto?»

«Ruga è morto», rispose, come se bastasse quella spiegazione.

«Hai ucciso tuo fratello?». Voce strozzata.

«Gli ho tagliato la mano. Tutto qua…». Le parole si perdevano nel nulla. Camminò per la stanza e indugiò presso di lei, posandole una mano sulla spalla. Fu contento di non essere respinto. «Avrebbe rovinato ogni cosa. Tutti i tuoi piani. Le tue speranze».

«Perché l'hai fatto?».

Voleva che sorridesse, che capisse quale sacrificio aveva eseguito, e alla fine che lo perdonasse. «Per te, mamma. L'ho fatto per te. Se il Drago deve vivere, Ruga doveva morire. Non vi era altra opzione. Non è stato un capriccio. Ci ho pensato bene, a lungo, e ho capito cosa si doveva fare. Ne abbiamo parlato spesso, serate intere…».

Sentì che lei inorridiva. «Parlato spesso... con chi?»

«Pavo. Era d'accordo sulla necessità di farlo. Sul fatto che non mi si può incolpare».

«Oh, Corvus, tesoro mio». Lo artigliava a un braccio, come un animale, le sue unghie gli graffiavano la carne, lo tiravano giù. Lui cadde in ginocchio, lei gli prese il viso tra le mani tremanti, tenendolo fermo per guardarlo in fondo agli occhi. «Non c'è nessun Pavo. Lo sai. Quante volte ne abbiamo parlato?».

Corvus distolse lo sguardo e fissò dietro di lei, verso la porta. Il suo amico era lì, appoggiato allo stipite. Teneva le braccia incrociate e sorrideva, in un modo allo stesso tempo triste, sfacciato e consapevole.

«Ricordo che correvi nei campi con Pavo, tanti anni fa, in Britannia, prima che fuggimmo con la nave. Eravate come fratelli, più intimi di quanto tu sia mai stato con Ruga. Ma è morto di quella malattia che fece strage allora. Ricordi? Quante volte ne abbiamo parlato?».

Posò la testa sul grembo della madre e si lasciò accarezzare i capelli, come tante volte in precedenza. «È il mio amico», sussurrò.

«Oh, amore». La sua voce vibrava di incertezza, sembrava un lamento. «Cosa ci succederà adesso?».

41
Il Signore delle Foreste

Amarina giaceva sul dorso, fissava il mondo smeraldino fino allo spicchio di cielo azzurro tra i rami degli alberi. Aveva la schiena inzuppata del fango dell'argine fluviale, la fronte fradicia del sangue colato dalle ferite ricevute con l'arma del pazzo.

Sto morendo.

Chiuse gli occhi. La sua vita era stata perlopiù una lotta continua. Sarebbe stato facile cedere e rinunciare.

No.

Non aveva mai capitolato. Nemmeno da bambina, quando era stata abbandonata, picchiata a sangue e creduta morta, quasi affogata, sfinita, costretta a mangiare un uccellino morto per sopravvivere fino all'indomani.

Si alzò facendo leva sui gomiti. Stillò altro sangue. Si pulì le dita sul vestito e se le portò alla faccia, rossa e appiccicosa.

Tre ferite.

Tre volti della dea.

Tre, tre, tre.

Ma il numero magico era il cinque, lo era sempre stato.

Scosse il capo, cercando di chiarirsi i pensieri. Le batteva il cuore, respirava ancora. Ma presto avrebbe perso tutto il sangue e lì non c'era nessuno che potesse salvarla.

Si rotolò sulla pancia, si sollevò sulle mani e sulle ginocchia, cominciando a strisciare sull'argine erboso. A metà strada della risalita, vide il mondo senza colori, le si erano offuscati i sensi, e iniziò a ricadere indietro.

Si ritrovò al buio nello stesso posto bagnato. Voltando la testa, fu nauseata dal fatto di vedere le pozzanghere screziate di rosso ai lati del torrente.

Talmente debole.

Si rovesciò ancora su se stessa e cominciò a risalire. Stavolta ce la fece quasi a raggiungere la cima.

Le si indebolivano sempre più gli arti, e quando si appoggiò sui gomiti capì di tremare come se avesse la febbre alta.

Si sollevò per l'ultima volta, ma già il buio le annebbiava la vista. Si schiantò all'indietro, coi pensieri che si perdevano nel vuoto. Nel momento estremo, prima di crollare nell'incoscienza, si convinse di udire una voce, o forse era un sogno.

Le stava dicendo: «Sta' ferma, sorella. Non sei sola».

Le ciglia di Amarina si aprirono tremolando. La volta del bosco ruotava su di lei, tra le foglie guizzavano e penetravano barlumi di luce. Aumentava sempre più il canto degli uccelli. Si sentiva avvolta in una coperta calda, ai limiti di un sogno profondo nell'inverno più rigido.

Braccia robuste la cinsero alla schiena e sotto le ginocchia. Alzò lo sguardo verso la faccia di colui che la stava trasportando, ma i raggi del sole la abbacinarono, così che perse di nuovo i sensi.

«Vivrai. La lama non ha colpito punti vitali».

Sparì la nebbia dalla sua vista e Amarina si accorse di giacere in una radura, coi raggi di sole che perforavano ogni parte del bosco. Si sentiva debole come se non mangiasse da una settimana. Strani profumi amari le invadevano il naso, e capì che le era stato strappato il vestito: un impasto marrone era applicato sulle sue ferite.

Guardò di sbieco verso la luce. Un uomo era collocato a una lancia di distanza dai suoi piedi. Si spostò di lato per permetterle di vederlo meglio.

Era alto, almeno quanto Bellicus. Sulla testa aveva un elmo che lei non aveva mai visto, anche se sembrava molto antico: scendeva fino alla mandibola, con una piccola striscia di tessuto dal mento al naso e due spiragli all'altezza degli occhi difesi da uno schermo, in metallo verde chiaro, forse verderame, o una tinta facilmente camuffabile nella foresta.

Anche la sua tunica, il mantello e i gambali erano verdi, sporchi di scorie della vita nei boschi; reggeva inoltre col braccio sinistro uno scudo rotondo di legno dipinto di verdognolo. Una spada lunga era infilata in un fodero di cuoio appeso alla cintola.

«Chi sei?», chiese con voce roca.

«Il Signore delle Foreste». La sua voce era profonda come il tuono.

«Il tuo nome?»

«Quello è il nome che mi hanno dato. È vecchio come il tempo. Quando non ci sarò più, passerà a un altro».

Amarina tentò di sollevarsi, ma le mancavano le forze.

«Riposati», disse lui. «Hai perso molto sangue».

«Mi hai curato le ferite?»

«No, lo ha fatto Hecate. Lei è esperta di queste cose».

Amarina allungò il collo e vide che non erano soli. Poco lontano era accovacciata una donna, curva come una cornacchia. Aveva capelli neri arruffati, ancora più aggrovigliati dalle foglie di edera. Era nuda, la melma le copriva la faccia e il corpo. Teneva gli occhi aperti e fissava.

«Ti devo ringraziare», disse Amarina.

La donna si limitava a fissare.

Dietro di lei, Amarina riuscì a distinguere altre figure in attesa tra gli alberi. Più che altro, uomini. Alcuni accovacciati, altri in piedi. Avevano vestiti color marrone come la terra o verdi come le foglie, ed erano tutti sporchi come Hecate, barba e capelli scarmigliati. Certi avevano bastoni, altri un arco.

«Esistono due mondi, sorella, è sempre stato così», disse il Signore delle Foreste come se le leggesse nel pensiero. «Il popolo di città e quello della foresta. Il primo crede di sapere ogni cosa. Il secondo conosce tutti i segreti».

«Non li ho mai visti prima».

«Loro ti vedono, sorella. Vedono tutti».

Amarina chiuse gli occhi per un attimo nel tentativo di riordinare i pensieri. «Tu eri quello che Myrrdin voleva incontrare al tempio di Lud».

«Quello è il mio tempio. Il Tempio Verde».

«Quindi è stato il druido a mandarti in aiuto».

Il Signore si avvicinò a lei con un lungo passo per vederla meglio. «Ha invocato aiuto, ma ti seguo da quando eri a Nord. Vi sorvegliavo tutti. Come tanti di quelli che vedi». Allargò il braccio per indicare il popolo della foresta. «Da troppi anni i sacerdoti dei boschi e il popolo nascosto aspettano che i tempi cambino. Ora deve mutare ogni cosa, altrimenti sarà tutto perduto. I romani stanno fuggendo. Recupereremo questa terra, che una volta era nostra».

Amarina scrutò gli occhi penetranti che aveva su di sé. Vi rinveniva qualcosa di familiare, sebbene non sapesse di che si trattava.

Lui si chinò e chiese: «Chi sei?»

«Amarina».

Fiutò l'aria attorno a lei. «Hai lo stesso odore di Hecate».

Lo guardò male, seppur dolorante. «A. Ma. Ri. NA».

Il Signore delle Foreste scrollò le spalle.

Le si schiarì per un attimo la mente, e ricordò. «Il ragazzo... Marcus...».

«Lo ha preso il nano».

«Sai dov'è andato?»

«Ho visto le tracce. È sotto sorveglianza».

«Dobbiamo salvarlo». Provò di nuovo il senso di colpa.

«Dobbiamo. Ma la tua parte è finita. Almeno per adesso».

Amarina si sentiva debole e inutile, ma non aveva la forza per fare alcunché, se non abbandonarsi tra le braccia del Signore delle Foreste.

Lucanus, Mato e Catia stavano impalati come sentinelle su un sentiero sotto il sole, con le armi sguainate. In quel momento, lei non si premurava di come l'avrebbero giudicata. Meritava tutte le loro aspre parole di condanna, e non le avrebbe evitate.

«Marcus è vivo», anticipò con voce stridula prima che potessero aprire bocca. «E mi rimetto alla vostra pietà. Sono stata stupida a portarlo via con me. Pensavo di fare del bene... per noi tutti. Mi sono sbagliata».

La faccia di Catia era scolpita nella pietra. «Se non me lo restituiscono, dovrai pagare».

Amarina annuì.

Vide che Lucanus era pensoso. «Ti ho già visto», disse all'uomo che la teneva in braccio. «A Nord, quando ero in punto di morte. Credevo tu fossi un sogno».

«Lo pensano in molti», grugnì il Signore.

«Avevi portato le tre donne per salvarmi?».

Il guerriero verde non rispose. Amarina li osservò per un momento mentre si fissavano. Lucanus si rabbuiò, ma prima che potessero scambiarsi altre parole il Signore la adagiò sull'erba alta.

«Ha perso molto sangue. Deve riposare».

Accorse Mato per inginocchiarsi di fianco a lei. «Ti ha fatto del male?»

«No. Mi ha salvata. È un alleato».

Tutti alzarono lo sguardo, ma il guerriero verde non c'era più.

«Se seguite il sentiero nel bosco, lui e i suoi amici vi porteranno da Marcus e dal nano», proseguì lei. «Dovete fidarvi di queste mie parole». Catia non si degnava di guardarla. «Il buffone lo tiene con sé. Non è quel che pensavamo».

«Bellicus è andato a chiamare gli altri», disse Lucanus mentre stava su di lei. «Comitinus e Solinus aspettano con un'altra vittima di questa guerra che sta per lasciare questo mondo. Mato, portala nei carri e aspettaci lì. Io e Catia andremo in cerca di Marcus».

Amarina vide Mato indugiare tra il suo capo e Catia. «Solo voi due?»

«Pensi che non bastiamo contro un nano?», scherzò Lucanus, benché Amarina non ci trovasse niente da ridere.

«Andate», li incitò. «Volate coi piedi e non abbiate pietà per quel pazzo. Pregherò la dea per voi».

42
Nelle paludi

Un fischio acutissimo penetrò l'aria. Lucanus osservò tra gli alberi per un attimo prima di scorgere una figura uscire da un cespuglio di agrifogli. Più simile a una belva che a un uomo, la sua faccia era lercia come la sua barba e zazzera marrone, e i suoi vestiti erano stracci. Sebbene si esponesse bene alla vista, il Lupo non lo aveva notato.

L'uomo della foresta agitò la mano per indicare la direzione sudorientale. Lucanus balzò a grandi passi e Catia gli correva al fianco. Quando lui si guardò alle spalle, l'uomo era invisibile.

«Vorrei che questi giorni non fossero mai arrivati», disse la donna con una certa amarezza. «Pensavo che sarebbe stato un tempo migliore, mentre ho scambiato una vita misera con un'altra vita misera».

«Riporteremo a casa Marcus. L'ho promesso al Nord e lo prometto adesso».

«E dopo? Giorni infiniti di corse e nascondigli, di battaglie con nemici che usano mio figlio per accedere al potere?»

«Tutto cambia, giorno dopo giorno, ora dopo ora. Potrebbe non essere sempre così. Se i messaggeri di Myrrdin riescono a mettere assieme un esercito, potremo combattere. Se riesce a trovarci un rifugio, potremo costruire una nuova vita».

Insieme, avrebbe voluto aggiungere, ma sapeva che era una debole speranza. Catia era una donna d'onore. Lo amava, ma non avrebbe mai lasciato Amatius. Comunque, lui avrebbe combattuto qualsiasi battaglia per aiutare lei e Marcus, per il resto dei suoi giorni, come aveva sempre fatto. Non poteva agire altrimenti.

«Mi sembra», disse lei, «che in questo mondo la gente perbene non possa prosperare. Vanno avanti solo quelli che hanno un cuore duro come il ghiaccio».

«Non credo che sia vero».

«In ogni caso, io la penso così. E se per assicurare la sopravvivenza delle persone che amo devo diventare come loro, mi adeguerò».

Lucanus trasalì a queste parole.

Corsero a perdifiato nei boschi, seguendo i fischi del popolo della foresta. Poco dopo Lucanus avvistò le tracce: due paia di impronte sul suolo soffice, entrambe piccole. Non appena si lasciarono alle spalle l'altura, la foresta cedette il posto a pendii più dolci che portavano alla campagna lussureggiante e alla macchia scura, punteggiata da piccoli villaggi.

Si accasciarono ai margini di un ruscello per raccogliere la fresca acqua nei palmi delle mani a coppa, così da dissetarsi. Lui riposava osservando Catia lavarsi la faccia, magari per celare le lacrime di rabbia e frustrazione che aveva sempre trattenuto a stento.

Dopo che si fu asciugata le guance sul vestito, si volse verso di lui e provò a sorridergli. «Non ti ho ringraziato abbastanza per quello che hai fatto per me. Da quando ero ragazzina, sei stato un vero amico, un compagno sincero. Qualsiasi cosa succeda, sappi che nel mio cuore c'è molto amore per te».

Queste parole avrebbero dovuto procurargli calore, forse perfino speranza, ma in quel momento lui pensò che suonassero come un epitaffio.

Sull'orizzonte occidentale si raccoglievano nubi molto scure. Guizzavano i fulmini e pareva che l'aria stessa vibrasse attorno a loro.

Lucanus si accovacciò per esaminare il terreno. Il sentiero li aveva condotti in un'area di ampie paludi che sapevano di marcio. Guardò i ciuffi di carici in quelle pozze stagnanti che rispecchiavano il cielo nero. Le zanzare ronzavano nei dintorni. Isolotti di piante malsane galleggiavano ovunque, abbastanza fitte da occultare chi non voleva essere visto.

«Il buffone è furbo. Se ha piedi leggeri, saprà muoversi in fretta da queste parti. Probabilmente sa che siamo alle sue calcagna. La palude ci rallenta».

«E se non ha piedi leggeri, trascinerà sotto anche mio figlio, facendolo morire». Catia prese una freccia dalla faretra e la tenne pronta vicino all'arco.

«Addentrarsi qui è pericoloso», avvertì Lucanus. Per quanto non volesse esporla ai rischi, si guardava bene dal suggerirle di rimanere indietro.

«Allora metto la vita nelle tue mani. Mi guiderai tu. E se avvisto con chiarezza il nano, gli scaglierò questo dardo dritto nel cuore».

Lucanus annusava l'aria. Il buffone era stato davvero astuto; non si fiutava alcun sudore portato dalla brezza. Armandosi di coraggio, il

Lupo cominciò ad avanzare in cerca di terreno solido, balzando da un mucchio di carici all'altro, certo che Catia l'avrebbe imitato.

Dalle acque ferme affioravano e scoppiavano bolle. Ai suoi piedi saltò un rospo che andò a tuffarsi nell'acquitrino, mentre libellule variopinte gli svolazzavano sulla testa. Ormai erano vicini al pazzo, lo sapeva. Gli stava tornando l'antica finezza percettiva, lievemente guastata da quando aveva lasciato le Terre Selvagge.

«Se fossi il buffone procederei tra quegli arbusti», disse indicandoli. «Lo terrebbero nascosto a chiunque osservi da dove il sentiero si perde nel pantano».

Quasi a controcanto delle sue parole, un branco di cornacchie si alzò in volo dai rami, gracchiando sotto le basse nubi. Lucanus si fermò, piegandosi istintivamente.

«Me ne infischio delle profezie», sbottò Catia. «Me ne frego dei giochi di potere, oltre che degli dei, vecchi o nuovi che siano». Fece una pausa e aggiunse: «Giurami che, se muoio, proteggerai Marcus».

«Non morirai».

«Giuralo». Nella sua voce si avvertiva un'incrinatura.

«Lo giuro».

«Non posso fidarmi di Amatius. Lui metterebbe sempre i suoi interessi prima di quelli di suo figlio».

«Sorella lupo, tu sarai sulla terra una brava madre lupo per molto tempo dopo che me ne sarò andato io».

Lucanus si accomodò rapidamente il muso della pelle di lupo e cercò l'albero più vicino, finché non gli parve di scorgere un minuscolo movimento. Balzò all'improvviso sui carici, sentendo alle spalle il respiro affannato di Catia.

Si approssimavano all'isola.

Gli scivolò un piede sulla vegetazione e perse l'equilibrio. Aveva ascoltato tante storie su quei posti traditori, siti infestati che reclamavano le vite umane per nutrire i demoni che vi si nascondevano, per inghiottirle e trascinarle in un mondo sotterraneo.

Avrebbe voluto recitare una preghiera, ma non sapeva più se dovesse rivolgerla a Cernunnos, a Lug, a Mitra o a una divinità romana.

Spiccò un salto e atterrò ai margini dell'isola, cadendo rannicchiato. Poté udire il fruscio dei piedi sui giunchi secchi. Una voce attutita, insistente, aspra.

Catia lo raggiunse e lui le allungò una mano per aiutarla a ritrovare l'equilibrio prima che ricadesse nella palude. Si portò l'indice alle labbra.

Il buffone stava incespicando lungo la riva, dall'altra parte della stretta striscia di terra. Lucanus scorse una via tra gli alberi e vi si gettò a testa bassa, serpeggiando tra salici e sambuchi, senza sollevare il minimo rumore.

Quando arrivò dalla parte opposta, vide il nano che avanzava piano sotto un prugnolo, tirandosi dietro Marcus.

Lucanus estrasse la spada e si mosse strisciando al riparo degli alberi. Sperava di avvicinarsi abbastanza per immobilizzare Bucco, ma questi scelse proprio quell'attimo per alzare lo sguardo dalla sua posizione precaria.

Il Lupo colse un lampo omicida negli occhi del nano. Subito questi passò il braccio sinistro attorno al collo di Marcus e impugnò il coltello con l'altra mano. La lama sfiorava la gola del ragazzo terrorizzato.

«Fermati o lo farò sanguinare», ringhiò Bucco.

Lucanus guardò gli occhi imploranti di Marcus e sentì montare dentro di sé una rabbia fredda. «Ferisci il ragazzo e ti sbudellerò, qui nella palude».

Un lampo iroso nei suoi occhi. «Sta' indietro, ti dico. Non ho intenzione di perderlo ora che sono vicino alla meta».

Il Lupo si arrestò. Capì che il nano non avrebbe ceduto. Il coltello nella sua mano tremava dalla tensione.

«Liberalo», ordinò Lucanus. «Ormai non puoi andare da nessuna parte».

Una freccia si conficcò nel tronco di una betulla d'argento, poco lontana dal nano. Dietro il Lupo, Catia ne stava già armando un'altra.

Spaventato, Bucco arretrò e Marcus colse l'attimo per divincolarsi. Quasi cadendo sulle ginocchia, avanzò carponi tra l'ortica e le erbe alte, finendo per abbracciare Lucanus alla vita.

Dopo aver perso l'equilibrio per lo strattonamento provocato dal ragazzo, Bucco mulinò le braccia. Emetteva strilli laceranti che indussero altre cornacchie a staccarsi dai rami, quindi capitombolò all'indietro, sprofondando nella palude. Il suo dibattersi non fece che peggiorare le cose, e bastò poco perché affondasse fino al petto.

«Aiutatemi», urlò. «Vi supplico».

Lucanus lo osservò per un attimo mentre lottava per tenersi a galla, poi udì i suoi strilli sempre più lancinanti. Una parte di sé riteneva che Bucco meritasse quella fine per tutte le sofferenze inflitte a Catia, Marcus e Amarina. Ma non poteva sopportare di non intervenire, di lasciarlo morire così.

Mettendo il ragazzo al sicuro, sfoderò la spada e si portò sul bordo del gorgo.

«Lucanus!».

Si voltò al richiamo terrorizzato di Catia.

«Prendi Marcus! Prendilo e scappa!».

Dagli alberi dietro di lei stavano emergendo altre figure. Lui scorse distintamente la pelle incrostata di cenere degli Attacotti, davanti ai quali avanzava Motius col resto dei Corvi Putrefatti. Anche loro stavano inseguendo Marcus. Era ovvio che fosse così. Lucanus era stato ingenuo a credere che avrebbero rinunciato a quel gioiello.

Afferrò Marcus e scappò via, lasciandosi alle spalle le urla di Bucco. Il ragazzo era pesante, lo rallentava, e lui sapeva quanto fossero agili i Corvi Putrefatti.

Calpestò la boscaglia ai margini della stretta isola e saltò sul successivo mucchio di carici. Si gettò su quello seguente, atterrandoci sopra per un pelo, col cuore che gli batteva forte perché lo slittamento gli aveva fatto sfiorare la palude.

Dietro di sé udiva i tonfi e le urla degli inseguitori, sempre più vicini.

«Sta' fermo», sussurrò all'orecchio del ragazzo. «Presto saremo lontani».

Al terzo cespuglio, il suo piede scivolò nell'acqua marrone. Guardò dietro e vide Catia che saltava come lui.

Incrociarono gli occhi per un attimo, una comunicazione silenziosa che li legò per sempre.

«Salvalo!», gli gridò.

Con un movimento vorticoso, Lucanus attinse alle ultime riserve di energia per balzare da un cespuglio all'altro, ignorando gli acuti gridi di guerra alle sue spalle; si concentrava solo sul ragazzo che teneva in braccio e sul bisogno di posare i piedi su terreno asciutto.

Soltanto quando arrivò sul prato erboso, ai limiti della palude, si permise di voltarsi per capire perché Motius e la sua banda non lo avevano raggiunto.

Posando a terra un ginocchio, Catia scagliava le frecce che tenevano a bada gli inseguitori. Uno degli Attacotti stava lentamente affondando nell'acquitrino con un dardo infilzato in un'orbita oculare.

«Vieni via, adesso», muggì Lucanus. «Siamo al sicuro».

Lei lo ignorò.

Allora comprese quello che aveva intravisto nei suoi occhi. Lei non aveva affatto intenzione di unirsi a loro; anche quando sarebbero stati lontani dall'infida palude, non avrebbero mai potuto sopraffare i Corvi.

«Catia!», la incitò ancora. «Non farlo!».

«Che succede?», chiese Marcus cercando di guardarsi attorno.

«Niente», replicò Lucanus. «Corri a nasconderti nell'erba alta. Vengo subito».

Mise a terra il ragazzo, che sgambettò via, lanciandosi a testa bassa come se dovesse tuffarsi in un mare verde.

Se avesse raggiunto Catia, poteva almeno sperare di fronteggiare i nemici con la sua spada. Una speranza sottile, ma non aveva altro.

Eppure, preparandosi a spiccare un altro balzo verso il primo mucchio di carici, notò che la donna stava scoccando l'ultima freccia. Dietro di lei, la faccia di Motius s'illuminò in un ghigno.

Gli Attacotti cominciarono a invadere le carici, balzando da un cespuglio all'altro, accerchiando Lucanus da entrambi i lati. Tra loro, i Corvi avanzavano in linea retta verso Catia.

Il Lupo la spronò a voltarsi e scappare, gli scoppiava il petto per il timore che lei non volesse nemmeno provarci. Infatti, rimaneva ferma col mento sollevato, a mo' di sfida, orgogliosa fino alla fine.

Allora il panico e la disperazione lo travolsero. Era il sacrificio di Catia per il figlio.

Per lui.

Mise mano alla spada, ma poi rinunciò. Anche se avesse osato avventurarsi ancora nella palude, sarebbe stato un gesto futile. Niente avrebbe potuto salvarli entrambi.

Con le unghie ficcate nei palmi delle proprie mani, vide Catia nel suo atteggiamento di sfida, quasi beata, con le braccia larghe mentre guardava le nubi sempre più scure e dense. Il vento le soffiava forte tra i capelli. Grosse gocce di pioggia la sferzavano.

E aspettava.

I Corvi e gli Attacotti piombarono su di lei.

Lucanus scappò via a tutta velocità, incapace di tollerare il seguito. Distrutto, impossibilitato perfino a parlare, sfrecciò tra l'erba alta e raggiunse Marcus. Insieme ripercorsero il cammino che aveva compiuto con Catia.

Le fiamme crepitavano al sibilare del vento, e le scintille eseguivano una selvaggia danza a spirale verso le nuvole nere che incombevano sempre più. Catia osservò gli uomini che si erano accampati in cerchio.

Per quei guerrieri provava solo disprezzo, erano un branco di animali capaci di dare la caccia a un bambino. In tutto saranno stati una quarantina, dato che la truppa si allungava nel buio, oltre il cerchio di luce tremolante: tutti barbuti e capelloni, avvolti in pelli di cuoio e pellicce, puzzolenti di orina e sudore. Uomini induriti, forgiati dalle battaglie, con lo sguardo che fissava un istante di troppo. Lei cercò di vedere più lontano, dove forse si erano ritirati gli Attacotti. La loro comparsa la mandava su tutte le furie. Assomigliavano ai demoni di cui parlava Lucanus, preferivano starsene nell'oscurità, avevano consuetudini che lei non capiva. Però si erano dileguati nel momento stesso in cui l'avevano trascinata nel campo.

«Non ho mica paura di morire», disse con voce indifferente.

«Bene». Erca le si piazzò davanti.

Benché fosse stravaccata ai suoi piedi, sollevò il mento per non fargli credere che fosse sottomessa.

«Ti ho vista mentre scoccavi le frecce», riprese lui. «Sei brava con l'arco, migliore di tanti uomini».

«Sono meglio dei maschi in tutte le cose».

Scoppiarono risate lungo l'arco del campo, ma Erca non si fece contagiare. Certo, gli brillavano gli occhi, ma non per la derisione. Catia conosceva bene quella luce: era affascinato da lei. Che invece era nauseata dalle sue attenzioni.

«Faresti meglio ad ammazzarmi subito. Non ti servo a niente. Il mio gruppo si sta allontanando. Non so in che direzione marcino».

«Il ragazzo?»

«Lucanus lo terrà al sicuro».

«Ah, il Lupo». Erca corrugò le labbra. Rimbombavano i tuoni e lui alzò gli occhi al cielo sempre più scuro. «Adesso lo chiamano il Pendragon. È un titolo antico, che impone rispetto. Il capo della guerra. Lo si deve guadagnare, ma non ho notato granché a dimostrazione dei suoi meriti».

«Te ne accorgerai».

«È il tuo uomo?».

Catia esitò, sorpresa dalla domanda, e sorpresa dal fatto che la risposta non le venisse facilmente. «No, sono sposata con un altro».

«Dev'essere davvero un uomo di valore per essersi aggiudicato una donna come te».

«Non sono un premio in palio. Faccio le mie scelte».

Altre risate sonore.

«Sia come sia. Ma non hai deciso di essere qui. Sono stato io a portarti nel campo. Di mia volontà, con la mia forza».

«Te lo ripeto, l'hai sprecata per qualcuno che non ha valore».

«Mi prendi per cretino? La madre del sangue reale non ha nessun valore?». Si mosse furtivo attorno a lei, che continuava a fissare il centro arancione del fuoco senza degnarlo di alcuna attenzione.

«Credi in quelle vecchie storie? Allora sei davvero cretino...», disse.

«Credo nei sacerdoti dei boschi. I romani li avranno anche relegati nelle foreste, ma loro hanno sapienza e gestiscono ancora il potere. Odono gli dei. Ho sentito questa storia del re che non muore per la prima volta quando ero bimbo. Da un uomo che aveva implorato i druidi di salvargli il figlio moribondo. Essi si rifiutarono di farlo, per motivi che nessuno sapeva, e quando ritornò al villaggio era invecchiato come il padre. Capelli grigi, occhi che avevano visto troppo. Aveva appreso altre cose, alcune delle quali lo ossessionavano, e di queste non voleva assolutamente parlare. Ma la storia del re la divulgò per intero, raccontandola per filo e per segno come l'aveva ascoltata».

Si arrestò dietro di lei. Catia non si girò, anche se avvertiva la sua presenza dal calore rovente, come quello della fucina di un fabbro. La sua voce, bassa e cavernosa, la sovrastava dall'alto.

«Un giorno, i romani se ne andranno». Catia ascoltò le sue parole, che assunsero la cadenza sognante di qualcosa che veniva ricordato. «E quando avrà fatto vela la loro ultima nave e sarà caduta l'ultima aquila dorata, ci sarà un periodo di guerra, di sangue e di follie, dal momento che in questa terra tutti cercheranno di rivendicare il mantello del potere. Ma solo uno guiderà il popolo fuori dall'oscurità. Solo uno. Un re. Il Re Orso. E coloro che staranno dalla sua parte riceveranno ricchezze oltre ogni immaginazione, e la loro vita si prolungherà di molto oltre la durata umana. Mentre quelli che si opporranno al re verranno affogati nel mare del loro stesso sangue».

Per alcuni istanti, solo il crepitio del fuoco riempì il silenzio.

«È una storia antica, e ho imparato che queste storie contengono della verità». La sua voce si era di nuovo indurita. «Le bugie non sopravvivono al passare degli anni. Il Re Orso sta arrivando. Tu da che parte starai? Dietro di lui, o davanti alla punta della sua spada?».

Catia lasciò scorrere su di sé le parole. Capiva che l'arcaico racconto significava qualcosa per uomini come Erca. Ma non per lei. No, lei non aveva paura. Si era rassegnata alla propria morte già da tempo. Ormai contava solamente l'esistenza di Marcus. E quella di Lucanus.

«Non riuscirai a mettere le mani su mio figlio».

«Vorranno prenderlo in tanti, una marea, lo sai. Dai quattro angoli di questa terra. Siamo gli unici a poterlo proteggere davvero».

Erca camminava attorno a lei, talora si accovacciava per guardarla dritto negli occhi. Catia vi intravide un'intelligenza acuta. Non era un bruto, malgrado le apparenze.

«È da tanto che progettiamo quest'attacco», continuò l'uomo. «Ne abbiamo discusso fino a sentire dolore alle mascelle e ad arrochirci la gola. Ma alla fine siamo giunti a un accordo. Tutte le tribù. Perfino gli Attacotti, che sono sempre stati in discordia con tutti e si tengono in disparte nella loro terra. Abbiamo partorito il nostro piano nel furore della rabbia e per desiderio di fredda vendetta. Volevamo soltanto schiacciare quelli che ci hanno tormentato a lungo». Strinse le spalle. «Anche se un po' di oro non avrebbe fatto male. Ma poi abbiamo visto come si è facilmente disintegrato l'esercito romano, e abbiamo capito di poterci accaparrare dell'altro. Tutta questa terra, da un mare all'altro, sotto il comando delle tribù. E poi... e poi...», s'inumidiva le labbra quanto più s'infervorava al racconto, «abbiamo sentito parlare di tuo figlio, del suo grande destino, e i sovrani di ogni tribù hanno capito che era la nostra occasione per aggrapparci a tutto quanto abbiamo perso, e per sempre. Il Re Orso sarà il nostro sovrano, in risposta alle invocazioni. Sarà allevato e guidato dai nostri maestri, e saremo noi a sussurrargli all'orecchio, a suggerirgli cosa fare. Allora, chi possiederà il potere, eh?».

Erca allungò una mano per appoggiarla sulla guancia di lei. Catia scostò furiosamente la testa, sputandogli come un gatto selvatico. «Voi stimate le vostre donne?», sbottò.

«Diamo grande valore alle *nostre* donne».

«Sei un uomo buono, che può mostrare la faccia agli dei?».

Erca si rabbuiò di fronte a questa domanda inattesa.

«I tuoi uomini hanno stuprato le donne e le hanno uccise», proseguì Catia. «Lo so che è vero. Ho visto coi miei occhi la scena delle violenze a Vercovicium. Ma saresti talmente bestiale da far male a una donna con un bambino dentro di sé?»

«Tu?».

Appoggiò le mani all'indietro, reclinandosi, e spinse la pancia in avanti. Lui esitò per un attimo, poi pose la mano sulla prominenza, lentamente, come se si aspettasse che Catia indietreggiasse. Il suo ventre non era ancora di grandi dimensioni, ma già si capiva che aveva detto la verità. Dopo che era giaciuta con Lucanus sul pendio nei pressi del lago, non le era più uscito il sangue. Era suo figlio, su questo non c'erano dubbi. Ancora non glielo aveva detto, non sapeva *in che modo* rivelarglielo. Temeva le reazioni di Amatius se lo avesse scoperto, e anche quello che avrebbe fatto Lucanus.

Quanto erano stupidi, tutti! Perduti nei loro amori e nelle loro gelosie mentre il mondo stava bruciando. La madre del sangue reale? Non meritava quel riconoscimento. Era debole come chiunque altro.

Fissò Erca che la guardava senza tentennamenti, mantenendo ancora la mano sulla sua pancia, dopodiché lui annuì. Si voltò e sbraitò un ordine ai suoi uomini, nella sua lingua gutturale.

«Qui nessun uomo oserà prenderti, almeno finché io sarò il capo», disse.

Lei assentì senza mostrare segni di ringraziamento. Era una piccola vittoria, però sapeva che si prospettavano tante altre cose negative.

«Non avete finito con la Britannia?», interrogò lei.

«Perché dovremmo, se la vittoria è venuta tanto agevolmente? A nord, il nostro esercito tiene la posizione. Gli uomini mangiano e bevono, e si beano della grandezza delle loro realizzazioni. E quando avranno finito, sapranno di avere davanti a sé soltanto cose più grandi».

«Quindi continuerete a marciare... prima che arrivino le nevi?»

«Entro il mese dei sacrifici tutto ciò che conosci sarà nostro. Da qui al mare meridionale, tutto cadrà davanti a noi. Verranno arsi i villaggi. Chi resiste sarà massacrato. Gli altri diventeranno schiavi. I romani saranno cacciati dalle nostre rive, da codardi quali sono sempre stati. E poi... Chissà? La Gallia? Forse anche Roma». Fece una pausa, con gli occhi distratti in lontananza. Quando tornò a guardarla, aggiunse: «Per la tua razza non c'è più speranza, ne sei consapevole? I romani ti stanno abbandonando. Non avete un altro esercito». Una risata sguaiata, di gola. «Nessun esercito che la vostra Testa del Drago possa guidare. Per voi, solo sangue e morte d'ora in avanti. Mettiti il cuore in pace».

Ascoltandolo, Catia non poteva non concordare. Solo disgrazie e sofferenze li aspettavano. I barbari avevano vinto. Eppure, c'era una speranza, per quanto minima. Che potessero sfuggire Marcus e Lucanus.

Erca si alzò in piedi, si mise le dita in bocca e lanciò tre fischi acuti. Catia avvertì un movimento dalla parte del cerchio dei guerrieri.

I barbari lasciarono un varco alle figure pallide che spingevano da dietro. Catia vide che si avvicinavano gli Attacotti e volle mostrarsi sprezzante malgrado i brividi che provava. Ce n'erano solo cinque, gli altri erano rimasti probabilmente con l'orda. Tuttavia, il loro aspetto emanava un'aria oltremondana quanto mai inquietante.

«Non so cosa intendono fare gli Attacotti», disse Erca. «Sono diversi da noi. Parlano di strane divinità. Seppelliscono i loro morti sotto il pavimento delle case, ne mangiano la carne dopo averli tagliati coi coltelli e poi li riesumano per le loro feste. Inoltre mangiano la carne degli uomini perché credono che ciò li avvicini ai loro dei, e perché pensano di procurarsi la forza dei grandi nemici caduti. Sostengono che questo è un segno di rispetto».

Lei percepì la nota di disgusto nella sua voce.

«Non so bene cosa vogliano. Non sono interessati all'oro. Abbiamo trovato un solo uomo che parla la loro lingua, ma non è qui. Comunque, sono i guerrieri più feroci che conosca. Sembra che non si preoccupino di vivere o di morire. Per loro, il mondo dell'aldilà è vicino e reale quanto questo mondo, e si spostano da uno all'altro in un batter di ciglia. Avanti e indietro, credono così».

Gli Attacotti si arrestarono davanti al fuoco. Catia li guardò negli occhi neri come una notte illune. Loro la fissavano, senza mai chiudere le palpebre, inconoscibili.

«Ci serviva la loro furia in battaglia. Forse sarebbe stato meglio non averne avuto mai bisogno», continuò Erca. «In futuro, i romani, se sopravvivono, includeranno questi fantasmi nel loro esercito, come hanno fatto con tutti i popoli conquistati. Intanto, preferisco averli dalla mia parte».

Catia sentiva assottigliarsi il respiro non appena guardava quelle facce. «Hai detto che non sarei stata toccata».

«Nessuno ti violenterà. L'ho promesso». Erca rientrò tra i ranghi dei suoi uomini. «Però ci sono ancora molte cose che possono e devono essere eseguite».

«Devono?», riecheggiò lei con voce strozzata.

«Gli Attacotti devono prima assaggiarti».

Lucanus avvertì le prime grosse gocce d'acqua che gli schizzavano in faccia. Il temporale sarebbe stato terribile; si stava preparando da giorni. Dietro di lui, gli altri erano al riparo nei carri di Varro. Era tornato Bellicus col resto della famiglia di Catia e col sacerdote dei boschi. Ma mentre lui e Catia stavano cercando Marcus, l'ex prigioniero di Varro, il druido Vercingetorix, aveva infine ceduto alle sue sofferenze, come se la morte mostruosa del mercante l'avesse affrancato. Solinus e Comitinus gli avevano dato sepoltura nei boschi. Ora i due uomini controllavano da presso Marcus, qualora qualcuno avesse seguito fin lì Lucanus e il ragazzo. Lui sperava che si pensasse che fosse stato sequestrato e rinchiuso in un santuario, così il loro gruppo sarebbe stato lasciato in pace. Una flebile speranza, ma ne valeva la pena se volevano avere tempo per respirare e riflettere.

La pioggia batteva sempre più forte.

Il Lupo rovesciò la testa all'indietro e si lasciò bagnare fino al midollo, godendosi la frescura dopo il caldo soffocante della giornata. Meno facile era lavare via il dolore per la perdita di Catia. Sentiva una fitta dolorosa al cuore, come se lo avessero perforato con uno di quei coltelli di ossidiana che avevano i sacerdoti di Mitra, e allora capì che non avrebbe mai ritrovato la pace.

Un basso tuono rombò tra gli alberi.

Terminato il rumore, Lucanus si accorse di non essere solo. In mezzo alla pioggia battente, udì un piccolo movimento nella foresta davanti a sé, ma i sensi affinati nelle Terre Selvagge lo soccorrevano di nuovo. Sguainò Caledfwlch.

La luce di un fulmine gli fece apparire la lama come se risplendesse per un fuoco interiore. In passato, si sarebbe meravigliato, ma ormai non c'erano più miracoli da nessuna parte.

Stava quasi girandosi per chiamare i fratelli quando risuonò una voce. «Pace. Siamo qui per parlare, non per combattere».

Guardando di sbieco sotto l'acquazzone, riuscì a scorgere cinque uomini che sortivano dal bosco, tutti barbari. Quattro di loro erano grossi come orsi, ma tenevano le armi nel fodero. Il quinto, più piccolo, era Logen dal cuore di fuoco, sguardo furbo e faccia nervosa.

Lucanus scrutò nel buio se fosse appostato qualcun altro, però non colse alcun movimento.

«Non c'è bisogno che chiami i tuoi uomini». Logen gli mostrò le mani vuote.

«Non c'è bisogno di parlamentare», disse il Lupo.

«Errore. Se vuoi vedere di nuovo la donna in vita».

Lucanus si bloccò.

«Certo, Lupo, è ancora viva. Non ci guadagniamo niente a ucciderla. Almeno, non ancora».

Sapeva cosa sarebbe stato detto subito dopo.

«Vogliamo il ragazzo, tutto qua. Consegnalo a noi e ti restituiremo la donna, viva. Inoltre, vi lasceremo andare per la vostra strada. Su questo, hai la parola di Erca, e la sua parola vale più dell'oro».

«Mai». Mentre gli usciva il fiato di bocca, Lucanus si rese conto che non suonava deciso come avrebbe voluto.

Probabilmente Logen colse la sua esitazione, visto che si aprì a un sorriso. «Tratteremo bene il fanciullo. Lui procreerà un re. Perché non dovremmo riservargli la massima cura?»

«No».

«Scegli bene le tue parole, Lupo. Se sbagli, metterai fine alla vita della donna, come se l'avessi pugnalata tu stesso. Se dici quelle giuste, non salverai solo la sua vita, ma anche quella dei tuoi fratelli e di coloro che proteggi sotto il tuo vessillo».

Lucanus sentì un sudore caldo colargli lungo la schiena. Voleva assolutamente salvare la vita di Catia ma, se non teneva fede alla promessa di difendere Marcus, lei non lo avrebbe perdonato. E se teneva fede alla promessa, lei sarebbe morta.

Logen intuiva il suo dilemma, glielo leggeva presumibilmente in faccia, poiché aggiunse: «Non è una scelta facile, Lupo, lo sappiamo. Prenditi il tempo per darci la risposta migliore per lei, per tutti voi. Erca ti concede tre giorni e tre notti. Il nostro campo è a est e a sud. Un esploratore quale sei saprà fiutare il fumo a una giornata di marcia di distanza. Vieni da noi portando il ragazzo. Tutto andrà bene».

Lucanus colse un movimento dietro di sé. Si voltò e vide che gli altri erano usciti dai carri per il rumore delle voci. Bellicus, Mato, Decima, Galantha, Amatius, Menius ed Aelius. Mancava Amarina, ancora convalescente per le ferite.

«Non metterete le mani su Marcus», esclamò, ora con sicurezza.

«Ne sei sicuro?». Logen avanzò di un passo e collocò un oggetto a terra, tra i suoi piedi. «La morte della donna non sarà leggera, Lupo. Anch'essa peserà sulla tua anima. La consegneremo agli Attacotti, che la useranno a modo loro, e conosci bene i giochetti che a loro piacciono di più. E poi hanno già iniziato».

Girò sui talloni e corse via tra gli alberi, seguito dai quattro giganteschi guerrieri. Il buio li inghiottì in un istante.

Lucanus si avventò nel luogo in cui si era fermato Logen e si accovacciò davanti al suo regalo. Gli salì il cuore in gola e gli venne voglia di gridare nella notte.

Un dito sottile era depositato a terra, pareva un verme pallido in mezzo ai fili d'erba. Il dito di Catia. Nel punto in cui era stato staccato, sotto la nocca, c'erano i segni dei denti che avevano rosicchiato la carne.

43
Il canto dell'allodola

La notte non finiva mai. Lucanus stava acquattato all'interno di un carro, ascoltava la pioggia che batteva sul tetto. I fratelli erano accoccolati attorno a lui, pronti eventualmente a consigliarlo se avesse chiesto un parere, sebbene sapessero che la decisione spettava solo al capo.

Dopo un po', Bellicus chiese: «Vedi un modo per uscirne?»

«Non posso lasciare Catia nelle mani di quelle bestie, la farebbero soffrire». Lui stesso si rendeva conto di quanto suonasse inespressiva la sua voce.

«E il ragazzo?»

«Non posso consegnarlo ai barbari».

Seguì un lungo periodo riempito solo dal rumore del temporale.

«Lo sai che stiamo dalla tua parte, qualsiasi cosa tu decida». Bellicus accarezzava il pelo sulla testa di Catulus. «Nessun uomo dovrebbe avere solo su di sé l'onere di una decisione simile».

«La tua scelta sarà anche la nostra», intervenne Mato. «L'onere ricadrà su tutti noi, per cui sarà più facile portarlo nei giorni a venire».

Lucanus guardò i suoi uomini, pallidi in volto alla luce della candela che avevano trovato nel carro coi rifornimenti di Varro. Ringraziava ogni giorno la fortuna che aveva avuto di poter contare su di loro. Non avrebbe potuto avere fratelli migliori.

«A meno che la tua scelta non ci metta in pericolo», affermò Solinus. «In tal caso, sarai solo».

Quando spuntò la luce mattutina, la pioggia cedette il posto a una foschia sottile che inzuppava le loro braghe e gli incollava i capelli alla testa. Comitinus riuscì ad accendere un fuoco nel bosco, sotto una quercia enorme, e allorché le fiamme furono alte Lucanus vide che il calore procurava conforto ai compagni.

Bivaccarono con formaggio e focacce attinti dal magazzino del mercante, e lui ne recò una parte al carro dove Amarina stava recuperando la salute. Era sostenuta da guanciali sontuosi e avvolta nelle coperte, quasi che fosse pieno inverno. Galantha era inginocchiata al suo capezzale, le tergeva il sudore dalla fronte, laddove Decima cambiava i bendaggi delle ferite. La regina e le sue inservienti.

Amarina sollevò un sopracciglio, pronta a ribattere qualsiasi critica lui le rivolgesse.

«Sei già migliorata molto», disse.

«Non è facile ammazzarmi».

«Oppure le streghe hanno eseguito la loro magia su di te».

«Oppure sono favorita dagli dei per la mia bellezza, intelligenza e attrattiva».

Sedette di fianco a lei. «Volevo dirti... che ti ho perdonato».

«Pensi che me ne importi?»

«E tu credi che non ti conosca bene?».

Lucanus vide che socchiudeva gli occhi. «Perché dirmelo adesso?». Fece una pausa, calcolando bene le parole. «Vuoi fare la pace. Perché? Cos'hai in mente?».

Anche lei lo conosceva bene. «Non ho nessun piano», mentì.

Amarina non era soddisfatta della risposta. Allontanò bruscamente la mano di Galantha dalla fronte e chiamò forte: «Marcus, Marcus!».

Lucanus vide il ragazzo sbucare dal retro del carro.

«Va' a chiamare i Lupi Feroci», gli ordinò lei. «Subito!».

Quando saltò fuori dal carro, Il Lupo vide che i fratelli lo aspettavano al limitare del bosco, e che gli altri erano piazzati dietro di loro.

Tra smorfie di dolore, Amarina riuscì a mettersi in piedi con l'assistenza di Decima e Galantha. «Il vostro capo ha un piano», disse. «Adatto sicuramente a un pazzo».

«Non vorrai mica rischiare solo la tua pelle?», domandò Solinus.

«Sarebbe veramente una cosa da pazzi», interloquì Bellicus annuendo.

«La corona dorata dev'essere troppo stretta, gli sottrae sangue al cervello», continuò Solinus.

«Un uomo solo potrebbe insinuarsi nel campo per liberare Catia». Lucanus osservò le facce dei compagni. Quello era il momento che avrebbe voluto evitare a tutti i costi.

Davanti ai Lupi Feroci intervenne Myrrdin appoggiandosi al suo bastone. «La posta in gioco è troppo alta per una scommessa incerta».

«Non sacrificherò Catia *o* Marcus».

Il ragazzo accorse al suo fianco. «Lasciami andare. Salverò la mamma».

Il Lupo gli arruffò i capelli. «Sei un ometto bravo e fedele. Ma non possiamo permettere che ti sacrifichi da solo».

«Più che giusto». Stavolta si era espresso Amatius.

Per gran parte del tempo in cui avevano viaggiato, Lucanus lo aveva tenuto sotto controllo, preoccupato per la gelosia che poteva scoppiare in accessi feroci. Ma il marito di Catia si era limitato a rimuginare, e si asteneva dal partecipare alle conversazioni tra i sodali. Svolgeva le sue faccende, andava a prendere la legna, teneva acceso il fuoco, e di notte aveva dormito vicino a Catia. Però sempre con la faccia voltata dall'altra parte.

Ora Lucanus notava che era infiammabile come una pietra focaia.

«Parli come se non avessi udito le parole del sacerdote dei boschi», continuò Amatius. «Il ragazzo è tutto. Vale più di ogni ricchezza. Dobbiamo proteggerlo a ogni costo, non ci sono dubbi».

«Non vorrai mica abbandonare tua moglie?». Lucanus non riusciva a celare l'incredulità nel tono di voce.

Gli occhi di Amatius si accesero per una feroce consapevolezza, e gli si contrassero i muscoli come se stesse per aggredire. «Se non altro, mi sbarazzerei di quella baldracca che giaceva con te alle mie spalle».

Queste parole erano come la neve dell'inverno più rigido e per un attimo ci fu solo un gelido silenzio. Quindi Lucanus disse: «Marcus, va' da Amarina». Osservò le tre donne che aiutavano il ragazzo a salire sul veicolo, dopodiché mormorò a denti stretti: «Non puoi dire cose simili davanti a tuo figlio!».

«Come no? Deve sapere la verità sulla scrofa che lo ha messo al mondo».

«È di mia figlia che stai parlando...». La faccia di Menius era stravolta.

Amatius arrossì. «Mi ha tradito. Non vale niente come donna».

«È sempre stata al tuo fianco, nonostante i cazzotti che le davi», disse Lucanus, incapace di contenersi ancora. «Ti ha onorato in qualsiasi situazione».

«Bugiardo», replicò Amatius. «Ma lo prevedevo. Da quanto tempo mi tradisce con te? Da sempre? Ridevate alle spalle del povero Amatius? Lo scemo che non si accorgeva dell'infedeltà sotto il suo naso...». Il volto era rosso di vergogna. Si era tenuto dentro tutto per così tanto tempo che adesso non sapeva più controllarsi. «Merita di morire».

Il Lupo girò le spalle. Sentì che qualcuno le afferrava per un braccio e lo trascinava indietro. «Sei il capo», gli sussurrò Bellicus in un orecchio. «Agisci come si deve».

Lucanus si divincolò, non voleva sfogare il suo furore.

Allora fu Aelius a sguainare la spada. «Dovrei sbudellarti subito per le sofferenze che hai inflitto a Catia».

Amatius lo schernì. «Uno storpio? Provaci. Mi divertirò a prenderti a calci in culo».

Benché fosse stato apparentemente in punto di morte per mesi, Menius si alzò rabbioso. Lucanus vide che la passione conferiva nuova vita al volto del vegliardo. «Qui lo stupido sono io. Ho sacrificato la felicità di mia figlia, e per che cosa? Oro, terra e il potere che una volta detenni con troppa leggerezza. L'ho venduta a te per cercare di lenire le ferite del mio tradimento. E adesso cosa abbiamo? Nulla. Tutto sparito in un batter d'occhio. Tutto il dolore per mano tua sopportato per anni da Catia, in cambio di niente. E che gli dei mi aiutino, io sapevo bene chi eri, uno spaccone violento e codardo. Eppure, credevo che valesse la pena pagarne il prezzo». Gli occhi del vecchio erano pieni di lacrime. «È colpa mia per averle imposto te come marito. Ma affermare che merita di morire... la mia figlia, innocente e affettuosa... Sempre ligia al dovere nonostante le botte che le davi... Non posso tollerare le tue parole!». La sua voce era rotta. «Dovresti essere tu a chiedere pietà. E se lei ti ha davvero tradito, è perché sei un debole, un buono a nulla».

Amatius tremava com una foglia. Lucanus temette che potesse infierire sul vecchio ed estrasse Caledfwlch, pronto a intervenire. Ma Amatius si rese conto di quanto avesse esposto se stesso. Non poteva più andare a testa alta, ormai lo deprecavano tutti. Si dileguò in fretta nel bosco.

Menius si rivolse al Lupo. «Salva mia figlia», implorò. «Per me sei sempre stato un figlio. Fallo, Lucanus. Solo tu puoi riuscirci».

Lui sentì la responsabilità pesargli sulle spalle.

Bellicus lo incoraggiò con un colpetto sulla schiena. «Combatteremo al tuo fianco, non dubitarne mai. Comunque, sono dieci volte più numerosi di noi».

«Noi siamo più scaltri, fratello. Ecco perché siamo *arcani*. Troveremo il modo di salvarla senza sacrificare Marcus».

Myrrdin provocò un rumore sordo battendo il bastone tre volte a terra. «Non sei più Lucanus, il capo dei Lupi Feroci. Sei Pendragon, l'ultimo esponente di un lignaggio di grandi uomini... sovrani in guerra. Brandisci Caledfwlch, la grande spada degli dei, e con la tua semplice volontà potrai plasmare questo mondo».

Sotto una volta di nuvole grigiastre, i lampi screziavano l'orizzonte. La pioggia si era momentaneamente arrestata, ma in aperta campagna, oltre la foresta, faceva caldo e umido. Ormai l'estate non era tanto lontana.

Mato era sdraiato, prono sull'erba gialla, cercava di schiacciare con le mani le zanzare grasse che gli ronzavano attorno. Nell'aria, ristagnava l'odore di escrementi bovini. Lui allungò lo sguardo giù per il dolce pendio, oltre la fila di ortiche, dove sorgevano in cerchio cinque case.

«La vita sarebbe stata più semplice se fossi diventato sacerdote», disse. «Un po' di vino, qualche litania, e incenso da spargere ogni tanto».

«Già, finché non ti avrebbero mozzato la testa. Il che secondo me, da quanto ho visto, capita a tutti i sacerdoti, prima o poi». Solinus succhiava un filo d'erba selvatica. «Gli dei vanno e vengono. E i sacerdoti odierni non trattano bene quelli vecchi».

Comitinus sospirava. «Parlate più forte. Credo che i nemici non ci abbiano ancora sentito».

«Piano», brontolò Bellicus.

Mato guardò lungo la linea. Lucanus era situato alla fine, serio e silenzioso. Sembrava un uomo diverso. Era trascorso un giorno dal suo scontro con Amatius, un giorno di progetti ed esplorazioni, finché non avevano trovato l'occorrente.

Da una delle case emersero cinque figure pallide. Due Attacotti trascinarono un corpo in un cerchio di mattoni di fango, al centro di quelle case, dopodiché tutti e cinque si accanirono sul cadavere coi coltelli.

Mato distolse lo sguardo per la nausea che provava. Myrrdin conosceva le abitudini di quei barbari; conosceva molto più di quel che raccontava, aveva cominciato a credere Mato. E aveva suggerito che i Divoratori dei Morti non si sedevano volentieri insieme alle altre tribù. Avevano i loro rituali e le loro divinità, vagavano a lungo per seguire la loro strada prima di ricompattarsi in banda per le esigenze belliche.

«Non mi fido del druido», mormorò.

Solinus si tolse di bocca il filo d'erba. «Lui se ne frega di te o di me, pensa solo ai re, alla gloria e alle vie misteriose degli dei. Non affliggerti per lui».

«Gli Attacotti non mangiano gli uomini come alimento». Comitinus s'imbronciò osservando i rapidi movimenti delle loro lame. «Per me, questo non ha senso».

«Sono i loro dei che lo vogliono». Solinus arricciò il naso. «È questa la parvenza di senso che possiamo intuire».

Mato vide Lucanus sollevare la mano, quindi tutti tacquero, si concentrarono sull'odore portato dal vento, prestarono ascolto al fruscio dell'erba, diventando lupi.

Poco dopo, scesero a lunghi passi dal pendio, tenendo la testa bassa. Gli Attacotti erano acquattati e davano le spalle all'attacco, dominati dal fascino del loro rito sanguinario.

Mentre si avvicinavano, Mato avvertì il rumore delle incisioni ritmiche sulla ossa del cadavere, opera di mani abili. Gli si corrugarono le narici per l'odore terroso della morte. Pensò a sua sorella, cosa che faceva spesso; a lei in vita, e a lei ridotta ad argilla. La sua attenzione venne catturata dal canto di un'allodola, dalla meraviglia del lampo di un fulmine, e sentì ritornare la pace. Anche lì vi era bellezza.

Lucanus scivolò dietro una delle case e Mato lo seguì furtivo, mentre gli altri tennero la scia. Nella sua mente, Mato udiva ancora le parole del suo capo prima che lasciassero il campo.

Il lupo colpisce quando la preda è massimamente vulnerabile.

Quando sta mangiando.

Attesero per un lungo momento, ascoltarono il rumore dei coltelli e lo schioccare delle labbra. Quindi, veloce come il suo omonimo, il Lupo estrasse la spada e aggirò la capanna. Mato si gettò dietro di lui, e gli altri li seguirono.

I loro piedi erano un sussurro sul terreno. Mato scorse le figure ingobbite sul morto, come corvi bianchi che banchettano su un campo di battaglia. Le teste si alzavano e si abbassavano ritmicamente.

Gli Attacotti si guardarono attorno solo alla fine, quando ormai i Lupi Feroci erano su di loro.

Mato scelse il suo avversario. Quando il guerriero reagì con la sua arma, le sue labbra scoprirono i denti rossi. Ma era ancora in ginocchio e Mato ne deviò facilmente il colpo. Prima che l'altro potesse mettersi in piedi, gli spaccò l'impugnatura della spada sulla fronte, facendo schizzare la materia cerebrale. Il guerriero si accasciò.

Guardandosi attorno, vide che i compagni avevano rapidamente disposto degli altri guerrieri. Lucanus era un capo saggio e valoroso, lui non ne aveva mai dubitato, ma adesso notava lo svolgimento del piano in tutta la sua gloria.

Il Lupo stava su uno dei Mangiatori, con la punta della spada affondata nella gola del guerriero, già morto. Gorgogliava ancora il sangue. Gli occhi dell'uomo erano spalancati, anche se Mato non vi rilevò alcuna paura della morte.

«Ora», disse Lucanus, «faremo i conti».

44
Squama di drago, dente di lupo

Pioveva come se non dovesse smettere mai.

Il mondo si era oscurato e rimpicciolito in quell'infinito scrosciare torrenziale. Colori brillanti si dissolvevano in una fanghiglia marrone e verdastra. La terra pulsava.

Lucanus era situato al margine della foresta e osservava il grigio panorama, a malapena capace di vedere al di là del lancio di un'asta. Sul collo avvertiva il respiro gelido della morte.

«Si sono aperti i cieli». Sentì che Myrrdin aveva compiuto un passo al suo fianco. Il sacerdote dei boschi aveva il cappuccio calzato basso sulla fronte, il che ne nascondeva i lineamenti. «Gli dei sanno che questo è un periodo di grande importanza. Quando infuriano le tempeste, e ulula il vento, è un segno. Coloro che guidano i nostri giorni sono qui. Osservano. Riconoscono».

Lucanus si voltò verso i fratelli. Nascosti al riparo degli alberi, aspettavano i suoi ordini, sentinelle che facevano parte delle Terre Selvagge come i lupi di cui indossavano le pelli. Lo avrebbero seguito ovunque, lui lo sapeva. La sua fierezza, il suo fardello.

«Cinque contro cinquanta», mormorò.

«Ascolta». Myrrdin portò la mano a coppa su un lato del cappuccio. «Riesci a sentirlo?».

Lucanus drizzò la testa, ma non colse altro che il rombare del diluvio.

«Ascolta meglio. Nella foresta profonda. Cernunnos sta ululando. Il vecchio mondo è con te, Lupo».

Stavolta Lucanus pensò di aver distinto qualcosa, un ululato cupo tra gli alberi, anche se avrebbe potuto benissimo essere il vento tra i rami.

«Ecco, la Morrigan è qui». Myrrdin indicava un punto oscuro sotto la volta vegetale. Lucanus immaginò di vedere forse un battito d'ali, molte ali. «La Regina dei Fantasmi annusa il sangue nel vento. Il suo cuore esulta alla prospettiva della battaglia. Lei sarà dalla tua parte, ora e sempre».

Lucanus sentì che il druido gli apriva le labbra spingendogli un'altra porzione di fungo magico essiccato. Ne aveva già consumate quattro.

La masticò piano, salivava in abbondanza per lo sgradevole gusto ferroso sulla lingua.

«Sii astuto come la volpe», continuò Myrrdin. «Sii brutale come il lupo. Sii leggero come i corvi. Voi cinque non siete uomini. Siete posseduti dall'anima delle belve e guidati dalla mano degli dei. E sei la Testa del Drago, Lucanus, sicché il fuoco del vostro virtuoso furore distruggerà tutti quelli che oseranno opporsi».

Il Lupo avvertiva già l'effetto dell'incantesimo lambirgli la mente. Eppure, non si trattava della stessa sensazione di quando aveva volato con le streghe o eseguito il rituale nel tempio di Lud. Questa volta le fiamme gli accendevano le viscere, mentre il cervello era freddamente focalizzato. Era come se il potere del fungo magico corrispondesse alle parole del druido. Era questa la vera magia esercitata dal sacerdote dei boschi?

«Astuto come la volpe», ripeté.

«È l'unica maniera».

Gli si erano accesi gli istinti, come gli succedeva sempre quando stava per avventurarsi nelle Terre Selvagge, al di là del vallo, e si accorse che erano arrivati anche gli altri. Si voltò e vide Amarina che si sosteneva con un ramo biforcuto di olmo. Le sue labbra mostravano il solito sorriso ambiguo, mascherando il dolore che probabilmente avvertiva ancora. Con lei c'erano Decima e Galantha.

«Non dovresti essere qui», disse.

«Perché la battaglia non è un posto per donne?», gli rinfacciò lei.

«Perché vorrei vederti vivere a lungo. Hai bisogno di riposo».

«Sei diventato un tale guerriero da non aver bisogno di alleati?»

«Ho alleati».

«Non abbastanza». Anche Decima e Galantha sorridevano, e lui se ne chiedeva la ragione.

«Il temporale ci nasconderà».

«Credi di poterti insinuare nel cuore del campo per liberare Catia senza essere visto? Allora sei un idiota. Ci sarà battaglia. Ci può essere soltanto battaglia». Socchiuse gli occhi. «Ma ovviamente lo sai bene. Pur di salvare la tua donna, sei pronto a morire. Lucanus: coraggioso, avventato e innamorato cotto». Lanciò un'occhiata a Myrrdin. «È questo che serve per essere il grande Pendragon? Non so come un uomo possa vincere una guerra…».

«Di' al Lupo quello che puoi fare tu». La voce del druido era venata di ironia. Lucanus ebbe un impeto di rabbia; lo stavano tutti prendendo in giro?

«L'ho già fatto. Sono qui per vedere i frutti della mia opera». Agitò la mano con noncuranza, quasi per tacitare Myrrdin.
Lucanus scosse il capo e voltò le spalle. Amarina era sempre stata un mistero, per lui.
«È giunta l'ora», disse il Lupo.
Scendeva la notte. Cadeva la pioggia.

La tenda si gonfiava per il vento tempestoso. Si sfilacciavano le corde e l'acquazzone martellava forte. Catia era seduta all'entrata, fissava il buio crescente. Il dolore alla mano si stava trasformando in una sofferenza sorda e costante che le arrivava fino all'osso del gomito. Quando gli Attacotti le avevano staccato il mignolo, era quasi svenuta dallo strazio, tuttavia era stata orgogliosa di aver dimostrato tanta forza da non perdere conoscenza. Le avevano cauterizzato la ferita con un ferro rovente, e uno dei barbari gliel'aveva unta con miele ed erbe, quindi gliel'aveva fasciata. Comunque, lei non si era data la pena di lamentarsi per la perdita. Anzi, si era calmata, aveva trovato la pace. La sua vita non era stata come avrebbe voluto, però aveva avuto momenti di gioia e bellezza, perfino sotto il tallone di ferro del marito. Era riconoscente per aver avuto Marcus e Lucanus, ed era contenta che l'amico della sua infanzia, l'unico che la conoscesse davvero, aveva mantenuto la sua promessa. Lui era un uomo buono, e col favore degli dei forse sarebbe diventato il padre di cui aveva bisogno Marcus.
Ombre e sagome turbinavano sotto il diluvio, quindi Erca entrò nella tenda scuotendo i capelli per togliersi le gocce d'acqua. Grugnì un saluto alla guardia che era rimasta a sorvegliare lì dentro. Con lui c'era Logen, e l'uomo dalla faccia di ratto gli scivolò accanto, apparentemente a suo agio anche coi vestiti inzuppati. Abbozzò qualche frase con la guardia nella lingua dura degli Scoti.
Erca si tolse il mantello, lo stropicciò e lo gettò in un angolo. Quando si voltò a guardarla, Catia si rese conto di quanto fosse di cattivo umore.
«C'è ancora tempo affinché il Lupo arrivi qui strisciando, con la coda tra le gambe», ringhiò.
«Lo sai che non cederà alle tue richieste».
«Allora non vedrai il sole di domani. Sei pronta per questo?»
«Sì».
Erca strinse un pugno come se avesse voluto colpirla, ma si limitò a

imprecare a bassa voce. «Non servirà a niente. Devi saperlo. Lo spreco di una vita. Continueremo a dare la caccia al ragazzo. Non lasceremo che questo dono ci sfugga tra le dita».

«Tu vedi il sole anche in una giornata come questa», lo punzecchiò con tono leggero. «Però sai bene che hai sempre avuto delle noie con Lucanus, il Lupo, da quando lo hai incontrato per la prima volta, oltre il vallo. È troppo intelligente per te, molto più furbo. E io l'ho visto diventare ogni giorno più forte e saggio. Era un ottimo capo, e lo sarà ancor di più. Ti surclasserà. Anche se tu lo inseguissi in capo al mondo, lui sarà sempre un passo più avanti rispetto a te».

Erca brontolò. «La voce di chi si strugge d'amore». Portò la mano all'impugnatura della spada. «Non vorrei mettere fine ai tuoi giorni, ma non arretrerò in caso di dovere».

«Non mi aspetto di meglio».

Irritato dalla calma della donna, andò deciso verso l'entrata della tenda per guardare nel buio. Lei vide che si accigliava e poi che si metteva le dita in bocca per modulare un fischio. Poco dopo sbucarono dal nulla Motius e i Corvi Putrefatti, nudi fino alla cintola, con la schiena tatuata resa lucida dalla pioggia. Catia lo detestava, le faceva venire in mente una bestia piuttosto che un uomo, per il modo in cui curvava le spalle e ruotava sempre inquieto gli occhi.

Motius scrutava attorno, indugiò per un momento su di lei, che sentì accapponarsi la pelle.

«I tuoi uomini hanno trovato qualcosa di strano?», disse Erca.

«Sorvegliamo gli accessi. Tutto a posto».

«C'è qualcosa di sbagliato. Lo sento».

Motius si piazzò sulla soglia e fiutò l'aria. Scosse la testa.

«Gli Attacotti non sono tornati. Sono passati due giorni. Non è da loro», esclamò il capo dei barbari.

Catia intuì l'inquietudine nel tono del suo carceriere. Lo disturbava lo sconvolgimento dell'ordine naturale.

«Seguono la loro strada, lo sai», commentò Motius. «Per il momento coincide con la nostra, ma...».

Erca lo interruppe con un gesto della mano. «Ci servono. Prendi i tuoi uomini e scovali. Riportameli».

Motius obbedì. Si piegò per uscire dalla tenda e scomparve sotto il nubifragio.

Quando alzò lo sguardo, Catia notò Erca che la fissava. Prefigurava di ucciderla, glielo leggeva negli occhi.

Allora sollevò il mento e gli sorrise. Era una sorella lupo. Non aveva affatto paura. Presto ci sarebbe stata pace.

Bellicus scese dalla collina strisciando tra gli alberi. La pioggia gli martellava sulla schiena, e aveva il naso intasato dalla puzza di argilla che si era spalmato addosso per mimetizzare il proprio odore. Sentiva i fratelli vicino a sé e provava un calore che annullava il gelo della situazione. Come ai vecchi tempi.

Davanti a sé, nell'infinita oscurità, distingueva a malapena la luce incerta delle torce collocate all'entrata delle tende. Il diluvio non aveva risparmiato alcun bivacco. Immaginava la scena, ricordando il terreno da lui esplorato alla luce del giorno, per quanto marginalmente. L'alveo della piena attorno alle anse del fiume, e i prati tutt'intorno. Un'ottima postazione difensiva. Direttamente sull'acqua, vicina alla foresta per la caccia. Col bel tempo, si potevano avvistare eventuali nemici in lontananza.

Adesso, però, nel temporale predetto da Myrrdin, sotto la copertura di un cielo nuvoloso, si erano procurati un notevole vantaggio.

Certo, era ancora una follia. Pensare di andare a liberare Catia nel cuore di un accampamento, senza combattere... Lui comunque avrebbe seguito Lucanus in capo al mondo. Non avrebbe mai ripagato il debito nei suoi confronti.

Continuava a strisciare, attento a percepire sotto la pioggia battente qualsiasi suono provenisse dal campo. Ormai Mato avrebbe dovuto spingersi verso il fiume, laddove Lucanus, Solinus e Comitinus stavano avanzando furtivamente attorno al campo.

Pazzia.

La morte era vicina, ne sentiva l'odore. Chi avrebbe prevalso in quella notte? Loro stessi, forse? Una grazia, quindi. Alla fine, morire era più facile che sopravvivere.

Ciononostante, gli rimbalzavano ancora nel cervello le parole di Lucanus, quelle che aveva pronunciato prima che partissero per l'impresa. Erano esploratori, *arcani*, non guerrieri che passavano di battaglia in battaglia. In fin dei conti, però, era quello che facevano i lupi: cacciavano e uccidevano. Per il lupo, esisteva solo la preda.

Cercando di intravedere tra la pioggia fitta, scorse l'incerto profilo del rifugio composto da zolle, foglie e rami dove si acquattava la sentinella. Riusciva a sentire il sudore dell'uomo anche in quelle condizioni atmosferiche. Sarà stato sicuramente annoiato, infreddolito, e desideroso di sgranocchiare selvaggina calda e bere birra, o di spassarsela tra le cosce di una donna. Tutto, tranne che trovarsi lì.

Era l'ora.

Bellicus si trascinò carponi fino a quella parvenza di rifugio, quindi si alzò.

Con un gesto del braccio sinistro, distrusse la fragile struttura di osservazione. Nel buio più fitto, non distingueva l'orrore dipinto sul volto della sentinella, ma ai suoi tempi aveva già randellato a morte più di un uomo. Sapeva l'effetto che produceva.

Col braccio destro serrò la gola dell'uomo da dietro, lo rovesciò e lo sollevò che ancora scalciava, benché dalla sua bocca non uscisse alcun suono. Sforzandosi, Bellicus lo tenne stretto finché non smise di dimenarsi, dopodiché scaricò il corpo morto tra le rovine del rifugio. Si voltò per dirigersi a grandi passi verso le luci.

La tenda di Erca doveva essere al centro del campo. Dove ci sarebbe stata anche Catia, oltre all'esercito tra loro due.

Estrasse la spada, rallentando non appena distinse le prime tende individuali. Ormai Lucanus e gli altri dovevano essersi disfatti delle guardie, ma sarebbe bastato un solo barbaro sveglio per identificare qualche movimento e lanciare l'allarme.

Dovevano piombare sul campo da quattro direzioni diverse, quello era il piano. Se scoprivano uno di loro, questi sarebbe scappato attirando il resto dell'esercito di Erca e lasciando che i compagni si adoperassero per affrancare Catia. Aveva sentito di piani peggiori, ma non molti.

E se li scoprivano tutti?

Meglio non pensarci.

Proprio in quel momento si accorse di quanto fosse vero ciò che gli aveva detto, quando era ragazzo, Loca l'Impavido, orbo e monco: agli dei piace ridere e i loro scherzi sono crudeli.

Quella pioggia, quella terribile e implacabile pioggia, dopo aver scrosciato per un giorno e mezzo, cessò. Se ne andò in un attimo. Il temporale che si era ostinato a punirli si spostò. Il silenzio prese il suo posto.

Bellicus udì uno scoppio di risate. Un clamore. Voci che si rincorrevano. Il campo che tornava alla vita.

Quindi si dissolsero anche le nuvole, e spuntò la luna piena, talché il paesaggio si accese e parve luminoso come di giorno.

Lucanus vide rischiararsi il mondo. Gli sembrava che gli dei avessero acceso la lampada del loro sguardo solo su di lui. In testa, sentiva ancora il potente effetto del fungo magico. Dalla foresta vergine gli riecheggiava nel cranio l'ululato di Cernunnos. Le ali nere dei corvi della Morrigan svolazzavano ai margini della sua visione.

Lui era Pendragon, e i nemici si sarebbero inchinati al suo volere.

Dal campo giunse un grido, poi un altro e un altro ancora. Avevano individuato uno di loro, o forse tutti.

Lucanus sfoderò Caledfwlch. Forse era l'effetto del fungo, ma la lama riluceva di sfumature azzurre sotto i raggi della luna, e le rune incise sul bronzo sembravano risaltare dal metallo per parlare con lui, se solo avesse saputo capire.

La spada degli dei, il potere divino.

Non provava alcun timore, non sentiva nulla se non una determinazione feroce. Non si sarebbe sottratto alla battaglia. Il fuoco del Drago avrebbe sgominato i nemici.

Emise un ruggito e attraversò di corsa i prati fino all'accampamento. Sentì che Bellicus, Solinus e Comitinus avevano raccolto il suo grido di battaglia.

Osservò i barbari che cominciavano a uscire dalle tende disposte in cerchio. Alcuni ridevano. Sguainarono le spade quasi a malincuore, facendole ondeggiare da un lato all'altro, come se avessero dovuto battersi contro dei bambini.

Correndo, rovesciò la testa all'indietro ed emise l'ululato del lupo. Basso, lungo e ossessionante, il verso riempì le praterie, oltre il fiume, fino a raggiungere il margine della grande foresta.

Ci fu allora la reazione delle figure bianche, che emersero dalle tombe in cui si erano celate da quando era sceso il buio: la luce del plenilunio le rendeva ancor più chiare. Si diressero verso il campo a spron battuto.

Lucanus colse l'esitazione dei nemici, sorpresi dalla situazione. Le spade smisero di ondeggiare. I piedi si arrestarono. Immaginò i pensieri che occupavano le loro teste per capire quel che vedevano davanti a sé.

Quindi giunsero alla comprensione, tutti apparentemente nello stesso istante, dato che il sussulto esalò come il rantolo di una belva svegliatasi dal suo torpore.

Gli Attacotti estrassero le spade all'unisono e si avventarono contro gli ex alleati.

Anche se gli aggressori erano solo in cinque, i barbari furono raggelati dalla paura. Lucanus li vide sbandare verso le tende, ingobbirsi nella corsa e girarsi disperati, increduli che i loro fratelli, quei terribili guerrieri, si fossero rivoltati contro di loro: non era possibile.

Mentre correva, Lucanus sorrise dentro di sé. Ricordava di come avessero trascinato gli Attacotti prigionieri nel loro campo. Quei guerrieri non temevano la morte, ma avevano i loro strani bisogni e desideri. Myrrdin aveva parlamentato con loro, nella loro lingua, fino a notte fonda. Lucanus non sapeva cosa il druido avesse offerto in cambio, ma alla fine essi avevano accettato di mutare alleanza. Adesso, erano dieci contro cinquanta.

Il campo si perdeva nel baccano mentre i barbari si affrettavano a difendersi. Poco dopo, un guerriero degli Scoti, alto, dalle larghe spalle e col naso rotto, si stagliò di fronte a Lucanus sferzandolo con la sua lunga spada.

Memore di tutto quel che il padre gli aveva insegnato, il Lupo evitò l'arco disegnato dalla lama. Sentì lo spostamento d'aria sopra la testa, lo sfioramento della pelle di lupo, quindi fu lui ad attaccare: affondò la spada nelle budella dell'uomo, sventrandolo fino al petto.

Schizzava il sangue. Il Lupo non perse tempo e scaraventò il moribondo da parte. Rialzando lo sguardo, vide che uno degli Attacotti era già caduto. Il peso dei numeri stava cominciando a incidere, e gli Scoti divenivano sempre più sicuri di sé. Sentivano odore di vittoria.

Mato si sollevò dalla riva del fiume ove si era nascosto e fece capolino dall'argine. Le grida e le urla furibonde gli svelarono tutto quanto aveva bisogno di sapere: il loro tentativo di penetrare nel campo senza farsi individuare era stato sventato.

Quando aveva visto spuntare la luna piena da dietro le nubi, si era reso conto che era solo questione di tempo, eppure la velocità della scoperta lo sorprese lo stesso.

Ora doveva fare la sua parte.

Si arrampicò sul terreno paludoso ai lati delle impetuose acque grigie e strisciò verso il campo. Con la spada non era un granché, per quanto volesse migliorare, e Lucanus gli aveva evitato la morte precoce. Ma la furtività nell'ombra era davvero il suo forte.

Avvicinandosi alle tende, annusò l'odore di selvatico dei cavalli e ascoltò i nitriti, gli sbuffi e il pestare degli zoccoli. Il fracasso della battaglia li spaventava. Meglio così.

Al recinto, abbatté lo steccato di rami e tolse le pastoie delle cavalcature. Battendo le mani e gridando, eccitò gli animali indirizzandoli verso il campo. Essi travolsero e strapparono le tende; riecheggiarono le urla dei guerrieri che caddero sotto i loro zoccoli, proprio come lui aveva sperato che accadesse.

La confusione era funzionale, ma era solo l'inizio. Se volevano combinare qualcosa, quella notte, dovevano fare molto di più.

Voltandosi, osservò acutamente tra le tenebre, in speranzosa attesa. Non doveva preoccuparsi: Amarina aveva tenuto fede alla parola.

La prima scarica di frecce sibilò nell'aria, colpendo i barbari che scappavano dai cavalli imbizzarriti. Mato sorrise. Che esercito strano e sgangherato!

Adesso riusciva a distinguere il popolo della foresta che, mentre usciva dalle tenebre, armava gli archi da caccia. Lucanus aveva avuto ragione: sembravano più bestie che uomini, coi loro capelli arruffati e le barbe sporche, gobbi e irrequieti, coi vestiti stracciati che gli svolazzavano attorno come ali di cornacchie.

Mato avvertì un movimento. Dal terreno retrostante, apparve una figura e lui emise un grido di terrore, filando via. Ma cadde sul sedere, per cui dovette guardare dal basso un omaccione torreggiante, sentendo il cuore battere all'impazzata. Nelle Terre Selvagge, avrebbe fiutato il nemico a miglia di distanza, lì invece non si era nemmeno accorto di un uomo a portata di mano.

Sotto la luce della luna, la figura assumeva un colore smeraldino. Mato ebbe un senso di sollievo quando vide che indossava l'armatura, prendeva lo scudo e la spada bronzea.

Senza neanche un cenno di saluto, il Signore delle Foreste spiccò alcuni balzi verso le tende, brandendo la spada durante la corsa, infilzando la gabbia toracica di un barbaro con tale forza da sollevarlo dal suolo.

Mato era sbalordito, incapace di trattenere un sorriso di incredulità. Ora il popolo della foresta era vicino, accerchiava il campo. Le lance perforavano muscoli e ossa. Al pari dei suoi fratelli, lui aveva nutrito dei dubbi su Amarina, ma era stata lei a invocare l'aiuto del Signore delle Foreste, e i suoi seguaci avevano risposto. Loro erano al corrente del titolo di Pendragon, sapevano cosa significasse, e adesso anche Mato iniziava a rendersene conto.

Vedendo che i barbari cadevano, si sentì più speranzoso, seppur di poco. Stavano cominciando a ribaltarsi le sorti della battaglia.

«Che caspita sta succedendo?».

Erca estrasse la spada e si mise sulla soglia della tenda. Un cavallo senza cavaliere era imbizzarrito e lui dovette retrocedere di un passo.

Catia era accoccolata al centro, ascoltava il chiasso che aumentava sempre più all'esterno. Urla e grida di battaglia, il cozzare delle spade e il nitrito dei cavalli spaventati. Tutte le sue fibre erano incendiate.

Osservava Erca e Logen che, nel buio, tentavano di dare un senso alla confusione imperante. Nel momento in cui era stato lanciato l'allarme circa l'avvistamento dei Lupi Feroci, il capo degli Scoti si era messo a ridere. «Cinque uomini», aveva detto. «Che minaccia rappresentano?».

Lei sorrise dentro di sé. Ora il volto di lui era irriconoscibile. Erca mormorò freneticamente qualcosa all'uomo dalla faccia di roditore, che sembrava essere il suo braccio destro.

La guardia incombeva su di lei, ma era distratto dalla battaglia notturna, lo si percepiva bene. Che bisogno aveva di tener d'occhio una donna?

Catia sorrise ancora.

Quando un cavallo si abbatté su un lato della tenda, quasi distruggendola, lei era pronta. Sferrò un pugno terribile all'inguine della guardia, che cadde all'indietro per il dolore lancinante.

Alzandosi in piedi, superò Erca e Logen, che si erano scostati dalla soglia. Le loro grida furibonde la investirono alla schiena, però continuò a scappare il più veloce possibile, forse come Mato, oltre le tende, deviando dalla linea di un cavallo, fino ai margini del campo.

Il disco lunare illuminava la scena del massacro. Pozze di sangue coprivano il terreno, i barbari morti o moribondi erano sparsi dappertutto.

Una freccia sorvolò la sua testa a un dito di distanza: dopo aver recuperato la calma, ringraziò gli dei per essere stata fortunata. Morire in quel frangente, quando era ormai vicina alla salvezza, sarebbe stato troppo ingiusto.

Sperando che chiunque avesse scagliato la freccia avrebbe visto che lei non era un nemico, passò oltre la linea dei cadaveri. La attendevano due uomini, e provò un vero sollievo non appena vide che si trattava di Lucanus e Bellicus. Mentre incombevano sugli avversari caduti, le loro spade gocciavano sangue. All'inizio, Lucanus parve non vederla. Aveva negli occhi quello sguardo assente che sembrava più scuro che mai, ma poi si riscosse, un sorriso gli conquistò le labbra, e chiamò il suo nome. Catia ebbe un sorprendente tuffo al cuore quando lo udì.

«Strega».

Si voltò. La parola era stata pronunciata con acidità, con forza e furia, e non poteva essere diretta che a lei.

Barcollando sul terreno erboso, avanzava Amatius. Lei notò il suo sguardo allucinato, i capelli gli volavano da tutte le parti, il mantello era imbrattato di fango, come se avesse dormito in un fosso. Poi si accorse che non era solo, ed ebbe una paura inaudita.

Al suo petto era aggrappato Marcus. Catia vide che il figlio era afflitto, terrorizzato, incapace di capire cosa gli stesse facendo il padre. La faccia di Amatius aveva la tipica espressione furiosa che lei aveva subìto mille volte e sapeva cosa presagisse.

«No», disse. «Portalo via!».

«Prendete il bambino», ringhiò lui, rivolgendosi non a lei ma ai barbari che accorrevano da dietro. «Non l'ho generato io. È un bastardo. Il frutto dell'infedeltà di mia moglie. Prendetelo voi».

Catia tentò di comprendere le parole di Amatius. Come poteva credere di non essere il genitore di Marcus? Ma poi vide che guardava con odio Lucanus e capì che era consumato da una gelosia mostruosa, che da sempre lo rodeva, che lei aveva riconosciuto ma ignorato, come una pazza.

«No». La sua voce era un rauco gracidare. Stese la mano verso suo marito e implorò: «È tuo, lo giuro!».

Sentì i passi dietro di sé. Erca, non c'erano dubbi, e Logen, che venivano per porre fine a ogni speranza. E capì dalla sua faccia di pietra che il marito non avrebbe cambiato idea.

Girandosi verso Lucanus, strillò: «Salva Marcus. Te ne scongiuro. Salvalo!». Siccome lui tergiversava, urlò: «Dimenticami. Metti fine alla battaglia, ma salva Marcus».

Sembrava che Amatius si riscuotesse al suono di queste esortazioni. «No», esclamò. «Non mi sconfiggerete». Si voltò e scappò verso la notte, trascinando via il figlio.

Risuonarono allora tre fischi acuti (il segnale di Lucanus ai suoi uomini), dopodiché il Lupo prese a rincorrere il marito insieme a Bellicus. Da tutto il campo svanì gradualmente il rumore della battaglia.

Catia sentì che le afferravano un braccio. Non gliene importava niente. Osservando i lupi che sparivano, pregò più forte che mai affinché ogni cosa andasse al posto giusto.

Logen la stava riportando a forza verso ciò che restava del campo, ma Erca aveva in qualche modo tenuto la posizione e guardava infuriato nelle ombre tenebrose. E c'era anche Motius.

«Seguili», ordinò Erca al Corvo. «Guarda dove portano il ragazzo. Riportamelo indietro a tutti i costi».

«Abbiamo qualche segno di lui?», esclamò Amarina.

Decima scosse la testa, con gli occhi dominati dalla paura per la reazione verbale della sua padrona, aspettandosi una frustata. E doveva proprio averla, la paura, pensò Amarina, fremente di rabbia. Aveva incaricato lei e Galantha di sorvegliare attentamente il ragazzo. Non ci si poteva affidare a un vecchio e uno storpio per la protezione di un bene tanto prezioso. Invece Amatius lo aveva preso, correndo tra gli alberi come una bestia selvaggia, per poi mettere fuori combattimento le due donne a forza di pugni.

«Là», indicò Galantha in mezzo alla macchia, non lontano dalle rive del fiume.

I raggi lunari permisero ad Amarina di distinguere Amatius che zigzagava tra gli arbusti, con Marcus aggrappato al suo petto. Più lontano, dalla campagna, li stavano seguendo altre due figure. Guardò meglio e pensò che fossero Lucanus e Bellicus.

«Venite», disse appoggiandosi alla sua stampella improvvisata e muovendosi verso di loro. «Ma sei troppo debole», obiettò Decima cercando di trattenerla.

Amarina assunse un'espressione truce. «Se quel mascalzone senza palle ha un minimo di intelligenza, riuscirà a fuggire lungo le sponde fluviali prima che possano fermarlo. Adesso chiudi il becco e fa' quello che ti dico. Corri da Lucanus. Digli che Amatius si trova nella macchia». Poi si rivolse a Galantha. «Aiutami. Faremo il possibile per ritardarlo nella fuga».

Mentre Decima correva via, Amarina zoppicò con la stampella verso gli alberi, tenendosi a Galantha con la mano libera e ignorando le fitte di dolore per le ferite. Mancava poco per giungere alla macchia (il lancio di un'asta), ma le sembrò come la marcia di una giornata. In qualche modo riuscirono ad arrivarci. Dalle profondità del boschetto udiva dei singhiozzi soffocati.

Lasciò il braccio di Galantha e si portò l'indice alle labbra. Era debole, ma ancora in grado di tenere a bada Amatius, vigliacco e patetico allo stesso tempo. Sfilò il coltello dalle pieghe del vestito, apprezzando la sensazione del manico in corno di cervo cesellato da suo padre.

Sentiva il rumore dei passi sull'erba. Erano finiti i giorni di quel bastardo. Andò a nascondersi nel folto del boschetto.

Amatius si mise in ginocchio sotto un raggio di luna. Aveva la testa reclinata all'indietro, gli occhi chiusi, e le lacrime gli solcavano le guance sudicie. Marcus era appoggiato davanti a lui.

All'improvviso, Amarina fu presa dal terrore. Il corpo del ragazzo era floscio, la testa gli ciondolava orridamente. Collo spezzato.

Il terrore si tramutò in emozioni contrastanti: smarrimento per un uomo capace di togliere la vita al figlio, furore per tutto quello che Amatius rappresentava, disperazione per ciò che era perso, e dolore sconfinato per il ragazzo.

Lucanus arrivò nella macchia. Amarina ricacciò indietro le lacrime e attestò le stesse emozioni contrastanti sul volto di lui, che cadde appoggiandosi a un tronco, con la spada abbandonata miseramente al fianco, le labbra che si muovevano senza emettere suoni nel tentativo di dare voce alla confusione interiore.

Per lui, Marcus era stato come un figlio, lei lo sapeva. E lui avrebbe avuto sentimenti anche per Catia, se era ancora in vita. E in fondo a quel pozzo di dolore c'era perfino un'altra perdita, che avrebbe gettato nella disperazione tutti gli uomini e le donne di quella terra. La profezia era sbagliata. Adesso, il re che non moriva non sarebbe mai nato. Chi li avrebbe allora guidati fuori dalle tenebre?

Amarina percepì un movimento dall'altra parte della macchia e vide Bellicus comparire sotto le spoglie dell'uomo affranto. Lo vide comprendere la situazione all'istante. Una fredda decisione gli offuscava il volto.

Brandendo la spada, tranciò di netto la testa di Amatius.

Catia allungava il collo e si guardava attorno, sperando di cogliere nella notte qualche segno da cui desumere che Marcus era al sicuro. Lì vicino, i barbari barcollavano tra le rovine del campo, ancora increduli per la sconfitta da parte di una banda di ladri, contadini e mendicanti. Lei sentiva l'odore ferroso del sangue nell'aria.

Logen la teneva stretta al polso mentre Erca camminava tra i suoi uomini per riportare un minimo di ordine. Erano sopravvissuti una ventina di guerrieri. In altre circostanze, sarebbe stato un trionfo per Lucanus e il Signore delle Foreste, ma per Catia l'unica cosa che contava era la condizione di suo figlio. Perché Lucanus si era battuto per salvare lei? Perché non era scappato con Marcus, com'era nei propri voti?

Notò che Motius dei Corvi Putrefatti rientrava furioso nel campo, e il suo cuore si mise a battere forte. Però non aveva Marcus con sé.

Si inchinò davanti a Erca e per un attimo bisbigliarono insieme, dopodiché si girarono per guardarla. Catia comprese allora tutto quel che temeva e le sembrò che crollasse il mondo.

Come se fossero lontanissimi, udì Erca rivolgersi ai suoi uomini: «Radunate i cavalli. Qui non abbiamo più niente da fare. Stanotte rientreremo nei ranghi dell'esercito».

Le sembrava di avere delle mani strette alla gola che tentavano di soffocarla e toglierle la vita. Osservò il capo dei barbari dirigersi verso di lei, quasi senza vederlo.

Udì le sue parole, parevano salire dal fondo di un pozzo, e avrebbe voluto rintracciarvi odio o rabbia, ma percepì solo tristezza, e quella era la cosa peggiore in assoluto.

«Adesso verrai con noi», disse Erca.

Lucanus terminò di pigiare la terra sulla tomba poco profonda che, insieme a Mato e Bellicus, aveva scavato con le mani. Il plenilunio illuminava la sua azione. Marcus era sotterrato, tra le lacrime e le preghiere a bassa voce rivolte agli dei, e ciò che restava di Amatius era stato trascinato ai margini della macchia per agevolare il lavoro dei lupi.

Lui si sentiva svuotato, privo di ogni emozione.

Alla fine, alzò lo sguardo nel momento in cui Comitinus arrivò nel boschetto. «I barbari se la stanno svignando, tornano a cavallo a nord, cioè quello che rimane di loro», disse ansimando.

«Battuti e spaventati, con la coda tra le gambe», vantò Solinus. Il sangue gli macchiava la faccia e inzuppava una falda del mantello, anche se non sembrava il suo.

Bellicus grugnì: «Rientrano nell'orda».

Lucanus si sosteneva solo grazie a un tronco, era cosciente di avere tutti gli occhi su di sé. Immaginava i loro pensieri. Ora che Marcus era morto, i barbari non avevano più motivo di rimanere lì. Avrebbero potuto proseguire il loro compito: la conquista della Britannia.

Sarebbe successo presto. E poi? I paesi incendiati. La gente ridotta in schiavitù. E nessuna speranza per ognuno di loro, poiché lui aveva fallito.

«Hanno portato via Catia con loro...», aggiunse Comitinus lasciando in sospeso le parole.

«Andremo a riprenderla». Le sue parole sembravano vuote.

«No». Bellicus gli si parò davanti e gli posò una mano pesante sulla spalla. «Ci penseremo io, Solinus e Comitinus. Tu hai altro lavoro da fare».

«Catia ha bisogno di me».

«Il popolo ha bisogno di te. Ora sei il Pendragon. Porti la corona dorata, se non ricordo male». Bellicus tentava coscientemente di scherzare, ma riconobbe l'espressione dura sul volto dell'amico che non ammetteva resistenza. Ciononostante, la sua voce si addolcì un po' quando aggiunse: «Devi fidarti di noi».

Lucanus annuì. «Sei un amico».

Bellicus si schermì: «Sono un bastardo». Si rivolse a Solinus e Comitinus. «Venite con me?»

«Speravo di ubriacarmi e di farmi qualche puttana, ma per il momento rimandiamo». Solinus si sputò in una mano per pulirsi il sangue dalla faccia.

«Riporteremo a casa Catia, anche se ci vorrà del tempo», promise Comitinus.

«Volete che venga con voi?», chiese Mato.

«Cosa, mettendoti a rischio di trafiggerti con la tua stessa spada?», disse Bellicus con un ghigno. «Nei prossimi giorni, al Lupo servirà avere un brav'uomo al suo fianco. Io non sono buono, tu sì. Buono per il cuore».

Lucanus si accorse della sorpresa di Mato per il complimento ricevuto, ma si sentiva comunque inquieto. Pareva quasi che Bellicus si aspettasse di non rivederli più.

«Sarai il suo amico e saggio consigliere», continuò l'Orso. «Ma soprattutto dovrai sventare gli inganni che escono facilmente dalla bocca del sacerdote dei boschi. Hai capito?».

Mato annuì.

Lucanus era stanchissimo. Non aveva il coraggio di rivelare ai compagni di non poterne più di correre e combattere. Non lo aveva chiesto lui, ed era certo di non essere all'altezza delle responsabilità che gli avevano addossato. Eppure, le aveva accettate. «Sapete che farò qualunque cosa mi si chieda», disse.

45
Tra le pietre

Mentre la banda si dirigeva a sud, l'estate sbocciò nel suo fulgore. Essi procedevano pesantemente lungo i sentieri prosciugati dal sole durante la calura giornaliera, beandosi per la danza delle api e delle farfalle, e apprezzando il profumo dei fiori selvatici che costeggiavano la via. Di notte, riposavano in un dolce tepore, ammirando il cielo punteggiato di stelle.

I Lupi Feroci avevano requisito quattro cavalli dei barbari per tirare i carri di Varro sulle piste indicate da Myrrdin. Amarina si stava rafforzando e rimettendo in salute, Menius sembrava trovare nelle faccende quotidiane uno scopo che gli forniva un'energia che non gli avevano mai visto da quando avevano lasciato Vercovicium.

Si rimpinzavano con le abbondanti libagioni della caccia e con la raccolta lungo la strada, anche se la pace del viaggio non bastava a compensare la tristezza dei cuori. Affogavano nel dolore, nel dubbio, nella paura e nelle preoccupazioni. Presto l'orda barbarica avrebbe invaso anche il sud, e un mare di sangue e di morti avrebbe spazzato via tutto quello che avevano conosciuto. E cosa avrebbe riservato il futuro, ora che era naufragata la speranza costituita da Marcus?

Il druido non offriva risposte, o indicazioni particolari, con grande frustrazione da parte di Lucanus. «Abbiate pazienza, tutto si rivelerà», diceva, stranamente imperturbato dal trapasso di colui che era la chiave per tutto ciò che speravano da tempo i sacerdoti dei boschi.

Dopo essere usciti dalla densa foresta dell'altopiano, scarrozzarono nel verde lussureggiante fino a un paesaggio più chiaro, costellato di laghi scintillanti e solcato da fiumi impetuosi. I contadini e i mercanti che incontravano erano affamati di notizie, preoccupati dalla minaccia proveniente da nord. Tutti temevano di dover lasciare le case e il lavoro per fuggire ancora più a sud, senza potersi difendere. Dell'esercito romano non c'erano tracce.

A Lucanus si accendevano le guance ogni volta che Myrrdin parlava del Pendragon, il grande capo guerriero che avrebbe combattuto per loro, e raccontava le storie che circolavano lungo le vie commerciali.

Perché infondere in loro false speranze, si chiedeva il Lupo? E il druido, di nuovo, non aveva risposte per lui.

La condivisione dei viaggi favoriva la formazione di legami che duravano una vita. Lucanus lo sapeva dalle prime scorrerie nelle Terre Selvagge fatte coi Lupi Feroci. Sebbene pensasse spesso a Bellicus, Solinus e Comitinus, e ancor più a Catia, si abituò all'esistenza di coloro che erravano con lui. Mato si dilungava sovente su Aula, la sorella morta, e con accenti sconosciuti, almeno da quando si trovavano al di là del vallo. C'era qualcosa che lo consumava, forse il desiderio di capire, ma il Lupo comprese, di qualsiasi cosa si trattasse, di non avere il senno per afferrarla. Aelius era impegnato a dimostrare di essere un uomo con maggiori possibilità di quelle stabilite per lui a Vercovicium. Faticava ogni giorno, sudava nel trasporto della legna da ardere, sollevando otri di acqua fresca, domandando a Lucanus di insegnargli a usare la spada con destrezza e a tenersi in equilibrio con un solo braccio durante un duello. Decima e Galantha narravano storielle sul loro passato, di ladrocini e inganni, di uomini altezzosi ridotti all'umiltà, e ridevano entrambe come se nel mondo andasse tutto bene. Come dicevano a Lucanus, anche se c'erano state disgrazie e massacri erano arrivate a sera vive e con la pancia piena, e per quello erano riconoscenti e lo sarebbero sempre state, poiché in passato la fame e la morte le aveva raramente abbandonate. Il Lupo non riusciva a capirle fino in fondo, a differenza di Mato.

Amarina era un enigma. Una donna piena di segreti, e lui era convinto che non li avrebbe mai conosciuti, neanche uno.

Mentre attraversavano rumorosamente una pianura sotto il cielo limpido, Lucanus vide Myrrdin di fianco a sé sulla panca del carro e lo apostrofò: «Nutri ancora speranza?»

«Sì».

«E come faremo a tenere a bada i barbari?»

«Le antiche tribù sono state convocate a consiglio di guerra».

Lucanus scoppiò a ridere, più amaramente di quanto intendesse. «Non hai fatto attenzione, druido. Là fuori non ci sono più guerrieri. Non sono più i tempi della regina infuriata che sconfisse un esercito romano e gli tenne testa. La gente è ingrassata, si è impigrita coi proventi dell'impero. I mercanti non impugnano le spade e le armi. I proprietari terrieri non combattono. I coltivatori possiedono solo aratri».

Myrrdin non se ne curava. «Combatteranno. Altrimenti andrebbero incontro alla morte».

Lucanus sospirò. Stava cominciando a credere che le parole del sacerdote dei boschi non valessero più di una manciata di polvere.

In seguito, i carri superarono una fila di alberi e il Lupo diede uno strattone per indurre i suoi cavalli a fermarsi. Allungò la testa davanti a sé, incerto sulla strana formazione che intravedeva.

Al centro di una pianura sterminata, battuta dal vento, sorgeva un circolo di pietre erette che la foschia del calore rendeva indistinte. Erano accoppiate, unite da una pietra sospesa, forse un tempio con altro nome.

«Che roba è?», domandò.

«Benvenuto alle Heartstones, Lupo», disse Myrrdin permettendosi un timido sorriso. «Qui plasmeremo i giorni che verranno».

Nella fornace del tardo pomeriggio, i viaggiatori oziavano all'ombra dei carri. Mato notò che la maggioranza di loro non riusciva a staccare gli occhi dalle pietre che si profilavano contro il cielo azzurro. Lui provava reverenza di fronte a un tempio dedicato a dei ignoti, senza saperne precisamente la ragione.

A sud, un fiume tortuoso luccicava come l'argento. «Il serpente che dona la vita», disse Myrrdin seguendone il percorso.

«Draghi e serpenti», borbottò Lucanus. «A sentirti parlare, sembra che siano ovunque».

«Infatti».

«Un fiume è un drago. Un uomo è un drago», meditò Mato. «Adesso comincio a capire. Ogni cosa è la cosa che è, ma può essere anche qualcos'altro».

«E nell'altra cosa vi è il segreto», affermò il druido. «E lì stanno i legami occulti».

Mato masticava un gambo erbaceo. «Questa è la sapienza che apprendete nelle vostre scuole e che perpetuate negli anni? La conoscenza del volto nascosto di tutto quanto esiste?»

«Quando si conoscono i volti nascosti, si conosce la verità del mondo», concluse il druido.

Lucanus perse la pazienza. «Mi fai venire il mal di testa. Mi chiedo come pochi uomini possano vincere una guerra contro un'orda barbarica. E perché dovremmo rischiare addirittura la pelle se non c'è niente per cui combattere? Nessun redentore. Nessuna via d'uscita dalla lunga notte che sta calando».

«Volgi il viso al sole, Lucanus. Hai troppa malinconia dentro di te».

Myrrdin si alzò a fatica e puntò il suo bastone contro il petto di Lucanus prima di sollevarlo verso il cielo. «Hai ancora molto da imparare. Lugh ti disprezza, fratello. Lugh, che sorride benigno a re e sacerdoti. Lugh, che ha tre volti, e che i romani chiamano Mercurio. È lui a recare la magia nel mondo, la meraviglia delle parole e la saggezza delle storie, poiché lì si trova il vero potere. I sacerdoti dei boschi lo hanno sempre saputo, è quello che ci ha formati, come adesso plasmiamo voi».

Mato vide che Lucanus stringeva le palpebre per cercare di dare un senso a quel che diceva il druido. «Mi hai mentito a proposito della profezia. Su Marco. Non può essere una profezia se non si realizza». Il Lupo si mise eretto, puntando un dito esitante contro l'altro uomo. «Siccome ti abbiamo ascoltato, sono morte delle persone… è morto il ragazzo… Adesso non abbiamo niente, e siamo…», si guardò attorno, «in mezzo al nulla».

«Siamo al centro di tutte le cose. È qui che gira il mondo».

«Non abbiamo niente».

«Dici niente? Sei stato trasformato da piombo in oro, Lupo. Adesso hai un destino, laddove prima non lo avevi. Gli dei ti favoriscono e hanno infuso vita nel tuo petto. Ti hanno fornito la spada del potere e una corona dorata che fa di te la guida degli uomini. Ti hanno reso una sorta di re, a te che eri un lupo selvaggio, vestito di stracci e imbrattato di melma. Non è una meraviglia che poteva derivarti solo dagli dei? Sappilo. Il Drago sorgerà ancora. Il re che non muore è tuttora in divenire».

«Come?».

Mato osservò la faccia del druido, la luce nei suoi occhi, la forza di persuasione che promanava da lui, a ondate. C'era qualcosa al suo interno, ne era certo.

«I segreti che conosciamo sono molteplici», disse Myrrdin. «Ma ce n'è uno… che trasforma tutti gli uomini da piombo in oro, se lo accettano. Non dobbiamo temere la morte. Essa non è una fine. Gli Attacotti lo sanno. Tutti gli uomini hanno un'anima, e quando si ferma il cuore l'anima transita in un altro veicolo. Nessuna fine, Lupo. È questo che sta al centro dei nostri insegnamenti. Marcus è morto, però vive ancora, e vive pure il re che ci salverà tutti».

Lucanus chinò la testa, soppesando queste parole, quindi Mato lo vide incamminarsi tra le pietre.

«Questo è il momento più oscuro per il Lupo», mormorò Myrrdin.

«Ha sofferto enormemente e, se c'è una possibilità di salvare ciò che abbiamo, dobbiamo guidarlo oltre in questo periodo, per ricondurlo alla luce».

«Le storie hanno sempre due lati, vero?», commentò Mato. «Ciò che si dice e ciò che vi è sotteso. Ho prestato molta attenzione al tuo dire».

«Almeno qualcuno mi ascolta», si consolò il druido.

«Sento più di quanto desideri rivelare».

Myrrdin gli lanciò un'occhiata.

«Pensi che le tue divinità siano più sagge di quelle altrui. Eppure, i cristiani escludono tutto quello in cui tu credi e distruggono i templi degli adoratori di Mitra».

«Le guerre degli uomini sono guerre degli dei. O le guerre degli dei sono guerre degli uomini, l'uno o l'altro».

«Non è questa l'unica storia che colgo nelle tue parole».

Dalla faccia del druido scomparve il sorriso. «Parla».

«Tu hai effettivamente mentito a Lucanus. Questa profezia non derivava davvero dagli dei. È un piano escogitato dagli uomini. Da voi, sacerdoti dei boschi. Dicendo che promana dagli dei...». Mato interpose una pausa, guardava il fiume, in basso, e più lontano, nell'indistinto paesaggio, dove si acquattava senza dubbio l'esercito. «Serve per convincere gli uomini sciocchi, dalla mente debole. Stupidi come me e Lucanus, e tutti quelli che stanno ad ascoltare le tue parole».

Impressionato, Myrrdin annuì. Non oppose alcun tentativo per negare. «Sei un uomo molto saggio, Mato. Vedi più lontano dei tuoi fratelli. In un mondo diverso, avresti potuto diventare uno di noi. Sappilo, allora. In un certo senso, a Lucanus ho detto la verità. Il re è un'*idea* che sta per nascere. Egli verrà e, se ci crede un numero sufficiente di uomini, farà tutto quel che diciamo che farà. Guiderà il popolo di quest'isola, sottraendolo alle tenebre, verso un mondo migliore. Glielo negheresti mettendo in discussione ciò che è vero e ciò che non lo è?»

«Però Lucanus aveva ragione. Sono morte molte persone per realizzare questo piano che incubate da non so quanto tempo».

«La morte non è una fine. Non hai sentito le mie parole?»

«Così è facile spedire un uomo alle Terre dell'Estate, basta una parola».

Myrrdin gli si mise davanti, sicuramente intuendo il disagio di Mato. «A cosa serve svelare a Lucanus le tue paure? Gli guarirai il dolore allo stomaco e lo aiuterai a rafforzarsi? Servirà per sconfiggere i barbari? O lo ferirai maggiormente, nella convinzione che tutto quanto ha perso è stato vano? Alla fine, esiste solo un'unica storia. Chi la rivendica: questo è il punto. Saremo noi a fare il sovrano che non muore. Noi, insieme. E gli uomini si allineeranno dietro di lui». La voce di Myrrdin si era elevata di tono. «Mi aiuterai?»

«Vuoi che menta a mio fratello?»

«Desidero che tu contribuisca a costruire una verità migliore».

Sulla pianura era scesa la notte; un silenzio totale si diffondeva tra le pietre. Al centro del cerchio, Lucanus giaceva supino e osservava il plenilunio, la luce lattea orlava gli altissimi monoliti. Dietro di lui, Myrrdin sedeva a gambe incrociate, col bastone sulle cosce.

In quella pace, sarebbe stato arduo credere che si stava per abbattere su di loro una guerra. Ma Lucanus sapeva che i pensieri del suo gruppo non si allontanavano mai dal sangue e dalla morte. Nessuno esprimeva le paure più radicate, però lui glielo leggeva negli occhi che lo consideravano il salvatore. In che modo si era arrivati a quel punto?

Myrrdin gli indicò uno splendore smeraldino oltre le pietre circolari. Una lucciola. «Un messaggio», disse, «proveniente dagli dei. Questa è una notte fausta».

Lucanus grugnì. «È una notte come le altre».

«C'è sempre magia attorno a noi, basta avere occhi per vederla, tanto più stasera, che è la vigilia del solstizio d'estate. Gli uomini guardano per terra, o pensano al prossimo pasto, o alla prossima paga, e credono che gli dei non siano continuamente al loro fianco. Invece lo sono».

«Questo è un altro segreto che ti hanno insegnato, druido?»

«Lo leggiamo nel volo degli uccelli, nel verso delle belve, negli astri del cielo. Gli dei osservano, ascoltano e parlano, ma per udirli devi conoscere la loro lingua».

«E cosa ti dicono di me?»

«Che non esiste uomo migliore per guidare il popolo verso l'era del Re Orso, Artirogios».

«E tu ci credi davvero?»

«Sì, ma io sono un semplice uomo. Gli dei hanno scelto te, Lucanus. Tutto quello che c'è stato nella tua vita, e nella vita di tuo padre, e in quella del padre di tuo padre, ha portato a questo momento».

Il Lupo estrasse Caledfwlch e la puntò contro la volta astrale. «La spada di un lago, abbandonata da un guerriero di un'altra era».

«Il dono della naiade che presiede al lago, la messaggera che te lo ha recato direttamente dagli dei. È la Spada di Luce, una volta appartenuta allo stesso Lugh. In Occidente, si dice che gli sia stata offerta da Manannan Mac Lir, colui che governa gli oceani. Con la spada, egli salvò i figli di Dann dalla grande oscurità, dai nemici Fomori, guidati da Balor, il dio orbo».

Lucanus vide che il druido, per ricordare meglio, chiudeva gli occhi e continuava con voce cantilenante: «Nelle sue mani, la Spada di Luce era nuda. Si avventò sui Fomori come un'aquila di mare sulla sua preda, come la folgore compare all'improvviso nel cielo limpido. Davanti a lui e ai suoi compagni, essi furono distrutti come le stoppie dal fuoco. Egli trattenne la sua mano, e solo nove di loro rimasero in vita».

«Nove», ripeté Lucanus, trasportato dal ritmo tranquillizzante delle parole. Fissò oltre i grandi blocchi di pietra e, nel buio, gli parve di notare un movimento. Una processione degli dei, forse, come quella che aveva visto quando giaceva agonizzante nella grande foresta, al di là del vallo. Sembrava fossero venuti per vedere lui, per presenziare alla scelta che stava per compiere.

«I numeri sono importanti. Anche questo lo abbiamo appreso nella nostra scuola. Tre, cinque, nove. Quando vedi questi numeri, devi prestare un'attenzione speciale, perché gli dei parlano per loro tramite».

Il Lupo annuì, pur non comprendendo con precisione.

«Si è deciso il tuo destino sul freddo lago delle regioni settentrionali», disse Myrrdin. «Non esiste la possibilità di eluderlo».

Lucanus rimise la lama nel fodero. «Allora la mia scelta è fatta. Sarò il capo e combatterò. Per il bene di Marcus. Per Catia, per i miei amici, per tutti quelli che devono essere sottratti all'oscurità».

Avvertì un cambiamento in Myrrdin, che di fianco a lui stava certamente sorridendo.

«Chi ha eretto queste pietre?», disse guardando la disposizione circolare. «Sono un tempio dei sacerdoti dei boschi?».

Il druido attese prima di rispondere. Scelse con cura le parole. «Sono antiche, più antiche dei racconti di cui disponiamo, ma adesso è nostra cura occuparcene. Non solo qui alle Heartstones, ma tutti i cerchi di queste isole». Alzò gli occhi al cielo. «Le nostre storie ci dicono che, tanto tempo fa, molto prima dei sacerdoti dei boschi, sulla terra cadde una stella. Gli incendi devastarono le foreste, annerirono la brughiera e i cieli. L'oceano si sollevò, inondando tutte le terre, e le cime delle montagne furono l'unico posto in cui poterono rifugiarsi gli uomini. Quando le acque scesero, i sopravvissuti... gli antenati dei sacerdoti dei boschi... eressero queste pietre».

«Come monumento, così la gente non avrebbe dimenticato mai quelli che erano morti?», disse Lucanus.

Myrrdin indicò una stella luminosa, bassa nel cielo serotino. «Vedi come sembra appesa all'architrave? In questi cerchi, possiamo osservare e studiare per prepararci qualora dovesse cadere sulla terra un'altra stella». Il druido spostò lo sguardo attorno alle pietre, ormai scure per il cadere della notte. «Ma qui c'è molto più di questo».

«Molto più? In che senso?»

«Prima che arrivassero i romani a rovinare questa terra, ogni solstizio d'estate e d'inverno si tenevano grandi consigli. Feste che io e te non abbiamo mai conosciuto. Si dice che ci fossero grandi tamburi, pelli tese su legni che venivano percosse. Al punto culminante di questo tamburellare, le pietre rispondevano».

«Rispondevano? Ma se non hanno la bocca...».

«Cantavano. E la gente ascoltava, poi ballava, ballava fino alla frenesia, quindi sveniva e crollava come nella morte. E all'alba, quando si svegliava, era pregna di luce divina. Così, poteva riprendere le attività per altre stagioni, confortata dal fatto di sapere che gli dei la proteggevano. Vieni».

Myrrdin lo condusse verso una delle pietre: appoggiò i palmi su di essa e vi avvicinò anche una guancia, chiudendo gli occhi. «A volte, anche senza il suono dei tamburi, la si sente parlare», mormorò.

Lucanus applicò un orecchio alla pietra. Era fresca sulla pelle. Un attimo dopo, credette di sentire un rumore, non una voce, ma il battito di un cuore, profondo e costante. *Bum, bum, bum.*

Myrrdin si scostò, pur lasciando una mano sulla pietra. Mostrava uno strano sorriso, pensò Lucanus, quasi gentile. «Gli dei sono qui dentro», sussurrò il druido. Si rannicchiò e stese la stessa mano sulla terra. «E qui. Nel terreno attorno a questo sito, attorno a tutti i cerchi, per unirli. In certe notti, una luce azzurra dipinge le pietre. È la luce degli dei. Se ti capita di vederla, lo capirai col cuore, Lucanus, e verrai trasformato per sempre».

Il Lupo si voltò verso di lui, imbarazzato. «Stai tenendo una lezione».

«Se dovrai allevare un re», disse Myrrdin, «dovrà conoscere tutte le cose e come sono. Io sarò al tuo fianco per il resto dei giorni, per guidarti e insegnarti. E mio figlio camminerà con tuo figlio, e un giorno, quando verrà il Re Orso, Myrrdin camminerà anche con lui».

Trascorsero quattro giorni, e nella mattina del quinto Amarina lasciò il bivacco per deambulare nel cerchio delle pietre. Il sacerdote dei boschi aveva alzato il bastone di modo che gettasse un'ombra lunga, ma lei non aveva idea di cosa stesse facendo e non aveva voglia di chiederglielo.

«Vuoi farci aspettare qui finché non arrivano i barbari per tagliarci a pezzettini per i corvi?», chiese.

La guardò con un sorriso insincero. «Con la lingua che hai, li potresti tagliare tutti a morte».

«Pochi scherzi con me, druido. Non sono come gli uomini che ti corrono dietro».

«È vero, me ne rendo conto. Ma non ho scelto di aspettare. Non sono io il capo».

«Niente scherzi, te l'ho detto. Hai cantato una nenia all'orecchio di Lucanus e lui sta ballando al tuo ritmo». Socchiuse gli occhi.

«Aspettiamo che possa tenersi il consiglio di guerra».

«Non verrà nessuno. Lo sai bene».

Myrrdin scrollò le spalle, e lei provò un senso di irritazione. «Se tu avessi l'intelligenza che credi di avere, ci condurresti in un posto dove sarebbe possibile nascondersi e rafforzarsi».

Il sacerdote dei boschi osservò la linea delle ombre, oltre le pietre, a grande distanza. «L'unica sicurezza si trova nell'isola delle Mele, se sai rintracciarla», disse con aria indifferente.

«Tu lo sai dov'è?»

«Sì. E presto troveremo la strada per arrivarci e andare oltre. Perché a Occidente, al di là di quel luogo, c'è la terra dove può nascere il Re Orso, dove Egli può assemblare il suo esercito e costruire un impero. A ovest, dove le antiche storie dicono che vanno i morti per approdare alle Terre dell'Estate. Dove sono in attesa tutte le buone ricompense. Nelle terre dei Dobunni, dei Durotrigi e dei Dumnonii. Dove abbondano piombo, argento e stagno, al di là delle terme curative di Acquae Sulis. E vi sono anche altre Terre Selvagge, simili a quelle che i Lupi Feroci conoscevano a nord, oltre il forte di Isca Dumnoniorum».

«Allora dobbiamo recarci lì. Sussurralo a un orecchio di Lucanus e io avrò l'altro. Vedremo chi vince».

Amarina si accorse che Myrrdin non l'ascoltava più. Seguì lo sguardo del druido e, a distanza, scorse un gruppo di uomini a cavallo che si stavano avvicinando al cerchio di pietre.

«Cerca Lucanus», disse il sacerdote dei boschi, «e portalo qui. Subito».

Dalle prime luci, Lucanus stava inseguendo un cervo bianco tra gli alberi ai margini della pianura. Non sapeva come avesse fatto a sfuggire a tutti i suoi tentativi di avvicinarsi, e ormai gli sembrava di averne perso le tracce. Anche questo era sconcertante (lui non era certo un principiante), ma eccolo lì, a mani vuote e lontano dalle pietre.

Emise un suono gutturale per mostrare la sua frustrazione, e un branco di cornacchie spiccò il volo dai rami più alti, stridendo, quasi a rivendicare la loro disapprovazione. La sua banda non aveva bisogno di carne, ma la caccia lo aveva distratto un po' dal pensiero di Catia e dal senso di colpa per la morte di Marcus.

Mentre svaniva lentamente la sua frustrazione, le sue narici fiutarono uno strano odore, amaro e potente, che non aveva mai sentito nelle Terre Selvagge. Granelli di polvere galleggiavano in un raggio solare che penetrava dalla volta della vegetazione davanti a sé, e si accorse di averli respirati.

Per un momento ebbe la testa pesante, come se gli avessero assestato un colpo alla tempia. Ma gli passò subito, e i suoi pensieri vagarono sul complesso intrico di rami, foglie, luce e ombra. Lo fissò per un attimo, assorbendo la natura verde. Quindi, accorgendosi di vedere qualcosa che stonava col tutto, si riscosse.

Tra la vegetazione più fitta, c'era un paio di occhi che lo fissavano.

«Chi va là?», domandò.

Si formò un volto attorno agli occhi, un volto noto, e una giovane donna emerse da un cespuglio di biancospino. Era nuda, ma inzaccherata e coperta di edera.

Hecate, la Vergine, si presentò davanti a lui. Mentre la guardava tutta, si accorse però che non era più la fanciulla che aveva visto oltre il vallo. Aveva la pancia gonfia e se la teneva con le mani.

«Porti un bambino dentro di te».

«Tuo figlio, Lucanus il Lupo».

Si mise a ridere. Dietro di lei, notò un movimento. Le altre due donne, la madre e la vecchia, aspettavano seminascoste tra gli alberi.

La Giovane Hecate si piegò verso di lui fino a occupargli completamente la visione col suo volto. «Quel giorno, a casa nostra, quando volammo», mormorò. «Non cavalcai soltanto il manico di scopa».

Lucanus riandò con la mente al loro primo incontro. Era caduto nell'incoscienza mentre svaniva l'incantesimo delle sorelle. «Tu menti».

Lei sorrise. «Sarà una femmina».

«Come fai a saperlo?»

«Qualsiasi donna sapiente sa queste cose. Si mangiano le erbe giuste, nel periodo giusto, e la scelta è fatta».

«Allora questa figlia è concepita per magia».

Hecate si limitò a ridere.

Le guardò la pancia. «Mia figlia?»

«Il tuo sangue, Lupo. Sangue di re, e ora regine. Vedremo chi è più forte?».

Hecate gli posò le mani sulle spalle e lo indusse ad abbassarsi, fino a farlo sedere ai piedi di un albero. Lui non aveva la forza di opporsi.

«Riposa», gli disse. «Rivedrai me e lei… di nuovo».

Malgrado la sua volontà, gli si chiusero le palpebre, e quando le riaprì le tre streghe erano scomparse.

Il fuoco crepitava e saliva più in alto delle pietre. Era quel che era, garanzia di calore, strumento per arrostire la selvaggina che sfrigolava lì vicino, e anche qualcos'altro, un faro, una segnalazione in quelle terre scure e pianeggianti, così da accedere al cuore degli uomini.

Mato corse oltre le vampe, con gli arti dolenti per il pomeriggio passato a raccogliere la legna per il falò insieme a Aelius, Menius, Decima e Galantha, e Amarina dopo che fu tornata dalla futile ricerca di Lucanus.

Ma ecco il Lupo, errava nel cerchio tremolante delle fiamme arancioni. Lo accolse Mato. «Fratello, ti abbiamo cercato dappertutto».

Lucanus era abbagliato dall'incendio. «Cosa fate? Una festa?».

Mato avvertì un tono sognante nella voce dell'amico. Forse aveva ricevuto un colpo in testa. «Molto di più. Dove sei stato?»

«A caccia…». Le parole rimasero in sospeso, come se lui volesse aggiungere qualcosa e ci avesse ripensato.

Mato lo accompagnò oltre le fiamme mentre Amarina marciava incontro a loro. «Non ti ringrazio per avermi fatto sprecare la giornata a cercarti nei boschi e nelle paludi».

Nonostante lei esibisse la sua espressione più gelida, Mato la conosceva bene e intuiva le sue intenzioni recondite.

«Sei il capo. Ora guidaci», aggiunse Amarina prendendo Lucanus per un braccio e collocandolo al centro delle Heartstones.

Dieci sconosciuti, avvolti nella luce tremolante che filtrava dagli squarci tra i monoliti, s'intrattenevano in fitta conversazione con Myrrdin. Quando Mato era andato a raccogliere la legna, ce n'erano solo otto.

«Chi sono?», domandò Lucanus.

«L'occasione per un futuro migliore», dichiarò l'amico.

Quando li vide, il sacerdote dei boschi li chiamò con un cenno. «Ecco», annunciò, «lui è il Pendragon».

Gli sconosciuti chinarono immediatamente la testa.

Lucanus era strabiliato. Mato lo spinse avanti.

«Una volta il popolo della terra in cui vivo erano i Trinovanti», disse un uomo dai lunghi capelli candidi. «I nostri maestri ci narrano le storie dei tempi andati. Noi non dimentichiamo. Quando a Camulodunum giunse la notizia del consiglio di guerra, abbiamo discusso molto sul da farsi». Guardò gli altri sconosciuti, che annuivano alle sue parole. «Non possediamo guerrieri come ai tempi andati, ma abbiamo uomini capaci di combattere e li metteremo al tuo servizio. È una promessa solenne».

«Il richiamo del Pendragon significa molto ancora oggi», disse un altro. «Noi non dimentichiamo. Nessuno di noi dimenticherà mai».

«Io provengo da Verulamium», disse un terzo. Mato vide che teneva gli occhi bassi, come se temesse di guardare Lucanus. «Il mio sangue appartiene ai Catuvellauni. L'esercito ha disertato ma faremo il possibile. Noi non dimentichiamo».

Mato rinvenne in quelle parole ripetute qualcosa di simile a un giuramento che riecheggiava da secoli, quando tutti pensavano che potesse svanire. Stornò lo sguardo dalla riunione e vide che, camminando pesantemente, stavano arrivando altri due uomini stanchi. «E ce ne sono ancora», mormorò.

«Cosa dici a quelli che hanno risposto al tuo richiamo, Lucanus Pendragon?», chiese Myrrdin.

Il Lupo esitò, Mato intuì i suoi pensieri conflittuali leggendo nei suoi occhi. Però era un buon capo, e in quanto tale comprendeva le sue responsabilità.

«Siamo pochi», esordì Lucanus con voce balbettante, ma Mato sentì che essa si rafforzava quanto più lui parlava, e i suoi occhi si accesero quanto più osservava i convitati. «I barbari sono numerosi, forti e brutali. La terra, la nostra terra, brucia. Donne e uomini di valore sono ridotti in schiavitù. Presto la marea di sangue coprirà i nostri piedi. Non crediate che defluirà via se volgiamo le spalle o rimaniamo indifferenti. Non crediate che la si possa far sparire col semplice desiderio, come i bambini. Combattere o morire. Combatteremo insieme».

Mato vide che Amarina fissava l'amico intensamente, come se lo vedesse con occhi nuovi. Non appena si accorse che lui la guardava, assunse di nuovo un'espressione imbronciata.

«Siamo pochi, ma coraggiosi», proseguì Lucanus. «E so che pochi arditi possono sconfiggere anche i nemici più accaniti».

Come potevano i resti sbrindellati che si riunivano sotto le insegne di Lucanus battere davvero la forza bruta di un esercito schiacciante come mai avevano visto in precedenza? Eppure, a sentire le parole del Pendragon, Mato si convinse che fosse possibile.

«Non abbiamo la forza dei numeri, ma ci batteremo con astuzia», continuò il Lupo. «Colpiremo quando il nemico se lo aspetta di meno. Saremo affamati come i lupi d'inverno. E inseguiremo la visione dei giorni futuri in cui ci sarà la luce, non le tenebre; la pace, non la guerra. Quando potrà sorgere un nuovo re, il quale ci introdurrà in una nuova era. State dalla mia parte!».

Alle ultime quattro parole, la sua voce tuonava, e Mato sentì scorrere velocemente il proprio sangue quando udì le acclamazioni di tutti gli uomini convenuti.

«Pendragon», gridavano all'unisono. «Pendragon. Pendragon».

Si era acceso il fuoco da cui sarebbe sorto di nuovo il Drago.

«Siamo d'accordo?». Il sacerdote dei boschi passeggiava con Mato sul lato più distante del cerchio di pietre, dove nessuno poteva ascoltarli.

Mato guardò verso coloro che circondavano Lucanus ed erano pronti a investire tanto su di lui. «Il tuo inganno mi disgusta. Ma qui c'è un bene maggiore. Se si possono salvare delle vite, se si può trovare una speranza, farò la mia parte. Sappi però che non agirò in nessun modo per danneggiare Lucanus, o qualcuno dei miei amici, solo per assecondare i tuoi piani».

«Ci sono giorni bui davanti a noi, di questo non dubito. Ma non hai iniziato a vedere la portata di questo piano. Non permetteremo a niente di frapporsi all'avvento del Re Orso in questo mondo».

«Anche se ciò dovesse mettermi contro di te?»

«Io obbedisco a un potere superiore». Myrrdin tentò di addolcire le parole con un sorriso.

«Ancora mi preoccupa una cosa. In realtà, tante cose mi inquietano, ma questa non vuole sparire dalla mia mente».

«Continua».

«Quale patto hai stretto con gli Attacotti per convincerli a combattere dalla nostra parte?».

Myrrdin distolse lo sguardo. Alla luce danzante del fuoco, le ombre cangianti gli alteravano i lineamenti. «Ho detto loro che, al tempo giusto, potranno banchettare con la carne di un re e attingerne così i poteri. Poteri oltre ogni immaginazione».

«Quale re?»

«I sovrani muoiono sempre, fratello lupo. Quando sopravvivono alla loro utilità, vengono sacrificati affinché il nuovo sangue possa mantenere in vita la terra. Questa è la modalità di tutte le cose». Mato sussultò per il rimpianto che udiva in tali parole.

Myrrdin s'incamminò, parlando dietro le sue spalle. «Il tuo amico Lucanus, il Lupo, è morto tanto tempo fa. Non compiangere l'uomo che non c'è più. Adesso lui è il Pendragon, e tutto questo sarà nelle sue mani».

Mentre osservava la notte che inghiottiva il druido, Mato rabbrividì dalla paura per ciò che si sarebbe scatenato.

46
Sol Invictus

Roma

«Adesso è l'ora della verità. Abbiamo poco tempo per stare insieme e c'è molto da fare», disse Corvus.

La luce della lampada dipingeva Gaia, delineando un alone attorno alla sua capigliatura biondo cenere. Lui pensò a quanto apparisse maestosa in quel dorato splendore la donna imperiosa che ricordava dall'infanzia. In quel momento riusciva a credere che fossero finalmente cancellati tutti i tempi bui, come il sangue che una volta aveva macchiato il pavimento di quella stanza.

La notte del solstizio d'estate era insopportabilmente torrida, anche a causa del braciere che ardeva nell'angolo della stanza. Le sue narici si allargarono per il fumo pungente sospeso nell'aria stagnante.

I lineamenti dell'Impiccato erano rossastri alla luce dei carboni ardenti. «Sei sicuro di questo? Tuo fratello nutriva dei dubbi circa le tue abilità».

«Ruga è morto», replicò Corvus. «Una perdita dolorosa, e mai mi sono afflitto così. Ma proseguirò il suo lavoro. Lui lo avrebbe voluto, e si sarebbe fidato della mia opera».

Severus annuì, sebbene il collo torto facesse sembrare che avesse uno spasmo. «Adesso sei un Corriere del Sole. Mitra ti ha benedetto e innalzato. Il Sole Invincibile riconosce il tuo valore».

Corvus chinò il capo. «Sono onorato, padre. Tu sai quanto ciò significhi per me». Quando la madre ebbe donato al culto abbastanza oro da fondare un altro tempio in sostituzione di quello andato perso, scomparvero rapidamente tutti gli ostacoli alla sua carriera verso le cariche.

«Molto bene», esclamò Severus. «Mi dicono che domattina partirai per la Gallia per incontrare l'imperatore. Poi andrai in Britannia?».

Corvus assentì. «I barbari ci hanno invaso, così mi dice l'amico Theodosius. Suo padre, Theodosius il Vecchio, ha ricevuto notizie secondo cui le tribù stanno devastando tutta l'isola. Valentiniano non può rimanere imbelle. Non so altro».

«Nonostante gli sforzi dei cristiani, siamo ancora noi, per quanto pochi, a tenere accesa la luce. All'interno dell'esercito, troverai ottimi amici. In caso di bisogno, rivolgiti a loro. Ti soddisferanno, Heliodromus».

«Sarò all'altezza della fiducia che riporranno in me».

L'Impiccato annuì, poi fece un cenno alla madre e si allontanò da quella camera soffocante.

Una volta che fu uscito, Gaia si avvicinò a Corvus e gli posò le mani sulle spalle. Gli sorrise, ormai tutte le lacrime che aveva pianto per la morte di Ruga si erano esaurite.

«Mi affido completamente a te, tesoro», mormorò. «Sappi che sarà difficile. Ruga si preparava da una vita per ciò che deve avvenire. Ora devi accollarti il mantello senza avere tempo per prepararti. Questa lotta sarà più dura di qualsiasi cosa tu abbia mai dovuto fare».

«Non ti deluderò. Ho sempre voluto questo».

«Non possiamo permetterci di perdere, Corvus».

«Se le cose diventano difficili, mi aiuterà Pavo».

«Certo che lo farà», disse lei con decisione. «Devi fare tutto quel che serve per ottenere la vittoria». Si spostò verso la finestra e guardò fuori nella notte soffocante. Lui riusciva a distinguere il sudore che le colava dalla nuca al triangolo della schiena nuda. «A volte mi chiedo se gli dei… se Mitra… ci stia davvero proteggendo». Sembrava distratta, come se parlasse con se stessa. «Ti spediscono in Britannia, il che è esattamente dove devi stare. Una volta mi dissero che nulla accade per caso. Forse è vero».

«E quando sarò in Britannia ucciderò Catia, la mia sorellastra».

«Anche tutti quelli che si riuniscono attorno a lei?».

Corvus annuì.

«Quando hai tolto la vita a Ruga, ho capito che avrei dovuto scegliere te fin dall'inizio. Tuo fratello mi avrebbe sempre delusa».

Questo lo rallegrò più di quanto lei immaginasse.

«Ti ho sottovalutato per tanti aspetti. Lo sapevi, vero?»

«A proposito del Drago?»

«Lo sapevi da molto tempo».

Sorrise. Ruga e la madre erano convinti di essere molto intelligenti. Invece lui aveva appreso da quel dì le storie sul Drago, colui che sarebbe diventato l'incarnazione di Mitra sulla terra. E dopo aver trascorso lunghe ore a torturare il druido che sua madre aveva tenuto prigioniero nella cella in cui ora viveva Hecate, aveva appreso che l'idea di un salvatore era condivisa da altre religioni. Un vecchissimo racconto, gli era stato riferito. I cristiani. I sacerdoti dei boschi. Tutti credevano che, un bel giorno, il loro redentore sarebbe venuto per liberarli dalle tenebre. Quale potere avrebbe avuto il prescelto! Ruga non si sarebbe mai meritato quelle altezze.

Gaia scostò una ciocca di capelli dalla fronte. «Catia è una ragazza egoista e sprezzante», continuò. «Una ragazza malvagia. Desidera solo che il salvatore cada sotto il suo influsso, così che solo lei avrà potere su di lui e su tutto ciò che rappresenta. Questo non può essere. Se la elimini, farai un gran bene al mondo».

«Farò tutto il necessario».

Annuì compiaciuta.

«E Hecate?»

Gaia si passò le mani tra i capelli, come se rappresentasse ciò che doveva avvenire tra lui e la strega. «Quando vi sposerete, e dopo che avrà messo al mondo un figlio, ci aiuterà a rafforzare la nostra rivendicazione. Si stabilirà il nuovo lignaggio, che sarà legato a me... a noi». Sorrise. «Questa è la verità che appresi tanto tempo fa, tesoro. Il Drago è elusivo, ha la sostanza della nebbia. Egli è chiunque il popolo dice che è. E la nostra voce parlerà sempre più forte degli altri».

«All'inizio cercavo un sacerdote dei boschi, era quello l'ordine che mi desti. Ma sembrava che fossero scomparsi tutti nelle foreste, come la foschia mattutina. Poi mi ordinasti di trovare una strega...». I suoi pensieri riandarono alla foresta ghiacciata della Gallia, quando corruppe il guerriero degli Alamanni affinché lo portasse via dalla battaglia, verso quell'orribile capanna in cui abitavano le sorelle.

«Una volta avevo a mia disposizione un sacerdote dei boschi». La voce di Gaia divenne dura, il suo volto s'imbruttì per la rabbia. Corvus distolse lo sguardo. «E quel verme viscido di Varro me lo rubò per rintracciare il Drago. Il *mio* sacerdote dei boschi avrebbe dovuto suffragare, insieme ai suoi confratelli, la mia rivendicazione. Dopo la mia coercizione, come avrebbe potuto rifiutare? Spero che l'assurdo Varro abbia una morte dolorosa». Lei fece una pausa, e quando tornò a guardarla Corvus vide che il volto le si illuminava di nuovo. «Ma così è meglio, molto meglio! Niente accade per caso. Perché ti ho costretto a portarmi una strega? Amore mio, perché quando vi unirete, la vostra unione verrà considerata ancor più grande. I sacerdoti dei boschi e la sorellanza stregonesca non potranno ignorarlo. Vostro figlio avrà un potere più forte rispetto a quello che potrà mai produrre la mia figlia indegna».

Gaia girava nella stanza come se fosse posseduta, con gli occhi infuocati e le braccia distese. Era in estasi. «Tutti questi anni di complotti... per costringere te e tuo fratello a seguire la via di Mitra al fine di dotarci di alleati...». Si mise in ginocchio, chinando la testa così che i capelli le caddero sulla faccia. «Mitra», disse sospirando, «un dio morente con una manciata di fedeli. Un giorno, molto presto, essi si uniranno ai pagani per preservare la conoscenza sacra, ascolta bene le mie parole. I Corrieri del Sole, i Padri e i druidi, tramanderanno solidalmente il segreto del salvatore per le prossime generazioni. E tu sarai con loro, elogiato da tutti. Spesso ho pensato che questo complotto potesse fallire, ma ora... ora sei imbattibile».

Corvus era raggiante. «Adesso sono invincibile, io, tuo figlio».

«*Sol Invictus*», esclamò lei, comprensiva. Quindi: «Sei pronto?».

Annuì e osservò la madre che si rialzava, ricomponendosi e assumendo un'espressione regale. «Sono stata scelta per prima, lo sapevi?», sussurrò. Voltandosi, fece scivolare il bellissimo vestito di seta bianca dalla spalla sinistra. Sulla carne nuda, lui ammirò una cosa che non gli era mai stata rivelata prima: un marchio scuro sulla pelle chiara, un serpente che si mangia la coda.

«L'Uroboro», mormorò lei. «Il segno della linea di sangue. Fui scelta dai sacerdoti dei boschi quando ero ragazza, ed è stato magnifico. Ero speciale». Chiuse gli occhi, appariva beata. Ma quando riprese a parlare, la sua voce era fredda, lui se ne accorse. «Quindi ebbi una figlia con quel mio debole marito. Non potevo lasciare che *lei* diventasse speciale. Volevo un figlio maschio, forte e potente, per perpetuare il lignaggio, ma quell'incapace di Menius non poteva darmelo. Ho ucciso tre bambine neonate, soffocandole con le mie mani, ma la quarta volta lui s'interpose prima che terminassi l'atto, e la portò via, pazzo di gioia per la discendenza».

Corvus percepì un tale disprezzo nella voce di lei da avere un sussulto.

«Una femmina, una figlia patetica e piagnucolosa. Ordinai a Strabo di portarla nella foresta così da sbarazzarmene. Ma i druidi, o le sorelle, o il popolo della foresta, sapevano... Loro vedono ogni cosa che accade nel loro mondo. E l'hanno salvata». Si girò verso di lui spalancando gli occhi. «Non volevano perdonarmi, Corvus. A me! Io mi battevo solo per il meglio, mentre loro mi odiavano per le azioni egoiste. Non mi restava altro che fuggire. Mi stavano cercando. Ora che possedevano Catia, ero diventata inutile, capisci? Riesci a immaginare i miei sentimenti? Ma io ero stata scelta per prima, non lei. A me spetta la rivendicazione maggiore per questa linea di sangue. E ce la spartiremo tra noi due, Corvus. Io e te, madre e figlio, uniti».

Corvus si rese conto di infiammarsi per la passione della madre. Si lanciò verso di lei e la strinse in un forte abbraccio. Lei vi aderì perfettamente. «Dimmi una cosa», le sussurrò all'orecchio. «Non sono un uomo che crede facilmente a queste storie, a queste profezie che i devoti si raccontano. Sono per persone come Theodosius, non per me. È vero che verrà questo salvatore, il re che non muore mai?»

«Non importa se è un salvatore, o se gli uomini credono che lo sia. Il risultato sarà lo stesso. Avrà il potere e lo gestirà mediante le parole che proclamerà. Ci saranno seguaci, discepoli che presteranno ascolto a ogni suo discorso. Forse questo redentore nascerà tra cento anni, ma fino ad allora, chiunque controlli la linea di sangue controllerà il potere di cui egli sarà investito. E ciò resterà nella nostra famiglia, Corvus. Il nostro sangue».

Corvus s'irrigidì, gli si accese una fiamma nella mente. «Il nostro sangue», ribadì.

Gaia trasalì e fece un passo indietro. «Qualcosa non va?».

La guardò in faccia. Ancora bella, ancora giovane, col fascino che aveva irretito due uomini. «Ti darò io il figlio che Menius non ha potuto darti», sussurrò. «Io sarò il padre, tu la madre, dopodiché tutto andrà bene».

Si sarebbe aspettato una certa resistenza, invece lei sorrideva e i riflessi del braciere scintillavano nei suoi occhi. «Sì, sì». Rabbrividiva. «Perché indebolire il sangue mescolandolo con quello della strega? Marchiandomi, i sacerdoti dei boschi mi hanno dichiarato degna di trasmettere la linea di sangue». La luce negli occhi di Gaia assunse una sfumatura diversa, benché lui non ne sapesse il motivo.

«Che ne sarà di Hecate?»

«Ti ama, lo sai. Farà tutto ciò che le chiedi. Ci guiderà. Sarà la nostra intermediaria coi sacerdoti dei boschi, e sosterrà la nostra rivendicazione. Questo… è perfetto». Lo abbracciò forte e lo baciò sulla fronte.

Che scia di sangue per giungere a quel momento! Le sorelle di Hecate, uccise dal guerriero degli Alamanni dietro suo ordine, così che lei non avrebbe avuto niente a trattenerla nella foresta ghiacciata, e poi lo stesso barbaro ucciso affinché non potesse parlare. Strabo, affogato nel Tevere per impedirgli di rivelare ciò che sapeva sui segreti della loro famiglia. E infine suo fratello. Ne era valsa tuttavia la pena.

Adesso rimaneva solo la sorellastra a intralciare il piano, una schiatta da spezzare con brutalità, di modo che non ci sarebbe stato nessun rivale per la rivendicazione.

Andò a grandi passi verso il braciere, si piegò per raccogliere un panno dal pavimento e se lo avvolse attorno alla mano destra. Afferrando il manico del marchio di ferro tra i carboni ardenti, lo sollevò. Il cerchio infuocato illuminava la stanza buia. Il serpente che si mangia la coda.

«Qui», proclamò. «Così tutti sapranno chi sono. Un re che procreerà re. Un Drago che procreerà Draghi».

Si tolse spudoratamente la tunica e rimase nudo davanti a lei.

Per un attimo avvertì fitte strazianti da togliere il senno e sentì il lezzo della propria carne bruciata. Ma poi scosse il capo, dimenticò le fitte, e chiuse gli occhi per l'estasi. Anche se non riusciva a vedere bene il marchio sul suo fianco, era in grado di immaginarlo.

Il ciclo infinito di morte e rinascita, il serpente attorcigliato, che divora se stesso.

Adesso era il Drago e avrebbe eliminato tutti quelli che osavano mettersi davanti a lui.

La forte voce cessò; poiché un terribile schiaffo di vento spazzò l'oceano rigonfio:
Si lacerò la nuvola a Oriente: sopra le sue scogliere si erse diritto l'iroso Principe di Albione,
Con forma di drago scuotendo le sue scaglie: si levò a mezzanotte,
E attorno alla terra d'Albione fiammeggiò rosse meteore.

William Blake

Nota dell'autore

A cinque passi di distanza dal *clic* del cancello, il passato mi inghiottì. Era la vigilia del solstizio d'estate, la pigra giornata era stata immersa nella luce dorata e nel ronzio delle api. Ora tutto si colorava di nero e argento, campi luminosi e siepi ombreggiate, altrettanto spogli di quanto lo erano sotto il sole pomeridiano. Il rumore sordo del traffico era cessato e si sentiva soltanto il battito dei miei passi.

Lasciai i pochi pipistrelli scendere ancora in picchiata attorno alle grondaie e m'incamminai per un vecchio sentiero rinnovato con assi odoranti di creosoto conservante. Mio padre aveva percorso questa via, come avevano fatto suo padre e generazioni su generazioni di piedi prima di lui, tracciando una linea sulla terra e sul tempo che collegava l'adesso all'allora.

Il sentiero si apriva su boschi agglomerati attorno a un ruscello serpeggiante. Un barbagianni strideva, forse un presagio, come pensavano una volta greci e romani. Quando ero piccolo, mi dissero di non venire in questi boschi nella notte di mezz'estate perché si potevano incontrare gli spiriti dei morti recenti, che si stavano liberando per il viaggio verso l'altro mondo, proprio quando il sole volgeva a sud.

Era una storia antica, e la si raccontava in tutto il Paese. La festa del solstizio d'estate si celebra fin dal Neolitico. È il periodo in cui si assottigliano le barriere tra i mondi (i vivi e i morti, il presente e il passato), come ad Halloween. I cristiani se ne sono impossessati chiamandola vigilia di San Giovanni, evocando nuove storie su streghe in libertà che portano male ai viaggiatori innocenti che osano avventurarsi in piena notte.

Oltre quel vecchio bosco c'era una nuova foresta, piantata da poco per coprire una delle miniere che una volta butteravano quest'angolo dell'antico regno di Mercia, nelle Midlands inglesi. I pozzi sono stati chiusi e sopra vi torreggiano i frassini, ma le gallerie corrono ancora nel sottosuolo. I residenti del luogo dicono di incontrare qui i conigli che si arrampicano sugli alberi, animali ferali e assetati di sangue, la progenie di altri conigli intrappolati sotto, obbligati a diventare predatori per sopravvivere.

Mio nonno era un minatore. Da ragazzo, ero affascinato dalle dita che gli mancavano e dalla sua pelle bluastra, esito dell'impatto della polvere di carbone dopo il crollo di una galleria in cui rimase intrappolato per un giorno e una notte, costretto a galleggiare nell'acqua gelata fino al mento. Lui mi raccontava sempre le storie dei Tommyknockers, gli spiriti dei minatori morti che bussavano alle pareti dei tunnel per attirare i vivi nel loro mondo. Anche questa è una vecchia storiella, che si ripete ancora dalle parti delle miniere di stagno in Cornovaglia e di quelle di carbone in Scozia. Gli amici di mio nonno si divertivano a intrattenermi con un mucchio di racconti di questo genere. Essi vivevano ogni giorno a stretto contatto della morte, lì, a centinaia di metri sotto terra, e avevano creato una loro mitologia per spiegare le vicende della vita e munirsi di speranza, laggiù nel buio.

Ora non c'è più alcun segno delle miniere, e sembra che il groviglio di querce, betulle, frassini e sorbi selvatici sia stato sempre in quel posto. Si seppelliscono le vecchie storie, ne cresceranno altre, nuove.

Al margine del bosco, camminai lungo l'alzaia del canale dove una volta si trasportavano le chiatte cariche di carbone alle ferriere di Birmingham, fino all'arcaico sentiero dei bovari, risalente a centinaia di anni prima. Ci ero passato tante volte da quando ero ragazzo, a tutte le ore del giorno e della notte, in ogni condizione atmosferica, e ciascuna volta mi aveva offerto qualcosa che era rimasta nella mia memoria. In quell'occasione, fui ricompensato da un tasso che si muoveva a fatica lungo la strada, con occhi accesi come fari davanti a un'auto di passaggio. Un avvistamento raro che mi fece sussultare come se avessi attestato la comparsa di una bestia mitica, emozioni a cui di solito non si accede nel mondo degli uomini, evocate dal loro sonno profondo nell'inconscio: un brivido di paura, un barlume di meraviglia.

Proseguii verso un campo da gioco, ampio e silenzioso, e poi, sotto un ponte che una volta permetteva di accedere a una ferrovia da tempo dismessa, quindi fino a un'altra foresta. Qui nessun sentiero, mi dicevano gli occhi, nessuna strada antica, eppure c'era. Sotto quegli alberi correva la via Devana, l'antica strada romana che divideva l'Inghilterra da nordovest a sudest, ormai sepolta e solo raramente sottoposta a scavi.

Mentre avanzavo piano tra la vegetazione, mi venne in mente una storia che mi aveva raccontato un vegliardo in un pub della zona, un ricordo favorito dalla birra: l'ascolto dello scalpiccio di una legione romana mentre camminava lì in un giorno di Santo Stefano. L'avevo riferita ad altri, che a loro volta avevano passato parola.

Quindi vidi una luce nel buio, un'incandescenza irreale, con una sfumatura strana e verdastra, e udii il sussurro di tutte quelle storie antiche, oltre a sentire un pizzicore lungo la schiena. Il tempo e l'occasione ci rendono tutti persone superstiziose. Una stretta al petto: ero consapevole che si trattava di una cosa in cui non mi ero mai imbattuto, così mi fiondai tra gli alberi per indagare, deciso a sopprimere quella paura inconscia. E alla fine di un prato scoprii la causa: una lucciola.

Fui onestamente stupito dalla lucentezza, e dal suo colore per me innaturale, e ancor di più dall'effetto che mi provocò. Se vi aprite davvero, il mondo possiede tuttora la capacità di stupirvi e di cambiarvi.

Si dice che niente accada per caso.

Questo libro nacque da quella passeggiata e da tante altre simili. Se si è scrittori, si ha la tendenza a pensare di poter plasmare coscientemente le cose. Invece, la verità è che il lavoro più difficile proviene dall'inconscio, è al di fuori del nostro controllo, e affiora quando la mente è occupata in qualcos'altro. Gran parte dei miei momenti creativi l'ho avuta lontano dalla scrivania, mentre vagavo nei sogni a occhi aperti che si confondono col mondo attorno a me. Ovviamente, se siete dei mistici orientali, direste che quei sogni e il mondo della realtà sono la stessa cosa.

Io adoro la storia, e l'ho studiata. Sono impressionato dagli sforzi di archeologi e altri storici che riportano in vita il passato, scoprendo con grande fatica le cose che hanno forgiato la comprensione del nostro retaggio, la lunga scia di esperienze che ci ha fatto quel che siamo.

Tuttavia, mi chiedo talora se non siamo forgiati altrettanto dalle cose intangibili e astratte, dal folklore, dai miti, dalle leggende e dalle storie che ci raccontiamo, che sorgono dalla storia ma che non le appartengono, e che aggiungono uno strato più profondo, in grado di spiegare cosa gli eventi significano veramente per noi.

La forza di una storia ben raccontata è talvolta più determinante dell'esperienza reale. E a volte i due fenomeni si mescolano per diventare qualcosa di interamente nuovo. La storia e le storie si confondono, influiscono reciprocamente, e si propagano nel mondo. Una cosa che non esiste, in termini tangibili, può produrre un effetto altrettanto forte di una che esiste.

Questo mi affascina.

Quando stavo scrivendo l'ultima serie dei miei libri su Hereward, il ribelle inglese che guidò la resistenza contro Guglielmo il Conquistatore dopo l'invasione normanna del 1066, cominciai a riflettere sul modo in cui si formano le leggende dalla realtà che ci attornia. Nell'arco del secolo successivo alla sua morte, iniziarono a circolare delle storie su Hereward e sulla spada magica che brandiva per sterminare i giganti. Non è vero, eppure è vero, perché ciò spiegava cosa significassero lui e i suoi sforzi per il popolo d'Inghilterra che tramandava il ricordo della sua lotta. La storia e il simbolismo si legano insieme.

Questo libro parla della creazione della leggenda di re Artù e si occupa della semplice convinzione per cui non conta niente se egli sia o meno esistito. Quest'idea potrebbe essere un anatema per gli storici che credono solo alle prove dimostrate, e comprendo benissimo il loro punto di vista. Ma se tale convinzione in qualcosa che non c'è influisce ancora sul mondo, ciò è forse meno importante?

Ho analizzato gli elementi del mito arturiano e speculato sulla maniera in cui possono essere emersi dalla storia che conosciamo. Ma la domanda più importante è: perché nacque inizialmente la leggenda di re Artù? Perché ne avevamo bisogno? Come mai ne abbiamo ancora bisogno?

Ci sono in questo racconto alcuni elementi che forse avrete voglia di esplorare ulteriormente. La sopravvivenza dei druidi dopo il massacro di Ynys Môn è stata dibattuta a lungo. Si è a lungo creduto che in quell'occasione vennero sterminati, ma vi esorto a riflettere sull'improbabilità che si potesse distruggere in una sola notte un intero sistema di credenze, anche perché esso si estendeva in tutta Europa. Lo storico Peter Beresford Ellis ha scritto molto sulla sopravvivenza della casta druidica, ed esistono numerosi volumi che attingono alla sua opera.

Se siete interessati alla storia che Myrrdin raccontò a Lucanus presso le

Heartstones, leggete *Uriel's Machine* degli storici Christopher Knight e Robert Lomas, che interpretano la teoria secondo cui le pietre erette sono la risposta alla caduta apocalittica di una meteora. Altri libri eccellenti postulano l'idea per cui i cerchi di pietre sarebbero stati progettati come complemento dei tamburi sciamanici, così da creare un'esperienza allucinatoria durante le riunioni di massa all'interno del cerchio.

Un aspetto cruciale di questo mio volume è l'importanza del fungo magico, o psilocibina, per la storia mondiale. Nella ricerca storica, sono affascinato soprattutto dalla maniera in cui essa dipende dalle mode culturali: i vittoriani, per esempio, vedevano il passato, e lo "scoprivano", in un modo molto diverso da quello in auge ai nostri giorni. Non si può negare che le sostanze psichedeliche siano state usate per lo sviluppo umano: si sono rintracciati disegni artistici di questi funghi databili a 3000 anni or sono. Esiste un enorme corpus letterario in cui si sostiene la teoria secondo cui i più bei dipinti delle caverne sono stati eseguiti sotto l'influsso degli allucinogeni. Altri li ritengono responsabili per la nascita e l'evoluzione sia dell'arte sia della religione. Abbiamo le prove per affermare che li si utilizzava nelle cerimonie rituali delle prime religioni, che erano un modo per contattare gli dei, perfino all'inizio del cristianesimo. Se volete approfondire questo controverso argomento, date un'occhiata a *The Sacred Mushroom and the Cross: A Study of the Nature and Origin of Christianity Within the Fertility Cults of the Ancient Near East*, opera di John Marco Allegro, un archeologo britannico. Anche le immagini a spirale che troviamo in gran parte dell'arte celtica vennero forse influenzate dagli allucinogeni, ed esistono alcuni studi sul loro uso perfino nei misteri mitraici.

L'Alto Medioevo è un periodo straordinario. È un abisso di conoscenze, che deve ancora essere colmato, altrettanto interessante dei periodi storici precedenti e successivi. Purtroppo non ne abbiamo tante registrazioni storiche, ma quelle esistenti permettono di notare l'emergere di miti e leggende che, a modo loro, ci spiegano moltissimo sulla gente di quel periodo, sulle loro paure e speranze.

La leggenda di re Artù che sorse da quei secoli bui determina ancora oggi la percezione della nostra identità. Questo è quindi un romanzo storico sulla mano invisibile della storia, sulle cose che non si rintracciano nei sostrati, o negli scarsi frammenti che ci sono pervenuti in forma scritta. Fedi, leggende, religioni e bisogno di dei ed eroi in un mondo aspro.

Qui si tratta del sogno di re Artù, e di Camelot, e di come esso possa essersi formato nelle nebbie per volontà degli uomini in un'era di guerre e distruzioni.

Ringraziamenti

Grazie a Elizabeth Cooper, docente all'università di Newcastle, per i consigli e i suggerimenti.

Indice

Nuova Narrativa Newton

Ultimi volumi pubblicati

Roberto Genovesi, *La legione maledetta. Il generale dei dannati*
Roberto Genovesi, *La legione maledetta. La fortezza dei dannati*
Emiliano Scalia – Mattia Giuramento, *Erano due bravi ragazzi*
A.J. Banner, *Un vicino di casa quasi perfetto*
Vito Bruschini, *Il monastero del Vangelo proibito*
Alessandra Carnevali, *Uno strano caso per il commissario Calligaris*
Jane Lythell, *Dimmi la verità, tutta la verità*
Anthony Riches, *L'impero. Un eroe per Roma*
Martin Rua, *La profezia del libro perduto*
Massimo Lugli, *Stazione omicidi. Vittima numero 1*
Massimo Lugli, *Stazione omicidi. Vittima numero 2*
Massimo Lugli, *Stazione omicidi. Vittima numero 3*
Alexandra Burt, *Giovane ragazza scomparsa*
Vaseem Khan, *L'inaspettata eredità dell'ispettore Chopra*
Davide Mosca, *Non colpevole*
Jane Shemilt, *Un delitto quasi perfetto*
Marcello Simoni, *L'abbazia dei cento inganni*
Beth Miller, *La sconosciuta della porta accanto*
Letizia Triches, *I delitti della laguna*
M.R.C. Kasasian, *Il mistero di Villa Saturn*
Francesco Crispino, *La peggio gioventù*
Douglas Jackson, *La vendetta di Roma*
Tami Hoag, *Vittima senza nome*
Charlotte Betts, *L'allieva del pittore maledetto*
Alex Marwood, *Gli insospettabili delitti della casa in fondo alla strada*
James Douglas, *La città perduta dei nazisti*
A.G. Riddle, *I sopravvissuti del volo 305*
Lew Wallace, *Ben Hur*
Gilly Macmillan, *La ragazza perfetta*
Matteo Strukul, *I Medici. Una dinastia al potere*
Vito Bruschini, *La verità sul caso Orlandi*
Fabrizio Santi, *Il settimo manoscritto*
Giulio Castelli, *La battaglia sulla montagna di Dio*
Matteo Strukul, *I Medici. Un uomo al potere*
Matteo Strukul, *I Medici. Una regina al potere*
Mario Reading, *La profezia dei templari*
Angela Marsons, *Il gioco del male*
Michael White, *Il segreto dei Medici*

Graham Hancock, *La guerra degli dei. Il ritorno del serpente*
Simon Scarrow, *Per la gloria dell'impero*
Barbara Taylor Sissel, *Una fredda mattina d'inverno*
Enrico Vanzina, *La donna dagli occhi d'oro*
Fabio Delizzos, *Il collezionista di quadri perduti*
Will Adams, *La formula segreta di Newton*
Harry Sidebottom, *Il trono di Cesare. Il fuoco e la spada*
Jenny Blackhurst, *Era una famiglia tranquilla*
Fernando Baztán, *Il monastero dei sette segreti*
Flaminia P. Mancinelli, *Inquietante delitto in Vaticano*
A. L. Martín, *Il libro segreto dell'ultimo cabalista*
Roberto Fabbri, *Il figlio perduto di Roma*
G. L. Barone, *La settima profezia*
Franco Matteucci, *Delitto con inganno*
Alex Connor, *Il dipinto maledetto*
Helen Durant, *Il silenzio della morte*
Nicola Verde,. *Il vangelo del boia*
M.R. Carey, *Fellside. La prigioniera*
Iain King, *L'ultimo segreto dei nazisti*
Gordon Doherty, *Una vittoria per l'impero*
Rena Olsen, *Non dirmi bugie*
Stefano Santarsiere, *I guardiani dell'isola perduta*
James Swallow, *Codice Nomad*
Jeri Westerson, *Il mercante di reliquie perdute*
Nina Sadowsky, *Una coppia quasi perfetta*
Fabio Sorrentino, *L'ultima battaglia*
James Becker, *Il tesoro scomparso dei templari*
Ted Dekker, *A.D. 30. L'anno del Messia*
José Rodrigues Dos Santos, *L'enigma di Einstein*
Max e Francesco Morini, *Nero Caravaggio*
Melissa Scrivner Love, *Lola*
Mel Sherratt, *La ragazza della porta accanto*
Anthony Riches, *L'impero. La vendetta dell'aquila*
Matteo di Giulio, *La congiura delle tre pergamene*
J.T. Ellison, *Nessun colpevole*
Andrea Frediani, *Il custode dei 99 manoscritti*
Ali Land, *Una ragazza bugiarda*
Jordi Nogues, *Colosseum*
Mario Giordano, *Mistero siciliano. Le indagini della zia Poldi*
T.R. Ragan, *La tela dell'assassino*
Federica Introna, *La congiura*
Benet Brandreth, *La spia di Venezia*
Robert Bryndza, *La donna di ghiaccio*
Dot Hutchison, *Il giardino delle farfalle*
Mario Mazzanti, *I 444 scalini*
Gavino Zucca, *Il mistero di Abbacuada*

Agnès Michaux, *Codice Botticelli*
Marcello Simoni, *L'eredità dell'abate nero*
Stuart MacBride, *Il cadavere nel bosco*
Marieke Nijkamp, *Un giorno tranquillo per uccidere*
Rua Martin, *L'enigma del libro dei morti*
Unni Lindell, *Il caso della bambina scomparsa*
Massimo Lugli, *Il criminale*
Simon Scarrow, *Revolution Saga. La battaglia dei due regni*
Simon Scarrow, *Revolution Saga. Il generale*
Simon Scarrow, *Revolution Saga. A ferro e fuoco*
Simon Scarrow, *Revolution Saga. L'ultimo campo di battaglia*
A.J. Banner, *Era una moglie perfetta*
M. R. C. Kasasian, *Il giallo di Gaslight Street*
G. L. Barone, *Il settimo enigma. Codice Fenice saga*
Eric Giacometti - Jacques Ravenne, *Il regno degli Illuminati*
Debbie Howells, *La donna silenziosa*
James Douglas, *La piramide del faraone maledetto*
Ben Kane, *Nel nome dell'impero*
Jones Philip Gwynne, *Il ponte dei delitti*
Esmeralda Batacchi, *Il tempio perduto dei templari*
Vittoria Haziel, *La mappa Da Vinci*
Scarlett Thomas, *Il drago verde*
Matteo Strukul, *I Medici. Decadenza di una famiglia*
Andrea Frediani, *Missione impossibile*
Angela Marsons, *La ragazza scomparsa*
Leopoldo Mendívil López, *Codice Vaticanus. Il complotto*
Carmelo Nicolosi De Luca, *La congiura dei monaci maledetti*
Fabio Delizzos, *Il cacciatore di libri proibiti*
Andy Weir, *Artemis. La prima città sulla Luna*
Unni Lindell, *Il caso della bambina scomparsa*
A.G. Riddle, *Epidemia mortale*
Giulio Castelli, *Il guerriero del mare*
Ann Cleeves, *L'isola dei cadaveri*
Christopher Golden, *Missione Ararat*
Massimiliano Colombo, *Centurio*
Harry Sidebottom, *Il guerriero di Roma. Il trionfo dell'impero*
Tami Hoag, *Alibi di ferro*
Mikaela Bley, *Incubo di famiglia*
Lorenzo de' Medici, *La pergamena perduta*
Douglas Jackson, *Nel segno di Roma*
James Wilde, *Pendragon*
Elsebeth Egholm, *Una cittadina tranquilla*
Gilly Macmillan, *Era il mio migliore amico*
David Gibbins, *Testament*
Benjamin Monferat, *Il mistero della Torre Eiffel*
Alex Connor, *Caravaggio enigma*

Agnès Michaux, *Codice Botticelli*
Marcello Simoni, *L'eredità dell'abate nero*
Stuart MacBride, *Il cadavere nel bosco*
Marieke Nijkamp, *Un giorno tranquillo per uccidere*
Rua Martin, *L'enigma del libro dei morti*
Unni Lindell, *Il caso della bambina scomparsa*
Massimo Lugli, *Il criminale*
Simon Scarrow, *Revolution Saga. La battaglia dei due regni*
Simon Scarrow, *Revolution Saga. Il generale*
Simon Scarrow, *Revolution Saga. A ferro e fuoco*
Simon Scarrow, *Revolution Saga. L'ultimo campo di battaglia*
A.J. Banner, *Era una moglie perfetta*
M. R. C. Kasasian, *Il giallo di Gaslight Street*
G. L. Barone, *Il settimo enigma. Codice Fenice saga*
Eric Giacometti - Jacques Ravenne, *Il regno degli Illuminati*
Debbie Howells, *La donna silenziosa*
James Douglas, *La piramide del faraone maledetto*
Ben Kane, *Nel nome dell'impero*
Jones Philip Gwynne, *Il ponte dei delitti*
Esmeralda Batacchi, *Il tempio perduto dei templari*
Vittoria Haziel, *La mappa Da Vinci*
Scarlett Thomas, *Il drago verde*
Matteo Strukul, *I Medici. Decadenza di una famiglia*
Andrea Frediani, *Missione impossibile*
Angela Marsons, *La ragazza scomparsa*
Leopoldo Mendívil López, *Codice Vaticanus. Il complotto*
Carmelo Nicolosi De Luca, *La congiura dei monaci maledetti*
Fabio Delizzos, *Il cacciatore di libri proibiti*
Andy Weir, *Artemis. La prima città sulla Luna*
Unni Lindell, *Il caso della bambina scomparsa*
A.G. Riddle, *Epidemia mortale*
Giulio Castelli, *Il guerriero del mare*
Ann Cleeves, *L'isola dei cadaveri*
Christopher Golden, *Missione Ararat*
Massimiliano Colombo, *Centurio*
Harry Sidebottom, *Il guerriero di Roma. Il trionfo dell'impero*
Tami Hoag, *Alibi di ferro*
Mikaela Bley, *Incubo di famiglia*
Lorenzo de' Medici, *La pergamena perduta*
Douglas Jackson, *Nel segno di Roma*
James Wilde, *Pendragon*
Elsebeth Egholm, *Una cittadina tranquilla*
Gilly Macmillan, *Era il mio migliore amico*
David Gibbins, *Testament*
Benjamin Monferat, *Il mistero della Torre Eiffel*
Alex Connor, *Caravaggio enigma*

MASSIMILIANO COLOMBO

CENTURIO

Massimiliano Colombo, nato a Bergamo nel 1966, vive a Como, dove da anni coltiva, con dedizione ed entusiasmo, la sua passione per gli eserciti del passato. Nel 2005 ha pubblicato il suo primo libro: *L'Aquilifero*. Nel 2013 la casa editrice spagnola Ediciones B ha acquistato i diritti dei suoi libri per il mercato mondiale di lingua spagnola e nel 2014 il successo di pubblico e critica de *La legión de los inmortales* lo ha consacrato come una delle voci più interessanti del panorama europeo del romanzo storico.

Volume rilegato, pagine 384, euro 10

80 a.C. Caio Emilio Rufo è una recluta che milita nelle coorti di Lucio Cornelio Silla, durante la guerra civile che sta dilaniando la Repubblica. È un giovane idealista e inesperto, non ancora diventato uomo. Dalle vette innevate dei Pirenei alle battaglie navali al largo delle coste dell'Africa, Caio Rufo si addestra a combattere le legioni del più astuto e acerrimo nemico di Roma, uno dei più grandi comandanti di tutti i tempi: Quinto Sertorio, parente e fedele generale di Caio Mario. Nell'assolata Spagna romana, popolata da genti fiere e bellicose, affronta le prove che quell'odiosa guerra gli impone, tra guardie, scorte, battaglie, assassinii, tradimenti e agguati. Subisce le angherie del suo spietato centurione e in cuor suo riconosce il valore dei nemici che sta combattendo, vessati dagli abusi della dominazione romana. Schiacciato dalla sorte avversa, Caio Rufo attraversa il mare e giunge nei roventi deserti della Mauritania; lì, con la gola riarsa e la pelle scottata dal sole, incontra il nemico che era stato addestrato a uccidere. Il destino che l'ha condotto fino a quel punto l'ha reso più forte, tanto forte da fargli intraprendere un nuovo viaggio, che lo condurrà tra le file degli immortali...

NEWTON COMPTON EDITORI